大秦帝國

第三部《金戈鐵馬》上

孫皓暉 著

全新增訂版

目錄

第三章　東方龍蛇

第四章　鏖兵中原

楔子

要五月初，一道驚人的軍報傳來——秦王親率五萬鐵騎向洛陽開來！

古老的王城一片平靜，沒有驚慌議論，沒有奔相走告，沒有慷慨請戰。國人一如既往地在古老的井田中默默勞作，收割著已經熟透的麰麥麳麥，悠悠然地在收過麥子的田裡翻地，為秋日再種做著有條不紊的備耕。王室的作坊依然叮叮噹噹，官市的交易依然童叟無欺，市人的腳步依然慢條斯理。甚至洛陽城頭的王師老卒，也只對連番飛進城門的斥候漫不經心地瞥上一眼，依然抱著鏽跡斑斑的斧鉞矛戈在陰涼處打盹。

在這幅亙古不變的悠悠圖畫中，一輛軺車轔轔碾過郊野向王城疾馳。

太師顏率本來正在王田督耕，一聞驚訊立即趕了回來。他最擔心的是，新近即位的少年天子能否經得住這次風浪。天子但有閃失，周室便將徹底被淹沒。多少年來，洛陽王室在列國夾縫裡騰挪，頭上始終懸著不知多少口利劍，大國的威逼，小國的挑釁，從來都沒有斷過。只是藉著「天子」的名義，靠著木然的忍耐，憑著老太師與上大夫樊餘小心翼翼的周旋，王室才躲過了一次又一次滅頂之災，神奇地在鼎沸的中原悄無聲息地存活了下來。然這次非同一般，是天下望而生畏的秦國大軍殺來，王室立時有覆巢之危。樊餘又隱居歸山了，老太師如何不心急如焚？

一路郊野疾行，顏率悲哀地閉上了眼睛，一時老淚縱橫。

六百多年下來，天子部族的周人已經在久遠的平靜中變得麻木了，變得聽天由命了。他們不會像當今戰國庶民那樣，面對家國興亡慷慨赴戰。甚至也不會像昔年夙敵殷商部族那樣，面對亡國大險，在朝歌做最後的殊死一戰。文王作《易》，周公作《禮》，幾百年安享天下貢賦，周人漸漸變成了溫柔敦厚的王化之民；東遷洛陽之後，尚武奮激的性格絲絲縷縷地化進了這鬆軟肥沃的廣袤平原，縱然天塌地陷，也無法使他們腳步匆匆。按說，目下新天子剛剛即位，在任何一國，都正是主少國疑的動盪時期。可在洛陽不然，不管天子換了誰，是垂垂暮年的老人，還是稚氣未脫的少年，國人都安之若素，根本不會生疑生變，彷彿天子壓根兒與自己無關。國人若此，能指望他們浴血護國麼？說到底，還得靠老顏率來拚力周旋。可這次老顏率實在是心中無底，甚至連他自己都產生了一種大限將至的恐懼。

軺車剛剛穿過大漆斑駁的紅色宮牆，便聽宏大沉重的鐘聲轟鳴不斷，宮城裡到處都是急促雜沓的腳步聲。老太師心中猛然一沉，腳底一跺，軺車還沒有停穩，更不待馭手過來放下車杌，已利落下車，踉踉蹌蹌向鐘鼎廣場奔來。及至看見那座厚重拙樸的鐘亭，他驚訝得愣怔了，明明想喊一句，張開口卻沒了聲音。

「轟——轟——轟——」

鐘亭下，一個身披大紅繡金披風、頭戴一頂精美白玉冠、長髮披肩的少年，抱著粗大的木柱鐘杵，正奮力向大鐘猛撞。鏽蝕的木屑與厚厚的灰塵激盪飄飛，鐘亭彌漫出一片塵霧。少年卻全然沒有理會這些從未見過的髒物，只顧一下又一下地憤然猛撞，那咬牙切齒涕淚交流血脈僨張的模樣，使匆匆趕來的內侍與侍女相顧失色，沒有一個敢走過去。

片刻之間，鐘鼎廣場已經聚了不少臣工，宮女、樂師、嬪妃們也驚惶地擠在一起，像是一團團浮動的紅雲。王城禁軍也三三兩兩從陰暗幽深的宮門洞中跑出來，部伍不整地聚在四周。一名白髮蒼蒼的老將軍隨後踉蹌趕來，氣喘噓噓地站在禁軍前列卻不知如何是好。大臣們的軺車陸續駛進廣場，他們紛紛從車上跳下奔向鐘亭。終於，顏率看見兩輛華貴的青銅軺車飛進了廣場，天子王畿的兩個諸侯——東周公與西周公也匆匆趕來了。

彷彿沒有聽見雜亂的響動，也沒有看見紛至沓來的人群，少年依然抱著粗大的鐘杵，費力地一下一下地向大鐘撞去，滿臉是汗，滿眼是淚，手與胳膊已被鐘杵磨破刺爛，鮮血一滴一滴濺到大方磚上。

驚呆了的顏率終於清醒過來，大步衝進鐘亭，老淚縱橫地扯住少年衣角喊道：「我王貴為天子，須得為天下臣民保重！」

少年一個踉蹌，不由鬆開鐘杵，慘澹地笑著：「天子？臣民？可，可有如此天子？如此臣民？」一聲粗重的喘息之後，猛然挺身躍起，一頭撞向大鐘。一聲清脆的金玉交擊，伴著宏大的鐘聲響起，那頂精美絕倫的白玉冠被撞得粉碎，頭上一股鮮血汩汩湧出！

老顏率沒有來得及抱住少年，抱著那一領扯下的大紅披風，隨即又嘶聲哭喊著撲上去抱住了少年：「太醫——快！太醫！」東周公、西周公幾乎與太醫同時衝到，圍住少年一陣忙亂。大臣嬪妃老軍們不知所措，一片木然呆立，無聲無息地跪倒成一片。

變起倉促，老太師懵了。及至太醫大汗淋漓地說了聲「上天佑護，天子無礙」，老顏率頓時癱軟在地。良久回過神來，昏迷的少年天子已經被抬走了。老太師便將東周公、西周公並幾個還算管事的大臣叫到一座偏殿，商議處置這起聞所未聞的天子自殘事件，還得商議如何應對秦軍逼來的滅頂之災。

跟隨天子的老內侍說，早晨起來，天子一直在鐘鼎廣場漫步，恰好遇到孟津斥候急報軍情。老太師不在王城，天子又好奇追問，斥候便將急報交給了天子，並備細說了秦國的洶洶軍勢。天子一聽大急，立即緊急召見東周公與西周公。君臣商討了一個時辰後，老內侍見天子脹紅著臉出了大殿，斷然下令全副儀仗出巡。老內侍好不容易聚齊了六百禁軍，卻見天子兩手包著滲血的白布走了出來。身後四名小內侍抬著一幅寬六尺長一丈的白布，上面是八個鮮血淋漓的大字——周室危難，國人用命！分明是天子切斷手指寫下的了。老內侍大驚失色，扯著天子衣襟哭諫，要太醫治傷後再走。少年天子勃然大怒，一腳踢翻老內侍，聲嘶力竭地喝令：「走！發我國人！」

走遍了洛陽城內的國人坊區，天子慷慨激昂地喊啞了嗓子，卻只有十多個白髮蒼蒼的老人願意從軍赴戰。天子又馬不停蹄地趕到郊野，派出禁軍與內侍在郊野井田四處奔走，宣示徵發王命，可那些悠悠然的農夫們沒有一個人理睬。

老內侍說，他怕天子太過傷悲，悄悄與禁軍老將在一井臺旁恫嚇一群農夫，請他們「慷慨請戰」，以撫慰天子憂國之心。可那群農夫一片哄然大笑。一個老人說：「洛陽國人都逃光了，我等留下給天子窮耕，已經是伯夷叔齊般孤忠了。要赴戰，哼哼，我等今夜便到秦國去過好日子，誰稀罕守在這裡了？」嚇得老內侍與禁軍老將連連賠罪，反覆說天子本意是要國人奮起，不是強徵拉丁。誰知不說猶可，一說之下，農人們憤憤之聲大起。一個女人尖聲哭叫：「窮耕的都是隸農，不是國人！平日誰管我等死活？要打仗了，找我等賤民。那些王族國人都做甚去了？」

那女人的哭叫聲天子也聽見了。老內侍說，天子愣怔一陣，背過身去揮了揮手。就這樣，天子悻悻地回到了王城，又在鐘鼎廣場無休止地徘徊。午後時分，老內侍便聽到了方才那不尋常的鐘聲。

「二位周公，天子與你等是如何商議的？」老顏率歎息了一聲，已經隱隱明白了此事根源。

東周公黑著臉：「先王屍骨未寒，天子要三周合一，修改祖制。」

西周公淡漠非常：「天子要三周統兵抗秦，何人卻敢應承？」

顏率不禁默然了。自從周考王在洛陽王畿分封了這兩個諸侯，一周變成了三周，洛陽周室便沒有一日安寧。僅有的星點兒力量也被拆成了破碎的三塊，你掣肘我使絆鬧得個不亦樂乎。東周欲種稻，西周不放水；西周欲通商，東周便設卡。鬧哄哄一百多年，硬是成了天下笑柄。周禮以分封為本，諸侯一旦封定，只要朝貢如常不反天子，誰也沒奈何，連天子也沒有辦法取締。周顯王想三周合一，沒有成。周慎靚王也想三周合一，還是沒有成。今日國難當頭，這個少年周王又是自討無趣。面對如此破局，他這個太師又能如何？思忖半日，顏率揮揮手正要說話，卻聞門外一聲長宣：「天子駕到——」

顏率與大臣們愣怔了。

少年天子一身布衣，頭上手上包著血跡斑斑的白布，胳膊上吊著一副夾板，烏黑的長髮散亂在肩頭臉龐，面色蒼白地走了進來，活生生一個戰場傷兵。在以禮制為法度的周人眼裡，這可是大大地不合禮法，有失天子威儀。一時間，大臣們你看我我看你，不知如何是好。有幾個老臣噏動著嘴唇便要直諫，目光閃爍中硬生生憋得滿臉通紅，卻終究沒有人開口。

「我王萬壽無疆。」顏率站了起來，念誦了一句天子傷病時的頌詞，再也沒話了。

少年天子誰也不看，徑直走到顏率面前：「顏太師，王室土地尚有幾多？」

顏率立即清醒過來：「東周西周在外，洛陽王畿五十餘里，分為十鄉。」

「所餘民眾多少？」

顏率道：「王城國人十萬餘，十鄉隸農六萬上下，共計人口不到二十萬。」

「臣工吏員尚留幾多？」

顏率蒼老的聲音中透著悲哀：「稟報我王：自先祖顯王起，王室臣工吏員流失頗多，朝臣所餘不足五十名，吏員所餘二百餘名，宮中嬪妃、內侍、宮女、官奴等應有一千餘名，總計不到兩千人。」

少年天子沒有任何表情：「天子六軍還有多少？」

顏率向那位白髮蒼蒼的老將點頭示意。老將軍趨前躬身大聲回答：「啟奏我王：天子六軍所剩六千餘人，老弱病殘居多，兵器甲冑年久失修……」聲音驟然小了下去。

少年天子慘澹一笑，走到王座前卻依舊站著，看看殿前一片白頭，歎息了一聲道：「難為諸位今日趕來勤王。洛陽王鐘，已經百餘年沒有響了。今日本王撞響王鐘，是要告知諸位：周室天命已絕，你等好自為之，作速逃生。否則，秦軍一到，想逃也是來不及了。本王不怨天不尤人，只怨列祖列宗沒有恪盡王道，坐失大好河山……」

顏率惶急插話：「我王不可造次！」

老臣們一齊拜倒在地，一片哽咽唏噓中無一人說話。

按照慣例，這便是默認了天子王命，贊同了各自逃亡。雖然老臣們都是世襲罔替的高官顯爵，可在幾百年的風雨沖刷中，高官顯爵早已經縮水乾涸得只剩下古銅色的外殼了。在洛陽王畿這種沒有財貨流通的封閉天地裡，大臣沒有封地便等於沒有一切，僅靠王室的賞賜，連體面的鐘鳴鼎食都難以為繼，遑論富貴威權？從心底裡說，洛陽王畿已經沒有了使他們留戀的財富根基，其所以還留在這片土地上苟延殘喘，全是因了那雖然已經非常淡薄但畢竟有著久遠積澱的「王民」情懷。而今天子有命，也實實在在地面臨滅頂之災，還要死守，似乎是不識時務了。

「我王且慢！」東周公與西周公一起離開大案，異口同聲地喊了一聲。

少年天子冷冷一笑：「兩公有話？」

東周公與西周公是真正地著急了。整個三百多里的洛陽王畿，這兩個諸侯的封地占了十之六七，在整個王族與貴冑大臣的式微衰落中，唯有這兩諸侯富得流油，卻偏偏又對王室不拔一毛。然則，他們心裡很清楚：天子旗號一倒，連宋國這樣的二流邦國占領洛陽也易如反掌，更何況七大戰國？有天子旗號在，縱然洛陽王畿被滅，也能保留一片體面的封地，維持鐘鳴鼎食的日子也還是綽綽有餘的。這是春秋戰國的滅國傳統——對國君王族總是保留些許體面，極少趕盡殺絕。若天子與王室大臣作了鳥獸散，則無論哪國滅周，都會拿他們兩個天下不齒的諸侯做替罪羊，殺無赦。唯其心中雪亮，這兩個諸侯才真正地急了，甚至比天子還要著急。

「臣啟我王：國難當頭，當思克難之策！」東周公先慷慨激昂地甩出一句正辭，立即又急急跟上，「去國散臣，天子降於諸侯，臣以為甚是不妥。」

西周公立即附和：「社稷存亡，臣亦以為天子處置不妥。」

老顏率冷冷插了一句：「以兩公之見，如何為妥？」他要擋在前面，教天子有回旋的餘地。這個少年天子不惜自殘，硬生生逼出了這兩個千夫所指的諸侯，老顏率已經大是敬佩了，如何能再教傷痛天子與他們喋喋糾纏？

東周公心知老太師主事，「嗒」地一彈玉笏道：「本公出兵八千，軍糧十萬斛，以為洛陽城防！」

西周公立即跟上：「本公出兵六千，軍糧八萬斛，以為天子拱衛！」

「兩公口貢多矣，如何取信國人？」老顏率罕見地刻薄了一句。

東周公黑臉脹得通紅：「明日午時，甕城交兵，府庫繳糧。」

「好！明日午時交兵繳糧。」西周公奮勇跟上。

老顏率鬆了一口氣，轉身向蒼白冰冷的少年天子深深一躬道：「柱石同心，臣請我王收回成命，容臣謀劃全國之策。」少年天子沉重地歎息一聲：「但憑老太師做主了。」說罷大袖一甩，也不理睬東、西周公，逕自去了。

老顏率與一班老臣並兩公諸侯留下來商討。老臣們個個氣喘噓噓，說得囫圇話的都沒有幾個，只是唏噓迷茫地點頭搖頭，實無一策可出。東周公與西周公除了出兵出糧，也是莫衷一是，只急得焦躁踱步。最後還是老顏率說了一番想好的應對之策，又對各人做了一番部署，方才散去，各自分頭匆匆忙活去了。

次日清晨，老顏率帶著天子的全副郊迎儀仗，北出洛陽，向孟津大道而來。

臨行前，周王忍著傷痛前往太廟禱告並占卜吉凶。龜甲的裂紋卻混亂不堪，令巫師難以拆解。雖然如此，隨行的顏率還是大感欣慰，驀然閃出一個念頭：若當初的周顯王是這個少年天子，周室豈能衰敗若此？一個行將滅頂的王族，卻出了如此一個剛烈睿智的少年天子，上天何其殘忍也？當少年周王拉著他的手依依送別時，老顏率終於忍不住老淚縱橫了，他破例地匍匐下年邁僵直的身子，伏地三叩，連少年周王那清亮帶淚的眸子看也不敢看，便匆匆走了。

顏率兼程趕到大河南岸時，荒涼沉寂的孟津渡口，已是天地翻覆了。

第一章　無妄九鼎

一、奇兵破宜陽　千夫長嶄露頭角

啟耕大典一過，秦武王嬴蕩下令：「攻克宜陽，打通三川，五月進軍洛陽！」

丞相兼領上將軍甘茂精神大振，決意以赫赫武功在秦國站穩腳跟。他本是楚國下蔡的一個布衣之士，當年被頻繁出入楚國的張儀說動入秦，又經樗里疾直接引薦給秦惠王，做了執掌機密的王室長史。這長史雖然兼領宮廷禁軍，畢竟是文職大臣，在戰國刀兵之世尚不是一等一的重臣，也不是名士謀求的功業目標，甘茂自然不甘久居在如此職位上。也是機遇際會，秦惠王恰恰在晚年得了怪誕的瘋癔症，太子嬴蕩又恰恰需要一個老師，張儀、樗里疾與司馬錯三位大才權臣，恰恰又忙得無法承擔這個需要時間的職責。於是，秦惠王臨機決斷，教甘茂給太子做了沒有太子傅爵位的臨時老師。恰恰這個太子嗜兵好武，與兼通雜學喜好談兵機敏快捷的甘茂分外投機。此時又恰逢秦惠王瘋癔症經常發作，甘茂自然成了太子斡旋朝局的柱石人物。及至秦惠王驟然崩去，張儀司馬錯先後去職離朝，甘茂驟然凸現出來，三個月間連升六級職位，做了丞相兼領上將軍，權傾一身，炙手可熱，在秦國歷史上獨一無二。

然則，甘茂很清楚，在極為看重軍功的秦國，不管你是何等高位重臣，沒有赫赫戰功，便沒有深植朝野的根基，也沒有真實爵位，對於外來名士，便不能算在秦國站穩了腳跟。赫赫大功如商鞅者，若沒有一戰收復千里河西的最後大手筆，在秦國也不會形成舉國世族連同秦惠王一起也無法撼動的根基，生前如聖，死後如神，使秦國朝野永遠在商鞅法統的軌跡上行進。在名義權力上，甘茂雖然已經可與商鞅比肩，但在實際根基上卻是天壤之別。且不說秦國民眾大多不知甘茂為何許人也，便是在朝在國，他這低爵丞相也遠不能如張儀那般揮灑權力，他這低爵上將軍也遠不能如司馬錯那般獨領三軍而舉國傾心。有個總是嘿嘿嘿的右丞相樗里疾矗在那裡，甘茂的丞相權力就只能是個領銜架子。有個醉心兵事的新秦王，甘茂的上將軍權力也只有大打折扣，實際上也就是個處置軍務城防糧草輜重的國尉而已。說是國尉，也只是對上將軍權力而言，而不是自己能真正地行使國尉權力。國尉府的那些大小司馬及其管轄的府庫要塞將領，個個都是浴血殺出來的高爵悍將，人人都有一身疤痕晶亮的紅傷，都有赫赫軍功爵位，都能歷數秦國名將的用兵戰例，你沒有大才奇功，休想教他們如臂使指般服從，事事都會碰到無數磕絆……所有這一切，甘茂都看得一清二楚，不打幾場大勝仗，他在秦國必是長久的尷尬。

三月中旬春暖花開，甘茂統領十萬大軍直逼宜陽。

可就在大軍開出函谷關的那天晚上，前軍主將白山帶著一干將領來到中軍大帳，竟勸甘茂停止發兵宜陽。甘茂沒有發作，只是黑著臉冷笑道：「白山，你身為大將，不知王命不可違麼？」白山不卑不亢道：「將在外，君命有所不受。今日宜陽已經有備，我軍縱然浴血攻下，究竟所得何益？望上將軍陳明君上，莫使秦國銳士血流無謂。」甘茂壓著怒火正色道：「白山，秦王對本上將軍說過一句話：兵車通三川，秦軍入周室，死無恨矣！下宜陽、通三川、入周室，此乃秦王雄圖大略也，你等敢以些許傷亡計較？」

帳中一時肅然無聲，一個年輕將軍從後排走出拱手道：「上將軍此言差矣。兵者，國之大事也。何能以秦王率性一言，而決大軍所向？」

「你是何人？竟敢如此犯上！」甘茂終於忍不住了，拍案霍然起身。

「末將千夫長白起。有言如骨鯁在喉，不吐不快。」這個白起平靜冷峻，全然不像一個小小的千夫長。

「白起？」甘茂心中一動。目下秦軍中誰不知曉這個白起大名？秦王嬴蕩在白起卒伍中做過力士卒，對白起讚歎得無以復加，甘茂如何不知？但在大軍之中身為最高統帥，如何能教一個千夫長如此侃侃論兵？厲聲呵斥：「一個千夫長也妄言軍國大計，成何體統！」

白起那張稜角分明的臉似乎從來不會笑，正色莊重道：「白起以為：商君變法以來，我秦國兵鋒所向無敵，皆因上下同心。將士盡抒己見，廟堂方能算無遺策。今張儀丞相離朝，六國正欲恢復合縱。我大軍輕率東出，必催六國合縱死灰復燃。宜陽之外，已有魏楚趙兵馬十萬之眾，若久攻不下，大軍陷入泥沼，楚國再從背後復仇，秦國豈非險境？望上將軍三思上達，慎之慎之。」

甘茂一時無言以對。從內心深處說，他承認這個白起確實有見識，然大軍已經發動，若不戰而回，非但軍功無望，還得落個輕率失策的口實，身為丞相上將軍顏面何存？略一思忖，甘茂沉聲道：「列位將軍：此戰乃新王立威之戰，意在震懾六國！諸將見仁見智，戰後盡可上書秦王。然目下斷無改弦更張之可能。唯有打好這一仗，使六國知難而退，秦王或可重定方略。否則，只有自亂陣腳。白山將軍以為如何？」

白山是前軍大將，秦軍的絕對主力，來者又大都是他的部將，白起還是他的族侄，甘茂自然首先盯住他說話。也是白山沉穩持重，在軍中極是顧全大局，甘茂也想教他體察自己的一番苦心，否則這仗是沒法打的。白山一直在默默思忖，此刻看了白起一眼，大手一揮：「走！回帳準備，好好打仗。牛曳馬不曳，軍法從事！」眾將鏘然一拱：「遵命！」一齊出帳去了。白山向甘茂一拱手道：「上將軍，末將告退。」也逕自走了。

甘茂雖然鬆了一口氣，心中卻老大不快。這十萬旌旗究竟誰說了算？一個前軍主將，竟然比他甘茂更有威懾力，哪個上將軍受得如此窩火？可甘茂沒有辦法，秦王要立威，自己要軍功，這仗肯定要打。可這些老軍頭個個都在商鞅、車英、司馬錯、樗里疾主軍的時期磨練出一副謀略頭腦，連是否師出有名他們都要想，如何能教他們不分青紅皂白地只管打仗了事？甘茂之所以不敢大動肝火，還有一個更重要的心病：他雖然喜好談兵，但畢竟沒有真正打過大仗，領兵十萬攻城掠地更是頭一遭。打仗還得靠這些戰將猛士，此時他若拿出鎮秦劍行使軍法，無異於引火焚身，甘茂豈能掂量不出此中輕重？雖說是自己忍下了，但看白山臉一沉將領們便慨然領命，甘茂還真有些不是滋味了。

次日黎明，甘茂升帳發令：大軍壓向宜陽，午後立即發動猛烈攻殺。

十多年前，宜陽本來已經被秦軍占領。但在秦國大破合縱聯軍後，張儀為了徹底拆散合縱，又將宜陽歸還韓國，與韓國締結了歇兵盟約。但韓國從此大為警覺，對宜陽鐵山重兵防守，駐守了五萬新軍。如果僅僅是這五萬韓國新軍，也不在秦軍話下。可秦惠王一死，張儀司馬錯同時離秦，緊盯秦國的山東六國情勢驟然大變：魏趙楚三國立即呼籲恢復合縱聯軍，抗擊秦國東出。韓國呼應最力，率先出兵五萬。齊國雖想置身事外，但也不想開罪山東戰國，只出了八千鐵騎。唯有燕國內事吃緊，破例沒有出兵。在甘茂大軍集結東出的同時，山東五國也同時向韓國邊境集結了十萬大軍，連同駐守宜陽的五萬韓軍，十五萬大軍決意大戰秦軍。

聯軍主將是魏國老將晉鄙，宜陽守將是韓國上將軍韓朋。這兩人都是第一次合縱聯軍的參戰大將，對秦軍戰力與神出鬼沒的打法依然餘悸在心，這次分外謹慎。兩人反覆計議，沒有像第一次合縱那樣擺開正面決戰的架勢，而是以「固守宜陽，耗秦銳氣」為宗旨，紮成了遙相呼應的三角陣勢：韓朋的五萬韓軍分為裡外兩大營駐紮，宜陽城堡內兩萬精銳步軍全力固守，三萬精騎駐紮城外鐵山西麓，深溝高壘，在外圍阻擊秦軍；晉鄙的十萬大軍則駐紮在宜陽東北位置的洛水北岸，背靠熊耳山，前臨洛水河谷，可從側後隨時向西向南馳奔救援；三方相互距離不過十里，大軍瞬息即至，策應極是快捷。

對於這種大勢變化，秦武王知道，甘茂也知道。但君臣二人卻絲毫沒有在意，一拍即合，義無反顧地揮師東出了。在秦武王而言，自從以卒伍之身征戰巴蜀兩年，對秦軍銳士的戰力自信已極，根本沒有將六國聯軍放在眼裡，反而認為這恰恰是徹底摧毀六國戰力的絕好時機。在甘茂而言，除了強烈的功名之心，也與秦武王完全一樣，對秦軍戰力充滿自信，對合縱聯軍視若無物。辭行之時，甘茂對秦武王慨然道：「秦國根基已固，東出函谷摧毀六國，此其時也！臣先行一步，三日攻下宜陽，恭迎我王駕臨周室。」秦武王聲震屋宇地哈哈大笑道：「好！本王處置好鎮國事宜，與上將軍會師孟津。」

大軍兵臨洛水，前軍卻停止了推進。自領五萬中軍的甘茂正在疑惑，前軍斥候飛馬來報：「宜陽陣勢異常，前軍不能攻城，前將軍請令緩攻！」甘茂頓時愣怔，催馬來到前軍白山大旗下，卻見大軍在山下已經展開陣形，白山卻帶著十幾員大將在山頭瞭望。

甘茂飛馬上山，身形與聲音一齊落下：「白山將軍，有何異常？」

「上將軍請看。」前軍主將白山一拱手，將甘茂請到最突出的山岩上。

甘茂遙遙望去，但見宜陽城頭旗甲鮮明，城北鐵山的西麓大營也是旌旗獵獵戰馬嘶鳴，東北河谷地帶更是大營連綿不斷。甘茂雖然沒打過大仗，卻也算得通曉兵家，心思敏捷，自然看出了其中奧妙，不禁皺眉道：「莫非我攻任何一處，必遭兩面夾擊？」

白山答道：「正是。我若攻城，山麓韓軍必來襲擊側翼背後；我若先取山麓，必遭城內與河谷大軍夾擊；我若直取河谷，則兩支韓軍必然同時從背後掩殺。目下不能貿然攻城，需得一個萬全打法。」這位在戰場上威猛絕倫的前軍大將，打仗從來不魯莽從事，這也是張儀喜歡帶他領軍出使震懾六國的因由。

「議出戰法了？」甘茂顯然有些著急。

「正在查勘，尚未計議，敢請上將軍示下。」

白山本是一句職責所在的請示，可甘茂卻驟然滿臉通紅。身為上將軍，戰法謀略本應在出兵時已了然於胸並備細交代給領軍大將。司馬錯是此等做法的極致，跟著他打仗，所有的將領都清清楚楚地知道自己在做什麼。時間一長，將領們對司馬錯的軍令幾乎是不問所以便立即實施。在秦軍而言，也從來沒有出現過兵臨城下尚無對策的尷尬局面，白山淡淡一問，事情便變得分外敏感，十幾員大將的目光齊刷刷聚到甘茂臉上，甘茂如何不感到難堪？雖然如此，甘茂畢竟聰穎練達，勉力一笑道：「接掌三軍，甘茂實是勉為其難，若一令出錯而致敗，甘茂領罪事小，大秦顏面何存？我等都是為國效命，打仗還得諸位將軍切實謀劃才是。」一席話倒是妥帖坦誠，將領們的目光也頓時溫和了許多。

白山爽朗一笑，大手一揮：「也就三坨十五萬，硬啐也行。都說話，如何打？」

一群大將都皺著眉頭相互觀望，一時沒人開口。猛然，前軍副將蒙驁伸手一指山岩邊：「白起，你愍著看個甚？來說說看。」

甘茂驀然回首，才看見山岩邊佇立著那個敦實厚重的年輕千夫長，一尊石雕般獨自凝目遙望，對身後的紛紜之聲置若罔聞。聽見蒙驁聲音，他才轉身大步走了過來向甘茂與白山拱手一禮道：「白起以為：三營雖成虎勢，但可一鼓下之。」

甘茂眼睛一亮：「噢？快說。」

蒙驁一拍掌：「看，我就知道白起有主意。」

白山淡淡一笑：「你小子膽大，我聽聽。」

「諸位請看，」白起指著遙遙可見的茫茫軍營與城堡，「敵軍三營雖互成照應之勢，然卻有兩道縫隙：宜陽城與鐵山軍營之間有一道流入洛水的小河，叫西渡水，河谷狹窄險峻；洛水東北的熊耳山雙巒競舉，晉鄙大軍救援宜陽的最近通道，便是這雙巒峽谷。末將斗膽直陳：兵分五路，三面開打，一舉攻下宜陽。」

一個千夫長能對地形如此熟悉，本來已經令人咋舌了，待「兵分五路，三面開打」一出，眾將更是一陣愕然沉默。一城兩營加兩道峽谷，正是五處。秦軍十萬人馬分作五路作戰，顯然是一場頭緒繁多的高難大戰。但凡將領，打仗最喜歡軍令簡單明確頭緒少，若遇謀略之戰，則必須有高明的統帥全盤調度，領軍大將也需要用心掌控，否則很容易變成一場自相掣肘的混戰。而今統帥，卻是軍前賴眾謀的甘茂，誰敢指望他能統一掌控戰局？前軍主將白山，也歷來是領軍力戰的勇猛大將，從來沒有運籌過全局大戰。而一個千夫長，更是不可能調度全軍。縱然五路籌劃可行，居中調度不力也是枉然。將領們心念電閃，誰也不敢可否了。

白山目光一閃：「上將軍，我看還是另謀戰法。」

「且慢！」甘茂大步跨前，逼到白起身前，「白起，你且說完。」

白起沒有絲毫慌張，一拱手道：「第一路：三萬鐵甲步軍開出雙巒峽谷，列陣阻截晉鄙聯軍；第二路：步兵一萬，夜晚從洛水上溯，潛入西渡水河谷，切斷宜陽內外兩營；第三路：五千精兵從雙巒峽谷繞道鐵山之後，夜襲鐵山韓軍；第四路：三萬精銳鐵騎在鐵山前原野上嚴陣以待，當韓軍混亂擁出大營，便在曠野展開截殺；第五路：兩萬重甲步兵全力攻城。此戰並無繁複關節，要害在同時發起，攻殺猛烈，不給敵手喘息之機。」

「你是說，只要我軍準時到位，同時發起，剩下便是全力攻殺？」甘茂目光炯炯。

「上將軍所言極是，除此無他。」白起脆捷利落。

甘茂轉過身來道：「白山將軍以為如何？」

白山沉吟一陣，掃了將領們一眼，慨然拱手道：「以我軍戰力，只要居中調度不出差錯，此法可行！」一句話意味深長。

甘茂畢竟也算通得兵家，有大將們認可的戰力，自知其餘關鍵在中軍統帥，一時雄心陡長，慷慨高聲道：「甘茂身為上將軍，若在謀略議定之後尚不能調度全軍，當真尸位素餐也！為使諸位將軍放膽赴戰，本上將軍特簡：千夫長白起晉升中軍司馬，皆議中軍號令。」

一言落點，眾將齊向甘茂投來敬佩的目光，異口同聲一嗓子：「上將軍明斷！」

這就是軍中將士：只要你實打實說話，不泛酸，有公心，便認你是個人物。當然，更重要的還是甘茂晉升了白起，將領們覺得高興。若是憑斬首軍功，白起早該做將軍了，就是做前軍大將，也是無人不服。曾在他卒伍下的大力士孟賁、烏獲都做了秦王的殿前將軍，爵位比白起高了六級；與白起同時做卒長的蒙鷔，也已經是前軍副將了。白起卻是屢辭超拔擢升，硬是要一戰一級地做，年輕的將軍們便有了一種隱隱約約的愧疚，總盼白起早日做將軍，他們才心安理得地做將軍。今日甘茂將白起擢升為中軍司馬，這可是職同各軍主將而又比主將更為要害的職位，白起當之無愧。

誰知白起卻向甘茂深深一躬，慨然挺胸道：「白起請命上將軍：自率本部千人，夜襲鐵山韓軍。」

「白起，你不做中軍司馬？」甘茂大為驚訝。

「回上將軍：中軍司馬王齕才堪勝任，不須增添白起。」

「奇襲既要五千人馬，何以自請一千？」

「回上將軍：白起熟悉地形，部屬有八百鐵鷹銳士，騎步皆精。」

甘茂對秦軍狀況雖不是瞭若指掌，可也知道鐵鷹銳士的威名，聽說白起一個千人隊中竟有八百名鐵鷹銳士，不禁哈哈大笑道：「好，天意也！」轉身對中軍司馬王齕一揮手，「傳令三軍紮營造飯，開掘壕溝設置鹿砦，聚將幕府大帳！」連珠發令，顯然是成竹在胸了。

一陣悠揚的牛角號聲，秦軍在宜陽以西十里之外紮下了連綿大營，一片緊張忙碌中炊煙裊裊升起，向宜陽三大營彌漫了過去。幕府大帳中，甘茂與二十多個將軍祕密商討了一個多時辰，終於將各種細節一一穩妥落實，暮色時分大軍開始了隱祕的移動。

宜陽上將軍韓朋終於鬆了一口氣。

本來，三大營繃緊了心神，準備與秦軍馬到即戰。這也是秦軍歷來戰法：大軍不顯則已，顯則立即接戰，從不延誤，幾乎每次都是以雷霆萬鈞之力壓倒對方。然則，這次卻很奇怪，秦軍推進到十里之遙停了下來，兩三個時辰沒有動靜，紮營之後，又是一片忙亂地構築壕溝鹿砦，緊接著又是炊煙四起，依舊沒有攻城動靜。韓朋在城頭瞭望，不斷接到斥候快報，對情勢自然清楚，只是急切間弄不清其中奧妙，一時困惑莫名。

看看秦軍毫無攻城跡象，韓朋對宜陽守將叮囑幾句，飛馬出城，從西渡水河谷的祕密小道來到晉鄙大營。

「老夫也一直在踏勘秦軍動靜。」晉鄙雖然只有五十餘歲，正在盛年，卻總是自稱老夫，厚重穩健中也不乏幾分矜持。看韓朋情急模樣，他捋著灰白的長鬚悠然笑道，「以老夫之見，秦軍雖是虎狼，卻是一時無處下口，要與我軍對峙相持，找到破綻相機開戰。上將軍以為如何？」

「相持對峙？這在秦軍可是聞所未聞。」韓朋突然有些興奮，能與秦軍相持，那在山東六國可是大大的風光了。

「此一時也，彼一時也。甘茂領軍，一隻老鼠率一群老虎，徒然鼠竄而已。」

「老將軍是說，今日秦軍已非昨日秦軍？」

「正是。」

「我軍當如何開戰？」韓朋精神大振。

「開戰倒是無須著急。」晉鄙是慣有的穩妥，「秦軍遠來，又急於求戰，我等正當深溝高壘，待其疲憊鬆懈之時一鼓擊之，方有勝算。」

「以老將軍之見，秦軍要久耗？」

「至少三日之內不會攻城。」

韓朋鬆了一口氣道：「既然如此，我與老將軍夜謀一宿，議出一個決勝打法。」

晉鄙黝黑的臉膛罕見地笑了：「來人，上酒！」

明亮的軍燈下，兩人痛飲笑談，胸中快意尚未化作謀略，已經到了中夜時分。突然，隨著軍營刁斗之聲，陣陣喊殺聲隨風隱隱傳來。晉鄙一怔，勃然變色，一摔酒爵，尚未起身，斥候踉蹌進帳：「稟報上將軍：秦軍夜戰，宜陽城外一片火光！」韓朋臉色頓時鐵青，爬起來跌跌撞撞出帳，邊走邊喊道：「老將軍，我得立即趕回宜陽。」

晉鄙臉紅得已經看不出黑，咬牙切齒道：「好！老夫親率大軍夾擊秦軍！」甘茂在幕府大帳調遣妥當後，暮靄沉沉時秦軍開始祕密移動。五路大軍中，白起一路最小，卻最為關鍵——奇襲鐵山韓軍，既是發動宜陽夜戰的實際號令，又是攪亂敵軍全局的要害一擊。夜襲成功，整個宜陽之戰就成功了一半。甘茂心知要害所在，便將幕府大帳的具體調遣留給了中軍司馬王齕，自己飛馬來到前軍，要親自看著白起一路隱祕出發。

白起這個千人隊堪稱三萬前軍的一把尖刀，實際上也是整個秦國新軍的一把尖刀。其特異之處，是這一千人中有八百人是威震全軍的鐵鷹銳士。在老秦軍時期，鐵鷹劍士名聞天下，全軍也只有堪堪百餘人。司馬錯做上將軍後，在保留鐵鷹劍士簡拔制的同時，創立了鐵鷹銳士制。這鐵鷹銳士不單劍術超凡，且馬戰步戰一樣精通，任何兵器到手都是一樣嫻熟。當世的步戰士兵以魏國武卒最為精銳，天下呼之為「魏武卒」。騎戰則以趙國的「胡刀騎士」與齊國的「技擊騎士」並稱精銳。秦國變法後的新軍在收復河西的大戰中橫空出世，被天下驚呼為「銳士」。司馬錯便借這個名號創立了鐵鷹銳士：下馬步戰以超越魏武卒為準，上馬騎戰以超越趙齊騎士與匈奴胡騎為準。鐵鷹銳士的簡拔方法極為苛刻：首先是體魄關。吳起當年訓練魏武卒手執一支長矛，身背二十支長箭與一張鐵胎硬弓，同時攜帶三天軍食，總重約五十餘斤，連續疾行一百里還能立即投入激戰者，方可為武卒。司馬錯則在此之外又增添了全副甲冑、一口闊身短劍、一把精鐵匕首與一面牛皮盾牌，總重在八十餘斤。此關通過，方能進入各種校武。步戰校武要在秦國新軍的步軍中名列一流，騎戰校武要在秦軍新軍的騎兵中名列一流。單兵篩拔過關後，還要過以各種陣式結陣而戰的陣戰關，過各種兵器的校武關。如此一一下來，凡能成為鐵鷹銳士者，幾乎個個都是無敵勇士。秦國新軍二十萬，鐵鷹銳士卻堪堪只有一千六百人，而其中一半都在白起千人隊，豈非異數？當然，這也是司馬錯的刻意部署。在長達三年的長途奔襲巴蜀中，司馬錯發現了白起這個善於駕馭猛士的罕見兵頭，便萌發了集鐵鷹銳士於一旗（註：戰國軍制：千人一戰旗，千夫長立旗書姓，為最低層將旗）為全軍鍛鑄一把尖刀的想法。巴蜀班師歸來，白起晉升千夫長，可惜司馬錯未來得及親自實施，便離朝去國了。前軍大將白山知道司馬錯的想法，便在這次東出之前，將前軍全部八百名鐵鷹銳士悉數集中到白起千人隊，雖然未經一戰，可誰也不懷疑這個千人隊的威猛戰力。

山風掠過，還帶著早春的寒意。高高的軍燈下，秦國大營一片漆黑。

白起的千人隊正在一條山溪邊整裝。甘茂趕來的時候，白起正發出一聲低沉的命令：「十人一伍，間隔百步，沿河疾行，蛙鳴聯絡，開！」話音落點，第一團黑影倏忽飄出，在浩浩春風中幾乎沒有聲音。甘茂確實感到驚訝，他不能想像一個全副甲冑全副五件兵器的重裝士兵，如何竟能做到開步無聲行如疾風？但此刻他已經顧不上揣摩細究，匆匆來到白起身旁道：「白起，軍食似可減下，少一些累贅。」

「回上將軍，」白起低聲道，「全套重裝慣了，少一件反倒容易鬆垮響動。再者戰場萬變，不能少了軍食。」

「去吧。我等你火號！」

「嗨！」白起一個挺胸拱手，轉身疾步去了。甘茂清楚地看見，白起的身影眨眼間插進了連綿黑影的中段，當真是動若脫兔。

白起的一千勇士先沿著山溪流向隱蔽疾行，進入西渡水河道，再貼著河道兩岸的山根向東北疾行十多里，便進入了宜陽城與鐵山之間的小峽谷，再沿小峽谷東岸的山麓攀登而上，便到了鐵山軍營背後的北嶺。宜陽城在洛水北岸（註：戰國宜陽城在洛水北岸，是故得名，見《水經注》。今宜陽城在洛水南岸，在古宜陽東南），鐵山卻在宜陽城外東北角，晉鄙的十萬大軍更在鐵山東南的雙巒之後，三大營向西形成一個扇形，鐵山正在居中位置。白起一千人悄無聲息地登上鐵山北嶺，右手宜陽城、左手晉鄙大營、腳下韓國軍營、正對面秦國軍營的連綿軍燈遙遙在望，戰場大勢一目了然。

按事先約定，白起所部提前進入北嶺大約小半個時辰。白起下令立即檢查兵器甲冑，各百夫長齊報無誤。白起立即下了第二道命令：「半支細香，小打尖。」就是在半支細香的時間內迅速填補肚子以長勁力。一個多時辰的重裝疾行，若能有時間咥下一塊乾餅夾一塊醬牛肉，灌下半袋涼開水，對於這些食量驚人的猛士自然是最愜意的事。所謂小打尖，就是這種臨敵接戰前的些許墊補，正在飽與不飽之間，猛士們意猶未盡卻又精神百倍。

剛剛打尖完畢收拾齊整，白起看見對面十多里之外的山頭上兩盞碩大的軍燈一明一滅，反覆三次。這是甘茂雲車的信號：子時已到，開始攻殺。白起霍然起身，低聲命令：「三路摸進，攻入營寨中央，各人立即舉火。開！」兩手一揮，左右兩路散開隊形向山下無聲逼近。白起自領一個百人隊，跟著從中間地帶插下，瞄著山根閃亮的韓軍大營撲去。

鐵山軍營駐紮著三萬騎兵，領兵大將是韓國世族段氏將領段弗成。其所以將騎兵駐紮城外，一則為馳援快捷，二則騎兵適宜野戰而不宜改為守城步兵。韓國富鐵，兵器歷來精良，當年申不害訓練的新軍雖在抗擊魏國中大部犧牲，但六國合縱後補充訓練的新軍也算得中原精銳之一了。尤其是這支騎兵，被韓國朝野呼為「王師鐵騎」，戰力遠勝韓國步兵。段弗成一心要在抗秦大戰中建立軍功振興段氏家族，白日見秦軍開來，立即做好了出戰準備。誰知一個時辰後傳來韓朋將令：「秦軍畏我不敢出戰，待我與晉鄙老將軍會商之後再行定奪，不得妄動！」段弗成與部將們大大洩氣，各自回營休整歇息等候韓朋將令。及至入夜，還不見韓朋將令，秦軍又是毫無動靜，鐵山騎營大是鬆弛了。段弗成與前來請令的部將們索性飲了一通酒，罵罵咧咧地散去睡大覺了。

正在酣夢之中，段弗成突聞殺聲震天，一個激靈從軍榻上滾了下來，腳步踉蹌地爬起來衝出大帳。只見大片火把從山頂壓來在軍營晃動，中軍幕府外已經殺成了一片，四面山野一片戰馬嘶鳴，幕府的軍吏、司馬與衛士一個個不見了人影。段弗成一身冷汗，頓時驚醒，反身進帳摘下長劍衝了出去，卻見幕府大纛旗下十多個軍吏衛士被三個黑鐵塔般的甲士逼得團團亂轉。

段弗成大喝一聲：「擺脫纏鬥，上馬列陣！」

一個司馬一邊踉蹌閃避一邊銳聲急喊：「戰馬被秦軍放火燒散了！」

一聽戰馬被燒散，段弗成急怒攻心，狂奔上平日發令的土丘高臺，抓起一對大槌猛擂戰鼓。天下金鼓號令大同小異，「聞鼓而進，鳴金而退」更是相同的。此刻這鼓聲，是韓軍的聚將聚兵鼓，要將士聞鼓聚集成陣拚殺，也是段弗成此刻唯一的辦法。鼓聲大作之際，四面韓軍一片呼嘯，掙脫秦軍纏鬥向聚將鼓奔來。正在此時，一片火把如狂飆般從山腰捲來。火把下正是白起親自率領的威風凜凜的百人銳士隊。

白起情知一千人無論如何勇猛，也不能將三萬韓軍騎士盡數殲滅，只有盡可能地擒殺大將，盡可能燒散集中在馬廄的戰馬而使大部韓軍不能上馬作戰，盡可能地使韓軍陷入全局性混亂。圍繞這個目標，白起的軍令簡單明確：燒馬、殺將、攪亂各寨。分兵攻殺也主次分明：一個百人隊襲擊馬廄，一個百人隊襲殺大將，其餘八個百人隊一律以「什」為單元，分作八十個小隊同時襲擊主要軍帳。白起跟隨司馬錯征戰有年，對這位最擅長奔襲奇襲的上將軍的破襲戰法深諳其道，對部屬卒伍規定的戰法簡單易行：偷襲崗哨，四面滲入軍營，同時舉火，突然發動猛襲。如此一來，韓軍凡有將領的大帳與主要兵帳、馬廄，幾乎在同一時間起火受襲，相互不能為援，一時大為混亂。

白起親率的百人隊身負擒殺大將的重任，卻沒有一路尋覓酣殺。潛入鐵山軍營後，百人隊主力一直隱蔽在幕府大帳後的嶙峋山石中，白起只派出了一個十人「什」對幕府大帳舉火襲擊，要誘出幕府所有將士，確認主將段弗成而一舉擊殺。白起打仗極是縝密，深恐主將不在幕府而輕易出擊，軍士最有威力的第一猛攻便做了空耗。及至段弗成奔上土臺擊鼓聚將，白起確認他便是主將，方才驟然舉火全力殺出。此時恰逢四面亂軍奔來，腳步隆隆勢如潮水。白起大喝一聲：「九什擋外，一什斷後！」飛身直取高大鼓架下的段弗成。

段弗成也算得韓國一流武士，眼光四面一掃，見一排黑色重甲武士在前，十名鐵塔又飛矗在了身後，一個黝黑的影子大鷹般凌空撲來。段弗成不及細思，雙手鼓槌流星砸出，接著長劍在手迎面直刺。誰知對面黑鷹不閃不避，一對大鼓槌砸在鐵甲之上直飛夜空。段弗成長劍堪堪伸直，便聽一聲金鐵大響，長劍脫手飛出，迎面一道雪亮劍光閃電般「噗」地透胸而過。段弗成尚未喊出一聲「好快」，已鮮血噴湧倒地身亡。

白起鏘然落地，一劍割下段弗成頭顱，大喝一聲：「段弗成首級在此──」便將一顆血淋淋的人頭飛擲了出去，連環飛動只在瞬息之間。四面擁來的韓軍尚未與將臺前的鐵鷹銳士交手，便見一顆人頭凌空飛來，火把之下，段弗成的長鬚白面清晰可辨。有韓軍將領一聲嘶喊：「將軍戰死，殺出山前──」

韓軍一片呼嘯，又潮水般捲了回去，少部分攔住散馬的上馬帶頭，沒有馬匹的便跟在馬後蜂擁而去。白起一聲大喝：「收隊，雙巒峽谷——」千人隊迅速回捲，從山後向阻截晉鄙大軍的熊耳山雙巒峰疾行而來。

天亮時分，鐵山韓軍三萬騎兵全部被殲，宜陽城兩萬沒有主將的守城步兵獻城投降，韓國上將軍韓朋在西渡水河谷被秦軍生擒。晉鄙大軍在雙巒峽谷前遭遇秦軍三萬步兵的強硬抗擊，丟下了兩萬多具屍體，不能越雷池半步。紅日東出，看著遍野屍體，看著宜陽城頭黑色的「秦」字大旗，晉鄙咬牙切齒地一劈令旗：「收兵！」

飛馬趕來的甘茂容光煥發，卻沒有下令追擊。各路兵馬聚集到宜陽城下清點，只有六百餘名秦軍戰死，千餘人負傷，白起的千人隊毫髮無損。此等戰果是甘茂難以想像的，接連命令清點三遍，方才真正地相信了。興奮之餘，甘茂一面在宜陽城外大宴三軍將士，一面飛馬上書咸陽，請秦武王駕臨宜陽，東進周室。

二、秦武王隱隱覺得不妙

攻克宜陽如此快捷便當，甘茂捷報離大軍東出只有三日之隔，以致秦武王連咸陽的鎮國事宜還沒有安排妥當。

本來，秦惠王之後的秦國已經大為強盛，留守鎮國只是國事不可或缺的名義罷了，很容易處置好。但在秦武王卻是一個難題，全部原因，是他沒有王子而只有幾個嫡庶兄弟，以及年齡不相上下的叔叔。這些兄弟叔叔年齡懸殊，最小的庶弟嬴稷尚在少年，最大的族叔嬴壯已經是二十六歲了。嬴壯輩次雖是族叔，實則與秦武王嬴蕩幾若嫡出同胞，為秦惠王正妻惠文后所養，稟性也與秦武王十分相似。因了秦武王年近三十無子，兄弟之中生出了許多微妙處。秦武王的強壯勇猛天下皆知，二十多名妻妾嬪妃幾乎人人疲憊不堪，偏偏卻無一身孕。惠文后曾經到太廟禱告，請紅衣大巫師鑽龜占卜。那個一頭霜雪的大巫師盯著散亂的龜紋看了半日，長吁一聲道：「天意也，老臣也是難以窺其堂奧矣！」惠文后懵懂不知所以，又想不出辦法，只好不斷禱告，祈望上天早日賜給自己一個王孫，使那股悄悄蔓延在咸陽宮廷的躁動早日平息下來。秦武王稟性勇武粗獷，可也對這種微妙的氣息有所覺察，這就是他在留守鎮國上的思量之處。

反覆思忖，秦武王邀「叔弟」嬴壯共同拜望了母后，當著惠文后的面，擢升嬴壯為左庶長，領咸陽城防鎮國。惠文后看到兩個兒子相互幫襯提攜，大感欣慰，抹著眼淚笑道：「蕩放心去吧，娘也為你監國，看著叔弟。」嬴蕩一陣大笑，出了後宮立即召樗里疾密商。

當初，秦武王一心要挽留才具逼人的張儀，可有嬴華對他的疑慮，又擔心張儀盯著父王死因做文章，只好無可奈何地放張儀走了。司馬錯卻是他有意放走的，原因只有一個：秦國不缺將才，司馬錯資望太高，使自己在兵事上放不開手腳。這兩人一走，國中老臣只留下樗里疾孤樹參天了。偏是這個文武全才的三代老臣心志淡泊，稱病不朝，大有就此撒手的模樣。嬴蕩在大事上畢竟明白，只要樗里疾在國，嬴蕩絕不逼迫任事，只要這個老智囊應急便可，原本也不想教他參與日常國政。樗里疾功勳卓著，資望極高，更有尋常重臣不具備的根基：妻子是秦惠王堂妹雍城公主，有王族外戚的身分。國有變故，有如此才能如此權力如此根基的樗里疾自是要害人物了。秦武王也不明白自己如何心血來潮，立即召來樗里疾。畢竟，國中是平靜的，可他總有一種奇特的感覺，竟對這位老臣一口氣說了半個時辰。

「老臣知道。」樗里疾只有淡淡的一句話，昔日詼諧無影無蹤。

秦武王還想說，終於甚也沒說，對著樗里疾深深一躬，逕自大步去了。

次日，秦武王率領全部大臣嬪妃，在六千王室禁軍護衛下浩浩蕩蕩地東進了。三日之後抵達孟津渡口，甘茂已經率大軍移師北上，駐紮南岸，親率眾將乘大舟橫渡北岸迎來。瀏覽完甘茂遞上的《軍功冊》，秦武王大是振作，站在軺車上宣布了三道王書：擢升白山為咸陽令，立即還都鎮守咸陽城防；擢升白起為前軍副將代行前軍主將職權；其餘有功將士盡皆按照《軍功冊》晉爵加職。王書一下，三軍歡呼，人人振奮。當晚慶功大宴後，秦武王與甘茂計議斟酌，立派白山率領五萬大軍從函谷關返回秦國，將大軍留駐藍田大營，白山徑回咸陽赴任；留下的五萬大軍，則由前軍副將白起輔助上將軍甘茂統轄節制，實則將具體號令權交給了白起。

清晨卯時，太陽剛剛爬上宜陽城頭，秦武王君臣嬪妃及兵將萬餘人，乘坐百餘條大船渡過孟津，在大河南岸會齊五萬大軍，列開大陣向洛陽浩浩壓來。

顏率的王室儀仗到達孟津渡口的時候，秦國的五萬鐵騎甲士剛剛渡過大河。綠色的原野上漫捲著黑色的戰旗，孟津渡口檣桅如林，黑帆蔽日。南岸原野上，秦軍鐵騎在交相呼應的牛角號聲中列成了三個巨大的方陣。中央方陣前的一輛鐵輪戰車上，矗立著一面三丈六尺高的「秦」字大纛旗，掌旗者正是殿前鐵塔猛士烏獲。大纛旗下，秦武王乘一輛特製的大型青銅戰車，一身青銅甲冑，外披黑色繡金斗篷，頭戴長矛形王盔，手扶車前橫欄而立，傲慢冷酷地凝視著洛陽方向，恍若一尊金裝天神。王車右手是另一個大力士孟賁，徒步一柄青銅大斧，與車上秦武王幾乎一般高，儼然一座黑色雲車矗立。王車左手是淹沒在迎風飛舞的旗林中的甘茂等大隊朝臣與一大群嬪妃。王車之後緊跟著一個千騎小方陣，陣前一面戰旗大書一個「白」字，旗下便是那個年輕的新任前軍副將白起。

秦武王揚起黑色馬鞭高聲問：「上將軍，距洛陽路程幾多？」

甘茂在馬上高聲答道：「八十里，鐵騎大軍半日可到。」

秦武王揚鞭大笑：「旬日之間，通三川下周室，死無恨也！」

「王駕起行——」甘茂高聲下令，秦武王的大型戰車在左右兩座鐵塔猛士的護衛下轔轔隆隆地啟動了。王車儀仗之後，白起令旗左右一擺：「方陣推進！起——」身後戰車上的三十六面戰鼓隆隆轟鳴，大河草灘上刀矛齊舉，戰馬沓沓，大軍的騎兵方陣跟在秦武王的車駕儀仗之後，萬仞絕壁般齊刷刷壓過剛剛泛綠的草地。

突然，一隊紅色車騎從官道上迎面開來，樂聲號角聲隱約可聞。

「上將軍，這也算是天子王師？」秦武王驚訝地打量著。

「啟稟我王：臣料來者乃天子犒賞使節。」甘茂早已看見。

「犒賞？哼！」秦武王一陣蔑視的冷笑，「本王倒要看看，一個末路天子還能擺出甚譜犒賞我這個諸侯？」手中馬鞭一揮：「大軍列陣！」

戰鼓號角交錯中，白起揮動令旗，五萬清一色的騎兵大軍在王車兩側展開，騎士們舉矛立刀，整齊肅然得猶如訓練有素的戰陣儀仗。

紅色車騎駛到距秦軍大陣一箭之遙，緩緩駐了車馬。與秦軍黝黑閃亮的軍陣相比，這支車騎顯得寒酸極了，衣甲旗幟破舊黯淡，連青銅軺車前那面「周」字大旗的旗槍槍纓都殘缺不全了，騎隊士卒更是老少參差萎靡不振，與威猛強盛的秦軍對陣，形成一種荒誕怪異的對比。秦武王大瞪著雙眼一陣端詳，情不自禁地哈哈大笑起來。

此刻，老顏率從一輛華貴陳舊的青銅軺車上被侍女扶下，步態艱難地走了過來，身後兩名紅衣侍女捧著大銅盤碎步緊隨。終於，顏率走到了這輛比尋常戰車高出許多的戰車前，不卑不亢地一拱手：「秦王入天子王畿，本太師犒賞三軍來遲，尚請見諒。」蒼老的聲音不無悲涼，卻沒有一絲驚慌。

「來者自來，何敢勞天子犒賞？」邦交辭令，秦武王說得冰冷生硬。

顏率毫無覺察一般再度拱手作禮道：「周王特派老臣乘王車、捧王酒犒賞大軍。周秦一源，同出西土，理當迎秦王入洛陽王城一遊。」

秦武王冷笑：「一遊？本王若想滅周長住，又當如何？」

顏率不緊不慢道：「周室衰敗，名存實亡，不堪任何大國一擊，況乎秦國鐵騎？然周室無財，無地，無大軍，縱然滅之，非但不增國力，反徒招天下非議。諺云：滅周無功。誠所謂也。」

秦武王突然一陣大笑道：「老太師明智，本王也沒想滅周，只想看看洛陽氣象而已。」

顏率頓時寬慰：「秦王英明，敢請秦王下車，接受天子賜酒。」

突然，秦武王又是傲慢矜持地冷笑：「周王是王，本王也是王，何須下車？」

顏率面色脹紅，據《禮》辯爭道：「天子禮儀：戰車之上，無得受酒。」

「為何不能？」車側孟賁一聲大吼，驚得顏率一個踉蹌幾乎跌坐在地。此時孟賁大步跨到兩名侍女身前，兩隻大手伸開，一手卡住一名侍女的細腰，兩手一展，竟將兩名侍女驟然舉起。兩名侍女臉色發青未及尖叫，便莫名其妙地飄上了大型戰車，惶恐地擁在秦武王兩側。

孟賁大吼一聲：「跪下！敬酒！」

「禮崩樂壞矣！」顏率痛苦地嘟囔一句，閉上了老眼，兩行老淚驟然湧流面頰。

兩名侍女嚇得完全忘記了神聖的賜酒禮儀，不由自主地驚慌跪倒，雙手捧起青銅大爵，卻不想忘記了一手扶住托盤。銅托盤在大風中落下，「噹」的一聲碰到戰車銅欄上，飛滾出戰車，閃著古銅色的亮光滾到了顏率腳下。銅盤下的那方紅綾被河風掀起，飄掛到那面黑色「秦」字大旗的旗槍尖上，獵獵飛舞不停。

兩名侍女低頭捧爵惶恐萬狀：「敬，請大王飲酒……」

秦武王哈哈大笑道：「天子敬酒，焉得不飲？快哉快哉！」一隻大手將兩只銅爵攬起，長鯨飲川般一氣而下。兩名侍女被這種聞所未聞的巨人氣勢嚇得瑟瑟發抖，完全不知道該做什麼，竟抱著秦武王兩腿蜷縮成兩團。秦武王大笑，一手抓住一個侍女：「天子侍女，膽小如鼠也！」兩手一揚拋出，兩名侍女又樹葉般飄了起來。只聽兩聲驚叫，兩名侍女從空中飄然落地，一起跌在了顏率身上。

老顏率大窘，慌忙將兩名侍女推倒在地，甩袖起身。

秦武王大笑著揚鞭一指道：「老太師，請與本王同車。」

顏率連忙搖手道：「多謝秦王，老夫不耐戰車顛簸，自乘王車隨後可也。」

秦武王頓時冷了臉：「戰車？本王戰車比你王車平穩百倍，老太師試試。」

顏率尚未說話，孟賁兩手一卡顏率腰身，已將老人提到了大型戰車中。顏率大皺眉頭，但卻只能強作笑容：「秦王請了。」秦武王沒有理睬顏率，馬鞭一劈下令：「兵發洛陽！」大型戰車便轔轔隆隆地啟動了。老顏率帶來的天子儀仗與秦武王儀仗並行，猥瑣得令顏率不忍卒睹。

大軍推進兩個時辰後，洛陽王城遙遙在望。秦武王極目看去，一座碩大的孤城矗立在春日夕陽之下。正當蓬勃的春耕時節，這裡卻是滿目荒涼一片蕭疏。田野裡沒有農夫，官道上沒有車馬，既沒有他所想像的遊人踏青春歌互答的王畿國風，更沒有他所嚮往的商旅仕宦輻輳雲集的繁華……在秦武王的三川之夢裡，洛陽王室是天下文明的淵藪，是金碧輝煌光焰萬丈的殿堂，縱然軍力不濟，財富風華仍當是天上仙境一般。如今看著王城破敗若此，一片冰涼驟然滲透了身心。看著城外大亭下一片暗淡的紅色人群，秦武王連詢問的興趣都沒有了。

老顏率站了起來道：「秦王請看：周室群臣正在代天子郊迎。」

這也是代天子郊迎？兩隊老少「天兵」排在大石亭外，一直延續到城門，紅衣紅甲破舊不堪，刀矛鏽蝕得一片斑駁，比犒賞儀仗還要寒酸；一群服飾陳舊的老少官員恭謹惶恐地排成了兩列，一方巨大的舊紅氈鋪在亭外，紅氈上是勉強還算齊全的王室樂隊，樂師卻全是白髮蒼蒼的老人與姿色平常的中年女子。兩列衣飾略為鮮亮的年輕侍女排於官員佇列之後，大約是郊迎佇列中唯一的亮色了。

亭外司禮大臣一聲長宣：「郊迎秦王，天子頌樂——」

宏大的樂聲響了起來，侍女歌聲悠揚：

西有王客　和鈴央央

周秦同宗　龍旗陽陽

降福王室　休有烈光

功業宣武　西有秦王

秦武王瞄著一片破敗的王室儀仗，聽著這有氣無力的頌歌，只覺一片茫然。甘茂沒有聽清歌詞，高聲問道：「是何頌辭？未嘗聞也！」顏率對著秦武王一拱手道：「啟稟秦王：這首〈客頌〉，乃天子特意為迎接秦王而作。」秦武王毫無表情地點點頭，與孟津渡口的張揚風發判若兩人。

郊迎司禮大臣又是一聲長宣：「秦王入城——」

秦武王恍然醒悟，略一思忖向甘茂下令：「大軍駐紮城外，明日清晨入城。」

顏率愕然，轉念間大感寬慰：「老夫即行入城，奏請天子犒賞三軍。」

秦武王馬鞭敲著戰車，分明極為不耐：「甚個犒賞？不必聒噪，明日迎候便了。」老顏率更是輕鬆，深深一躬道：「老臣明日恭迎秦王。」退到了一邊。甘茂對秦武王稟性知之甚深，轉身對白起下令：「大軍就地紮營。」白起早已將四周地形看得分明，令旗一擺：「四面紮營，拱衛王帳。」五萬鐵騎立即按照部伍沓沓分開紮營，將秦武王的行營大帳拱衛在中央地帶。片刻之後炊煙四面升起，營地進入了秩序井然的夜營防守。

秦武王一夜都沒有安寧，輾轉反側，總是抹不去一個突然浮現出來的念頭——洛陽之行，得不償失。仔細回味，在孟津渡口看見天子犒賞儀仗的剎那之間，這個念頭便冒了出來，兵臨洛陽城下，這個念頭已不可遏制地凸顯清晰了。三川這般索然無味，自己卻當作第一件大事來做，非但逼得六國恢復了合縱，而且落得個「同源相殘，非王非禮」的惡名。更重要的是，秦國負此惡名卻一無所得。秦武王第一次隱隱約約地感到了自己的魯莽，感到了父王與張儀的老辣——放著近在咫尺的洛陽王城就是不理，只是全力以赴地與中原戰國斡旋。那時候，自己對父王與張儀的一力連橫從內心是蔑視的，在他看來，有秦國熊羆銳士二十萬，只要放開手腳從函谷關外排頭殺去，三年內定然盡滅天下，何須來回扯鋸？目下想來，似乎是哪裡不妥了。不說別的，洛陽一班師，他便要面臨與六國合縱開打的局面，而從宜陽之戰的經過看，若非白起受司馬錯薰陶而提出的奇襲方略，戰勝六國聯軍絕非易事。想著想著，秦武王有些埋怨甘茂了：一個丞相兼領上將軍，如何不能提出更高明的方略，而只是順著自己的心志？看來，必須在洛陽有所收穫。然則，收穫甚呢？洛陽有甚？

矇矇矓矓的，秦武王終究睡了過去。古老的黑鷹城堡在雲彩間飄飄盪盪，他放開大步卻無論如何也追不上。突然，一隻黑色的大鷹從湛藍的天空凌空撲來，他怒吼一聲，抓住黑鷹翅膀便飛了起來。大黑鷹長唳一聲直墜而下，眼前萬丈深淵，一面絕壁張開獠牙向他撲來……

「啊——」秦武王長嘯一聲翻身坐起，發力之下，那張軍榻頓時破裂成了碎片，他的雙手猶自緊緊抓著榻邊橫欄。

孟賁烏獲兩座鐵塔已經衝了進來：「刺客何在？」兩聲吼叫，聲若雷鳴。

秦武王醒了過來，呵呵笑道：「做夢打仗。沒事，去。」兩人一走，秦武王起身出帳，看著滿天星斗，渾不知身在何處。雙手摀住臉冷靜片刻，方才回過神來，一直站到東方露出魚肚白色，方才回到大帳。

紅日初升，顏率率領著周室的老少群臣出城迎接了。甘茂趕來請令如何進城。秦武王第一次發問：「丞相以為如何進城？」甘茂拱手答道：「揚我軍威，大軍開進！」秦武王卻淡然下令：「大軍駐紮城外，大臣嬪妃將領並一千鐵騎入城。」甘茂略一愣怔，大步去了。片刻之後，白起親率本部千人隊護衛著秦武王車駕，轔轔隆隆地開進了洛陽。

三、九鼎夢魘　幽幽血光

洛陽王城的宮殿群在春日的陽光下金碧輝煌。秦武王的大型青銅戰車隆隆碾過長街，零落匆忙的國人連忙譁然閃開，沒有一個人駐足圍觀。秦武王輕蔑地冷笑著，腳下一跺，大型戰車拋下顏率一行，逕自隆隆衝進了王城幽深的門洞。

王城內荒涼破敗一如往昔，高高的宮牆殿脊遮住了明媚的春光，層層疊疊的宮殿樓宇如高山峽谷，使方方庭院都籠罩在深深的幽暗之中。秦武王抬頭望去，只有頭頂的一方藍天白雲懸在宮殿峽谷之上。眼前正殿廣場的大青磚縫隙裡荒草搖曳，雄偉的九鼎默然矗立，時有鴉雀從大鼎耳的巢中飛出，盤旋飛舞啁啾歡叫，使這沉寂的宮城如同深山幽谷一般。

秦武王正在端詳感慨，卻聞一陣樂聲，一隊王室儀仗從東邊偏殿緩緩湧出。後邊匆匆趕來的老太師顏率一聲高誦：「天子駕臨——秦王覲見——」隨著顏率蒼老的聲音，一個身披大紅金絲斗篷、頭戴高高紅玉冠的少年從儀仗中央甬道走了出來。

秦武王心知這是新近即位的周王，在戰車上一拱手道：「秦王嬴蕩，拜會周王。」這一完全沒有覲見色彩的做法，在《周禮》中可是大大的僭越，老顏率一時竟不知如何保全天子顏面。

少年周王渾然無覺，照樣一拱手道：「秦王遠方貴客，光臨洛陽，不勝榮幸。」

秦武王見這位少年天子還算知趣，不再做大，飛身跳下戰車深深一躬道：「嬴蕩叨擾天子，幸勿怪罪。」

少年周王勉力一笑道：「周秦同宗，情如手足，秦王遠來，王室自當設宴洗塵，請入大殿。」顏率為免難堪，搶先一步高聲道：「老夫為秦王導引，請——」領著秦武王向東偏殿而來。殿中酒宴原已備好，秦武王一瞄坐席位次，逕自大步向並列的主案走去。身後的少年周王一臉苦澀笑容，平靜地走到了另一張主案前：「秦王請入座。」

秦武王笑道：「王城酒宴，生平所願也，多謝周王。」

少年周王淡淡笑道：「賓主之禮，原也應當，何須言謝？」

一時雙方坐定，周王與秦武王同為面南主案，秦國丞相甘茂與周室太師顏率陪坐兩側，其餘大臣依爵位高低分坐兩側。唯一的不同，是秦武王帶來了十六名嬪妃，全是沒有見識過洛陽王城的西部女子。她們五彩繽紛地在秦武王身後排開一片大案，似笑非笑地注視著案上粗簡的酒菜，雖不能說唧唧喳喳，盈盈輕笑中卻也充滿鄙夷的神色。在以周禮為根基的周室君臣看來，成群嬪妃是根本不能在天子邦交大宴中就座的，更不要說一片嬉笑了。然則時也勢也，面對秦武王這等視禮儀為糞土的強悍君主，面對這些缺少王化的西部女子，周室君臣只有無可奈何，只有尷尬地陪坐了。一時人人面紅過耳，座中沒有一絲迎賓喜氣。

紅衣司禮大臣一聲高宣：「為秦王洗塵，奏樂——」

隨著悠揚的大雅樂聲，周室君臣的僵滯方才鬆泛了一些。少年周王舉起了青銅大爵道：「諸位同乾此爵，為秦王接風洗塵。」周室臣眾按照禮制跟著一頌：「秦王康健，再建大功。」誰想秦國大臣將軍與嬪妃卻是一聲高呼：「秦王萬歲！乾！」王城中頓時一片轟鳴雀鴉驚飛。周室臣眾面面相覷，舉著大銅爵不知如何應對。

秦武王舉著酒爵哈哈大笑道：「老秦人粗樸少文，來！乾了便是。」也不向身邊天子作禮謝恩，逕自一飲而盡。秦國將領大臣與嬪妃又齊喊一聲：「乾！」一片汩汩聲中人人空爵。周室臣眾卻看著少年天子慢慢飲盡，方才默默啜乾，雙方一時毫不搭調。

秦武王嘖嘖歎息著大是搖頭道：「洛陽王室，天子之酒，怎的這般薄寡無味？這菜，兩方冷豬肉，有甚咥頭？洛陽天子，當真破敗若此麼？」

顏率忙拱手賠笑道：「秦王明鑒：周室素無土地民眾之治權，百餘年來，諸侯貢品日漸斷絕，王室賦稅連日常支用尚且難以維持也……」目光向衣衫破舊的大臣一掃，眾臣皆是面紅耳赤。少年周王一聲長歎，不由淚水盈眶。

「啪」的一聲，秦武王拍案高聲道：「這天子有甚個當頭！來人，搬出本王帶來的大秦鳳酒。再搬出行軍牛羊鹿熊肉，大咥痛飲！」

話音落點，白起霍然起身出殿。片刻間一隊兵士魚貫而入，搬來五十個黑色大罈，每個大罈上貼一方紅布，一個大大的「鳳」字赫然入目。又有一隊兵士魚貫而入，捧進大盤醬色乾肉，每案一盤，濃郁的肉香頓時彌漫開來。

秦武王大笑道：「西岐風味，敢請天子品嘗。」

少年周王渾身一顫道：「多謝秦王情意……」一言未了，泣不成聲。西岐本是周人發祥之地，那鳳鳴岐山的故事更是周人永遠的祥瑞。當年，周人感念秦人再造大恩，將全部故土封給了秦人，自己東遷洛陽；本以為周秦同源可相互扶持，不想三百年後物是人非，秦成強橫大賓，周卻奄奄一息，睹物思情，如何不令這位聰慧剛強的少年天子感慨唏噓？

秦武王一陣愣怔，顯出罕見的寬和，拱手笑道：「嬴蕩魯莽，天子恕罪。」

少年天子勉力一笑：「美味在前，秦王請。」

秦武王大笑道：「天子不掃興便好。來，開咥！」

大殿內外頓時熱鬧起來。秦國的大臣將領與嬪妃無一例外地擼起大袖上手撕肉，大塊咥肉，大爵飲酒，一片稀里呼嚕狼吞虎嚥，誰也不去計較吃相禮儀。原是秦軍個個猛士，食量特大，猶以秦武王與孟賁烏獲三人為最。秦武王每頓必得乾肉六七斤、大麵餅五六個、烈酒一兩罈。只因昨夜臥榻不寧，秦武王早晨軍食無心下嚥，正要在王城大宴中補回來。在他想來，洛陽天子再窮酸，大肉美酒總是有的，總不至於連飯食也拿不上臺面了。誰想周人歷來簡樸，與肉欲橫流享受成習的殷商人恰是兩端。周禮中的天子大宴，也只是中看不中吃：案中兩鼎，一鼎事先蒸煮好的方肉，一鼎藿菜燉羊骨，合起來也沒有一斤肉，且因事先準備，端上案來已經是冷豬肉了。如何能教秦武王這般饕餮猛士痛快淋漓？大軍征戰，飽食第一，虧甚也不能虧了將士肚腹。一國君主如秦武王者，自身便是饕餮力士，自然對行軍征戰的軍食絕不會草率了事。

周室君臣拘謹一陣，終於開始了放任吃喝。畢竟，無論你是天子大臣，還是一介庶民，吃飽總是最要緊的。雖說周人簡樸，可這天子大宴也確實是無物可上，府庫短缺那是誰也沒有辦法。在座君臣除了東周公與西周公說得上錦衣玉食之外，大約誰都不敢說自己能比秦軍兵士吃得好。今日秦王雖然大違禮儀，但也是戰國弱肉強食大勢使然，只要不滅周室，便不能認真計較，不吃反而自討無趣，何如大吃？

如此一來，王城大殿內外頓時成了飲宴場。殿外廣場是一千騎士的正午大餐。白起破例下令：每人可飲一碗酒，並准許在就近宮殿觀瞻遊走，以示進入王城之慶賀。秦軍將士大是興奮，以軍中猛士特有的速度迅速飽餐一頓，立即三五成群地在王城看起了稀奇。畢竟，這些平民子弟大多生於山鄉，又長年駐紮軍營馳驅戰場，對洛陽王城這樣的天下第一大都，平日是連想也不敢想的。一番喧嚷遊走，最後自然地圍攏在九鼎之前嘖嘖評點，認為唯有這天下獨一無二的九鼎是咸陽所沒有的，驚訝欣喜呼喝叫嚷毫不掩飾，王城一片喧鬧之聲。

大殿內也開始鬆弛熱烈起來。秦武王一陣大咥痛飲，已經是臉紅耳熱，聽見殿外軍士品評九鼎的驚喜喧譁，對周王一拱手道：「敢問周王，這九鼎神器幾多重了？」

少年周王目光一閃笑道：「問鼎中原者不知幾多？只是誰也不知九鼎重量。」

秦武王大笑道：「是麼？那便試試。走，出去看看。」一群嬪妃立即一片歡笑，簇擁著秦武王出了大殿。少年周王與顏率並一班大臣也跟在秦武王後邊，來到了九鼎之前。

九鼎在中央大殿前排成兩列：左右各四鼎，大殿前方正中一鼎，自然形成朝臣上殿時的分道標誌。王城雖然破敗，這九鼎的氣勢卻絲毫未減，縱是銅鏽斑駁，反而在破敗荒涼中顯出一種亙古的崢嶸高貴與神祕。秦武王仔細打量，只見每座大鼎均矗立在三尺多高的石獸底座上，巍巍然約有丈餘之高，仰視而上，鼎中是蒼黃泛綠的搖曳荒草，彷彿歲月的蒼蒼白髮。秦武王心中一動，一個念頭突然浮現：搬回九鼎，便是進軍洛陽的最大戰果！九鼎是天下王權神器，秦得九鼎，便是天命所歸，足可激勵秦人震懾天下。

「敢問老太師，九鼎原本是周室之物麼？」秦武王轉過身來，一臉的嘲諷。

顏率一陣思忖，搖頭解說道：「九鼎者，乃夏禹王收取九州貢金，各鑄一鼎所成也。每州之鼎，刻有本州山川形勢及田土貢賦數目。鼎足、鼎耳均有上古龍形文字，是以稱九龍神鼎。夏傳商，商傳周，雖是三代傳承之鎮國神器，也是天命攸歸。」

孟賁打雷般插問：「大鼎究竟幾多重？」

顏率皺起了兩道白眉，勉力一笑道：「九鼎宏大，無可稱量，史亦無載，誰也不知幾多重。武王滅商，從朝歌運到鎬京，平王東遷，又從鎬京運到洛陽，因無大車可以載此重物，均用兵卒徒步拉運。國史記載：每鼎九萬人牽挽，九鼎便需八十餘萬人之力。據老臣測算，一鼎大約近千鈞之重，萬餘斤也。」

眾人驚訝肅然，圍在數步之外的兵士們也是一片驚歎。

秦武王不動聲色道：「雍州之鼎是哪一座？」

顏率指點著：「中央大鼎乃豫州之鼎，中原之鼎也。東方四鼎是徐、揚、青、兗四州；西方四鼎是幽、梁、雍、冀四州。」一指右手第三鼎，「那是雍州鼎了。」

秦武王沒有說話，大步走了過去。

雍州大鼎巍然矗立在三尺高的石獸底座上，鼎身銅鏽斑斑，三隻粗大的鼎足已經是厚厚一層綠鏽了，鼎身一個巨大的上古「雍」字與山川線條中的大河東折形隱約可辨。秦武王專注地盯著那個「雍」字，伸手輕輕撫摸著凸出的字形喃喃念叨：「雍鼎者，秦鼎也。雍鼎啊雍鼎，你在這裡守了七八百年，該帶著你回故土了，該做大秦之王權神器了。回到咸陽，你便立在中央了……」突然一陣狂放大笑，秦武王用力拍打著鼎身，「本王要將九鼎搬回咸陽！」

秦國將士群臣驟然高呼：「秦王萬歲！」「九鼎歸秦！」

周室群臣大是驚慌，一時無人敢說話。少年周王淡然笑道：「秦王想搬便搬了。周秦本為同宗，咸陽洛陽，原本一樣。」秦武王傲慢地一笑，對周室君臣如何說法毫不在意，一揮手道：「孟賁烏獲，五年前本王要與你倆較力，惜乎無可比之物。目下九鼎在此，誰能舉起，爵升護鼎君！」

此言一出，秦國大臣將領與一群嬪妃人人興奮不已，有幾個胡女嬪妃甚至尖聲叫了起來。只有白起微微皺起了眉頭，向孟賁烏獲投去一個眼神：「不要！」孟賁、烏獲卻是但遇較力就興奮得毛孔大張的猛士，如何還看得見白起眼神？聞聲雷鳴齊應：「嗨！」

「誰先上？」秦武王悠然一笑。

「嘿嘿，我先來。」烏獲憨厚地應答一聲，繞著雍州大鼎抓耳撓腮：「好大物事，該如何下手？」孟賁也興奮不已地跟著轉了兩圈道：「烏獲，鼎腳。我擂鼓助威。」烏獲用手拍拍大鼎笑道：「嘿嘿，雍州老家鼎，給點臉面了。」

孟賁已經飛步走到九鼎廣場西北角的王鼓樓上，大喊一聲：「擂鼓舉鼎——」雙手大木槌雨點般猛擊，沉重密集的牛皮大鼓聲在王城中驟然響起，回音相合，震耳欲聾。

烏獲半蹲身體，雙手抓牢兩隻鼎足，全身緊偎大鼎，大喝一聲：「起——」大鼎卻紋絲不動。烏獲面色脹紅大汗如豆，再度大喝一聲，拚盡全力想提起鼎足，一發力卻是兩臂發抖大腿發抖面色驟然血紅。突然一聲悶哼，烏獲滾下了石獸底座，一股鮮血箭一般從口中噴出，身子軟軟地倒在了地上。

「烏獲——」鼓聲戛然而止，孟賁一聲嘶吼哭喊，凌空飛下撲到了烏獲身上。面色慘白的烏獲向孟賁一咧嘴，未及笑出，也沒有說一句話，便瞪直了銅鈴大的雙眼。

人群一片慌亂，嬪妃們幾乎是齊齊一聲尖叫。

秦武王臉色鐵青，大喝一聲：「孟賁！害怕了？」

孟賁從烏獲身上跳起，雷鳴般大吼一聲衝向大鼎，深邃的宮殿峽谷中發出滾滾轟雷般的共鳴。甘茂已經挺身站到大鼎前，手中令旗往下一劈，秦軍儀仗大鼓與牛角軍號驟然響起，氣勢如戰場衝鋒廝殺一般。嬪妃們立即噤聲，惴惴不安地瞪大了眼睛。秦國鐵甲騎士士氣大振，高舉刀矛齊聲吶喊：「勇士孟賁！神力無邊——」秦武王冷冷地凝視著大鼎，腮邊肌肉一陣抽搐。周室群臣不知是禍是福，圍繞少年周王與顏率擠成了一圈，連樂師與侍女也緊張得忘記了各自操持，木樁一般釘在了原地。

孟賁衝上了雍州鼎的石獸底座，將黑色繡金斗篷一把扒下扔掉，又三兩下將精鐵甲冑褪去，全身上下唯餘一片包身小布，赤身站立，全身黑毛，幾乎與鼎耳等高，威武雄猛的氣概引起秦兵一陣狂熱歡呼。

秦武王捧起一罈鳳酒大步走到鼎前：「孟賁，揚我國威，更待何時！」

孟賁雙手接過酒罈，眼含熱淚道：「臣一介武士，得有今日，死不足惜！」將一罈鳳酒掀起，如長鯨飲川般一氣呑乾，右手甩出，大酒罈「啪」地碎在了廣場中央，大鼓與號角再次響起。孟賁跨開馬步，兩隻粗長黝黑的胳膊伸出，大手牢牢抓定雍州鼎的兩隻鼎足。全場屏息中，只聽一聲大吼響徹王城，孟賁全身肌肉如巨大石塊綳緊凸顯，雄偉的雍州大鼎驟然被拔起於基座，升離地面數寸。眼見鼎身微微晃動，秦國甲士一片吶喊：「起——」秦武王臉上盪開一片微笑，周室君臣臉上淌下了豆大的汗珠。

倏忽之間，孟賁巨大的身軀拚命挺直，塊壘重疊的大肌上汗水噴泉般湧出。全場靜得如同深山幽谷，唯聞孟賁骨節發出「喀喀」的悶響。眼見孟賁雙眼凸出，眼珠血紅，全身黑毛筆直伸長，狀如猙獰巨獸……就在這剎那之間，突然一聲滾雷般慘嚎，孟賁兩隻大手從肘部「喀嚓」斷裂，龐大的身軀飛到了空中，眼珠宛如兩顆紅色彈丸彈上天去，龐大的軀體彈開數丈，直飛王鐘，擊出一聲令人心悸的巨大轟鳴……

再看雍州大鼎，兩隻血淋淋的手臂依然摳在鼎足，汩汩鮮血從斷肘流向石座，雍州大鼎在血泊中冰冷地巋然矗立，幾隻烏鴉卻從鼎耳巢中「呱——」地飛出，一片怪誕神祕立時在廣場彌漫開來。全場驚駭愕然，周、秦兩方的宮女嬪妃都不約而同地用大袖摀住了嘴巴，既不敢出聲，更不敢嘔吐。

「孟賁——」秦武王大叫一聲，撲到了鮮血淋漓的屍體上。良久沉默，秦武王抱起孟賁，面色冷酷地緩緩走向雍州大鼎，將孟賁屍體平放到鼎前，憤然挺身道：「孟賁不要死。看本王為你報仇！為大秦舉鼎揚威！」嘶聲喊罷，解下繡金斗篷單手一甩，斗篷像展翼的黑色大鷹，竟平展展飛到「秦」字大旗的旗槍之上。

大臣將領嬪妃們猛然醒悟，頓時亂了陣腳。丞相甘茂大喊一聲：「毋得造次。」撲上抱住秦武王雙腿：「我王，不能冒此大險哪！」其餘大臣嬪妃們一齊擁過來跪倒：「我王萬乘之軀，不可涉險啊！」一直大皺眉頭的白起奮力擠到大鼎前，鏘然躬身道：「臣啟我王：一國之威在舉國合力，不在匹夫之勇。大王縱能舉起九鼎，於國何益？敢請我王以國家為重，三思後行！」冷冰冰硬邦邦振聾發聵。

秦武王冷笑道：「白起，你敢教訓本王？舉鼎後再殺你不遲。來人！拖開丞相。」

兩名甲士將甘茂架走，甘茂猶自回頭哭喊：「我王，白起說得對……」

秦武王臉色驟然獰厲：「有擋我舉鼎者，便是這般！」順手抓起烏獲屍體，向那口千年王鐘擲去，「轟──」的一聲長鳴，烏獲屍體碎片飛裂，血肉四散濺開。全場秦人面色蒼白，一片死寂。白起卻大步出場，鏘然拔出長劍舉過頭頂：「秦國壯士，為我王助威。」一千鐵甲騎士「刷」地舉起刀矛，鐵青著臉一聲怒吼：「秦王大力神！萬歲──」

秦武王掀去軟甲頭盔，露出一身黑絲短衣與披散的金色長髮，腰間紮一條六寸寬的大犛牛皮帶，兩隻赤膊盡皆金黃色長毛，身軀偉岸，儼然一頭發怒的雄獅。甘茂踉蹌衝進，雙手舉著一罈鳳酒：「臣請我王飲酒壯威！」秦武王一手提起酒罈仰天大笑道：「大秦要平天下九州滄海，小小一鼎，何足道哉！」單手捧罈蛟龍吸水般一氣飲乾了一罈烈酒，揚手一甩，酒罈呼嘯著飛向王鐘，又是一聲轟鳴，經久不散。

冷笑地看看春光下巋然矗立斑駁閃爍的雍州大鼎，秦武王正要伸手間，卻聞空中一聲尖厲的猛禽長鳴。一隻黑色大鷹箭一般向大鼎俯衝而下，又驟然展翅升空。眾人驚駭失色間，才發現大鷹叼著一條紅色的大蛇飛向了高高的藍天。

秦武王大是興奮，向天上黑鷹遙遙一拱：「鷹神為我去妖，大秦不負鷹神！」

周室君臣都知道，上古老秦部族是以黑鷹為神靈的。當年，還是太子的周平王跋涉隴西尋求秦人援手時，老秦部族的山地城堡還都是蒼鷹展翅之形。黑鷹是老秦人的戰神，它比那美麗的鳳凰更使秦人熱血沸騰。這天外黑鷹恰恰在此時出現，而且叼走了一條盤踞在雍州大鼎中的紅色大蛇，在秦人看來自然是大大吉兆了。

隨著秦武王的誓言，全場秦人一聲吶喊：「鷹神在上！佑護我王——」

少年周王與周圍大臣人人沮喪，面色難看極了。周人原本以龍為神物，周文王推演的《周易》八卦，多有以龍之變化預言人事變化的卦象。然則，自從有了鳳鳴岐山的祥瑞，周人又以鳳凰為神了。但是，鳳神並未取代龍神，而只是並立為周人的佑護之神。更認真地說，在周人心目中，龍是威懾萬物的戰神，無論龍戰於野，還是飛龍在天，那都是上天雷霆之威，非人力可及的。鳳，則是柔和吉祥的孕育之神。兩相比較，自然還是龍神第一。對龍的信奉，自然導致了周人對近似龍形的蛇的敬畏，甚至將龍蛇看作一體。對於出沒在古老宮殿與府邸的各種蛇，周人都當作神明待之，祈禱佑護，根本不會去傷害。三百多年的洛陽王城，宮殿重疊如幽幽峽谷，大蛇出沒便成為宮中常有的恐怖傳聞。尤其是罕見的怪蛇出現，通常總是會引起諸多徵兆猜測，甚至促使天子親往太廟禱告祈卦。但最教周室君臣在意的，便是盤踞在雍州大鼎中的這條火紅色大蛇。

周顯王時的一個深夜，一個侍女從九鼎廣場向晝夜樂舞的東偏殿送茶，腳步匆匆間，突然看見迎面黝黑的雍州大鼎上盤繞著一條紅亮亮的錦帶。侍女好奇走近，突聞嘶嘶喘息，一雙碧綠的圓球正悠悠逼近，一股腥風迎面撲來。侍女尖叫一聲頓時昏倒……及至周顯王與樂師聞聲趕來，只見大青磚上一攤血跡，紅色大蛇正盤在大鼎上昂頭對著人群吐芯。周顯王驚喜莫名，立即擺下犧牲焚香膜拜，紅色大蛇才悠然地爬上了大鼎。王室太史令奉命占卜，卦象大吉，拆解卦象云：周為火德，尚紅，源出雍州，今火龍盤踞雍州鼎，當主周室再度興旺。一時之間，火龍護鼎成為洛陽王畿人人耳熟能詳的故事，周室君臣也將這條火龍特意供奉，視為神聖。

而今，火龍被黑鷹叼走，豈非大大凶兆？

秦武王不知這些故事，大笑著走上石獸底座道：「雍州大鼎，嬴蕩來也！」回聲在宮殿峽谷轟鳴間，秦武王馬步半蹲，身形如淵渟岳峙威猛不可動搖，兩隻巨手伸開，鐵鉗一般鉗緊了兩隻鼎足，眼見鼎身便是微微晃動。秦武王一聲雷吼：「起——」鼎足驟然被拔起半尺有餘，穩穩上升。正在此時，秦武王腳下的牛皮戰靴「叭」地裂開。秦武王身軀卻紋絲未動，鼎足繼續上升。突然，秦武王腰間的牛皮鞶帶又「叭」地斷開彈飛到空中，充血的一雙大腳從戰靴上滑出，雙腿驟然從鼎足下伸出。間不容髮，秦武王身軀滑倒之時，大鼎的一足恰恰切向他的大腿。一聲沉悶的慘嚎，千鈞鼎足輕輕切斷了一條大腿，切口白亮，帶著銅鏽的斑駁與肉色。隨著這一聲輕微的令人心悸的「咯嚓」聲，沉重的鼎足落地之音重重地猛砸到人們心上。

全場驚駭震懾！人們夢魘般費力地、輕輕地「呵——」了一聲。瞬息之間，秦武王大腿鮮血噴發，一道血柱直衝鼎耳。雍州大鼎沾滿的血，又汩汩回流到石座與秦武王的身上臉上。

「秦王——」甘茂與白起同時大喊一聲，撲向了大鼎，將秦武王抬出鼎下。隨行太醫提著醫箱踉蹌奔來，圍成了一圈。大臣嬪妃也清醒過來，頓足捶胸，哭成了一片。鐵甲騎士慌亂不知所措，紛紛圍到圈外緊張詢問。

秦武王醒了過來，慘然一笑道：「白起，你……對……」

白起含淚高聲道：「秦國新軍尚在，我王放心！」轉身對著甘茂，「丞相，秦王交給你了。」說著霍然起身衝出人圈大喊一聲，「大秦騎士，上馬列陣！」一千鐵甲騎士立即飛身上馬，列成了一個整肅的方陣，刀矛齊舉一片殺氣。

白起高聲下令：「我王重傷，大秦鐵騎就是擎天大柱。王齕，帶三百鐵騎守住王城大門，任何人不許出入！」

「嗨！」年輕的中軍司馬戰刀一舉，帶著一隊鐵騎衝向了王城大門。

「蒙驁，帶兩百鐵騎看守周室君臣。我王離開之前，不許一人走脫！」

「嗨！」前軍副將長劍一揮，兩百騎士沓沓散開，立即包圍了周室君臣。

「其餘甲士，隨我夾道護衛！」白起令旗連擺，剩餘的五百鐵甲騎士從大鼎到秦武王大型戰車之間，立即列成了夾道護衛陣式。此時甘茂一聲嘶喊：「班師咸陽！」幾名太醫用一張軍榻抬著秦武王，大步匆匆地走向了大型戰車。

片刻之間，秦國的王車儀仗從洛陽王城幽深的門洞匆匆擁出，在北門外會齊五萬鐵騎，馬不停蹄地向孟津渡口飛馳而去。一個多時辰後，孟津渡口遙遙在望，鐵騎大軍停止了前進，在暮色中紮營了。

洛陽王城內，周室君臣一片喜慶。

侍女內侍笑鬧喧嚷地忙著收拾狼藉殘宴與鐘鼓九鼎。少年周王立即下令擺設犧牲香案，隆重祭拜雍州大鼎。少年天子率領全部大臣跪倒大鼎前反覆念誦著：「九鼎神器，天人渾一，佑我周室，綿綿無期。」祭拜完畢，老太師顏率亢奮笑道：「從今日後，九鼎穩如泰山，天下將無敢窺視周室也！」一班老少大臣立即跟上，高聲同誦：「我王上通天心，社稷恆久！」

突然，少年天子一指擦拭大鼎血跡的內侍，厲聲喊道：「不許擦洗，大鼎血跡，乃天證也！」「天證周室！社稷恆久——」一片頌詞在幽深的王城久久轟鳴著。

夜色降臨，大河濤聲在浩浩春風中如天際沉雷。

秦軍大營燈火點點，刁斗聲聲，戰旗獵獵翻飛。白起單人獨騎，快馬在營地反覆視察了兩周，做好了一切臨戰準備，方才稍微鬆了一口氣。上將軍甘茂此時一刻也不能離開秦王，前軍主將白山又離開了大軍，保護秦國君臣的千鈞重擔驟然落在了他一個人身上，白起第一次感到了作戰之外的另一種巨大壓力。此刻，他已經來不及譴責秦王了。畢竟，一個更適合做猛士的國王——秦王，是要為大秦爭回尊嚴的，假若不是牛皮戰靴與腹間大帶匪夷所思地斷裂，而是給他一個更堅實穩固的根基，誰說他不能舉起那令人望而生畏的雍州大鼎？可一切就那樣不可思議地發生了，那一刻，白起幾乎懵了。若非他少年從戎屢經生死決於瞬息之間的戰陣危難，他真不敢說自己還能冷靜地想到全局安危。

「稟報前將軍：秦王急召！」一騎迎面飛來，顯是秦王的貼身護衛。

白起二話沒說，飛馬馳向中央王帳。

秦武王面色慘白地躺在臥榻上。甘茂與太醫們環榻侍立，緊張得透不過氣來。秦武王終於開口了，口吻驚人的平靜：「丞相，嬴蕩一勇之夫，有負列祖列宗，有負秦國大業，有負卿等耿介忠直，千秋之下，雖死猶愧也。」饒是平靜如常，慘白的臉上已滲出了豆大的汗珠。

甘茂痛心疾首泣不成聲：「我王休得自責，臣忝居丞相高位，不能匡正君心，臣萬死不能辭其咎也……王回咸陽，甘茂自裁以謝秦人！」

「丞相，差矣。」秦武王全力咬著牙齒道，「人非聖賢，孰能無過？丞相若能鼎力善後，安定秦國，不枉身為我師了……」

甘茂心中大慟，情不自禁地跪倒榻邊抓住秦武王雙手道：「我王但出書命，臣死不旋踵！」

秦武王艱難地喘息著：「白起……白起……」

帳外腳步沉重急促，白起匆匆進帳道：「末將白起，奉召來見！」

秦武王一咬牙，又平靜下來道：「白起，有膽有識，日後必為大秦棟梁。本王托你為秦國辦一件大事，與丞相共謀之。」

白起肅然躬身道：「願聞王命。」

秦武王眼中湧出了兩行淚水道：「本王無子，欲將王位傳給庶弟嬴稷。他在燕國做人質，你，帶兵接他回來，與丞相輔助他繼位……此事多有艱難，燕國定要阻擋，一定要保他，萬無一失……否則，秦國將生大亂……」

驟然之間，白起淚眼矇矓：「我王毋憂，白起縱然赴湯蹈刃，亦不辱使命！」

秦武王難得地笑了：「丞相，白起有大功，即刻晉升前軍主將，兼領藍田大營。」

甘茂霍然起身應道：「我王明斷！臣即刻向國中下書正名。」

秦武王向侍立榻側的貼身衛士一瞥，衛士立即捧過了一個銅匣。秦武王粗重地喘息道：「白起，調兵虎符，交你掌管。國有危難，正要將軍鐵骨錚錚。」

白起冷峻的臉上雙淚長流，接過兵符銅匣，深深一躬，說不出一句話來。

此時，秦武王目光迷離，口中喃喃自語：「九鼎九鼎，來生，再會了……」驟然大睜著兩眼，雙手軟軟撒開搭在了臥榻邊上。

甘茂一驚，仔細湊前一看，猛然放聲大哭：「我王何其匆匆也——」帳中衛士太醫也頓時哭成了一片。白起臉色鐵青，大步上前扶起甘茂：「丞相，不能哭！」甘茂頓時醒悟，抽泣間斷然揮手，帳中哭聲戛然而止。白起在甘茂耳邊一陣低語。甘茂略一思忖，回身低聲下令：「祕不發喪，連夜拔營，班師咸陽。大軍行止，聽白起將軍調度。」

一陣悠揚的牛角號，在呼嘯的春風中響徹了大河南岸。

秦軍大營在蒼茫夜色中倏忽變成了一支從容行進的鐵騎大軍，王車依舊，大臣依舊，嬪妃依舊，誰也看不出這是一支突遭變故的大軍。渡過孟津之後，秦軍一騎快馬飛入宜陽，大軍繼續從容不迫地向西進發。駐守宜陽的兩萬秦軍立即出城紮營，恰恰卡住了咽喉要道。直到次日，秦軍鐵騎進入函谷關，兩萬宜陽守軍才拔營起城，放棄宜陽進駐函谷關。這一放棄宜陽的異常舉動，使韓國大大愣怔，頓覺莫測高深，連忙派出特使到洛陽探聽，方知秦武王橫遭慘禍，連忙飛騎知會山東六國。一時，函谷關外彈冠相慶，立即開始祕商再次合縱鎖秦了。

秦國鐵騎一進函谷關，甘茂便與白起祕密商議分頭行動：甘茂帶五萬大軍護送秦武王遺體回咸陽，鎮撫朝野，祕不發喪；白起帶舊部千人隊，星夜兼程北上，赴燕國迎接新君嬴稷；新君不歸，咸陽不發喪。甘茂憂心忡忡，擔心白起一千人馬太少，白起直率簡約道：「此等出使邦國之事，原不在以戰取勝，大軍反倒容易惹出事端，丞相放心便了。倒是咸陽頭緒太多，安定不易。丞相若有難處，但請明言。」

甘茂原是大有擔心，最不安的是自己在軍中沒有根基。當此非常之時，僅僅有上將軍的兵權是遠遠不夠的，可是能說甚話？自己是丞相兼領上將軍，白起還能給他何等權力？有白起一道回咸陽最好，可偏偏又無人可以取代白起去接回新君。畢竟，新君是更為長遠的根本，只有交給白起這種泰山石敢當的人去辦才不致出錯。如今見白起坦誠相向，甘茂猛然醒悟：白起職爵皆低，自己這個丞相上將軍不問，他卻如何以下支上？想得明白，恍然一歎道：「將軍見識果是不凡，我所慮者，軍中無臂膀也！」

白起慨然拱手道：「丞相毋憂，我有兩個非常之法：其一，現任咸陽令白山是我族叔，丞相可持我一信，請我叔暗中運籌武事；至少軍中郿縣孟西白三族子弟決當生死。其二，我用秦王兵符留一道軍令在藍田大營，咸陽但有動靜，聽丞相號令行事。」

甘茂不禁大是寬慰，起身深深一躬道：「甘茂雖是將相一身，卻賴將軍底定根基。秦國安定之日，甘茂當力薦將軍掌兵，我固當辭。」白起連忙扶住甘茂道：「赳赳老秦，共赴國難！丞相此言，教白起如何心安？」甘茂慨然歎息道：「將軍襟懷蕩蕩，不媚權力，唯國是舉，甘茂何其慚愧也！」白起第一次被這位驟然飆升三軍側目的權臣打動了，不禁老老實實道：「丞相無須過分自責，我王稟性，也未必聽得錚錚良謀。安定秦國，開闢新天，丞相便當無愧於秦國朝野。」甘茂極是聰穎明智之人，聽白起說得扎實妥帖，不禁大是感動；更重要的是，白起乃老秦猛士，雖然年輕，卻以卓越的軍功、超凡的才華與耿直不阿的品性在軍中享有極高聲望，獲得了白起諒解，幾乎等於獲得了秦軍將士的諒解，這對甘茂這個入秦無大功而驟居高位的山東士子來說，是比甚都重要的。心念及此，甘茂淚光閃爍，拉住白起唏噓不止。

說得一時，白起告辭出帳聚集舊部千人隊，趁著朦朧月色星夜北上了。

四、大雨落幽燕

暮春時節，燕山仍是一片乾冷。四面來風都在這裡飄飄聚會競相較勁，遼東群山的風，東南大海的風，陰山草原的風，流沙大漠的風，風向三兩日一變，吹得春日腳步蹣跚。在這飽滿綿長的風中，一支黑色騎隊穿越秦國上郡，北渡大河從九原向東飛馳，進入雲中再東南直插雁門塞，又東北越過平城（註：平城，今山西大同，戰國中期為燕、趙、中山、匈奴的拉鋸地帶），在燕國西北的于延水河谷駐紮下來。這便是白起的鐵鷹銳士千人隊。歷經兩旬，跋涉八千餘里，他們終於祕密抵達了燕國防守最薄弱的側背。

營地剛剛紮定，三騎飛馬出營，騎士變成了著翻毛羊皮短裝的匈奴商人。一柱狼煙衝起，在河谷筆直地伸向藍天。為首匈奴商人回頭看了一眼狼煙方位，揚鞭一指：「跟我來。」飛馬向東南飛去，大約一個時辰之後，燕國薊城已經遙遙在望。

雖是三月末，薊城原野依舊一片蒼黃，與一片綠野的秦川判若兩重天地。匈奴商人隨著熙熙攘攘的人流進了薊城，既沒有受到盤查，也沒有被人注意。畢竟，這種翻穿羊皮裝、連鬢絡腮大鬍鬚的匈奴商人在這裡是太多太多了，連薊城的酒肆客店也都飄散著揮之不去的牛羊膻腥味兒。進得城門，為首匈奴商人操著生硬的匈奴式燕國話洪鐘般笑道：「各買各貨，三日後一道回，各走各。」一揚手，三人散開在鬧哄哄的市人中去了。

此時，燕國已經發生了中原人預料不到的天地翻覆。

蘇秦在齊國遇刺身死，給燕國朝野帶來了巨大衝擊。身為攝政王的子之頓時覺得去了束縛，立即與蘇代祕密商議，要逼迫燕王噲舉行禪讓大典，好教子之做名正言順的燕國國王。子之給蘇代的許諾是開府丞相、爵封武成君。誰知蘇秦之死卻給了蘇代當頭棒喝，眼見蘇秦因真心變法而血流五步，眼見子之當初信誓旦旦的變法宏圖變做一片空言，蘇代深深為自己將變法大志寄託於子之而痛悔不已。思忖之下，蘇代假意答應了子之，卻在當夜祕密逃往齊國，請求齊宣王發兵靖難，還政於姬氏王族。齊國君臣尚在猶疑之中，薊城的子之已經一不做二不休，親自領兵進宮，逼迫燕王噲舉行了禪讓大典，自己登上了燕國王位並立即書告天下。

誰想剛剛書告三日，一直隱忍不發的太子姬平、燕易王王后櫟陽公主與流散的王室貴胄力量一齊起兵發難，發誓要奪回王權。姬平聯軍一萬餘人以市被為大將，圍攻子之王宮，卻被子之兩萬精銳的東胡大軍殺得落花流水，市被也做了俘虜。姬平正要聯兵再戰，不想市被卻歸降了子之，率領東胡鐵騎來猛攻姬平聯軍。姬平聯軍本來就是燕國老兵與世族貴胄的私家武裝湊起來的烏合之眾，又兼大將叛變，如何經得起猛攻，只好逃到遼東大山裡去了。

如此一來，子之更加不可一世，親自統領大軍追剿王族勢力，又在燕國橫徵暴斂擴充兵馬要完成自己的霸業，竟連齊宣王派去追問割地的特使，也被他不客氣地趕了出去。

齊宣王終於忍不住了，覺得這個子之在燕國掌權，無異於在齊國背後蹲了一隻猛虎，後患無窮。與孟嘗君一商議，立即派新任上將軍章之盡起齊國五都之兵十萬大軍討伐燕國。子之聞訊，親率五萬東胡邊軍在燕國邊界迎戰，決意一戰成就霸業。誰想燕國的東胡邊軍原本多是窮困低賤的獵農子弟，跟隨子之，圖的便是子之變法，脫除他們的隸籍，實實在在地分給他們一片土地。如今子之稱王，完全忘記了當年慷慨激昂的承諾，反倒是比燕國老王族更加苛刻地盤剝國人獵農，邊軍的戰心早已經悄悄地潰散了。兩軍一接戰，齊國的十萬大軍勢如破竹地攻破了燕軍中堅陣營，昔日精銳無匹的東胡邊軍兵敗如山倒，子之只帶領五六千殘兵逃出了重圍。齊軍一鼓作氣追擊到薊城，偌大的燕國都城竟無一卒開戰，連城門也不知被誰事先打開了。章之率軍衝進王宮，三日大殺大搶，子之與燕王噲皆被亂兵殺死，薊城變成了滿目屍體的血城。

躊躇滿志的章之正要席捲燕國，被奉命趕來的太子田地制止了。齊宣王的王書說：「蘇秦昔日告誡：齊軍不可大肆殺戮燕人，以免積成國仇族恨。著章之立即回兵齊界駐守，由太子田地處置燕國善後事宜。」章之意猶未盡，卻也只好悻悻班師了。太子田地駐守薊城，立即下令尋覓燕國太子姬平。半月之後，太子姬平的殘餘人馬終於回到了血腥未退的都城，在蕭疏悲涼中登上了王位，這便是後來聲威赫赫的燕昭王。

姬平即位，薊城府庫蕩然無存，還將南部五城割讓給了齊國以表謝意，燕國窮困衰弱得直如秋風中的敗葉瑟瑟發抖。此時，神奇的事情發生了。一個月黑風高的夜晚，燕昭王案頭突然落下了一個牛皮袋，打開一看，一方白絹與一張羊皮大圖赫然在目。白絹大字曰：「承武安君蘇秦之命：王室藏寶悉數歸燕，以資復國。可照藏寶圖徐徐運回，慎之慎之。」燕昭王不及細看羊皮大圖，疾步衝出書房望空高喊：「王后回來！共謀國事——」卻是殘垣寒風，宮城寂寂，四面了無人聲。燕昭王一聲哽咽，拜倒在荒涼蕭疏的庭院高聲道：「蘇秦相國，夫人，你等是燕國恩人。姬平不振興燕國，誓不為人！」

靠著這些財寶，燕昭王開始了艱難的復甦。資助商旅從匈奴東胡運回了皮革、馬匹、牛羊，從中原運回了糧食、鐵器、生鹽、布帛、種子與農具。燕昭王布衣粗食，親自督耕農田，巡視作坊，弔死問孤，與百姓同甘苦，直與當年的越王勾踐一般無二。漸漸地，燕國有了一線生機。這時，燕昭王想到了人才，想到了招賢納士，謙恭地到燕山腳下請燕國隱士郭隗出山。郭隗年逾六旬，雖是白髮蒼蒼，卻是賢達明智之士，對燕昭王說：「老夫平平，不堪治國大任。然則，王若真心求才，請先從郭隗開始。如此，賢於郭隗者多矣，豈遠千里來投哉！」

燕昭王極是通達諳事，立即在破落的薊城修築了一座華貴府邸，並在庭院用青銅打造了一座臺閣，而後用僅存的全副王室儀仗隆重地請郭隗出山，入住黃金臺，拜為國師。消息傳開，列國士子油然想起了當年秦孝公於窮困衰弱之際真誠求賢的先例，不禁大是景仰，紛紛投奔燕國，一時成為風潮。其中最著名者，有魏國名將樂羊的後代子孫樂毅、趙國的名士劇辛，齊國的稷下學宮令騶衍。樂毅拜亞卿，掌軍政實權；劇辛拜上大夫，領政務民治；騶衍拜上卿，統領國政。

在秦武王張揚兵威的兩三年裡，燕昭王君臣同心協力在燕國力行變法，廢除隸農舊制與老掉牙的井田制，推行平民皆有土的新田制；與此同時，樂毅招募丁壯、打造兵器，在短短兩三年中訓練成了一支五萬多人的精銳新軍；農田開墾，百工勤奮，商旅繁忙。漸漸地，古老的燕國如久旱逢甘霖，舉國一片熱氣騰騰了。

所有這一切，白起都不知道。只是在北上途中不斷聽到草原牧民對燕國的驚歎，白起才敏銳地嗅出了一絲異常的味道。按照甘茂的說法：燕國子之曾與張儀事先有約，不會敵視秦國，只要來回路途不出事，迎接新君當無意外；最大的危險，是近幾年醉心兵制變革的趙國與對秦國積怨極深的魏國。因為，回途不可能再耽擱一個月繞道九原，而必須經過趙魏，若兩國阻攔，便會誤了大事。之所以此行非白起莫屬，正在於這兩國很可能趁火打劫。白起原是低職將軍，在邦交大事上自然以甘茂決斷為主。但一路行來，白起卻生出了一絲警覺：燕國大勢已經發生了變化，甘茂判斷可能有誤。若果真如此，事情會大大的麻煩，燕國會不會輕易放走嬴稷母子就成了第一難題。若貿然公開進入薊城，使燕國覺察了嬴稷母子的未來身分，便有可能適得其反，如何行動，須得打探清楚再做決斷。

白起一路冷靜思忖，選定了在這個既便於騎兵機動又十分隱蔽的于延水河谷紮營探察。他派出的三人，是新任千夫長王陵與兩名生於燕國的北秦子弟。這個王陵也是北秦子弟，非但長相作派酷似匈奴騎士，更有一樣長處：極是機警靈動，不識字卻記性驚人，舉凡山川河流人物，走過見過一遍永久不忘，口述再長的軍令也是一字不差，被軍中稱為「鷹眼狐心」，也是秦軍的後起之秀。派他去，白起完全放心。

王陵一走，白起軍營一日一換紮營地點，但那柱狼煙卻始終在第一紮營處筆直插天。軍旅大事力求牢靠再牢靠，王陵記性再好，也必須給他一個可靠標誌。這一日狼煙驟然消逝，附近樹林中埋伏的秦軍騎士立即飛馬狼煙處，將王陵帶回新營地。王陵一番備細敘說，白起才明白燕國果然發生了乾坤大變，不禁陷入了深深的沉思。

「稟報前將軍：我還見到了櫟陽公主，知道了新君母子大略處境。」

白起恍然拍掌，只有脆捷的兩個字：「快說！」

及至王陵一口氣說完，白起更是沉默了。

在燕國天地翻覆的歲月裡，各國的特使與人質大多是命蹇事乖。

由於子之在燕國非同尋常的權力膨脹，當時各國都深為不安。子之若「禪讓」成功，天下王室權力的神聖性便會大為鬆動，會形成一種隨時都可能出現的可怕取代——才智傑出之士非但可位極人臣，而且可君臨一國。雖然是大爭之世，臣子據封地而逐漸取代原來的君主已經屢見不鮮，遠的不說，近在眼前的便有韓趙魏三家分晉，齊國田氏取代姜氏。但是，那畢竟都是發生在春秋三百多年中的一個個過時潮流了。進入戰國，根基遠遠不能與春秋新興地主相比的布衣之士，憑超凡才能出將入相匡定乾坤者大有人在，但由權臣而君主，卻還沒有一個先例。假如子之「禪讓」成功，將給戰國君主提出一個極為重大的挑戰。在這「高岸為谷，深谷為陵」的歲月，一頂頂王冠落地再也尋常不過，誰敢說這個強橫凌厲的子之一定不會做君主？誰又敢說這個子之不會引發天下布衣之士的奪位潮流？天下各國對這個老弱燕國的局勢格外關注，根本原因在此也。正因如此，連燕國八杆子都打不著的楚國，也派出了長住薊城的特使，小小薊城一時竟成為邦交使節的雲集之地。

當時，最關注燕國局勢的是秦齊趙三國。齊國是燕國東鄰，既是燕國多年的靠山，又企圖在燕國變化中牟取最大利益；趙國是燕國南鄰，與燕國是糾結重重的老冤家；秦國基於連橫破除六國合縱之需求，與燕國結盟最深，要用燕國來牽制齊國趙國。張儀謀劃將樂陽公主遠嫁燕易王，又不遺餘力地穩定子之，歸根結柢，為的便是要燕國成為秦國在東方的忠實盟邦。正是基於這種長遠目光，在子之實際掌權之時，秦惠王反倒將自己最小的兒子派到燕國做了人質特使。這一決策是告訴燕國：不管燕國有何變化，秦國都會與燕國友好。其時，人質的實際含義是以王子做抵押，以保秦不負燕，秦若負燕，則王子任燕國處置。

既是特使，使命自然是單一明確：監視子之，不問燕政，隨時向國君通報消息。這種特使雖然有很大風險，但卻很是消閒，大都住在本國商人開辦的上等客寓裡，只有沒有本國客寓的楚國特使住在燕國驛館裡。秦國王子嬴稷有王族之身，又是最強大的秦國特使，獲得了子之特有的關照：單獨居住在一座三進庭院，僕役全部由燕國官府派出，還有二十名甲士專司保護。幾年下來，嬴稷母子與這些特使一樣，生計雖略見清苦，卻也是平安悠閒。

及至子之禪讓而燕國內亂爆發，進而齊國大軍伐燕，嬴稷母子與各國特使頓時大禍臨頭了。太子姬平一發兵，子之部將便殺死了齊魏韓趙四國特使，而後書告天下，嫁禍於太子勢力。樂陽公主告訴王陵：就在殺害四國特使的那天夜裡，子之部將又去殺害嬴稷母子，嬴稷母子卻突然失蹤了，偌大庭院的七八個僕役沒有一個人知曉。後來，薊城成了半城廢墟半城屍體，樂陽公主多方尋覓嬴稷母子，卻毫無蹤跡。直至王陵找到這個已經隱居在燕山的老公主，才知道了櫟陽公主近日查訪到的一個不確定消息：嬴稷母子可能還在薊城，只是不知何處。

「櫟陽公主憑甚有此推測？」白起冷不丁問了一句。

王陵低聲道：「公主說，她的一個老侍女在燕王身邊，燕王有次與樂毅密商國是，老侍女聽見了嬴稷的名字。她猜測，王子可能被燕王安置在一個隱祕處所了。」

白起瞄了王陵一眼：「你以為當如何行動？」

王陵思忖道：「末將以為：燕國祕密保護王子，必是要與秦國結好，將軍以堂堂國使身分向燕王交涉，當無難處。」

白起用手中樹枝不經意地點著地圖上的燕國，搖搖頭道：「開初可能是保護，然則我王在洛陽一出事，此事可能生變。新燕王雄心勃勃，又有樂毅、劇辛輔助，此舉可能另有所圖，否則如何連櫟陽公主也被瞞了？如今山東六國，誰不期望秦國內亂？」

王陵思忖道：「向林胡借兵，脅迫燕國放人如何？」

白起一揮手道：「不行，一則延誤時間，二則橫生枝節，可能生出更大麻煩。」

王陵說：「但憑將軍決斷便是。」

白起吩咐道：「只有靠自己，祕密做了……」一番低聲吩咐。

王陵一拍雙掌：「妙極，我打頭。」

暮色四合，薊城倏忽陷入了無邊暗夜之中。雖說燕國復甦，但薊城畢竟商旅蕭瑟，尚遠遠沒有如臨淄、大梁、咸陽那般繁華的夜市，加之春寒料峭，國人還未從窩冬期回轉過來，天一黑便關門閉戶歇息了。尋常人家要節省燈油，甚至連偶然的夜間勞作也是摸黑，更不用說睡覺點燈了。如此一來，白日鬧哄哄人流四溢的薊城一入夜萬籟俱寂，一片茫茫昏黑，唯有王宮的點點燈火點綴出星星暖意。

在王宮的星星燈火中，王宮邊牆的一點燈火閃爍著昏黃的微光，在遠處宮殿明亮的大燈與遊動內侍飄忽的風燈下，這點昏黃的微光幾乎難以覺察。就在這昏黃的微光裡，一個身影倏忽一閃飛進了高牆。片刻之間，又是一個身影閃過，牆內響起了兩聲短促的旱蛙鳴聲，牆外也跟著響了兩聲，一切又歸於沉寂。

藉著遠處的隱隱亮色，可見四面大約一人高的土牆在高大的磚石宮牆下圍成了一座小庭院，牆邊一座低矮的茅屋窗戶搖曳著那盞豆大的昏黃燈光。白布窗上映出一個細瘦身影、一把短劍與正在擦拭短劍的細長手臂。

院中響起輕盈的腳步聲，一個女子身影走到茅屋前，高䠷豐滿又婀娜窈窕。

茅屋內傳來沉穩清亮的聲音：「母親麼？進來便是。」

門無聲地開了，女子飄然進屋，清晰的秦音傳到了庭院中。

「稷兒天天拭劍麼？父王贈你這把劍，硬是教你磨拭得薄了三分。」

「母親，好劍當磨礪，鋒刃方可出。」

「稷兒，你已磨了六年，娘都替你憂急了。」

「母親莫急，總會回到咸陽。嬴稷殺敵立功，給母親在渭水邊建一座大庭院。」

「稷兒，娘不想你建功立業，唯願不要老死燕國……能回咸陽，此生足矣！」

「母親，我明日請准樂毅，給你獵一頭狼回來！」

正在此時，一支袖箭從牆根茅草中飛出，「嘭」地扎到茅屋門額正中。

那個細瘦身影開門而出，不慌不忙立於門外向院中打量著：「為質於燕，嬴稷母子早將生死置之度外。何方客人？不妨請現身了。」雖然少年音色，卻是穩健冷靜。

庭院中無人應聲。細瘦身形微微冷笑，回身拔出門額袖箭，反身掩門進了茅屋。片刻之間，細瘦身形開門走到廊下向院中一拱手道：「既是故人光臨，請了。」

一個聲音在他身後：「王子請了。」

細瘦身形回身，突見一個威猛淩厲身穿翻毛羊皮短裝的胡商站在眼前，目光一亮，臉上淡淡一笑：「無論你是誰，都是我消遣長夜之高朋，請入茅舍一敘。」將客人讓進了屋。

穿翻毛羊皮者進屋四面一瞄，拱手低聲問：「敢問王子，此間說話透風否？」

細瘦少年依舊一臉淡然微笑：「買賣通天下，何怕透風？」

穿翻毛羊皮者一抖手腕，羊皮大袖口中滑出一物突然一亮：「王子可識得這面令牌？」燈光搖曳，一面比手掌略大的青銅鑲黑玉牌赫然在目，黑汪汪玉牌中一隻白色紋路的展翅蒼鷹分外奪目。細瘦少年目光驟然銳利，眼盯著玉牌，右手熟練地撈起腰間鞶帶上的一串佩玉，摘下了一片青銅鑲邊、白玉黑鷹的玉具舉在手中伸了過來。穿翻毛羊皮者的黑玉牌與伸過來的白玉具一碰，只聽「叮嗒」一聲輕響，玉牌玉具成了一方白底銅邊鑲黑玉白鷹的令牌！

穿翻毛羊皮者道：「山河既倒。」

細瘦少年應聲答道：「老秦砥柱。」

穿翻毛羊皮者肅然深深一躬道：「在下千夫長王陵，參見王子。」

「千夫長？」細瘦少年目光一閃，正要說話，卻聞高大書架後女子聲音冷冰冰道：「足下不是胡商麼？要開甚價？」隨著話音走出一個高䠷婀娜的布衣女子，一臉冰霜。

王陵肅然拱手道：「王妃勿要起疑，秦王特使在你身後。」

女子驀然回身，書架後走出一個身形敦實散髮無冠的布衣後生，不禁大吃一驚。方才她也在書架之後，何以毫無覺察？正在驚疑未定，布衣後生深深一躬道：「前將軍兼領藍田大營暫掌秦王兵符並北上特使白起，參見王子王妃。」

「多方執掌，倒是難得也。」細瘦少年揶揄地笑了。

「王妃王子疑心千夫長之職與王命無法匹配，白起稟報全職，無得有他。」

細瘦少年一怔，常掛嘴角的那絲揶揄微笑倏忽散去，不禁肅然拱手道：「特使正氣凜然，嬴稷多有唐突，尚請見諒。此乃嬴稷母親芈王妃。」自申兩人身分，顯得分外鄭重，全然不像一個少年王子。

白起正要說話，布衣女子淡淡漠漠道：「將軍果是使臣，何須以此等行徑前來？」

白起肅然道：「燕國邦交大局正在曖昧之中，不得已出此下策，尚請王妃見諒。」說著從懷中拿出一隻精緻的皮袋，從皮袋中抽出一個細長的卷軸，「王子王妃看完這道王命，當能理會何以不能公然請見燕王。」說著雙手遞過密封卷軸。

「我來。」嬴稷正要接過，芈王妃目光一閃雙手接過了卷軸，仔細地打量了一番，方才走到那張粗簡的白木書案前用一把刻簡刀撥開泥封，將卷軸打開遞給嬴稷。白起看得仔細，明知這個芈王妃的警覺仍未解除，仍然是大為敬佩。常在異國，身為人質，沒有這份永不鬆懈的警覺，大約也無法在動盪不寧的燕國生存下來。

嬴稷接過打開的卷軸，只瀏覽得一遍便木然愣怔在那裡了。芈王妃驚訝地走了過來，從嬴稷手中拿過羊皮紙，只見幾行暗紅的血字觸目驚心：

大秦王遺命：本王壯志未酬，惜乎角力舉鼎而死。王弟嬴稷文武並重稟性沉穩，深得父王器重，特傳王位於嬴稷。弟受命之日，當火速由前將軍白起護送回咸陽即位。返秦事宜，悉聽白起部署定奪。秦王嬴蕩二年春羋王妃雙手微微顫抖，尚未放下王書便向白起深深一禮：「將軍肩負大秦興亡，涉險犯難而來，羋氏銘記心懷。」白起慨然拱手：「赳赳老秦，共赴國難。」此時王陵已經攙扶著嬴稷在案前坐好，白起肅然一躬：「新君在上，白起參見。」嬴稷眼中已是淚水盈眶，扶住白起哽咽著：「將軍，父王如何？王兄他卻如何便，便撒手去了……」羋王妃也是唏噓拭淚，目光詢問著白起。嬴稷母子在燕國五六年之久，秦國發生的突然變化與燕國發生的驟然戰亂幾乎在同一時期，顛沛流離之中幾乎與世隔絕，對秦國的消息自是一無所知。

白起心中明白，將幾年來秦惠王病逝、張儀司馬錯離朝、秦武王東進三川入洛陽遭遇突然變故的事大體說了一遍。羋王妃嬴稷母子聽得愣怔錯愕，哭也無聲，只是默默流淚。白起說罷秦國朝局變化，末了道：「燕國當知秦國變化，卻對王子王妃封鎖消息，又將王子王妃移居宮牆之內，顯然別有所慮。白起望王子王妃節哀，得從速議定離燕之法。」

羋王妃立即點頭道：「當初住進宮內，是亞卿樂毅的主張，我還很是感激。好，不說了，悉聽將軍調遣便是。」嬴稷也抹去了淚水道：「將軍但說，如何走法？」白起道：「我率一千精騎祕密入燕，駐紮在于延水河谷。只要王子王妃能夠出得薊城，進入祕密營地，我等便星夜離燕，而後再通報燕王。為今之難，是王子王妃如何出城？」嬴稷羋王妃一時沉吟，竟想不出個妥當法子來。

門口望風的王陵突然回身低聲道：「王子說到過獵狼，能否出獵？」

嬴稷思忖道：「出獵不難，只是樂毅每次都派五百人『保護』我。原先不知，目下看卻是早已防著我了。」

白起輕輕一拍案：「只要能到燕山出獵，就有辦法。」

羋王妃一直在默默思忖，此刻抬頭望著白起明朗果決地道：「將軍可籌劃接應新君，但有機會，立即離開。我與楚姑留下來掩護新君。如此可保萬無一失。」

「母親！」嬴稷一驚，「你不走，我也不走。」

羋王妃倏忽一笑，又莊容正色道：「稷，莫得意氣用事。你回咸陽繼承父兄王業，為秦國第一大事，不能出錯。我留燕國，你與將軍才能迅速隱祕地脫離險境。燕國不會輕易殺我。你越是安全離開，我就越是平安。曉得無？」

「母親……」嬴稷抱著羋王妃哭了。

「起來，」羋王妃壓低聲音嚴厲呵斥一句，又是沉重一歎，「赳赳老秦，共赴國難。稷呵，天降大任於你，直起脊梁來，毋使嬴氏蒙羞也！」

嬴稷向母親深深一躬：「孩兒謹記母親教誨。」

白起看在眼裡，不禁也是深深一躬：「王妃如此深明大義，白起感佩之至。」

羋王妃燦爛地笑了：「將軍，還是趕緊議定燕山接應之事。」

春日晴空，正是東南海風浩浩北上的時節。燕山的天空湛藍如洗，群山下的茫茫草場已經泛出了星星綠色。大地復甦，一冬蝸居避寒的走獸們已經急不可耐地從洞穴中竄了出來，在群山草原尋覓食物了。這時雖是農戶啟耕的大忙時節，但對於無須耕耘的貴胄與以狩獵為生的獵戶，三月尾四月頭卻正是春獵的黃金季節。尋常歲月裡，燕山群峰間的河谷草原已經是駿馬馳突獵犬飛竄的光景了。可在燕國遭逢大災巨變的這幾年裡，燕山的春獵幾乎是銷聲匿跡了。燕昭王復國變法之後，大部分奴隸獵戶變成了擁有一片土地的平民農夫，此時已無暇出獵了。貴胄們更是劫後餘生家徒四壁，想威風凜凜地狩獵也是不能了。於是，春日的燕山獵場有了一種空蕩蕩的落寞。

今日，燕山獵場卻有了些許生氣。一支紅衣馬隊與一群獵犬在空曠的草場縱橫馳突，從四周將狐兔野羊驅趕到草場中央，一個身形細瘦的黑斗篷少年手執長弓，腰挎短劍，縱馬在獵場中射殺，雖然獵殺者寥寥，卻呼喝不止極是興奮。兩個布衣女子與一隊紅衣騎士在獵場邊緣觀望指點，不時發出一陣歡呼或是一片歎息。

突然，一頭蒼狼從茫茫葦草中竄出，閃電般向兩山間的峽谷奔去。

馬隊騎士們一片呼喊：「公子，蒼狼——」

狼是獸中靈物，狡詐冷酷而又悍猛結群，是狩獵者最感刺激的對手。尤其是燕山蒼狼，其聲名幾乎與中山狼相匹敵，令尋常獵手望而生畏。此時騎士們一片亢奮的叫喊，分明是提醒黑斗篷少年：蒼狼危險，不能追殺。

黑斗篷少年卻滿面紅光喊道：「好！且看秦人手段！」縱馬飛馳追了下去。紅衣騎士們發一聲喊一齊追來。正在奔馳之間，黑斗篷少年引弓勁射，長箭呼嘯飛出，馬前草叢中卻見一物突起！戰馬驚恐嘶鳴跳躍不止，少年頓時被掀翻馬下。紅衣騎士們一片驚呼，馬隊風馳電掣般趕到。遠處女子尖叫一聲，縱馬趕來，身後騎士也同時趕了過來。

蒼黃泛綠的深深春草中，黑斗篷少年雙腿沾滿鮮血，面色蒼白。女子飛身下馬衝到少年身邊道：「快！傷醫。」黑斗篷少年搖搖手勉力笑道：「母親莫急。有一隻蒼狼埋伏在草叢，馬驚了。沒事。」此時一個鬢髮灰白的紅傷軍醫已經查看完畢，拱手道：「王妃毋憂，公子跌傷脛骨，需就地靜養三日，方能坐車乘馬。」

「我兒好命苦，娘不要蒼狼皮啊……」布衣女子一把抱住少年，放聲大哭起來。

暮色降臨，幾座軍帳在燕山腳下的草場紮了起來，幾堆篝火也能熊燃燒起來。雖說狩獵的主角負了傷，但對於燕軍騎士來說卻是無關痛癢，只要人不死不逃，他們無須擔心。此刻，他們正守在這座大帳外的篝火前飲酒烤肉，喧譁笑鬧，談論著燕山蒼狼的奇聞傳說。

大帳中燭光昏暗，一個身著羊皮短裝的少女站在帳口觀望著，隱隱火光下可見嘴角下有一顆鮮紅的大痣，嫵媚中倍顯機警。聽著帳中傳出的隱隱哭聲，少女不禁對笑鬧不止的燕國騎士們投去冰冷的目光。

夜漸漸深了，白日裡還可差強忍耐的春風變得刺骨般寒冷。騎士們帶著幾分酒意，紛紛嚷著回帳歇息。一個絡腮大鬍鬚騎士搖搖晃晃站了起來，走到帳口嘎聲道：「王妃保，保重。我等明日再來探，探視公子。」紅痣少女皺著眉頭嘟囔道：「走就走了，曉得了，聒噪甚來？」絡腮大鬍鬚嘿嘿嘿笑著壓低聲音道：「小女子可人！明日跟大哥走，不做人質了。」紅痣少女眼波冰冷地一閃，臉上溢滿嫵媚的笑意，輕輕一「欸」，卻是楚人特有的唯唯之聲，一副心領神會的溫柔模樣兒。絡腮大鬍鬚大喜過望，一揮手道：「走，回去睡覺，明早來。」踉蹌著腳步與騎士們呼喝笑鬧去了。

山風冰涼地呼嘯著，夜黑如漆。騎士們的喧鬧聲沒有了，四周幾座帳篷中發出了一片片沉重的鼾聲。唯有這座大帳篷前的高杆上閃爍著一盞軍燈，燈下的三個巡哨騎士敲著刁斗在幾座帳篷的外圍遊動，走著走著，刁斗沒了聲音，接著是粗重的呼嚕聲。

帳後的大山上響起了一聲淒厲的鴞鳴，山根下響起了一聲沉悶的蒼狼長嗥。

大帳中傳來女子的隱隱哭泣與少年夢囈般的呻吟。帳中燭光倏忽熄滅，幾乎在這剎那之間，紅痣少女兩手一伸打了個長長的哈欠，高杆上的軍燈驟然熄滅了。三個黑影從大帳後無聲地飄出，消失於茫茫燕山之中。

天剛濛濛亮，大帳中女子突然哭叫起來：「稷！稷——你在哪裡啊……」接著紅痣少女也驚恐地尖叫起來：「公子！公子！你在哪裡？快回來——」騎士們聞聲趕來，擁進大帳一看，頓時人人噤聲：軍榻下一片血跡，軍榻上卻沒有了黑衣少年。

「公子何處去了？」絡腮大鬍鬚恍然驚醒，一聲怒喝。

紅痣少女眼波汪汪地抽泣著：「我護著王妃在帳外小解，只得片刻，回帳已沒有了公子，不曉得去了何處？」說著嗚嗚地哭了起來。

一個騎士低聲驚恐道：「千夫長，莫非是，是燕山蒼狼？」

絡腮大鬍鬚滿臉脹紅大喝一聲：「看個鳥！上馬進山，找不到公子都給我死！」

五百馬隊一陣飂風般捲進了燕山。兩個女子冷冷地笑了。

白起王陵帶著嬴稷進入燕山峽谷，等候在那裡的十名鐵鷹銳士早已經備好三匹空鞍駿馬，在夜風中飛馳北上，一個多時辰便進入了于延水河谷。馬隊立即拔營，人裹一塊灰布，沒有旗幟，也沒有任何標誌，南下直插燕趙邊緣的代地。白起的謀劃是：出了代地東折，再沿易水南下進入趙國，繞過魏韓周三國，直接從上黨北部山地渡過汾水，西進離石要塞，盡快進入秦國河西大營。

千騎銳士馳驅兩日，將到易水北岸，卻逢烏雲四合，大雨連綿而來。這是春尾夏頭的四月雨，既不是來去乾淨的急風暴雨，也不是初春的綿綿細雨，刷刷漫天韌勁十足，往往一下便是三五日不止。兵諺云：行軍有三怕，斷糧伏兵連陰下。大雨連綿道路泥濘，最是騎兵遭殃，非但不能飛奔馳騁，連走馬也得看情形。大多時候，倒是騎士將衣服披在馬背，人牽著馬韁，小心翼翼地行走，比步卒還累。白起馬隊本是精銳鐵騎，比尋常騎士更是重負。人多了鐵甲兵器，馬多了面具護甲，無論人馱還是馬馱，都是見雨便多一百來斤。

大雨一下，王陵便朝天罵了一嗓子：「鳥！你個老天爺，趕著腳下雨。」白起抬頭四望了一陣，見天空烏雲厚重，顯然不是一灑而過的夏日白雨，立即高聲下令：「上雨布，疾馳半個時辰，在土城山下紮營。」馬隊聞命發動，人人從馬鞍側的夾層裡抽出一塊塗過大漆的本色粗織布，刷啦展開披在身上。要說，這也是秦國新軍的特殊裝備之一，一方可遮蓋騎士與馬背的大漆防雨布，三遍大漆刷過，布面光滑如油，水沾即滾，驟遇大雨，倒也真能解得一時之困。片刻間雨布上身，馬隊變成了一片黝黑的松林，在大雨中從斜刺裡插向西南土長城。

在于延水河谷等待的幾日，十名斥候已經將回程路途探查清楚。白起早在軍圖上做了特殊標記，知道易水西南是趙國修築的依山土長城，紮營待晴不失為應急之策。這時大雨初起，地面尚硬，奔馳得一陣翻過了一道山梁，趙國土長城已經遙遙在望。突然，卻見雨霧中兩面紅色大旗從前面兩側山麓迎面包抄過來。沒有戰鼓聲，也沒有喊殺聲，在大雨中保持著整齊的奔馳佇列。顯然，這絕不是一支散兵游勇。

「停！」白起斷喝一聲，正在從半山坡向下衝來的黑色馬隊齊刷刷勒馬，立即在馬蹄沓沓間聚成了三個扇形小方陣，若鼓勇而下，正是兩翼包抄中央突破的騎兵基本陣法。幾乎就在同時，兩面紅旗在山坡下聚攏，紅衣騎士橫列成陣，大雨中立顯一道刀槍鮮明的兵牆。旗下大將冷冷高聲道：「樂毅在此，誰敢越境？」

白起眼光一掃，見百步之外的這個樂毅三十餘歲，除了黝黑的臉上一部絡腮大鬍鬚，大紅斗篷猩紅甲冑火紅戰馬，如一團雨中的火焰。白起鎮靜地扯下身上雨布，驟然露出秦將特有的黑鐵甲黑駿馬。身後騎士也一齊扯下雨布，黝黑的松林驟然變成了鐵黑的方陣。白起單騎向前，遙遙拱手道：「秦將白起，參見樂毅亞卿。」

樂毅揚鞭一指道：「白起，以此等行徑帶走人質，邦交何在？作速交出公子稷，否則，樂毅斷不會放你出境。」

白起沉穩答道：「亞卿既已知情，白起亦無須隱瞞：公子稷少年王子，留在燕國於燕無益，回秦則可保秦燕修好，正是兩廂俱佳。若依邦交之道：公子稷本是特使，燕國安定後便當許其回秦覆命。燕國卻將特使軟禁宮中僕役居所，又是何等行徑？」針鋒相對卻又不卑不亢。

樂毅目光一閃道：「將軍明告，公子稷回秦何事？」

「為大秦惠王守陵。」

「守陵？」樂毅微微一笑，「請出公子稷，我與他直接對答，以做國事交代。」

白起一拱手道：「亞卿見諒：公子稷已於兩日前車騎出燕，此時當已進入河西了。」

樂毅一臉雨水，肅然正色道：「既已如此，請將軍轉告秦王：燕國暫留芈王妃，請速派專命特使赴燕會商。若盟約達成，燕國恭送芈王妃回秦。」

白起慨然道：「秦燕本是盟邦，秦未負約，何須新約？」

「新君當政，自當新約。將軍記住了？」

「亞卿之言，白起謹記在心。」

「讓開大路，恭送將軍出燕。」樂毅長劍一揮，燕軍譁然閃開中間山地。白起向後一招手，馬隊從空地中疾馳而過。最後的白起向樂毅一拱手道：「敬佩亞卿。後會有期。」縱馬去了。樂毅望著雨霧中白起的背影，點點頭又搖搖頭，愣怔良久方去。

白起馬隊進入趙國土長城下，找了一片地勢較高的山林紮營避雨。這裡正是燕、趙、中山三國交界的山地，山高林密，方圓百里沒有駐軍，原是異常的隱蔽。雖然如此，白起還是下令軍中不得煙火起炊，一律冷食。鐵鷹銳士久經錘鍊，只要有乾肉春餅，再有一袋雨水，便是甘之如飴。可嬴稷很難，一則他有傷，二則身軀瘦弱又正在少年。白起給了他六個裝涼開水的牛皮水袋與兩個酒袋，包括白起自己與王陵的水袋酒袋，一起交給嬴稷解渴暖身。可嬴稷偏生不要，瘸著腿笑道：「逃兵亂時，我連死蛇都啐過了，怕甚？有肉有餅，足矣足矣！」硬是與騎士一起雨水冷食，使得騎士們感慨不已。

三日後天氣放晴，萬里碧空如洗，正是初夏好天氣。白起馬隊拔營出發，三日之間便向西出了中山國，越過晉陽、渡過汾水、橫穿介山，極為隱祕地過了離石要塞，進入了秦國的河西高原。

第二章 艱危咸陽

一、修我戈矛 與子同仇

秦王車駕儀仗在五萬大軍護衛下一進入關中，甘茂立即開始了祕密籌劃。斡旋宮廷，甘茂自覺比運籌戰場得心應手。他很清楚，在白起迎接新君返回之前，秦王儀仗既不能耽延在外，也沒有必要火速回咸陽。因為，只要秦王大軍一日在途，咸陽就一日無事，但入咸陽，秦王暴死的真相就隨時有可能洩漏，危險就隨時可能發生。必須有備無患，方能進入咸陽。做了如是想，甘茂率大軍緩緩西進，秦王車駕行止如常，沿途郡縣守令的覲見禮儀也照常，各種書令照樣發出，一切都沒有絲毫的異象。

這一日路過藍田大營，正是日暮時分。甘茂命大軍拱衛著王帳在藍田原下駐紮，自己只帶著中軍司馬王齕與十名護衛騎士，飛馬來到藍田大營。一經通報，藍田將軍芈戎立即迎了出來。

這藍田將軍是秦軍中的一個特殊職位：既是將軍，卻不歸屬上將軍的作戰序列，而是國尉府管轄下的武職文官。職爵雖然較低，只是相當於中大夫一級的中級將軍，實權與地位卻極為重要。這是商鞅創立新軍時立下的法度，原因在於：藍田大營是秦國新軍的永久性駐軍要塞，經常駐軍五萬以上，最多時甚至達到十萬以上。也就是說，秦國除了邊境關隘的守軍，精銳的主力大軍十之八九都在藍田大營。若藍田將軍成為統兵將領，事實上便成了經常性手握重兵的大將，這與新法的掌兵體制是不合的。

秦國軍法的大脈絡是：國尉府治軍政後勤，並管轄邊境要塞的防守，但卻沒有調動大軍的權力；上將軍統兵出征，但調動大軍卻必須憑國君頒賜的兵符，無兵符不得統軍出征。如此一來，國尉府、上將軍府、國君三方面，就大體形成了全部軍權的制約平衡。大軍無戰，長駐兵營，藍田將軍只有管理修繕營地、供應軍糧輜重、監督軍事操練等處置軍中政務的權力，而不能調動一兵一卒。此等職司，類似於後世的基地司令，只管基地建設管理而不涉軍事。雖則如此，一旦國中大政起了爭端，藍田將軍的重要性便立刻凸顯出來，成為制約大軍行止的最關鍵環節。

甘茂要做的，是將這個關鍵人物牢牢掌握在自己手裡，確保大軍不生動盪。

進得大營幕府，甘茂命羋戎屏退左右，命王齕守在帳外，自己與羋戎整整密談了半個時辰方才出帳。次日清晨，藍田將軍羋戎率領五千精銳鐵騎，沿著南山北麓向西祕密開去了。與此同時，甘茂也將五萬大軍歸制藍田大營，護衛秦王車駕的只剩下了八千王室禁軍。這也是秦國法統：班師入國，大軍歸制藍田大營，不得進入咸陽，無論是國君還是大將統兵，一律如此。這樣一來，秦王車駕的行程快捷了許多，半日行軍便到了櫟陽城南。

秦王行營剛剛在渭水北岸紮定，中軍司馬王齕飛馬進了櫟陽。

櫟陽是秦獻公東遷抗魏的都城，也是秦孝公與商鞅變法的發端地。都城西遷咸陽後，櫟陽被秦人呼為「東都」，在秦人心目中具有極為重要的地位。但凡國君東巡西歸，只要從櫟陽經過，只要沒有緊急軍情，總是要進入櫟陽巡視一番，雖說不是法度，卻也是不成文的規矩。在秦國的地方大員中，「三都三令」最為顯赫：一是新都咸陽令，二是西都雍城令，三是東都櫟陽令。遴選任職，這「三都三令」大都是王室族系的大臣出任，且爵位都稍高於其他郡守縣令。

目下這個櫟陽令，是個極為特殊的人物——羋王妃的同母異父弟魏冄。羋王妃本是楚國王族的遠支旁脈，第一次六國合縱失敗後，被賜以公主名號，被當時剛剛即位的楚懷王指嫁給了秦惠王，以為兩國和好之紐帶。羋王妃多情慧心，深得秦惠王喜愛。雖然楚國後來與秦國多次交惡，羋王妃都沒有在宮中失勢，反而將兩個能幹的弟弟都引薦給了秦惠王，扎扎實實地從小吏做起，顯是決意在秦國扎根了。這兩個弟弟，一個是這個魏冄，另一個便是藍田將軍羋戎。魏冄文武皆通，沉穩且有才略，由東部小縣少梁的縣吏做起，督耕極是扎實，三年後接任那個歌功頌德的屠岸忠做了少梁縣令。又三年，魏冄將少梁縣變成了富民一等縣。張儀與樗里疾聯名舉薦，秦惠王擢升魏冄做了櫟陽令。

甘茂要秦王接見這個櫟陽令，是他有心布置的一顆極為重要的棋子。

然則，甘茂從來沒有見過這個魏冄，心中確實拿捏不準對他說到何種程度？藍田將軍羋戎是羋王妃的同父異母弟，在禮法血統上要更近一層，加之羋戎軍旅行伍出身，性格坦直，與國中大臣又素無瓜葛，甘茂將話題一開頭，他便立即慷慨激昂地明誓。當甘茂拿出兵符，調定五千鐵騎請羋戎率領時，羋戎沒有絲毫猶豫便答應了。人皆如羋戎，事情自然好辦。然則，魏冄卻大大不同於羋戎。據甘茂所知，魏冄非但與國中大臣多有交往，且與現職左庶長的王子嬴壯也頗有往來。當此微妙之時，他的真面目尚不清晰，遑論挺身而出？看清魏冄，說服魏冄，甘茂還真不敢說有幾多成算。畢竟，權力場角逐，重的是權力得失，血緣親情並非萬無一失的紐帶。這個魏冄已經在秦國做到了櫟陽令的位置，安知他沒有自己的朋黨？

「稟報上將軍，」中軍司馬王齕匆匆走了進來，「櫟陽令奉書起行，隨後便到。」

「如何起行？護衛多少？」甘茂立即跟上一句。

「軺車一乘，獨自起行，無帶護衛。」

甘茂眼睛一亮道：「好！你守在王帳外，不要教任何人進來。」

「嗨！」王齕應命，大步出帳去了。

國王車駕駐紮，尋常總是三層護衛：禁軍營帳最外圍，隨行兵車圈起的轅門與兵車將士第二層，轅門內王帳外的貼身護衛為第三層。洛陽一場驟變，甘茂便成了常居王帳調度的「秦王」，非但日每要與太醫商議如何給咸陽通報秦王傷情，還要應對一路上必須要秦王出面的各種覲見。也是甘茂久做長史，長於密事，當初將秦惠王的病情瞞得鐵桶也似，一路上小心翼翼，所幸沒有出任何差池。甘茂心知維持宮闈機密的要害是左右心腹，所以在秦武王暴死的當晚，在孟津渡口將秦武王的原班內侍、侍女、隨行嬪妃全部集中，編成了一個行軍部伍，由王齕親自挑選了一個鐵騎千人隊監管行軍。部伍編成，甘茂請出秦武王親賜的鎮秦劍，當面對這些最知真情的王宮內僚下達嚴令：「不許與外部任何人會面，不許私相議論任何事，不許與監管軍士說一句話。但有違反，立斬無赦！」非常時刻，內僚們見甘茂殺氣騰騰的模樣，自是噤若寒蟬，人人做了啞巴一般匆匆隨軍，還真沒絲毫洩露消息。內僚一去，甘茂的王帳班底便只有五個人：一個外臣熟悉的老內侍，一個常侍秦武王身邊的美妾，一個太醫令，一個經常隨從的貼身劍士，一個擬書出令的掌書。這五個人，都必須聽從王齕的號令定行止。日每一紮營，王齕仗劍守在王帳門口，甘茂則坐在外帳處置公文，其餘五個符號人物各自在自己的位置上晃悠，守著人影幢幢一片草藥氣息的內帳，倒是與尋常時的行營王帳一般無二。

王齕剛剛在帳口站定，一輛青銅軺車轔轔駛到轅門口外，接著一聲高亢明亮的楚音秦話：「櫟陽令魏冄奉書晉見——」

王齕高聲傳進，便聽帳內老內侍匆匆腳步與稟報之聲。片刻間老內侍走到帳口，喊出一聲臣子們極為熟悉的尖亮傳呼：「櫟陽令魏冄覲見——」話音落點，老內侍伸出長大的鑲玉木蠅刷，「啪」地一挑，極為熟練地打起了帳口厚重的牛皮簾。

秦武王有個朝臣熟知的喜好——但凡居所行營，都要燈火大亮纖毫必見。轅門內軍燈高挑，風燈夾道，王帳內外一片通明。如此一來，正對著帳口坐在外帳大案前處置公文的甘茂，便與大步走進轅門的魏冄相互看了個一清二楚。只見來者身材高大，頭上一頂四寸黑玉冠，身上一領黑絲斗篷，內穿本色牛皮軟甲，腳下一雙長腰牛皮戰靴，一副連鬢絡腮大鬍鬚圍著又長又方的白亮臉膛，斯文中透著威猛，雖然手無長劍，只提著一條短桿馬鞭，卻分明一位荊楚猛士。甘茂以雜學著稱，對相學也算通曉，遠看魏冄起腳飄悠，下腳卻沉穩有力，步態方正而雙肩略擺，迎面看來虎虎生風，心下暗暗讚歎：「此人虎踞之相，只可惜霸氣重了些許。」

魏冄大步進帳，對迎面高座的甘茂一拱手，走到了內帳口深深一躬道：「櫟陽令魏冄，奉王命來到。」內帳傳來一聲粗重的呻吟，接著秦王掌書走到了帳口道：「我王口書：丞相甘茂，暫署國政，櫟陽令魏冄悉聽丞相政令。」魏冄高聲應命：「臣遵王命。」轉身走到甘茂案前一拱手道：「櫟陽令魏冄，參見丞相。」

甘茂微微一笑，指著左手長案道：「櫟陽令這廂入座。」

魏冄站著道：「屬下公務繁多，領命便去，無須入座。」口氣冰冷淡漠。

甘茂知道秦國朝野對自己多有微妙之辭，看來這魏冄也是偏見者之一了。當此非常之時，甘茂心下也不以為忤，依舊微笑道：「今日關涉機密，終不能與足下慷慨高聲也。」

魏冄目光只一閃，二話沒說，大步跨到案前入座道：「魏冄謹受教。」

此時內帳中走出了那個常隨秦王的侍妾麗人，對老內侍吩咐道：「我王傷痛初眠，熄滅帳內外大燈。」老內侍站在帳口一聲低呼：「王眠滅大燈——」話音落點，王帳外轅門內的夾道風燈一齊熄滅，帳內周邊六盞銅燈也一起熄滅，只留下甘茂公案邊兩盞銅燈，內帳燈火也全部熄滅，只有帳口一支蠟燭搖曳著豆大的微光。魏冄眉頭不禁一皺道：「秦王傷痛初眠，言談不便，不若屬下明日參見丞相。」

甘茂低聲道：「明月如天燈，你我到帳外敘談如何？」

魏冄略一思忖道：「丞相明日拔營，只好奉陪了。」

甘茂與魏冄出帳，王齕遙遙跟隨在五六丈外，向渭水岸邊去了。時當中旬，月明星稀，渭水如練，一片山水分外的幽靜。一路漫步行來，甘茂一句話也沒說。他原本想教魏冄主動開口詢問，可魏冄一言不發，始終只是默默跟隨。走到渭水岸邊一座土丘上，甘茂停住了腳步突然道：「秦王傷勢，足下作何想法？」

魏冄沒有片刻猶豫，立即接道：「臣不窺君密。不知王事，亦無想法。」

甘茂肅然正色道：「櫟陽令，甘茂奉命告知：本王傷重難愈，櫟陽令須得與丞相同心，匡扶王室，底定朝野！」

魏冄一陣愣怔恍然醒悟，深深一躬道：「臣，櫟陽令魏冄遵命！」

「若天不假年，我王遭遇不測，足下以為何人可以當國？」甘茂聲音雖輕，臉上卻沒有一絲笑意。魏冄目光突然銳利地逼視著甘茂，冷冷道：「魏冄可以當國！」甘茂大是驚訝，沉聲道：「櫟陽令慎言慎行。」魏冄冷笑道：「但為臣子，自當以王命是從。丞相不宣王命，卻來無端試探魏冄，究竟何意？」

甘茂不禁大是寬慰。他之所以突兀發問，為的正是出其不意地試探魏冄的真心。尋常朝臣，都會在這種非常時候不自覺地脫口說出自己想要擁立的人選，更是期盼著顧命權臣與自己一心，極少能想到國君遺命所屬。畢竟，春秋戰國幾百年，權力交接時刻出人意料的驟然變化太多太多了，誰不想趁機浮出水面？然則，這個魏冄能在這種時刻有如此定力，足見其膽識超凡。但是，甘茂畢竟老於宮廷之道，他不相信一個與王室有牽連的外戚會沒有心中所屬的未來君主，而且越有膽識者越有主見，如果能教魏冄自己說出來，一切會順當得多。心念及此，甘茂略帶歉意地苦笑道：「非是試探，實在是秦王尚無定見，甘茂心急如焚，想兼聽而已。」

「秦王勇武果敢，如何能在垂危之時沒有定見？」魏冄立即頂上一句。

甘茂歎息一聲：「足下是關心則亂？抑或是臨事糊塗？秦王沒有王子，儲君必是諸弟，倉促之間，選定何人？設若足下為當事者，莫非能一語斷之？」

魏冄默然片刻，慷慨拱手道：「丞相此言實情，屬下方才唐突，尚請見諒。」

甘茂一揮大袖：「當此之時，輔助我王選定儲君為上。些許言語，孰能計較？」

魏冄思忖道：「諸王子賢愚，難道先王沒有斷語判詞？」輕輕一句，又推了回來。

「先王斷語，秦王不說，我等臣下如何得知？」甘茂又巧妙地推了過去。

魏冄一陣默然，焦躁地走來走去，終於站在甘茂面前冷冷道：「屬下卻聞先王屬意嬴稷，曾與目下秦王有約：三十無子，立嬴稷為儲君！」

甘茂淡淡漠漠道：「縱然如此，嬴稷何以為憑？」

「丞相此話，魏冄卻不明白。」

「諸王子各有實力：鎮國左庶長有之，依靠王后成勢者有之，與貴胄大臣結黨者有之。」甘茂先三言兩語撂出爭立大勢，又是一聲粗重的歎息，「唯嬴稷遠在燕國，又為人質，國中根基全無，縱然立儲，誰能說不是砧板魚肉？」

魏冄冷冷一笑：「丞相差矣！若得正名，便是最大根基，何愁有名無實？」

甘茂望著月亮良久沉默，突然道：「公能使其名歸實至？」

「卻要丞相正名為先！」魏冄硬邦邦緊跟，打定一個先奉王命的主意。

甘茂深深一躬：「公有忠正膽識，大秦之福也！」

魏冄連忙扶住甘茂，口中急問一句：「丞相之言，莫非秦王已有成命？」

甘茂心下一鬆，一聲哽咽：「不瞞公子，秦王已經暴亡了……」

魏冄卻沒有絲毫的驚慌悲傷，默然片刻，對甘茂深深一躬道：「丞相毋得悲傷，秦王恃力過甚，暴亡也在天道情理之中。魏冄粗莽，今日明誓：修我戈矛，與子同仇！」

甘茂立即慨然一躬：「修我戈矛，與子同仇！」

這句誓詞，原本是在秦軍騎士中流傳的一首歌謠，歌曰：「豈曰無衣？與子同袍。修我戈矛，與子同仇！豈曰無衣？與子同澤。修我矛戟，與子偕作！豈曰無衣？與子同裳。修我甲兵，與子偕行！」歌詞簡單，格調激越，將軍中將士的浴血情誼唱得淋漓盡致。當一個騎士磨劍擦矛，要與你慷慨同心，將你的仇敵也當作他的仇敵時，這種誓言便是生命與熱血的詩章。魏冄將這句同仇敵愾的軍中歌謠用來明心，如何不令甘茂感奮異常？

月光之下，甘茂對魏冄備細敘述了秦武王暴亡的經過與目下所進行的一切，兩人又商議了諸多應對方略，直說到月上中天，方才回到王帳營地。魏冄沒有在王帳逗留，連夜趕回櫟陽去了。

次日清晨，秦王車駕緩緩啟動。魏冄率櫟陽全體官吏與族老在城外郊亭隆重送行。一應公務完畢，已經是過午時分。魏冄將兩名得力幹員喚到書房，祕密叮囑了櫟陽官署的諸多要害關節與應對之法。兩名幹員原是老吏，不消說已經心領神會。安頓完畢，已是暮色降臨，魏冄帶著兩個精通劍術的族侄上馬出了櫟陽，月色下直向咸陽飛馳而去。

中夜時分，魏冄三騎到達咸陽城外的渭水南岸，只要越過那道橫臥渭水的白石長橋，便能進入燈火煌煌的咸陽了。可魏冄沒有上橋，而是沿著渭水南岸飛馳向西，拐進了莽莽蒼蒼的豐鎬松林塬，片刻之間，憑著手中的黑鷹令牌進入了古堡一般的章臺宮。

章臺是秦惠王晚年經常居住的別宮。那時候，這座松林塬經常祕密駐紮著五千精銳步兵，戒備極是森嚴。秦惠王死後，秦武王躁烈尚武醉心兵事，從來不喜好住這幽靜得令人心慌的大松林，近三年中沒有來過章臺一次。五千兵馬早已經歸制了，只留下一個步卒百人隊，二十多個內侍、侍女與僕役守護。倏忽之間，章臺成了荒涼的廢宮。然則，正是因了它幾乎已經被咸陽權臣遺忘，甘茂與魏冄才將這裡選定為「咸陽總署」。也就是說，新君即位之前，這裡是運籌謀劃發布號令的大本營。甘茂身兼將相，必須守在咸陽做公開周旋。這座祕密大帳必須有能才坐鎮提調，做好應變的周密準備。這個能才，甘茂終於選定了魏冄。

魏冄三騎剛剛進入章臺，羋戎的五千鐵騎也恰恰到達松林塬老營地。羋戎下令大軍祕密紮營，親自率領兩百騎士來到章臺。雙方會合，魏冄立即開啟章臺書房，連續發出三道命令：第一道，原駐章臺的一個百人隊立即移營到羋戎的騎兵營地，未奉將令不許一人出營；第二道，三千騎士立即封鎖松林塬所有入口，許進不許出；第三道，羋戎率領兩千鐵騎星夜北上，迎接嬴稷與白起馬隊祕密進入松林塬。

三道將令一發，松林塬立即忙碌起來。羋戎的馬隊一走，魏冄親自巡視督導，連夜將章臺宮內外齊齊收拾整理了一遍，關閉了所有用不上的殿堂寢室與空屋，只留下一間最大的正廳做出令堂，所有內侍僕役都集中住到出令堂旁邊的幾間大屋，不奉命令不許擅自出進。

天亮之後，魏冄又召來三名騎兵千夫長，備細議定了出入關防的各種口令與明暗哨之間的聯絡方式。魏冄給三名千夫長的最後一句話是：「回去轉告士卒弟兄：一個月內不出差錯，人各賜爵一級。但有差錯，依戰陣軍法從事，立斬不論！」

秦國軍法：戰陣逃亡者，千夫長有當場斬殺權。所謂「不論」，便是無須像處置尋常罪犯那樣須得經過高職將軍的廷審與議罪，實際上便是當場格殺不論。軍法歸軍法，在秦國新軍中卻幾乎從來沒有實行過。因為新軍將士大多是今日平民子弟，更有許多是變法前的奴隸子弟，人人爭相立功，從沒有發生過戰場逃亡。而今在非戰之時，魏冄卻祭出此等戰陣法令，千夫長們匪夷所思，一時愣怔起來。

「非常之時，行非常之法。若不應命，當場革職。」魏冄又冷冰冰加上一句。

千夫長們見這個文臣猛士殺伐決斷如此凌厲，竟是不容分說，心知定然是絕密大事，頓時醒悟，慷慨一拱齊聲道：「赳赳老秦，共赴國難！」這是老秦人在興亡關頭才發的老誓，一旦出口，便意味著生死不計，決意死難家國。

魏冄正色站起，肅然向千夫長們深深一躬，一甩大袖逕自去了。千夫長們回過神來，連忙對著魏冄背影一躬，對望一眼，匆匆分頭部署去了。

一日忙碌，松林塬大營井然有序地開始運轉。暮色再度降臨時，一騎飛出松林塬，乘一葉小舟渡過滔滔渭水，又上了一輛四面垂簾的黑篷車，越過長長的白石橋，轔轔進入了燈火通明的咸陽城。

二、風雨如晦大咸陽

甘茂回到咸陽，大大皺起了眉頭。

秦武王車駕一進宮，留守咸陽的左庶長嬴壯帶著一班大臣前來晉見探視。大臣們在城外迎接時，太醫令已經宣了王命：「本王傷情怕風，諸位大臣各自勤政便是。」進宮後若再次阻擋，似乎難以成理。然則事已至此，硬著頭皮也得擋住這些大臣，否則，日日前來，豈非大大麻煩？甘茂思忖一番，對著老內侍耳邊一陣叮囑，老內侍鐵青著臉色走了出去。

嬴壯與一班大臣正在外殿廊下等候，人人心頭一片疑雲，誰也不敢妄自猜度，更不便在此時此處公然詢問議論，廊下一片忐忑不安的肅靜。嬴壯一臉泰然神色，對等候的大臣笑道：「秦王天生異相，上天庇佑，必無大礙，諸位放心了。」大臣們一時恍然，連忙同聲應和，種種祈求上天庇佑秦王的頌詞言不由衷地哄嗡湧出，誰也聽不清楚究竟說了甚話。

正在此時，老內侍佝僂著身子板著臉搖了出來，誰也不看拉長聲調高宣：「秦王口書：諸位休得在宮中聒噪，回去理事，不奉書命不得進宮。左庶長當與丞相共理國政，無須掛懷本王。」說完又是誰也不看，身子一轉逕自搖著去了。

大臣一陣愣怔，你看我我看你，頓時行止無措。秦王倒也真是此等性格，經常口出粗言，給大臣難堪，他卻哈哈大笑了之。這「休得在宮中聒噪」活脫脫秦王口語，大臣倒是沒有人生疑。然則國君遇到如此大變，多日來從山東飛進咸陽的流言令人心驚膽戰，說秦王如何如何慘死的故事繪聲繪色滿天飛，大臣們誰不想在秦王進入咸陽的第一時刻，親自目睹一眼活生生的秦王？縱然傷殘，只要秦王還活著，秦國就不會生亂，朝野立即就會安定下來。不看一眼秦王，誰都是七上八下不安生。身為大臣，久經滄桑，誰不知曉「王薨都外不發喪」這個古老的權謀？可目下卻是怪異：秦王崩逝了麼？車駕既已還都，且無發喪的任何跡象，那秦王分明健在，至多傷殘而已；秦王健在麼？偏偏誰都沒見。依秦王的神勇生猛，縱然斷去一條腿，也不會衰弱到不能露一面的地步。如此想去，人人木訥，口不敢言所想，也不敢第一個走去，窸窸窣窣地釘在了廊下。

突然，一陣大笑傳來。大臣目光驟然齊聚，卻是左庶長嬴壯。這個一身精鐵軟甲的高大猛士揮著大手笑道：「一個個霜打了似的。發個甚愣？我王清醒如許，豈有他哉！回去回去，各自理事是正幹。走，我去見丞相了。」說罷黑斗篷一擺，逕自大步去了。

監國左庶長如是說，其他大臣還能如何？一陣笑語喧譁，也紛紛散去了。

甘茂聽老內侍宣罷秦王口書，立即從王城後門出宮回丞相府去了。不想剛剛回府，嬴壯跟腳就到。甘茂請嬴壯入座，吩咐侍女上茶，又吩咐書吏將近日所有公文抬來，分明是要鄭重其事地與這位左庶長共商國務。嬴壯卻站在當廳笑道：「嬴壯今番跟來，只是恭賀丞相勤王有功。國事卻無須交代，秦王平安還都，我這鎮國左庶長，明日也該交權了。」甘茂豁達笑道：「豈有此理？秦王明令：左庶長與我共理國政。王子交權，莫非也要逼老夫交權不成？」嬴壯哈哈大笑：「丞相大權豈能交得？看來，嬴壯只有勉力奉陪了。」甘茂笑著點點頭道：「多謝左庶長了。」又指著抬來的公文大案道，「也無甚交代，一件事：秦王傷癒之前，咸陽城防民治仍然歸你統轄。這是邦司空、關市、大內、憲盜（註：戰國秦制：邦司空掌都城工程，關市掌都城商賈稅收，大內掌都城王宮物資，憲盜掌捕拿盜賊）的相關文書，你搬去便了。」嬴壯連連擺手笑道：「罷了罷了，嬴壯一介武夫，城防無事已是萬幸，如何管得忒多事體？」甘茂笑道：「王族重臣，豈能躲事？掌書，立即將案上公文妥善送到左庶長府。」

相府掌書答應一聲，一揮手，立即有兩名書吏將公文大案抬到一邊利落綑紮，片刻便裝好了車輛。嬴壯無可奈何地笑笑：「丞相逼著鴨子上架了。」甘茂不容分說地擺擺手：「還有，秦王暫不能理事，城防事關重大。咸陽令白山只有五千兵馬，若要增兵，你我共同請准秦王兵符。」嬴壯一拱手道：「容我回府謀劃一番再說。告辭。」轉身大步走了。

甘茂看著嬴壯的背影遠去，轉身對身後老僕低聲道：「家老，備輜車。」白髮老管家連忙碎步走去。片刻之後，一輛四面黑篷布的輜車停在了大廳廊下。甘茂便服登車，輜車轔轔駛出了丞相府後門，輕快地拐進了一條幽靜的小街。

嬴壯回府，立即吩咐閉門謝客，大步匆匆地向後園走來。

嬴壯雖然做了左庶長，但府邸仍然是老府家宅。這座府邸很大，規格是九進一園兩跨院，比丞相府邸還大，與封君府邸同等。依嬴壯資歷功勳，此等府邸自然不當，顯然是承襲了。王族大臣有如此府邸者，只有秦國王族的特殊人物——秦孝公的庶兄、秦惠王的伯父、當年的公子虔。公子虔當年支持商鞅變法，在太子犯法之後因身兼太子傅而被商鞅處了劓刑——割掉了鼻子。從此後公子虔隱忍仇恨，閉門不出十多年。秦孝公死後，公子虔復出，輔助當初的太子（秦惠王）斡旋朝局：既利用老世族對變法的仇恨車裂了商鞅，又利用了朝野擁戴變法的力量根除了老世族，同時堅持商鞅法制不變，使秦國繼續強盛。公子虔的特殊功勳與特殊地位，使秦惠王對這個伯父厚待無比，卻又封無可封。公子虔雖是猛將，卻不是輕率武夫，對朝野大局很是清楚，秦惠王親政後蟄居府邸，極少與聞國政。秦惠王也是雄才大略權謀深沉，擱置公子虔，卻重用公伯的兒女。在秦惠王時期，執掌對外祕密力量黑冰臺的嬴華，便是公子虔的長女，秦惠王的堂妹。公子虔還有兩個小兒子，一個名嬴離，另一個便是這個嬴壯。

有此家世，嬴壯在秦國自然是聲威赫赫的重臣，不管他是否左庶長。

這座後園非同尋常，四面竹林草地圍著五六畝地大的一片水面，水中沒有山石島嶼，只覆蓋著無邊的芙蕖（註：芙蕖，春秋戰國對荷花的稱謂）綠葉與各色花草，茫茫的綠葉紅花擁著中央一座古樸的茅亭，彷彿一隻碩大無朋的花船鑲嵌著一座艙亭。微風掠過，竹林沙沙，水鳥啁啾，綠葉婆娑，花兒搖曳，遙望綠葉紅花中的茅亭，令人心旌搖盪。

嬴壯匆匆來到湖邊，顧不得欣賞眼前美景，手指搭上嘴邊，一個長長的呼哨伏著滿池綠葉紅花蕩了開去。片刻之間，湖中一條孤木小舟穿花破葉飄了過來，一個蓑衣斗笠者站在小舟上盪著一支細長的竹篙，如江南漁人一般無二。小舟將及岸邊五六丈處，蓑衣斗笠者竹篙一定，小舟穩穩釘在了萬綠叢中。幾乎同時，嬴壯躍身飛起，一隻黑鷹般掠過綠葉紅花，輕盈地落在了寬不過兩尺的孤木小舟上。

「尚可將就。」蓑衣斗笠者淡淡一句，點下竹篙，一葉小舟如離弦之箭湮沒在萬綠叢中。不消眨眼工夫，孤木舟到了茅亭之下，在亭下石柱上一靠，微微一頓一退間，舟上兩人同時借力躍起，穩穩地落在了茅亭之中。

嬴壯在茅亭石案前落座，逕自拿起案上一只大陶壺咕咚咚大飲一陣，撂下陶壺一抹嘴：「大哥不飲酒，真乃憾事也！」

「無酒何憾？」蓑衣斗笠者已經脫去蓑衣摘下斗笠，轉過身來，一個白絲長袍白髮垂肩面戴白紗者赫然站在了嬴壯面前，與一身黑衣精鐵軟甲的嬴壯迥然兩極。一開口，聲音清亮得宛若少年：「壯弟風火前來，莫非事體異常？」

「大哥推測無差。」嬴壯拍案亢奮道，「秦王必死無疑！甘茂千方百計穩定朝局，非但不奪我城防之權，還連民治權都推給了我，咸陽城穩穩在我掌心了。」

「壯弟差矣。」少年聲音淡淡笑道，「甘茂老於宮廷權謀，豈能給你實權？民治瑣碎百出，只怕是日後問罪引子也。」

嬴壯頓時臉紅道：「大哥高明。我也疑心甘茂，只是沒有推掉。這隻老梟！」

「卻也不打緊。」少年聲音又笑了，「將計就計，安知非福？目下最要緊者，十二個字：明晰朝局，策動後援，立即發動。」

「大哥以為朝局不明？」

「我明未必你明。」少年聲音頗有訓誡意味，「其一，秦王右腿被雍州鼎連根切斷，之後一切平靜如常，明其必死無疑；其二，不召你勤王，不宣你入宮，說明遺命新君另有所屬；其三，名義增你權力，只是為了穩定王族，以利他等祕密準備。當此之時，若不快捷動手，定會與王位失之交臂。」

「秦王會將王位傳給何人？」嬴壯不禁有些著急。

「嬴稷，別無他人。」

嬴壯面色鐵青，啪地拍案道：「鳥，一個蒙童人質，未立寸功於國，憑甚立儲稱王？」

少年聲音歎息了一聲道：「嬴稷文弱過甚，若成國君，我老秦部族之勇武品性必將沉淪。先祖獻公、孝公與先父之霸業遠圖，亦必將付諸東流。秦人要大出天下，舍壯弟其誰哉！」

嬴壯咬牙切齒道：「先父本來就是儲君，偏是讓給了孝公嬴渠梁。這嬴蕩有子還則罷了，既然無子，憑甚不將君位傳我？」

少年聲音沉吟道：「這是一個謎。按照嬴蕩品性，並與壯弟之特異情誼，當必選與他同樣勇武的壯弟莫屬。選立嬴稷，大體是臨死一念之差。」

「不說他！」嬴壯霍然站起，「大哥只說如何動手？」

少年聲音極是篤定：「此時三處要害：其一，謀得太后支持，以為正名。其二，引來一方外力，以為咸陽兵變增加成算。其三，也是最要緊之處，祕密集結一支精兵，直擊宮廷要害。一旦占據樞紐，大事成矣！」

嬴壯大是欣然道：「如此萬無一失也。兩頭我有成算，只是這引外一事，眼下沒有合適人選出使，頗為難辦。」

少年聲音淡淡笑道：「既是同胞，我自當為壯弟效力一回。」

「大哥……」嬴壯驟然哽咽，對白衣人深深一躬。

少年聲音的白衣白髮人扶住了嬴壯，依然淡淡笑道：「人各有命也。為兄生成天殘，是上天要給壯弟一個謀士了，何須見外生分？做你的事去，太后處要緊。」

嬴壯又是深深一躬：「大哥保重了。」白衣人點點頭，回身一撥另一張石案上的秦箏，叮咚一聲長音，一個白衣少女撐著獨木舟從萬綠叢中悠然飄來。嬴壯飛身落下，小舟倏忽消失在茫茫暮色之中。茅亭中響起了秦人那獨有的八弦箏聲，冰冷地漫過濛濛水面。嬴壯的心在簌簌顫抖，血在烘烘燃燒，卻終是沒有回頭。

沒有片刻停留，嬴壯從後園出得後門，跨上一輛軺車，徑直奔惠文后的寢宮而來。將近宮門，他情不自禁地生出一絲膽怯，緊張得粗聲喘氣了。自從呱呱墜地，他便生活在這片庭院裡，在這裡長大，在這裡加冠成人。這片庭院的一草一木，都深深地刻在了他的心頭。

那時候，父親嬴虔閉門鎖居，困獸般地折磨著自己，只有姊姊嬴華與一個胡人少女整日悄悄地跟隨著父親，怕他萬一生出意外。那個胡人少女後來成了父親的侍妾，再後來便有了身孕。那時候，父親的府邸簡直就是一座牢獄，那個胡妾在一間幽暗的小石屋裡生下了他的哥哥嬴離。誰也說不清緣由，嬴離哥哥生下來便是白髮紅顏，一支小小的男根竟要費力端詳才能勉強得見。父親老虎般地嘯叫著，要掐死這個怪物。可那個尋常溫順得小貓似的胡女卻突然變得凶辣無比，尖聲嘶喊著與父親廝打在一起。姊姊嬴華趁機抱走了嬴離哥哥，哭求家老打開了狗洞似的後門，逃到了太子府，請求太子妃收養嬴離哥哥。當時，太子嬴駟剛剛返回咸陽一年多，娶了老秦世族的一個將軍的女兒，太子妃恰是新婚少婦。這太子妃聰慧善良，深知嬴虔在老秦國人中的資望根基，更知嬴虔與太子的特殊親情，便自家做主，派一個中年侍女祕密出宮，收養了這個怪異的嬰兒。

過得幾年，太子已經成了國君，秦國的內政風暴也已經平息，父親也已經是年屆花甲的白髮老人了。偏偏在這時候，那個胡女侍妾又有了身孕。父親離群索居多年，頓時生出了一種怪誕念頭：上天又來懲罰他，又要給他送來一個怪物。於是，父親堅執要太醫給胡女侍妾流產，咬牙切齒地說：「嬴虔寧可絕後，也不落他人口舌！」又是嬴華姊姊去求已經是惠文王后的太子妃，惠文后二話沒說，來到嬴虔府邸接走了胡女。這次，胡女卻生下了一個十來斤重的長大兒子，這便是嬴壯。

惠文后愛極了這個沉騰騰的襁褓男兒，喜滋滋地為他取名「壯」，留在宮中親自撫養，只將胡女送回了嬴虔府邸。從此，胡女做了夫人，嬴壯卻在惠文后宮中一直長到二十一歲加冠。直到父親與母親雙雙病逝，嬴壯才回到自家府邸頂門立戶，將一直失散的嬴離哥哥找了回來。

在嬴壯的記憶裡，惠文后是他的母親，這座寢宮是他童年少年的一切。按照血統輩分，惠文后只是他的長嫂。但是，嬴壯永遠都將惠文后看作母親，從來都不叫惠文后長嫂，而固執地叫作娘。時日長了，惠文后也就應允了，真將他當作兒子一樣了。如今，惠文后已經是惠文太后了，嬴壯也常常來看望她，如何突然生出一種莫名其妙的恐懼？不由自主地，他向那片碧池走去。初上的宮燈交會著朦朧的月色，一個熟悉的身影正倚在白玉石欄上凝望著碧綠的池水。那婀娜的背影，那永遠垂在肩頭的瀑布般的長髮，是烙在他心頭的永遠的標記。

「壯，還記得麼？日每傍黑時分，娘便領你在這裡觀魚。」婀娜身影沒有回頭，口吻中充滿了溺愛與柔情。

「娘……」驟然之間，嬴壯雙眼潮濕了，輕輕走過去，將自己的斗篷披在她身上，梳攏撥弄著那瀑布般的長髮，「白髮又多了幾綹，回去，你晚間怕涼。」

惠文后沒有回頭：「壯，一個人做了國王，心便冷了硬了？」

「娘……」嬴壯手足無措。

「壯，你與蕩，名雖叔侄，實則情同手足。你說，蕩會忘記我麼？」

「娘，」嬴壯心中一顫，「蕩是你親生愛子，血肉交融。」

「不。」惠文后依舊倚著石欄，聲音淡漠得有些冰涼，「蕩，不是我親生。他的母親，也是個胡女，生下他，死了。」

「娘……這，這是真的麼？」嬴壯震驚了。

身為王族子弟，又在宮中二十一年，與嬴蕩朝夕相處，宮廷對於他沒有任何機密可言，如何竟不知道嬴蕩不是惠文后所生？一時間，嬴壯懷疑「娘」長久寡居患失心瘋了。他走到石欄邊，親切地攬過娘的頭，想像以往那樣撫慰她。誰知這張被他轉過來的臉卻令他大吃一驚——曾幾何時，往昔豐滿白皙的臉龐變得憔悴如刀削，片片老人斑清晰可見，亮如秋水的一雙大眼變得空洞乾涸，沒有一絲淚水，冰涼的目光令嬴壯不寒而慄。

「娘……」嬴壯一陣酸楚，猛然摟住了惠文后，又驟然放開猛然跪地，「娘！嬴壯是你親生兒子，你是嬴壯的親娘！」

惠文后慈愛地撫摩著他的臉頰：「你也，本來就是我的兒子。」嬴壯愣怔了，他不知道惠文后的

「本來」是一種愛意，還是隱藏著更大的祕密，一時只是流著淚連連點頭。惠文后一聲輕輕地歎息：「起來了，說給我，他等為何不教我見蕩？」

嬴壯默然一陣，一咬牙低聲道：「蕩，已經，死了……」

惠文后無聲地張了一下嘴，軟軟地倒在了嬴壯的懷裡。嬴壯連忙抱起惠文后大步走到池邊石亭下，將她放到石案上躺平，輕輕地掐著她的人中穴。片刻之後，惠文后睜開了眼睛，猛然抓住了嬴壯胳膊：「說，蕩是如何死的？」

望著惠文后空洞的眼神，嬴壯斷斷續續而又點滴不漏地敘說了嬴蕩慘死的經過。惠文后靜靜地聽著，沒有一次打斷，也沒有一滴眼淚，直到嬴壯說完，依然悄無聲息地躺著。嬴壯太熟悉娘了，甚話也不說，只是握著她一雙瘦削的手，默默地守候著。

「壯，抱我，到寢室去。」良久沉默，她終於氣若游絲地開口了。

嬴壯輕輕抱起了惠文后，穿廊過廳來到了熟悉的寢室，侍奉她飲下了一盞滾燙的藥酒。惠文后一身大汗之後，終於坐了起來，突兀一句道：「嬴壯，你敢不敢做秦王？」

嬴壯渾身一震！他此來宮中，不正是為的求得太后支持麼？可從在碧池邊看見惠文后倏忽蒼老的容顏，卻甚事也忘記了，只想永遠守在娘身邊，永遠做她的兒子。此刻惠文后突兀一問，他方才恍然醒悟道：「娘，這是敢不敢的事麼？」

惠文后微微一笑，起身走到帷幕後拿出一方生滿綠鏽的銅匣道：「老法子，打開。」

嬴壯幼時很是頑皮淘氣，整日用一支銅棍兒鼓搗宮內能見到的各種帶鎖銅匣，總是要打開方才罷手。惠文后寢宮的帶鎖箱匣雖不如王室書房多，可也為數不少，久而久之，竟被他悉數鼓搗開了。秦惠王知道後又氣又笑，有次拍著書案上一只密書銅箱板著臉道：「一個時辰，你小子要能戳騰開這只銅箱，賞你一口好劍。」嬴壯高興得連蹦帶跳，拿出那支五六寸長的銅棍兒，饒有興致地鼓搗了一個時辰，卻終是沒有打開，噘著嘴巴老大不高興道：「大哥，再給半個時辰，再要打不開，我永不開鎖。」秦惠王笑道：「給半個時辰也可，只是無論打開與否，都得洗手。」嬴壯二話不說，點點頭立即埋頭折騰，過得片刻，竟生生打開了那只機關重重的銅箱。

惠文后卻不管秦惠王的「洗手」禁令，依然有意無意地放些不打緊的帶鎖鐵箱銅匣在寢宮裡，供嬴壯偷偷地消磨時光。可嬴壯也忒煞怪，從此一鎖不開，整日只是練那口月牙兒似的吳鉤，十幾年下來到加冠時，又練成了罕有敵手的鐵鷹劍士，除了力道，絲毫不比嬴蕩遜色。正因多年不練開鎖了，嬴壯真不知道自己還能不能打開這把鏽鎖，心中不禁暗暗道：「若能打開這把鎖，便是上天教我成就大業。」

「看看，這是誰個物事？」惠文后一抖衣袖，手心中一根亮閃閃的小銅棍。

「娘！」嬴壯心頭頓時酸熱了，這支早已經被他遺忘的小銅棍竟被惠文后珍藏如斯，雖是生母亦未必能為，況乎一個太后？終於，他小心翼翼地拿過小銅棍，小心翼翼地插進鎖孔，稍一擺弄，銅匣「嘭」的一聲彈開，紅綾內匣頓時映在眼前。

「娘，這是甚物事？」嬴壯莫名其妙的惶恐。

「自己看。」惠文后冰冷一句，再無下文。

嬴壯小心翼翼地掀開紅綾內匣，只一瞄，雙眼頓時放光，一隻虎形兵符赫然在目。

惠文后淡淡問：「夠不夠？」

嬴壯向惠文后肅然跪倒：「娘，八千兵馬，於兒足矣！」

「起來，去吧。」惠文后輕輕一歎，「記住了，我不是你娘，不許亂叫。」一轉身看也不看嬴壯一眼，飄然去了。嬴壯站起來四面打量，竟想不出這間小小寢室惠文后能去了哪裡？愣怔片刻，嬴壯向帷幕後深深一躬，抱起兵符頭也不回地出宮去了。

此刻，甘茂在樗里疾府中啜茶閒談。

甘茂原是有備而來，要請樗里疾出山穩定王族勢力。但他想看看樗里疾風向，也不急於切入正題，先只說些無關緊要的瑣事，想教樗里疾挑出話頭，他好相機應對。他相信，樗里疾雖足不出戶，但對國中大事必然是一清二楚，說不定比他還著急。誰知樗里疾不斷眨巴著細長的三角眼，只是聽他說，一句話也不插。及至他說完兩三件不鹹不淡的瑣碎事，黝黑肥壯的樗里疾嘿嘿嘿一陣笑，接著海闊天空地說叨起來，天文地理風俗民情傳聞掌故源源不斷湧出，一個多時辰還打不住，大有吐盡胸中學問的架勢。甘茂心中著急，知道自己的雕蟲小技惹惱了這個老智囊，急切間卻沒個由頭打住他的話頭，看看已經是月上中天，多少急務等著料理，自己終不成老坐在這裡消磨。

心思急轉，甘茂站起來徑直深深一躬道：「老丞相，甘茂得罪了。」

「嘿嘿嘿，這卻哪裡話來？」樗里疾笑著拍拍肥大的肚皮，「人老話多，憋得時日久了，只想碰個學問之士賣賣老，好好嘮叨個三日三夜過過話癮，丞相多嫌老夫聒噪了？」

「國有急難，老丞相教我。」甘茂再不多話，又是肅然一躬。

樗里疾嘴角一撇，終是將那嘿嘿嘿憋了回去：「要用老夫，別繞彎子說話。」

甘茂重新入座，正色拱手道：「甘茂一問：秦王崩逝，傳位嬴稷，老丞相以為然否？」

「嬴稷雖則少年，沉穩厚重，可歸秦人本色。然。」

「甘茂再問：國中若有奪位者，可能何人？」

「左庶長嬴壯。」

「甘茂三問：此人生變，路數何在？」

「外聯援手，內發私兵。如此而已。」

「甘茂四問：內外交迫，如何破解？」

樗里疾不禁嘿嘿嘿笑了：「老夫不是丞相，如何得知？」站起來一甩大袖，徑直出廳去了。甘茂無可奈何地搖頭笑笑，也只好回府了。一路行來，終是想不通樗里疾如何突然嘿嘿起來拂袖而去了。剛進得府門，家老匆匆迎來稟報，說櫟陽令魏冄正在等候。甘茂抬腳向正廳走來，家老低聲道：「丞相，人在松竹園。」甘茂頓感心中一鬆，覺得魏冄做事果然機警細密，懂得避人耳目。及至進得松竹園，卻不見一個人影。這片松竹園是從整個後園中另辟出來的一個小園林，本來不大，又無水面亭臺，魏冄莫非還能躲在樹後不成？

甘茂正在竹林邊轉，不防身後突然傳來一個聲音：「丞相，在下等候多時了。」甘茂一回身，一柱黑色大袍矗在婆娑搖曳的綠竹下，夜色下森然可怖，不禁驚訝道：「你這魏冄，藏在何處？」魏冄道：「在丞相腳邊。」甘茂一低頭，月光下可見一堆竹葉散落成一個人形，魏冄分明蓋著竹葉在這裡睡覺等候，不禁又氣又笑道：「故弄玄虛，忒是小心。」魏冄卻正色拱手道：「君失其密，則亡其國。臣失其密，則亡其身。丞相不以為意乎？」甘茂一陣默然，對魏冄的口氣很是不悅，可偏他說得是正理，若稍有辭色，這個冷面外戚只會更加生硬，一揮手道：「章臺如何？」魏冄慨然拱手：「一切就緒。」然後一宗一宗地說了章臺的準備情形，末了道：「在下估算，五六日之後，新君一行可到章臺。丞相如何部署？」甘茂沉吟道：「目下看來，咸陽尚無異動，不若等候新君歸來一體商議。」

「丞相差矣！」魏冄急迫道，「在下昔日聽芈王妃說，秦國王室有一祕密祖制：老國君若病逝在先，必留一兵符於王太后以防不測。今惠文太后若有兵符，豈不大是麻煩？」

甘茂心下一驚──王太后兵符祖制，他如何從來沒有聽說過？果真如此，又是一大變數，如何應對？思忖有頃道：「有兵符不可怕，要害是惠文后會不會私授他人？先王乃惠文后親生，果真惠文后有兵符，如何能斷定她違背遺詔而屬意他人？須知惠文后之賢明，可是有口皆碑也。」

「丞相差矣！」魏冄又是直戳戳先撂下一句，而後鄭重拱手道，「權力大爭，比賢愚更根本者，是利害人心。在下看來，此事一目了然：惠文太后養育嬴壯二十一載，情逾母子，心結深不可測。丞相何故疑惑不定？惠文太后若不支持嬴壯，在下願將人頭輸給丞相。」

甘茂心中一沉，頓時想起一事，突兀問：「你說，樗里疾會如何應對？」

「樗里疾老謀深算，定是適可而止，絕不會一意助我。」魏冄沒有絲毫猶豫。

「如此說來，樗里疾曉得惠文太后這步棋？」

「智囊老狐，早看得入木三分，只不過老君臣情誼篤厚，寧願不聞不問。」

甘茂心中突然一亮：「走！找白山將軍。」

魏冄笑著拉住了甘茂衣袖道：「可有丞相四更天出府造訪之理？你我且在園中等候，白山將軍片刻便來。」說罷嘴一咕噥，發出三聲清脆的蛙鳴，竹林中一個黑色身影倏忽飄了出去。

甘茂大是驚訝：「你帶武士來了？」

「文事必有武備而已。丞相見笑。」

甘茂一陣沉吟，突然道：「魏冄，此次大事頭緒繁多，便由你來坐鎮運籌。我只穩住朝局便是。」魏冄慨然一躬：「邦國危難，魏冄不辱使命！」沒有絲毫猶豫辭讓，一口應允了下來。經過幾次交往，甘茂熟悉了魏冄稟性，不再計較這些細節，便一一交代了幾件具體事務，主要是秦武王賜給白起為期三月的龍形兵符，以及白山的大體情形，叮囑魏冄一定要在兩個月內使新王即位，結束咸陽亂象。

魏冄一拳砸在手心：「此等事體，須迅雷不及掩耳，月內定局！」

甘茂正色道：「務必準備妥當，萬無一失方可。」

正在說話，聞幾聲蛙鳴，兩個身影從竹林中飄來。到得兩人面前，卻只剩下了一個，拱手作禮道：「咸陽令白山，參見丞相。」甘茂拱手笑道：「白山將軍，別來無恙了。且到書房，有白起手書一封，先請將軍看過。」白山道：「無須看了。老白氏三百餘年軍旅世家，自當以國難為先，丞相但發號令便是。」甘茂不禁慨然一歎：「將軍真國家柱石也！來，認認，這位是櫟陽令魏冄，新君舅父，我想請此公總攬大計，將軍以為如何？」

魏冄爽朗一笑道：「新君舅父算個鳥！丞相也用申明？」又向白山慨然拱手道：「將軍威名素著，魏冄歆慕已久，若有不當，將軍一腳踢開魏冄便是！」甘茂不禁皺眉，覺得這魏冄實在難以捉摸，如何這番話恁般粗魯？不想白山卻明朗笑道：「但有此言，便見足下看重真才。粗認粗，白山老軍一個，信得足下！」甘茂不禁拍掌笑道：「好！三人同心，其利斷金。走，到偏廂亭下去說，有得好酒。」

松竹園外的茅亭下，三人就著陳年鳳酒直說到雄雞高唱。

三、飄風弗弗　迅雷無聲

嬴壯拿到虎符，又費了思量。

秦國兵符分為三等：最高等黑鷹兵符，為國君親掌，大戰前授予上將軍或統兵大將，每次可調兵十萬；第二等龍形兵符，每次調兵兩到三萬，尋常授予要塞守將或小戰將領；第三等便是這虎形兵符，每次調兵不超過八千，多授予特使出行或國中機密公幹。商鞅變法後秦國私兵廢除，新軍統由國君掌控，軍法臻於完善。但凡出兵，須左右兵符勘合，並向全體奉命將士公示，方得出發。軍營掌兵將軍自千夫長始，以職位高低，人各一尊虎形或龍形右符。戰時統帥執國君授予的左符，當著全體將領與右符勘合，方得升帳行令。戰事結束，左符立即交回國君。任何環節不符，調兵都難以成行。

雖則如此，戰國大戰連綿，各國都是舉國同心，國君與統兵大將也極少齟齬。大將經常是連續作戰，但有威望卓著的名將，便經常性地持有兵符，也常有不勘合兵符而調動大軍者。但這都是浴血奮戰將士同心時的特例，非如司馬錯這般名將而不能為，對將士生疏如甘茂者自然絕不可能。嬴壯不諳軍旅，連嬴蕩那般的軍中歷練都沒有過，自然根本不可能法外調兵，想調兵，只有依法行事：勘合兵符而執行特命。

嬴壯之難，難在何處調兵。

秦國的精銳新軍分作三處：一是咸陽城內的八千王室禁軍，這是任何兵符都調不動的，只有國君密書與誰也無法知道而又經常變動的特殊信物，方能調動禁軍；二是函谷關、武關、大散關等各要塞關口的守軍。可這些關隘守軍除了函谷關駐軍一萬外，沒有一處超過八千人馬，若一次調走一關的全部守軍，這是任誰也會覺得怪異的，無異於自暴形跡。最後是藍田大營，這是駐軍最多也最是頻繁調兵的營地，可如何調？何時調？又是難題了。如何調？是調何兵種，騎兵還是步兵？軍糧是國尉府調撥，還是當作緊急軍務由軍營自帶幾日軍食？何時調也是一個難題。調早了，祕密軍營選在哪裡？軍糧如何運法？由誰統兵提調？調遲了，趕不及豈非誤了大事？所有這些事務，對於奉命開戰的大軍來說都不是難事，可作為祕密部署辦理，便全部變成了難事。

枯坐一個時辰，嬴壯思緒紛紜，終是想不定一個萬全之策，心煩意亂中一跺腳，又來到了後園的芙蕖池。一葉扁舟飄來，侍女只對他笑了笑，揚手擲出一物，便飛舟去了。嬴壯打開竹筒封泥，一方白絹上赫然是嬴離遒勁的自創筆法：

我去邯鄲也。若得兵符，可找顯弟，昔日三星玉佩為憑，切記。

嬴壯眼睛一亮，頓時精神大振，回到寢室一陣收束，鑽進一輛篷布極是嚴實的輜車，轔轔出了後門，迅速匯入長街車流之中。片刻之後，輜車出得咸陽東門，直向東南方向從容而去。

藍田軍營湮沒在火紅的晚霞裡，一陣陣悠長的號角四面響起，最後一場操演終於收隊了。裨將軍嬴顯剛剛回帳，便接到大營遊騎的通報：「北營門有一楚商，求見將軍。」嬴顯高聲笑道：「我沒有楚商親朋，你傳錯消息，該當軍法。」遊騎騎士正色道：「斷無差錯。這是楚商給將軍的信物。」說罷一探身，遞給嬴顯一張碧綠的玉佩。嬴顯接過一看一愣，又恍然笑道：「噢，曉得了，我這便去。」待遊騎飛馬而去，嬴顯立即進帳，喚過軍吏一陣叮囑，便站在營帳外等候巡行兵車。

藍田軍營常駐十數萬大軍，營寨層疊，嚴禁將士軍營馳馬。只要不打仗，縱然將軍出營，也須走馬或步行，若要快捷，便須等待專門在軍帳與各營門之間巡迴穿行的兵車。這種兵車在作戰中已經被淘汰，不屬大軍，而是隸屬於藍田將軍的軍營配置，專門供百夫長以上的將士快速出營，每車可站五到八人，有固定的行車路線，既不干擾軍營操練，又快捷便當，比備馬騎馬回來再餵馬洗馬省事了許多。

片刻之後，嬴顯乘著一輛兵車來到北營門。下車出營，已經一片暮色，依稀可見一輛黃篷輜車停在鹿砦外的樹林之中，倒還真是楚國商人的車形。嬴顯握了握手中玉佩，向輜車大步走來。將近樹林，林中走出一個黃衣少年，迎面一躬道：「將軍請了。主人正在車中等候。」嬴顯點點頭，向輜車走了過來。車簾從裡邊「啪」地打起，嬴顯一腳跨上了輜車。

「營外時幾多？」幽暗的車廂中一聲急迫的問話。

「一個時辰。壯兄有話，但說無妨。」

幽暗之中，輜車啟動，沿著山麓樹林向官道走馬而去。轔轔車聲中，急迫低沉的聲音連綿不斷。

車下官道，又拐了回來，漸漸駛進了藍田大營北營門的刁斗軍燈之下。

輜車停穩，一個長鬚黃衫的楚國商人下車，打開車簾掛起，向車內拱手作禮：「將軍請了。」一身黑色軟甲的嬴顯跨步下車，回身一躬道：「末將軍務在身，不能奉陪先生，尚請見諒。」楚商笑道：「千里會友，原求一晤足矣！來，給將軍些許零碎，莫得見笑。」黃衣少年已經從車上搬下一只包有兩道銅箍的極是精緻的紅木桶與一只牛皮大袋。楚商指點笑道：「自家出的蘭陵酒、銀魚乾而已，將軍與弟兄們品嘗指點了。」嬴顯拱手笑道：「藍田大營軍法甚嚴，不許私帶軍食入帳，末將心領，告辭！」轉身大步去了。

黃衣楚商嘖嘖讚歎，直看著嬴顯的背影消失在高大的寨門之內，方才登車轔轔去遠。輜車一駛上官道，一聲鞭響，兩匹駿馬四蹄大展，輜車嘩啷啷風馳電掣般西去了。

次日黃昏，左庶長嬴壯帶著六名騎士護衛祕密進了藍田大營，向暫主軍務的前軍副將蒙驁出示了兵符令箭，點名調裨將軍嬴顯所屬之八千鐵騎「護送惠文太后西去雍城頤養」。經與裨將軍嬴顯勘合左右兵符，八千鐵騎星夜出營，隨嬴壯飛馳西去。行過三十里直插南山北麓，祕密西進，在灞水北岸的密林高崗中紮營了。

八千鐵騎在手，又是嬴顯掌兵，嬴壯頓感底氣十足。

回到咸陽府邸，嬴壯專一拜望了幾家有封地的王族貴胄。自商鞅變法之後，秦國世族貴胄保留的封地最多沒有超過二十里者，非但土地少，且沒有任何治權，唯獨有數量很少的象徵性賦稅。此情此景，自然不可能蓄養私兵。這些王族貴胄所有的，只是在長期征戰中累積門下的一些傷殘舊部。這些舊部在從軍之前，或是依附王族的隸農子弟，或是本族的平民支脈子弟，或是僕役子弟。他們跟隨老主人長期馳驅沙場，傷殘之後縱然有軍功爵位，也仍然舉家住在老主人的封地裡、家園裡，與老主人終身相依。這些人雖不是私兵，也不會形成很硬實的戰力，但卻忠實可靠，尤其有一樣長處：人皆百戰餘生，個個膽色極正，若是為主人復仇效力，說殺人不眨眼毫不為過。若能將此等死士聚攏得數百上千，那便是一支衝擊王宮的驚人力量。

但是，這幾家貴冑的家主卻都是白髮蒼蒼的老秦臣子，都已經到了深居簡出的晚境，平日裡從不過問國事。要他們捲入爭王旋渦，那是太難太難了。嬴壯雖然打著太后旗號，說是借老兵陪太后西行狩獵，也還是沒有結果。最令嬴壯不解的是，一夜之間，這些老人竟然一齊聾了。任你在耳邊高聲嚷叫加比劃，他只搖著雪白的頭顱笑哈哈百般打岔，一句話也沒辦法說清。拜訪幾家後，嬴壯大覺蹊蹺，立即中止了拜望。

就在當天晚上，嬴壯接到密報：掛名右丞相樗里疾近日頻頻出入王族門庭，每次都是醺醺大醉地出門。「老匹夫！黑豬！」嬴壯怒火中燒，狠狠罵了一聲，幾乎要跳起來立即去殺了這個令人生厭的老外戚。仔細思謀一陣，嬴壯還是壓下了怒火，策馬直奔自己封地。

次日傍晚，嬴壯從封地回來，見書案上赫然插著一支野雉翎。那華麗絢爛的尾羽，一看便是趙國最有名的山雉翎。嬴壯驚喜過望，立即直奔後園芙蕖池，進得池中茅亭，白衣面紗的嬴離已在等候。「趙國如何？動手麼？」拱手之間，嬴壯的話已經急迫出口。

嬴離的少年嗓音悠然如故：「先入座了。紅芙蓉，上酒。」話音落點，荷花扁舟中一聲清麗的回應，一個紅衣少女倏忽飛上茅亭，石案上有了一只精緻的木桶與兩只閃亮的銅爵。嬴離大袖一揮道：「來，蘭陵美酒，壯弟心志！」嬴壯與父親一樣急性子，對這位哥哥在緊迫時刻的神祕兮兮頗有些不耐，但又無可奈何，舉起酒爵一飲而盡：「好！為哥哥接風洗塵。」只是將話題往回扯。嬴離舉爵一呷，悠然笑道：「還算順當。趙王已經派出前將軍廉頗率軍八萬，進入晉陽，旬日後開始猛攻離石要塞，壓迫河西。」

「好！」嬴壯拍案而起，「有趙國出兵，大事底定。」

「先沉住氣。」嬴離淡淡道，「趙國出兵有索求，趙雍又黑又狠。」
「甚個索求？割地？」
「正是。『嬴壯即位之日，割讓河西十二城』，此乃趙雍原話。」
「欺人太甚！」嬴壯面色鐵青，一拳砸在石案上，震得大銅爵跳起落案，「噹」的一聲大響。嬴離的少年嗓音卻笑得脆亮：「壯弟何其憨直也？今日割給他，明日不能奪回來？」嬴壯黑著臉罵道：「鳥！嬴壯稱王，第一個滅了趙國，看誰黑狠！」嬴離搖頭笑了：「壯弟總是太憨直。若得即位，當先滅燕國，以通燕賣秦之罪處死嬴稷母子，穩固根基，然後才說得滅趙。」嬴壯一陣思忖拱手道：「哥哥高明，便是這般。」嬴離纖細的手指叩著石案問：「調兵之事如何了？」嬴壯點點頭道：「事是順當。我只放心不下這個嬴顯，他與哥哥交誼深麼？」
「你可曉得，嬴顯本來姓氏？」嬴離輕聲笑問。
嬴壯大惑不解：「嬴顯嬴顯，還能不是嬴氏王族姓氏？」
嬴離微微歎息了一聲，站了起來，望著月色下綠瀠瀠的芙蕖池，背對著嬴壯輕聲道：「嬴顯，是羋王妃嫁到秦國前的生子，母姓羋氏，父姓至今不明。」
嬴壯大是吃驚道：「羋王妃嫁前生子，惠王能不知道？如何還娶她過來？」
嬴離搖搖頭道：「楚秦兩國風習奔放，幾曾有人計較過婚前生子了？不聞秦諺：婚前生子，夫家大福。」
「倒也是。」嬴壯點點頭，「聽說羋王妃嫁來時，嬴蕩尚未出生，惠文王尚沒有兒子。」
嬴離清亮的聲音有些顫抖：「嬴顯與我一般，都做過伶仃子弟，我等一起浪跡過十年。」
「哥哥哪裡話？羋氏楚人，我可是在濮陽（註：濮陽，今河南濮陽，戰國時衛國都城）找見你的啊？」嬴壯雲山霧罩了。

「那是後話了。」嬴離斷斷續續地唏噓敘說著，「三十多年前，我被惠文太后的宮女帶出咸陽，在楚國雲夢澤北岸隱居了下來。我長到五六歲的時候，經常與養母到雲夢澤打魚採蓮。一次，遇到了同樣在打魚採蓮的一對母子。我站在船頭，驚訝地看著對面船頭那個與我一般大小但卻虎勢得多的孩童，不想卻滑到了水裡。養母不擅水性，急得高聲哭喊起來。那個孩童一個魚躍入水，將我舉起來游到了船邊。養母為了感謝那母子二人，留他們在小莊裡住了三日。奇怪的是，三日之中，我與那個孩童只顧玩耍，兩個大人也只是閒話魚桑，誰也沒有問對方的來歷身世。從那之後，我幾乎與那個孩童天天在水邊見面，不是住在他家，就是住在我家。我喜歡那個孩童，是因為他從來不怕我一頭白髮一張紅臉，處處都護著我。後來，我們都長大了。一起打魚，一起練劍，一起讀書。在十五歲那年的立春日，他突然來向我辭行，說他要到秦國咸陽去了……也就是那一日，我才知道了他的姓名——芈顯。那個三星玉佩，便是他給我留下的念物。養母知道了這件事，驚訝得枯坐了一夜，第二天便帶著我北上了。二十歲那年，養母辛勞成疾，昏倒在了院中的老桑樹下，艱難說完我的身世，便死了……我回到咸陽後，花了三年工夫，才悄悄找到了芈顯。那時，他已經是嬴顯了。每次月圓之夜，只要他的軍營在百里之內，他都會趕到這芙蕖園與我盤桓飲酒。他的軍營要駐得遠，我這閒人就去找他。你說，如此一個滄桑人物，不值得共艱危麼？」

嬴壯聽得一時回不過味來，口中只喃喃道：「好個芈顯，好個嬴顯，誰是誰也？真道個亂得糊塗。」

「何管誰是誰？只管我是誰。」嬴離回過身來，第一次掀開面紗，雪白的長髮襯著鮮紅的面容，令人心顫的妖冶怪誕！嬴壯雖然與這個哥哥同宅居住十餘年，也常常為哥哥的命運暗自歎息，但卻從來沒有見過這個哥哥的真實面目。今日月光之下，乍見白髮如雪面容如血，竟不由自主地起了一身雞皮疙瘩，情不自禁地打了一個寒戰，向後退了兩步。

嬴離兩排牙齒森森然一閃，粲然一笑，又放下面紗悠然一歎：「你我同胞骨肉，卻有天壤之別。此間祕密，誰能說清？即或說清，又有何用？時勢需要你我做兄弟，便做兄弟，何須去問誰是誰？嬴顯本姓是個謎，可後來姓了羋，十多年前又姓了嬴，你卻說，他是誰了？我等母親是胡人，可我們卻都姓了嬴，做了秦國王族子孫。想想，假若我等生在胡地草原，還不得舉著彎刀騎著駿馬長驅南下搶掠秦人？冥冥上蒼造化，誰能說得清白？」

嬴壯長歎一聲，一拳砸下：「不說了！旬日後動手！封地老軍們，我也安頓好了。」

嬴離平靜地點點頭，突然曼聲吟誦：「無草不死，無木不萎，習習谷風，維山崔嵬！」清亮的嗓音有幾分激越顫抖，「壯弟奪得天下第一王位，離也不枉在王室走了一遭，此生足矣！」

「大哥，」嬴壯心下一沉，「王位大業，是你我兄弟共創，屬我兩人。」

嬴離大笑一陣，聲音如鶯鳴鶴唳：「錯也！你便是你，我便是我。王位有共創，卻沒有共用！沒有！嬴離要的，只是『人傑』二字，不要別的。兄弟，你，你可知道我心……」說話間一聲哽咽，驟然伏案放聲痛哭。嬴壯的淚水不禁奪眶而出，卻只是木然地站著。

月亮升上中天，星光稀稀落落地閃爍著。萬綠叢中的哭泣彷彿細亮滯塞的琴聲，又像曲折迴環的鶯鳴，灑落在綠濛濛的芙蕖園中，飄散在碧藍的夜空裡。

白起馬隊終於星夜兼程地趕回了咸陽。

過了離石要塞，一日之間進入了河西陽周（註：陽周，戰國時秦國在黃河西岸的軍事重鎮之一，在今陝北綏德西南地區）地面。陽周城西與秦長城相距五十餘里，北與上郡治所膚施（註：膚施，秦國上郡治所，今陝北榆林地區）城相距一百餘里，決然是秦軍的有效控制區域了。雖則如此，白起還是沒有進陽周城，只派出斥候持前將軍令箭進城，向陽周將軍通報過境，馬隊卻開到城北一條小河的隱蔽河谷裡駐紮。

白起傳下軍令：休整一宿，埋鍋造飯刷洗戰馬，天明立即起程。馬隊千里馳驅，這是第一次埋鍋造飯，鐵鷹銳士們分外興奮，營帳未紮好已是炊煙裊裊人喊馬嘶了。須臾之間，白起派進陽周城的斥候飛騎歸來，帶來了陽周將軍犒勞的一車青蘿蔔與十隻宰殺好的肥羊，河谷裡頓時一片歡呼。正在此時，又有斥候飛報：藍田將軍芈戎率兩千鐵騎到達陽周城南。白起心知是甘茂派來的迎接軍馬，藍田將軍芈戎又是新君嬴稷的舅父，立即來到一座護衛森嚴的小帳篷稟報。

嬴稷一路行來，都是完全的騎士裝束，除了穿不了鐵鷹銳士特有的鐵甲重胄，幾乎全然一個真正的快馬騎士。白起派定王陵率一個百人隊專門護衛照料嬴稷，嚴令不得有絲毫差錯。王陵精明幹練，出發時在燕國于延水草原準備了幾只裝滿馬奶的皮袋與幾貼牧民療傷鎮痛的土膏藥，派兩個出身藥農的騎士，專門照拂嬴稷吃喝上藥。

一路馳驅顛簸，竟安然無恙地下來了。嬴稷雖是少年，在燕國也是飽經磨難，錘鍊得穩健頑強，全然不像一個少不更事的十六歲少年。一路之上除了上藥，他斷然拒絕喝馬奶，理由只是一句話：「軍中無王子，嬴稷與騎士無二！」硬是將馬奶教大家均分了喝。騎士們感慨唏噓，無不暗暗稱讚這位小王子。便是那頂專門配給的牛皮厚帳篷，嬴稷也不願一個人用，堅執要與十個騎士共住。王陵報給白起，白起一想也好，騎士們夾著他夜宿，一則更安全，二則也使王子多一番歷練，便隨了嬴稷。騎士們都是壯漢猛士，一旦撂倒身軀入睡，鼾聲如雷咬牙放屁說夢話，滿帳一片齷齪氣息。嬴稷雖然也是年少睡深，畢竟從未有過如此經歷，常常驚醒過來，耐心地一一將騎士們蹬開的被子或皮褲拉好，又將壓在別人身上的粗腿搬開。有時童心大起，將一支毛毛草去撫弄鼾聲最大的鼻孔，引來驟然爆發的一串噴嚏，他便哈哈大笑著歪倒在騎士們身邊睡著了。可每次天亮醒來，嬴稷都發現自己總睡在最好的位置，蓋得又暖和又嚴實，不禁常常雙眼潮濕。

白起大步趕到牛皮帳篷前時，嬴稷正與騎士笑鬧著大吃大喝。見白起到來，滿嘴流油盤腿大坐的騎士箭一般挺身彈起，「嗨」地一躬身散到四周去了。

「將軍有事？要走了麼？」嬴稷也霍然站了起來。

白起一拱手低聲道：「藍田將軍羋戎率兩千鐵騎來迎，王子是否願會合南下？」

嬴稷目光一閃：「將軍之意？大軍行止，嬴稷唯將軍是從。」

白起思忖道：「當此非常時期，白起敢問：王子對舅父可知根知底？」

「這位舅父從來沒有見過，但請將軍決策。」嬴稷沒有絲毫猶豫。

白起慨然一拱道：「既然如此，王子可如常在帳。白起自有應對，安保王子三日抵達咸陽。」說罷轉身匆匆去了。片刻之後，白起率領十騎出營，直向陽周城南的羋戎大營而來。剛到營門，羋戎帶著一個百人隊簇擁著一輛青銅軺車飛馬馳出。

白起此時是前軍大將，軍中職級與藍田將軍相同，若論臨危受命與兼掌兵符這兩點，則身分遠比一個尚在朦朧之中的王舅重要得多。但白起稟性冷靜，絕不想在需要保密的非常時刻以祕密身分驕人。他遙遙看見羋戎出營，立即下馬拱手肅立道邊：「前將軍白起，拜會藍田將軍。」羋戎一馬衝出，見道邊一員大將拱手報號，驟然勒馬道：「你是何人？白起麼？哎呀，不早說！」翻身下馬一躬道：「羋戎久聞將軍英名，得罪！」一派軍營豪爽，毫無作態之相。

白起雖也知道藍田將軍羋戎名頭，卻是素不相識，眼前寥寥兩句，便知羋戎是通達坦直的老軍脾性，頓時感到舒心，不禁笑道：「將軍握我三軍咽喉，白起何敢當得罪二字？」羋戎早聽甘茂說了白起的諸般不凡，心下本就敬佩，今見這個年輕將軍厚重禮讓，不禁大生好感，哈哈大笑著一拍白起肩膀：「有為難處，儘管找我！牛肉大餅給你最鮮的。」白起向來不苟言笑，也不禁大笑起來：「好！但有仗打，少不得聒噪，白起先行謝過。」羋戎笑臉驟然收斂，低聲道：「快走！我得先見見國命根子。」白起雙眼向四面一瞄，低聲道：「一過離石，命根子便由王陵護送南下了。我在後面掩護，此事怕後不怕前。」芈戎眉頭一皺道：「王陵是誰？幾多人馬？可靠麼？」白起低聲道：「斷無差錯！他前行三十里，我等隨時都可策應。」芈戎急得直搓手：「誤事了，老哥哥回去該狠狠罵我了。」白起一揮手：「不誤事，正要借重將軍，聽我說……」便在芈戎耳邊一陣急促低語。芈戎大手一拍道：「妙！便是這般！」立即回頭高聲下令：「移營城北河谷——」

月亮爬上山頭的時候，芈戎與白起的營地合在了一起。

芈戎職司，幾乎是秦軍最直接的糧草輜重總管，北上人馬又是有備而來，衣物軍食帶得很是充足。而白起馬隊北上時剛剛開春，騎士還是貼身棉衣外鐵甲，再外罩翻毛皮筒。此刻已經是五月初將近麥收時節，一個月間征衣不解馳驅不歇，厚厚的衣甲縫中已經生滿了蝨子，一出汗瘙癢難耐，急需換單夾軍衣。芈戎久做軍需，自然深知軍中時令。兩營合併駐紮，芈戎立即下令將迎駕帶來的單夾軍衣全數搬出，教白起人馬全部換裝，又將換下的棉皮軍衣連夜運往陽周軍庫，以藍田將軍名義下令：「洗漿乾淨縫補妥帖，著軍路驛站快馬運往藍田大營充庫。」如此一來，白起馬隊人人輕裝，可著勁兒高喊了一陣藍田將軍萬歲。

天將黎明，拔營起行，兩支人馬分道揚鑣：芈戎一軍大張旌旗儀仗，密匝匝護衛著一輛青銅軺車向正南直下，過高奴（註：高奴，戰國時秦國上郡重鎮，今陝北延安），越雕陰（註：雕陰，上郡重鎮，今陝北甘泉以南），沿洛水直下關中；白起馬隊則偃旗息鼓，從西南方向沿北地郡（註：北地郡，戰國秦的老郡縣，大體包括今日甘肅慶陽地區與涇水上游）進入涇水河谷，直下咸陽。

三日之後的夜半時分，烏雲遮月，萬籟俱寂，唯有一片蛙鳴迴盪在田野池塘。咸陽城西北的山原上，一支馬隊銜枚裹蹄，悄無聲息地進入了北阪松林，又直下北阪涉過了灃水，終於悄悄地消失在灃水南岸的松林塬中。

靜謐的章臺頓時活起來了。

魏冄與白起馬隊一會合，一陣低聲商議，立即將嬴稷接進章臺，安頓在章臺中心一座四面石牆的大屋裡，由一個百人隊住在屋外庭院專司護衛，其餘鐵鷹銳士由王陵率領駐紮在章臺外圍的松林裡做機動策應。一陣忙碌完畢，魏冄對嬴稷一拱手道：「新君未即位，臣若煩瑣多禮，反倒誤事。王子但吃但睡，將息恢復。外事有臣等操持機斷，王子無須操心。」嬴稷笑道：「正是如此，多頭計議反倒誤事，舅父相機決斷便是。」魏冄一躬道：「王子深明事理，臣等自當全力以赴。」說罷對白起一揮手道：「走！到我帳中，事稠著哩！」逕自騰騰大步去了。白起向嬴稷一躬道：「櫟陽令迅雷飆風，大秦有幸也。」嬴稷笑道：「這個舅父我還是五六歲時見過的。但有將軍，嬴稷何慮。你去。」白起道一聲「臣告辭」，大步去了。

魏冄的總帳設在章臺宮門，實際上便是剛進宮門的第一進，來過這裡的大臣吏員都呼之為前庭。尋常無事，這裡都是當值吏員、內侍、護衛的公事房，分為兩廂十間。中間一條寬兩丈多的青石板庭院，盡頭一座巨大的藍田玉影壁，繞過影壁便進入了國君庭院。因了章臺宮後依山岡密林，沒有通道，一旦有事，這座前庭便是進出最為方便的通道。魏冄一眼看準了前庭是扼守章臺的要害，直接將自己的公務堂設在了這裡。兩個心腹隨員，一個貼身護衛，一間最簡樸的書房，便是這座總署的全部。

白起走進書房時，魏冄正伏身在大案上端詳一幅羊皮大圖。白起走近一瞄魏冄目光所向，慨然拱手道：「公若擔心，白起親率銳士千騎迎接藍田將軍。」魏冄抬起頭大手一揮道：「精鐵用在刃上，接他做甚？將軍且坐，你有更要緊的事。」白起席地坐在案前，終是思忖道：「也是白起思慮不周：藍田將軍地理不熟，若有意外，白起何堪？」魏冄哈哈大笑道：「如何老叨咕此事？我就是等著他遭遇襲擊，偏是我想不出此人來路，所以疑惑，將軍且莫多心。」白起困惑道：「藍田將軍遭遇襲擊，難道是好事？」魏冄皺著眉頭道：「蛟龍一出水，我心便安。這種事，打得越準越好！他不露頭，你卻找誰？」白起恍然道：「依公之言，襲擊藍田將軍護衛的王駕，便是謀逆鐵證？」魏冄拍案笑道：「正是！疑人謀反，秦法可是不能治罪也。」白起不禁感慨道：「公大明也！若如白起，只知打仗，何能慮及戰場之外？」魏冄不禁大笑道：「將軍未免自謙了。魏冄一見將軍，便知白起將成大秦棟梁！若無將軍，這場大事任誰也拿不下來。」白起素來端嚴厚重，不禁紅了臉拱手道：「公謬獎白起，愧不敢當。」魏冄揶揄笑道：「魏冄只會刻薄人，謬獎之事，歷來不做。今日你我初識，魏冄一句斷言：你我同心，大秦無敵！」白起慨然拱手道：「有公在前，白起服膺！」魏冄拍案大笑道：「快哉快哉！得將軍此言，魏冄當浮一大白也！」白起笑道：「改日大白了，今日要聽公號令。」

魏冄笑容立即收斂，指點著案上大圖道：「我已得到三處密報：其一，趙國廉頗兵出晉陽，企圖進犯河西；其二，藍田大營八千鐵騎被左庶長嬴壯調出，去向不明；其三，嬴壯封地一千多老兵，已經祕密分批進了咸陽。將軍以為，這三件事關聯如何？」目光炯炯地盯著白起，似乎考校一般。

白起毫不猶豫道：「這一目了然：以趙國進犯為奪位時機，八千鐵騎鎮外圍，一千老兵奪宮廷，使我內外不能兼顧，彼卻一舉成勢。」

「正是如此。鳥，嬴壯這廝歹毒！」魏冄站了起來，狠狠罵了一句。

「白起敢問：八千鐵騎，何人領兵？」

「裨將（註：裨將，戰國時副將名稱，統兵數量不確定，大體在千夫長之上，在一軍主將之下）嬴顯，還是個王子，直娘賊！」魏冄又罵了一句秦人土語。

「嬴顯？」白起不禁一愣，「公不知嬴顯何許人也？」

「何許人也？」魏冄雙目突然圓睜，凌厲地盯著白起。

白起低聲道：「嬴顯本是前軍部將，我接掌前軍主將後查看過國尉府冊籍，嬴顯是當今王子的同母庶兄，芈王妃的親生子，十年前從楚國入秦從軍。」

魏冄驚訝得又氣又笑：「你是說，這小子是我外甥？」

「正是。公需冷靜思之。」

魏冄一時焦躁，繞著書案轉了兩圈突然站定道：「不用理睬！但入謀逆，便是謀逆，老天也救他不得！」白起卻拱手道：「嬴顯在軍中也是猛士名將，素來沒有歪斜行跡。以白起之見，此事可能有解。」魏冄目光一閃道：「你且說來。」白起一陣低語，魏冄不禁拍了白起肩膀一掌：「想得妙！白起大將之才也。」立即拉著白起入座，一陣密商，白起匆匆去了。魏冄從庭院繞過影壁，直然來見嬴稷。

燈火大亮，嬴稷正在案前擦拭那口須臾不離的吳鉤。在燕國幾年，由王子特使而淪為人質，嬴稷已經對上層權力場的冰冷與無常有了超越年齡的感觸。好端端一個燕國，竟被一個陰鷙凶險的子之攪得幾乎亡國，燕國王族也幾乎在這場大亂中玉石俱焚，甚至被連根剷除。這一切，都是燕易王過分信任子之，教子之擁兵坐大造成的。在那些大亂的日子裡，燕國一片血腥。先是子之與燕國太子姬平雙方都追殺自己的政敵，平民國人也趁機搶掠商賈富家，王公貴胄與外國使節變得比尋常平民更危險更可憐。後來又是齊國占領軍的大肆殺戮劫掠，薊城幾乎成了一片焦土廢墟。若不是母親機變，千方百計地找到了櫟陽公主的下落，帶他到殘留燕國的北秦部族落腳，嬴稷母子幾乎要死在拉鋸殺戮的薊城了。

歷經劫難，好容易燕國動亂平息，空前的饑荒與瘟疫卻又降臨了。餓殍遍野，白骨當道，燕國舉目荒涼。半農半牧的北秦部族本來就儲糧不多，又要支撐櫟陽公主與太子姬平的部分軍糧，動亂平息時，戰死餓死了幾乎一半精壯。那時候，嬴稷母子只有跟著餘下的老弱病殘走進了燕山，扒樹皮、挖野菜、徒手狩獵，過起了茹毛飲血刀耕火種的穴居生活。三年之中，嬴稷學會了辨認各種樹皮與野菜野草，也學會了徒手追捕野羊，更學會了拚命逃脫猛虎、豹子與燕山蒼狼追殺的本領。已經是十三歲的少年了，卻長得精瘦的一個長條兒，根根肋條骨都清楚地暴露在一身粗布短褂的外面。便是如此精瘦的一副骨頭架子，嬴稷卻機敏矯健得驚人。爬樹賽過猴子，奔跑可追野羊，逃命可躲蒼狼豹子，抓起一條山蛇能「刷」地撕開蛇皮將血肉生吞。每晚回洞，還總能給母親帶回些許獵物，不是一隻兔子一隻山雞，便是一隻半隻野羊。就在他們母子已經對回到秦國絕望的時日，燕國新君卻派人尋覓他們來了。嬴稷記得很清楚，來使是個將軍，自報亞卿樂毅。那個樂毅與母親在洞中說了半日，趕他狩獵回來時，母親已經答應了隨樂毅回薊城。於是，嬴稷被母親逼著換上了一件寬大得累贅的布袍，坐著樂毅帶來的一輛牛車回到了薊城。

樂毅將他們母子安頓在王宮後園，住在宮女內侍們的庭院裡。年輕的燕國新王來過一次，便再也沒有下文了。只有那個樂毅總是在月末來探望他們，每次都帶來一匹粗布或一袋舂得很精細的白米。嬴稷知道，那是樂毅專門給母親的。母親是水鄉女子的魚米口味，幾年大饑饉，幾乎已經不識白米為何物了，憔悴乾瘦得令人不忍卒睹。由於樂毅的照拂，母親漸漸地恢復了，兩三年中竟又變得驚人的美麗——婀娜秀美，比深居秦宮時更多了幾分別有韻味兒的豐滿。每逢樂毅來訪，母親都要親手烹製樂毅帶來的水中鮮物，或是一條大魚，或是幾段蓮藕，留他小酌，與他盤桓敘談。嬴稷不耐聽這些絮叨，甚至有些厭煩這個樂毅——既有權力，便當放他母子歸秦，方為大丈夫；既不放人，又來糾纏母親，實在不是英雄作派。可他畢竟已經學會了忍耐，也總是應酬兩句，便到院中練劍，直等樂毅告辭才回屋吃飯。母親見他繃著臉，也只是笑笑，從不試圖解釋給兒子。

在白起突然到來的那個深夜，嬴稷突然明白了母親的良苦用心。他總是隱隱約約地覺得：若非母親與樂毅熟悉，他們母子的燕山脫身之計不可能順利成行，母親留燕作為人質更是危險。一路想來，嬴稷不禁有些佩服母親的膽識氣量了。擦拭著吳鉤，嬴稷想起了燕山狩獵臨別的那天晚上。母親悄悄在他耳邊叮囑：「回到秦國，定要寡言少事，忍耐為上。」嬴稷霍然起身，舉著吳鉤對母親發誓：「若咸陽有變，我立即剖腹自殺！有樂毅在燕，母親不要回秦，孩兒放心。」母親低聲卻又嚴厲地呵斥他：「小小年紀曉得甚來！不許胡思亂想。記住，只要沉住氣，秦國便是你的。」是的，一定要沉住氣，目下還遠遠不是說話的時候。

與秦國臣子接觸，僅僅是白起與魏冄，嬴稷立即感到了一股逼人的氣勢，與在燕國見到的臣子大不一般。白起雖然年輕，但那厚重堅剛的稟性與處置軍情危機的超凡膽識，已經像一道閃電使嬴稷目眩神搖了。樂毅也是大將，而且是名將之後，但樂毅給嬴稷的感覺是睿智沉穩，雖然也不乏果斷明晰，但決然沒有這位年輕將軍奪人心魄。嬴稷朦朧地閃過一個念頭：樂毅就像蒼翠的山岳，白起卻是一道萬仞絕壁。面對如此將軍，還需要自己在軍事上問來問去麼？而掌總運籌的這位大舅父，更是凌厲鋒銳，言談舉止無不透出一股篤定的霸氣。看來，這位舅父的才幹是不用懷疑的。這種人，最好教他全權謀劃，運籌獨斷，等自己熟悉了他的稟性後再相機過問不遲……

突然，庭院傳來急促沉重的腳步聲，嬴稷仔細傾聽，依然專心地擦拭著吳鉤。

「魏冄參見新君。」燈光一搖，魏冄高大的身軀已經帶著風站在了案前。

「啊，舅公到了，快請入座。」嬴稷恍然站起，放下吳鉤一躬。

「國君無禮於人。日後無須如此。」魏冄坦然入座，又一揮手道，「坐了，大事要緊。」

嬴稷也不多說，席地坐在案前道：「舅公請說。」

「第一件，」魏冄直截了當，「你將即位，日後毋得以舅公稱我。君是君，臣是臣，莫使魏冄成千夫所指。」嬴稷剛剛應了一句是，魏冄便轉了話題，「第二件，你母親可曾對你說起過嬴顯此人？」嬴稷目光一閃，思忖點頭道：「說了，是嬴稷同母庶兄。只是我尚未見過。」魏冄手指叩著書案道：「她曉得嬴顯在軍中為將，沒有叮囑你找他？」嬴稷搖搖頭道：「沒有。母親只說，大事悉聽秦王遺命。」魏冄不禁皺起了眉頭道：「如此說來，嬴顯撞在了刀口上。」嬴稷驚訝道：「舅公此話何意？」魏冄陰沉著臉道：「正是他為虎作倀，領兵助逆。」嬴稷恍然道：「想起來了，母親給顯兄有一信，舅公交給他便了。」說著從貼身衣袋裡摸出一個泥封竹管，「母親也沒說寫了甚，只說交給他便了。」

魏冄顯然有些不悅道：「如此大事，如何等到我來問才想起？孩童心性！」接過竹管右手拇指一掰，「啪」地剝去了泥封，抽出了一卷白絹。嬴稷阻止已是不及，驚訝道：「剝去泥封，顯兄豈不起疑？」魏冄盯著嬴稷道：「非常時刻，不能教婦人之仁壞事！她寫得有用，我自會教嬴顯相信。否則，不如不送！」說著話低頭瀏覽，一眼瞄過臉上舒展開來，兩手已經利落地將白絹捲起塞進了竹管，「好！也許管用。」站起來一拱手道，「我去分派了。你只管放心將息，保你月內即位。」不待嬴稷回答，大步匆匆地去了。

嬴稷愣怔良久，輕輕地歎息了一聲，不知如何是好了。廳中轉了一圈，毫無睡意，出了廊下天井，到園中漫步去了。章臺依山傍水，所謂宮中園林，實際上除了秦孝公修建的一片玄思苑外，實則石牆圈起來的一大片松林而已。一到夜晚，萬籟俱寂中唯聞谷風習習，山林深處間或傳來虎嘯狼嗥，大是荒涼空曠。嬴稷對這裡很是生疏，轉了片刻終覺有些害怕，回到了宮中書房，睡不著便在廳中踱步，不知不覺彷徨到了天亮。

四、撲朔迷離起雷霆

甘茂有些惴惴不安起來。嬴壯沒有動靜，魏冄也沒有動靜，咸陽城一片寧靜，靜得他心慌。藉著視察咸陽民治，甘茂與白山密談了一陣，白山篤定地笑了笑：「有櫟陽令，有白起，丞相但放寬心。」顯然，白山也是一無所知，只不過不著急罷了。
甘茂坐不住了。畢竟，自己是接受遺命的主事大臣，又是秦國有史以來第一位丞相兼領上將軍，秦武王與自己情誼篤厚，臨終時對自己即或有所不滿，也依然將底定國家的重任交給了自己。除了白起與自己共同受命，魏冄還是自己遴選倚重的，最終，要對朝野說話的還得是自己。一想到這裡，甘茂坐不住了，暮色降臨時祕密出城渡過灃水，徑直來到章臺找魏冄。
在松林塬進入章臺的入口處，祕密遊動步哨攔住了甘茂。甘茂哭笑不得，拿出了秦王金令箭，還是不能放行。甘茂勃然大怒，厲聲高喝：「魏冄想反叛王室麼？教他出來！我是丞相兼領上將軍甘茂！」那個帶領遊動步哨的百夫長聽說是甘茂，連忙深深一躬：「公子軍法森嚴，明令不能放任何人進入章臺，我若違令，立斬不赦。請丞相恕罪，我即刻通報。」甘茂怒火中燒，放開喉嚨大喊：「魏冄——你出來——你敢擁兵自重，甘茂第一個不饒你！」百夫長本來正要去通報，見甘茂聲色俱厲，又連忙攔擋，怕他與甲士動起刀劍，正在亂哄哄不可開交時，突聞馬蹄聲疾，一人高聲喝道：「立即噤聲！違令者斬！」呵斥聲落，一領黑斗篷展開，馬上騎士黑鷹般從馬上飛下，正是魏冄。
「魏冄，嘿嘿，你好威風！」甘茂臉色鐵青地冷笑著，「給你個狗膽，殺了甘茂！」
「丞相？如何深夜闖到這裡？」魏冄大步拱手，顯然驚訝異常，「說好的，有事我自來稟報。」聲音冰冷凌厲。
甘茂聲色俱厲：「你且先說：秦王金令箭，為何進不得你這三尺禁地？」
魏冄冷冷道：「敢問丞相，左庶長府有無金令箭？惠文太后宮有無金令箭？」
「我說了，我是丞相兼領上將軍甘茂！」
「丞相久居樞要，善處密事，豈不聞『大密有約』四字？白龍魚服，單人匹馬，突兀而來，還要長驅直入，若你我顛倒，不知丞相何以處之？」魏冄話鋒凌厲非常，毫不相讓。

甘茂悻悻片刻，低聲道：「你過來。事體究竟如何？片言隻字皆無，我如何放心？」

魏冄慨然拱手道：「我快馬出來，正是要進咸陽向丞相稟報，誰想丞相如此躁動？」

「好了，是我魯莽。你且說情勢如何？」甘茂不想糾纏，急迫問話。

魏冄拉著甘茂走到一棵大松樹背後低聲道：「王子嬴稷已經回到章臺，單等羋戎兵馬一到，便可動手。」

「羋戎何時可到？」

「若無意外，當在今夜天亮之前。」

「好！那明晚便可動手？」

「正是。」

「白起如何？」甘茂恍然，又是驟然緊張。在他心目中，白起更有實力，更是托底柱石。見甘茂如此緊張地詢問白起，魏冄自然心下明白，一拱手笑道：「丞相毋得擔心，白起自是做最要緊的事去了。還要我明說麼？」

「你是說，白起到河西抵抗趙軍去了？」

「戰陣之間，無人取代白起。只要趙軍攻勢瓦解，誰也休想蹦躂出風浪！」

甘茂鬆了一口氣：「你準備如何動手？」

山風呼嘯，魏冄機警地四面看了一番，然後湊在甘茂耳朵邊一陣急促低語，末了分開道：「丞相以為如何？」甘茂思忖點頭道：「釜底抽薪，很好。但還是不能大意，一定要教白山將軍托底，他在軍中資望極深。」

「丞相叮囑，魏冄銘記在心。」

又約定了幾件具體事宜，甘茂策馬回城了。進得咸陽南門，立即拐進了白山府邸，直到四更天方才出來。

此刻，左庶長府一片緊張忙碌。

暮色時分，嬴壯接到嬴顯快馬密報：白起率領五萬鐵騎開赴河西；羋戎率領兩千鐵騎，從洛水護送嬴稷南下。這兩則消息令嬴壯一驚一喜，一時拿捏不定了。白起北上，莫非是甘茂他們已經覺察到了趙國異動，針鋒相對地準備與趙國開戰了？嬴離原本與趙國議定，是要對河西發動奇襲戰的，如何未開戰便走漏了消息？奇襲變成了公開攻防，趙國勝算肯定不大，說不定還會就此罷手。若趙國罷手，嬴壯便只有兩途：要麼偃旗息鼓，要麼孤注一擲。否則，這曳到半坡的戰車如何撒手？羋戎護送嬴稷南來的消息，又使嬴壯怦然心動，矇矇矓矓地覺得上天將一個大好機會送到了面前。忐忑片刻，嬴壯還是來到了後園芙蕖池。

「嬴顯不會出錯。」一陣沉默，嬴離終於有了第一個評判，「你許他封侯之位，我與他情同手足，他斷不會臨陣倒戈。」

「既然如此，不能寄厚望於趙國，只有自己動手！」嬴壯激奮不已，一拳砸在石案上。

嬴離思忖片刻悠然一笑道：「壯弟，我須問你一句：交權謝罪，貶黜隱居，此等日子你可過得？」

「哥哥甚話？」嬴壯驚訝地看著那張白紗遮蓋的矇矓紅顏，「你我兄弟，原本是為振興嬴氏武運而作此番謀劃，太后支持，兄弟同心，便是到地下也可對列祖列宗，何有交權謝罪之說？你若心生退意，我自做了！」

「此事若敗，連坐三族，嬴虔一脈將從此消失。」

「王位有天價。不能遂我壯心，何如一刀斷頭！」

「好！」嬴離的少年嗓音有些嘶啞，「敗局想得明白，事情便好做。」

「大哥只說，如何動手？」嬴壯顯然著急了。

嬴離冷冷一笑：「教嬴顯帶三千精銳去洛水，襲殺嬴稷！」

「我派府中五百老軍跟隨。」

「不用。我隨他去。」

「大哥！」嬴壯驟然哽咽了。

嬴離平靜得出奇：「記住，封地老軍是最後的利器。旬日之內我無消息，便是最後時刻。」

嬴壯深深一躬：「哥哥保重。」轉身大步去了。

中夜時分，一輛篷布輜車在川流不息的商旅車馬中出了咸陽南門，過了渭水白石橋，飛進了灞水河谷的密林之中。天將四更時分，三千鐵騎從灞水祕密營地開出，憑著左庶長府的特急金令箭，向東北開過渭水，再經下邽北上，兩日後進入了洛水河谷的鄜山（註：鄜山，洛水東岸山地，戰國秦時為雕陰縣，在今陝西中部富縣地區）峽谷，悄無聲息地埋伏了下來。

芈戎的兩千軍馬大張「迎公子稷回秦」的大旗，一路上轔轔隆隆，完全按照使節常規：卯時上路，午時歇息進食，日暮紮營夜宿，日行六十里，不緊不慢。芈戎與白起商定的方略本來是兼程南下，之所以兵分兩路，為的只是掩護嬴稷一路安全返國。即或兼程疾進，因了路途繞遠，也必然在嬴稷一路之後，所以沒有必要徐徐行進。不料上路三日之後，芈戎卻接到魏冄的快馬嚴令——按使節路速行進，不許疾進。芈戎逍遙了起來，走得舒服之極，心裡卻是忐忑不安。

這一日兵進鄜山，正是午後時分，芈戎不由自主地緊張起來。他雖然是藍田將軍，卻畢竟不是戰場大將，實際打仗的時候極少，每遇險地總是要念叨幾句兵書，想想要是當真遇敵該如何處置。這鄜山峽谷地形險要，兩山夾峙，中間一條洛水穿過，僅有河東山下一條車道。兵家說法，這叫「間不方軌」——車馬想打轉都轉圜不開。兵書所說的六險之地——絕澗（兩岸峭壁，水流其間）、天井（四周高峻而中間低窪）、天牢（山險環繞，易進難出）、天羅（荊棘叢生，難於通過）、天陷（叢林山原，道路不明）、天隙（兩山夾峙，通道狹窄），這鄺山峽谷就占了絕澗、天隙兩險。

羋戎遙望山口，不禁喃喃念叨：「六險之地，伏奸之所也，必亟去之，勿近也。」念叨之間卻又無可奈何。要南下，唯此一條路，此時要退回繞道少說也得半年時光，更不說招人恥笑了。

心念閃動，羋戎拔劍高聲下令：「單騎雁隊，急速過山！」

秦軍鐵騎訓練有素且久經戰陣，聞得一聲軍令，前軍千夫長驟然勒馬，長劍指向山口高聲喝道：「捲起旌旗！飛騎連環！走馬進山！」話音落點，十名斥候騎士當先飛出探路，其餘大隊騎士毫無停留地杳杳走馬，首尾相連地進了山口。一個千人隊之後，羋戎帶著一個最精銳的百人隊前後夾護著那輛青銅軺車，也進入了山口。直至後面一個千人隊全部進入山口，前哨斥候與後衛遊騎也沒有發現任何異常，羋戎不禁鬆了一口氣。

正在此時，突然一陣雷鳴般的大鼓隆隆滾過峽谷，兩岸密林中響起山呼海嘯般殺聲，一片片紅色甲冑在幽暗的峽谷如同閃亮的蟒蛇從兩岸高山撲下，殺入正在行進的鐵騎之中。中央兩股最為凶猛，直撲青銅軺車而來。

羋戎勃然大怒，舉劍大吼：「趙軍偷襲，拚死血戰！殺——」

兩軍殺到一處，持久難解難分。羋戎正在驚訝趙軍戰力之強，一個百夫長飛馬衝來急匆匆大叫：「將軍，不是趙軍，是秦軍自家人！有鬼！」羋戎猛然醒悟，跳上軺車下令：「來，跟我喊！新軍將士——反叛連坐——罷兵有功——」先是百人高喊，接著兩千人齊聲高呼，「反叛連坐，罷兵有功」的吼聲響徹山谷。

正在此時，一個騎士急匆匆擠到羋戎車前，猛然亮出一面黑玉牌便飛身上車，在羋戎耳邊一陣急促喊叫。芈戎大怒：「鐵鷹百人隊，跟我來！」飛身跳上戰馬，帶著最精銳的鐵鷹銳士隊呼嘯著衝向半山腰。

山腰密林的一座青色岩石上，身披紅色斗篷的嬴離正在遙望山坡河谷裡的激烈廝殺。他對自己的籌劃很是滿意：偽裝趙軍，截殺嬴稷，釜底抽薪。縱然萬一不能如願，暴露的也只是嬴顯，只要甘茂等手忙腳亂地查究案情，嬴壯的咸陽奇襲便能一舉成功。在出發時，他已經代嬴壯對嬴顯明確許諾：截殺成功，嬴顯便是秦國左庶長，封侯百里，位極人臣。嬴顯哈哈大笑道：「助君之力，全在與兄情誼，與官爵何干！」雖然如此，嬴離對嬴顯還是心有疑慮。畢竟，嬴顯在秦國的十多年軍旅他是太少知情了，信與不信，便看今日了。及至伏兵殺出，搏殺慘烈，他的心才定了下來。

誰知剛剛過得片刻，他便聽見了谷中不斷的吶喊，立時變得驚疑不定。他飛身跳下岩石，要衝到山腰大旗下責問嬴顯，誰知剛剛衝出丈許之遙，一片黑色鐵騎從山坡樹林中神奇地滲透出來，人無吶喊，馬無嘶鳴，殺氣騰騰森森可怖！嬴離心中一涼，一聲尖厲的長嘯，從林間飛身向青色岩石縱躍。他已經事先看過，那座岩石後是一道懸崖絕壁，若有突變，他便縱身崖下，絕不能生身落入敵手。依嬴離的輕身功夫，若無樹木阻擋，一個縱躍便可上崖。偏偏的與馬隊撞個正著，芈戎眼見一道白影掠起，一聲大吼：「活擒此妖，加爵一等！」

這個百人隊是白起專門留給芈戎的鐵鷹銳士，人人神勇超凡，早已經先於芈戎看見了林間飛掠的白色身影。不待將令，已經有十幾人從馬上飛身躍起，雖是上坡且一身重甲，卻依然在電光石火間搶在了嬴離之前，黑鐵塔般釘在了岩石半腰，長劍迎面伸出，齊齊一聲大吼：「何方妖人？擲劍受縛！」

這一個回合，嬴離雖則躍上一棵大樹，卻已經清楚地知道了自己的處境，驟然一聲響亮淒絕的呼喊：「芈顯！負心賊子也——」飛身而起，空中一片鮮血噴出，一道白色身影掛在了一根橫空伸出的巨大枯枝上，面紗被山風揭開，雪白的長髮垂在空中，血紅的面容迎著夕陽，十分怪誕可怖。

「稟報將軍：妖人，咬舌自盡。」百夫長情不自禁地打了個寒戰。

「收起屍體，運回咸陽。」芈戎打量著這個怪誕的天殘異人，皺著眉頭思量，他方才喊的芈顯是誰？是嬴顯麼？嬴顯為何成了芈顯？

暮色四合，黑紅兩支人馬分道揚鑣：芈戎的黑色車騎依舊從洛水南下，那支紅色趙軍卻徑向西南，經頻陽（註：頻陽，戰國秦縣，今陝西中部富平縣地區）進入關中了。芈戎原想與「趙軍」將領祕密會面，問問他究竟何許人也？卻被一支泥封竹管擋了回來。那是「趙軍」一個斥候飛馬攔住他交給他的，打開一看，白絹上是魏冄的一行大字——嬴離屍體交來人，速回咸陽，毋管其餘！芈戎二話不說，交出了那具令人毛骨悚然的屍體，也不去過問「趙軍」行止，整頓軍馬上路了。

嬴顯率領「趙軍」祕密回到灞水，命令軍馬安營，帶著兩名恢復了秦軍裝束的鐵鷹銳士快馬西來，一個時辰後進了咸陽城，直接來到左庶長府。府門車馬場擠滿了各色轀車與駿馬，從車身泥土馬腿髒污看，許多是遠來的王族貴冑。邦國動盪，人心生疑，隴西、北地、雍城、櫟陽等王族聚居之地的王族支脈與老世族，紛紛派來嫡親子弟打探咸陽朝局的動向，身板硬朗的則親自出馬。到了咸陽，這些王族元老與老世族功臣，首先想到的自然是素有聲望的左庶長嬴壯，因為他是威名赫赫的嬴虔的嫡系親子，正宗王族重臣。而丞相甘茂卻是楚人，與老臣子們不貼心。甘茂的丞相府倍顯冷落。王宮又不許朝臣入宮，自然也是門可羅雀。如此一來，左庶長府成為咸陽王城唯一的朝臣行走處，大大地熱鬧風光起來。

嬴顯見狀，繞道後門，對當值門吏一陣嘀咕，門吏匆匆進去稟報了。不消片刻，門吏匆匆而來，將嬴顯三人領到了後園一座石亭下。

「快說！事體如何？」嬴壯緊張焦躁得聲音都有些嘶啞了。

「稟報王叔：截殺成功，這是人頭。」嬴顯一揮手，一個銳士捧過一個木匣打開，一顆血淋淋的長髮人頭赫然在目。

嬴壯喘著粗氣一陣打量：「黝黑乾瘦！這是嬴稷？」他只見過孩童時的嬴稷，對於已經長到十六歲的嬴稷想像不出，脫口一問。

「稟報王叔：燕國多有兵禍饑荒，嬴稷飽受折磨，燕人呼為『人乾稷』。這是他的隨身玉佩。」嬴顯從懷中摸出一個黑瑩瑩的玉牌遞了過去。

玉佩是時人喜愛的飾物，也是一種身分的標誌。平民士子尋常只是一兩塊掛在腰間。貴族則將美玉琢成各種形狀，成串地佩在胸前或腰間，若有盛大禮儀場合，佩玉的材質良莠與數量多少、做工精細程度，便成為一個人身分的信物。秦風歷來粗簡，自然不像中原各國如此看重此等虛物，佩玉簡單多了。即或貴族公子，也大多只有一兩片佩玉，但必有一塊是特定的身分標記。秦國王室成員，每人都有一塊特定的生身玉佩，正面是蒼鷹圖像，背面有父母題刻的名諱生辰。此等玉佩非但在王室典籍庫有記檔，而且有尚坊玉工的特殊標記，是無法偽造的。嬴壯本是王族子弟，自然知道其中奧祕，上手一個反正，見這只玉佩正面是一條虯龍，背面三行刻字「父駟母芈　嬴稷　戊辰春月」，背面邊緣是秦國尚坊玉工的字型大小「有枳氏琢」，便知確實是嬴稷玉佩無疑，不禁大喜過望道：「好！顯侄首功！大秦棟梁！」

「嬴顯不敢貪功，自甘領罪，請王叔處罰。」嬴顯深深一躬，一陣哽咽。

「這是何意？」嬴壯大是驚訝。

「顯護衛不力，離王叔他……陣亡了……」

嬴壯眼前一黑，一個踉蹌靠在了亭柱上：「你，說甚來？再，再說一遍？」

「離王叔，陣亡了。」嬴顯搶地叩頭，號啕大哭。

嬴壯的臉色蒼白，嘴唇顫抖：「屍體，屍體何在？」

一個鐵甲銳士卸下身上一個長大的白布包袱，默默地放置到亭中石案上退開。嬴壯艱難地挪動到石案前，簌簌打開三層白布，一具蜷縮成一團的白髮紅顏的纖細軀體森然現在眼前，牙關緊咬，雙眼圓睜，猙獰不忍卒睹。

「大哥——」嬴壯一聲嘶吼，撲到了嬴離的屍體上昏厥了過去。

嬴顯翻身跳起，連忙抱住嬴壯，掐住了他的人中穴。片刻之後，嬴壯睜開眼睛，猛然推開嬴顯，又抱住嬴離屍體放聲痛哭。嬴顯肅立一旁，低聲道：「王叔毋得悲傷，驚動外人，大是不便。非常時刻，大事要緊。」

終於，嬴壯止住了哭聲：「說，他是如何死的？」聲音冰冷得可怕。

「離王叔原在山坡密林掌旗號令。芈戎帶一隊銳士偷襲，包圍了離王叔。身邊三十名甲士全部戰死，離王叔不能脫身，咬舌自盡了……我與將士們在河谷拚殺，得報後衝上山坡已經遲了，雖然殺死了芈戎一個百人隊，卻教芈戎趁亂逃脫了。」

嬴壯咬牙切齒道：「芈戎，我要教你死無葬身之地！」轉身對著嬴離屍體，輕輕伸手抹下了他的眼簾，「大哥，嬴稷已經死了，你就閉了眼。今夜我便奪宮，三日後以秦王之禮安葬哥哥，使天下皆知，嬴離乃第一人傑也……」說罷淚如泉湧，抱起嬴離屍體走進了樹林後的芙蕖池。嬴顯怔怔地看著嬴壯的身影去了，不禁沉重地搖頭歎息。

暮色降臨，一輛黑篷輜車隨著車流進了咸陽南門，輜車後是夾雜在人群中的三三兩兩的布衣壯漢。黑篷輜車直入王宮南街的甘茂丞相府，壯漢們則趁著暮色陸陸續續地從各個側門進了咸陽宮。與此同時，咸陽令白山的官署關閉了大門，開在僻靜小街的後門卻是快馬頻繁出入，一片緊張氣氛。入夜，南門守軍驟然增多，南門內六國商人聚居的尚商坊也驟然出現了許多遊動夜市的布衣壯漢。

將近子夜，燈火闌珊的尚商坊依舊車馬如流酒香飄溢，六國商人的夜生活依舊熱氣騰騰。坐落在尚商坊邊緣的左庶長府靜謐異常，連大門也關閉了。隨著南門箭樓上打響三更的刁斗聲，那些遊動夜市的布衣壯漢們腳步匆匆地向王宮方向聚攏而來。突然之間，宮門一陣殺聲，布衣壯漢陡然變成了劍氣森森的武士，潮水般衝進宮中。

嬴離原本的謀劃，是以左庶長擁有的金令箭為憑，使藏匿在府中的封地老軍以工匠身分分批進入王宮；在深夜祕密突襲寢宮與祕殿地宮，搜出秦武王屍體；而後立即公諸朝野，以「謀逆弒君」問罪於甘茂一黨；再後便以肅逆靖國之功即位稱王。只要秦武王屍體一出，甘茂一班實權大臣便難逃「謀殺國君」的大罪。縱是嬴壯軍力稍差，憤怒的老秦人也會舉國討賊，僅是咸陽老秦人也會撕碎了這班沒有根基的新寵。這裡的根本因由是：在國人眼裡，秦王雖然負傷，卻還健在王位，驟然出現死去已久的秦王屍體，不是謀逆弒君卻是甚來？那時，祕不發喪一事甘茂一黨無法辯駁清楚，嬴壯也根本不會給他辯駁的機會。如此做來，即或萬一失敗，嬴壯嬴離兄弟也是國人眼中的護國猛士。

可是，哥哥嬴離的慘死，使嬴壯怒火中燒，立即接受了嬴顯的進言：「末將願親率兩千銳士進入咸陽，同時猛攻甘茂芈戎府邸，為離王叔雪此大仇。」於是，原本的祕密突襲變成了公然攻殺，由王宮入手變成了三處同時發動猛攻。

嬴壯熟悉宮廷，親自率領老軍進攻王宮。嬴顯的兩千布衣壯漢兵分兩路，同時猛攻丞相府與藍田將軍府。這兩座府邸都在王宮廣場外的正陽坊，與王宮相距僅有兩箭之地，相互殺聲可聞，王城內外立即大亂了。

王宮廣場外與尋常時日一樣，只有一個百人隊巡守。王室護軍雖然精銳，畢竟極少打仗，且有宣示威儀之使命，手中軍器以顯赫的矛戈斧鉞為主。這幾種兵器完全是春秋形制，頭體分離，外形長大，打造得極為精良，縱是夜間也熠熠生光，使用起來卻遠不如長劍短刀順手，在戰場上早已經被淘汰，與戰國中期的連體鑄造的實戰兵器劍、矛、大刀等根本無法相比。嬴壯的六百老軍個個都是百戰死士，人人一口十多斤的精鐵重劍，或一口厚背寬刃短刀，猛勇殺來，禁軍百人隊片刻崩潰，屍橫當場，鮮血汩汩流淌在廣場的白玉大磚上。

廣場百人隊一崩潰，侍女內侍尖叫著驚慌四竄，卻沒有護軍源源開來。見此情景，嬴壯立時料定甘茂一黨毫無防備，立即大手一揮下令：「三路分進，務必搜出我王屍身！」六百老軍聞聲飛動，在熟悉王宮的嚮導帶領下立即分成三路殺進寢宮、祕殿與地宮。

嬴離曾經提醒：「王屍所在，必是寢宮冷室。」因為屍身在夏日必得大冰鎮之，方可防止腐臭氣息彌漫宮中。但為萬無一失，嬴離事前還是謀定了三處藏屍處所。嬴壯對宮廷無處不熟，非常贊同嬴離的判斷，此時親自率領二百老軍進入了寢宮。

從廣場衝到寢宮，沿途要經過三座大殿與曲曲折折的迴廊殿閣。一路上侍女內侍四散飛竄，嬴壯的二百老軍全然不理，只轟隆隆向寢宮衝來。及至衝到寢宮的石牆大門，卻有一個百人隊嚴陣以待。嬴壯也不多說，只一聲大吼：「殺——」當先衝殺了過去。嬴壯本是猛壯絕倫，手中又有一口世無其匹的家傳利器——蚩尤天月劍，劍氣森森，當者披靡。一個猛衝，據守高大石門的百人隊死傷遍地，老軍們呼嘯喊殺著一擁而入。

王城大寢宮是一片占地百餘畝的殿閣園林，其中又分為若干小庭院。國君寢宮與王后寢宮相鄰，坐落在整個大寢宮的中央地帶，左池右林，前竹後山，異常的幽深靜謐。除了朝會，國君時常也在寢宮的書房裡處置公文。嬴壯在惠文后的寢宮裡住了二十一年，對這裡的一草一木都熟悉不過，殺完百人隊便帶著老軍一鼓作氣衝進了東面的國君寢宮。

衝過庭院，衝過竹林茅亭，是一座圍成方形的高大房屋。這房屋外表樸實厚重，實際上卻是大石砌牆三重屋頂，非但堅固得無與倫比，更是冬暖夏涼愜意非常。每邊六開間，二十四間房屋圍成一個天井式庭院。當嬴壯老軍衝進天井時，整個寢宮在大片火把下人影皆無，一片寂然。嬴壯心頭倏忽一涼，一種不祥的預感使他猛然一怔。

正在此時，屋頂猛然一陣哈哈大笑：「左庶長，來得正好！」

嬴壯抬頭，朦朧夜色中赫然一座黑鐵塔矗立在屋頂正北，聲音生疏不辨，不禁沉聲喝道：「你是何人？竟敢入宮謀逆！」

屋頂黑鐵塔又是一陣大笑：「在下櫟陽令魏再是也。誰個謀逆？刀劍說話！」說罷手中一面令旗「啪」地劈下，一陣尖厲的牛角號驟然劃破了夜空。隨著尖厲的牛角號，寢宮四面沉雷滾滾，四面屋頂驟然豎起了四道黑色人牆。

「左庶長，四面伏兵包圍了寢宮！」一個府吏舉著火把衝進來驚慌高喊。

嬴壯尚未開口，屋頂魏再高聲道：「老軍們聽了：嬴壯狼子野心，格殺勿論！爾等老秦功臣，走出寢宮，一概不究。但從謀逆，連坐同罪！」嬴壯冷冷一笑，對老軍們環繞拱手，慷慨激昂道：「原想大功告成，與諸位共用秦國。不想中賊惡計，諸位都有妻室家園，快出宮各自去了！」火把下，兩百老軍卻「刷」地舉起刀劍齊聲大吼：「赳赳老秦，共赴國難！誓死追隨公子！」嬴壯雙眼頓時濕潤了，向老軍們深深一躬，轉身對著屋頂一聲嘶吼：「魏再楚賊，嬴壯縱死，也要將賊罪惡大白於天下！」蚩尤天月劍一揮，「衝進寢宮，搜出王屍！」兩百老軍吶喊一聲，鼓勇向四面大屋中衝去。

此時，一陣更加猛烈的吶喊驟然響起，在小小的天井庭院匯合著老軍吶喊，炸雷當頭般令人震顫。隨著這聲炸雷，四面大屋中轟轟擁出四排頂盔貫甲的黑色鐵塔，甲葉鏗鏘，重劍生光，青銅面具一片森然。一看陣勢，便知這是秦軍的鐵鷹銳士到了。嬴壯一怔，還沒來得及發令，老軍們已齊齊吶喊一聲：「殺——」衝上去殺在了一起。

這些老軍原是身經百戰，人懷必死之心，越是遇到強敵鬥志越是勇猛，此刻見鐵鷹銳士出動，更是激起了好勝殺心，那股騰騰殺氣分明是以殺死一個鐵鷹銳士為無上榮譽。雖則如此，老軍們畢竟都是四五十歲的人了，且大多都有累累傷病在身，衝到鐵鷹銳士隊前，像碰到了銅牆鐵壁一般。秦軍的鐵鷹銳士都是千萬選一的猛士，一身精鐵甲冑就有百斤左右，每口量力特殊打造的重劍至少都在二十斤上下，再戴上青銅面具，穿上外鑲鐵葉的牛皮戰靴，往當地一矗，活生生一座丈二鐵塔，比布衣老軍足足高出兩頭有餘。雖然每排只有五個鐵鷹銳士，間距展開，卻將每面走廊堵得嚴嚴實實。老軍們吶喊殺來，幾乎是十對一的圍殺。黑鐵塔們卻肅立無聲，但有刀劍到來，重劍伸出只一絞，總有四五口刀劍帶著尖銳的哨音飛上屋頂。片刻之間，老軍們手中的刀劍十之七八脫手去了。

老軍們氣血上湧，四面嘶吼，一齊徒手撲來。按照戰陣傳統，這種不要命的同歸於盡的死打死纏，是最令強者一方頭疼的。這也是兵法反覆提醒將士「窮寇勿追」、「置之死地而後生」的諸般道理所在。

然則，此刻景象卻令人驚駭，連站在廊下的嬴壯也被震懾得目瞪口呆。

若鐵鷹銳士們掄開重劍，這些徒手老軍的血肉之軀，如何經得住能在戰陣百人圍困中獨自激戰而矗立到最後的鐵塔猛士的片刻屠殺？也許，老軍們此刻求之不得的正是這種慘烈的死法。可怪異的是，鐵鷹銳士一齊拋開了手中重劍，徒手抓起一個個老軍向房頂拋去，只見一個個身影嗖嗖直上夜空，恰似一個個老軍輕身飛去一般。尚未被扔出的老軍們有的爬，有的站，有的跳，或抱住黑鐵塔的腿腰猛力拉扯，或在黑鐵塔的背部頭部猛烈捶打。可黑鐵塔依然是黑鐵塔，座座紋絲不動，沒有一座移動位置，沒有一座停止手臂的揮舞飛擲。不消片刻，隨著屋頂連珠大鼓般的高聲報數，天井中的兩百老軍蹤跡皆無。

嬴壯毛髮倒豎血脈僨張，炸雷般怒吼一聲倏地飛身上了屋頂：「魏丹楚賊！敢與嬴壯單兵決鬥麼？」令嬴壯驚異的是，屋頂上竟只有寥寥幾個身影。

朦朧月色下，魏冄哈哈大笑道：「嬴壯，仗恃你那蚩尤天月劍欺侮老夫麼？」

「宵小楚賊！」嬴壯大喝一聲，右手只一甩，彎弓似的蚩尤天月劍閃出一道青色光芒，「嘭」地釘在了屋脊石鷹上。嬴壯冷笑道：「收拾你這楚賊，用得著玷污天月劍？」

「好！嬴壯算得一條硬漢。」魏冄高聲讚歎間，手腕一抖，鐵劍也「噗」地插進了大瓦之中，「今日魏冄也武他一回！」踩著碩大厚實的瓦片大步走了過來。

正在此時，卻聞寢宮一聲高喊：「大哥且慢！羋戎來也——」天井中嗖地躥上了一條黑影，恰恰落在了嬴壯面前，悠然一笑，「左庶長，不想殺羋戎麼？」

嬴壯聽得羋戎二字，齒縫間噴出嘶嘶冷氣：「羋戎，是你殺死了我嬴離哥哥？」

「亂國賊子，人人得而誅之。殺死奸妖，羋戎大功！」

「楚賊！你敢咒罵他。」嬴壯一聲大喝，從戰靴中嗖地拔出一口青光閃爍的匕首，仰天大叫一聲，「離大哥，看我手刃楚賊，為你復仇！」一個前撲，匕首直刺羋戎胸前。

羋戎是一口半月吳鉤，當胸一個斜劃同時向後一躍，人已閃開在兩步之外。羋戎職司軍政，雖不擅戰陣，個人劍術決鬥卻是一流的吳鉤高手。吳鉤本是江南三強楚吳越的特殊劍器，恰恰合了江南人的靈動之相，與關西秦人的劍器路數大是不同。前者輕靈飛動，後者大開大闔。嬴壯本是老秦大將世家，加之力大猛勇，手中雖是一把尺餘匕首，也是威猛絕倫地硬實拚殺。羋戎身材瘦長，縱躍騰挪極是靈便，半月吳鉤劃劈刺挑點，電光石火般擋住了嬴壯的殺手攻勢。

魏冄已經退到了對面屋頂，看看羋戎未必能戰勝嬴壯，將手中令旗一劈，頓時從寢宮庭院飛上了五名鐵鷹銳士，踩得屋頂一陣咯吱亂響。魏冄此時是朝政謀劃：決鬥能殺則殺，決鬥不能殺則陣殺，絕不能以迂腐的決鬥規矩走了這個大奸元凶。此時，羋戎與嬴壯鬥得難分高下。羋戎輕靈，卻無法近身致命擊刺。嬴壯猛勇力大，卻總在致命一擊時失之毫釐。

魏冄猛然大喊一聲：「太后請回宮！與你無干。」

嬴壯正被不斷縱躍的羋戎引到屋簷，聞聲不禁回頭，羋戎恰好一腳踹到胸前，嬴壯一個踉蹌轟然後倒，直挺挺跌落在天井石案上，只聽一聲沉悶的號叫，沒有了聲息。

魏冄高聲下令：「收拾屍體，撤出寢宮！」

片刻之後，魏冄接到三路捷報：寢宮另外兩支老軍被兩百名埋伏的鐵鷹銳士如法炮製，全數活擒；進攻甘茂丞相府與羋戎府邸的嬴顯部卒佯攻一時，便與白山的一千鐵騎會合，包圍了嬴壯府邸，將府中人口全部拘押；甘茂親自率領一千甲士進入王宮守護，各個要害重地均被看守戒嚴。

甘茂與魏冄在王宮廣場會合，第一句話便是：「嬴壯如何？不能留口！」

魏冄哈哈大笑道：「英雄所見略同，來，請丞相驗明正身！」

兩個士卒抬過一具屍體，甘茂舉著火把一端詳，長吁一聲軟倒在地上。

五、慨其歎矣　遇人之艱難

蒼莽的河西高原上，一支馬隊飛馳向北，又一次越過了九原，沿著陰山草原向東面的燕國兼程疾進。馬隊前列一面黑旗大書「秦王特使白」五個大字，旗下一輛虛空的青銅軺車，車旁一員黑色斗篷的年輕大將，正是白起。

一月之前，白起率領五萬大軍兼程北上離石要塞，準備抵抗趙國的突然襲擊。白起對各國戰事與領兵將領歷來留心，聽說趙國是廉頗統兵，直感趙國可能未必全力攻秦，而是要試探一番，絕不會貿然行事。白起這種直感的根由在於兩個事實：其一是趙國的趙雍剛剛即位三年，正在籌劃一場雄心勃勃的變法，此時不會輕易冒險尋釁；其二是兩個月前三晉聯軍在宜陽新敗，趙國對秦軍戰力依舊心懷忌憚。以此推測，很可能是趙國因無法斷定秦國內政局勢，而對嬴壯虛應故事，派出廉頗為將，更有著另一種意味。

廉頗者，趙國馬邑（註：馬邑，趙國西北要塞，在今山西朔縣地區）人也。少年從戎，膽氣豪壯，每戰必鼓勇衝鋒，憑著血戰之功從卒長一步步地做到了將軍。趙肅侯二十年時，廉頗已經是最年輕的趙軍大將，成為趙國專門對付匈奴、東胡、林胡的北軍的頗具威名的大將。此人多在陰山草原與匈奴騎兵周旋，打仗勇猛頑強。一次帶領兩千騎兵護送趙國馬群南下，不想卻被草原深處倏忽殺來搶掠馬群的萬餘騎兵包圍。部將皆有懼色，紛紛建言棄馬南逃。年輕的廉頗厲聲高呼：「軍馬為國本！棄馬逃命，何異叛國？誰敢言走，立斬軍前！」將士聞聲肅然，同聲齊吼：「願隨將軍死戰報國！」廉頗立即下令將馬群趕到最近的山頭後面，而後派出飛騎南下搬取救兵，接著以這座月牙形的山包作為依託，將兩千精騎分作四隊：一隊正面在山口迎敵，兩隊從左右兩翼出擊，一隊在山坡高處相機策應薄弱處。當匈奴騎兵烏雲沉雷般隆隆捲來的時候，廉頗振臂高呼：「猛士報國——殺——」散髮袒臂身先士卒，親自率領五百騎士從正面殺出。

匈奴戰法簡單，剛剛衝進山坳，見三面紅色騎兵如漫天紅雲般掩殺而來，當即驚慌後撤。廉頗立即回軍。片刻之後，匈奴大將見趙軍沉寂，又派出兩千騎兵試探進攻，又被廉頗的三面包抄加壓頂一擊斬殺大半。匈奴大將雖然驚駭，卻也看清了趙軍虛實，休整片刻，立即派出五千騎做第二波猛攻。廉頗如法炮製，又斬殺匈奴騎士千餘人。此時天色已晚，雙方遙遙對峙紮營。廉頗親自站在山頭，一直瞭望到夜半，聽得隨風飄來的匈奴大營的狂呼痛飲聲，廉頗斷然下令三百騎士圈趕馬群悄悄遠撤，其餘騎士夜襲匈奴。廉頗一馬當先，千餘騎士分作三面殺出，猛烈攻入敵營。匈奴不明真相，大是驚慌，丟下兩千多具屍體逃遁而去。

經此一戰，年輕廉頗的勇氣聞名天下，被呼為「冠軍勇將」。如此一個年輕勇將，做了前軍大將後卻驚人的持重謹慎，從不貿然作戰。趙肅侯死後，趙雍即位，擢升廉頗為前將軍。這前將軍不是前軍主將，而是整個趙國的前敵大將。趙國當時還沒有大將軍，經常是國君親自統兵。廉頗這個前將軍實則便是號令戰陣的主將，成了事實上的掌軍大將。令天下刮目相看的是，廉頗初掌高位，用兵持重，每戰必先堅守，待敵鬆懈而後猛攻，很少出過差錯。如此一來，廉頗又有了一個稱號——善守廉頗。如此一個行伍出身的年輕名將，他能貿然偷襲秦國？

白起想得透徹，也做得扎實。大軍一路北上，大張旗鼓，盡顯軍威，同時派出大批斥候化裝成平民到趙國晉陽散布秦國大軍北上的消息。在離石要塞紮營後，秦軍更在大河兩岸大張旌旗，號稱「鐵騎十萬抗趙軍」，日每大肆操演，喊殺震天，明知有趙國斥候探營也毫不介意。同時，白起將三萬鐵騎在一個沒有月亮的夜晚，祕密開到離石要塞東北的大峽谷中埋伏起來。這裡是趙軍從晉陽攻秦的必經之路，若趙軍當真襲擊，白起便要在這裡痛下殺手。

終於，旬日之後，探馬來報：趙國軍馬從晉陽回撤，進駐趙國腹地——邯鄲東北的漳水河谷。一場秦國很不願意開打的大戰，便這樣消弭於無形了。

就在白起準備回軍藍田時，咸陽的快馬特使來到，帶來了全副出使儀仗與國書，也帶來了甘茂魏冄合署的密件，要白起做「迎後特使」，到燕國迎接芈王妃回咸陽。那封短短的密件，白起幾乎能一字不差地背下來：「咸陽大事底定，謀逆全數伏法，新君已入王城，正在發喪國葬。將軍熟悉燕國，可以特使之身北上，迎接芈太后作速回秦。」白起自然立即掂量到了「太后」兩字的分量。新君母子患難與共，新君又正在少年之期，尚未加冠，國中權臣林立，用春秋老話說，這正是「主少國疑」的微妙時期。當此之時，一個素有根基且久經滄桑的太后可是非同一般。也就是說，正因為事關重大，與迎接新君一般要緊，咸陽諸方才讓白起這個目下不可或缺的大將做了特使。

半個月後，白起的特使馬隊終於到了燕山腳下，薊城箭樓遙遙在望了。

按邦交禮儀，特使只能帶十名護衛進入國都，一千鐵騎不能入城。白起下令鐵騎在城外三十里紮營，自己帶領兩個文吏與十名鐵鷹銳士並全副儀仗，換乘青銅軺車，轔轔進了薊城。

進得薊城，白起徑直來到亞卿府拜見樂毅。燕國在子之之亂後，戒懼大權旁落，燕昭王索性不再設置丞相，而以上卿、亞卿分署政務。而此時上卿只是虛位，只有樂毅這個亞卿是實權軍政大臣，中大夫劇辛輔助。所以這亞卿府實際上是燕國政務中樞，凡有特使，必先在亞卿府勘驗國書印鑒並溝通出使使命，而後由亞卿府根據特使職爵高低與使命重要程度，安置驛館的待客等級，再稟報國君確定是否會見特使。這一切，在中原戰國，都是由丞相府的一個專門官署完成的，秦國、趙國叫行人署，魏國叫典客署，齊國叫諸侯主客，楚國則叫謁者。燕國初復，亞卿府屬吏很少，與各國來往也很少，沒有專司外事的官署，一切都得晉見樂毅才能完成。

亞卿府是一座簡樸的三進庭院，門前車馬場也只有兩三排拴馬樁，而沒有專門停車的空場。白起高車駿馬而來，在連牛車都很少的薊城如鶴立雞群一般。白起素來厭惡浮華，更不擅排場，一箭之外早早下馬，徒步走到了亞卿府門，對著門吏肅然拱手道：「秦國新君特使白起，請見亞卿。」

門吏已經早早看見了這一隊喧赫車馬與特使大旗，心想強秦特使必倨傲無禮，整整衣衫對門廊四名甲士高聲咳嗽示意，要精神抖擻地給秦國特使一個軟釘子碰。正在此時，卻見白起徒步走來，門吏正在暗自驚訝，不防這位高冠斗篷的特使竟拱手禮讓，門吏頓時覺得大是風光，連忙深深一躬道：「特使稍待，小吏即刻稟報亞卿。」一溜碎步消失在影壁後面。

片刻之間，門內一陣笑聲，樂毅親自迎了出來，在廊下遙遙拱手道：「白起將軍，別來無恙乎？」身後卻是一個大袖飄飄的紅衣中年人。

「末將白起，參見亞卿。」白起沒想到樂毅親自出迎，肅然躬身一個大禮。

樂毅已經大笑著走了過來，拉住白起的手道：「將軍做特使，當真難為也。」說著一指身後的紅衣人笑道，「這位是稷下名士、中大夫劇辛，認認了。」

紅衣人一直在專注地端詳白起，目光炯炯發亮，渾然無覺。白起久在軍旅不擅應酬，被他看得有些發窘，連忙拱手一禮道：「末將白起，見過中大夫。」

劇辛恍然醒悟，哈哈大笑道：「將軍異相也，劇辛失禮，幸勿見怪。」

樂毅笑道：「劇辛曾師從相學名家唐舉，對將軍定有評點。走，府中說話。」

隨著樂毅過了影壁，白起略一打量，見這個燕國權臣的三進府邸竟是一眼望穿：中間一片竹林庭院，正北一座六開間的國事堂，東邊一排青磚瓦房是屬吏官署，西邊一排是護衛僕役的住房；國事堂後空空蕩蕩，顯然是一片後園了。院中除了那片翠綠的竹林，一切都是灰濛濛的。樂毅見白起似有驚訝之色，悠然笑道：「樂毅也愛廣廈高車，惜乎薊城毀於戰火，將相皆是牛車蓬蓽，將軍見笑了。」

白起肅然拱手道：「時窮志節顯，亞卿居高位而節用，白起景仰之至，豈敢心存輕薄？」白起不擅笑談周旋，一番莊重竟使豁達豪爽的樂毅哈哈大笑起來：「些許細節，竟得將軍如此獎掖，樂毅誠惶誠恐也。」說是誠惶誠恐，臉上卻寫滿了何足道哉，說話間樂毅拉著白起進了國事堂旁邊的一間大廳。

「上酒！」尚未落座，樂毅一聲吩咐。

白起一拱手道：「國事重地，不當飲酒，何敢叨擾亞卿？」

樂毅笑道：「別個來，樂毅也不想飲。將軍前來，卻要破例。」

劇辛喟然一歎：「亞卿律己甚嚴，今日破例，難得也。」

說話間，一名老僕已經抱來了三罈燕酒，又有一名小廝捧來了一個大木盤，盤中三只陶碗三方紅亮的醬肉，僅此而已。片刻擺得齊整，樂毅親自開罈為白起、劇辛斟酒，而後歸座舉碗笑道：「樂毅久聞白起軍中人傑，相見恨晚也。來！為將軍洗塵，共乾一碗！」說罷舉著大碗汩汩飲盡了。白起雙手舉碗道：「亞卿名將世家，白起行伍後進，何敢當亞卿如此獎掖？謝過亞卿！」也舉起大碗汩汩飲盡了。樂毅搖頭道：「將軍差矣！豈不聞名相起於州部，猛將發於卒伍？戰陣死生之地，最見真才。世家云云，豈是我等所看重？」白起原是本色稟性，最為厭惡名門後裔的虛榮浮華，見樂毅非但不以名將之後驕人，反倒鄙薄此等行徑，不禁心中一熱大是感慨：「亞卿之言，正是雄傑情懷，燕國大幸也！」樂毅大笑，拍案道：「劇辛大夫兼通相學，且說說座中雄傑何人？」白起道：「亞卿笑談了。星相占卜，軍旅大忌，白起歷來不信，何足為憑？」

「將軍差矣！」一言落點，劇辛大搖其頭，「星相占卜之用，在謀不在斷。斷事決策不以星相占卜為憑，而以恪盡人事為根基，此乃事之本也。然其所以長盛不衰，便在於補人謀之短，揣測冥冥未知之奧祕。人世天道既有奧祕，則必有不測之變。是以，星相占卜常多名實相違，使人錯愕不已，雄傑賢智便大多視為虛妄。譬如周武王興兵伐紂而占於太廟，時當雷電交作，太公奮然踩碎龜甲，大呼：「弔民伐罪乃天下正道！當為則為！何須問腐朽龜甲！」由此觀之，將軍所言乃是正道也。然若用於觀人謀事，星相占卜則往往能料人謀之不能料處，解惑補差，而未必處處荒誕不實。其中更有天賦異稟者，其神異之能，往往令人咋舌！以孔夫子之博大，不言怪力亂神，卻修《易》而韋編三絕，況於我等乎？究其實，星相占卜為器用之學，用之當則當，用之不當則不當。一言抹殺，將軍有失偏頗也。」一席話名士論學一般細密。

白起聽得一怔，拱手道：「大夫之論，誠為一家之言。白起謹受教。」

對此等學問，白起原本不甚了了，軍旅實戰更是實打實地憑實情斷事，從來沒有過觀星看相占卜的經歷。從少年知書習武，白起便信奉「兵家以人事為本」，從不相信所謂的天官陰陽望氣斷兵之類的虛妄之說。在他的記憶裡，所有的兵家大師都是這樣的。

天下君主，魏惠王最是信奉這些東西，仗越打越敗北，人越用越平庸。到了晚年，百思不得其解，專門與精通兵法的國尉繚（尉繚子）探究此中奧祕，開口便問：「人言黃帝天官之學，可以百戰百勝，究竟有無此等學問？」尉繚子回答得明白簡單：「黃帝者，人事而已矣。如攻不能取，戰不能勝，非無時可用也，皆人謀之失也。」緊接著，尉繚子對愛聽故事的魏惠王說了兩則故事：第一則武王伐紂──依據〈天官〉：背水為陣乃死地，向阪（山坡）駐軍為廢軍。可周武王率領兩萬兩千五百精銳士兵開戰時，是背靠濟水面向大山列陣，商紂的十多萬大軍卻被殺得望風潰逃。末了尉繚子問：「聽穎勇武如紂王者，莫非不知周軍違背了天官陣法麼？」第二則，春秋楚齊之戰──依據〈天官〉：兩軍交戰彗星出，星柄所指向的一方獲勝，對方則不應發動攻勢。楚大將公子心領大軍北上，在琅邪與齊國大軍相遇，恰恰地彗星出現，且星柄正在齊軍方向。副將們勸公子心趕快回軍，公子心卻哈哈大笑道：「彗星蠢物，何知軍事？用掃帚相鬥，正要用掃帚柄打人啦！」次日立即發動猛攻，大破齊軍十五萬。

末了，尉繚子舉出了《黃帝經》的一句話：「先神先鬼，先稽我智！」──先聽信鬼神，不如先考察我的智謀。並一言以蔽之地告誡：「人言天官，人事而已，豈有他哉！」

凡此種種，白起當然不會贊同劇辛的說法。但身負使命，白起不想與人爭辯這種虛妄故事，勉為其難地認了對方是「一家之言」，也禮儀性地表示了「謹受教」，便不想再說了。

劇辛心性曠達，也聽出了白起的言下之意，看著白起笑道：「方才虛論而已，原是見仁見智，將軍莫要上心。今日得見英雄，劇辛自感榮幸，願為將軍進一言，以作日後佐證如何？」雖是笑意殷殷，卻也認真誠懇。

初交禮儀，所謂進言，自然是對對方缺失有所勸諫。白起雖然嚴正，卻從來虛懷若谷，聽劇辛誠懇言辭，肅然一拱道：「白起粗莽，先生教我。」

樂毅大手一揮笑道：「酒意快言，將軍何須過謙？且聽劇辛妙論便了。」

劇辛悠然一笑，打量著白起道：「將軍頭骨如長矛，銳氣灌頂盈出，此謂兵神之相也。更兼鷹隼角目，腮紋入頰極深，主沉雄堅剛鋒銳無匹。十年之後，將軍威名將赫赫大出。二十餘年之後，天下將無人敢與將軍對陣也。」

劇辛說話時，樂毅瞄了白起一眼，初次認識一般瞪大了眼睛。白起此來是文職特使，雖然內穿牛皮軟甲，外邊卻是斗篷玉冠，沒有了上次的戎裝甲胄，更顯得頭尖如矛，再加一頂四寸黑玉冠，整個頭形竟比尋常鐵矛還長得些許，一頭長長的黑髮攏在腦後，活生生如大旗鐵矛下的黑纓一般。一眼望去，一雙細長的三角眼炯炯生光，莊重肅殺而又凜冽難犯。樂毅不禁長長地「噫」了一聲，驚奇的笑意溢滿了臉膛。

驟然之間，白起哈哈大笑道：「天下之大，白起縱有戰陣之名，如何便能嚇退天下勁敵？有樂毅亞卿在座，白起焉能沒有對手？先生笑談了。」

劇辛絲毫沒有笑，向樂毅一瞄，稍事沉吟道：「樂毅亞卿自是名將大才，然則時也勢也，不可盡言。將軍之相，卻是萬不失一。」

白起拱手道：「先生之言，暫且存疑了。願聞『然則』之後。」

劇辛喟然一歎，果然一句「然則」，接著道：「將軍刀眉橫闊，眉宇間肅殺充盈，此謂殺氣過甚也。戰陣之間，將軍若能得止且止，可成萬世之功也。」

白起眉頭大皺，終於忍不住冷冷一笑道：「得止且止？兵者，死生之地也，何能如宋襄公一般迂闊（註：宋襄公率軍擊楚，恰逢楚軍渡河。軍前大將力主半渡擊之。宋襄公卻斥責將軍違背王師仁義。待楚軍完全渡河後列陣而戰，宋軍大敗，成為春秋戰國之笑談）？如此『然則』之言，不聽也罷。」一率直得有些生硬。

樂毅拍案讚歎：「初交不違本心，將軍本色英雄也。」

白起對劇辛拱手歉疚笑道：「白起魯莽，尚請先生見諒。」

劇辛爽朗笑道：「不事折衝，發乎本心，真大將也。劇辛景仰不及，何敢有他？」

「如此謝過亞卿、大夫。」白起一拱手轉了話題，「身為特使，白起不敢耽延，尚請亞卿府即刻勘驗一應文書，並排定覲見燕王日期。了卻國事，白起當與兩位開懷痛飲。」

樂毅悠然笑道：「將軍毋憂。秦國大勢既定，芈王妃自當回國。將軍歇息一晚，明日我陪將軍覲見燕王。」

白起驚訝道：「亞卿未看國書，白起亦未說明，何以對白起使命瞭若指掌？」

劇辛笑道：「樂毅雖是兵家，卻有策士之才，謀國料事如將軍臨陣料敵一般。他早料定秦國大勢將定，將軍將為特使來燕。」

白起不禁由衷讚歎：「亞卿大才，白起景仰之至！」

樂毅連連擺手大笑：「哪裡話來？國有斥候，消息流布，稍加留心，何人不能知之料之，劇辛何獨謬獎樂毅？」

劇辛笑道：「豈不聞『知易斷難』乎？正因了消息流布，才易惑人耳目。若得一消息便能斷事，天下人人大才也，何有昏君輩出之事？」

白起拍案慨然道：「先生此言大是。趙國與秦為鄰，卻不知秦國大勢，豈非明證？」

「將軍說趙雍麼？」樂毅搖頭笑道，「這個趙王可是了得，雄才大略，其心難測。樂毅冒昧揣測，趙雍是對秦國施障眼之法，行韜晦之計。」

「願聞其詳。」白起一臉肅然，極想聽樂毅說下去。

樂毅搖頭笑道：「此乃後話，今日卻難說得明白。」

白起見樂毅不願再說，一拱手道：「敢問亞卿，白起今晚欲先行覲見芈王妃，不知可否？」

樂毅目光一閃笑道：「羋王妃住在燕山行宮，明日覲見燕王之後，我與將軍同去迎接如何？」

「如此甚好。」白起說著站了起來，「多有叨擾，白起告辭。」

樂毅也沒有挽留，笑著起身又與白起同飲了一碗，將白起殷殷送到府門，又囑咐劇辛將白起一行再送到驛館安歇，自己即刻進宮了。

白起到得驛館住好，心中老大忐忑。從大處看，燕國正在艱難復興，也圖謀與強大的秦國罷戰修好，放羋王妃回秦大約不會有變。既然如此，樂毅為何委婉地拒絕了他要在晉見燕王之前先見羋王妃一面？作為秦國特使，提出先行會見即將歸國的王妃，禮儀是通達的，羋王妃畢竟不是人質。作為想與秦國結好的燕國權臣，樂毅的拒絕是難以理解的，此中因由究竟何在？

「稟報將軍：密行斥候在外候見。」隨行軍吏快步走進廳中。

白起回頭：「快，教他進來。」

一個錦衣商人模樣的年輕人匆匆走了進來。一進小廳，年輕商人立即變成了軍人步態，一拱手道：「稟報將軍：羋王妃下落已經探明，寄居在漁陽（註：漁陽，戰國時燕國要塞，大體在今北京的懷柔與密雲之間）要塞外沽水河谷的狩獵行宮之內，行宮已經多年不用，目下只是一座莊園。」

「狩獵行宮？」白起突然問，「可是樂毅封地？」

「正是。狩獵行宮外是樂毅的五十里封地。」

白起思忖片刻斷然下令：「即刻準備，半個時辰後出城。」

「嗨！」密行斥候大步去了。

白起立即喚來隨行軍吏一陣吩咐，便進了寢室，一時出來，一身布袍青布包頭，儼然一個胡地販馬的商人。走到廊下，正有一輛單馬烏篷的輜車等候，不言聲跨進輜車，腳下一跺，輜車哐啷咣噹地出了特使庭院，出了驛館大門。時當夕陽將落，商旅出城國人回城人車馬牛川流不息，烏篷輜車的馭手一亮亞卿府行車令牌，雜在商旅車流中順利出城。行不到里許之地，聞身後號角悠揚響起，薊城隆隆關閉了。

戰亂方過，一出薊城城門滿目荒涼，連函谷關外的熱鬧繁華也沒有，更別說與咸陽四門外的客棧林立燈火煌煌相比了。眼見血紅的太陽沉到了山後，一抹晚霞消散，黑黑的夜色倏忽之間籠罩了原野。輜車駛到一片荒涼的山彎，只聽一聲短促的蛙鳴，輜車停了下來。白起利落下車，跳上一匹空鞍戰馬，輕喝一聲：「走！」山彎連串飛出五騎，一串當先去了。白起一抖馬韁，風馳電掣般追上插到五騎中間，馬隊直向西北沽水而來。

沽水從北方高原的大漠密林而來，在薊城西面四十里流過，南下直入大海。在沽水流經薊城西北的百餘里處，是一片蒼莽山地，只有這沽水河谷是通過這片山地的唯一路徑。匈奴南下，這裡是必經之途。很早以前，燕國在這裡建了一座駐軍要塞，因了沽水在這裡匯聚成一片大澤，岸邊的燕人大都以漁獵為生，要塞叫作了漁陽堡。有山有水又有草原密林，自然是狩獵的好去處，於是自然有了燕國王室的狩獵行宮。子之秉政燕國內亂以來十幾年間，朝野惶惶，王室更是大災頻仍，這座行宮便無人光顧了。漁陽要塞形同虛設，匈奴遊騎趁機南下劫掠，行宮遂成了胡將歇馬的好去處，雖然臨走時搶掠一空，卻沒有被付之一炬。燕昭王即位，將漁陽之南這片豐腴而又有胡騎劫掠風險的土地連同空蕩蕩的行宮，一起封給了樂毅。

密行斥候已經將路徑探聽得清楚。雖是黑夜，依然一路快馬，一個多時辰後便到了沽水河谷的山口。剛進山口，白起從迎面風中嗅出了一絲戰馬馳過的特異汗腥味兒，一聲短促的呼哨，馬隊立即拐進了一個山彎。白起低聲命令：「兩人在此留守，三人隨我步行入谷！」五名騎士立即下馬，兩人將馬韁收攏在手，拉到了隱蔽處。密行斥候帶路，白起緊跟，兩名鐵鷹銳士斷後，一個步軍卒伍的三角錐便沿著山根大步刷刷地進了山谷。暗夜之中，山谷漸行漸寬，腳下也變成了勁軟的草地，白色的河流也變寬了，谷口的濤聲變成了均勻細碎的嘩嘩流淌。可以想見，這片谷地原是一片外險內平水草豐腴的寶地。燕昭王將如此肥美的河谷封給樂毅，可見對樂毅的倚重。白起邊走邊想，油然生出一陣感慨。

突然，前方出現了隱隱燈光，前行斥候低聲稟報：「將軍，狩獵行宮到了。」

白起低聲對後面兩名鐵鷹銳士下令：「你倆隱蔽守望。」又一揮手，「斥候隨我進莊。」密行斥候領著白起，從東邊山下的草地一路飛步過去，片刻之間到了行宮背後的山根下。白起一個手勢，兩人快步上山，隱蔽在大樹後向行宮瞭望。

這座行宮很小，實際上也就是一個一圈房屋的小莊園而已。高挑的風燈下，隱隱可見巨石砌就的莊門與高大的石牆，似乎比院中的房屋更為氣派。從山腰遙遙望去，院中石亭有一盞風燈閃爍，似乎隱隱有人說話。白起略一思忖，一個手勢，兩人飛身下山，幾個縱躍到了靠山根的大牆下。白起一擺手，示意密行斥候守候接應，自己摳住牆間石縫壁虎般遊了上去。

到得牆上，白起伏身端詳，發現高牆與屋頂間覆蓋著一片帶刺的銅網。雖則如此，白起並未感到意外，因為狩獵行宮必在野獸出沒之地，為了防備山中野獸從山坡進入莊園，狩獵山莊通常都有這種叫作天網的防備。白起出身行伍，對士兵克難克險之法最是精心揣摩，常常有別出心裁的戰陣動作在軍中傳播，無論是騎士還是步卒，都以能在白起麾下作戰而自豪——戰功最大，傷亡最小。對面前這片銅網，他沒有片刻猶豫，將身上布袍一緊，朝著銅網滾了過去。原是他內穿精鐵鱗甲，外包一身布夾袍，提氣一滾，縱然將夾袍扎破，人也是安然無恙。

滾過銅網，到了東面屋頂，院中情形看得清楚，亭中說話聲也清晰可聞。

石亭下，正是樂毅與芈王妃兩人。樂毅一身布衣，散髮無冠，腿邊一條馬鞭，坐在一片草席上正在捧著陶罐汩汩大飲，不知是酒還是水。芈王妃一身楚女黃裙，脖頸上一條燕國貴胄女子常有的大紅絲巾，一頭黑髮瀑布般垂在肩上，也不見她說話，只在樂毅面前悠然地走動著。

「羋王妃，你在燕國多少磨難，終究到頭。樂毅為你高興。」

「人各有命。羋氏女在燕國很快樂，沒覺得有甚磨難。」

「羋王妃胸襟開闊，樂毅佩服。」

「樂毅，休做糊塗狀。」羋王妃似乎生氣了，聲音有些顫抖，「甚個胸襟開闊？我不走，只是因了你，羋氏女喜歡你！」

白起一個激靈，頭皮驟然一陣發麻。羋王妃將為秦國太后，如此作為豈不令天下嘲笑？正在此時，卻聽樂毅喟然一歎：「造化弄人，時勢使然。若秦國動盪，王妃無可投國，樂毅豈是無情男兒？然秦國已經安定，嬴稷已經稱王，王妃如何能留在燕國？樂毅當初魯莽造次，王妃見諒。」

「樂毅，不要那樣說。」羋王妃似乎也平靜了下來，「我情願那樣做。在我母子瀕臨絕境之時，你真誠地照拂了我與稷兒。我為秦王八子，原非節烈女子，你縱然倚仗權力欺凌我，羋八子也會順從你。可你沒有，你只是真誠地照拂我，絲毫沒有因同僚的側目嘲諷而有所改變。我便真的喜歡上了你。我曉得，你也真心地喜歡我，是麼？」

「羋王妃差矣！」樂毅急迫地打斷了羋王妃，「樂毅照拂王妃母子，原是燕王之意。燕國要對秦國真誠修好，無論何人在秦國為君，無論何人在燕國為質，燕國都要善待秦國特使人質，以便將來與秦國結盟。樂毅所為，原與私情無關。若非如此，樂毅豈能以一己之身，私相照拂一國人質？此乃真相，萬望王妃莫將此情看作樂毅本心。」

羋王妃咯咯笑了，笑聲在幽靜的山谷是那樣嫵媚清亮：「樂毅啊，你不說，我也曉得如此。可你說了，我更喜歡你了。」說著悠然一歎，「身為權臣，誰也難脫權謀。可權謀施展處，也辨得英雄小人。難道那一袋黑麵、半隻野羊、一罈苦酒、些許布帛，也都是燕王教你送的麼？稷兒回秦，我孤身留燕，你不教我住在驛館，也不教我住進王宮，卻安頓我住在你的封地莊園，難道這也是燕王之命麼？」

「那是為王妃安危著想，並無他意。」樂毅又一次打斷了芈王妃。

芈王妃又咯咯笑了：「樂毅啊樂毅，此等事越抹越黑，你卻辯解甚來？我芈八子不想回秦做冷宮寡婦，就要在燕國，就要守著你，你能如何？」遠遠聽去，像個頑皮的少女，任誰也想不到她是久歷滄桑的秦國王妃。

樂毅顯然著急了，站起來深深一躬道：「王妃所言極是，樂毅無須辯解。只是王妃須得體諒樂毅，顧全大局，回到秦國為上策。」

「是麼？我想聽聽下策。」芈王妃頑皮地笑著。

「樂毅剖腹自裁！了卻王妃一片情意。」樂毅毫不猶豫。

芈王妃顯然愣怔了，良久沉默，方才長長地歎息了一聲道：「樂毅，芈八子服了。我答應你，回秦國。」

「謝過王妃！」

「別急喲。我有個小條件，曉得無？」芈王妃的溫軟楚語分外動聽。

「王妃但講。」

「你，今夜須得留在這裡，陪我。」

「王妃……」這次樂毅愣怔了。

「你不答應，芈八子寧死不回秦國！」說罷，芈王妃轉身飄然去了。

白起心頭一顫，分明看見木頭般愣怔的樂毅一拳砸在石柱上，將那個大陶罐雙手捧起一陣汩汩大飲，緊接著「哐啷」一聲，大陶罐在石柱上四散迸裂，樂毅搖搖晃晃地走進了亮燈的大屋。

趴在屋頂的白起亂成了一團麵糊，這在他實在是從來沒有經過的事。星夜入漁陽，為的是探聽王妃下落，並與王妃面談，一則稟報咸陽大勢，二則落實王妃在燕國有無需要料理的祕密事宜，以及是否受到過刁難，他好以特使身分交涉。如今看來，這一切都是多餘的了。咸陽大勢路上稟報不遲，芈王妃一直有樂毅照料，諒也不會受人欺侮刁難。需要料理的祕事，看來只有自己看到的這一樁，而這件事，非但自己永遠料理不了，而且連知道也不能知道。看來自己的事只有一樁，接回芈王妃萬事大吉。亂紛紛想得一陣，白起緊身一滾，到了石牆立即跳下，一揮手領著密行斥候往回疾走。到了山彎，上馬一鞭，連夜回了薊城。

次日過午，一輛牛車咣噹咣噹駛到驛館門口，樂毅來請白起進宮。白起已經沒有興趣詢問任何事，也沒有心緒邀樂毅敘談，略略寒暄兩句隨著樂毅進了王宮。

燕國宮室本來不算簡樸狹小，一場大亂下來，卻有大半被毀，只剩得幾座殘破的偏殿與一片光禿禿的園林庭院。王宮大門已經稍事修葺，雖未恢復原貌，畢竟尚算整齊。進得宮中，處處斷垣殘壁，滿目荒涼蕭疏，雖然正是盛夏，卻沒有一棵遮陽綠樹，沒有一片水面草木，觸目皆是黑禿禿的枯樹，撲鼻皆是嗆人的土腥。曝晒之下，塵土瓦礫在車輪下撲濺，兩車駛過，騰起一片大大的煙塵。幾經曲折，來到一座唯一完整的大瓦房前，樂毅下車拱手笑道：「東偏殿到了，將軍請下車。」

白起雖然也知道燕國慘遭劫難，但無論如何想不到竟是如此淒慘，王宮尚且若此，可見市井村野。可他同時感到奇怪的是，燕國市容田疇民居似乎恢復得還不差，王宮如何絲毫未見整修重建？面前這座東偏殿，實際上只是未被燒毀的一座四開間的青磚大瓦房而已，假如沒有這座東偏殿，整個王宮簡直無處可去了。白起站在廊下一番打量，不禁脫口問道：「如此王宮，燕王的居所在何處？」樂毅道：「燕王，暫居一座絕戶大臣的府邸，還沒有寢宮。」

白起真正驚訝了，燕國畢竟是大國，國君無寢宮，當真天下奇聞也。他皺著眉頭，一副難以置信的模樣道：「人言燕王得歷代社稷寶藏，做了何用？」話一出口便覺不妥，歉疚地笑著拱手，「白起唐突，亞卿恕罪。」

「無妨也。」樂毅喟然歎息，「一則招賢，二則振興農耕市井。郭隗有黃金臺，劇辛有三進府邸，樂毅有狩獵行宮與五十里封地。每戶農人得穀種，作坊得工具，商旅得販運牛車。耗財多少，難以計數，唯獨燕王宮室不花半錢。」

「大哉燕王也！」白起不禁由衷讚歎，「有君若此，何愁不興？」

樂毅笑了：「燕王得將軍如此讚語，樂毅倍感欣慰。來，將軍請。」

進得殿中，一名老內侍匆匆上茶，又在樂毅耳邊低聲說了幾句。樂毅笑道：「將軍入座稍待，燕王正在巡查官市，片刻即到。」白起向來敬重奮發敬業之人，更何況一國之君，慨然拱手道：「但等無妨。」樂毅自然不能教白起乾坐，舉起茶盞笑道：「嘗聞將軍善戰知兵，不知師從何家？」但凡談兵論戰，白起便來精神，慨然一歎道：「秦人多戰事。白氏家族世代為兵。白起生於軍旅，長於行伍，酷愛兵事而已，無任何師從。與將軍飽讀兵書相比，原是文野之別。」「你，此前沒讀過任何兵書？」樂毅驚訝地睜大了眼睛搖頭一歎，「樂毅慚愧也。」見樂毅驚訝的模樣，白起連連擺手道：「兵書倒是讀了幾冊，只是記不住罷了，臨戰還得自己揣摩。此等野戰，成不得大氣候。」

「將軍天授大才也！」樂毅不禁拍案讚歎，話音落點，屏風後一陣笑聲：「卻是何人？竟得亞卿如此褒獎？」隨著笑聲，從本色大木屏風後走出一個黝黑精瘦看不清年齡與身分的人，一身褪色紅袍，一頂竹皮高冠，一片絡腮短鬚，雖是衣衫落拓，步態眉宇間卻是神清目朗英風逼人。樂毅連忙起身拱手笑道：「臣啟我王：此乃秦國特使白起將軍。樂毅感歎者，正是此人。」聽說是燕王，白起倒真是吃了一驚，卻又十分的敬佩，不禁肅然起身一躬：「秦國特使白起，參見燕王。」

燕昭王搶步上前扶住了白起笑道：「聞得將軍膽識過人，果然名不虛傳。亞卿所贊，顯是不虛了。來，將軍請入座。」說罷親手虛扶著白起入座。

白起不是托大驕矜之人，此刻卻不由自主地被燕昭王「扶」進了座案，那種親切自然與真誠，使他無法從這個虛手中脫身出來，連白起自己都覺得奇怪。坐進案中又覺不妥，一拱手作禮道：「謝過燕王。」額頭不禁出了一層細汗。

燕昭王自己走到正中大案前就座，看著白起笑道：「一暗一明，將軍兩次入燕為客，也算天意。燕國百廢待興，拮据蕭疏，怠慢處請將軍包涵。」親切得朋友一般，全無一國君王的矜持官話。白起由衷讚歎道：「燕國有王若此，非但振興有時，定當大出天下了。」燕昭王哈哈大笑：「將軍吉言，姬平先行謝過。但願秦燕結好，能與將軍常有聚首之期也。」白起坦直道：「惠王之時，秦燕已是友邦。新君即位，對燕國更有情義，絕不會無端生出仇讎。」燕昭王歎息一聲道：「芈王妃母子在燕國數年，正逢燕國戰亂動盪之期，我等君臣無以照拂，致使新君母子多有磨難。此中難堪處，尚請將軍對秦王多有周旋。」白起慨然拱手道：「白起實打實說話，無須妄言：我王對燕國君臣多有好感，芈王妃明銳過人，原是感恩燕國君臣，燕王但放寬心。」燕昭王一笑一歎：「看來也，我是被這邦交反覆做怕了。燕齊友邦多少年？說打便打，說殺便殺，朝夕之間，燕國血流成河矣！此中恩仇，卻對何人訴說？」一聲哽咽，雙眼潮濕。

白起一時默然。兩次入燕，他已經明顯察覺到燕國朝野對齊國的深仇大恨。今日進宮目睹王宮慘狀，一個念頭突然冒了出來——燕昭王不修宮室，就是要將這一片廢墟留作國恥激勵燕人復仇？雖不能說，但這個念頭卻始終不能抹去。他同情燕國，也體察燕國，然則作為秦國特使，他自然首先要從秦國角度說話。秦國與齊國相距遙遠，自秦惠王與張儀連橫開始，齊國便是秦國拆散六國合縱的最可能的同盟者，雖說秦國總是最終不能結好齊國，但卻從來不願主動開罪於齊國。更何況秦國目下這種情勢——主少國疑、最需要穩定的微妙時期，他能以特使之身與燕國同仇敵愾麼？

良久，白起低聲道：「燕國日後若有難處，可以亞卿為使入秦。」

燕昭王面色已經緩和，拍案笑道：「原是一時趕話而已，將軍無須當真，說正事了。亞卿已經驗過國書，將軍交付王室御書便了。迎接羋王妃，由亞卿陪同將軍。明日王妃離燕，由亞卿代本王送行，將軍見諒。」

白起站起一躬：「多謝燕王。」

出了塵土飛揚的王宮，樂毅笑道：「我陪將軍去接羋王妃。」白起心念一閃道：「容我回驛館準備儀仗車馬，片刻便來。」樂毅低聲道：「薊城目下多有胡人齊人，沒有儀仗正好。」白起恍然道：「亞卿周詳，這便去？」樂毅將短鞭向牛背一掃，牛車咣啷啷向北門而去。白起既驚訝又好笑，此去漁陽百里之遙，這牛車何時咣啷得到？樂毅這是做甚？緩兵之計麼？或是羋王妃又有了變化？種種疑惑一時湧上心頭，偏白起又不能說破，只好隨著樂毅穿街過巷，約莫小半個時辰出了北門。白起此番進宮，按照禮儀，乘坐了特使的兩馬軺車，雖有一個鐵鷹銳士做馭手，算是重車，卻也比牛車快捷得多，但是卻只有跟在牛車後面款款走馬。白起實在不耐，向牛車遙遙拱手道：「亞卿，我這軺車有兩馬，你我換馬如何？」樂毅回頭笑道：「莫急莫急，這便到了。」白起又是一驚，卻又恍然醒悟——羋王妃已經離開漁陽河谷，回到了薊城郊野。

又行片刻，牛車拐進了山道邊一片樹林。過了樹林，綠草如茵的山凹中一座圓木圍牆的木屋庭院，鳥鳴啾啾，幽靜極了，若非四周遊動著幾個紅衣壯漢，簡直一處隱士莊園。白起笑道：「羋王妃得亞卿如此保護，難得。」

「將軍請下車。」樂毅已經跳下牛車，「自將軍接走嬴稷，羋王妃一直住在漁陽河谷的狩獵行宮，昨日才移居薊城郊野。燕國大亂初定，多有匈奴東胡偷襲，齊國細作滲透謀殺，樂毅不敢造次。」一番話真誠坦蕩，除了無法說的，幾乎全都說了。白起深深一躬道：「亞卿以國家邦交為重，襟懷磊落，白起感佩之至。」樂毅不經意地笑笑：「利害而已，何敢當此盛名？將軍隨我來。」

進得圓木牆，院中一個布衣少女的背影正在收拾晾杆上的衣物。樂毅一拱手笑道：「請楚姑稟報王妃：樂毅陪同秦國特使白起前來，求見王妃。」叫作楚姑的少女回眸一笑，答應一聲輕盈地飄進了木屋。片刻之後，羋王妃走了出來，遙遙看去，雖是布衣裙釵，依舊明豔逼人，信步走來步態婀娜，比那美麗的少女平添了別一番風韻。

白起肅然一躬：「前軍主將白起，參見王妃。」羋王妃粲然一笑：「白起啊，你來接我了？」白起慨然挺胸拱手：「白起奉秦王之命，恭迎王妃回歸咸陽！」「曉得了，好啊！」羋王妃很是高興，「離秦多年，我也想念咸陽了。進來坐得片刻，待楚姑收拾好便走。」白起恭謹道：「無須坐了，末將在這裡恭候王妃便是。」羋王妃笑道：「白起自家人好說，亞卿是客，不進去失禮也。」樂毅連忙拱手笑道：「多謝王妃美意，樂毅與將軍正有談興，也在這裡恭候王妃。」羋王妃目光一閃笑道：「也好，我片刻便來。」飄然進了木屋，果真是片刻又出了木屋。

白起原以為羋王妃要換衣物頭飾，方才辭謝不入，此刻見羋王妃布衣依舊，只是手中多了一支綠瑩瑩的竹杖，身後多了一個背著包袱持著一口吳鉤的楚姑，便有些後悔方才的辭謝耽擱了羋王妃與樂毅的最後話別。正在此時，羋王妃已經笑吟吟地來到兩人面前，竹杖輕輕一點道：「亞卿大人，這支燕山綠玉竹，我帶走了，曉得無？」樂毅大笑一陣道：「目下燕山，也就這綠玉竹算一樣念物了。燕國貧寒，無以為贈，樂毅慚愧。」羋王妃笑道：「本色天成，歲寒猶綠，綠竹比人心靠得住。白起，走！」說完，大袖一擺走到軺車旁跨步上車，那個少女楚姑一扭身飄上了馭手位置。

樂毅渾然無覺，對白起一拱手道：「牛車太慢，將軍與我同騎隨後。」原來在等候之時，白起的鐵鷹銳士已經卸下了一匹駕車馭馬，準備白起騎乘，不想多了一個楚姑做馭手，便少了一匹馬。樂毅清楚非常，已經吩咐護衛木屋莊園的甲士頭目牽來了三匹戰馬，他自己也棄了牛車換了戰馬。如此一來，芈王妃的軺車仍舊兩馬駕拉，鐵鷹銳士車旁護衛，樂毅白起兩騎隨後，一路車聲轔轔馬蹄沓沓，暮色降臨時分進了薊城。

將芈王妃護送到驛館，樂毅告辭去了。用過晚飯，芈王妃將白起喚進了外廳，備細詢問了咸陽的諸般變化，連白起退趙的經過也沒有漏過。芈王妃除了發問便是凝神傾聽，沒有一句評點。後來，芈王妃與白起海闊天空起來，對白起敘說了燕國內亂的經過，又說了自己如何在燕山學會了狩獵，在樂毅封地還學會了種菜，親切絮叨得家人一般。後來，芈王妃又問到了白起的種種情況，家族、身世、軍中經歷、目下爵職，顯得分外關切。白起素來不喜歡與人說家常，對王妃的詢問盡可能說得簡約平淡。芈王妃卻很認真，那真切的驚訝、歎息、歡笑甚至淚水盈眶，使白起恍惚覺得面前是一個親切可人的大姊一般，不由自主地一件一件說開去了。不知不覺，便聞院中一聲嘹亮的雞鳴。白起大是驚訝，連忙告辭。芈王妃卻興猶未盡，笑著叮囑白起日後還要給她說軍旅故事，方才將白起送出了前廳。

次日午後時分，白起的全副儀仗護送著芈王妃出了薊城，在城外會齊了前來接應的千人騎隊，向南進發了。到得十里郊亭處，樂毅與劇辛並一班朝臣為芈王妃餞行。按照禮儀，餞行是用酒食為遠行者送行，要緊處只在一爵清酒祝平安。在邦交之中，餞行原非固定禮儀程式，是否餞行全在兩國情誼與離去者地位而定。芈王妃即將成為秦國太后，且又有燕昭王口書，於是便有了樂毅劇辛率領群臣餞行。白起事先知曉且已經在行前對芈王妃說過，下令馬隊儀仗緩緩停在了郊亭之外，高聲向青銅軺車中的芈王妃做了稟報。

芈王妃淡淡笑道：「樂毅偏會虛應故事。傳話：多謝燕王，免了虛禮。」

白起拱手低聲道：「末將以為，事關邦交，王妃當下車受酒。」

芈王妃眉頭微微一皺，起身扶著白起臂膀下車，悠然走向簡樸粗獷的大石亭。樂毅劇辛並一班朝臣在亭外齊齊拱手高聲道：「參見芈王妃！」芈王妃笑道：「秦燕篤厚，何須此等虛禮？多謝諸位了。」卻釘住腳步不進石亭。樂毅笑道：「王妃歸心似箭，我等深以為是，禮節簡約便是。」一揮手，兩名內侍分別捧盤來到芈王妃與樂毅面前。樂毅捧起盤中大爵道：「燕國君臣遙祝王妃一路平安。」芈王妃微笑地打量著樂毅，只不去端盤中銅爵。瞬息之間，白起已經雙手捧起銅爵遞到芈王妃面前：「王妃請。」芈王妃接過酒爵悠然笑道：「謝過燕王，謝過諸位大臣。」逕自舉爵一氣飲盡，將大爵往銅盤中一擱，大步回身去了。

樂毅一陣愣怔，又立即躬身高聲道：「恭送芈王妃上路！」大臣們也齊聲應和，聲音參差不齊，哄嗡一片。白起連忙對樂毅劇辛拱手道：「王妃昨夜受了風寒，略感不適，亞卿大夫見諒。」樂毅笑道：「原是無妨，將軍但行。後會有期。」白起也是一聲「後會有期」大步去了。

車馬轔轔南下。芈王妃突然笑了：「白起，生我氣了？」白起走馬車旁，一時沒有說話。芈王妃一聲歎息：「惜乎世無英雄也！一個人胸有功業，便要活到那般拘謹麼？」白起不知如何應對，也是一聲歎息。從此，芈王妃一路不再說話，只是頻繁地換車換馬，一路交替顛簸，馬不停蹄地到了咸陽。

第三章　東方龍蛇

一、邦有媛兮　不讓鬚眉

秦武王的葬禮完畢，咸陽剛剛鬆了一口氣，旋即又緊張起來。

這次是甘茂與魏冄起了摩擦，先是小彆扭，接著起了衝突，相互都堅持著要罷黜對方。嬴稷剛剛即位，兩眼一抹黑，夾在中間不知如何是好，索性閉門不出以靜制動，只是等芈王妃回來。

說起來，這次是因了秦武王的葬禮。秦武王年輕暴亡，一切都沒有預先謀劃，甘茂與魏冄便在諸多細節上有了歧見。甘茂主張按照最隆重禮儀安葬秦武王，朝野舉哀一月，行國葬大禮。魏冄則認為秦孝公秦惠王尚且無此等鋪排，秦武王無功暴死，咸陽舉葬足矣，不當擾民一月。兩人當殿爭辯，大臣個個騎牆，唯獨咸陽令白山支持了魏冄，甘茂只有無奈讓步。接著為安葬墓地又起爭端。秦國君主向來安葬在雍城老墓園，老秦人稱為「雍州國公陵園」。自秦孝公開始，秦惠王隨同，都葬在了咸陽北阪的松林塬，莽莽蒼蒼，氣象自然比雍州陵園大為宏闊。秦國朝野也都將咸陽秦陵看作秦國大功君主的墓地。甘茂感念秦武王知遇大恩，一力主張將秦武王安葬在咸陽北阪。也是心裡有氣，甘茂不與魏冄商議，便用大印發下丞相書令：咸陽北阪即時動工興建陵園，限旬日完工。修建陵墓要咸陽令徵發勞役，白山覺得工程太大期限又太緊，便來找魏冄商議。魏冄稟性剛烈，一聽怒火上衝，對白山說一聲：「此事你莫再管！」便帶著嬴顯來丞相府找甘茂理論。

兩人在丞相府國事堂吵得面紅耳赤。魏冄說，雍州有現成一座陵園，何須再勞民傷財？甘茂說，公墓在雍州，王墓在咸陽，不能亂了國家法度。魏冄說，秦法無私，嬴蕩誤國無功，當回到祖宗面前自省，不當在咸陽陵園充數。甘茂揶揄冷笑說，若不是嬴蕩無功，你魏冄豈有今日？此話一出，連新君嬴稷也隱隱包了進來，旁邊的嬴顯也脹紅了臉。魏冄勃然大怒高聲吼道，天下為公，唯有才德者居之；大臣不思國家艱難，只在王宮做工夫，枉為名士也！於是兩人各不相讓，相互譏刺，各自黑著臉拂袖而去。甘茂深悔自己當初不慎，將一個狂妄不知感恩的霸道小人引進了朝堂，於是連夜上書嬴稷，堅執請求罷黜魏冄的櫟陽令之職，否則「臣將歸隱林泉」。魏冄也是無法平息怒火，同樣連夜上書嬴稷，堅請罷黜甘茂此等「不知理國，唯知鑽營之誤國奸佞」！

這番波浪一起，給本來動盪不寧的咸陽更添了幾分亂象。朝臣惶惶，無人敢於主事。嬴稷無奈，夜訪樗里疾求教。這個老丞相畢竟睿智，聽完嬴稷一番敘說，點著手杖嘿嘿笑道：「做事，魏冄在理；做人，甘茂在理。老臣敢問我王：此番即位，做事第一，做人第一？」嬴稷板著臉道：「老秦規矩，幾曾做人第一了？」樗里疾目光大亮，篤篤點杖道：「既如此，沒有解不開的死結。我王明日朝會便是。」

次日朝會，嬴稷申明只決一事——先王如何安葬？餘事一概不論。甘茂魏冄各自慷慨陳情，殿堂又是一時沉默。此時，樗里疾帶著一班白頭元老上殿，異口同聲地請求將秦武王安葬回雍州陵園。樗里疾沒有嘿嘿一聲，點著手杖黑著臉道：「武王在位兩年餘，丟棄連橫，不修國政，仗恃一己武勇而無端樹敵於天下，一朝暴亡，正見天道昭昭。若得配享孝公、惠王之側，獎功罰過之秦法何在？老臣一言，我王定奪。」這番話一出口，舉殿肅然無聲。甘茂尷尬得無從反駁，一怒之下，拂袖去了。

安葬難題解決了，急需整肅的朝政卻是誰也不敢下手。嬴稷又求教於樗里疾，老丞相又嘿嘿一笑：「急不得，急不得，沒有殺伐決斷之力，還是等等再說。」嬴稷雖是聰明睿智，但想到這些權臣在朝野都是盤根錯節，不得死士襄助如何能去觸動？歎息之下，索性深居簡出了。

此時，羋王妃回到了咸陽。

旬日之間，羋王妃的小小寢宮門庭若市。先是甘茂捷足先登，單獨與羋王妃會談了整整一個白天。接著是魏冄，又與羋王妃整整說了一個通宵。沒得休憩片刻，羋戎、嬴顯又相繼前來密談，直到暮色降臨。夜來正要歇息，又是白頭元老三三兩兩地前來拜謁，一則探望這位多年不見的昔日王妃今日太后，二則便是漫無邊際的絮叨。偏羋王妃絲毫不見疲態，來一撥應酬一撥，笑臉春風人人滿意。如此三五日一過，又是昔日的老宮女老內侍見縫插針絡繹來見，人人都要說一番思念之情，都請求再回到太后身邊。羋王妃好耐心，對這些下人分外在心，一一接見撫慰，多少都要賞賜一些物事，能留則留，不能留便安插到宮中作坊做個小頭目，又是皆大歡喜。與此同時，元老大臣的妻妾也一茬一茬地來了。這些妻妾不言國事，帶著各色珍貴禮物，帶著年少的兒子女兒，有親情的敘親情，無親情的訴說仰慕之心，熙熙攘攘絮絮叨叨，羋王妃照樣一團和氣，人人皆大歡喜。

嬴稷自然是天天要來拜望母親，可每次來都逢母親與人說話，不是密談，便是賓客滿堂，白日如此，夜晚如此。旬日之間，嬴稷竟沒有和母親坐下來說一句話。好容易插得一個空兒，母親卻打了個長長的呵欠，剛剛看得嬴稷一眼，便伏在座案上睡了過去。嬴稷大是生氣，下令楚姑守在寢宮門口，不許任何人晉見太后。說也奇怪，楚姑提著吳鉤往宮門一站，三日之中竟無一人求見，與前些日的熱鬧相比，幾是門可羅雀。羋王妃也是不可思議，三日大睡，不吃不喝，直到第四日方才醒來。

「母親如此拘泥於俗禮酬酢，委實令人不解。」嬴稷實在忍不住，第一次對母親生了氣。

「你何時能解，也就成人了。」羋王妃沒有生氣，微笑地看著兒子，逕自梳攏著長長的黑髮，「還有幾個人沒有來過，得我去看望了。」

「還有人沒來過？」嬴稷不禁驚訝了，「人流如梭，門庭若市，還有誰沒來？」

「老丞相樗里疾、咸陽令白山、前軍主將白起。曉得了？」

嬴稷笑道：「樗里疾是老疾不便出門，白山是不想湊熱鬧，白起剛剛迎接母親回來，來不來有甚要緊？母親倒是計較。」

羋王妃看了兒子一眼：「你懂個甚來？好好學著點兒。這三個人才是柱石，一個是元老魁首，兩個是大軍司命，若是白氏生變，你那兵符也不值幾兩！」

嬴稷不以為然道：「此次大事由舅公執掌運籌，丞相兼領上將軍甘茂鎮守咸陽，此兩人才是柱石。」

「稷啊，不能勘透人事者，何以為君？」羋王妃歎息了一聲，「你舅公魏冄才具宏闊，但稟性剛烈，霸氣太過，可靖難平亂，可治國理民，卻不可長期秉政。甘茂者，志大才疏，機變有餘而心胸狹隘，分明無兵家之才，卻領受上將軍要職，看似權兼將相，實則一權難行。否則，他何以要將這場功勞拱手送於你舅公？這便是他的虛榮處，既無根基，又無大才，卻總想在權衡折衝間建功立業。此等人物可維持朝局，不可開拓大功。嬴蕩以甘茂為柱石，下場如何？你又視甘茂為柱石，想重蹈覆轍麼？想落萬世罵名麼？」

嬴稷驚訝了。在他的心目中，母親從來只是個智慧賢良心志堅韌的女人而已。為了兒子的安危，母親可以驚人的耐心在燕國周旋。然則，那是母親的護犢之情，嬴稷從來沒有將這些作為往才能方面去想，甚至本能地覺得，一個好母親該當如此。母親極少談論國事，更沒有過條分縷析地臧否過人物朝政，反而是對嬴稷在艱難的人質日子裡經常冒出來的雄心與見解，一概地大加褒獎。於是，嬴稷更加認為母親只是一個慈愛賢良的母親而已，從未想到過她能在國事上有過人見解，等候她回來，原本也只是指望她穩住那些白髮元老而已。正因為如此，嬴稷對母親回到咸陽後的多方應酬才生了氣——見見老人消消鬱悶便行了，如此來者不拒，真是婦人之仁！這種生氣埋怨在燕國也是常有，尤其是在樂毅來訪之後，嬴稷幾乎每次都要生一陣氣。然則，母親對他的埋怨生氣似乎從來不放在心上，總是一句話一個微笑輕輕蕩開，依舊我行我素，從來不多說。今日母親破例了，一席話使嬴稷深為震撼。對舅公，對甘茂，母親的評點簡直是入木三分，自己內心隱隱約約的念頭，母親三言兩語點個通透。

嬴稷天賦極高，本來就是罕見的少年早成，如何掂不來其中分量？想想自己的柱石之說，不禁大是慚愧，對著母親深深一躬：「母親所言大是，稷受教。」

「稷，我是這般想。」羋王妃似乎根本沒有在意兒子少有的鄭重恭謹，從銅鏡前站了起來道，「咸陽大勢初定，目下要務是理清這團人事亂麻。這種開罪於人的事，你不要出面，娘替你料理了。日後朝局納入正軌，你去建功立業便了。」

「母親所言，稷所願也！」嬴稷輕鬆地長吁了一聲，「我要多讀書，多看一陣，心裡才有底。只是累了母親，兒心難安。」

羋王妃笑了，親切地拍了拍少年嬴稷的頭：「喲，一朝做了國君，長大成人了。說得好！你是要多讀些書，多經些事。你幼時離開咸陽，離開父王，對朝局大政所知甚少，是要多看看多想想，學會如何做個好君主。曉得無？你父王當初也是遠離國政多年，回到咸陽後跟商君歷練了五年國政，才放開了手腳。」

「知道了。稷定然像父王那般沉得住氣。」嬴稷說了句教母親高興的話，低聲問，「母親以為，從何入手可理亂象？」羋王妃笑道：「這便開始學了？聽著了：釜底抽薪，從宮中開始。」嬴稷大是愣怔，略一思忖驚訝道：「母親是說，惠文太后？」羋王妃點點頭：「對，她是嬴壯的主根，是元老們的指望。有她在，後患無窮。」

嬴稷心中一顫，默然無對。按照宮中禮法，惠文太后是他的正宗母親，羋王妃是他的生身娘親。雖然秦國不像中原列國那樣拘泥，但在名義上還是如此這般的。況且惠文太后端莊賢良，對每個王子都是慈愛有加督導無情，只是因了羋王妃堅持要自己撫養嬴稷，且寧肯離開秦惠王也要陪著兒子去燕國，否則，嬴稷可能也會在惠文太后的身邊讀書長大了。雖然嬴稷不曾在惠文太后膝下生活，卻也對惠文太后有一片敬慕之心，乍聽母親一說，不由自主的心中冰涼。

這種默然如何瞞得過羋王妃眼睛？她看看嬴稷一聲歎息，聲音卻是冰冷清晰：「稷啊，王權公器，概無私情，古今如此。要做大事，要立霸業，便得掃清路上的一切障礙，縱然是你的骨肉血親。有朝一日，娘如果成了絆腳石，你也必須將娘掃開。這便是公器無私。既做國君，這是鐵則。誰想做仁慈君主，誰就會滅亡。」

「娘……」嬴稷不由自主地一抖，喃喃道，「先祖孝公，不是威嚴與仁慈並存麼？」

芈王妃冷笑道：「誰個說的？孝公終生不用胞兄嬴虔，卻為何來？縱然嬴虔始終支持變法，臨終之時，孝公還要處死嬴虔。若不是嬴虔以祕術假死，豈能後來復仇殺死商君？你父王更不消說，車裂商鞅，架空嬴虔，遠嫁櫟陽公主，用親生愛子做人質，又是所為何來？往遠說，雖是聖王賢哲，為了維護權力，也照樣得鐵了一顆心。舜逼堯讓位，禹逼舜讓位，伊尹放太甲，周公挾成王，哪朝哪代沒有權力相殘？你只記住一句話：王權是鮮血澆灌出來的，沒有鮮血澆灌，沒有王權的光焰！」看著目光驚愕的兒子，芈王妃冰冷的面容綻開了一絲笑意，「自然，娘說的只是一面之詞。歷來國君之大者，功業自是第一。有了富國強兵的大功業，君王的鐵石心腸也才有得落腳處。否則，千夫所指，眾口鑠金，你也就只是個人所不齒的暴虐君主而已。」

嬴稷終於鬆了一口氣：「娘是說，鐵著一顆心，為的是建立帝王功業。」

「喲！儂曉得了。」芈王妃不自覺冒出一句吳語，表示了對兒子的衷心讚賞。

嬴稷一走，天落黑了。芈王妃三日睡來，精神大振，草草進過晚飯，立即喚來楚姑一陣低聲叮囑。楚姑點點頭回到自己的寢室準備去了。大約三更時分，一道纖細的身影飛出了這座庭院，從連綿屋頂悠然飄到了寢宮深處。

在整個後宮的最深處，也就是最北面，有一座獨立的庭院，背靠咸陽北阪，面臨一片大池，分外清幽。這便是秦國獨一無二的太后寢宮。此刻，除了宮門的風燈，宮中燈火已經全部熄滅。但這裡卻有一點燈光，透過白紗窗灑在靜靜的荷花池中，在月黑之夜分外鮮亮。在這片隱隱光亮之中，一葉竹筏無聲地穿過密匝匝的荷葉，飛快地逼近了亮燈的大屋。在竹筏靠近岸邊石欄時，一個纖細身影倏忽拔起，輕盈地飛上了亮燈的屋頂。

高高的一座孤燈照著寬敞簡約的書屋：一圈本色木架上碼滿了竹簡圖策，一座劍架立在書架前，橫架著的一口長劍已經是銅鏽斑駁了，書屋正中的大案上有一副紫紅色的秦箏，箏前端坐著一位白髮如雪的老者，若非那撒開在坐席上的大紅裙裾，誰也不會從那枯瘦的身軀看出這是個女子。她肅然端座案前，手中撥弄著秦箏，時不時長長地一聲歎息。

「惠文太后，因何煩惱？」一個吳語口音的甜美聲音在幽靜的大屋盪了開來。

「是芈八子之人麼？」白髮女子依舊肅然端坐著。

「太后明銳，小女子無須隱瞞。」甜美的聲音飄盪著。

「一朝掌權，痛下殺手，芈八子何須出此下策？」白髮女人舒緩地撫弄著竹簡。

「太后年高，無疾而終，當是上策。」

「請轉告芈八子：她可以殺我，然不可以誤秦。」白髮女子的聲音突然嚴厲，「否則，她將無顏見先王於九泉之下！」

「小女子謹記在心。」

白髮女子站了起來。那座劍架輕輕地搖晃了一下。燈光下，她是那樣枯瘦衰老，彷彿全部的血肉都乾涸在了那副嶙峋的骨架裡。一副瘦骨高挑著空蕩蕩的大紅長裙，襯著雪白的長髮與蒼白的面容，在影影綽綽的燈光下森森可怖。若在平日，任誰也想不到這是昔日風韻傾國的惠文后。她空洞的眼神盯住了那座劍架，歎息一聲道：「姑娘，你站在那裡給我聽著：嬴稷雖是芈八子所生，但更是先王骨血，是秦國君主。本太后，給嬴稷留下了一件鎮國利器。芈八子，一定要妥善地交付於他。」說罷走到屋角一口大銅箱前輕輕一叩，「這口銅箱。這是鑰匙。」噹啷一聲，一支六寸長的銅鑰匙丟在了箱蓋上。

「小女子謹記在心。」甜美的聲音微微發顫，依舊是那樣恭謹。

白髮女子轉身，背負雙手，坦然發問：「說，想教本后如何去法？」

少女似乎有了一種感動：「太后請坐。小女子當報太后謀國之心。」

白髮女子走到大案前席地就座，猛然揮臂而下，秦箏突然間叮咚而起，沙啞的嗓音發出激越悲傷的吟唱：

幽幽晨風　莽莽北林
未見君子　欽欽憂心
如何如何　忘我實多
隰有桃李　山有松柏
未見君子　蕩蕩癡心
如何如何　忘我實多
……

戰國樂諺：激哀之音，莫大秦箏。這種樂器原本是馳驅馬背的老秦部族所發端，因其激越悲愴而又急促渾厚似兵爭之象，故名之為箏（爭），時人稱為秦箏。此等激哀之器夜半大作，更有心碎待死之絕唱相伴，激越迴盪，令人心痛欲裂。

秦箏歌聲中，劍架後走出了一個黑色的纖細身影。只見身影在惠文后身後遙遙推開，雙手虛空按摩一般，一團淡淡熱氣生出撲向秦箏，濃濃熱氣中閃爍出一束極細的七色光芒，直貫入惠文后腦後。

惠文后迷惘地呻吟了一聲，似乎懷著甜蜜的夢幻微微一抖，隨即撲倒在了大案上，滿頭白髮頓時撒滿了秦箏，只聽轟然一聲大響，秦箏弦斷聲絕。

纖細的身影顫抖著走到案前，納頭一拜，倏忽消失了。

次日清晨，甘茂接到宮中長史急報：惠文太后不幸薨去。此時新君方立，一切大政事務還都是甘茂的丞相府料理處置。雖然這是宮中事務，但太后喪葬歷來在國事之列，須得有外臣主理。甘茂立即下令知會太醫令、太史令會同前往，以定死因，以入國史。

日上三竿，三方會齊，方才進了王宮。及至太醫令仔細勘驗完畢，甘茂便問是何病因？太醫令搖頭歎息道：「面如嬰兒之恬淡，無疾而終。以情理推測，當是憂喜過度，心力交瘁而亡。」甘茂鬆了一口氣，轉身問太史令：「如何刻史？」太史令拱手道：「秦王嬴稷元年七月十三，惠文太后薨，無疾。」甘茂點頭道：「惠文二字，原是惠文王謚號，做了太后名號倒也貼切，便是這般了。」轉身吩咐長史，「即刻通會秦王與芈王妃，勘驗之後再定葬儀。」長史匆匆去了。

片刻之後，秦王嬴稷與芈王妃匆匆來到。進得太后寢宮書房，卻見物事齊整，除了那一頭不忍卒睹的白髮與那乾癟的身軀，太后伏案如安眠一般祥和。芈王妃一見，撲上去抱住了惠文太后的屍體放聲痛哭：「姊姊呀！芈八子正說要來看你，你卻如何匆匆去也！」一陣哽咽窒息，當場昏了過去。一時人人感慨唏噓，哭聲一片。

好容易芈王妃甦醒過來，甘茂便會同諸臣並國君王妃勘驗遺物。這也是例行公事，以確定遺物歸屬而不致生出爭端。若死者對諸般遺物沒有明確遺命，則由長史分類清理，上報國君處置。對於與國君同禮的太后，最重要的自然是書房，所以先行勘驗書房。及至一件件看過，並無特異之處。正要移到寢室，長史卻道：「稟報丞相：屋角尚有一口銅箱。」甘茂道：「打開了。」長史拿起箱蓋鑰匙一捅，銅箱「嘭」地跳開，箱面赫然一方白絹，暗紅的血字怵目驚心：「嬴稷謹記：《商君書》國之利器也，長修之，恆依之。棄商君之法者，自絕於天下也！慎之慎之。」拿開白絹，是整整一箱綑紮整齊的竹簡。

嬴稷從長史手中接過白絹，面色蒼白，一聲哽咽：「母后！嬴稷來遲了……」已軟倒在了銅箱上。芈王妃抹著淚水笑道：「秦王挺起來。這是惠文太后的遺願，豈能以淚水沒了？」嬴稷踉蹌站起，捧著白絹轉身對著惠文后屍體深深一躬道：「母后，嬴稷記住你的話了。」

甘茂大是感慨道：「秦王不知，老臣曾聽惠文王說過，這《商君書》共八十卷，是先王姑母熒玉公主於二十年前祕密派人送來也。舉世唯此孤本，連老臣也是第一次得見。只是這，這……」甘茂突然尷尬地打住了。

芈王妃笑道：「丞相是想說，這《商君書》為何沒有留給先王嬴蕩，是麼？」

甘茂大窘。秦武王嬴蕩已經被朝野看作蠻勇君王，雖不能說壞了商君之法，卻也是沒有弘揚秦法大業的荒誕君主。秦惠文王沒有將《商君書》傳給嬴蕩，分明是一件尷尬的事。加之甘茂歷來受秦武王重用，幾乎是人人皆知的事實，話到口邊生生縮了回去，卻又被芈王妃一語道破，更是難堪。

嬴稷沒有理睬，肅然一揮手道：「長史，立即護送《商君書》到政事堂密室。」長史匆匆去傳喚甲士了。芈王妃微微一笑，彷彿剛才只是一句笑談而已，看著甘茂道：「丞相，惠文太后大德大功，當以王禮隆重安葬，如何？」

甘茂慨然拱手：「臣亦贊同！秦王下書，臣立即發喪。」

次日，秦王嬴稷書告朝野：惠文太后薨，旬日之後行國葬。此謂發喪，也就是將死亡消息通告國人。按照春秋時期諸侯國葬禮儀，發喪之後，是朝野舉哀，禁止飲酒舉樂；死者屍體要在榻上停留幾日，而後入殮進棺；進棺之後再停留五日，稱為殯；殯後再停留五個月，而後送葬入土。這一整套葬禮走下來，幾乎是整整半年，還不說葬禮之後的守陵長短。「在床曰屍，在棺曰柩，動屍舉柩，哭踴無數」，整整半年之內，生者天天都要痛哭無數次，任你多麼重要的事體也得停下。唯其如此，到了戰國時期，這種耗時耗財摧殘生者身體的葬禮已經大大簡化，各國都是據實而行，不拘長短。

目下正在盛夏酷暑之日，縱有大冰鎮之，屍體靈柩又能停留得幾日？甘茂當機立斷，將停屍三日改為一日，再加太醫令勘驗證實死者確實不能復生，方才入殮進棺。之所以如此，在於這喪禮環節中「停屍三日」是關鍵，其他環節的壓縮往往容易被人接受，停屍日期的壓縮則往往會招來朝野指責。其中緣由，便在這「停屍三日」來源於古老的對起死回生的祈盼。

古人以為，人死之後，魂靈尚在飄盪，孝子親屬的哀哀痛哭，往往能使死者還魂再生。事實上，也曾經有過死而復生的故事。於是，停屍三日以祈禱死者還魂再生，便由祈盼變成了葬禮必須遵守的環節。《禮記·問喪》備細解說了這種緣由：「死三日而後斂者，何也？曰：孝子親死，悲哀志懣，故匍匐而哭之，若將復生然，安可得奪而斂之也？故曰：三日而後斂者，以俟其生矣！三日而不生，亦不生矣，孝子之心亦衰矣。家室之計，衣服之具，亦可以成矣。親戚之遠者，亦可以至矣。是故聖人為之決斷，以三日為之禮制也。」

甘茂精明，同時將太醫令對惠文太后的勘驗診斷與太史令的刻史斷語，專發了一道丞相文告於各官署郡縣。秦王嬴稷行親子大禮，麻衣重孝，辭政守屍，哀哀之情令朝臣下淚。羋王妃也是一領麻衣，親自看著女巫為惠文太后入殮，並親手將秦國王室最珍貴的一件雪白貂裘放進了棺槨，白頭元老無不為之動容。旬日之後，咸陽再次舉行國葬大禮，惠文太后被安葬在北阪秦惠文王的山陵一側，這件事終於告結束了。

國葬一畢，嬴稷除去重孝，一頭埋進書房揣摩《商君書》去了。回咸陽半年，他實實在在地覺得自己的器局才具大是欠缺，不說人事難以勘透迷霧，便是國事，也斷不出利害根本，若有幾次大錯失，這王位也未必坐得穩當。這是戰國大爭之世，外戰頻仍，內爭迭出，幾個大錯下來，不是外戰亡國，便是內爭失政，要想建功立業做真霸主，先得自己精剛剛一身是鐵。否則，這天下第一強國的王冠不是枷鎖，便成墳墓。與其此時毛手毛腳地坐在王座上發號施令，何如潛心打造自己？從母親回來後對咸陽朝政的評判料理看，母親完全有魄力坐鎮國政，自己急吼吼上前，非但不足以服眾，且可能畫虎不成反類犬焉。想得明白，嬴稷便深居簡出，除了禮儀需要，整日的在書房與典籍庫裡徜徉。

芈王妃大大地忙了起來。惠文太后安葬之後，樗里疾等一班老臣上書，請尊芈王妃為惠太后，名號自然也從的是秦惠王了。甘茂聞訊，別出心裁地上書，請為太后另立名號，以示大秦新政之發端。此舉得魏冄芈戎嬴顯白山白起等一班新銳呼應，又經秦王嬴稷首肯，便進芈王妃為太后，定名號為「宣」。宣者，大玉也（璧大六寸為宣），布新也，合起來是「大玉布新」之意。於是，芈王妃成了宣太后。

名號既定，宮中之患已了，宣太后放開了手腳。她先祕密探訪了老丞相樗里疾，安定了一班元老重臣，再探訪了咸陽令白山，與白山密談了整整兩個時辰。過了兩日，宣太后一輛輜車直奔藍田大營，在已經回到軍營的前軍主將白起的大帳裡盤桓到天亮。回到咸陽，宣太后召來魏冄、芈戎與嬴顯三人議事。魏冄一看全是芈氏族人，不禁皺眉道：「當此非常之期，老姊姊召來家人在宮中聚商，不怕物議麼？」

宣太后冷冷道：「但為國事，何懼物議？此處沒有姊姊，只有太后，儂曉得了？」

芈戎怕魏冄生硬，打圓場笑道：「太后有事便說，左右我等聽命便是。」

宣太后點著手中那支碧綠的竹杖：「我先說得明白，芈氏入秦二十餘年，今日始有小成。能否成得氣候，便在我等事秦之心。」

芈戎點頭道：「我等芈氏，與楚國王室芈氏相去甚遠，在楚國已經沒有根基牽連，自然是以秦為家為國，太后何慮之有？」

「話雖如此，卻也未必。」宣太后板著臉道，「只怕手中有了些許權力，有人便要胡亂張揚了。」

魏冄目光一閃，慨然道：「太后所慮者，魏冄而已。我今日立誓：但有不軌，任憑處置！」

「單單立誓不行，我要與你等三人約法三章。」宣太后鄭重地站了起來，每說一句竹杖重重一點，「其一，不得與楚國王室有任何來往。其二，不得與秦國王室任何人為敵。其三，但處公事，不得相互徇情枉法。你三人想想，若做不到，當下說話！」辭色凌厲，與平日的滿面春風大不相同。

一直沒有說話的嬴顯吭哧著道：「只是這，這第二條難辦。兒臣縱然容讓，王室有人硬是與我糾纏，如何計較得清楚了？」他是宣太后從楚國接來的兒子，本姓芈，入秦而改姓嬴，雖是小心謹慎，卻也多有王室子弟冷嘲熱諷說他是「隔山王子」，有此顧慮，原也平常。

宣太后冷笑道：「只要你心在功業，是非自有公斷，何來個不好計較？原是你心中出鬼。」絲毫地不留情面。嬴顯還想辯駁，終究沒有開口。

「太后之言，是為至理。魏冄遵從。」最是桀驁不馴的魏冄率先認同。

「芈戎遵從。」

「兒臣聽命。」嬴顯雖心有顧忌，還是明朗地表示了認可。

「這便好！」宣太后篤地一點竹杖，「我芈氏一族，也將刻進大秦國史。」

三日之後，咸陽舉行了新君即位後的第一次盛大朝會，秦王嬴稷與宣太后並坐高高王座，主旨只有一個：論功行賞，理清朝局。秦王當殿頒布王書：擢升魏冄為丞相，恢復樗里疾右丞相之職，二人總領國政；封芈戎為華陽君，兼領藍田將軍；嬴顯為涇陽君，兼領咸陽令；白山為櫟陽君，兼領櫟陽令；白起為左更，兼領前將軍。王書宣讀完畢，舉殿歡呼，一片生氣。

頒布王書之後，宣太后說話了，雖然是滿臉帶笑，話卻扎實得擲地有聲：「我有兩句話說。歷來新君即位，都要大赦罪犯，都要滿朝加爵。然我大秦從商君變法起，便廢除了這兩個舊規矩。這規矩廢得好，國法如山，雖君王而不能移。耕戰晉爵，雖王族而無濫封。功勞爵位是要自己掙的，不是憑改朝換代混的。方才擢升之臣，職是實職，爵，卻都是虛爵，沒有封地。因由何在？是他們功勞還不夠。「無功之爵，加身猶恥！」這話是白起說的。大秦爵位二十等，依白起之大功，左更前將軍才第十二等，誰不說小？可白起歷來是無戰功拒晉職爵，連左更都連辭了三次。這是大秦臣工的楷模！因了白起風範，我已經事前對方才擢升之臣言明：任職半年，無功即行罷黜。大爭之世，無功便是過！曉得了？人都說『主少國疑。少做事，混功勞』。錯也！誰指望在老身這雙老眼下翻雲覆雨，混個高爵，你便來試試。」

一席話落點，舉殿肅然無聲。宣太后誰也不看，點著竹杖篤篤去了。

最驚訝的還是甘茂，他確實愣怔了。丞相沒有他，上將軍呢，似乎還掛著個虛名，但仔細一想，有了白起這個左更前將軍，他這個上將軍還不明是個擺設？何時拿掉，已經只是個早晚了。回到府中，甘茂憤懣之極，覺得自己總算也是楚人，宣太后如此做法未免太過無情，當初假如不是自己穩住秦國局面，而是與嬴壯同謀，豈有宣太后母子今日？然則，這便是權力官場，關涉的只是實力與利害，自己又能如何？多年來，自己一心只在宮廷經營，既沒有朝臣人望與庶民根基，又沒有軍中實力，雖說是權兼將相，可從來都沒有統攝過國政一日，一朝被半罷黜半冷落，沒有一個實力人物為自己說話。如此秦國，難道還要耗在這裡麼？鬱悶在心，甘茂交了政務，稱病在家了。

過得幾日，忽然傳來一個驚人消息：齊國要起兵滅宋！甘茂心思靈動，立即上書秦王，請求出使齊國。甘茂自然知道主政的是宣太后，但他已經從宣太后的作為中看出：宣太后不會公開主政，一切國事都還是以秦王的名義處置；雖然是上書秦王，然首肯此事，還得宣太后。

果然，上書次日，宣太后在東偏殿召見了甘茂。宣太后親切地撫慰了甘茂，絮絮叨叨地說了許多表示歉意的話，竟容不得甘茂訴說。自然，也是甘茂不想多說。他知道，越是訴說，越是討人嫌。末了，宣太后笑著切入了正題道：「齊國滅宋，與我井水不犯河水。上將軍出使，這國書如何寫法？」顯出一副全然不諳邦交的樣子。

甘茂心中明白，正色拱手道：「齊國滅宋，看似與我井河無犯，實則大大相關。齊本強國，若再滅宋，國土人口驟增，頓時獨大中原而無可抗衡。其時野心膨脹，也必然成為合縱抗秦之中堅，秦國連橫當大受挫折。萬一有差，秦國被再次鎖於函谷關之內，豈非前功盡棄？唯其如此，臣以斡旋齊宋衝突為名，實則尋求遏制齊國之策。太后以為然否？」

宣太后點頭笑道：「是個事，也沒那麼厲害。想去便去，走走轉轉開開心也好。」

「敢問太后：上將軍印暫交何處為好？丞相府還是前將軍？」

「放我這裡了，也免他等與你聒噪。」

甘茂便這樣輕而易舉地得到了宣太后的允准，心中空蕩蕩的更覺得人情蕭瑟。及至到丞相府辦理國書，署理公務的卻是老丞相樗里疾。這個鬚髮已經雪白臉卻依舊黝黑的老臣子坐在大案前沒有起身，只是嘿嘿一笑道：「尊駕不愧文武全才，這回又要做縱橫家，老夫實在佩服也。」說著伸出長長的手杖，一點對面的書案，「尊駕久為長史，公案老吏了，自己動手。老夫出不得手了。書吏動筆，只怕未必入尊駕法眼。」叨叨幾句，甘茂不好推脫，也不再多說，坐到書案前鋪開一張羊皮大紙，略一思忖揮毫疾書，不消片刻，國書已經擬就。甘茂看看老態十足完全沒有起身意思的樗里疾，捧起羊皮紙起身放到他面前笑道：「老丞相看過了。」樗里疾嘿嘿笑道：「看甚？用印。」一名年輕的掌印吏捧來一方銅匣打開，在羊皮紙的留空處蓋下了鮮紅的陽文方印。

甘茂笑道：「多謝老丞相。我進宮蓋王印去了。」樗里疾嘿嘿笑道：「左右是公事，尊駕歇息便是，教後生們多跑跑腿。」甘茂自然知道，這原本便是丞相府的事務——特使一旦奉命，一應文書皆由丞相府之行人署辦理。他之所以想親自進宮，實際上是想見秦王一面，看能否在最後時刻改變自己心中的那個決策。此刻見樗里疾如此嘿嘿嘿將這樁公事攬了過去，卻不知這頭老狐的虛實，想想也不能妄動，就座笑道：「好！我陪老丞相說番閒話。」

有一搭沒一搭地說了幾句，甘茂突然問道：「老丞相識得孟嘗君否？」樗里疾嘿嘿笑道：「你說孟嘗君？此等貴公子，老夫如何識得？」甘茂又道：「老丞相以為，目下齊國何人當道？」樗里疾又是嘿嘿道：「齊國齊國，自然是齊王當道，用問麼？」甘茂搖頭道：「只怕未必，齊王田地乃新君，能左右孟嘗君田文、上將軍田軫、上卿蘇代一干權臣乎？」樗里疾恍然笑道：「尊駕所言極是，入齊必得從此三人著手。」甘茂不禁哈哈大笑。

片刻之間，掌印吏返回，甘茂帶著國書並一應關防文書走了。

甘茂剛走，魏冄匆匆回到丞相府來找樗里疾。魏冄說了一個重要消息：邊地斥候密報，甘茂妻小家眷已經於三日前出了咸陽，正隨楚國商人的車隊南出武關！魏冄之意：立即稟報太后，命藍田大營派出一支鐵騎追回。樗里疾搖搖頭笑道：「天要下雨，娘要嫁人，隨他去。」魏冄急道：「甘茂多年將相，若通連外國，秦國豈不盡失機密？」樗里疾嘿嘿笑道：「塞翁失馬，安知非福？太后原是有意放甘茂一馬。此中深意，日後便知。」魏冄思忖一番，似乎也揣摩出了其中道理，不再提說此事了。

暮色時分，甘茂的特使車馬出了咸陽，太陽升起時出了函谷關，向東面的齊國轔轔去了。

二、臨淄霜霧濃

秋風一起，黃葉蕭瑟，齊國便是「中酉」節氣了。

齊國文明素來自成一格，與中原有很大的不同。就說這曆法節令，中原各國是二十四節氣，齊國一年卻有三十個節氣。按照春夏秋冬四季分，齊國的春季從正月到四月上旬，有八個節氣：地氣發、小卯、天氣下、義氣至、清明、始卯、中卯、下卯；夏季從四月中旬到六月底，有七個節氣：小郢、絕氣下、中郢、中絕、大暑至、中暑、小暑終；秋季從七月到十月初，有八個節氣：期風至、小酉、白露下、復理、始前、始酉、中酉、下酉；冬季從十月中旬到臘月，有七個節氣：始寒、小榆、中寒、中榆、寒至、大寒之陰、大寒終。如此一來，春季、秋季分別是三個月還多一旬，夏季、冬季分別是兩個月又兩旬。

這種節令劃分，從春秋時期的老齊國就開始了。老人們說，這是當時齊人不善耕作，首任國君太公望為了整齊民俗，便將農耕收種與官府政令按照次序細緻編排為三十個節氣，使農人有章可循，官府督耕也大為方便。一年中最重要的是春秋兩季。春季地氣發，準備春耕；小卯，下田出耕；天氣下，春耕完畢；義氣至，修理門戶庭院；清明祭奠先祖；始中下三卯，婚娶時日。秋季期風至，準備收藏；小酉，秋收；白露下，秋收結束；復理，穀粟入倉；始前，交納賦稅；始中下三酉，婚娶時日。始寒，官府斷刑決獄，朝野進入窩冬期。

官府政令也隨節氣劃分，每季五政。春季五政：撫恤孤幼鰥寡，赦免罪犯，督民整修溝渠平整道路，裁決地界糾紛，禁止隨意捕殺狩獵；夏季五政：開挖古墓以洩地之陰氣，打開菜窖以使乾燥，禁止戴斗笠操扇子以順自然，督促種菜，整修園圃；秋季五政：禁止民人賭博，禁止口角鬧話，催督秋收，修整倉庫城牆補缺堵漏，準備過冬物事；冬季五政：斷刑決獄，撫老恤幼，祭祀祖先，捕捉奸盜，禁止遷徙。

雖然是細緻繁難，卻也是政久成習，官府與平民都覺省心。戰國時期的新齊國，也就延續下來了這種節令之政。於是，就有稷下學宮的士子做了考究，說齊國時俗是：「明國異政，民人殊俗，不及天下。」也就是說，齊國的節令時俗是一種「異政」，沒有流布天下，是獨一無二的。在中原各國都大力移風易俗簡化時政的大勢下，齊國卻依舊是這種古老的三十節氣，還當真有些特立獨行。

甘茂很熟悉齊國，知道一過「始寒」便是齊國人的窩冬季節。其時朝野盡皆蝸居，幾乎任何大事都要等到來年春季的清明之後。這「中酉」到「始寒」，只有一個多月的時日，若走動順利，心中所想之事大體上還是有個定準的。要想在齊國施展，甘茂反覆思忖，還得先見蘇代這個顯赫人物。

一進臨淄，甘茂的特使車馬直駛上卿府。門吏說，上卿拜望孟嘗君去了。甘茂精於應酬，送給門吏一袋十個裝的秦國金幣，提出請見諸侯主客。這諸侯主客是齊國掌管外事的官員，是邦交大臣的屬吏。目下，上卿蘇代執掌著齊國邦交大權，諸侯主客是上卿府的屬員，雖然不是大臣，卻執掌著迎送安排外國使節一應活動的實權。尋常時日，使節必得先行拜會邦交大臣，而後由邦交大臣根據使節的國書使命及來使身分確定來使等級，再下令諸侯主客辦理接待事宜。而今門吏揣著一袋沉甸甸光燦燦的金幣，自是高興萬分，當即將甘茂領到了諸侯主客的小官署。

甘茂一瞄這個目光炯炯乾瘦黝黑的主客吏，便知是個不好相與的能吏。門吏一走，甘茂立即捧出一口一尺多長的短劍笑道：「文事當有武備，閣下看看這口胡人獵刀如何？」主客吏一看那醬色牛皮鞘陳舊暗淡，嘴角一撇冷冰冰道：「齊國尚武之邦也，此等破刀出得手乎？」甘茂笑笑也不說話，只走到廳中劍架前取下那口三尺餘長劍：「此乃齊國武士的天池劍了？」主客吏冷笑道：「大人不入眼麼？」甘茂說聲「拿著」，將天池劍塞到了主客吏手中，然後左手一搭牛皮鞘，一道細亮的青光閃爍，胡刀業已出鞘。

主客吏目光一閃，心下明白，隨手一順天池劍嗆啷出鞘，不用看便是個劍道高手。這天池劍是齊國騎士的統一用劍，因了鑄劍作坊設在臨淄以北的天池邊，用天池水鑄劍，所以叫作天池劍。此劍精鐵鑄就，雖沒有獨鑄劍的那種懾人光芒，卻是長大厚重，威力驚人，非常適宜騎兵馬上砍殺。主客吏有此等長劍，顯見原先是一個騎兵將軍。他右手長劍一伸，嘴角一撇，左手向甘茂一勾，傲然站在了小廳中間。

甘茂微微一笑也不說話，光芒一閃，胡刀從下往上向天池劍輕輕一撩。只聽噌啷一聲金鐵交鳴，天池劍斷為兩截，前半段已經大響著砸在了青磚地面上。

主客吏大驚，連忙向甘茂深深一躬：「小吏有眼不識利器，實在慚愧！」甘茂已經將胡刀入鞘，親切自然地塞到了主客吏手中道：「此刀名雖胡刀，卻是春秋時胡人南下中原，用戰馬與吳國鑄劍師交換的。聽說，也只十多口，大都在胡人頭領之手。此刀遇你，也算異數。」主客吏惶恐笑道：「受此大禮，小吏何以回報？」甘茂笑道：「我聽上卿說過，主客吏曾為孟嘗君門客，高義武勇，心嘗愛之，何求回報也？」主客吏謙恭拱手道：「在下夷射，蒙大人獎掖，敢不效命？大人既為特使入齊，夷射先護送大人在驛館安歇。上卿但回，自當立即前來拜會大人。」

甘茂原未指望如何，只想先在上卿府的這個要害官署通個關節，以便日後經常走動方便；如今見這主客吏夷射如此口氣，竟能使蘇代來拜會自己，便知此人定然是個人物，心下自是慶幸，豁達笑道：「恭敬不如從命，聽閣下是也。」

「來人！」夷射一聲吩咐，一名書吏走了進來，拱手聽命。夷射利落下令道，「先行到驛館號定頭等庭院，迎接秦國特使！」書吏一聲答應，先行去了。夷射立即辦理了甘茂出使的一應文書勘驗蓋印，片刻完成了使節入國的各道關口，然後親自護送甘茂到了驛館，住進了最為華貴的特使庭院。一陣寒暄，夷射匆匆去了。

掌燈時分，甘茂正要出門再到上卿府，卻聞庭院門前車馬轔轔，門吏一聲高宣報號：「上卿大人到——」甘茂大是驚喜，連忙靜靜心神迎到院中。池畔的石板小徑上，一盞風燈悠悠飄來，燈下一個紅袍高冠三綹長鬚面白如玉的長身男子，遙遙看去，在夾道花木中仙人隱士一般清雅。甘茂遙遙一躬：「下蔡甘茂，恭迎上卿。」紅袍男子拱手朗朗笑道：「丞相上將軍名滿天下，蘇代何敢當『恭迎』二字？」甘茂已經迎上前來拱手道：「蘇子縱橫列國，叱吒風雲，豈是甘茂虛名所能比之，慚愧慚愧！」蘇代爽朗大笑一陣道：「人言甘茂權兼將相，威壓天下。如此謙恭，豈不折殺蘇代？」甘茂豁達地笑道：「此一時彼一時也。請上卿入內敘話，甘茂自當傾訴心曲。」說罷拱手一禮，將蘇代讓到了前邊。

蘇代原是傲岸之士，與其兄蘇秦相比，雖厚重宏闊不足，敏銳機變卻是過之。蘇秦以長策大謀縱橫天下，一介布衣開合縱先河，鼓動六國變法強國，為戰國第三次變法潮流做了皇皇基石。蘇代卻是個講求實在的人物，當初一心要將兄長的「空謀」變成實在，在燕國跟隨子之奪權謀政，想與子之合力開闢戰國「強臣當國變法」的大功業。不合子之是個志在權力，而只將變法愚弄國人的野心家，使蘇代陷進了泥潭，幾為子之殉葬。在最後關頭，蘇代大徹猛醒，逃出燕國，跑回洛陽老宅隱居。蘇秦遇刺後，蘇代又到了齊國。齊宣王敬重蘇秦，重用蘇代做了上卿，專司齊國邦交。幾年下來，蘇代利用蘇秦之聲望，加上自己的機變謀略，折衝中原，使齊國的邦交斡旋大是增色，名望鵲起，成了蘇秦張儀之後的又一個最享大名的縱橫策士。齊國新君即位，蘇代依然是齊國的赫赫權臣之一。

甘茂出使來齊，蘇代自認不出兩端：不是結盟齊國，便是阻撓齊國滅宋，心中早已謀劃好對策。不期今日一見，甘茂卻是如此謙恭，身為丞相上將軍，比他的官爵顯然高出一等，卻對他一躬到底。他沒有還此大禮，甘茂竟毫無覺察一般，一點名士尊嚴也沒有。邦交使臣，最講究禮儀對等，甘茂才智名士，如此謙卑大大地出乎預料。蘇代敏銳機變，頓時疑惑起來，面上卻依舊談笑風生不著痕跡。

進得正廳，甘茂將蘇代讓到了面南上座。按賓主之禮，蘇代來到驛館是尊貴賓客，坐於上位也不為過。於是蘇代也沒有謙讓，笑著入座了。一時童僕上茶完畢，甘茂掩了廳門入座，慨然一歎，道：「十餘年前，甘茂曾與尊兄蘇秦有過幾次交往，倏忽蘇兄亡去，令人扼腕也！」蘇代拱手一禮道：「多謝丞相念及昔日交誼。家兄泉下有知，亦當欣慰。」甘茂打量著蘇代又是感慨道：「甘茂素來敬慕蘇氏三傑，雖與上卿初識，卻是如對春風，心下倍覺甘之如飴。」蘇代笑道：「素聞丞相風骨凜然，如何來到齊國多了些許柔情，在下如何消受得起？」言語之間，顯然露出一絲譏諷意味。

甘茂面上不禁微微一紅，站起來對著蘇代深深一躬道：「甘茂落難，上卿救我。」蘇代不禁悚然一驚，上前扶住甘茂笑道：「丞相何出此言？秦齊邦交，蘇代敢不效力？」甘茂一聲哽咽道：「非為邦交，實是一己瑣事。」蘇代更是困惑莫名：「公乃強秦將相，天下第一權臣，有何等一己之難？」甘茂又是一躬道：「上卿且坐，容我分說。」蘇代落座，甘茂便從一年前進攻宜陽說起，一宗宗一件件地備細訴說，直說到自己被罷黜相職及虛空上將軍，末了感慨唏噓涕淚交流。

蘇代原是邦交縱橫人物，對秦國的大變化自然知曉，然而對其中的細緻衝突卻是不甚了了，如今聽甘茂說來，秦國這場內亂竟是驚心動魄，心中不禁怦然一動，似乎朦矓地捕捉到一絲亮光。雖則如此，面上渾然無覺，只是深重地歎息了一聲：「公之處境，人何以堪？」再沒有了下文。

甘茂一陣唏噓，突然抬頭問：「君為達士，聽過『借光』一說麼？」

「蘇代孤陋，未嘗聞也。」

甘茂一抹眼角淚水，微微一笑道：「甘茂昔年居楚。村社一女家貧，無夜織燈光。鄰家有富人女，與貧家女同在溪邊漂布。貧家女對富人女說：『我家無錢買燭，而你家燭光有餘。你若能分我一絲餘光，既助我夜織，又無損你一絲光明，豈非善舉？』富人女點頭稱是，於是兩廂得便，富人女成名，貧家女脫困，成一時佳話也。」

「在下愚魯，願公點撥。」蘇代依然困惑地眨著眼睛。

甘茂心下明白，一咬牙道：「目下甘茂困境，君卻如日中天，且必將出使秦國。唯願君有善舉，以餘光振甘茂於困窘之地。此中大恩，不能言報。」

蘇代目光一閃道：「公如何知我必將出使秦國？」

甘茂笑道：「齊國要滅宋，宋國卻親秦，齊國不通秦國，如何滅得宋國？」

「如此說來，閣下使齊，使命是遏制齊國？」蘇代目光驟然凌厲。

甘茂悠然一笑：「名義如此，實則避禍，君當見諒。」

蘇代沉吟不語，手中捧著茶盞，眼光只是看著甘茂。默然片刻，甘茂決然道：「君若助我，我必助公！」蘇代笑道：「公無餘光，何以助我？」甘茂歎息笑道：「雖無餘光新織，卻有陳年老布，如何？」蘇代大笑起身：「好！公且安歇驛館，過得三兩日，夷射自會引公晉見齊王。」甘茂順勢問道：「一介主客吏，竟能越過上卿，直然面君？」蘇代一揮手道：「公但在齊，日後自知，何須心急？告辭。」說罷飄然而去。

甘茂難以安枕，在庭院看著天上明月反覆徘徊。看來，自己日後要做逃國之臣了。雖說此等事自春秋以來屢見不鮮，單是那個犀首，就先後在十多個邦國任職，反倒是名望越來越高。但甘茂明白，大凡如犀首那樣的逃國名士，多半是因為大材小用而走，走得理直氣壯，自然落下了大才高風之口碑，他國重用也會毫無忌諱。然則，像自己這種做了丞相上將軍還要逃國的權臣名士，卻是少而又少，戰國以來，也只一個吳起而已。但吳起卻是一個特例：文可安邦治國，武可開疆拓土，出走楚國依舊是令尹權臣，數年變法使楚國強盛，率軍大敗中原諸侯而使楚國大出天下。如此千古難逢的大才能臣，縱然逃國，各國也視若珍寶。與吳起相比，自己不值一提，既沒有治國業績，又沒有名將戰功，憑甚他國要再次重用你？對蘇代折節相求，也實在是無可奈何也。蘇代似乎願意幫他脫困，然看蘇代樣子，似期待他必須有所回報。甘茂也清楚，蘇代此等人物，不是幾樣珍寶所能回報，他要的是功業襄助。往好處說，他甘茂必須輔助蘇代建功立業；往不好處說，他甘茂必須做蘇代手中的棋子甚至是工具，聽憑他的擺布。拒絕麼？自己何處安身？接受麼？真是心有不甘……反覆琢磨，甘茂還是心亂如麻，理不出個頭緒，不知不覺間天已亮了。

囫圇睡到午時，老僕匆匆來到面前道：「稟報家主：諸侯主客夷射留下一書走了。」

「夷射？他來過？如何不叫醒我？」甘茂懵懂間頗見驚訝。

「主客吏不教叫醒家主。這是留書。」老僕是從下蔡老家帶出來的老人，不管甘茂做多大的官教，他只叫甘茂做家主，絕沒有第二種稱呼。

甘茂一看這個竹管帶有「諸侯主客」泥封，認定是官文公事，及至抽出羊皮紙一看，眼睛頓時放出了光彩。紙上兩行大字是：「孟嘗君聞公入齊，欲與公晤面一敘。晚來時分，夷射當接公前往。」

甘茂連著在大廳轉了幾個圈子，才回過神來仔細揣摩這件事的意味。

蘇秦死後，孟嘗君很是被年老昏聵的齊宣王冷落了一陣子，只有回薛邑封地帶著一班門客終日狩獵校武。新齊王田地即位後，孟嘗君卻又成了齊國柱石。中原流傳的說法是：這個新齊王雄心勃勃，決意一統天下，是以重新起用孟嘗君為丞相總領國政、蘇代為上卿主理邦交、田軫為上將軍擔征戰大任，加上新君齊湣王這匹轅馬，齊國這駟馬戰車要踏平天下。

可甘茂斷事，歷來不看大政徵候，而是更重視那些隱祕的背後糾結。秦惠王曾經說他「權謀為體，非正才大道」，所以雖有張儀舉薦，甘茂也只做了長史。但不管別人如何品評，甘茂卻堅信這些隱祕的利害聯結是權力分割之根本。在有心離秦之後，他派出了祕密斥候打探齊國內情，報來的消息說：本來齊國的幾個老臣都反對孟嘗君為相，理由是孟嘗君不善治國理政；可齊湣王稟性武勇剛烈，喜歡交結猛士豪客，更喜名車駿馬與美女，與深諳此道的孟嘗君意氣相投，竟不顧老臣反對，一力起用了孟嘗君。

甘茂據此推測：不管真相如何，孟嘗君目下都是齊國第一個炙手可熱的權臣無疑；他與蘇秦休戚與共，與蘇代自然也必是交誼深厚，此兩人同盟，又必是以孟嘗君為根基。如此一來，孟嘗君的權力只會更加穩固，唯一缺憾是沒有軍權。而齊國的軍權自田忌孫臏之後，歷來都是國君親掌，上將軍只是戰時帶兵打仗而已，對國政的左右沒有多大力量。就實而論，孟嘗君的權力比齊宣王時大出了許多，甚至可以說，孟嘗君就是半個齊國。

如此一個孟嘗君，為何要在公事法度之外見他？按照齊國法度，使節來往，由執掌邦交的大臣處置，大事不決，可報丞相或國君。蘇代目下是邦交大臣，已與自己晤面，也知道了自己的處境，在沒有妥當謀劃之前，蘇代當不會將自己直接推給孟嘗君。看境況，只能是夷射報給了孟嘗君，而孟嘗君自己決意要私下會晤甘茂。

思忖良久，甘茂心中一亮，頓時有了謀劃。

屋頂的一抹晚霞剛剛褪去，軺車轔轔駛到了驛館門前。驛丞大為驚喜，還沒進頭等庭院，尖亮的聲音就傳了進來：「孟嘗君駟馬軺車到！有請特使大人——」甘茂從容含笑，賞賜了驛丞兩個金餅，帶了兩個護衛騎士來到驛館大門；抬頭一看，一輛鋥亮的青銅軺車停在車馬場中央，車廂寬大，傘蓋六尺有餘，四匹一色的火紅色駿馬昂首嘶鳴，在暮色中分外鮮亮精神。再看馭手座上，竟是夷射親自駕車。

見甘茂出門，夷射將軺車一圈，轔轔來到面前拱手道：「小吏夷射，恭迎丞相。」

一看如此車馬，如此迎客吏，甘茂便知孟嘗君仍然將自己作秦國丞相禮遇，心中一熱，面上卻只拱手淡淡笑道：「多謝諸侯主客。」向側門出來的兩名護衛騎士一揮手，跨上了寬大舒適的軺車，手扶傘蓋，腳下輕輕一點。夷射一抖馬韁，四匹火紅色駿馬同時出蹄，輕盈走馬，沓沓馬蹄伴著轔轔車輪，平穩得令人心醉。甘茂心中不禁喟然一歎：「大丈夫者，高車駿馬也。如此日月，不知能有幾多？」

軺車始終行駛在沒有車馬行人的僻靜小巷，拐得幾個彎子，進了一條幽深的石板街，來到一座石砌門樓前停了下來。門前沒有甲士，也沒有車馬場，只有一盞無字風燈孤零零地掛在門廊下。夷射跳下車拱手道：「丞相請。」便伸手來扶。甘茂自然不會教他扶著，利落下車問了一句：「孟嘗君府邸如此簡樸？」夷射笑道：「這是孟嘗君別居，等閒人來不得也。」

正說話間，門廊下走出一位精瘦黝黑的長袍漢子，向甘茂一拱手道：「貴客請隨我來。」夷射道：「丞相請先行，我安置好車馬便來。」說罷一圈駟馬，軺車轔轔轉了回去。甘茂覺得這條小巷總透著一種蹊蹺神祕，卻也不能出口，跟著長袍漢子進了石門。藉著門廊下風燈的微光，繞過一座將門廳視線完全遮擋的巨大影壁，面前豁然開朗。秋月之下，迎面一片粼粼池水，四岸垂柳，中央一座茅亭，不見一座房屋，極是空闊幽靜。長袍漢子領著甘茂走下一條深入到水面兩丈餘的石板階梯，便見石板梯旁泊著一條悠悠晃蕩的獨木舟。長袍漢子腳下一點，輕盈飛上了獨木舟，回身拱手道：「貴客但請登舟。」甘茂對舟船尚算熟悉，隨聲看去，那方才還悠悠晃盪的獨木舟，此刻紋絲不動地釘在水中，不禁大是驚訝，跨步登舟，腳下如同踩在石板路面。

「壯士好水功！」甘茂不禁由衷讚歎一聲。

長袍漢子不說話，竹篙一點，獨木舟箭一般向中央茅亭飛去，片刻之間靠上了茅亭下的石板階梯。甘茂剛剛踏上石板，便聽岸上一陣笑聲：「遠客來矣，維風及雨。」抬頭望去，只見石板階梯頂端站著一人，朦朧月光下寬袍大袖散髮無冠，恍若隱士一般。甘茂遙遙拱手一禮：「為君佳賓，憂心悄悄。」岸上人又是一聲長吟：「君子之車，駟馬玁玁。」甘茂喟然一歎吟誦道：「今我來思，雨雪霏霏。」說話間拾級而上，深深一躬道，「下蔡甘茂，見過孟嘗君。」散髮大袖者笑道：「丞相縱然有困，田文何敢當此大禮？」如此說法間卻只是虛手一扶，竟任甘茂拜了下去。甘茂老實一躬到底，直起身突兀道：「赫赫我車，一月三捷！」對面孟嘗君愣怔片刻，方才拱手笑道：「田文得罪了，請公入亭敘談。」

方才這番對答，是春秋以來名士貴胄應酬與邦交禮儀斡旋中的一種特殊較量，叫作賦詩酬答。究其實，是藉著賦詩表明自己的意向並試探對方。春秋之世，賦詩對答的風習很是濃厚，但凡邦交場合或名士貴冑聚宴，都要在涉及正事前的飲酒奏樂中反覆酬答，若有一方酬答不得體，賦詩未完便會不歡而散，連涉及正事的機會都沒有。所謂賦詩酬答，是以《詩》三百篇為大致底本，先由主人指定宴會樂師奏其中一首，然後自己唱出幾句主要歌詞，委婉地表達心跡。賓客聽了，重新指定樂曲並唱和詩句，委婉表明對主人的回答。當初，晉國的重耳，也就是後來的晉文公，在逃亡中尋求列國支持。進入秦國後，在秦穆公為重耳舉行的接風宴席上，秦穆公先後奏了四曲並親自唱詩提問。重耳在學問淵博的趙衰指點下，每曲之後唱答的詩篇都恰到好處。秦穆公大是讚賞，非但將女兒嫁給了重耳，且立即派重兵護送重耳回國即位。

進入戰國，此等拖沓冗長的曲折酬答幾乎完全銷聲匿跡了。縱是一些特立獨行的名士貴冑，也至多只是念誦一兩句《詩》表達心曲而已，且未必全部都是《詩》中語句。方才孟嘗君與甘茂的幾個對答，孟嘗君第一誦主句是《詩・小雅》中的〈谷風〉，隱含的意思是：遠方來客啊，像春日的風雨。甘茂酬答的主句是《詩・小雅》中的〈出車〉，隱含的意思是：做您的佳賓實在慚愧，我有深深的憂慮難以言說。孟嘗君第三句是《詩・小雅》中的〈采薇〉，隱含是：沒有覺察啊，君乃風光人物。甘茂酬答的第四句同樣是《詩・小雅》的〈采薇〉，隱含是：我的路途風雨泥濘，憂思重重。最後一句突兀念誦，主句「一月三捷」也是〈采薇〉名句，隱含是：我有實力，能使君大獲成功。正因了這突兀一句，孟嘗君才驚訝賠罪，甘茂才獲得了眼看就要失去的敬重。

進入茅亭，沒有風燈，一片月光遍灑湖中斜照亭下，倒是另一番清幽。甘茂笑道：「素聞孟嘗君豪氣雄風，不想卻有此番雅致，佩服。」孟嘗君一指石案兩只大爵笑道：「雅致不敢當，此處飲酒方便而已。請。」

甘茂在闊大的石案前席地而坐，只一瞥，見月光陰影裡滿當當碼起了兩層紅木酒桶，不禁驚訝笑道：「孟嘗君果然英雄海量，甘茂難以奉陪也。」孟嘗君大笑道：「論酒，你確是沒此資格。這些酒桶，是當年我與張儀一夜喝光的，留下，只做個念想了。」說罷喟然一歎，「英雄豪傑如張儀者，此生難求也！」甘茂不禁默然，想那張儀蘇秦縱橫天下，一個豪飲驚人，一個烈酒不沾，卻都一般的英雄氣度，無論為敵為友，都與孟嘗君這天下第一豪客結下了生死之交。心念及此，甘茂一聲感慨長歎：「然也！張儀明與六國為敵，卻是邦交無私情，交友不失節，英風凜凜，贏得敵手尊之敬之。此等本領，甘茂實在是望塵莫及也。」

孟嘗君笑道：「公有此論，尚算明睿。田文便不計較你這個張儀政敵了，來，先飲一爵！」也不看甘茂，逕自汩汩飲盡，酒爵「噹」的一聲到石案上，收斂了笑容，「公言一月三捷，何以教我？」甘茂放下銅爵拱手道：「鎖秦、滅宋、做中原霸主，算得一月三捷否？」孟嘗君頓時目光炯炯：「三宗大事，公有長策？」甘茂悠然一笑：「縱有長策，亦無立錐之地，令人汗顏也。」孟嘗君爽朗大笑：「公若能一月三捷，何愁一錐之地？」甘茂立即跟上：「天下皆知，孟嘗君一諾千金，在下先行謝過。」孟嘗君卻不笑了：「直面義士，田文自是一諾千金。公為策士，以策換地，卻是不同。」甘茂拍案道：「好個以策換地，孟嘗君果然爽利。甘茂亦問心無愧了。」說罷從大袖皮袋中拿出一卷羊皮紙遞過，「此乃甘茂謀劃大要，請君評點。」

孟嘗君接過羊皮紙卷，嘩地打開，就著月光瞄得片刻，不禁微微一笑：「只是這鎖秦一節，還需公拆解一二。」甘茂一聽，心知自己的謀劃已經得到了孟嘗君認可，頓時大感寬慰，站起來舒展一番腰身，在月光下踱步侃侃，備細說明秦國的朝野情勢、權力執掌與目下的種種困境，一口氣說了半個時辰。

「以公之見，目下是鎖秦良機？」孟嘗君逕自飲了一爵。

「正是。主少國疑，太后秉政，外戚當國，戰國之世未嘗聞也！」

「秦國君暗臣弱，良相名將後繼無人？」

「正是。」甘茂感慨良多，評點之間激動得有些喘息，「秦王稟性柔弱，魏冄剛愎自用，羋戎嬴顯紈袴平庸，樗里疾雖能，也是老邁年高受制於人。大軍無名將統帥，唯餘白氏一班行伍將領掌兵。宣太后縱然精明強幹，無大才股肱支撐，也是徒然。」

「我卻聽說，白起謀勇兼備，頗有大將之才。公不以為然？」

「白起者，卒伍起家也。」甘茂微微一喘，「其人不讀兵書，不拜名師，千夫長擢升前軍主將，全然因魏冄一力舉薦，並未打過任何大仗，何論兵才？就實說，此等人物戰陣殺敵尚可，率數十萬大軍決戰疆場，必是敗軍之將也。」

孟嘗君默然片刻，站起身來一拱道：「三日之後，請公晉見齊王。」

殘月西沉時分，甘茂回到了驛館。聽得雄雞一遍遍唱來，甘茂難以安枕，獨自在庭院漫漫徘徊。眼看著濃濃的秋霜晨霧如厚厚帷幕落下，天地一片混沌，甘茂心中也是一片混沌。恍惚間，甘茂覺得自己看到了咸陽，看到了自己的丞相府，不禁一聲高喊：「秦國秦國，甘茂何負於你，落得受嗟來之食！」一心中一陣顫抖，在大霧中放聲痛哭了。

三、東海起大蛟

節令還在中酉，距離始寒還隔著一個下酉，臨淄王宮已經一片忙碌了。

所忙碌者，多方準備窩冬物事也。在齊宣王之時，這種忙碌只是在始寒到來時才有幾日。如今大大地提前了，忙碌的作派也更大了。牛車絡繹不絕地運進木炭，工匠晝夜連軸地修缺補漏，內侍們腳步匆匆地給每座殿堂安裝外掛厚棉布簾的木架，侍女們則忙著給所有的門廳、長廊、房屋安置生火的燎爐。執掌王室事務的大夫，則忙著從官市上購進名貴的皮張，好教齊王在始寒那日給每個後妃賞賜一領上好的皮裘。而隨時進宮的官員則免不了一番評點，時不時指出各種紕漏，甚或親自給齊湣王提出種種奇思妙想的建言：燎爐應當裝上輪子，木炭不當有絲毫煙氣，棉布簾應當亮色，王座下當有暖襠的小燎爐，等等。齊湣王一高興，會站出來高聲號令一番，而後便是種種奉命修葺奉命更改，忙得不亦樂乎。如此一來，王宮進進出出，川流不息，儼然一片生氣勃勃。

這番從未有過的王室氣象，全因了太廟巫師的一則龜卜。

當初，齊宣王剛剛即位，王后便生下了一個兒子。侍女急急報來，齊宣王竟撇下了正在議事的群臣，風風火火地趕到後宮探望。王后說，臨盆之時，她分明看見一條無角青龍從雲中向她飛撲下來！齊宣王大是驚愕，立即趕到太廟請大巫師占卜。鶴髮童顏的大巫師破例選擇了古老的鑽龜之法，來占卜這則非同尋常的預兆。當那支紅亮得幾乎發出黃白色的尖銳契柱（註：契柱，龜卜工具，即削成尖銳形狀的堅硬木材，燒紅吹亮，灼入事先鑽好的龜甲孔洞，使龜甲呈裂紋）刺進龜甲鑽孔時，「喀」的一聲輕微炸裂，龜甲便有了粗細不等的裂紋。老巫師一陣端詳，良久愣怔不語，之後對占卜官斷然下令：「再鑽！」一如此連燒九支契柱，刺灼九片龜甲，裂紋走向竟是大體不差。老巫師大皺眉頭，對守候在外室的齊宣王喟然一歎道：「九鑽如一，未嘗聞也！此兆上應天河青蛟，吉凶難明也。」

齊宣王疑惑不定，將稷下學宮的陰陽家大師鄒衍祕密召到宮中求教。鄒衍思忖一陣道：「拆解龜紋，國師為上，鄒衍不敢妄言。然則史有先例，商湯滅夏，鑽龜七十二而龜紋皆同。以此證之，當為吉兆無疑。且齊居東方，青龍之位也。天河青蛟垂於王室，正應齊國大興之象也。」鄒衍學問淵深，為陰陽家之大宗師，對天文星象、堪輿占卜、命相術數、陰陽五行，幾乎都有精到揣摩，一番廣博論證，齊宣王大喜過望。

這個上應天河青蛟的王子，正是目下的齊湣王田地。因了這則大興之兆，田地在滿月之時，便被破天荒地立為齊國太子。及至二十歲即位稱王，當初的青蛟之兆又沸沸揚揚地在齊國復活了。於是，種種與青蛟對應的規矩，也就不期然地蔚然成風了，種種與龍蛇相關的神話也悄悄地彌漫開來了。譬如冬令為龍蛇蟄伏保養元氣的季節，王宮便要分外鋪排地準備窩冬，而且一切都要沾上潛龍徵候才算上上功夫。

青蛟之說，是被齊國的方士大大散播開來的。齊國本是方士的生發之地，逢此良機，方士精神大振，四處奔走傳言：蛟、虯、蜧、蝹四神蛇，都是無角之龍，蛟居四神蛇之首，青蛟又居諸蛟之首，幾乎與龍同樣神聖尊貴，且蛟性善戰，比龍更為凶猛，正是東方青龍的霸主之象。祕聞隨著口舌流淌，齊王在國人心目中成了天授霸主，方士自然也成了王宮的座上佳賓。

祕聞歸祕聞，這個齊湣王田地，也實在是與常人大異。

從總角小兒開始，田地就深信自己生具龍性霸氣，言語敏捷，舉止剛烈，雖是昂昂童聲，卻是大有作派。上馬，要內侍跪伏在地作上馬石；下馬，要選白嫩侍女跪伏在地高翹肥臀作下馬石。但有閃跌，立即一劍砍翻。做了二十年太子，宮女內侍被他殺了六十餘人。五歲一開始讀書，田地更顯才氣過人，生生趕走了兩個蒙學老師。後來，齊宣王親自請來稷下學宮以論戰辯才著稱的名士田巴為太子傅。第一次未及開講，田地便高聲發問：「敢問先生，何為五怪？」田巴一怔，正色答道：「治學以經典為本，何言怪力亂神？」田地咯咯笑道：「不知便不知，世間有怪，不能說麼？」田巴大窘，紅著臉道：「太子便說，何為五怪？」田地昂昂高聲道：「水怪為罔象，石怪為魍魎，木怪為夔，土怪為羵羊，火怪為宋無忌！」田巴哭笑不得：「此等學問，在下沒有。」說完拂袖而去，立即辭了太子傅。從此後，齊國放著一個天下名士淵藪的稷下學宮，卻無人願做這太子傅。後來，田地索性拒絕任何老師，自己讀書，自己習武，不要任何教習，竟然練得了一身本事，強記善辯，勇武過人。如此一來，朝野譁然，「青蛟天授」的祕聞更傳得令人咋舌了。

即位稱王之後，齊湣王大刀闊斧地開始了青蛟霸業。第一道王令是加收賦稅一倍，府庫大是充盈。接著是徵發精壯三十萬成軍，連同原來的三十萬大軍，齊國驟然有了六十萬大軍，一舉成為七大戰國之首。然後是一連串的祕密謀劃，只在選擇一個蛟龍出水的恰當時機。

正在這殺氣彌漫的時日，孟嘗君稟報說：秦國失意權臣甘茂到了。齊湣王聽甘茂失意入齊，一聲冷笑道：「權臣既敗，便當一死了之。來齊國濫竽充數麼？」孟嘗君一番密語，齊湣王方才有了笑意：「好！見見這支濫竽。」此刻，齊湣王在大殿廊下徘徊，眼前王宮廣場川流不息的送貨牛車與宮女內侍忙碌的身影，恍然化成了吶喊馳騁的千軍萬馬，山呼海嘯般殺進函谷關，無數的秦國黑旗望風披靡，齊國的紫色大旗一舉衝進了咸陽，齊湣王不禁縱聲大笑……

「稟報我王：孟嘗君與秦國甘茂已到宮門！」宮門司馬的聲音又高又急。

齊湣王厲聲呵斥：「身後有盜麼？慢點說！」宮門司馬還沒回過神來，齊湣王已經轉身下令，「來人！拿下這個不知禮儀的豎子，宮門斬首！」

這一下宮門司馬大驚，一邊在甲士圈中掙扎一邊大喊：「我王明鑒！是我王立規：青龍之威，震徹天宇，宮中武士不得低聲——」

齊湣王獰厲地一笑：「時令已變，青龍蟄伏，萬物噤聲。不知罪麼？」

宮門司馬目瞪口呆，絕望間聲嘶力竭：「巧言無常，君道何在！」

齊湣王大怒，順手抽出腰間長劍當胸直刺，「噗」的一聲悶響，鮮血飛濺數丈，當面的齊湣王頓時一身血紅。一圈甲士手足無措，一齊抛開矛戈跪倒低頭，誰也不知該說何辭。血紅的齊湣王站在甲士圈中，驟然大笑道：「冬令見血，來春大吉！宮門甲士，人各晉爵一級。」甲士們驚慌失措，參差不齊地大叩其頭，「謝我王恩」的聲音卻嗡嗡一片全無氣力。齊湣王厲聲呵斥：「青龍衛士，力道何在！沒吃飯麼？」甲士頭目連忙惶恐叩頭：「青龍蟄伏，萬物噤聲。小軍等無敢違背。」齊湣王狡黠一笑：「蟄伏之期，將到未到，但憑龍心斷之，可知法度？」甲士們恍然，一齊高聲大喊：「我王神明！萬歲——」齊湣王哈哈大笑道：「好！如此甲士，堪成本王大業。」甲士們又是一聲齊吼：「多謝我王褒獎，萬歲！」連忙爬起，手忙腳亂地收拾屍體去了。

這場突如其來的變故，被剛進宮門的孟嘗君與甘茂看了個清清楚楚。孟嘗君嘴角抽搐著要上前勸諫，被甘茂一把扯住了衣襟道：「且慢。『將到未到』，莫找難堪。」孟嘗君一咬牙，拉著甘茂又到了宮門外等候。甘茂低聲笑道：「君有悟性，尚可自全。」孟嘗君黑著臉一句話不說，只石人般佇立在肅殺的秋風之中。

片刻之後，宮中遙遙傳出洪亮的宣呼：「伯父攜秦使晉見——伯父攜秦使晉見——伯父……」波波相連，連綿不斷。甘茂不禁一笑。孟嘗君大眼一瞪道：「笑從何來？」甘茂低聲道：「六宣大禮，天子之志，甘茂敢不笑顏？」孟嘗君卻沉著臉道：「忒多聒噪！走，上殿！」甘茂又扯住了孟嘗君大袖急促道：「君聽我言無差，以六宣大禮晉見！」孟嘗君瞬息猶豫，已經被甘茂扯著衣袖拜倒在地齊聲高呼，孟嘗君呼的是：「伯臣來朝！我王萬歲——」甘茂呼的卻是：「外臣來朝！萬壽無疆——」呼罷連叩頭六次，方才起身。接著一名禮賓官前來導引，孟嘗君前行，甘茂隨後，進了一片忙亂的王宮。

方才這一番折騰，卻有個原委：齊湣王喜歡出其不意地顯示學問才能，若臣下或使節不知應對，便很難說是何種結局了。舉朝之中，除了孟嘗君與蘇代沒有遭遇過這種尷尬，越是有才名的臣子，越是常遇離奇詰難。時日一長，齊國臣子入宮晉見或例行朝會，都是提心弔膽了。尋常時日，搜腸刮肚地揣摩稀奇古怪的禮節與書縫旮旯裡的學問，生怕一旦被問倒，便有殺身之禍。今日齊湣王本來心情頗為平和愉悅，可那個宮門司馬喊破了他的大夢後，又驟然焦躁了。及至殺了那個宮門司馬，齊湣王又突然變成了那個頑劣不堪酷好惡作劇的少年王子，於是才有了這番早已進入墳墓的六宣大禮。

六宣大禮，是周天子接見諸侯的覲禮。周禮規制：與王族同姓的大諸侯通稱為「伯父」，同姓小諸侯則通稱為「叔父」，異姓大諸侯通稱為「伯舅」，異姓小諸侯則統稱為「叔舅」。總歸起來，無非是宣示君臣血緣之禮法。諸侯要聽宣叩拜，方可進宮。宣呼也有講究：大諸侯六宣，由天子出令，由殿口的「上擯」第一次宣呼，再由殿門的「承擯」第二次宣呼，殿階下的「末擯」第三次宣呼，然後是王宮車馬廣場到宮門的下介、仲介、上介（合稱三介）依次做第四次、第五次、第六次宣呼，直到聲浪達於宮門候見的諸侯。這便是在戰國早已銷聲匿跡的六宣大禮。

孟嘗君乃齊國王族，於是有了「伯父」的高宣。可惜孟嘗君一代豪士，最是蔑視那些已經作古的腐朽禮節，哪裡知道此中講究？聽在耳中只覺得怪誕累贅，在甘茂面前又要維護齊湣王的英主名聲，要拉著甘茂長驅直入。可甘茂卻是天下一等一的雜家名士，一聽便知此中奧妙，也才有了慌忙扯住孟嘗君的舉動。孟嘗君畢竟精明機變，甘茂一扯之下，沒有強項硬進，心中老大一股憋悶。

進得殿門，甘茂又是一扯孟嘗君。孟嘗君心下惱火，大袖一拂，逕自從中門昂昂進殿。甘茂歎息一聲，低頭拱手，從右邊門輕步進殿，到殿中深深三躬，依舊低頭。

「叔舅抬頭。」殿中渾厚一聲，一片嗡嗡共鳴。

甘茂這才一聲高呼：「下蔡甘茂，參見齊王。」呼罷抬頭，不禁一陣驚愕——六級王階上肅然端坐著一位古裝天子，身材高大，一臉蜷曲的連鬢大鬍鬚蓬鬆到頸下胸前，使那張古銅色大臉竟似神靈一般。更為奇特的是，面前大案上赫然擺著一口裸身長劍，劍尖直指殿右。甘茂抬頭一瞥，又立即低眉斂目，等待「天子」發問。

「叔舅外臣，可知本王服飾之法度乎？」渾厚的聲音又是一片共鳴。

甘茂低頭，雙手執玉佩作拱道：「此為天子袞冕，為天子六服第二等。」

齊湣王嘭嘭叩著左右兩張玉几：「兩几是何法度？」

「此為古禮：神位設右几，人位設左几，天子至尊，設左右几。」

齊湣王冷冷一笑：「本王這口裸身外向之長劍，是何禮法？」

甘茂惶恐低頭：「王心如海，不可盡知。不見經傳之創舉，外臣不敢妄測。」

齊湣王突然轟轟大笑：「能如甘茂，終有不知，難為你也，入座！」

甘茂更顯惶恐：「外臣無知，尚請王言教我。」

「好！」王階上的聲音充滿興奮，「本王明示於你：長劍出鞘，直向西方！記住了？」

「外臣受教。」甘茂肅然一躬，走到與孟嘗君相對的長案前就座。

孟嘗君看得大皺眉頭，凌厲的目光盯著甘茂，透著顯然的厭惡。甘茂正襟危坐坦然自若面含微笑，彷彿禮儀大宴上文質彬彬的君子佳賓。孟嘗君終於收回目光，對著齊湣王一拱手道：「臣啟我王：甘茂之謀，臣已稟報，尚請我王明斷，臣當奉命實施。」齊湣王一拍王案笑道：「甘茂博古通今，謀劃當無差錯。來春青龍抬頭，派蘇代出使秦國。」

孟嘗君又道：「甘茂去留，亦當我王決斷。」

突然之間，齊湣王冷笑了幾聲：「一個逃國臣子，還想如何？隨他去。」

孟嘗君正要說話，王座前老內侍銳聲高宣：「散朝——」隨著話音，四名侍女將那座繡有天子斧鉞的大屏隆隆推將過來，齊湣王連同王座竟倏忽消失了。孟嘗君大是愣怔，不禁憤然起身，要衝進去理論。「且慢！」甘茂一個箭步拉住了孟嘗君，聲音都有些顫抖了。孟嘗君看了甘茂一眼，一聲長歎，大步去了。出得王宮廣場，孟嘗君不由分說將甘茂扯到了那座幽靜的別居。

「你且說說，如何三番五次扯我？君有錯失，臣子不當勸諫麼！」孟嘗君面色鐵青，語氣從未有過的凌厲。

甘茂悠然一笑：「孟嘗君莫得怨我，甘茂過來人而已。」

「過來人？」孟嘗君揶揄笑道，「你是齊王肚皮裡的蛔蟲？」

甘茂一聲歎息：「以君之見，目下齊王與秦武王可是一路？」

孟嘗君一怔：「此話怎講？」

甘茂苦笑道：「在下不才，發跡於秦武王，根基是在秦武王做太子時扎下也。嬴蕩武勇剛烈，少時常有荒誕之舉，與目下齊王頗有相似處。也是甘茂雜學小成，時不時以稀奇古怪之學問伎倆引導嬴蕩，才穩住了嬴蕩的太子根基。久而久之，對此等生於深宮的怪誕少年，甘茂便有了一些揣摩。除此之外，何得有他？」

「倒也是。」孟嘗君點點頭，「以你揣摩，齊王與秦武王有何不同？」

甘茂歎息一聲道：「秦武王稟性剛烈，極端尚武，情急處人不能犯，然卻沒有戾氣，在大錯鑄成之時尚能自省。齊王稟性怪誕暴戾，求奇求新，無常難測。甘茂今日進宮，也是誠惶誠恐做孤注一擲，僥倖得成而已。」

「僥倖得成？」孟嘗君打量怪物一樣看著甘茂，「罵你逃國，你倒成了？」

「孟嘗君恕我直言。」甘茂淡淡一笑，「此等君主，一味只想顯示其天威難測，使臣下懾服，故而風雷無常。前贊我才，後斥我行，無非使甘茂心懷畏懼而已，卻無驅逐之意。適當時機，若有人進言，齊王必用甘茂。」孟嘗君聽得愣怔，細細一想卻是分明如此，點頭歎息道：「人云一物降一物，柳木降牛角，果然不差也。此等君王，唯甘茂可對了。」甘茂笑道：「此情此景，揣摩而已，何敢做人肚皮裡蛔蟲了？」

「原是田文粗魯，得罪。」孟嘗君拱手一笑，卻又驟然低聲，「如此說來，唯有逆來順受了？」

甘茂一番思忖笑道：「至少，情急處不能逆鱗。譬如今日無端誅殺、突兀散朝，孟嘗君若上前勸諫，必是言辭憤激，後果不堪設想也。秦武王並無此等乖戾，如張儀之能者，尚且退避三舍，何況齊王如此乖戾暴烈，孟嘗君豈有他哉？」良久默然，孟嘗君仰天長歎一聲，向甘茂深深一躬，甩開大袖去了。

次日清晨，孟嘗君接到王室宣令：三日後秋狩閱軍，丞相率百官並列國使節同行。孟嘗君悶悶不樂，請上卿蘇代知會各國駐臨淄使節，吩咐屬吏知會各個官署，自己卻閉門不出整整大睡了一日。親信門客大是驚訝，心知孟嘗君必是遇到了前所未有的煩心事，守住了各個門口不許任何官員探訪。一時間，門庭若市的孟嘗君府難得地清淨了兩日。

中西最後一日，齊湣王的狩獵馬隊並隨行百官使節浩浩蕩蕩地開出了臨淄王宮。齊湣王一身青銅甲冑，一領紫紅斗篷，身背最硬的王弓（註：王弓，古代弓箭中硬度最高的長弓，宜於戰場遠射），箭壺中插著十六支上好的兵矢（註：兵矢，鏃頭最粗長銳利的長箭，可穿甲破盾），腰間一口闊身長劍，腳下一輛駟馬青銅戰車，上下一團金光燦燦，直是天神一般。出得王宮，臨淄國人潮水般湧來瞻仰青龍齊王的風采，「東方青龍！天下霸主！」的歡呼聲響徹了連綿街市。齊湣王面對國人的狂熱膜拜最有耐心，一路緩緩行來，還時不時地舉起手中長劍於民安撫。車馬儀仗好容易湧出臨淄西門，已經是正午時分了。會齊城外列陣的六千鐵騎，齊湣王一聲令下，直向西北方向的濟水河谷壓來。

翻過一道草木蒼黃的山原，遼闊的谷地旌旗飛揚金鼓震天人喊馬嘶，直是戰場一般。

這段河谷臨近濟水入海處，山原起伏，大海蒼茫，林木蔥蘢，葦草荒莽，原是珍禽異獸龜蛇水鳥棲息出沒的淵藪之地。每到秋草枯黃的季節，這裡是臨淄貴冑的上佳獵場。但是，自齊湣王即位以來，這片獵場卻被圈作了王室禁苑。但凡出獵，非齊王親筆王書，任何貴冑不得靠近。雖然作了禁地，齊湣王卻從來沒有來這裡狩獵過。他即位的第二年，這片河谷變成了一座遼闊的軍營。舉國新徵發的精壯男子，都全部集中到了這裡。浩浩蕩蕩三十萬，從此在這片水天相連的山原地帶開始了聲勢赫赫的大訓。六年過去了，齊湣王第一次來到這片軍營。

凝望片刻，齊湣王高聲下令：「號令田軫，整肅三軍！」

三十六支螺號嗚嗚吹起，王車後那座三丈六尺高的雲車上的紫色王旗急劇地左右擺動起來。須臾之間，遼闊的軍營裡號角連綿大鑼聲聲，四野旌旗向中央地帶飛速聚攏。正在此時，一片煙塵大起，一支馬隊風馳電掣般捲來。倏忽之間，一片大將滾鞍下馬，為首斗篷飛動者拱手高聲稟報：「上將軍田軫率軍營三十六將，參見我王！」

齊湣王向田軫一點頭，大手一揮：「王師成列，進入軍營！」

王師大將令旗一擺，螺號吹動，頃刻間馬蹄隆隆，六千護衛王師在王車儀仗之後列成了一個行進方陣。齊湣王腳下一跺，青銅戰車轟隆隆飛出。田軫一擺手，三十六將一齊飛身上馬，分列於王車兩側護衛疾進。

谷地中央的校軍場上，已經列成了一個巨大的扇形陣，扇形兩側的山塬也是紫濛濛一片。放眼望去，大軍無邊無際直與大海相連，從未有過的壯觀。齊湣王雖是雄心勃勃，可也從未見過如此壯闊的軍陣，不禁高聲讚歎：「好！當真青龍天軍！」話聲方落，遼闊的谷地一片山呼海嘯：「青龍天軍——戰無不勝——」及至戰車直接駛上了建在一座小山頭的中央將臺，齊湣王鳥瞰谷地，只見方圓十數里的谷地山塬變成了茫茫無涯的刀叢劍樹，戰旗獵獵甲冑生光，不覺膽氣頓生，不待田軫司禮前導，登上將臺最高處一聲高喊：「青龍天軍將士們：爾等東海神兵，秉承天威。必將蕩平四海，成我霸業！」

又是一陣撼動天際的山呼海嘯：「青蛟出海！齊國霸業！」

齊湣王哈哈大笑，雷鳴般聲震山谷：「好！來春蛟龍抬頭之日，爾等大出之時！誰敢當我兵鋒，教他死無葬身之地！」

「青蛟出海！天下無敵！」

齊湣王鏘然拔出長劍直指天空：「蒼天在上！青蛟奮威，爾等勇士，各顯本領，高官顯爵，本王不吝！」話音落點，突然轉身對田軫下令，「開始校武！」

本來，大軍集結操演是一場繁難操持，其細密程度絕不亞於一場大戰，更何況將三十萬大軍如此密集地排列在一片谷地，簡直比打仗還難。可齊湣王就是要這種「亙古未有，氣吞山海」的氣勢，又能奈何？連日來，田軫與一班將領精心謀劃反覆操練，才差強人意地將每個山頭都站滿了兵士，各種號令銜接也做了極為嚴厲的規定。可無論如何都是謀劃趕不上變化，齊湣王率意即興的陣陣發作，弄得田軫無所措手足。本來，操演與校武是兩陣。操演在前，看的是陣列變化；校武在後，看的是士卒功夫。此時王命一下，竟要直接校武，田軫一陣愣怔，一時不知如何應對。孟嘗君在旁看得分明，一個眼神示意，田軫恍然醒悟，挺胸一聲：「嗨！」一劈令旗，「取消操演，即行校武！」中軍司馬一聲應命，軋軋轉動那面裝在高大木架上的中軍司命大纛旗，二十一只螺號「嗚——」地響了起來，十六面牛皮大鼓也緊一陣慢一陣地隆隆發動。

大纛旗發出的第一個號令是取消操演，螺號同時發出的號令是準備校武，牛皮大鼓卻是指引各軍的進出位置。三十萬人密集集結，當真是無邊的人山人海。本來謀劃，是要藉操演陣法一支支退到山上，空出中央校軍場來校武。如今大軍未退，卻要參加校武的部伍就位，顯然要相互衝突擁擠。且不說操演陣法與校武原是兩套甲冑，操演之後卸去重甲大盾，方能展現齊軍最為擅長的技擊與射藝。此刻一變，校武部伍要忙著卸甲去盾，騎兵要忙著將顯示聲威的長矛大戈換成騎士用劍，而身邊又是摩肩接踵的人群，找不到一個空間落腳。兵急將更急，一時呼喝連聲，哄哄嗡嗡地亂了起來。

田軫向谷中一瞄，知大事不好，眼見齊湣王嘴角抽搐絡腮鬍鬚翹成了大卷兒，不禁冷汗淋漓雙腿發顫。正在此時，將臺後的使節群中卻有一人高聲讚歎道：「爭相瞻仰天威，齊軍忠誠，天下無雙也！諸公以為然否？」一班使節紛紛應和：「秦使言之有理，齊王上應天心，下順民意，誠可敬也！」田軫猛然心中一亮，精神一振，赳赳大步走到齊湣王身側拱手高聲道：「軍心敬王若天神，臣請我王矗立片刻，容臣調遣部伍依次通過將臺，以瞻仰我王天神之威！」齊湣王驟然開懷大笑道：「好！忠者，德之首也。本王矗立竟日，也是無妨。」

「我王神明！」田軫頓時精神大振，不禁冒出了一句平日羞於啟齒的頌詞，轉身高聲發令，「三軍整肅，步先騎後，依次通過將臺，瞻仰我王神威！」

中軍司馬長吁一聲，顧不得滿頭大汗，立即向戰鼓螺號發令並同時轉動大纛旗。隨著號令大旗的紅光，谷中川流不息的兵士歡呼雀躍鼓噪歡呼。齊湣王佇立在高臺大山巨石般巋然不動。饒是如此，兵馬長河也一直流淌到第二天紅日高升。最後的騎兵縱是呼嘯飛過，這場瞻仰神威的盛大禮儀，也直到暮色再度來臨時才告結束。

暮色蒼茫之中，只聽中軍司馬一聲驚叫：「不好！太醫！」

齊湣王面色蒼白，一座銅像般轟然倒下了。

四、布衣柴門千里駒

碧綠的秋水中，一葉獨木舟漫漫漂游。

孟嘗君哭笑不得了。一場匪夷所思的狩獵大閱兵，變成唯獨瞞住了齊湣王的荒誕笑料。大軍的亂象與田軫的恐慌，驟然顯出了這支「青龍天軍」的根底。甘茂的救急與列國使節心領神會的應和，則分明透出了一種心照不宣的莫大嘲諷。身為丞相，孟嘗君在那一刻簡直羞得要找個地縫鑽了。那日晚上，神聖的瞻仰剛剛完畢，孟嘗君不由分說將田軫扯進了自己的軍帳，夾頭蓋腦一通斥責：「天下可有你這等上將軍？三十萬大軍，硬塞到一片河谷之地！誰教給你的？仗白打了，兵白帶了，齊國恥辱也！田氏恥辱也！」田軫本是孟嘗君同族晚輩，更兼性情寬厚，黑著臉一言不發，末了只硬邦邦一句：「叔父說，王命如此，該當如何？」孟嘗君被噎得半晌無話，跺腳一聲長歎：「嗚呼上天！如此作踐齊國，田文顏面何存也！」憤激難耐，竟破天荒地放聲痛哭了。嚇得田軫連忙撲上來抱住孟嘗君，硬是將他拖進了後帳。偏是孟嘗君惱羞成怒，一腳踹翻田軫，竄到後帳蒙頭大睡去了。

回到臨淄，孟嘗君稱病不出，整日架著一葉小舟在後園大湖中飄盪。

看看秋陽西斜，小舟悠悠蕩到了西岸，卻有門客總管馮守在岸邊高聲道：「稟報孟嘗君：魯仲連到了。」孟嘗君懵懂抬頭，隨即大是驚喜：「誰？魯仲連？在何處？快快有請！」話音落點，岸邊黃葉蕭疏的樹林中一陣大笑：「魯仲連來也！孟嘗君好興致。」隨著笑聲，一個紅衣大袖手持長劍的英挺人物已經到了岸邊。

「仲連來得好！」孟嘗君一聲笑叫，從獨木舟站起要躍上岸來，不料小舟一個晃悠，卻一個趔趄結結實實跌坐到了船中。魯仲連一陣大笑：「客隨主便，我下來說話。」一個輕身飛躍，展著長衣大袖落到了方不過一尺的小小船頭，小巧的獨木舟紋絲未動。孟嘗君兀自扶著船幫笑個不停：「好！好功夫。」魯仲連已經跨步到了船尾，拿起竹篙只一點，一葉小舟水鳥般輕盈地掠了出去，三兩點便到了湖心。

「仲連此來，何以教我？」面對這個顯然年輕的士子，孟嘗君熱誠坦蕩中透著敬重，與甘茂面前的孟嘗君判若兩人。

魯仲連丟下竹篙任小舟游蕩，坐到了孟嘗君對面正色道：「齊國危如累卵，孟嘗君當真無覺？」孟嘗君驚訝道：「危如累卵？仲連何出此言？」魯仲連道：「賦稅加倍，民怨載道，財貨缺少，物價日高，國人金錢卻大肥了外商。甲兵六十萬，空耗府庫。法令不固根本，宣王蘇秦之法日見流失。貴胄封地雖無增加，兼併之土地已遠遠大於封地，赤貧流民已經遍於國中。當此之時，倘有外戰，定一發不可收拾。君為丞相，竟不覺危如累卵乎！」

魯仲連一怔，不禁紅了臉膛：「曾幾何時，孟嘗君如此英雄氣短？莫非那青蛟神話也使你懵懂了不成？」孟嘗君擺擺手道：「仲連莫急，你是有些言過其實了，國勢還沒有衰頹，容我慢慢設法。」魯仲連冷笑道：「孟嘗君違心之言，天下還有何人可信？魯仲連實言相告：孟嘗君至少須得阻止齊國四面樹敵。否則，十年之內，亡國之期！告辭。」一言說罷，霍然起身。

「仲連且慢！」孟嘗君連忙拉住魯仲連衣襟，「來來來，坐了，聽我說。」魯仲連喘息著勉強坐下。孟嘗君低聲道，「仲連，託你一事如何？」魯仲連道：「先說何事？」孟嘗君微微一笑：「做一回無冠使節，如何？」魯仲連目光一閃：「要我探察列國對齊動向？」孟嘗君笑道：「果然千里駒！一點便醒。只是，不僅探察，還得斡旋，齊國之危，更在其外。」魯仲連點頭道：「齊國有一個死仇，一個強敵，半個盟友，其餘三個非敵非友。齊國若不審時度勢而強做霸主，只怕上天也無能為力。」孟嘗君點頭道：「是了。幸虧這個死仇目前尚無還手之力，那個強敵也似乎沒有異常動靜，半個盟友也還沒有滑脫得很遠。只要斡旋得當，該當還有轉機。若能不戰而消弭兵禍，國人之福也。」

「孟嘗君有報國之心，魯仲連何惜馳驅。」

「魯仲連有救世之志，便是齊國根基。」

「啪」的一聲，兩人手掌相擊，一陣放聲大笑。

暮色時分，蘇代來訪，與孟嘗君商議如何處置甘茂。孟嘗君便將那日進宮經過以及與甘茂的對談，對蘇代備細說了一遍，末了道：「此人當得一頭官場老狐，不須我等操持了。」蘇代聽得仔細，卻搖頭道：「縱然老狐，此刻也是雪中覓食之時。若無我等扶持，老狐必是凍僵餓死無疑。我只是要問孟嘗君：此人若在齊國，可能為我所用？」孟嘗君思忖一陣道：「甘茂雖非大才，也缺失正氣，但卻機謀多變，亦無大奸大惡之心。依我看，倒是可做你臂膀輔助。」蘇代點頭道：「甘茂本是楚人，斡旋楚齊邦交，倒是正選人物。」孟嘗君笑道：「如此說來，你操這個心。若要我出面，說一聲便是。」蘇代笑道：「冬日將到，先安頓他做個客卿。來春我出使秦國，此事當有分曉。」孟嘗君一拍掌：「便是如此！吐了這口痰也輕快。」蘇代訝然笑道：「如何？甘茂如此討嫌麼？」

孟嘗君大搖其頭，不勝感慨地一聲長歎：「世間人事，鬼神難明也！按說甘茂至少不壞，對老夫還頗有啟迪。然一見此人，我便胸悶如堵，忒煞怪也。可一見魯仲連，老夫便高興，便想大笑痛飲，此等快活，唯昔年張儀可比也。你說，這人之於人，為何如此不同？忒煞怪也！」蘇代聽得哈哈大笑：「田兄真道可人也。原是你稟性通達，與豪傑之士意氣相投，豈有他哉！」孟嘗君連連搖頭：「非也非也。不是豪傑之士者多了去，若個個令人胸悶，豈不早死了去？忒煞怪也，忒煞怪也！」蘇代笑得不亦樂乎：「好了好了，畢竟田兄性命要緊，日後我來應對甘茂便是。」

一番笑談，孟嘗君鬱悶大消，興致勃勃地擺了小宴與蘇代痛飲。

應酬周旋之道，蘇代與其兄蘇秦大是不同。多年在燕國與子之一班豪士共處，蘇代非但善飲，且酒量驚人，雖不能與張儀孟嘗君這等酒神相比，卻也是邦交名士中極為少見。再者，蘇代詼諧善對，急智極是出色，往往對臨場難題有出人意料的精彩對答，較之蘇秦的莊重端嚴長策大論卻是另一番氣象。孟嘗君對蘇氏兄弟一往情深，更受蘇秦臨終之託，將蘇代延入稷下學宮修習三年，脫燕國之困後在齊國做了上卿。以交誼論，孟嘗君對蘇秦敬若長兄，對蘇代卻是愛若小弟。但要說飲酒敘談，孟嘗君卻更喜歡蘇代的灑脫不羈，竟自常常酒後感慨：「兄債弟還。蘇秦欠我酒帳忒多，上天便賜我一個蘇代了。」蘇代舉著酒爵大笑：「虧了二哥欠得多，否則一介布衣，蘇代卻到何處去找如此多陳年美酒？」

也是憋悶了幾日，兩人飲得兩桶陳年趙酒後，孟嘗君海闊天空起來，說了不少獵場趣事，末了又回到飲酒，興致勃勃地舉著酒爵問：「三弟博學，可知酒德酒品之說？」

「酒有三德。」蘇代笑道，「明心、去偽、發精神，是為萬世不朽。」

「噫！」孟嘗君驚訝了，「我原是說飲者之德，三弟卻生發出酒德，大妙！想那女媧造出人來，原是不會說話，憋在心裡要悶死人也。這一碗酒下肚，面紅耳熱滔滔不絕，不虛不偽，句句真心。若有危難，大呼奮勇！世間無酒，豈不悶殺人也？酒者，當真是萬世功德！」

蘇代大笑：「田兄演繹得更妙！也許，酒就是女媧所造，補償造人之疏忽也！」

「正是如此。」孟嘗君開懷大笑，「煉石補天，造酒補人，女媧神明！」

笑得一陣，蘇代慨然一歎：「雖則如此，豪飲而不為酒困者，唯孟嘗君也！」

「不不不！」孟嘗君聞言大是搖頭，「善酒而不亂心性者，前有張儀，後有魯仲連。捨此二人，天下酒人不足論也。」這次蘇代驚訝了：「張兄不消說得。這魯仲連卻是何人，竟能與張兄相比，得田兄如此敬重？」孟嘗君哈哈大笑：「千里駒魯仲連，蘇代上卿竟然不知，當真孤陋寡聞也。」蘇代悠然一笑：「我既不知，當是千里駒尚在馬廄，可是了？」孟嘗君笑道：「一旦出廄展蹄，此人便要叱吒風雲了。」蘇代思忖道：「此人當是齊國名士，否則，孟嘗君不會如此上心。然則此人官居何職？身在何署？我竟一無所知？」孟嘗君「啪」地一拍長案：「這便是千里駒之奇！不做官，不愛錢，高節大志，專一地救急救難。」蘇代揶揄笑道：「不做官，不愛錢，又救急救難，除了墨家，還有了第二人？」孟嘗君沒有理會蘇代的懷疑譏諷，感慨長歎道：「嗚呼！與魯仲連相處，我等直是污泥濁水也！」蘇代這才認真起來，肅然拱手道：「田兄有此自比，足見此人必是奇偉之士，願聞其詳。」

孟嘗君大飲一爵，侃侃說起了魯仲連的故事：

即墨城多魯國移民。到了齊威王時候，即墨魯氏已經成了一個很大的部族。魯人不善商旅，不諳官場，更不摻和那些莫名其妙的仇殺私鬥，只在耕讀兩字上默默做工夫。族人個個知書達理，奉公守法，勤做善耕。幾代人下來，魯氏成了即墨城最有人望的大族。齊國官署但缺文職吏員，十有八九都到即墨魯氏去找，隨意拉一個出來，都極是稱職。久而久之，有了一句民諺：「齊人粗，魯人補，臨淄十吏九為魯。」也是文華流風久成俗，這即墨魯氏便有了一個獨特的規矩：族長與族中大事，不是長老議決，而是由族中布衣士子們公議推舉。而要在魯氏部族中成為公認的布衣士子，僅僅識字是不行的，還得通達《詩》、《書》、《禮》、《樂》、射、車，魯族人呼為「六才」。也不知這六才是否得了孔夫子教習弟子的六藝傳承，反正很是實在，前四樣為學問才華，後兩樣為實用技能，無論從軍征戰還是被選為吏員，都是立身本領。通達六才之後，還得由族長主持舉行士冠禮，隆重地將一頂族中製作的四寸皮冠戴到有成後生頭上，方可成為參與公議的布衣士子。唯其如此，魯氏部族的事務百餘年井井有條，沒有出過一個昏聵族長，族中也沒有發生過一次自相殘殺，魯氏便蓬蓬勃勃地興旺了起來。

漸漸的，即墨魯氏成了齊國望族，魯氏族長也自然成了赫赫鄉紳，非但即墨縣令敬若上賓，縱是齊王，也必在啟耕大典之後親來拜望。誰想，在齊宣王十三年的時候，即墨魯氏的布衣士子們經過公議，卻推舉了一個最為木訥平庸連大字都識不得幾個的粗漢做了族長。

消息傳出，即墨譁然。

這個粗漢叫魯大杠。大杠者，本是魯人對那種凡事都吃虧且竟日樂滋滋脾性卻又耿直倔強的粗憨漢子的善意譏諷，說的是此等人如大木杠子般又粗又直又實。這魯大杠也是奇特，誰家有忙都去幫，哪怕自家活計沒幹完。幫便幫，還自帶乾糧不吃主家飯，如跟隨大禹治水的子民一般。誰家精壯男子病了，他便去頂替這家勞役，若要給錢糧回報，他便立即紅臉。尋常間但凡有人喊他大杠，他樂呵呵答應一聲，從無半點兒顏色。後來官府料民造冊，他竟將「大杠」做了官名登了冊。這在文采風華的魯氏族人看來，直是滑稽莫名有傷大雅，若是別個，也許連族長都不能通過。畢竟這是魯大杠，族長笑著說了聲：「人貴本色，正是大雅。」便過去了。因了如此，魯大杠與其說是名字，毋寧說是一個綽號。可正是如此一個人物，魯氏族人卻舉族擁戴，非但布衣士子公議推舉，而且族人還給魯大杠茅舍門前立了一塊白玉大碑，赫然刻著「族望千里」四個大字。

這一切，都因為魯大杠有個不世出的奇特兒子。

物化神奇，本是人所難料。魯大杠憨得實，娶了個妻子憨得更實。此女身板結實豐滿，生得銀盆大臉，腳大手大力氣大，走路如風，愛說更愛笑，不知憂愁為何物，睡覺呼嚕聲比魯大杠還要響亮。無論見了誰，是男子叫一聲大哥，是女子叫一聲大姊，無分老幼，更無第二樣稱呼。魯大杠給誰家幫工，她便跟腳給誰家主婦採桑幫廚，飯做好了撂下布裙一溜煙離去，任誰也找她不見。回到茅舍，常常與魯大杠算帳，不是嘮叨魯大杠出力不夠，便是埋怨魯大杠去哪家幫工慢了。魯大杠嘿嘿一笑，她便儼然一個聰明女子般罵一聲：「公石頭！憨木頭！」往往是話未落點已呼嚕聲大作，樂得魯大杠嘿嘿笑個不停，也罵一聲：「母石頭！憨木頭！」久而久之，族人便呼她做「杠姊兒」，認為這夫妻直是一對大杠。

魯大杠夫妻和睦篤厚，第三年生下了一個胖大男孩。這孩子一生下來大哭不止，響亮得連穩婆也驚訝連連。剛哭了一陣，穩婆尚在手忙腳亂，這孩子卻又是咯咯長笑。嚇得穩婆一跌在地，爬起來飛也似的去向族長稟報。老族長當即帶著正在議事的布衣士子們趕來了，有個學問之士將這孩子端詳了一陣，不斷驚歎：「面如朗月，一痣虎頷，此兒異相也！長哭長笑，天賦憂樂也。奇哉奇哉！」老族長與布衣士子一陣公議，當即議決：魯大杠家境尋常，此兒由族人共養共教。魯大杠不知如此這般一番公議，只嘿嘿嘿給每個人拱手道謝，請老族長與士子給兒子議個名字。老族長與士子一陣計議，便道：「此兒便叫魯仲連。居中為仲，兼得為連，居中而兼濟四海，此兒不可量也。」

魯大杠雖然不懂這些斯文講究，卻明白是說兒子有出息，兀自手舞足蹈地跳了起來，口中嘶喊一般地唱起了一首古老的魯歌：「牡馬耶，在郊之野耶！有車彭彭吔，思馬斯才吔！」這首魯歌，本來是魯人讚頌正在放牧的駿馬的一首老歌：膘肥體壯的雄馬啊，正在原野放牧！我有一輛好車，正缺這樣的良馬來駕！可魯大杠粗著大嗓門耶耶走調地一唱，竟惹得族人哄然大笑。一個學問士子高聲笑道：「魯大杠臨盆放歌，詩卜吉兆也！魯仲連必是駿馬良才！」族人們原是感念魯大杠夫婦本色古風，此時一口聲呼應：「魯仲連！千里駒——千里駒！魯仲連——」

倏忽之間，魯仲連長到了五歲。布衣士子們一番公議，將魯仲連送到了即墨老名士徐劫門下做弟子。魯氏族人的拜師禮非同尋常，一輛價值千金的駟馬高車，外加整整一輛牛車的五百條乾肉。徐劫大是惶恐，堅辭不受。白髮蒼蒼的老族長對著徐劫深深一躬道：「非是魯氏壞先生高風，實因此兒天賦甚高，指望先生帶他周遊天下以博學問，堪堪薄資，何敢有他也！」徐劫仍然是大搖其頭一言不發。正在此時，門外的魯仲連昂昂走進廳中，老族長未及阻擋，稚嫩的嗓門尖亮地響了：「物成人事！一物累心，老師何堪大學之人？」徐劫大是愣怔，思忖片刻，老眼驟然生光，對著老族長與五歲的魯仲連深深一躬：「徐劫受教，敢不承命？」於是，魯仲連做了徐劫的弟子。

這個徐劫，原本是徐國公族支脈，做過徐國太史令。徐國被楚國吞併之後，逃亡齊國做了治學隱士。此人雖非經世大才，卻是學問大家，更有兩樣難能可貴處：一是志節高潔，二是藏書極豐。徐劫一見魯仲連，心知此兒非同尋常，便將他與門下三十多個弟子分開，從來不教他與師兄弟們一起聽老師講書。徐劫只給魯仲連排出讀書次序與讀完每本書的期限，除了生字，從不講解書意。每讀完一書，徐劫便教魯仲連自己釋意講說，徐劫反覆辯難。令徐劫驚訝的是，這個少年非但讀書奇快，過目成誦，而且每每有匪夷所思的見解。說起話來正氣凜然，一副天生的大器。魯仲連十一歲那年，徐劫想試試魯仲連在人前的論辯才能，破例教魯仲連給三十多名弟子講解《書》，而後由弟子們自由發難。這班弟子都是齊國的才俊之士，即便最小者，也在十八歲上下，在徐劫這裡修業六年，大多到稷下學宮論戰成名，而後再周遊天下修業立身，原本個個都是能才。

面對如此一群師兄，十一歲的魯仲連從容不迫出語驚人：「《尚書》二十餘篇，典謨訓誥之文也！除〈洪範〉八政些許精華，餘皆不足為論也。讀之無益，棄之無害，與今世流傳之《商君書》相比，一堆竹簡耳，何堪列為必讀之經？」此語一出，滿廳譁然，三十餘名師兄當即群起而攻之。魯仲連舌戰群士毫無畏懼，逐一列舉《尚書》的迂腐泥古之處與今世治國之論相比，批駁得一班師兄啞口無言。

老徐劫本是儒家名士，眼見被儒家列為五經之首的書經被這個黃口小兒批駁得體無完膚，卻分外高興，捋著花白的鬚鬚笑道：「吾有魯仲連，不枉為人師一世也！」開春之後，老徐劫出動了那輛駟馬高車，帶著十二歲的魯仲連到了稷下學宮，要魯仲連在這名士雲集的學問淵藪裡見見世面。

此時，正逢稷下學宮一年一度的論戰擂臺大較量。這論戰擂臺，原是稷下學宮的獨特創舉，每年在陽春天氣開擂，為的是考校新來名士的真實功底。但凡有名士上臺，除了幾個如孟子、荀子、慎到一般的大宗師講學，學宮士子都會雲集而來，反覆與上臺名士論戰。上臺名士只有在擂臺大案前堅持到無人前來挑戰，方可成為稷下學宮承認的「宮士」，獲得一頂稷下學宮特有的士冠——六寸紅玉冠。

這一年，上擂者是齊東名士田巴。田巴學問博雜，自稱「天下書無不通讀，無不精熟」，更兼見解奇異，辯才過人，一個月的時間裡，折服了幾近千人的詰難，連續戰勝了稷下學宮士子的輪番挑戰。涉及學問無所不包，從三皇五帝到三王五伯，從離堅白到合同異，舉凡百家學問，無一人問倒田巴。

正在此時，徐劫帶著少年弟子魯仲連到了。師生坐在擂臺下整整聽了三日，魯仲連沉著小臉無動於衷。老徐劫以為這個少年弟子被嚇住了，晚間特意笑著叮囑：「仲連啊，學問如海，留心便是，莫要失了志氣也。」少年魯仲連卻睜大了眼睛道：「老師，如此士子也逞口舌之利，這稷下學宮原也尋常。」徐劫驚訝得鬍子一翹一翹道：「你？你，也忒狂妄了，此乃稷下學宮！不是即墨。」魯仲連高聲道：「稷下雖大，何如天下？原是田巴迂腐，非魯仲連狂妄也。」徐劫又氣又笑道：「好好好，你明日勝了田巴，老師便服了你。否則，休說大話！」魯仲連一拱手脆生生道：「弟子遵命！」

次日清晨，紅日初上，學宮論戰堂又是人頭攢動。卯時三刻，一陣隆隆戰鼓，擂主田巴赳赳上臺高聲道：「學如戰陣！今日最後一戰，但凡有真知灼見者，便請答話！」語氣張揚，不可一世。原是一月論戰，稷下士子們幾乎問遍了所有能想到的難題，今日最後一日，士子們都等著看隆重的士冠大禮，異口同聲喊道：「田巴學問，我等佩服！」而後滿場肅然。學宮令鄒衍放眼打量，見無人出題挑戰，正要開口宣布士冠大禮開始，卻聽一聲響亮童音：「我有難題，請教先生！」眾人側目，卻看不見人影。

哄嗡一聲，場中譁然。鄒衍高聲道：「挑戰士子何在？上臺論戰！」

原是魯仲連少年矮小，淹沒在人群中難以尋覓。中間一名士子高聲笑道：「小名士在此！我來送他。」一雙手舉起魯仲連，將他托到了臺上。士子們一看，是個長髮少年，不由滿場大笑，一片掌聲中喝出了長長的一聲：「采——」此時此地，這分明是一聲倒采。偏是田巴沒有笑，對著這個布衣少年肅然一拱手：「才無老幼，敢請賜教。」稷下士子見田巴此等風範，自感方才有失淺薄，立即肅靜了下來。

少年魯仲連冷冷一笑，一臉肅然之色，昂昂高聲道：「嘗聞廳堂未掃，不除郊草。白刃加胸，不救流矢。生死存亡之際，不可問玄妙空靈之事！先生以為然否？」

田巴一怔，頓時收斂笑容：「願聞下文。」

少年伸手直指田巴：「目下燕國欲報國恨，秦國虎視眈眈，楚國背盟進逼，趙國西面蠶食，齊國面臨四面壓力，邦國危在旦夕，敢請問先生有何良策？」激昂稚嫩之音響徹全場。

田巴大是尷尬：「此等經世之策，我卻素無揣摩……」一時無言以對。

少年冷笑：「燃眉之急，生死之危，先生束手無策，卻要論爭五帝三王之道，空談堅白之分，辨析合同之異，醉心馬之顏色、雞之腳趾、鳥之卵蛋，遠離民生國計，日日空談不休，不覺無趣麼？勸先生為蒼生謀國，莫以此等無用空話蠱惑國人！」

田巴臉上紅一陣白一陣，終於深深一躬，坦誠認輸：「一個少年，尚知邦國憂患庶民生計，田巴汗顏無以自容也。今日受教，田巴終身不復空談。」說罷對鄒衍一躬，又對著臺下茫茫士子一躬，紅著臉匆匆去了。稷下學宮的士子們大覺尷尬，沒有一個人說話，偌大的論戰堂一時靜得唯聞喘息之聲。

倏忽之間，千里駒魯仲連聲名鵲起，稷下學宮各家大師爭相延攬。可魯仲連心志奇偉，堅執要先到墨家總院修習，而後再入稷下學宮。徐劫感慨萬端，便將魯仲連送到了墨家總院做院外弟子，叮囑他兩年之後一定回稷下學宮，自己又回到了齊國。一到即墨，不想田巴已經在徐莊等候多日。田巴對老徐劫說：「魯仲連乃天上飛兔，豈止千里駒也。田巴願與先生隱居即墨，修習學問，終身不復空論。」老徐劫不能推脫，與田巴做了臨莊摯友，時相酬酢切磋，倒甚是相投。只是那徐劫多次請田巴給弟子們講書，田巴都只是一句回絕：「不敢食言自肥，貽笑天下也。」當真終生不論虛學了。

……

這一番故事，聽得蘇代嗟呀感歎不止，見孟嘗君戛然打住，不禁急迫問道：「後來如何？魯仲連呢？魯大杠呢？還有那個杠姊兒呢？快說！」孟嘗君哈哈大笑：「看看，比我還著急。魯仲連麼，我正要對你提說，他做的事可是與你這個上卿有關。至於魯大杠與杠姊兒如何，左右你要與魯仲連相識，自己去問了。」蘇代一聽，心知魯仲連必是為齊國祕密奔走，心下不禁一陣感慨，意猶未盡地讚歎一聲：「天道昭彰也！齊國出此縱橫名士，羞煞稷下清談士子了。」孟嘗君笑笑，將他與魯仲連的計議說了一番，叮囑蘇代來春出使時多多留意。蘇代聽得仔細，也連連點頭，末了卻沉吟不語。孟嘗君疑惑道：「三弟信不得魯仲連麼？」蘇代一笑：「哪裡話來？我是在推測，魯仲連必是另一條路子，與我這邦交斡旋相得益彰。」孟嘗君笑道：「噢？如何另一條路子？」蘇代將自己的預料說了一遍，孟嘗君良久沉默，末了歎息一聲道：「也好啊，有個為國憂患的風塵名士，我等也免來日葬身魚腹。」一大飲一爵，噔地撂下銅爵，伏在案上大睡了。

蘇代悵然一歎，向帳後侍女招招手示意扶走孟嘗君，自己起身踽踽去了。

五、兩使入秦皆惶惶

節氣剛到「義氣至」，齊湣王下書蘇代立即出使秦國。

出使秦國是窩冬時的謀劃，蘇代自然在心。他原本想在清明之後西行，屆時冰開雪消，一則路上快捷，二則也與使節三月春行習俗相合，不使秦國感到突兀。蘇代沒有想到齊湣王比他更急，竟是立催上路。齊國三十節令，縱是清明節氣，也比中原的清明早了十多日，這「義氣至」頭上，實際還在二月初旬，正是春寒料峭路面冰封原野皚皚的時分，甭說使節，連商旅也極是稀少。然則齊湣王的稟性是不容違拗的，沒奈何，蘇代只有上路了。

雖然走得早，路上卻走得慢，一是快不了，二是不想快。蘇代很清楚，邦交斡旋的奧妙全在於自然得體，尤其是探察對方動向，更要不著痕跡。春寒之際急吼吼入秦，只說些見機而作的話，十有八九是要難堪的。邦交失敗了，朝野只會譴責蘇代，誰也不會去指責齊湣王而為他開脫。只要出了臨淄，快慢是自己的事，這也算是「將在外，君命有所不受」了。於是，蘇代一路緩緩西行，到得咸陽已經是楊柳新枝的三月初了。

蘇代第一個想見的，是樗里疾，第一個要見的，也是樗里疾。之所以想先見樗里疾，是因為此人與蘇秦張儀孟嘗君都是交誼篤厚，對他蘇代也算熟悉，說起話來方便自在，不像新貴丞相魏冄那般生硬。而這個樗里疾又恰恰是右丞相，分掌秦國外事，邦交官署「行人」由他統轄，但凡外國使節都必須先到這裡交驗文書、排定面君日期並安頓驛館等級。如此這般，正合了蘇代心意，一輛青銅軺車十名護衛騎士，轔轔隆隆地到了右丞相府。

秦國素來沒有令人心煩的門吏關節，插有「齊國特使」車旗的馬隊剛一停穩，便有門吏大步迎來：「敢問特使高名上姓，可是即刻晉見丞相？」蘇代車後書吏一報名一點頭，門吏便快步走到門廳對著院內一聲傳呼：「齊國特使蘇代請見丞相——」呼聲迭次傳進，片刻間一名黑衣官員快步迎出，在車前一拱手道：「丞相行走不便，在下職司行人，恭迎特使。」蘇代道一聲多謝，下了車帶著一名書吏跟著這個行人進了府門。

「嘿嘿，上卿遠來，老夫失禮了，請入座。」樗里疾顯然老了，陽春已暖還是一領翻毛皮袍，案旁一個木炭紅亮的燎爐，黝黑的臉膛上已經有了一副花白的鬍鬚，除了那雙依舊明亮深邃的眼睛，乍一看去，眼前儼然一個胡人老酋長。

蘇代深深一躬道：「丞相老寒腿，孟嘗君託蘇代帶來了一味海藥，或許有用。」說罷一擺手，身後書吏捧過一個兩尺多高的銅匣，恭敬地放到樗里疾面前的大案上。蘇代上前一摁銅匣頂端，「噹啷」一聲，銅匣變成了四張銅片攤在了案上，一個細脖大肚的陶瓶赫然立在了眼前。陶瓶肚上畫著三樣完全不相干的物事：一條五色斑斕的怪蛇，一枝外形似麥卻又開著藍色花兒的怪草，一隻醬紅色的怪異甲蟲。三物蟠曲糾纏，分外奪目。

樗里疾打量笑道：「嘿嘿，孟嘗君又來折騰老夫，此等怪物便是海藥？」

「老丞相，此乃海上漁人部族之祕藥，叫大散寒。」蘇代饒有興致地指點著陶瓶畫，「你看了：這種怪草叫葥，產於大河入海處的孤島，每年七月成熟，卻不能立即採割，須得漁人紮帳守望，直到冬日枯乾方能連根拔起。漁人叫這草為『禹餘糧』，說是大禹治水時天寒地凍，將穀餅凍成了石塊，人不能食。大禹命拋於河中以水化之，不想經河水一泡，穀餅便筋韌可口，但咬一口，人便渾身熱汗。大片餅渣隨波漂流入海，被海浪激上小島，便生出了這種草。草果實如麥粒，漁人又呼為『自然穀』，熱力奇佳，入藥為驅寒神品也。」

「嘿嘿嘿，這條怪蛇如何？」樗里疾見蘇代講說得明白，也來了興致。

「這是東瀛海蛇，色如火紅，長在冰海極寒中游食，極難捕捉。漁人遠舟入海，唯在冬日登荒無人煙之孤島，方可偶然在海潮魚群中捕得一兩條而已。但有一蛇入舟，漁船便溫暖如春，漁人又稱火海蛇。入藥妙用無窮也！」

「嘿嘿，講究如此之多？這隻帶毛甲蟲如何？」

蘇代指點道：「甲蟲叫射工蟲，還有三個名字：射影、短狐、蜮。此蟲生於吳越山溪陰濕處，性極陰寒，口成弓弩形，於丈餘之外能以寒氣射人。但中氣射，人便生出熱瘡，急需大冰鎮敷三日，否則無以救治。此三物各一，入蘭陵果酒一罈，浸泡三冬，便成絕世大散寒。」

樗里疾不禁喟然一歎：「此等工夫，難為孟嘗君了，老夫受之有愧也！」

「老丞相何出此言？」蘇代笑道，「孟嘗君附有一信，老丞相一看便知。」

樗里疾打開泥封銅管，抽出一方白絹，幾行大字赫然在目：

樗里子如晤：倏忽十年，念公如斯！昔年一知樗里子寒腿痼疾，便欲早成此藥。奈何三物難得，又浸泡三冬，竟致耽延十年之久，以致樗里子老境維艱，心下何安矣！蘇子入秦，邦交大義與你我交誼無涉，公但心知。

樗里疾揉揉眼睛笑道：「嘿嘿，此藥神奇，只怕是不好喝也。」

蘇代笑道：「此藥有射工蟲，最是好喝。老丞相請看。」說罷從攤開的銅片上拿下一隻鑲嵌的陶杯，又拔下一根鑲嵌的銅針，將陶杯口傾斜對準陶瓶大肚一黑點下，而後用銅針向陶瓶大肚的黑點上只一刺，一股紅亮的汁液激射而出，頃刻半杯。蘇代迅速伸掌一拍陶瓶，紅亮汁液驟然斷線。蘇代捧杯笑道：「此罈有射工之氣，不可開封。每三日，飲半杯，丞相記住了。常人幾杯便可散寒，丞相老寒腿，一罈之後若未痊癒，孟嘗君當再為設法。來，敢請丞相飲了此杯。」樗里疾悠然一歎：「此等天地神奇，一罈不可，便是老夫命該如此也，何敢當再為設法。來，老夫便飲！」

旁邊的行人突然一步跨前：「稟報丞相：此藥詭譎，容太醫驗過再飲不遲。」

樗里疾哈哈大笑：「不信孟嘗君，天下信得何人也！」舉起陶杯「吱」的一聲吸啜個乾淨，向蘇代一亮杯底，「好！說公事。行人先帶書吏去勘驗文書，上卿坐了。」

蘇代入座拱手道：「蘇代此次出使，原是兩事：一則說一件人事，二則為齊秦舊盟新續。兩事均非吃緊，想先行與老丞相敘談一番。」樗里疾飛快地眨了眨小眼睛，擺擺手笑道：「邦交規矩，使節無私語，敘談個甚？再說老夫這分掌行人，也只是個迎送而已。正事麼，待老夫排定面君之期，你再說不遲。」蘇代機敏無雙，見樗里疾不想多說，悠然笑道：「如此也好，我歇息兩日，看看咸陽新氣象了。噫？老丞相頭上恁多汗水？」

說話之間，樗里疾額頭大汗淋漓，黑臉脹紅，連叫：「怪煞怪煞！如何這般燠熱，搬開燎爐。」及至搬開案旁木炭火燎爐，樗里疾猶自喊熱，竟將那領翻毛大皮袍也脫了，站起來嘿嘿笑道：「直娘賊，開春了就是不一樣，熱得好快。噫！不對也，這膝蓋骨瘆癢得甚怪……」蘇代驀然醒悟，驚喜笑叫：「大散寒！見效了？沒錯，老丞相大喜也！」樗里疾明白過來，嘿嘿嘿只笑個不停：「直娘賊，田文這小子有手段，卻教老夫落個還不清的大人情。嘿嘿嘿，忒煞怪了，四肢百骸都軟得要酥了……」說著腳下一軟，竟跌坐在蘇代身邊。蘇代興奮得滿面紅光，連喊：「來人！」兩個侍女飛步而來，蘇代一聲吩咐：「快！抬竹榻來，教老丞相安臥歇息。」一時可坐可臥的竹榻抬來，樗里疾被兩名侍女扶上竹榻猶自嘿嘿笑個不停：「直娘賊，酥軟得好快活，比田文小子當年騙老夫到那綠街熱水泡，強到天上去了！」蘇代見樗里疾兀自嘿嘿嘟囔，一派天真快活，不禁大是感慨。

原來，蘇代對孟嘗君託他帶來的這色小禮也沒在意，只作了說開話題的引子而已，不想這罈海藻竟神奇得立見功效，如何不使他大有光彩？畢竟，樗里疾是秦國王族老臣，又是天下智囊名士，若能使他從半死不活的僵臥中恢復如常，孟嘗君這份情意便是太大了，他這邦交斡旋也無形中風光了許多。

在咸陽轉得一日，蘇代接到行人知會：宣太后與丞相魏冄明日召見。

次日清晨卯時，行人領著王宮車馬儀仗來接蘇代。到得王宮廣場，淡淡晨霧已經消散。咸陽宮小屋頂的綠色大瓦在春日的陽光下一片金紅燦爛，粗玉大磚鋪成的廣場上垂柳成行，更兼庭院草地上遍地楊柳，輕盈的柳絮如飄飛的雪花彌漫了宮廷，這片簡樸雄峻的宮殿有了幾分仙山縹緲的意味。蘇代不禁從軺車中霍然站起念誦：「昔我往矣，楊柳依依，今我來思，雨雪霏霏，飛飛霏霏，柳絮如斯！」吟罷一聲讚歎，「宮柳風雪，無愧咸陽美景也。」

「上卿好詩才！」一陣洪亮的笑聲從縹緲的柳絮風雪中傳來，「魏冄迎候上卿。」

蘇代連忙下車遙遙拱手：「丞相褒獎，愧不敢當。齊使蘇代，參見丞相。」

魏冄笑著快步迎來：「蘇子天下名士，何當如此拘泥？」走到面前握起了蘇代的右手，「來，你我同行！」執手並肩進宮，將迎候使節的諸多禮儀一概拋在了腦後。蘇代沒想到進入秦宮如此簡單，匆忙之下，竟無以應對，被魏冄拉著手匆匆大步地進了東邊一座宮殿。直到繞過殿中一座黑色大屏，魏冄才放開蘇代，逕自向上一拱手：「稟報太后：齊國上卿蘇代到。」蘇代醒悟，未及細看便對著中央一躬：「齊國特使，職任上卿蘇代，參見太后。」

「蘇代，我在這裡，你向何處看了？」東面傳來一陣明朗的女子笑聲。

蘇代大窘，抬頭一看，才知中央王座是空的，只東首一張大案前坐著一位寬袍大袖的女子，除了高高的髮髻中一支長長的碧綠玉簪，沒有任何珠玉佩件，驚人的簡樸乾淨。然則那一陣潑辣譏諷的笑聲，卻令任何使節都不敢輕慢。蘇代久有閱歷，自然一眼便知，此等不靠排場作勢的太后才真有分量，重新鄭重一躬，又一次報號參見。

「蘇代，入座便了。」宣太后笑道，「秦王西行巡視，便由本后與丞相見你了。子為邦交高手，入秦何事，但說便了。」說話間，煮茶的侍女已經給蘇代捧來了一盞熱氣騰騰的紅茶。蘇代舉盞呷了一口，表示了對主人禮敬的謝意，一拱手笑道：「蘇代雖奉王命入秦，然卻想先說一件使命外之事，不知太后可否允准？」宣太后尚未開口，魏冄高聲道：「國使無私語。既知使命之外，上卿何須再說？」宣太后一擺手笑道：「使者也是人了，如何說不得私話？說，想說甚說甚，曉得無？」一番秦楚相雜的口語，家常自然得沒有任何禮儀拘泥。

蘇代一拱手道：「丞相所言，原也正理。只是此事非公亦非私，雖在使命之外，卻與秦國利害相關，故而請准而後言，無得有他也。」

聽說與秦國利害相關，魏冄頓時目光炯炯：「如此甚好，上卿但說。」

「蘇代一事不明，敢問太后。」先引開一個話頭，蘇代悠然笑道，「甘茂奉命出使齊國，已有半年有餘，太后見我，如何不問甘茂使命成敗？」

「哦，甘茂呀。」宣太后目光一閃，恍然醒悟般笑道，「使者不回，便是使命未完，何須探問？又不是小孩童出門做耍忘記了回家，可是了？」

「太后若有如此心胸，蘇代自是景仰，也便無話可說了。」蘇代說罷，端起茶盞悠閒地品啜起來。旁邊的魏冄著急，一拱手急迫道：「上卿明言，甘茂究竟如何了？」蘇代卻不說話，只是微笑品茶。宣太后情知蘇代要她開口，輕輕笑道：「上卿想說但說便了，何須賣弄關節？」蘇代心知已是火候，放下茶盞一聲歎息道：「不知何故，甘茂已經向齊王請求避難，不願再回秦國。」宣太后笑道：「齊王封了甘茂幾百里啊？」蘇代正色道：「齊秦素來結好，齊王自是不敢輕納。目下，甘茂只是暫居客卿而已。茲事體大，不知太后要如何處置？」魏冄頓時滿臉冰霜，啪地一拍長案道：「叛國賊子！齊國當立即遞解與我，明正典刑！」宣太后看了魏冄一眼道：「少安毋躁，急個甚來？」轉對蘇代笑道，「蘇子既說，必有良策，不妨教我了。」

蘇代笑道：「既蒙太后垂詢，自當知無不言。方今天下，名士去國者數不勝數，若以去國之行即加叛逆大罪殺之，無異於自絕天下名士入秦之途，誠非良策也。然則，甘茂曾為將相，深知秦國要塞虛實與諸般機密，若聯結東方大國攻秦，豈非心腹大患？唯其如此，甘茂不可流於他國。為秦國計，不若許甘茂以上卿高位，迎其回秦，而後囚禁於機密之地，似為萬全。太后丞相以為然否？」

「此計大妙！」魏冄拍案笑道，「我看可行。上卿果真名士良謀也。」

「蘇代呀，」宣太后微微一笑，「甘茂與你相熟，你出此計，圖個甚來？」

「一則為公，一則為私。」蘇代毫不猶豫，「為齊秦之好，齊國不好容留甘茂。為私人計，齊有甘茂，孟嘗君與我何以處之？」

宣太后笑了：「這話實在，我信了。」

魏冄也醒悟過來：「如此說來，秦國要報答齊國了？」

「丞相何其直白也。」蘇代一陣大笑，「邦交來往，利害為本。齊國弔民伐罪興兵除害，秦國若能助一臂之力，相得益彰也，何有報答之說？」

「弔民伐罪？」魏冄冷冷一笑，「齊國又要吞滅誰家了？」

蘇代正色拱手道：「太后丞相盡知，宋偃即位稱王以來，殘虐庶民，褻瀆天地，橫挑強鄰，奪楚淮北之地三百里，奪齊五座城池，又吞滅滕國薛國，天怒人怨，天下呼之為『桀宋』。齊國討伐此等邪惡之邦，豈非弔民伐罪？若能得秦國襄助，東西兩強之盟約將震懾天下。此，邦國大利也，願太后丞相思之。」

「秦國出兵，可能分得宋國一半土地？」魏冄沉著臉硬邦邦一句。

蘇代笑道：「秦國助齊滅宋，齊國便助秦滅周。三川之地雖不如宋大，豐饒卻是過之。」

「也就是說，秦國只出兵，不得地。」魏冄硬生生將話挑明。

宣太后笑道：「上卿說明瞭便好，丞相何須如此急色。蘇代呀，此等滅國大計，容我等想想再說了。三日，我回你。」說罷起身逕自去了。

「行人送上卿出宮。」魏冄吩咐一句，也大袖一甩去了。

此時只能客隨主便，蘇代微微一笑回了驛館。用完晚湯，蘇代在驛館庭院中徘徊思忖起來。蘇代明白，此行只是試探，既是試探，便無須一定要秦國一個明朗承諾，盡可先說開話題，教秦國君臣去計議。儘管沒有明朗，蘇代還是敏銳覺察到了宣太后與魏冄對齊國滅宋的冷漠，甚至隱隱地嗅到了一種強烈的敵對氣息。滅宋儘管是齊國數十年來的夢想，但沒有適當時機，沒有天下大國的默許與盟約，這個夢想很難成真。根本因由，在於宋國是一個僅次於七大戰國的中原王國，吞滅滕薛兩國後，宋國更成為卡在楚、魏、齊、韓之間的一片遼闊緩衝地帶。誰但滅宋，便立即直接面對其他大國，形成對中原幾個戰國的直接威懾。且不說秦趙兩國，便是楚、魏、韓，也不會贊同齊國獨吞宋國。正是因了這種牽制，對宋國垂涎欲滴且都有實力滅宋的幾個大國，誰也不能動手。偏是這個宋康王狂妄熱昏，竟果真以為戰國諸強對他奈何不得，十數年間東征西戰，趁著山東六國與秦國拉鋸大戰，奪齊五城，奪楚三百里，還吞滅了兩個小國，依然無人干涉。於是，宋國成了中原唯一不是戰國的大國，比另一個趁亂稱王的中山國強大了許多。宋康王也是老而彌辣，竟在八十歲的高齡上雄心勃勃，自詡「皓首中興」，要恢復宋襄公的宏圖霸業。

如此一來，滅宋成了一個更棘手的難題。

齊宣王時期幾次想滅宋，都在蘇秦的堅執反對下作罷，原因是投鼠忌器，時機不到。齊湣王即位，以滅宋為大業根基，可蘇代與孟嘗君也是一力拖延，根本原因，也是在等待時機。以蘇代的謀劃，齊國得首先了了與燕國的仇恨，然後以「分宋」為盟約，聯合至少四國滅宋，方可成事。然則，稟性乖戾的齊湣王一意孤行，斷然要獨吞宋國。只是因了蘇代與孟嘗君的反覆勸諫，齊湣王才勉強贊同蘇代出使結盟，但卻有一條鐵則：只能謀取他國出兵，不得答應他國分宋。如此盟約，能有誰家欣然贊同？本想以處置甘茂的謀劃換取宣太后與魏冄的支持來滅宋，誰知卻碰了個軟釘子，宣太后顯然不悅，只是沒有公然發作罷了。

「稟報上卿，」一個扮作文吏的隨行斥候匆匆走來低聲道，「一輛輜車接走了宋國特使。」

「何時？接到何處去了？」蘇代頓時警覺起來。

「大約半個時辰前。末將跟出驛館尾隨，看著輜車進了丞相府。」

「好，繼續盯住這個宋使。但有異常，立即來報。」

「嗨！」斥候轉身大步匆匆地去了。

原來，宋康王對齊楚韓魏四國也是緊盯不放。

二十多年來，不管中原戰國如何咒罵「桀宋」，如何咒罵老宋偃「皓首匹夫」，老宋偃都沒鬆了心勁。相反，恰恰是這種鋪天蓋地的咒罵斥責，反倒助長了老宋偃的雄心氣焰。在奪得齊國五城的慶功大典上，老宋偃對忠誠追隨他的一班將軍說：「本王五十三歲即位，不畏天命，不畏鬼神，唯以中興先祖霸業為重任！普天之下，除了秦國，任誰也擋不住我大宋戰車。」眾將軍一陣齊聲高呼：「宋王萬歲！中興霸業！」老宋偃則是一陣哈哈大笑：「本王只一個字：打！先打到天下第八戰國再說。」這個目標似乎近在眼前，將軍們一片吶喊：「皇皇大宋！第八戰國！萬歲！」

正在老宋偃與將軍們祕密商議，準備對韓國發動一次滅國大戰的時日，斥候傳來了齊國要發動三十萬大軍滅宋的消息。老宋偃再狂妄，畢竟還知道三十萬大軍的分量，沉吟一陣，冷冷一笑道：「誰說田地是青蛟？一條海蛇而已。老夫來一次上兵伐謀，合縱秦國，切了這條海蛇！」大尹華蓼立即贊同，慷慨請命出使秦國。

老宋偃一點頭，華蓼輕車簡從連夜奔赴咸陽。

大尹，是宋國的主政大臣。在春秋之期，宋國是一等諸侯大國，為了撐住殷商王族後裔的體面，官職設置皇皇齊楚，六卿、四師、五司等，僅大臣職位就有四十二個。官職雖然很多，任事卻是一團亂麻。當時天下對宋國的官職設置有個評判，說是「宋之執政，不拘一官，卿無定職，職無定制」。幾百年下來，官職盈縮無定，大臣事權不明，便成了宋國傳統。進入戰國以來，宋國就像洩氣的風囊般乾癟了，國中大臣官署也寥落得只剩下七八個了。因了在戰國初中期宋國曾經長期依附楚國，便在官制上向楚國靠近，六卿五師等執政大臣全部莫名其妙地沒有了，原先很不起眼的僅僅相當於中大夫的「大尹」卻成了唯一的執政官，而且名稱也改叫了楚國的「令尹」。其餘一班將軍則隨事定名，沒有任何成法。到了老宋偃奪君稱王，文職大臣幾乎只剩下這一個大尹了。

這個大尹，是宋國老世族華氏的第十三代，叫作華蓼。華蓼的先祖華元、華督等，都在宋莊公、宋景公、宋共公時期做過上卿、右師等顯赫高官，此後代有重臣，竟似宋國的常青樹一般。到了老宋偃即位，這華蓼雄心未泯，與一班將軍牢牢跟定了這個雄主，一心要做第八個戰國。華蓼多有奇謀，為老宋偃謀劃了一個又一個令天下目瞪口呆的驚世舉動——射天、鞭地、稱王、攻韓、攻齊等。於是，老宋偃對這個半文半武之才信任有加，將一應治國大權全數交付華蓼，自己只管擴軍打仗。於是，華蓼成了舉國唯一的一個文臣，所有的政務都由他的大尹府料理，倒也是事半功倍效率奇高。

以華蓼謀劃，宋國與秦國不搭界，秦國不會滅宋，宋國也不會攻打秦國，只要宋秦兩國合縱，便是天下無敵。而合縱秦國之要，在於結好權臣。對於目下的秦國來說，就是要結好宣太后與丞相魏冄，許其好處，秦國的力量便是宋國的力量。華蓼在宋國爛泥沼摸爬滾打數十年，深信在這個利欲橫流的大爭之世，土地財貨的力量是無可匹敵的。

誰知到了秦國，不說宣太后，連魏冄也見不上。丞相府的行人只撂下一句話：「丞相公務繁忙，無暇會見特使，大人能等則等，不能等則請自便。」言下之意，是要驅趕他回去。華蓼自然不相信這種託詞，寫了一個泥封密件，又用重金賄賂了那個行人，託他將密件務必交到丞相手中。大約是看在那一袋金燦燦的「商金」面上，行人總算沉著臉答應了。密件剛剛送走，華蓼就看見插著「齊國特使蘇」的軺車駛進了驛館，連忙閉門不出。他只打定一個主意：會見魏冄之前，絕不能與這個精明機變的蘇代碰面。誰知剛剛關上門小憩了片刻，驛丞（註：驛丞，秦國驛館的館長，歸屬行人署）悄無聲息地進了門，說是丞相府派輜車來接他。華蓼一聽大喜，立即翻身坐起，帶好宋康王密信疾步到了角門，鑽進了四面垂簾的輜車。

「大尹匆匆入秦，究竟何幹？」魏冄一句寒暄禮讓沒有，黑臉兜頭一句。

華蓼連忙深深一躬：「丞相明鑒，宋國心意，密件中盡已明白。」

「密件？噢，我還未及打開。」魏冄一擺手，「大尹先請入座。」拿起了書案上一個泥封竹筒，撞得旁邊一個紫色皮袋嘩啷一響。華蓼心中不禁一沉，這分明是他送給行人的那袋商金，如何到了魏冄案頭？行人不愛錢？還是魏冄太黑太狠？一時想不清楚。

魏冄看完了密件，悠然踱著步子道：「大尹是說，要將陶邑（註：陶邑，宋國最大的商市都會，中原大市之一，在今山東定陶西北。春秋越國范蠡辭官後在此經商，號稱陶朱公，大富甲天下）割給本丞相做封地？」

「丞相明鑒。」華蓼跨前一步，「陶邑，乃陶朱公發跡之福地，被天下商賈呼為『天下之中』，一等一的流金淌玉商會。華蓼以為，天下唯丞相配享此地也。」

「也好。」魏冄淡淡一句撂過，「太后，大尹用何禮物說話？」

華蓼頓時愣怔了。天下公例：賄賂權臣只能一人，其餘關節當由受賄之權臣打通。如何給丞相割了如此一塊心頭肉，這丞相還要宋國給太后獻禮？難道宋國還有比陶邑更豐饒的都會麼？猛然，華蓼一瞥書案金袋，頓時恍然醒悟，這魏冄實在是太黑太狠了，小到吃下屬吏賄金，大到獨吞陶邑，當真是天下罕見的巨貪權臣。可自己又能如何？合縱秦國的使命一旦失敗，那個說變臉便變臉的老宋偃要找替罪羊，如何饒得了他？華蓼思忖片刻，一咬牙道：「若得與秦國合縱，願將齊國五城獻於太后。」

「齊國五城？是宋國奪下的那五城麼？」魏冄冷冷一笑。

「正是。巨野澤（註：巨野澤，戰國時齊魏宋邊界大湖，大約在今山東鄆城、梁山東南）畔，齊西五城，百里沃野！」華蓼驟然又是精神大振。

「然則，本丞相如何教太后相信？」

「這是宋王親筆書簡，請丞相呈於太后。」華蓼連忙從大袖中捧出一支細長的銅管。

「打開。」魏冄一聲吩咐，旁邊的書吏接過銅管，割開封泥掀開管蓋抽出一卷羊皮紙雙手遞上。

數。」

魏毋嘩地展開羊皮大紙，一眼瞄過隨手丟到書案上冷冷道：「此乃宋王私筆，並非合縱盟約，作不得數。」

「丞相差矣！」華蓼大急，「大宋朝野皆知，宋王親筆最見效，比尋常國書有用多也。」

魏毋罕見地呵呵笑道：「還是大宋？老宋王一紙私書便想合縱連橫，已是天下一奇。大尹久掌國政，竟然也公行此道，更是天下大奇也。」一臉的鄙夷與嘲諷。華蓼不禁滿臉脹紅，連忙深深一躬：「丞相明鑒，宋國久不與天下來往，原是對邦交生疏了許多，該當如何，敢請丞相指點。」魏毋又黑了臉道：「其一，要立盟約。其二，要彰誠信。」華蓼思忖道：「立盟約好說，旬日便可辦好。這彰誠信，敢請丞相開我茅塞。」魏毋冷笑道：「大尹偏在要緊處茅塞了？本丞相明告於你：彰誠信者，大尹所許之地，得秦國先行駐軍！」

華蓼頓時驚訝得目瞪口呆。以老宋王與他的密商，陶邑只是吸引秦國與宋國合縱的「利市」，若秦國果然出兵保護宋國並真的戰勝了齊國，陶邑才能交割；即便在那時，老宋王也明白無誤地告知華蓼：只能割讓陶邑城外的土地民戶，不能割讓陶邑城這塊大利市；萬一齊國滅宋只是虛張聲勢一場，拒絕割讓陶邑自然更是順理成章。至於獻給太后的齊國五城，本來就是華蓼的隨機應變之辭，老宋王根本沒此打算，過後還得想方設法地抹平了此事。在華蓼想來，縱橫策士派現世以來，戰國邦交爾詐我虞，蘇秦張儀等不都是憑著能言善辯風光於列國麼？更不說張儀以割讓房陵行騙楚國，天下誰人不知。正是有了這個想頭，華蓼才口舌一滑，許下了獻給太后齊國五城。可他萬萬沒有料到，魏毋竟要先行在這些地面駐軍！如此一來，大宋國豈不是未得利便先出血？若萬一齊國不打宋國了，這大片土地要得回來麼？

「哼哼，」一見華蓼愣怔，魏毋臉色頓時陰沉下來，「一彰誠信，便見真假，合縱個鳥！」粗罵一句，大袖一甩向後便去。

「丞相且慢！」華蓼連忙上前扯住了魏冄衣袖，又是深深一躬，「在下只是在想，要否稟報宋王而後定奪，並無他意。」

「豈有此理！」魏冄一抖衣袖轉過身來，「沒有老宋王授權，你這大尹算甚個合縱大臣？還是回去等著做齊國俘虜，才是上策。」說罷抬腳又要走。

「丞相且慢。」華蓼一咬牙，「但依丞相。只是，在下尚有一請。」

「說。」

「一則，陶邑與齊國五城之宋軍不撤，共同駐防。二則，秦軍駐紮兵力可否有個數，最好，最好以五萬為宜。否則，在下實在不好，不好對宋王回稟。」華蓼滿臉通紅，總算是期期艾艾地說完了。

魏冄踱步思忖一陣道：「也罷，給大尹全個臉面，便這般定了。」

「謝過丞相！」華蓼心中一塊大石頓時落地，「在下這便回去，旬日之後帶來國書盟約，其時宋秦一家。」

「大尹且慢。」魏冄冷著臉，「邦交大事，豈能口說便是？方才允諾，大尹須得先行立約。否則，我如何向太后稟報？」

華蓼又吭哧了，口說容易，他見宋王還有轉圜餘地，若與魏冄當場立約，黑字落上白羊皮，那便是拴死了宋國，當真教人為難。可魏冄的行事強橫敢作敢當是出了名的，看那張黑臉，若不立約，合縱肯定告吹。思忖再三，華蓼斷然道：「好！便依丞相。只是立約須得申明一款：立約之後，秦國大軍得開出函谷關，防備齊軍偷襲宋國。」

「依你。」魏冄哈哈大笑，「旬日之內，大軍出關。大尹要是贊同，我還可給商丘（註：商丘，宋國都城，今河南省商丘地區西南）城外派駐五萬鐵騎，如何啊？」分外的豪爽痛快。

華蓼不敢再接話了，若再擅自答應秦國給宋國都城駐軍，宋國簡直就成了秦國屬地。看著書吏一直在大筆搖動，華蓼來到大書案前問道：「可是方才所議約定？」書吏拱手作答：「回稟大尹，小吏只是錄寫丞相與大尹對答。立約，還須大尹親筆，方顯邦交誠信。」

魏冄悠然一笑道：「大尹，動手了。」

華蓼無話可說，坐到書吏為他預備好的大書案前，提起了那支銅管鵝翎筆寫了起來。及至在羊皮紙左下手空白處寫下自己的官號名諱，魏冄走了過來，也不說話，彎著腰拿過華蓼手中的銅管鵝翎筆，龍飛鳳舞地畫下了幾個大字。饒是華蓼學問廣博，也識不得他筆下物事，不禁皺起了眉頭：「敢問丞相，這是秦國文字麼？」魏冄哈哈大笑道：「這是老夫自創文畫，任誰模仿不得。秦國上下，但見此字如同親見老夫一般，大尹放心。」華蓼心中一動道：「既是盟約，便當各有一份，在下再寫一張，也請丞相大筆印記。」旁邊書吏雙手捧過一張羊皮大紙道：「宋國一份在此，請大尹收好。」

華蓼接過一看，竟是書吏看著他下筆的同時謄抄的一份，連他那工整的古篆官號名諱也一並在上，分毫不差。旁邊是鮮紅的朱文「秦國丞相之璽」大印。華蓼雙手遞向魏冄：「敢請丞相押字了。」魏冄大袖一甩道：「大尹當真顢頇也！方才老夫說過，此字只對秦國上下。對宋國麼，丞相大印自然便是國家名號，老夫塗鴉，豈非蛇足？」末了哈哈大笑著逕自去了。華蓼愣怔在廳中，不知如何是好。旁邊書吏拱手笑道：「大尹安心回國便是，丞相做事最是有擔待，旬日之內必有兵馬進入陶邑。」

恍然醒悟間華蓼正要告辭，卻見那個行人走了進來，向書吏一點頭，將魏冄書案上的那袋金幣提起來走了。華蓼大奇，連忙大步趕了出來，在粗大的廊柱下追上了行人，喘著粗氣問道：「敢問行人，你又將這金幣收回來了？」行人上下打量華蓼一眼，揶揄笑道：「如何？給了人又心疼？」華蓼連忙擺手道：「非也非也。我只是新奇莫名，這金幣本是送給足下，何以要交給丞相？既給了丞相，又如何能拿走？」行人睒起眼睛冷笑道：「大尹操心不少啊。」華蓼低聲道：「好奇而已，豈有他哉！行人若得實言相告，我再奉上兩方老商金了。」行人嘴角綻開了笑意：「老商金何在啊？」華蓼立即從胸前貼身皮袋中摸出兩方金幣，手指一撚鏘啷一陣金聲。行人笑道：「呵，手法嫻熟，顯見老於此道也。好，在下便對大尹說了：秦國吏員不拒使臣禮金，然卻不得中飽私囊；但收禮金，須得稟報上司並經查點，而後繳於府庫。」華蓼大是驚訝：「那你這是？」「上繳府庫啊。」行人一笑，順手一掠，華蓼的兩方老商金鏘啷易手，留下一串笑聲，行人飄然去了。

華蓼愣怔半日，一時回不過味來，只覺得這秦國處處透著古怪：官員權臣不愛錢不貪私，人人拚命為邦國爭奪土地財貨，到頭來究竟圖個甚？歎息一聲秦人可憐，華蓼匆匆回到驛館，一番收拾，連夜出了咸陽。

五鼓雞鳴時分，蘇代接到斥候密報，驚訝莫名，一時揣摩不出此中虛實。

「華蓼進丞相府幾多時辰？」蘇代皺著眉頭問。

「回上卿，至多一個時辰有餘。」

「華蓼出驛館，可有大臣送行？」

「回上卿，華蓼一車十騎，沒有任何人送行。」

「函谷關之內，華蓼有無停留？」

「回上卿，末將一直跟隨華蓼到函谷關方回，未見他有片刻停留。」

這可當真是蘇代斡旋邦交以來碰到的第一樁奇事。按照邦交常例：使節會見丞相，只能確定使命的大體意向；最終決策立約，一定得在晉見國君之後。縱然某國丞相是權臣，某國國君是虛設，邦交大禮還是有定數的。強橫如燕國子之者，每有邦交立約，也都是燕王出面。一個使臣在會見丞相一個多時辰之後便匆匆離去，且沒有任何爵位對等的大臣送行，其意含何在？猛然，蘇代心中一亮——華蓼說秦不成，宋秦合縱破裂。對也，一定是！魏冄作派強橫，一定是想大占宋國便宜；而老宋偃則正在氣焰囂張之時，專一地橫挑強鄰，如何容得被秦國大占利市？一個強橫霸道，一個氣焰囂張，自然是一碰生火，豈有他哉！

蘇代精神大振，天剛濛濛亮駕著軺車轔轔入宮請見秦王。此時咸陽宮廣場已經是車馬如梭人影流動，所有的官員都奔赴官署，準備在卯時開堂。早朝當值的內侍剛剛精神抖擻地走出來，便遇見了蘇代手捧玉笏求見秦王，隨即一聲高宣傳了進去。片刻之後，一個老內侍匆匆走出正殿高宣：「秦王口書：齊國上卿蘇代在東偏殿候見。」

蘇代知道，咸陽宮正殿只是禮儀性的場所，這東偏殿才是秦王處置國務的日常處所，秦王要在這裡召見他，意味著秦國君臣要認真與他商討邦交大計了。想到華蓼負氣出秦，秦宋合縱破滅，蘇代覺得分外舒暢。他已經隱隱地有了一種預感——秦國不理睬宋國，齊王滅宋的宏圖就要實現了。一想到這裡，蘇代的腳步分外輕捷，雖然自己與孟嘗君反對滅宋，但若秦國放棄了對宋國的保護，齊國在無可阻擋的情勢下一舉吞滅一個大國，又何樂而不為？再說，此事若成，他蘇代分化秦宋合縱是大功一件，他在齊國的地位便會大大鞏固，豈非天遂人願。

「齊國上卿蘇代進殿——」一個尖銳細亮的聲音響徹大廳。

蘇代恍然抬頭，見一個黑服玉冠的年輕人正站在大書案之後微笑地打量著他，這是在燕國久為人質的秦王嬴稷麼？遙遙看去，這個嬴稷雖然正在即將加冠的年歲上，可那黝黑勁健的身姿卻分明滲透出一種與年齡極不相稱的滄桑風塵，任誰也不敢將他作尋常的弱冠少年對待。蘇代雖然久在燕國，卻從來沒有見過嬴稷，今日第一次見這個少年秦王，心中不禁油然感慨：如何上天獨佑秦國，一代少年君王也是如此出色。饒是感慨良多，蘇代也無暇品味，一個躬身大禮道：「外臣蘇代，參見秦王。」

「上卿黎明即起，大非齊國富貴氣象了。」嬴稷親切地笑著。

「人云：見賢思齊。秦人勤政，蘇代何敢放任？」

嬴稷朗聲大笑：「秦人苦做成習，何敢勞上卿思齊？來，上卿入座。」

蘇代坐進左下手的第一張大案，略一打量，見與秦王大案並排的左手還有一張空案，心知那是宣太后的位置，自己對面遙遙相對處也只有三張長案空著，可見這裡只是秦王與幾個棟梁大臣議事的殿堂，不禁大是欣慰，直覺今日必成大事。

「上卿匆匆來見本王，何以見教？」嬴稷笑著開了頭，分明是要蘇代說話。

蘇代拱手笑道：「想必秦王已經知曉，齊國欲與秦國結盟，伸張天下公理，剷除桀宋。」

「齊國想滅宋。」少年秦王粲然一笑，「宋國奪齊國五城，齊王心疼？」

「秦王差矣！」蘇代正色道，「老宋偃射天鞭地，窮兵黷武，大行苛政，人神共憤，天下呼為桀宋。齊國弔民伐罪，豈能以五城之恨論之？」

「說得好聽呢！」猛然聽得大屏後一陣清亮的笑聲，走出一個散髮長裙豐腴高眺的女子，不是宣太后卻是誰？她瞄了蘇代一眼，逕自坐到少年秦王旁邊的長案前笑道：「弔民伐罪，那可是聖王大道。齊王不是青龍現世麼，自顧去做便了，何須一呼攏拉上他人，莫得奪了齊國風光？」臉上寫滿了嬉笑辛辣。

蘇代何其機敏，立即拱手跟上道：「太后明鑒，戰國攻伐，利害相連。況桀宋橫挑強鄰，攻楚攻齊攻韓攻魏，為所欲為而無人抑其鋒芒。唯其如此，皆因天下戰國相互牽制，全無公理大道。今齊王攘臂舉旗，自是弔民伐罪，即或不聯秦國，亦當與楚韓魏趙聯兵，絕非市井之徒群強欺弱，何來齊國獨占風光？」一席話竟是不容辯駁的架勢。

「不愧蘇秦弟也。」宣太后讚歎一句沉下了臉，「邦交根本，不在說辭。我問上卿，這利害相連，卻是甚個說法？滅宋但能分給秦國三成土地，秦國自然出兵。不然麼，齊國大可去攘臂舉旗，休來咸陽聒噪。」

蘇代大出預料，如何這秦國與宋國翻了臉，竟還堅持要分土才能出兵？莫非是自以為蘇代不知情而漫天要價？可是，蘇代不能答應他國分宋，這是齊王的嚴令。驀然之間，蘇代計上心來，微微笑道：「太后之意蘇代明白，秦國隔岸觀火，既不保宋，亦不干預他國聯兵滅宋。若得如此，太后大是明斷。」

宣太后咯咯笑了：「我卻看你不明白，竟來糊弄一個女子，說我要隔岸觀火，我說過麼？想教秦國閃開道，聽任齊國獨吞了這塊天下最肥的方肉？嘿嘿，上卿果然靈性！」

「太后明鑒，齊國是聯兵滅宋，何曾想獨占宋國？」

「蘇代啊，你就別給我施障眼法了。」宣太后揶揄地笑著，「若不想獨吞，如何一說到分地便裝聾作啞？我問你，聯兵必分地，可是春秋以來聯兵滅國的常例？避而不談，不是獨吞卻是個甚來？老身不答應，便教我作壁上觀，聽任你等滅了宋國，可是？此等雕蟲小技，也虧了你蘇代堂而皇之地賣弄。嘿嘿，還縱橫名士，說得出口麼？」

蘇代大窘，一時滿臉通紅，不禁亢聲道：「蘇代唯問太后，秦國可是明白了要自外於中原六國，硬是要做桀宋後盾？」

「嘻嘻，不知道。」宣太后頑皮得像個小女孩一般笑著。

猛然，殿中一陣沉重急促的腳步聲，一個粗重的聲音撲了過來：「蘇代休得聒噪，魏冄與你說話。」話音落點，一身黑色甲冑的魏冄鐵塔也似的矗立在面前，「宋國已是秦國駐軍屬國，齊國要滅宋，先過我秦軍大關再說！」

這一來，蘇代驚詫莫名。宋國幾時成了秦國的屬國？還是駐軍屬地？當真滑天下之大稽也。驀然之間，蘇代哈哈大笑：「丞相之言，未免滑稽過甚。蘇代敢請秦王一句口書定奪，秦國可是與宋國結盟了？」明知少年秦王不做主，蘇代偏是要名正言順地給魏冄一個難堪，若是缺乏邦交閱歷的秦王說出一兩句可供利用的話來，便有得機會了。

「上卿果然精明。」少年秦王悠然一笑，「吾愛宋國，如愛新城、陽晉（註：新城，戰國時韓國西部要塞，在今河南省伊川西南；陽晉，戰國時齊國西部要塞，在今山東省兗州西北）同也，豈有他哉！」說罷大袖一甩逕自去了。

魏冄哈哈大笑：「蘇代啊，便宜沒占上，快點兒回去準備滅宋了。」

宣太后冷冷一笑：「一條海蛇，竟做飛龍在天了？」說罷也逕自去了。

蘇代大是尷尬，羞惱攻心，一句話也不說，轉身大步出宮。回到驛館，草草收拾，立即出了咸陽，走到日暮時分，函谷關遙遙在望，才猛然想起還沒有向樗里疾辭行，然則事已至此，再回咸陽豈不落人笑柄？想想一咬牙，腳下一跺：「出關！」一行車馬轔轔隆隆出了函谷關向東去了。

六、幾番折衝　大起戰雲

齊湣王很有些著急，整日在王宮後園的大湖邊焦躁地徘徊。

眼見已經到了四月末，「絕氣下」一過，進入「中郢」，便是收種農忙時節，農忙一過又是酷暑，這段時光都不宜大軍征戰。再刨去寫冬之期，一年中能打仗的時月也就是春秋兩季，若春日晃過，便只有秋季兩三個月了，對於一場滅國大戰，顯然有些太過倉促。按照齊湣王掐尺等寸的謀劃，蘇代出使秦國來回最多一個月，回來時正好三月初旬「始卯」；籌劃一旬立即發兵，趕在五月中旬的「中絕」之前，滅宋大戰便可大體告一段落；縱有善後小戰，也可在秋高氣爽的八九月了結，如此可在今年之內了了這個頭等心願。如今四月將完，這個蘇代還沒有音信，堪堪一個用兵大好季節被白白錯過，齊湣王如何不急火攻心？

這一日轉著轉著，齊湣王心中突然一亮——左右是要打仗，何不先將軍馬糧草調集齊整，一過夏忙到「期風至」（立秋），立即發兵滅宋。主意一定，齊湣王立即急召丞相孟嘗君與上將軍田軫入宮。

兩位大臣剛剛坐定，齊湣王便急迫說了自己的謀劃，末了激奮道：「滅宋大業，貴在出其不意。目下立即著手，今秋一舉滅宋！」誰知兩位大臣聽完，一時默然，彷彿不知從何說起。齊湣王素來簡潔快捷，說到臣子面前的事便是必須要辦的事，所謂君臣共商，實際上只是個臣子受命的過場而已，如今這將相二人非但沒有慣常的「謹遵王命」的高聲領命之辭，反倒是低頭思忖面有難色，齊湣王老大不高興，沉著臉道：「滅宋大業，兩位不以為然麼？」

田軫猛然抬頭，拱手高聲道：「臣謹遵王命！」

「這便是了。」倏忽之間，齊湣王笑了，「孟嘗君，以為然否？」

「臣啟我王，」孟嘗君不卑不亢，「滅國事大，牽涉天下。上卿未歸，大勢不明。臣以為我王不宜輕舉妄動。一旦三十萬大軍集結邊境，勢成騎虎，屆時若有不測之變，進退維谷，給人以可乘之機。臣望我王三思。」

「危言聳聽。」齊湣王冷笑一聲，「但有三十萬大軍，滅宋牛刀殺雞，何來騎虎難下？孟嘗君，你倒是跟著蘇秦學會了一套說辭。」說著臉色黑了下來，旁邊田軫大是惶恐，看看暴烈無常的齊湣王即將發作，不知如何是好。

正在此時，宮門內侍一聲高宣：「上卿蘇代請見齊王——」

「上卿？快，快宣！」齊湣王大步走向宮門，要親自迎接蘇代。

伴隨著內侍的宣呼，齊湣王大笑著進殿，彷彿迎回了一個不世功臣，又彷彿得到了一個天大的喜訊。孟嘗君心中一動，總覺得那熟悉的腳步聲急促而沉重，那施禮寒暄的話語似乎也沒有往日那般從容，莫名其妙地一陣不安，不禁大皺眉頭。這片刻之間，齊湣王已經拉著蘇代的手到了殿中，一邊親自扶蘇代入座，一邊高聲吩咐內侍上茶，高興得有些手忙腳亂起來。待蘇代剛剛飲下了一盞涼茶，齊湣王忍不住道：「上卿，本王等你等得好苦也。快說說，秦國出兵幾多？」蘇代笑道：「我王莫急，此事頭緒頗多，須一宗一宗說來。」齊湣王笑道：「好事多多，那便快說，第一宗？」

蘇代拱手道：「第一宗，秦國欲召回甘茂，委以上卿之職。以臣之見，甘茂為邦交之才，對齊國有用，願我王留任甘茂，共圖大業。」

「好說！」齊湣王一擺手，「任甘茂為上大夫。御史（註：御史，戰國時齊國官職，幾類國君祕書長，與秦國長史同），宣甘茂進殿議事。」

如此快捷利落，大出蘇代意料，看樣子齊湣王早已經忘記了對甘茂的不滿，甘茂倒是料得絲毫不差。倏忽之間，蘇代有些懊悔，覺得此事說得太早，然則一句話已將生米煮成了熟飯，也是無可奈何了。眼看著齊王目光炯炯地盯著自己，焦急地等待第二宗第三宗好事，蘇代也只有振作心神說下去了：「第二宗大事，宋國與秦國結成了合縱盟約，秦國決意保護宋國。」一言落點，齊湣王臉色沉了下來：「如此說來，上卿勞而無功？」蘇代拱手道：「我王明鑒，秦國並非堅執護宋，然卻一定要齊分宋才出兵，而我王嚴令臣不得答應分宋。臣虛與周旋，企圖使秦作壁上觀，不干涉齊國滅宋。然則宣太后與秦王、魏冄一意孤行，臣實在是無可奈何也。」

「區區兩件事，花得兩個月時間？」齊湣王頓時沒了熱氣。

「我王明鑒，臣之所以遲歸，是因為經過陶邑與巨野澤時，暗訪了旬日有餘，得知秦國已經在陶邑與巨野澤西岸駐紮了五萬鐵騎，並非無端耽延時日。」蘇代知道這個齊王喜怒無常，只有將話說得明白無誤，才能免得他無端生疑。

齊湣王在殿中慢慢地徘徊著，雖然一句話沒說，臉色卻越來越陰沉。蘇代見孟嘗君毫無表情的模樣，料到他有難處，還得自己說話，於是一拱手道：「臣啟我王，為今之計，當暫緩滅宋，候秦宋合縱瓦解時，再徐徐圖之。」齊湣王猛然轉身，勃然大怒直指蘇代面門吼道：「說得出口！徐徐圖之？分明是與秦國一個聲氣，不要本王滅宋，瓦解本王霸業！」

蘇代入世以來何曾受過如此公然斥責，當年縱是強橫如燕國子之者，對他也是禮敬有加，加之有蘇秦名望，在列國從來都被當作邦交大師奉為座上賓，此時受此無端斥責，頓時大是尷尬，突然氣血上湧，拱手亢聲道：「我王不納臣言猶可，如何能無端指責臣與秦國沆瀣聲氣？邦交有道，使臣有節。我王如此指斥，臣卻何以自容？」

齊湣王不理睬蘇代，啪地猛拍書案：「上將軍，你說！」

「臣，唯以王命是從！」田軫慷慨高聲毫不猶豫。

齊湣王辭色稍緩：「孟嘗君之意如何？」

孟嘗君淡淡道：「田文以為，上卿謀國老成，我王當善納其言。螳螂捕蟬，黃雀在後。非宋國不當滅，投鼠忌器，情勢使然也。」

正在此時，甘茂匆匆進殿。齊湣王劈頭一句道：「上大夫，我欲滅宋，秦國當道，你說，本王該當如何？」甘茂極是機警，一瞄殿中幾人面色，大體明白了君臣正在激烈爭執，齊湣王當頭一句響亮的「上大夫」，分明是要他抗衡誰個。能有誰？看臉色定然是蘇代無疑。可甘茂如何能給蘇代這個恩公難堪？裝作思忖了片刻，甘茂肅然一躬道：「我王明鑒，滅宋為小業，抗秦方為大業。以臣愚魯之見，若能藉此機會，重新發動六國合縱，進攻秦國，不失為將計就計之霸業遠圖也。」

甘茂一言，舉座愕然。既迴避了滅宋，又將事體引上了合縱抗秦的大道，倒真是別開生面。眼見齊湣王眼珠連轉，陰雲頃刻散去，搓著手驚喜笑道：「你是說索性合縱攻秦？上大夫果真高明也！」

甘茂恭敬答道：「此乃上卿謀劃，甘茂不敢居功。」一句話將這個大大的功勞給了蘇代，而後依舊是恭敬惶恐，「臣聞上卿已對宣太后與秦王言明，桀宋乃天下公憤，秦不出兵，必致六國合縱重起也。上卿未及對我王提起，臣拾人餘唾而已，但憑我王決斷。」一番話落點，齊湣王哈哈大笑：「好啊！不吃小魚吃大魚。上卿、丞相，本王重開合縱抗秦大業，你等還有何說！」興奮之情，從每個毛孔都噴發出來，且著意將蘇代提在孟嘗君之前，顯然是對方才的指斥蘇代委婉致歉了。

孟嘗君與蘇代一時默然了。

合縱抗秦，對於這兩人來說，都是刻骨銘心的天下大道。孟嘗君半生追隨蘇秦，為的便是合縱抗秦。蘇代繼承兄長名望，究其實，內心圖謀也是縱橫天下。可鬼使神差，兩人都沒有轉過這個彎，卻教甘茂出了個大大的采頭。然則事已至此，兩人又能如何？想想畢竟也是自己當做的大事，孟嘗君慨然拱手道：「合縱鎖秦，為上卿與臣之畢生心願，我王若能攘臂舉旗，臣與上卿自當一力馳驅！」孟嘗君怕蘇代意氣用事拉不下臉面而與齊王真正鬧僵，此刻特意將蘇代拉了進來，算是替蘇代表示了贊同。

偏是齊湣王性情古怪，盯住了蘇代笑道：「上卿，國事為重，不說話麼？」

「合縱抗秦，歷來是臣之本意，自當馳驅效命。」蘇代明明朗朗毫無難堪。

「好！」齊湣王擊掌大笑，「君臣同心，合縱攻秦。丞相說，如何分頭合縱？」

孟嘗君思忖道：「臣以為，上卿出使燕趙，上大夫出使楚國，臣入魏韓兩國，似為妥當。」

「好！」齊湣王又是擊掌大笑，「三日之後，立即出使。約定列國三月後出兵，入秋滅秦。本王與上將軍調集兵馬，壓向中原！」

一場有可能君臣失和的僵局，片刻間神奇地化作了同仇敵愾。齊湣王大是興奮，連呼「上天助我」，立即下令大擺宴席為上卿洗塵。君臣四人開懷痛飲，備細商議了合縱攻秦的諸多細節，直到夕陽銜山方才散去。

夜來回府，孟嘗君心有不寧，直在後園大湖邊徘徊。合縱攻秦自是人心所向，以齊國目下六十萬大軍，比秦國兵力還強盛，只要精誠合縱打敗秦國，齊國便是天下第一霸主無疑，假以時日，統一天下也未可知。然則，這個齊王卻始終教人忐忑難安，一驚一乍反覆無常，論事但憑好惡，定策急功近利，大臣擢升貶黜易如反掌，如此國王，能走得幾步之遙？正在踽踽漫步，親信門客報說蘇代到了。孟嘗君二話沒說，吩咐亭下煮茶。

兩人月下對座，一時相對無言。良久，蘇代喟然一歎：「田兄，合縱攻秦一了，我想辭官歸隱。」孟嘗君不禁驚訝：「此話從何說起？」蘇代又是一歎：「殷鑒不遠，在夏後之世。君不記田忌孫臏了？」孟嘗君默然無對，良久道：「齊國氣象，我也難安，且看得一陣再說。」蘇代道：「此等國君，唯甘茂可事。公忠謀國，終難長久也。」孟嘗君又是一陣沉默，末了一聲歎息。正在此時，門客又報說甘茂前來辭行。孟嘗君大是驚訝，莫非甘茂也要辭官離齊？忙吩咐門客：「請上大夫進來。」待甘茂入座，孟嘗君劈頭便問：「上大夫欲去何方？」

甘茂拱手笑道：「明日入楚，合縱攻秦，豈有他哉？」

孟嘗君釋然一笑：「上大夫勤於國事，難得。」

「孟嘗君謬獎也。」甘茂輕輕一聲歎息，「流落之身，不敢留戀中樞是非之地而已，何有如此大義高風？」又轉身對蘇代一拱，「甘茂今日唐突，尚請上卿見諒。」蘇代揶揄笑道：「哪裡話來？上大夫解我僵局，送我一彩，何敢不識抬舉也。」甘茂悵然道：「非是茂左右逢源，實在是此公乖戾，難以侍奉，但有一言不合，立有殺身之禍。名士如上卿者，死於此公之手，未免可惜也。茂非逞能之輩，此中苦衷，難以盡述也。」蘇代心中一動，欲言又止，終是歎息一聲了事。

孟嘗君突然哈哈大笑：「各有天命，喪氣個鳥！合縱攻秦，先轟轟烈烈一場再說，終不能目下作鳥獸散。」

「還是孟嘗君！」甘茂讚歎一聲笑問，「我欲入楚，君可有叮囑之事？」

「你不說，我還真沒想起。」孟嘗君拍著石案笑了，「第一件，替我向春申君討一口吳鉤。第二件，再將這口吳鉤贈給一個你必能遇到的奇人。」

「此人不是楚人？」

「自然不是。」

「此公高名上姓？」

孟嘗君笑道：「我只說一句：你但遇此人，便知我要送劍於他。遇與不遇，皆是天意了。」

「妙！此等揣摩行事，正是甘茂所長，斷無差錯。」甘茂樂不可支。一言落點，孟嘗君與蘇代同聲大笑。

次日清晨，一隊車騎出了臨淄南門兼程疾進，直向楚國去了。過得兩日，孟嘗君與蘇代的車騎大隊也隆重出行，向西進入中原。

齊國的合縱攻秦戰車隆隆啟動了。

甘茂一路兼程，旬日之間進入了郢都。此時的楚國，正是無所事事而又惶惶無計的時日。自屈原的八萬新軍在丹陽之戰殉國，楚國像洩氣的皮囊癟了下去。北上中原沒了氣力，國政變法更是無人再提，眼看著齊國、趙國、燕國都在蓬蓬勃勃地強大，楚國竟似沒有舵手的大船悠悠漂蕩，誰也不知道它要漂向何方。大臣惶惶不安，幾個新銳人物常常來找春申君問計，並時不時從流放地帶來屈原壯懷激烈的信件，要春申君敦促楚王振作，力行變法。縱是昭睢一班老世族，也是終日謀劃要北上爭霸，恢復楚國的霸主地位。可屢次求見楚懷王陳說，楚懷王都是笑嘻嘻一句嘟囔：「多事。太平日子多好，優哉游哉，曉得無？總想打仗，當真木瓜了。」

春申君與幾個新銳求見，激烈直陳秉承先王遺志，要推行二次變法。楚懷王不勝其煩：「好了好了，先王變法，變出個太平來了？朝中咬成一片，整日死人打仗！如今有何不好？朝野安樂，太平歲月，好日子過膩了？日後誰再說變法，立即貶黜三級！曉得無？」春申君挺身抗辯，提出恢復屈原官職，楚懷王更是煩躁：「屈原屈原，屈原只會惹是生非。殺張儀，打私仗，連八萬新軍都被他賠了還不夠？用他，誰答應？亂成一團你來收拾？不辨好事，只會添亂，就是屈原！曉得無？」

下得殿來，春申君一聲長歎，拔劍便要自殺。幾個新銳臣子連忙死死抱住，奪下長劍。春申君放聲大哭，當場昏倒，被抬到府中臥病不起了。一個年輕將軍站在榻前低聲道：「春申君，楚國要好，必除兩個人物！」春申君霍然睜開眼睛：「你說，誰？」將軍咬牙切齒道：「一個鄭袖，一個靳尚，楚王被這兩個人妖蠱惑，連說話都變得娘娘腔了，楚國能好麼？」春申君閉目思忖良久，一聲長歎道：「縱無人妖，此公又能如何？徐徐圖之了。」

從此，楚國果真平靜了許多。殿堂無人聒噪，邊境無有戰事，楚懷王整日忙著與鄭袖靳尚並一班嬪妃侍女玩樂，世族大臣忙著蠶食國田擴張封地，春申君一班新銳則氣息奄奄地閉門不出。這個地廣人眾的南方大國在短短三五年中，彷彿從天下大潮中游離出來的一座死水「太平」島。

正是此時，甘茂來到了郢都。甘茂本是楚國下蔡名士，在楚國朝野倒是人頭活絡，但既然有孟嘗君的託付，自然是先見春申君為上策。春申君此刻仍然執掌邦交，例行拜訪也是無可厚非。但甘茂對楚國官場風氣熟透不過，知道此刻不能教楚國老世族認定自己是春申君一黨，須得在行止上保持不偏不倚，便先在驛館住好，然後大張國使旗幟前去拜訪春申君。輜車駛到府邸門口，卻見名重天下的春申君府前門可羅雀。白髮蒼蒼的總管家老見威勢赫赫的齊國特使鄭重拜訪，喜出望外，鞍前馬後地倍獻殷勤，非但親自將甘茂扶下輜車，且一溜碎步一直將甘茂領到後園竹林一座茅亭前，正要前去稟報，卻被甘茂擺手制止了。

茅亭外，幾個女樂師正圍坐在綠茸茸的草地上司鐘操琴，專注地奏著一曲悲愴的長歌。女樂師們臉上掛滿了淚珠，一個散髮長鬚身形消瘦的中年人迎風佇立在茅亭廊柱下，正在放聲長歌，悲愴激越的歌聲令人斷腸：

陶陶孟夏兮　草木莽莽
傷懷永安兮　汩徂南土
變白為黑兮　倒上以為下
黨人之鄙妒兮　羌不知吾所臧
浩浩沅湘兮　分流汩兮
修路幽拂兮　道遠忽兮
世既莫吾知兮　人心不可謂兮
懷情抱質兮　獨無匹兮
文質疏內兮　眾不知吾之異彩
伯樂既歿兮　驥將安程兮
人生稟命兮　各有所錯兮
知死不可讓兮　願勿愛兮
明以告君子兮　吾將以為類兮……

一聲響遏行雲的長嘯，歌聲戛然而止。黃衫者猛烈地捶打著廊柱憤聲長呼：「屈子，你不能這樣走啊！你走了，黃歇何以自處也！」

甘茂聽得癡迷，早已經是感慨唏噓熱淚縱橫，不禁上前深深一躬道：「公子勿得傷悲，屈子之心，雖憤慨傷懷，卻未必心存死志也。」

黃衫者猛然轉身嘶聲大喊：「子乃何人？能讀懂屈原？能解得烈士情懷！」

「修路幽拂兮，道遠忽兮！」甘茂長聲吟哦一句莊重一躬，「願公子參量。」

「足下是說，屈原未必就死？」

「詩心雖烈，猶抱希冀。楚國沒走到絕路，屈子定會等待。」

黃衫人長歎一聲，大袖揮淚，頹然跌坐在廊柱下的石案上，良久默然，方才緩過心神，起身一躬道：「黃歇心志昏亂，多謝先生了。」

「在下甘茂，不能為春申君分憂，慚愧。」

春申君大是驚訝，雙眼冒火，霍然起身：「如何？你是秦國丞相甘茂？」

「在下事體多有曲折，這是孟嘗君親筆書簡一封，春申君看罷便知。」甘茂大見尷尬，勉力笑著，遞上了一支泥封銅管。春申君打開抽出一卷羊皮紙展開，瀏覽一遍，愣怔半日無語，良久一聲長歎：「噢呀，蝸居三五載，天下日新月異也！屈兄呀屈兄，你可知道，天下又要變了，又要變了！」末了一聲大喊又哈哈大笑起來，「亭下設酒，為上大夫洗塵。」

女樂師們立即抹去淚水，笑吟吟地穿梭忙了起來。不消片刻，酒宴在茅亭下擺好。飲得一爵洗塵酒，春申君慨然拱手道：「先生有所不知，前日我的門客去探望屈原兄，屈兄託門客帶來〈懷沙〉一篇，辭意痛切，如同與黃歇告別之絕筆。方才失態，慚愧了。」

甘茂肅然拱手道：「兩兄大節堅貞，壯懷激烈，甘茂感佩不已，豈敢有他？」

「噢呀，先生入楚，不知使命如何了？」春申君稍感輕鬆，終於切入了正題。

甘茂便將秦國阻撓滅宋，齊國欲合縱六國抗秦除暴的諸般來由說了一遍，末了恭敬一句：「公子向為合縱棟梁，尚請教我。」春申君聽得極是專心，拍案而起道：「大妙也！桀宋千夫所指，秦國助紂為虐，兩惡沆瀣，天下側目！這次合縱大義凜然，各國斷不會首鼠兩端。只是……」春申君沉吟片刻，目光大是困惑，「桀宋惡行，天下唾棄，秦國如何能公然袒護？莫非有不可告人之圖謀？」

「春申君多心了。」甘茂此刻極是自信，「張儀已去，今非昔比，秦國已無智計謀略之士，談何圖謀？究其竟，無非篤信實力強橫霸道而已，豈有他哉！」

「噢呀大是。」春申君恍然大笑，「張儀甘茂不在，秦國也只剩下生猛硬做了。」

「有春申君鼎力操持，楚王定然出兵。」

春申君連連搖頭：「噢呀，也是今非昔比了。目下楚王，當真難說也。」隨即將幾年的國事爭執說了一遍，搖頭歎息毫無底氣。

甘茂笑道：「此一時，彼一時。變法與合縱本來不同，且容在下試說楚王。」

「好！上大夫有此心志，黃歇自當通融。」春申君說罷，轉身向侍立亭外的一個沉靜的侍女招手，侍女上前，春申君一陣低聲吩咐，侍女飄然去了。

「噢呀還有何事？上大夫但說了。」

「孟嘗君有言，請在下代他向春申君討一口吳鉤，再送給一個天曉得能不能遇到的奇士。」甘茂說著先自笑了，「此事蹊蹺，春申君斟酌。」

春申君聽得大笑：「噢呀，有甚蹊蹺了？孟嘗君此等事多了去，原不稀奇了。」說罷起身，「上大夫隨我來。」領著甘茂出了茅亭，踏著石板小道，曲曲折折往竹林深處而來。走得一陣，便見四株合抱粗的古柏圍著一座大石砌成的低矮房子，門前一方與人等高的荊山白玉，玉身赫然鑲嵌著兩個碩大的銅字——劍廬。甘茂大體一瞄，知這座石屋半截埋在地下，不禁大是驚訝，這春申君有多少名劍，竟用得如此一座堅固的處所專門收藏？春申君沒有說話，只回身示意甘茂別動，自己對著劍廬肅然一躬，而後轉到了石屋後面。

突然之間，甘茂只聽隆隆沉雷滾過，兩扇石門緩緩移開。春申君從屋後繞出笑道：「上大夫，請了。」甘茂笑道：「此等聖地，還是客隨主家。」春申君不再客套，說了聲隨我來，跨進了劍廬。甘茂低頭一看，腳下是高達膝蓋的一道青石門檻，小心翼翼跨了進去，迎面一道高大的影壁，繞過影壁，一道石板階梯直通而下。奇怪的是，明是看不見窗戶，階梯卻不顯幽暗。大約下得十幾級臺階，眼前豁然開朗，一間寬敞明亮的大廳分外清雅，白玉方磚鋪地，四面本色木板作牆，一個青石穹隆高高地懸在頭頂，一片陽光神奇地從穹隆頂端灑下，廳中乾爽異常。再看四周牆上，空蕩蕩一物皆無。

甘茂由衷讚歎道：「如此神奇處所，縱無名劍，亦是仙山洞府了！」

「噢呀上大夫，沒有劍，做這洞窟耍啥子了？」春申君一陣大笑，沿板壁走過，啪啪啪連拍牆面，四面牆上噹噹連聲，八個窗口霍然彈開，每個窗口都吊著一色平展展的絲簾。春申君撩起離甘茂最近的一方絲簾道：「噢呀上大夫，看看此劍如何了？」

甘茂一打量，這個「窗口」足足有六尺見方，紅氈鋪底，黑玉作架，一口銅鏽斑駁的古劍橫展在眼前。甘茂不通劍器，一陣端詳，看不出這口兩尺多的古劍有何名貴，拱手笑道：「在下孤陋寡聞，春申君不必費心了。左右一口吳鉤了事，有甚差別？」春申君笑道：「噢呀，那是你了。孟嘗君說要贈給奇士，此公便必是此道中人，黃歇豈能教他寒磣了？」甘茂笑道：「春申君劍器名家，我聽你。」春申君連連搖頭：「噢呀不敢當，要說劍器鑒賞，孟嘗君無出其右也。」甘茂驚訝了：「如此說來，孟嘗君也當有名劍收藏，如何向你來討？」春申君又是一陣大笑：「噢呀上大夫，豪俠如孟嘗君者，能藏得何物？我這幾口劍，過幾年也要被他討光了去。」甘茂不禁笑道：「原是春申君豪俠第一，送寶假手不留名，卻比孟嘗君贈人結情要高了一層。」春申君頓時愣怔，又突然大笑起來：「噢呀呀，上大夫說得好！為黃歇正名也！」甘茂困惑搖頭：「公子此言，我不明就裡。」春申君臉上的笑容孩童般天真明亮：「噢呀呀，孟嘗君信陵君平原君，那三個劍癡都說我黃歇小氣了。上大夫一言喚醒夢中人，我黃歇小氣麼！豪俠第一了！」說罷大笑良久，軟在了地上猶自咯咯笑個不停。甘茂素來機警冷靜，不防一句無心之言卻解開了春申君心中一個老疙瘩，看春申君那快活模樣，也不禁大樂，生平第一次笑得彎腰打跌起來。

笑得良久，春申君打開東面「窗口」的絲簾，雙手捧下一口半月形吳鉤：「噢呀上大夫，這口吳鉤包你交差了。」甘茂接過道：「自是如此，出自春申君劍爐，絕是上品了。」春申君笑道：「上大夫正名有功，黃歇今日也送你一口名劍了。」甘茂連忙正色一躬道：「寶劍贈與烈士。甘茂不通此道，萬萬不敢污了名器。春申君但有此心，府中短劍任送我一口防身便了。」春申君思忖片刻道：「噢呀也好，名器在身，不通劍道也是禍害了。好，上去送你一口短劍。」

兩人出得劍廬回到茅亭，春申君對守候的侍女一陣吩咐。片刻之間，侍女捧來一個銅匣，春申君打開推到甘茂面前：「看看趁手與否了？」甘茂一看，銅匣中一支匕首，一沾手森森一股涼氣。劍身堪堪六寸，連同劍格當在九寸左右，握住劍格，分外趁手；棕色皮套極是精緻，古銅劍格上還鑲嵌了一顆碧綠的寶石。抽開皮鞘，一星青光幽幽流淌，短短劍身如同鏡面一般。

「如此名器，不敢承受。」甘茂真心地推卻。

「噢呀哪裡話來？」春申君皺起了眉頭，「這可是我這裡最尋常的匕首了，用得而已。若再推辭，客套了。」

甘茂知道四大公子為人，但說客套，便是指你虛應故事，連忙起身肅然一躬：「如此謝過春申君。」

春申君笑道：「噢呀客客套了，來！酒！」

飲得幾爵，原先那個侍女匆匆走回，在春申君耳邊低聲說了幾句。春申君轉身對甘茂笑道：「上大夫，明日午時末刻時分，你進殿求見楚王，我不陪了。」

「好！甘茂打這個頭陣。說不下，春申君再上。」

「說不下？」春申君驟然大笑起來，「說不下，這合縱攻秦也就完了，黃歇是沒奈何也。」笑聲中一片淒涼。一言落點，甘茂心中一沉，如此說來，春申君這個後援早已對楚王絕望了，能否說動楚王，就在自己一人身上了。甘茂畢竟不是蘇秦張儀，對這種長策說君從來沒有過身體力行，如今首次為齊國出使，形同背水而戰，心中頓時忐忑不安起來。

次日清晨，太陽還沒有上山，甘茂已在驛館庭院中漫步了。

這是多年在宮廷做長史的習慣，往往是四更天離榻梳洗，然後便要派定一連串的瑣碎事務：要謄刻的文書、要立即呈送國君的緊急公文、要迎送的外國使節等，還要同時回答前來請命的宮廷護衛、內侍總管等諸般事宜，尤其要為國君安排好所有的國務會見與細節瑣務。總而言之，長史這個官職實際上便是王室事務總管，最是累人，若沒有起早睡晚要緊處還得連軸轉的功夫，十有八九都做不好。甘茂卻恰恰天生是做這種官的材料，精力過人，學問駁雜，機敏冷靜，記憶力非凡，縱是千頭萬緒的瑣碎事情，也能在極短時間裡處置得井井有條，更兼善於揣摩上意，往往能在國君尷尬時巧妙轉圜，於是顯得玲瓏活絡，路路得通，無所不能，將長史這個中樞大臣做得有聲有色。否則，秦武王也不會視為股肱，一舉將丞相上將軍兩大權力壓在他一個人身上。然也奇怪，甘茂一做丞相上將軍立時捉襟見肘，事事不逮，竟成了他最是難堪的一段歲月。軍前打仗，每每被一班軍中大將問得張口結舌。朝中議政，更是無法在一班能臣面前總攬全局，經常是被樗里疾、魏冄等牽著鼻子走。秦武王驟然暴死，他是受命安定局勢的唯一大臣，任誰也會藉此坐大，至少是權力更加鞏固。獨甘茂例外，偏偏在朝局安定後被剔除出權力場而做了流亡臣子。想想也是天意，自己每擔大任便亂了方寸，每應對事務便化險為夷，豈非命該如此了？今回又是以上大夫之身斡旋楚國，可自己對楚王心中無底，結局會是如何？

雖是彷徨無計，甘茂還是回到書房準備了一番，成與不成只看天意了。

看看日色過午，甘茂上了軺車向王宮轔轔而來。到得宮門，車馬場冷清寥落，顯然沒有官員此時入宮。甘茂下得軺車，不經意間見一匹高大雄駿的胡馬拴在車馬場粗大的石樁上，毛色閃亮透濕，不斷地喘息噴鼻，顯見是有人長途奔馳而來。甘茂心中一動，莫非是齊國有變，斥候緊急稟報來了？想到此處，不禁腳下匆匆，上了十六級玉階便向宮門老內侍遞上國書請見楚王。

「楚王已知特使入宮，請了。」老內侍說罷轉身一聲宣呼，「齊國特使甘茂晉見——」

看來春申君鋪排無差。甘茂精神一振，大步進了宮殿。過了迎面大屏，見高階王座前站著一位黃衫玉冠中年人，白胖無鬚，正在徘徊著聽臺階下一人說話。再看廳中，站著一個滿面風塵之色的偉岸人物，紫紅斗篷，手持長劍，連鬢絡腮大鬍鬚看不出年歲。一個說得慷慨，一個聽得專心，兩人都沒有注意到甘茂進殿。

「今聞義士之言，桀宋無道，秦國竟助紂為虐？」黃衫白胖人的口吻很是矜持。

「楚王明鑒！」紫紅斗篷者慨然拱手道，「桀宋已是鬼神不齒，天怒人怨。普天之下，唯秦國與桀宋沆瀣一氣，圖謀以邪惡強力，滅絕中原正道。當此之時，齊王合縱六國，誅滅暴秦，正是應天順時。楚國若聯兵北上，天下一鼓可定也！」

楚懷王擺擺手：「儂只說，聯兵攻秦給楚國何等好處？曉得無？」

「好處可是大了。」紫紅斗篷者悠然笑了，「一則，楚國可恢復中原霸業，楚王可成弘揚先王大志的中興英主。二則，淮北入楚，秦國商於六百里並武關、丹陽、崤山東南一併歸楚，拓地千餘里，楚國豈非大大利市？」

「儂說此話，不作數了。這要齊王說話，曉得無？」楚懷王精明地笑著，白胖圓潤的臉上彌漫出無限的滿足與自信。

「楚王果真神明無邊。」紫紅斗篷者哈哈大笑著頌揚了一句，「齊王特使已在殿中，楚王不妨以國書為斷。」

「是麼？」楚懷王轉身高聲大氣問，「齊王特使何在？」

甘茂止住了笑意，上前幾步躬身高聲道：「齊王特使甘茂，參見楚王！」

楚懷王驚訝了：「神奇神奇！天意天意！如何這齊王特使說到便到了？」驚訝之餘立即綻開了笑臉，「特使請入座。你有齊王國書了？」

「有。」甘茂驟然悟到了說君技法，立即心思頓開，捧出國書高聲回答，「此乃齊王親筆手書，許楚國分秦八百里土地財貨也。」

「噢？好好好，蓋著王印，看來不假了。」楚懷王接過國書一陣打量，「曉得無，那個張儀，當日許我六百里商於之地，因了沒有王印國書，本王才吃了個大虧。這次有王印了，本王放心了。曉得無？要不又說我木瓜了。」兀自嘟囔一陣，抬頭問甘茂，「齊王之意，楚國出兵幾何了？」

「十萬足矣！」甘茂高聲大氣，直覺自己也神道兮兮了。

「齊國如何？出兵幾多了？」楚懷王很是警覺。

「齊國出兵三十萬，分地與列國等同。」甘茂又是高聲大氣。

「如此說來，這齊王圖個甚來？沒利市，曉得無？」

此刻，甘茂已經對說服此等君王揣摩透亮，知道若以長策大謀對之，無異於對牛彈琴，只須瞄著對方關注的紐結，一本正經地去說便是。底氣一定，不禁拱手慷慨道：「齊王之利，是與楚王攜手，共圖中原霸業。楚國得到千里之地後，齊國再滅宋。究其竟，定然使楚國利市落到實處啦。」甘茂也帶上了些許楚音，親和如一家人一般。

楚懷王頻頻點頭，末了笑道：「還有一件，你等不能在郢都鼓噪變法，曉得無？要不，這兵就出不得了，曉得無？」

「曉得！」紫紅斗篷者與甘茂同聲相應。

紫紅斗篷者又道：「啟稟楚王，齊國星相名家甘德預言：楚有將星在世，若得此人領兵合縱，大業可成。不知楚王曉得無？」

楚懷王又一次驚訝了：「是麼是麼？楚有將星？應在何處？誰啦？」

「甘德云：此人乃將兵之才，身居高位，久曠無用，願楚王神目明察。」

楚懷王徘徊著兀自嘟囔：「身居高位，久曠無用？那是春申君啦。春申君麼，整日聒噪變法，只怕他是心無二用啦。想想，想想，不能做木瓜啦。」

「楚王神明。」紫紅斗篷者正色拱手，「若是此人，在下一法可治。」

「噢？快說了，本王也是想治治他，曉得無？」

「此人念叨變法日久，便成癡心瘋癲症，實則並非真要變法，無所事事而已。若讓他帶兵攻秦，上合天心，發了將星之才，自然克了他變法瘋癲。若行此計，國中自無人聒噪變法。」紫紅斗篷者振振有詞。甘茂拚命咬住牙關，才沒有笑出聲來。

楚懷王驚喜點頭：「噢！倒真是一法啦。本王想想，楚國有名將，利市可大啦，好好好！」一連說了三個好，大袖一甩又道，「本王不是木瓜，該進後宮啦。」逕自去了。

紫紅斗篷者分明憋著笑意，卻沒有理睬甘茂，轉身大步走了。甘茂快步趕出，在車馬場邊遙遙拱手：「千里駒魯仲連，何其匆匆如此也？」

紫紅斗篷者回身拱手道：「足下使命已成，該當回程。告辭！」

「且慢。」甘茂高聲道，「魯仲連國士無雙，在下先表成全使命之謝意。另者，在下尚受人之託，為國士帶來一件物事相贈。」

「得罪。在下從來不受人禮。」紫紅斗篷者冷若冰霜。

甘茂笑道：「如此說來，孟嘗君有眼無珠，在下多事了。」說罷回身便走。

「先生且慢。」紫紅斗篷者拱手一禮，「先生是受孟嘗君之託？」

「然也。」

「恕魯仲連唐突。敢請先生交付與我。」

甘茂拱手道：「請國士移步，隨我到驛館。」

「先生但上車先行，在下隨後。」魯仲連一拱手，大步走向那匹神駿胡馬。

甘茂本是敬佩這位不期而遇的名士，想邀他同車前往，如今見這位齊國才俊不屑與自己同車共道，歎息一聲登車去了。到得驛館門口，果見魯仲連快馬從對面另一條道飛來，甘茂思忖也不能強求，先自進得驛館捧出了那口吳鉤遞上：「此劍乃孟嘗君特意相贈，請國士收好。」魯仲連接過吳鉤一打量，大為驚訝道：「先生識得此劍否？」甘茂搖頭笑道：「在下不通劍道，唯盡人事而已。」魯仲連目光炯炯地盯住了甘茂：「百年之前，此劍從越國流落於楚國王室。若是孟嘗君託先生向楚王討得，相送在下，於國無益，恕難受命。」甘茂不禁笑道：「足下說法卻是奇了。縱是楚王之劍，如何於國無益了？」魯仲連神色肅然道：「楚吳越三國王室，歷來多有劍癡。一件名器流落，王族便視為國寶之恨，流入齊國便是楚齊之仇。魯仲連如何能以一己好惡使邦交成仇？此劍尚請先生收回，妥為奉還王室。魯仲連告辭。」將劍器往甘茂手上一搭，轉身便走。

「國士且慢！」甘茂肅然拱手，「在下敬佩國士氣節。實言相告，此劍確實不是王室得來，而是孟嘗君託在下從春申君手中求得。孟嘗君有言：寶劍贈與烈士。唯君堪配此名器，推託過甚，豈非造作了。」

魯仲連突然一陣大笑：「既是春申君之物，我便受了。」從甘茂手中接過吳鉤，一句道謝也沒有，翻身上馬去了。

甘茂一陣悵然，回到驛館，休憩片刻用過晚餐，向春申君府邸來了。到得書房，卻見春申君踱步沉思，長案上赫然放著那口吳鉤。甘茂驚訝道：「這個魯仲連恁般死板？一具劍器也如此較真？」春申君回身笑道：「噢呀上大夫，魯仲連便是這般品性，高潔如白雲，志節如松柏了。否則，如何孟嘗君要拐這個彎子了？然則，也是他說得對了。」甘茂不以為然地笑道：「志節高者，往往少機變，他能有甚個謀劃來？」春申君大搖其頭：「噢呀，上大夫差矣！魯仲連之機變謀略，你我無法望其項背了。他要我將此劍歸還楚王，表我無為心志，我便是合縱上將軍了。上大夫以為然否？」

甘茂原是為此事而來，思忖片刻不禁笑道：「好！我看楚王氣象，也只有此等方法有用。」

「噢呀，英雄所見略同，那便如此這般了。」春申君大為高興。

三日後，楚懷王在大殿正式召見甘茂，當殿回覆齊王國書：發兵十萬，合縱攻秦。楚懷王換了個人一般，精神振作，慷慨激昂地大說了一番中興霸業向秦國復仇的雄心壯志，當殿授春申君合縱上將軍兵符印信，並親自發令：旬日後立即發兵北上。

甘茂大喜，立即兼程回齊。此時孟嘗君與蘇代也先後歸來，帶回了令人振奮的消息：魏趙韓同仇敵愾，三國各出兵八萬，旬日後會兵伊闕（註：伊闕，戰國時洛陽南伊水要塞，又稱龍門，春秋時名闕塞，因兩山相對如闕門，伊水流其間，故名）。只有燕國藉口國窮兵少，只答應派出兩萬人馬，還沒有說定確切日期，蘇代覺得很是慚愧。

「燕國大膽！」齊湣王大為震怒，當場拍案吼叫，「要他何用？攻秦勝了，接著便是燕國！」氣勢分明已經是天下霸主了。

殿中幾位大臣卻無人應和。孟嘗君道：「我王還是先定策攻秦為上。」

「好！燕國回頭再說。」齊湣王當殿下令，「田軫為滅秦上將軍，率三十萬大軍會兵伊闕。孟嘗君率上卿、上大夫等，總司糧草輜重，本王坐鎮巨野守邊。」

「臣等遵命！」殿中轟然齊應，分外激昂。

第四章

鏖兵中原

一、六十萬大軍壓頂函谷關

夏尾秋頭的七月末，河外的廣袤原野上開始晝夜過兵了。騎兵、戰車、重甲步兵成方成陣地從剛剛收穫過的田野隆隆推進，滿載輜重糧草的牛車則從所有的官修大道與田間小道吱吱呀呀地碾了過來，不計其數的斥候遊騎流星般地穿梭在原野色塊之間。煙塵彌漫，旌旗招展，戰馬嘶鳴，號角呼應，方圓四五百里的地面上日夜滾動著隆隆沉雷，日夜飄散著嗆人的土腥煙塵。旬日之間，三川原野上紮起了連綿不斷的各色軍營。這軍營堪稱史無前例的遼闊，從最西面的澠池要塞到最東面的虎牢關，從最北面的大河到最南面的汝水，東西三百餘里，南北四百餘里，舉凡隘口要塞山水形勝等兵家必爭之地，都駐紮了大片軍營。

一出函谷關，遍野旌旗營帳層層疊疊，尋常軍馬插翅也難飛過。

說起來也是難以置信，山東六國這次罕見的齊整利落。從齊國聯絡開始到大軍雲集，也就是一個夏天。更有不同的是，此次出兵，各國非但都是精兵，且數量比第一次多了許多：齊國主力，鐵騎十萬，步卒二十萬，共三十萬大軍，連帶輜重牛車的老兵民伕，少說也在五十萬左右；楚國戰車二百輛兩萬餘人，騎兵兩萬，步兵六萬，連帶輜重牛馬車人，當在十五六萬；魏趙韓三國各八萬精兵，都是步騎各半，連帶輜重運輸，大數四十萬人左右。只有燕國例外，出了兩萬步兵，還是自帶軍糧，沒有輜重牛車。如此一來，六國軍兵的總數已達一百餘萬，僅作戰兵力便是六十六萬。

之所以各國都有輜重車隊，是基於第一次聯兵攻秦的教訓。魏國拒絕了事先支付糧草而在戰後償還這種方略，非但不從敖倉出糧，而且也拒絕了齊國提出的各國出金從敖倉買糧之策。魏襄王直對孟嘗君皺眉頭：「昔年戰敗，敖倉被毀，盟邦誰個還我糧來？先付不行，買糧也不行。一有糧荒，金餅能吃能喝了？有糧草便打仗，沒糧草，趁早別打合縱算盤。」如此一來，各國牛車民伕都是十數萬，聲勢當真驚人。

自帶糧草還如此利落，最根本的原因，是各國都不約而同地覺得這次攻秦的時機絕佳。且不說秦國主少國疑、外臣外戚當道、甘茂出走、老臣凋零這些朝局動盪；便以打仗而言，秦國只有二十萬新軍，戰法神出鬼沒的名將司馬錯被迫出走，那個鬼魅般折騰六國的張儀也被迫隱退，沒有名將名相，秦國二十萬兵力算個甚來？如此時機，當真是千載難逢。縱然不能滅秦而瓜分之，只要將這個虎狼之國驅趕回西陲河谷草原，甚至是只分了關中沃野、千里河西與商於兩郡，誰不認為是天下最大的利市？

如此一來，這次出兵攻秦分外順當，爭相向最靠近函谷關的要塞駐紮，爭相做前敵大軍，倒是教聯軍主將田軫大費了一番心思。按照田軫會同孟嘗君、春申君的謀劃，此次六國大軍仍然以大伾山虎牢關為大本營四面集結，雖然距函谷關三百餘里，但卻有利於大軍展開推進。但是與各國主將一通氣，沒有一家贊同，都說陣勢過分靠後，不是決戰氣勢。尤其是魏國大將新垣衍與韓國大將申差最為激烈，堅執主張直接推進到函谷關外紮營，「滅秦志氣，揚我軍威」！趙國大將司馬尚也赳赳高聲：「秦國兵微將寡，此時不進，更待何時？汝等畏縮，我趙軍進駐澠池（註：澠池，春秋時鄭地，戰國時韓國要塞，因其城堡在澠池（湖泊）岸邊，故名。在今河南省澠池縣西）！」

一片激昂慷慨，孟嘗君與春申君無奈，由著本來無甚主見的田軫與魏趙韓三國大將在吵吵嚷嚷中重新分派了駐紮序列：趙國八萬大軍任前軍，駐紮澠池，距函谷關僅有三十餘里；魏韓兩國十六萬大軍任後軍接應，駐紮洛陽郊野的伊闕山口，距前軍百里之遙；齊軍楚軍燕軍共四十二萬，任中軍主力，駐紮在宜陽城外的洛水北岸原野，距前軍三十餘里，距後軍不到五十里。

這一番分派，從大軍態勢看，無疑對函谷關形成了三面包圍：趙軍正面對敵，齊楚主力展開於東南，恰好嚴嚴實實地兜住了秦軍從崤山東出的通道，魏韓後軍則在正東，實際上是第二波猛攻與包抄秦軍的主力。因為伊闕通往函谷關幾乎一馬平川，魏韓兩軍熟悉地形，又有主力鐵騎參戰，放馬一個衝鋒便可直抵澠池戰場。而齊楚兩軍的宜陽駐地卻是一片山原，騎兵馳騁便減了速度，實則似近實遠。這也是魏韓兩軍甘做後軍的實際原因。

作為滅秦主力，齊楚兩軍本是中軍。所謂中軍，是正面作戰的中堅力量，駐紮位置亦當在中央位置，便於策應。然則這次非同尋常，齊楚燕三軍共四十二萬中軍主力，卻駐紮在了最拖後的宜陽。原來，孟嘗君與春申君是另一種謀劃：與秦軍開戰，不能輕敵冒進，須得穩紮穩打，以強大穩固的防守先行耗掉其銳氣，而後一鼓圍殲。兩軍會合後，孟嘗君說了自己的憂慮：「春申君啊，聯軍打仗，最怕各軍裹足不前。第一次攻秦，若都像燕國子之那般勇邁，何至於一敗塗地？這次，我學學張儀，來個自領前軍。」春申君哈哈大笑道：「噢呀田兄，那田軫縱是聽你話，我也不能教你這坐鎮丞相喊殺衝鋒了。說不得，還是我黃歇自請前軍了。」孟嘗君笑道：「你那幾百輛老戰車，當得秦軍鐵騎一個回合？」春申君一臉肅然：「我要學屈原兄，這次來個壯士斷腕！」慷慨一句卻又喟然一歎，「左右啊，這上將軍也就一回了，不能教這班將軍笑話了我等。」

誰知一會諸將，人人激昂爭做前軍，大在意料之外。孟嘗君與春申君大為放心，自然不再堅持要齊楚兩軍做前軍，可是也只能遷就了各軍大將的猛攻主張，無可奈何地贊同了各軍前出澠池、伊闕，將拖後穩定全局的重擔攬在了齊楚兩軍身上。

次序派定，各軍迅速開進了駐地。各國軍營內殺氣騰騰，但有操練，「誅滅強秦！復仇奪地」的激昂呼聲響徹原野。兵有鬥志，將有戰心，六國聯軍第一次出現了上下同欲紛紛請戰的場面。尤其是趙魏韓二十多員戰將，旬日之內，五次到幕府請戰，要立即猛攻函谷關，滅此朝食。

連綿不斷的大軍營盤，山呼海嘯的激盪氣勢，且不說從來沒有見過如此陣仗的洛陽國人目瞪口呆，便是對大軍征戰司空見慣的魏國人與韓國人也驚訝咋舌了。正在秋收剛剛結束之際，居住郊野的農人成群結隊地聚集在山塬𣻸峁上，觀看大軍操練，無不嘖嘖驚歎。大梁、新鄭、洛陽三大都城的商賈，更是振奮不已，立即出動牛車馱隊，將兵士需要的各種物事運到軍營外低價熱賣，一則賺了利市，二則落了個甩賣勞軍的美名。聯軍士氣正高，將軍們對商賈的勞軍義賣大喜過望，軍營管束自然網開一面，特許軍兵出營買賣。將官兵士最是高興，非但低價買回了凱旋班師之日想送給心愛女人的絲巾玉佩與他國特產，也高價賣出了平時難以出手的搶掠來的細軟之物。商賈們笑意盈盈，將士們呼喝連聲，人人不亦樂乎。充斥原野軍營的激昂殺聲，與這買賣大市的歡聲笑語，融會成了一道奇特的軍營景觀。

人人紛紜，都說這是一場曠古大戰，強秦是註定要滅亡了。

三皇五帝以來，誰見過如此用兵聲勢？夏商周三代大軍交戰，尋常老百姓想看熱鬧也難找見地方。因了雙方軍隊加起來，最多也沒有超過二十餘萬者，但凡一個要塞隘口或都城郊野，便是雙方戰場了。周武王滅商的牧野大戰，是三代規模最大的兵爭，周軍兵車三百輛、虎賁三千人、步兵四萬五千人，殷紂大軍也只有十七萬人，雙方兵力合起來，也才二十萬出頭。進入春秋爭霸戰，最大的城濮之戰，晉國三軍總共也才一千多輛兵車五六萬人之多，楚軍也不過兩千多輛兵車十萬人左右。進入戰國之世，最大的用兵便是蘇秦初次合縱後的聯兵攻秦。那次是四十餘萬大軍，已經到了人們聞所未聞的地步。而今，一望無際的幾百里軍營，比上一次合兵攻秦的氣勢大得驚人了。

河外商旅農人惶恐興奮地奔相走告：「六國大軍至少百萬，滅秦板上釘釘！」這種口風隨著人們的嘖嘖驚歎，隨著奔走天下的商旅們的口舌流淌，隨著快馬斥候的流星快報，滲透了宮殿都市與鄉野山村，一時天下震動了。

二、左更白起臨危受命

消息傳到咸陽，這座關西大都第一次躁動恐慌起來。

躁動是從尚商坊彌漫開來的。在六國商賈中，中原百萬大軍壓向函谷關所引起的震動，與老秦人的震動不可同日而語。消息一傳開，山東商賈幾乎眾口一詞地說：「這下秦國真要完了！」聚集在老白氏渭風古寓裡的巨商大賈們立即徹夜會商，秦國將如何對待山東商人？我等是走是留？說來說去，莫衷一是。楚國大商猗頓家族的總掌事猗茅拍案激昂道：「秦國滅亡，便在眼前！秦人久處西陲，殺戮掠奪成性，猶比戎狄過之。自知滅國在即，秦人必將要大掠六國商賈，以作遠遁大漠之準備。猗茅料定，旬日之內，秦軍便會突然封鎖國界，並將我等財貨強行抄沒。為今之計，只有一個字：走，立即走！便是這句話，信不信由得爾等。我這便回去收拾，天亮離開咸陽！」說完拔腳就走，眾人一片愣怔。

片刻，巨商大賈「哄嗡」一聲猛醒過來。對呀，危邦不可居，此時不走，更待何時？要真教猗茅說準了，幾代辛苦積累的財富甚至身家性命，豈不都要付諸東流？思念之下，人人腳步匆匆離去。頃刻之間，長街車聲轔轔，關閉店鋪、盤點貨物、雇傭車輛，整個尚商坊立即緊張起來。一夜之間，咸陽的車馬價錢猛漲了十幾倍。許多居住在國人區的老秦人，也被山東商賈夤夜請來做力伕，一個時辰付一金。老秦人第一次驚訝地瞪大了眼睛——這些山東商人瘋了麼？好好的錢不賺，跑個甚來？更有一奇，山東商賈緊急出手豪宅、店鋪、酒肆等一應搬不走的物事，一夜之間，一座六進府邸竟跌到了十金的谷底價！饒是如此，秦國商人也不敢買，工匠市井之民更是不敢買。如此一來，山東商賈越發認定秦國就要動手，老秦民眾如何敢與官府爭奪？心頭滴血也沒有辦法，只好紛紛求人看管，心中卻只存了個全當被劫的念頭。一時間人聲鼎沸，燈火煌煌，車馬如流，塞滿了通往咸陽四門的長街大道，最是繁華富庶的半個咸陽頓時大亂了起來。

尚商坊是咸陽的財富中樞，這一番天地翻覆的大折騰，立即驚動了新任涇陽君兼領咸陽令嬴顯，夤夜飛馬來到丞相府緊急稟報。魏冄一聽大急，要立即封閉咸陽四門。嬴顯沉吟道：「茲事體大，還是稟報太后定奪為好。」魏冄恍然醒悟：「言之有理，立即進宮。」二話不說，立即出門上馬，兩騎向王宮飛馳而來。

東偏殿大書房裡，宣太后正在與秦昭王論說六國大軍陳兵函谷關的險情，要年輕的國王兒子拿個主見出來。這便是宣太后，雖然秉持國政，卻是每逢大事都要這個最終將親政的兒子先說話，彷彿她自己並沒有定見一般。秦昭王寡言多思，只一個字：「打！」「打容易。」宣太后皺起了眉頭，「如何打法？誰個為將？誰個輜重？發兵多少？成算幾何？想過麼？」秦昭王搖搖頭道：「個算謀劃，要與大臣將軍商議再定。我只知老秦人一句老話：赳赳老秦，共赴國難。」宣太后笑了：「有個與大臣共商的計較，有老秦人骨氣，便是正主意了。」

猛然，一陣沉重的腳步聲，同時傳來內侍長宣：「丞相涇陽君緊急晉見！」

宣太后霍然站起：「快請他們進來。」

及至二人大步匆匆進來，涇陽君將事由一說，宣太后便問魏冄：「你是丞相，可有個主意？」魏冄一路思忖，已經有了主張，立即一拱手道：「臣以為，山東商旅大舉入秦，乃兩代變法之大功，絕不能毀於一旦。為今之計，只有強留：立即飛檄封鎖函谷關，出得咸陽的商旅車隊全數追回，派兵看管；待大戰結束後，國府可給一定賠償，山東商賈自然安定。只一句話：定要留住外商！請君上太后定奪。」

宣太后明亮的眼睛不斷地閃爍著，倏忽盯住了秦昭王：「國君以為？」

秦昭王搖搖頭：「丞相做法，似有不妥。只是，驟然之間，我也沒有成算。」

宣太后眉頭一挑道：「此事刻不容緩，不容細細計議，我拿主意了：立即大開四門，歡送山東商賈出秦。丞相府與咸陽令多派吏員徵發咸陽牛車，進入尚商坊，無償為商賈裝載運貨。咸陽國人做商賈勞役，一律不受金錢。商賈所留府邸，一律由官府看管；商賈但歸，立即歸還。其餘事宜，循著這個章法便是。」

「太后婦人之仁也！」魏冄大急，「只怕六國商人要捲起錢財溜之大吉。」

涇陽君卻慨然回應：「太后之言振聾發聵，嬴顯以為可行！」

「好！這是長遠大計。」秦昭王也恍然醒悟。

「一句話：留人要留心！」宣太后重重地補了一句。

「也是一法。」魏冄素來果敢利落，「左右是要留人，走！立即分派做事。」大手一揮，與涇陽君風一般去了。

大約兩三個時辰之間，咸陽又是另外一番景象了。咸陽令的官印大告示張掛四門，有吏員在告示下反覆宣講：「大秦廣開商路，來去自便。國人得為外邦商賈多方便利，趁火打劫者、渾水摸魚者，當即治罪！」與此同時，官府吏員帶領的大隊牛車進入尚商坊，山東商賈只要報個數目，便能立即如數領到牛車。商賈若無人駕車，則官府派出僕役駕車，申明無論多遠一律送到。如不放心秦人駕車，商賈可自駕，官府奉送牛車。所有的商賈府邸、店鋪、酒肆，都由官府吏員與商賈兩廂清點登錄，官府立即封閉並派兵看管，申明商賈但歸立即歸還。不到兩個時辰，混亂鼎沸如臨大劫的尚商坊已井然有序了。

世間事也忒是怪，如此一來，山東商賈倒是躊躇難決了。

秦國已經是天下最大最穩定的市場。秦人重農戰，但對山東商賈素來秋毫無犯，誠實交易，言不二價，更無賒欠賴帳。官府購物更是利落，只要你貨好，從不講價錢，鹽鐵兵器等大宗買賣尤其如此。山東商賈們當初蜂擁入秦，圖的便是這天下最大利市，如今要打仗，要席捲而去，本來就是人人心疼，只怕秦國趁勢劫掠，才忍痛割愛罷了。如今，秦國官府不攔不擋，還提供方便，擔保你留下的府邸店鋪原物奉還。想想山東六國，也不是沒有過商賈逃亡風潮，可有一國有這等作派，這等氣量？思忖之下，大半商賈立即不走了。尤其是周、宋、薛、衛、中山等中小邦國的商賈以及草原胡商，本國與秦國素無恩怨，本來就不想走，一看秦國官府作為，立馬卸車下貨。更有心感秦人厚道者，立即重新開張，縱無買賣，也給秦人一個面子了。六國商賈卻是不同，本國要與秦國交戰，那些由官府權臣出資的商家更堅信秦國必亡，自然還是走了。真正的六國私商，除了一些與本國官府過從甚密，對秦國素有成見，又對秦國強橫暴政深懷怨懟的愛國義商，譬如楚國猗頓家族，自然也是走了。除此之外，純粹的商賈十有八九都留了下來。

一場商賈逃亡風潮，雖然在一夜之間神奇地平息了，但恐慌卻並沒有真正過去。毋寧說，秦國朝野的不安，恰恰是從這時剛剛開始。

各縣縣令飛馬報來了民眾的騷動。埋藏糧食，堅壁財貨，已經成為風潮。河西高原靠近魏國趙國邊界的民眾，已經開始絡繹不絕地逃向關中。山東六國來的墾荒新移民最是恐懼，早已惶惶不安地向深山老林逃兵禍了。關中老秦人雖然沒有大的騷動，卻也是紛紛請戰。各大家族的族長族老不斷到縣府打問戰事，與以往戰事前的激昂請戰相比，分明多了幾分憂心忡忡。最震動朝野的，是郿縣與下邽赫赫有名的老秦騎士部族——孟西白（註：孟西白，秦穆公時三位大將孟明視、西乞術、白乙丙的後裔家族，詳見本書第一部《黑色裂變》）三族已經舉族成兵，連老翁女人孩童也在競相準備各種各樣的木棍鐵器，準備血戰六國！一片恐慌，一片騷動，一片慘烈，這在秦國是前所未有的，即或在秦獻公時魏軍進逼華山，老秦人也沒有過如此震撼慌亂。

魏冄接報，立即與宣太后商議，以秦王名義發布了〈告秦國朝野王書〉，歷數秦國戰勝兵威與國府全力一戰的強硬心志，末了明告朝野：「本王與丞相將親統大軍迎戰，必能一戰大敗六國烏合之眾。國人盡可各安其業，無須私組兵卒，無得惶恐出逃。但有散播流言，亂我民心者，決以律法治罪！」這份王書快馬兼程送往各縣，縣令縣吏立即全數出動，到山野鄉里宣讀王書，安定人心。

旬日之內，秦國民眾大體安定了下來。知兵者卻又立即紛紛上書，舉薦統兵大將，對王書中提到的「本王與丞相將親統大軍迎戰」，竟是不置可否。老秦人久經大戰，幾乎每個家族都有成百上千人曾經戰死，對打仗再清楚不過，知道那是國君安定人心而已，一個不到二十歲剛剛即位兩年且從來沒打過仗的秦王，誰能指望他親統大軍？縱然親統，也是壯壯聲威，誰又能指望他果真戰勝？假若這個秦王是秦獻公或者秦孝公，那誰也不會擔心，騎士君王，那是鮮血中滾爬出來的猛士啊。在崇尚耕戰公戰為本的秦國，民眾有著濃厚的議兵傳統，軍隊戰力、將領才能、兵器長短、每次大戰的經過，但凡稍有閱歷者都能說叨一番。輒遇戰事，民間知兵之士都會上書國君，或出謀劃策，或慷慨請戰。雖說這些上書未必件件有用，但也確定無疑地滲透著民心民氣對這場戰事的信心。目下紛紛舉將，顯是民眾窺透了其中要害——秦國目下沒有大將擔綱！在大戰連綿的戰國之世，名將便是邦國長城，沒有名將，朝野之心立即懸到了半空，這是誰都明白的道理。

唯其如此，朝野關注的第一件大事，便成了選將。

民眾急，咸陽王城更急。調兵遣將這件根本大事，在大軍壓境的消息傳來之日，便立即提上了議事日程。可說了幾次，卻都沒有定見。〈告秦國朝野王書〉發出後，宣太后立即召來丞相魏冄，來到秦昭王的東偏殿書房連夜會商，說了一時，連庶民舉薦的隱士都算了進來，還是拿不定主意。

沉默良久，魏冄慷慨請命：「我親自統兵，白起為副將，丞相府交樗里疾處置，似為萬全之策。」說起來，魏冄堪稱文武兼通，且稟性雷厲風行，似無不可。然則丞相總攝國政，要將千頭萬緒的事體歸總理順並支持戰場，也是同等要命的大事，若他去統兵，年邁的樗里疾能擔得起這晝夜操勞麼？如此一想，秦昭王沒有說話。

宣太后淡淡笑道：「你久在文職，沒有統兵閱歷，還真不是上佳人選。」

「有白起統兵作戰，我只全權謀劃，當有勝算！」魏冄頗為自信。

「國君如何？」宣太后依舊是淡淡地笑著。

秦昭王一直在徘徊思忖，此刻抬頭道：「看來也只有如此。否則，樗里疾與白起搭幫。樗里疾打過仗，再有白起衝鋒陷陣，當無不妥。」

魏冄立即搖頭：「不行不行。今非昔比，樗里疾二十年前打過幾仗，如今只怕對軍營都生疏了，再說騎馬都艱難，還打仗？」

「這倒不須擔心，當年孫臏打仗，還不拄著木拐坐著輪椅？」宣太后笑著，「可打完這一仗呢？秦國老是沒有大將之才，也還真是個事了。」

「太后究竟何意？直說。」魏冄聽出了宣太后有弦外之音。

「我看，就白起！」宣太后倏忽一臉肅然，「自先王暴逝，白起的作為、本領、軍中聲望，誰都明白。我看是個大大的將才，無非是年輕了一些，不到三十歲。可孝公即位多大？二十一歲。商君入秦多大？二十二三歲。蘇秦張儀出山多大？也是二十六七歲。秦國要後浪推前浪，便要靠這些英年大才。無論是你魏冄，還是樗里疾，都可為將，也可能戰而勝之。可是，秦國就還是有相無將，瘸腿。若教白起獨當大任，一旦大勝，便有了一個最年輕的大將，秦國也就渾全了！不是麼？」

話音落點，魏冄「啪」地拍案道：「太后說得好！我就看好白起，只怕太后信他不過，才想做張虎皮。有太后這番話，魏冄給白起坐鎮催糧！」

「母后自是好意。」年輕的秦昭王卻皺起了眉頭，「然則，萬一白起……」硬生生將「落敗」兩個字吞了回去。

宣太后眉毛一挑道：「戰場就是個血海奪路！能沒個風險？當年商君收復河西，捷報未傳，孝公連舉國西遷都準備好了。六國近百萬大軍，秦國最多二十餘萬，誰敢說誰帶兵就一定能敲起得勝鼓了？」

「那好，就白起。」秦昭王歎息一聲，「願他當真是顆將星。」

正在這時，老內侍疾步匆匆走進，上氣不接下氣道：「稟報我，我王，太，太后，左更，白起，殿外，候，候，候見……」

「辦事老手了，幾步路慌個甚來？」魏冄大是不悅。

老內侍緩過神來急促道：「非是在下慌亂，左更白起昏倒在宮門！」

「鳥！不早說！」魏冄怒吼一聲早已經拔步衝出，片刻之間，將一個風塵髒污的甲冑將軍背了進來。宣太后連忙上來招呼著放到了秦昭王的座榻上，一看白起面色蒼白瘦削，嘴唇青紫，素來乾淨黝黑的臉膛鬍鬚雜亂虯結，襯甲布衣上似乎還有斑斑血跡，宣太后不禁心中一驚。此時，太醫已經被秦昭王傳來，上前查看片刻道：「將軍疲憊過甚，諒無大礙。老夫一針，再飲得三兩盞涼茶便好。」說罷利落出針，一根閃亮的銀針撚進了白起手腕盡頭的神門穴，隨著銀針撚動，眼看著白起的眼睛便睜開了一條縫隙。

「快，涼茶。」宣太后親自接過侍女捧來的陶壺，右手極是利落地托起白起肩膀，左手陶壺已經到了白起皸裂的嘴唇邊。只聽「吱嚕——」一聲長響，一大陶壺涼茶竟長鯨汲水般空了。宣太后剛說一聲「再來大壺」，白起已經翻身坐起，侍女茶水正到，白起接過大陶壺又是頃刻飲乾，片刻之間，精神大為抖擻。

「白起唐突，參見我王！參見太后！參見丞相！」一如既往，白起依然虎虎生氣。

宣太后舒心地笑了：「白起啊，沒事便好。別急，先坐下，慢慢說了。」轉身又吩咐侍女，「叫廚下立即做一大盆燉肥羊來，鮮辣些了。」回身一聲唏噓道，「白起啊，急難處總是有你，教我想起了燕山……」大袖一抬，遮住了滿眼淚光。

倏忽之間，白起大是感奮：「赳赳老秦，共赴國難。大軍壓境，探敵定策乃為將本分，不敢勞太后掛懷。」

「如何？你去踏勘敵情！」魏冄大是驚喜。

「正是。」白起急促一拱手，「啟稟我王、太后：六國大軍尚未到達河外，白起便率十名鐵鷹銳士出了函谷關，我等在洛陽伊闕山谷、澠池葦草灘、崤山東南、宜陽鐵山各自埋伏踏勘三五日，已經將六國聯軍實情要害查清。昨夜我等由崤山潛回，兼程回報。敢請我王、太后盡快定策破敵。」

魏冄急迫道：「說說，六國聯軍是否真的百萬大軍？」

「白起逐一清點軍營三遍，軍兵六十五六萬。連同輜重民伕，大體百萬之眾。」

魏冄不禁哈哈大笑：「有底了有底了，我出三十萬，一對二，不算太弱！」

此時侍女用木盤捧來一個碩大的陶盆，熱氣蒸騰，香氣四溢。宣太后笑道：「先別說了，教白起先咥飽。」此時秦昭王已經站起，親自從侍女手中接過陶盆，端到白起案頭笑道：「先咥飽，再說事。」慌得正在說話的白起連忙站起，面色脹紅地深深一躬，卻找不出一句合適的辭兒來說。宣太后不禁笑道：「人有真心，上蒼有眼。不會應酬日後咱就不應酬，憋個甚來？」一句話，君臣四人一齊大笑。白起頓時坦然起來，肥羊燉吃喝得呼嚕山響滿頭大汗，速度快得驚人，片刻之間大陶盆一乾二淨。

秦昭王不禁驚訝地「噫」了一聲。在燕國戰亂的幾年裡，他與母親落荒燕山，與鳥獸爭食，自認生猛吃喝無人可比。一隻燒烤得滾燙的山雞，常人只咬得一隻雞腿，他已經撕擄得寸骨皆無。今日一見白起這吞噬氣勢，他竟自愧弗如，不禁笑道：「白起啊，你這咥法，是練出來的？」白起接過侍女遞來的熱汗巾滿臉一抹，也不禁笑了：「咥飯打仗，白起兩長，練不練都一樣。當年孟賁烏獲不服，與我比咥烤羊，說好每人一隻羊腿，七八成熟帶血便咥。羊腿一上手，他倆滿嘴便啃，我卻用短劍將滾燙帶血的羊腿，喀喀剁為五六截，而後開咥。此時他倆已經啃了一半，我卻片刻間趕上，最後我連羊腿骨都咬碎咥了，他倆連肉還沒啃完。只是啊，他倆比我咥得多多了，一人一隻羊，還哇哇亂喊沒夠。」

「轟——」的一聲，舉座大笑。

秦昭王笑得最響，喘著氣道：「這，這，這故事有趣。哪日我與你比比，咥烤山雞。」

白起認真比劃著：「山雞？這麼大點，有甚個咥頭？」

幾人又是一陣大笑，秦昭王邊笑邊點頭：「看來不是一個等級，沒個比。」

宣太后笑道：「白起啊，國君與丞相都贊同你來做大將迎戰，我也是這般想，你意如何啊？」

白起一陣愣怔，慨然拱手：「末將以為，丞相統軍，白起力戰，朝野心安。」

魏冄大手一揮道：「我給你坐鎮糧草輜重，你只放手開打，客套個甚來？」

「朝野情勢，你不用擔心。」宣太后極是利落，「我看，朝中軍中都沒事，唯獨山鄉庶民對你知之甚少，有些擔心罷了。你只管好好打仗，這種事有王城與郡縣官府。」

秦昭王肅然一躬：「將軍受命於危難之際，便是秦國長城，請受本王一拜。」

白起大感惶恐，連忙站起還了一躬：「赳赳老秦，共赴國難！我王信得白起，白起便當赴湯蹈刃，死不旋踵！」

「言重了。」宣太后笑著，「揣著個必死的心去打仗，能有個好？只能是敵手死，老秦人要好好的給我回來，誰個也不能少。記住了？」

白起慷慨正色道：「太后教誨，原是正理。白起銘刻在心：只能教敵手死！」

「正是這個道理。」魏冄接道，「你有甚個請求？一併說。」

「為將者，唯求兵符而已。」白起簡潔非常。

宣太后一如既往地掛著笑容道：「國君以為如何？」秦昭王慨然拍案道：「大兵壓境，邦國存亡，這場大戰非同尋常。我看，但凡彰顯大將權力威儀者，盡加白起。」魏冄欣然拍掌：「好！我也是這番想頭，不謀而合。」白起分外冷靜，向秦昭王一拱手道：「大將權力，臣坦然受之。至於彰顯威儀，白起卻以為不必了。」宣太后笑道：「這卻為何？不是說大將威儀，震懾三軍麼？」白起拱手道：「將之威儀，有才則自立。我軍將士歷來樸實無華，儀仗禮節過盛，上下反多有不便。這是白起肺腑之言，尚請我王、太后明鑒。」魏冄哈哈大笑：「白起啊，你偏是沒說一條：礙手礙腳，自己彆扭。可是？」白起侷促笑道：「原是我村氣太重，確是有這個想頭，不敢欺心。」宣太后聽得大是高興，笑著讚歎道：「不受虛賞，論功任職，我早聽說了白起這番稟性。大丈夫本色，要說村氣，這村氣好也！」魏冄一拍書案道：「便是這般，不說了。明日白起回歸藍田大營，後日秦王親臨藍田。」

白起一拱手道：「稟報丞相，我要連夜趕回藍田大營。」

秦昭王關切道：「如何這般緊急？總得沐浴歇息一夜。」

白起匆忙道：「我已讓鐵鷹銳士先期回營，約定諸將今夜等我會商敵情，不能耽延。」

「如何？你沒帶護衛，自個兒幾百里回來？」魏冄分明是驚訝責備兼而有之。

宣太后一聲歎息，悚然動容道：「來人，立即將我的燕山紅牽來，給白起坐騎！」白起尚未說話，老內侍已經答應著匆匆去了。秦昭王立即大步走出書房，在廊下對當值將軍高聲下令：「立即派定一個百人騎士隊在宮門外等候，護送左更去藍田！」轉身之間，一聲悠長的駿馬嘶鳴，宣太后那匹火焰般的燕山紅已到了宮前車馬場。白起向宣太后三人深深一躬，大步出了偏殿書房，飛身上馬，風風火火出宮去了。

聽著馬蹄聲漸漸遠去，宣太后低聲問道：「白起成婚了沒有？」魏冄一怔道：「沒有問過，太后想收女婿？」宣太后一笑：「我是說，該當問問，有則罷了，沒有麼，事情自然是我的了。」魏冄道：「還是太后周到，這件事我來問問。」宣太后嘖嘖笑道：「你忙你的大事，這種事我在行，不用你管了。」魏冄知道宣太后長於祕事，便道：「也好。我便告辭。」說罷匆匆出宮。

清晨，當太陽爬上東方山塬時，全副王室儀仗隆重地出了宮門，在那條寬闊的正陽街緩緩行進，直走了半個時辰。咸陽城萬人空巷，從王城宮門到大城門外的白石橋，擁滿了觀望的百業人眾，其中多有留下來沒走的山東商人。萬千人眾默默凝望著青銅軺車上的年輕國王與騎在高頭大馬上的威猛丞相，沒有一聲歡呼。儀仗但過，兩邊人眾席捲跟隨前行，彷彿依依相送，又彷彿忐忑不安，待王車儀仗到了十里之外的郊亭，原野上已經是人山人海了。秦昭王遙望茫茫人海，一時淚眼矇矓了。突然，他從軺車傘蓋下霍然站起，向四野民眾拱手環禮一周，可著嗓子大喊了一聲：「國人父老們，大秦國戰無不勝！」驟然之間，民眾山呼海嘯般地吶喊起來：「大秦國戰無不勝——」「秦國萬歲！」「太后萬歲！」「秦王萬歲！」連綿不斷的聲浪掠過原野，繞著秦昭王車駕隆隆遠去了。

午後時分，遼闊的藍田大營一片緊張忙碌。沒有了晚操的號聲鼓聲喊殺聲，覆蓋山塬的軍帳已經全部拔起；帶甲戰馬已經裝備齊整，餵飽刷光，馬蹄已經全部用三層粗布包好，整齊排列在校軍場，騎士們則在馬下各自檢查自己的長劍弓箭；除了面具與糧袋，重甲步兵的全副甲冑已經上身，正忙著相互查看，收拾好稍微能發出聲響的鬆動部分，粗大的炊煙隨風飄散，大鍋燉肥羊的香氣彌漫了軍營。

秦昭王車駕到得營門，魏冄笑了：「白起好利落，已經準備發兵了。」秦昭王從軺車上站起跳下車道：「儀仗馬隊留在營門，我與丞相騎馬進營。」魏冄欣然道：「如此正好，不擾軍營。」轉身對王室長史吩咐道，「十名文吏隨行，其餘車駕護衛原地就餐等候。」

此時長史已經向營門將軍出示了王室金令箭，軍營報事斥候已經飛馬進營稟報，待王室儀仗車馬並一千鐵騎護軍散開在營外樹林中時，便見軍營內戰車隆隆，白起已經率領十員大將分乘十一輛巡營兵車出了營門。參見禮罷，白起道：「啟稟我王：巡營兵車一輛可載三人，請我王與隨行臣工，一併登車入營。」秦昭王正色道：「好！入得軍營，自是軍法為上。」長史已經清楚，秦昭王話音落點，已經分派十名文吏上了戰車。白起對隨行大將們一擺手：「人各駕車，直入幕府。」十員大將「嗨」的一聲答應，各自飛身跳上了一輛兵車。待白起親自駕馭的載著秦昭王與魏冄的兵車一啟動，十輛戰車嘩啷飛出，直向中軍大營而來。

秦昭王魏冄與長史文吏等剛進幕府大廳，從各營飛馬趕來的十三員大將幾乎同時到達，在帳外與原先的十員大將會齊，在白起率領下鏗鏘進帳，「刷」的一聲整齊拱手轟然高聲：「參見我王！參見丞相！」

年輕的秦昭王極是練達，在中間長案前虛手一扶，隨和笑道：「眾位將軍請入座。白起將軍，你還是到帥案前來。」白起答一聲「遵命」，跨步走到帥案之前，轉身高聲下令：「眾將入座！」二十三員大將「嗨」的一聲，刷地分做兩列坐在兩排將墩之上，連鐵甲葉片也不曾輕微響動。

「各將報名！」白起特意增加一道程序，為的是教秦昭王與丞相認識諸將。

「藍田將軍芈戎！」左手第一個年輕將領霍然站起。

「中軍副將蒙驁！」

「前軍主將王齕！」

「後軍主將王陵！」

「步軍主將山甲！」

「騎兵主將嬴豹！」

「弓弩營主將孟羽！」

「斥候總領樗里弧！」

「輜重將軍胡傷！」

……

二十三員大將連珠羽箭報完，白起又高聲發令：「就座，聽我王訓示。」

大將們刷地重新落座，一個人般整齊利落。秦昭王手按著腰間那口大將們人人識得的鎮秦劍，神色肅然道：「本王與丞相親臨藍田大營，一則代太后激勵全軍將士，二則授左更白起統兵大將之權。此戰，為大秦立國以來前所未有的一場大戰，國命所繫，存亡所在。諸將久經沙場，浴血百戰，務必同心協力，在白起將軍統率下大敗六國，戰而勝之。」

舉帳轟然齊聲：「大敗六國！戰而勝之！」

秦昭王一擺手：「長史宣書。」

長史捧起一卷竹簡高聲宣讀：「秦王稷三年書命：左更白起，臨危受命，統軍出戰六國聯軍。茲授白起龍符虎符左半，得調國中悉數駐軍；另授白起鷹符左半，得調都城駐軍與王城禁軍，並可在郡縣臨時徵發。秦王稷三年秋月。」長史宣罷，滿帳肅然無聲。龍符虎符自不用說，那是所有統兵大將必須擁有的權力——可調動所有要塞關隘的正規大軍迎敵。可這黑鷹兵符卻是從來不授給任何將領的祕密兵符，它只能由秦國國君掌控，調遣的是都城與王城禁軍以及一切祕密力量。權傾朝野如商君者，也從來沒有被授過黑鷹兵符。如今連黑鷹兵符都授給了白起，如何不令將領們驚訝？一時間連白起也感到意外，愣在那裡忘記了禮節。

魏冄拍案高聲道：「王命如山！白起猶疑何來？」

「臣，白起受命！」白起不再猶豫，對秦昭王肅然一躬。秦昭王從兩名文吏手中接過兩只銅匣，鄭重地交給了白起。白起正要謝恩發令，秦昭王解下腰間那口鎮秦劍雙手捧起：「左更白起，本王特授你鎮秦金劍，軍前處置大將，無須稟報。」白起這次卻是毫不猶豫高聲領命：「白起謹遵王命！」雙手接過，交給中軍司馬架在帥案之上，幕府大廳頓時一片肅然。

「聽丞相訓示！」白起高聲發令。

魏冄霍然起身道：「我只一句話：魏冄坐鎮櫟陽，徵發督運糧草輜重，確保你等不少乾肉，不少春麵大餅。若有一兵一卒挨餓，唯魏冄是問！」

這番話看似簡單，實在是大大的不易。古往今來，為將者誰個不知「兵馬未動，糧草先行」的道理，誰又不知戰事一旦曠日持久，勝敗十有八九便在糧草。而今丞相立下軍令狀，且坐鎮故都櫟陽，那裡非但是丞相的老根，更是關中軍糧的大倉，凡此種種一想，將領們大是振奮，齊齊高呼了一聲：「丞相萬歲！」

魏冄哈哈笑道：「我萬歲？將士們才是萬歲，誰立功誰才萬歲！」又伸手指點著兩排將軍，「魏冄沒別的本事，記人記得準。你你你你你，一個個我全都記住了，班師之日，誰功勞最大，我喊誰三聲萬歲。一言為定，記住了？」

「記住了！」大將們憋住笑意，整齊地喊了一聲。

魏冄轉身對秦昭王道：「臣啟我王，大軍即將開拔，我等早走為好。」秦昭王笑道：「正當如此。說好了，誰也不要送。」說罷對著白起肅然一躬，「凱旋班師之日，本王親迎將軍。」慌得白起連忙還禮，抬起頭來，秦昭王已經出廳了。

白起凝望著廳外遙遙遠去的身影，靜了靜神肅然下令：「各將回歸本帳，迅速將我王書令曉諭全軍將士。一個時辰後，按商定部署分頭開拔。」二十三員大將「嗨」的一聲，立即大步出帳。

黎明時分，藍田塬月黑風高。一隊隊人馬悄無聲息地開出了軍營，急速散開在遼闊黑暗的原野，向不同的方向兼程疾進。身後的藍田大營還是軍燈高挑，刁斗聲聲，彷彿依舊駐紮著千軍萬馬。

三、齊王夜入軍營　聯軍橫生波瀾

孟嘗君聽斥候稟報完畢，不禁愣怔道：「白起？白起是誰？」

春申君哈哈大笑：「噢呀孟嘗君，左右是支濫竽，管他是誰，打敗便是了。」孟嘗君卻皺著眉頭不停地徘徊，猛然一拍手道：「想起來了，張儀曾經對我說起過秦軍趣事，有個千夫長叫作白起，秦武王與大力士孟賁、烏獲，都在他卒下當過小兵，還有……反正此人非同尋常，有許多故事。」春申君更是樂不可支：「噢呀呀，故事頂得千軍萬馬了？一個千夫長竟做了秦軍大將，我看這秦國氣數也沒得幾多了。」孟嘗君道：「還是不能掉以輕心。秦國歷來是兵爭大國，崇尚耕戰，一個人沒有真本事，三軍如何服他？秦國君臣如何放心他？那可是二三十萬大軍，不是兒戲也。」春申君笑道：「噢呀，認真打仗自然沒錯了。可要將這個千夫長說成大將之才，孟嘗君未免走眼了。想想，七八年來，秦國可曾打過大仗？一個千夫長在襲擊巴蜀啊、奪取宜陽啊這樣的小仗中露出些許頭角，如何便是大將之才了？我看，無非是輔助秦王奪位有功，才給了個左更爵位，實際職權才是個前將軍了。這次，沒得旗杆從筷子裡挑，挑了這根粗筷子而已！」孟嘗君不禁被春申君說得笑了：「說的也是道理，但願這白起是個肉頭，成就你我一番大志。」

兩人正說得高興，中軍司馬匆匆來到：「稟報丞相：魏趙韓三將趕到中軍幕府請戰，不服上將軍號令，上將軍請丞相即刻前去。」孟嘗君一驚，對春申君說聲一起去，匆匆出帳上馬，向田軫的中軍幕府飛來。

原來，駐紮澠池的趙國大將司馬尚最早得到秦軍拜將的消息，立即馬不停蹄地趕到魏營韓營。魏將新垣衍與韓將申差一聽大為興奮，異口同聲叫出一聲：「好！正當其時！」三人沒有片刻猶疑，立即飛馬宜陽，堅請聯軍主將田軫明日向函谷關發動猛攻。田軫本是無甚主見，只因與孟嘗君議定要慎重出戰，一句話回了過去：「三位將軍少安毋躁。聽俺說了：聯軍出戰，須得六國大將會商決之，如何能說打便打？」三將大是不服，新垣衍趄趄高聲道：「秦軍一個千夫長，上將軍畏敵如虎，何談滅秦大業？若聯軍不動，我魏趙韓三軍逕自攻秦！」司馬尚與申差一口聲跟上：「正是，聯軍不動，貽誤戰機，我軍逕自攻秦！」田軫既拿不出高明方略，又咬定不贊同三將貿然出戰，四人在幕府吵成了一片。

正在此時，孟嘗君與春申君趕到。孟嘗君路上已經想好對策，進帳巡視一番，對三將厲聲道：「六十餘萬大軍作滅國大戰，當謀劃一個高明戰法，務求一鼓全勝。戰機越是有利，越是要一舉成功，絕不能鼓勇亂戰。不管秦軍何人為將，秦國大軍動向不明，函谷關易守難攻，聯軍協同尚無成法，貿然開戰一旦受挫，三軍銳氣大傷，何人承擔罪責！」春申君立即呼應：「噢呀諸位將軍，目下一定要謀定而後動，務求一舉成功了。大軍奔馳疲勞，糧草尚在陸續運輸，急於出戰，分明不利了。」見三位大將似有不服，田軫沉下臉道：「俺上將軍令，旬日之內，只做三事：養兵蓄銳，安置糧草，謀劃戰法。但有擅自出戰者，立請回歸本國！」

畢竟，齊國三十萬大軍是攻秦主力，孟嘗君又是資深望重，三位大將悻悻去了。

好容易壓下了一班悍將，已經是明月初升。草草用過晚飯，孟嘗君春申君與田軫商議攻秦戰法。田軫出身行伍，從來沒有統帥過六十多萬大軍作戰，僅是率領三十萬齊軍西來，路上已經被各種軍務攪得捉襟見肘，此時只有一句話：「丞相但說如何打？田軫發令便是。」春申君算得通曉兵法，可也是第一次做上將軍，更有合縱兵敗與屈原八萬新軍全軍覆滅的慘痛經歷，對秦軍的神出鬼沒與強大戰力心有餘悸，真要謀劃打法，已將方才對秦軍千夫長為將的蔑視忘到了腦後；再加對楚軍戰力心中沒底，不想分兵，反覆沉吟，只提出正面猛攻函谷關、吸引秦軍來援、趁機聚而殲之的戰法。孟嘗君思忖再三，搖頭歎息道：「不行，函谷關外險峻狹窄，大軍無法展開。秦軍兩萬，便能頂住我十萬大軍攻勢，他不來援，你卻奈何？」春申君一陣沉默，恍然笑道：「噢呀糊塗了！如何不去大梁，找信陵君了？」一言落點，孟嘗君恍然醒悟，大笑道：「大妙也！走，立即去大梁。」

出得幕府，月色朦朧，夜風送爽。兩人大是快意，堪堪上馬，卻見中軍司馬疾步走來：「稟報丞相上將軍：齊王車駕來到營門。」

「齊王車駕？」孟嘗君大是驚訝，不及思索，與匆匆出帳的田軫上馬一鞭，迎到營門去了。春申君愣怔片刻，搖頭歎息一聲，逕自踽踽回楚軍大帳去了。

齊湣王這次是輕車簡從兼程而來。齊國大軍出動，他便出了臨淄，移駕巨野澤西岸。在巨野行營，齊湣王立即下令齊國的五鎮兵馬——齊國真正久歷戰陣的二十萬老軍——向巨野澤祕密開進。另外十萬老軍，齊湣王則下令全部開到齊燕邊境的濟水河谷祕密駐紮。這是齊湣王冥思苦想出來的「一石三鳥，聲東擊西」的大謀劃，沒有對任何大臣透漏，由他親自操持實施。燕國、秦國、宋國，都是齊國彈弓石瞄準的肥鳥，至於究竟打哪一隻或先打哪隻後打哪隻，他還要權衡一番，看看各方情勢再定。這便是齊湣王星夜兼程趕到河外的緣由，他要實地踏勘，看看六國聯軍究竟能否打敗秦國。

在大營門口，看著驚訝莫名的孟嘗君與一臉困惑的田軫，齊湣王哈哈笑了：「本王兼程而來，盡盡盟主之情，犒賞撫慰六軍罷了，丞相上將軍無須多心。」

孟嘗君走近低聲道：「我王輕車遠行，國無鎮守，涉險未免過甚。臣請我王即刻還國。」

「人言孟嘗君豪氣衝天，大軍之前，如何這般沒有氣象？」齊湣王一陣嘲諷，又轉而低聲撫慰，「本王不多事，激勵將士後立即便回。」

「王言甚當。」孟嘗君轉身吩咐道，「請上將軍快馬傳令：六國大將急赴中軍幕府。」

「遵命！」田軫倒像是個行伍將軍，高聲一應，上馬飛馳去了。

孟嘗君陪著齊湣王一路走過軍營，備細敘說了各軍駐紮位置以及軍營高昂士氣，以及秦國命無名之輩做大將等諸般狀況。齊湣王雖然並不振奮，聽得卻是仔細，淡淡笑道：「如這般無名之輩為將，聯軍滅秦當牛刀殺雞了。」孟嘗君道：「牛刀殺雞不敢說，勝算確是頗大。」齊湣王道：「孟嘗君以為，這場戰事需得幾多時日？」孟嘗君沉吟道：「以田文忖度，大約總在一個月左右。」「一個月，也夠了。」齊湣王沉默片刻，突兀冒出一句，又立即鄭重其事，「無論情勢如何突變，孟嘗君只須穩住六國大軍便是。能打垮秦國最好，只要不落敗，便是功勞。」孟嘗君聽得雲山霧罩，不禁驚訝道：「我王莫非另有他圖？」齊湣王哈哈大笑：「天機不可洩漏，只管打仗就是。」孟嘗君對這個齊王的神祕兮兮素來不耐，不禁眉頭大皺，卻也無可奈何，只有默然對之。

進得大帳歇息片刻，便聞帳外馬蹄聲疾，各國大將連同副將、輜重將軍等陸續來到，聚將廳坐得滿當當。田軫升帳，只高聲說得一句：「盟主齊王，駕臨河外犒賞三軍，請齊王訓示！」大將們一聽富甲天下的齊王犒賞，大為振奮，不約而同地高呼了一聲：「齊王萬歲！」

全副裝束的齊湣王，在孟嘗君引導下大步進帳。頭上一頂無流蘇的紅色天平冠，身披一領紫色的繡金斗篷，內穿青銅軟甲，也就是時人說的金甲，腳下一雙高達膝蓋的牛皮戰靴，左手持一口三尺長的闊身劍，更兼虯髯戟張，步態赳赳，看得滿帳大將目瞪口呆。除了齊國將領，有人不禁輕輕地「噫」了一聲。原來這身裝束奇特不過——戰將甲胄、統帥斗篷、國王天平冠、騎士闊身劍莫名其妙地組合起來，再加上齊湣王的奇特形貌，頓顯怪誕異常。若非在中軍幕府，又申明了是盟主齊王，這些率直的將軍們定然會大譁起來。

「諸位將軍，」齊湣王高傲矜持地開了口，「本王親臨戰陣，激勵三軍，犒賞各軍齊酒一百桶、黃金千鎰、牛羊豬各一百頭！」

「齊王萬歲——」大將們驚喜非常，可著嗓子喊了一聲。

「只是，本王須得申明：獎罰有度，這般犒賞不能給了摠塞合縱之國。」齊湣王目光一掃，大帳倏忽聲息不聞，將軍們都驚訝得睜大了眼睛，不知道這個「東海青蛟」要問罪於何人？孟嘗君更是忐忑不安，直覺今夜大事不好，這個齊王歷來喜歡驚人之舉，掃興者立時便殺，也是無可奈何，倏忽之間想起了甘茂，直後悔沒舉薦甘茂入軍同謀。

齊湣王見廳中一片肅然，大是滿意，拉長聲調問道：「燕國何人領兵啊？」

「末將張魁，參見齊王！」前排坐墩中站起一人，黝黑精瘦鬚髮灰白衣甲破舊，與帳中衣甲鮮明精神抖擻的大將們相比，顯是老軍一個。

「張魁？」齊湣王冷冷一笑，「名字亮堂，官居何職？」

「稟報齊王：末將職任行儀（註：行儀，燕國軍職，掌軍中謀議，類似於中原各國的中軍司馬）！」張魁底氣十足。

「行儀？哼哼，連個將軍也不是，帶了多少兵馬？」

「稟報齊王：燕國窮弱，末將帶兵兩萬參戰！」

「兩萬，都是老卒，對麼？」

「齊王明鑒。雖是老卒，一樣效命疆場！」

「大膽張魁！」方才還帶著一臉笑意的齊湣王突然暴怒拍案，「兩萬老卒，一個行儀，便來趕這天下大利市？燕國好盤算！別家流血，你家分地麼？」

張魁拱手高聲道：「齊王差矣！燕國原不出兵，也不貪秦地，我王念及燕齊淵源，念及蘇代上卿與武安君蘇秦情誼，方才出義兵兩萬，且自帶軍糧，如何能說趕利市？」

「一派胡言！誰家不是自帶軍糧？」齊湣王聲色俱厲，「分明是火中取栗貪得無厭，竟敢大言不慚自詡義兵！來人，將張魁推出，斬首！」

這一下滿帳驚慌。雖說各國大將對燕國都是心存蔑視，但因張魁早已在軍中昌明燕國不分秦土，只為全六國合縱名分，所以也不再給張魁難堪。如今這齊王未曾開戰，便要立殺別國大將，這在戰國盟約合縱中當真可是頭一遭，大將們頓時驚慌失措。在座大將春申君最有資望，將軍們的目光便齊刷刷聚了過來，連孟嘗君也向春申君飛快地瞥了一眼。春申君歷來長於斡旋，從首位將墩站起拱手笑道：「噢呀齊王，這未出兵便先斬將，只怕不是吉兆啦。再說，燕國數年戰亂，國窮兵弱也是實情，縱然兵少，何至於死罪？齊王心胸如東海，饒恕張魁，必能使燕軍拚死力戰啦。」

「狡辯之辭！」齊湣王滿臉脹紅拍案厲聲，「殺一個張魁，便是凶兆了？放一個張魁，便是東海了？本王偏偏不信！偏要看看這天意如何！田軫，立殺張魁，無赦！」

大將們驟然變色，眼看連春申君都碰了個大大的釘子，若是別個講情，還不得陪了殺人樁？畢竟這是齊軍大帳，將軍們一時冷著臉無人說話了。孟嘗君一看情勢大壞，正要挺身而起，不防田軫已經大喝了一聲：「中軍武士，拿下張魁立斬！」便聽「嗨」的一吼，早有四名鐵甲猛士撲上前來，夾住張魁拖出了大廳。張魁被夾，兀自嘶聲大喊：「田地，你不是君王，一條海蛇，海蛇！老燕人會復仇，扒了你的蛇皮……」

「張魁，豎子倡狂！」齊湣王勃然變色，抽出長劍衝出了大帳，疾步趕到武士身前，只聽「噗」的一聲，鮮血飛濺，張魁頃刻斃命了。

齊湣王回過身來一陣哈哈大笑。笑聲中，大將們卻鐵青著臉紛紛出帳，從他身邊走過，沒有一個人向他做禮辭行，連最講究邦交禮儀的春申君也黑著臉走了。片刻之間，大帳中空空蕩蕩，只剩下了面色灰白的孟嘗君與呆若木雞的田軫。齊湣王也不看兩人，對隨行御史下令：「將張魁斬首，頭顱連夜送往薊城。本王要看看，這個小小燕王如何說法。」御史答應一聲轉身便走，片刻之後馬蹄聲疾，直向軍營外去了。

孟嘗君始終沒有說話。齊湣王也沒有理睬孟嘗君，只對田軫高聲吩咐道：「本王去了。三日之後，燕王若低頭服罪，便放兩萬燕軍生還。否則，一體斬首，教豎子心疼一番。」說罷長劍一揮，帶著一班武士赳赳去了。

良久，孟嘗君長吁一聲，獨自踽踽出帳，在朦朧月光下直轉到天亮。

三日之後，斥候飛馬來報：燕王已經派出特使向齊王請罪，自認選將有失，並重派將軍凡繇前來領軍。孟嘗君大是狐疑，覺得此事蹊蹺之極。從邦交大道看，齊王縱是盟主，擅殺他國將軍也是大大開罪於盟邦的不義暴行，任何國家都會奮起報復，輕則毀盟退兵，重則尋釁復仇。可燕王忒煞怪了，竟自請罪責，重新派將。是這個燕王果真軟骨病，被齊國聲威震懾了？還是另有他圖？孟嘗君想不出個頭緒，來到楚軍大帳找春申君說話。

春申君半日思忖，一聲喟然長歎：「噢呀孟嘗君，我看這不是好兆頭啦。不要忘記，燕國姬平可是有為之君，更有樂毅、劇辛一班幹才。明是齊國欺凌，他卻隱忍不發，只能說，這仇結得更深了，豈有他哉！」

「縱然結仇，燕國又能如何？」畢竟事關邦國，孟嘗君有些不服。

春申君搖搖頭：「噢呀，人算不如天算，但願齊王不要再滋生事端。」

想到齊王的怪誕無常，孟嘗君頓時沉默，心頭沉甸甸的。春申君笑道：「噢呀孟嘗君，別想遠了，還是說打仗。各軍大將已對齊軍生分，不能再耽延時日也。」

孟嘗君霍然起身道：「我意，三日後攻秦！」

「噢呀是也，打敗秦國，天大的事也好說啦！」春申君頓時興奮起來。

四、河外大開打　初帥刁猛狠

兩日過去，六國聯軍對函谷關發動猛攻的時刻即將來臨。

奇怪的是，函谷關城頭依舊是那樣寧靜，黑色旌旗舒展地漫捲著，牛角號悠揚地吹動著，關城下進進出出的山東商賈依然絡繹不絕，絲毫沒有大戰迫近的緊張跡象。駐紮澠池的趙軍已經開出了城堡，在函谷關外的山口紮下了堅實的營盤。從大戰地利看，正好在關外能夠展開大軍的那片谷地的出口兜住了秦軍。然則，眼看就要發動猛攻了，函谷關竟然還是那一萬守軍，秦國大軍絲毫不見增兵。司馬尚大是嘀咕，望著關後那莽蒼蒼西去的狹長函谷，疑雲突生，獨建大功的急切之心瞬間消散，連忙飛馬來到伊闕山口的魏韓大營與新垣衍、申差商議。說了一陣，莫衷一是，三人又飛馬來到宜陽主力大軍幕府。

連日來，孟嘗君也是心下疑惑，焦急地等待著秦軍大舉增兵。偏偏開戰日期在即，秦軍增兵杳無蹤跡，孟嘗君不禁倒吸了一口涼氣，心中有些發虛，想更改號令看看再說。恰在此時，前軍三大將飛馬趕到。孟嘗君先穩住了三員大將，立即召春申君前來共商。

聽孟嘗君與前軍三大將一說，春申君倒是笑了：「噢呀依我看，此事卻是明白啦。白起初帥，必然求穩。為秦軍計，穩妥戰法莫過於占據地利，於函谷兩岸山林中埋伏大軍而已了。關城故作平靜，那是誘我入伏之計。否則，三十萬大軍還當真上天入地不成了？」

孟嘗君眼睛一亮，頓時恍然大悟：「你是說，秦軍埋伏在函谷兩岸山林？」

「噢呀，豈有他哉！」

「既然如此，我如何破法？」孟嘗君大是興奮。

「噢呀，這可得上將軍與前軍主將們先說了。」春申君素來看不慣這幾人無能貪功，分明要給他們難堪。

田軫渾然無覺，司馬尚三人心性粗直加立功心切，沒有聽出春申君的揶揄，一口聲道：「春申君便說，但有妙計，我等衝鋒陷陣！」

見孟嘗君也看著自己，春申君道：「噢呀，但凡伏兵作戰，其背後必然空虛。若能分兵出擊，繞道敵後，前後夾擊，當是勝算了。」

「春申君不妨說得仔細，一次商定，俺立即發動！」田軫頓時來了精神。

「噢呀，那我說了。」春申君也不笑了，霍然起身指點著帥案前釘在大板上的那幅羊皮大圖，「兵分三路：第一路，趙魏韓三軍正面猛攻函谷關，不求克日便下，但求黏住秦軍不能分身；第二路，楚軍與齊軍一部，東南出崤山，繞道拿下武關，進入關中腹地，從背後夾擊秦軍；第三路，齊軍主力兜住函谷關外，一則截擊逃亡秦軍，二則不使秦軍偷出山東。若得如此，似可勝算。」雖然不是命令口吻，顯然也是躊躇滿志。

「我看可行！」田軫率先贊同。

「春申君萬歲！」司馬尚三人更是興奮，齊齊地喊了一聲，戰勝之心立即回歸——有如此分派，他們若能先期攻克函谷關，自然是天下頭功。

孟嘗君笑道：「大軍作戰，難得有此共識！請上將軍發令。」

田軫大是振作，立即到帥案前拔出令箭：「司馬尚、新垣衍、申差聽令。」

「喏！」三將答應一聲，挺胸拱手。

「明日午時猛攻函谷關，務求大張聲勢，使秦軍不能分身。」

「謹遵將令！」

「春中君黃歇聽令。」

「在！」

「率領楚軍十萬，並齊軍十萬，東南出嶢山、攻武關，前後夾擊秦軍。」

「謹遵將令！」

「達子聽令。」

「末將在！」一員齊軍大將高聲前出。

「命你率領齊軍十萬，歸屬春中君攻取武關。」

「末將遵命！」

田軫慷慨激昂：「俺自率領二十萬大軍，正面封堵關外山川，各軍務必同心協力，一舉滅秦！」

帳下轟然一聲鏘鏘然出帳，各自飛馬去了。

此時，白起大軍卻兵分五路，兼程行進在函谷關內外的大山之中。第一路鐵騎兩萬，嬴豹為將，從桃林高地（註：桃林高地，即今日潼關山塬，夸父山為其中一山，相傳夸父追日至此渴死，手杖化做桃林而得名）的夸父山，越過函谷關南側陝塬，直插澠池背後大河南岸的谷山密林；第二路鐵騎三萬，王陵為將，祕密出陝塬（註：陝塬，今河南陝縣地帶山塬，戰國稱為「陝陌」，也是秦國與中原的傳統分界之一），沿著大河南岸的茫茫葦草隱蔽東進，直插伊闕背後的山巒埋伏；第三路步騎混編五萬，王齕為將，出嶢山東南，祕密插進宜陽西面的松陽山（註：松陽山，洛水西部山地，為松陽溪源頭，在戰國宜陽之西）埋伏；第四路步兵兩萬，山甲為將，出嶢山東南，直插武關之南的臼口（註：臼口，武關東南一百餘里的丹水沿岸山口）構築壁壘；第五路主力大軍鐵騎十萬，由白起親自統軍，蒙驁為副，直接開進與函谷關毗鄰的嶢山腹地。

在藍田大營出發時，白起是前所未有的凝重：「兵貴神速，各軍務必在三日後的第一個晚上趕到指定山林。秦國存亡，在此一戰。諸位將軍與白起摸爬滾打多年，素來坦誠相見，誰個有難處，當即言明，白起立即換將。」

全帳轟然一聲：「赳赳老秦，共赴國難！」只此一聲軍前誓詞，任何人也無須多問多說了。

「還有一言，」白起對著大將們肅然一拱，「秦王雖賜我鎮秦金劍，白起卻不想濫施軍法立威。我當先行昌明：諸位對戰法沒有異議，便不得有絲毫違反，若有違反，白起不會徇私。」

舉帳轟然一聲：「若有違反，甘當軍法！」

白起肅然道：「這次戰場遼闊，各軍自在一方，須得明確開戰次序：到達指定地後休憩一個白日，不得急於開戰。次日午夜，由嬴豹、王陵先行發動，狼煙烽火知會我軍。此後王齕發動，再此後中軍殺出。山甲一軍須得固守三日，若無偷襲敵軍，方可開出崤山參戰。」

「嗨！」將領們轟然領命。

「最後一言，」白起驟然慷慨激昂，「一旦開戰，務求猛狠，一舉痛殲，打得山東六國疼到心裡！諸位切記：各軍唯以斬首論功，擊潰敵軍，不算功勞。」

「猛狠殺敵！斬首論功！」大將們分外亢奮，齊聲大吼。

大軍五路出發後，白起封好了一個銅匣，派出了兩名鐵鷹銳士名號的得力斥候星夜送往咸陽王宮，而後帶著一個全部由鐵鷹銳士組成的百人隊趕上了蒙驁的中軍主力。這支主力大軍的全部行軍路程都在秦國境內，雖然專門走人跡罕至的山區，卻能晝夜兼程，所以在次日太陽落山之前便到達了崤山腹地。時當八月中旬，秋高氣爽，山溪小河谷與蒼翠山林的空地間正好歇息。先鋒部伍已經事先踏勘好適合紮營的幾道最隱蔽的山谷，大軍按照出山序列悄無聲息地駐紮了下來。騎兵一律靠近山溪，飲馬餵馬刷馬極是方便。步兵一律在林間空地，不冷不熱，連軍帳也用不著紮起。大軍營地派定，立即有軍令傳下：「不埋鍋不造飯，取溪水咥冷食，之後立即大睡！」命令一下，山林河谷間立即開始了快速冷食——打來一袋山溪水，就著一塊醬乾牛肉與幾塊粗麵硬餅囫圇大咥，一時咥罷，山谷樹林響起了漫山遍野的呼嚕聲。這卻不怕有人聽見，一則選的是無人居住山林，二則斥候遊騎已經放出了方圓五十餘里，任何人也進不了任何一個山口。

其餘四路大軍有一大半路程在函谷關外，分作了兩段走：第一夜到達函谷關內的桃林高地，吃喝大睡一個白天，晚間祕密出山東進。雖然路程都在兩百里之內，對秦國新軍來說是短途，但依然做了最周詳的準備：戰馬銜枚裹蹄，盔甲固定甲葉，愛咳嗽者事先用布帶裹嘴，劍器弓箭號角等一律固定妥當。

對四路出關大軍，白起還下達了一個特殊命令：出關軍兵只配發醬乾牛肉，而不配發醬羊肉。這道將令一下，將軍士兵們很是笑了一陣子。可細細一想，羊肉膻味濃烈，只要隨身攜帶，秦人必是大咥；萬千人眾一起咥，縱是冷食，膻味隨風飄散，也難保不被精明的敵軍斥候察覺，一旦被敵察覺，出其不意何在？如此想得明白，將士們對這位新統帥大是佩服。《孫子兵法》云：多算多勝，少算少勝，不算無勝。這位新統帥連羊肉膻味兒都算到了，焉有不勝之理？

如此連續兩夜，第三日凌晨，白起在崤山接到各路祕密斥候傳來的陰符（註：陰符，古代以竹板刻特殊線條或形狀不同的竹板傳遞軍事祕密訊號，唯兩端知曉寓意，是稱）：四路大軍都已經到達指定山林埋伏妥當。白起立即命令回傳陰符：明晚發動。

正在此時，快馬斥候報來一個驚人消息：齊國二十萬大軍正兼程向宋國疾進，齊王親自統兵，意圖不明。蒙驁大急道：「莫非齊國覺察我軍方略，二十萬大軍快速救援了？我看，提前發動，先發制人。」白起卻面無表情地在山溪邊的大石上佇立著，朦朧的月光下好似一尊石像，良久沉默，斷然道：「原定謀劃不變，各打各的。」蒙驁倒吸了一口涼氣：「白起，你真的如此篤定？這可是二十萬生力軍，一旦開入河外，後果不堪設想。或者收軍於函谷關內，只要函谷關不失，便是勝仗。」白起做千夫長時，蒙驁是前軍副將，加之稟性厚重誠實，與白起素來相投，故有此推心置腹一說。

白起低聲道：「田地決然不是衝著我軍來的，這條海蛇要吞滅宋國。」

「啊——」蒙驁長長地低呼了一聲，「此時滅宋？不是搬石頭砸自己腳麼？」

「哼哼，」白起冷笑一聲，「人家卻不做如此想，這便叫利令智昏。你想，如果不是滅宋，齊王用得著親自統兵？一個孟嘗君，一個上將軍，再來一個國王，誰會如此疊床架屋地打仗？」

蒙驁不禁嘿嘿笑了：「鳥！你這頭腦偏是管用。」又連忙壓低聲音，「如此說來，六國聯軍必亂無疑，誰能看著這塊肥肉被齊國獨吞了？鳥！」

「我不管他亂不亂，只管猛打！」白起一拳砸在大石上。

蒙驁憋住了開懷大笑，一拍胸脯：「鳥！打他個亂仗，殺人算數。」

白起回身命令中軍司馬：「立即快馬下令駐陶邑秦軍：齊軍但攻宋國，立即佯敗撤兵，從河外回師，與王齕會合作戰。」

「嗨！」中軍司馬一聲答應，飛步去了。

清晨，太陽剛剛掛在東方山巔，函谷關守將胡陽疾步登上了城頭，連續幾日沒有動靜，他已經很是著急了。剛剛拾級跑上城牆，便聽箭樓司馬急喊一聲：「敵軍來了！快報將軍。」胡陽低喝一聲：「沉住氣，我來了。」大步趕到箭樓女牆前，手搭涼棚舉目一望，臉色立時黑了下來——關外廣闊的山塬上，一道金紅色的細線正在迎面逼近，片刻之間，朝霞之下的金紅色細線變成了洶湧的紅潮，沉雷隆隆捲地，旌旗翻飛鐵騎縱橫號角響亮，鋪天蓋地壓來。

「鳥，終是來了。」胡陽冷冷一笑，厲聲下令，「聚兵號！」

十支牛角號「嗚——」的一聲，頓時響徹關城。隨著急促淒厲的號角，一隊隊黑色甲士從十幾條石梯馬道湧上城頭，片刻之間，箭樓兩端的城牆上盔明甲亮。胡陽轉身大步跨上箭樓中央最高處的鼓架前，摘下兩個胳膊粗細的鼓槌，高聲喊道：「各隊就位，回我號令——」說罷擂動鼓槌，打出一陣急如密雨的急促鼓點。

片刻之間，箭樓下三聲短促的牛角號，隨即一聲悠長的回應：「弓弩一千就位——」

「咚！咚！咚！」箭樓高處三聲沉重的大鼓。

城頭兩聲長號，一聲回應：「滾木礌石一千就位——」

「咚！隆隆隆隆隆隆！」

一聲長號，一聲回應：「長矛手三千就位——」

「咚咚！咚咚咚！」

一長兩短三聲牛角號，跟著一聲呼應：「遊擊手一千就位——」

「咚咚咚！咚！」

兩長一短三聲牛角號，又是一聲呼應：「搬運手兩千就位——」

「咚隆隆隆隆隆！咚！」

城頭猛然齊聲大吼：「赳赳老秦，共赴國難！」山鳴谷應間一陣沉雷向遠方碾去。

正在此時，遠處大軍已經凝成了一片遼闊的紅色森林。倏忽之間，隆隆戰鼓掠過原野，三個碩大的步兵方陣推著雲車、抬著雲梯，怒雲翻捲一般向這座連綿群山中的小小關城壓來。方陣之後，三面大纛旗獵獵舒捲，趙魏韓三個斗大的白字在城頭也看得分外清楚。

按照田軫的軍令，猛攻函谷關從午後開始。這也是春秋戰國以來的攻城慣例，一則是大軍馳騁抵達城下，須得稍事休整；二則是午後攻城，與夜戰銜接緊密，士兵不至於脫力。但是司馬尚三將卻另有一番想頭：函谷關縮於兩山之內，城下最多容納兩萬多人攻城，趙魏韓三軍二十四萬人，足夠輪番猛攻，無須擔心士兵脫力；若能在楚軍拿下武關之前攻克函谷關，先期直入關中腹地，那便是一戰揚名天下。有了這一番想頭，三將不約而同地喊出一聲：「早打好！」於是，三軍部署驚人的一致：三萬騎兵留守大本營，五萬步兵輕裝疾進，猛烈攻城；關城一旦攻克，立即由後續騎兵長驅直入；即或攻城戰曠日持久，各軍步兵也可輪換回大本營休整。如此部署之下，這十五萬步兵全部輕裝，只帶一日乾糧，只帶與攻城相關的兵器，其餘輜重全部留在了大本營。

部署一定，三軍午夜出動，輕裝疾進，在太陽出山時趕到了函谷關下。一看函谷關並無重兵布防，三將大是振奮，一聲令下，三軍各出一個萬人方陣：趙軍居中，魏軍在北，韓軍在南，一齊猛攻。三將在城下約定：誰先破城，函谷關便歸誰的國家。約定一立，三將立即各自曉諭本軍，並立下絕世重賞：第一個登上城頭者，立賞千金，封千戶！對於浴血沙場的軍兵來說，賞金多少，原是身外之物，當真戰死了還不定領得到；但這千戶封地可是子孫承襲萬世不移的爵位，當真是千載難逢。如此賞格一出，三軍將士人人血脈僨張，三軍校武一般，山呼海嘯般向函谷關殺來。

城頭胡陽大吼一聲：「點起狼煙烽火——打！」

戰國之世的第一場最大規模會戰，就此開打了。

函谷關被當世視做「天下第一關」。

所以如此，最根本處，在於這道雄關從未被任何一國正面攻破過。在春秋戰國，唯一在軍爭中奪取函谷關的，只有魏國上將軍吳起，那也是先奪河西之地而後壓迫秦軍退出函谷關的。函谷關地形極為特殊：卡在陝陌山塬與崤山的連綿群山之中，且不在山口，而在峽谷入口兩三里之後；進得關城，則又是深長如「函」的峽谷。後世《水經注》云：「（河水）北出東崤，通謂之函谷關也。邃岸天高，空谷幽深，澗道之峽，車不方軌，號曰天險……岩險周固，衿帶易守。」若僅僅是如此一道長長山谷夾在兩座小山之中，或可繞道背後，在兵家也並非難事。偏偏是崤山、桃林高地與陝陌三大塊高原山地糾結盤桓，方圓幾近千里。僅僅桃林高地之夸父山，便是「廣圓三百仞」。函谷關北面的陝陌山塬更是高山連綿，大河奔湧其間，兩岸層巒疊嶂，最高的一座開山「方可里餘，三面壁立，高千許仞」。如此山塬環結，林木蒼茫，人跡罕至，便成了橫亙在中原與秦川之間的一道難以逾越的廣袤天險。從中原西部進入關中，唯有函谷關一條通道。

秦國收復河西，重新奪回函谷關後，對關城大加修葺。除了關城全部改用長大的石條砌壘，更重大的改進，是將關城的城牆向兩岸山塬各自伸展了十餘里，成了以關城為軸心的一道小長城。兩端長城的山頂處，設置了兩座烽火臺，但有敵情，孤直的兩柱狼煙在山頂直衝雲天，關中的藍田塬大營一目了然。長城之上，女牆垛口與石條城牆連為一體，箭孔密布又堅固異常；每隔三丈，有一座碼砌整齊的小山——全是打磨光滑的粗大滾木與打成各種形狀且大小不一的石塊；每隔五丈，有固定在巨大木架上的強弩，同時有一間專門儲藏遠射箭矢的石屋；小山與箭屋之間，是綿延不斷的兵器架，但有戰事，除了兵士手中的兵器，兵器架上也插滿了各種趁手兵器，絕不至於出現刀劍砍得捲刃而無處可換的情形。為了確保函谷關萬無一失，秦惠王時專門向關城之內的軍營四周遷移了一千戶老秦人。這一千戶人家或種田或狩獵，不向官府繳納任何賦稅，一年只做兩件事：一個月製石，一個月製木。所謂製石，是開鑿堅硬岩石，然後打磨成各種形狀大小不同的石塊石片。所謂製木，是入山砍伐枯死的樹木，截取樹幹最粗的中段，做成兩頭尖銳中間粗大的滾木。但逢戰事，一千戶百姓立即聚集，精壯者組成搬運手隊伍，老弱婦幼便為大軍舂麵舂米造飯。函谷關平日只駐一萬步兵，但在這種長期精心構築的防守壁壘支撐下，堪稱固若金湯。

出關探敵時，白起詳細巡查了函谷關防禦，末了只問胡陽一句：「大軍一旦攻城，能否支撐三日？」胡陽思忖片刻，慨然拱手道：「稟報左更：外無救援，胡陽足可支撐旬日！」白起一擺手：「好！我不增兵。但起狼煙，算你開打。支撐三日，便是大功。」

今日在城頭一望，胡陽便知這是一場前所未有的惡戰。但他還是按照預先的謀劃，將一萬甲士分成了兩班迎敵，每班五千，每兩個時辰一輪換。因了關城兩端共有長城二十里，所以每班專設了一千名遊擊手，哪裡吃緊趕到哪裡。

趙魏韓三軍各一萬攻城，面對的地形卻是大相徑庭。先說居中猛攻的趙軍。這裡正面對矗立在兩山峽谷中的關城箭樓，城外大道連同道邊低緩山坡，統共也就一二里寬。這裡是函谷關的軸心，也是攻城的主要方向。司馬尚奪取頭功心切，連日來精心籌劃：百人一副雲梯，千人一架雲車，共是一百副雲梯十架雲車，結實的粗麻繩與鐵鉤、砍刀、大斧等攻城一應器具，更是反覆查驗無誤。更為厲害的一手是：司馬尚從無法直接攻城的後續大軍中集中了三千名強弓硬弩手，要徹底壓制函谷關的箭雨。

此刻號角一起，司馬尚大吼一聲：「放箭！」

一列好陣勢的三千副強弓硬弩一齊開射，密集的箭雨在一片尖嘯中向箭樓與城牆猛烈傾瀉過去。一時之間，函谷關的箭樓城牆被箭雨淹沒，矇矓模糊得幾乎從峽谷之間驟然消失了。此時戰鼓大起，五十個百人隊擁著雲梯推著雲車山呼海嘯般衝向城牆。只要雲梯搭住城牆，雲車在城下立起，城下箭雨停止傾瀉，這攻城戰進入了近身肉搏，十有八九便是大功告成了。

眼看雲梯呼嘯靠住了城牆，雲車也高高聳立起來，爬城猛士已經紛紛踏上雲車木梯，城上竟還沒有動靜。秦軍嚇跑了？函谷關是空城？司馬尚心念一閃，哈哈大笑：「停射！函谷關是空城……」話未落點，突然城頭鼓聲大作梆聲響亮，彷彿沉雷壓頂，密集的巨石沿著城牆斜面轟隆隆滾砸下來，一浪接一浪連綿不斷。雲梯雲車在這隆隆滾來的巨石猛擊下，一片喊里喀喳哎喲哇啦，頃刻之間被擊毀壓垮擠碎。與此同時，遍布女牆的箭孔射出了密集箭雨，只顧奔突躲避巨石的士兵做了活活的箭靶，一個個帶箭冒血地插在大石縫中無法挪得半步。不消片刻，第一撥五千兵士死傷了大半。

司馬尚面色鐵青，想喊一句硬是愣怔著喊不出來，憋得片刻，跳腳大吼道：「第二陣再上！拿不下函谷關，都給我死！」

再說北面的魏軍與南面的韓軍，面對的卻是林木蔥蘢怪石嶙峋的山塬，站在山下，只能遙遙看見函谷關長城上的旌旗狼煙而已，不說猛攻，爬到長城腳下只怕也是難上加難。新垣衍在山坡大石上瞭望片刻，看了看風向，一咬牙吼道：「燒——燒光這些山林，踏出一條路來！」魏軍一聲吶喊，從後軍輜重車搬來了幾十桶火油，專門澆潑在林木蔥蘢處。時當中秋，草木已經乾黃，一舉火把，頓時燎原大火順著山勢燒了上去。

新垣衍哈哈大笑：「好風！天助我也，燒——」

南面山下的韓軍一看北面大火燒起，頓時恍然，連忙效法。片刻之間，函谷關南面山頭也是一片火海捲向長城。兩邊山頭歡呼聲遙遙相聞。新垣衍一聲大喝：「五千一隊，兩撥攻山！」此時大火已經燒到山腰，五千軍士一聲吶喊，牛皮戰靴蹚著滾燙的還閃爍著火星的草木灰漫山遍野衝了上來。可忒煞是怪！眼看著大火已到函谷關長城，山風卻突然轉向，變成了迎面風。這一下情勢大變，山火頓時迎面撲來。雖然沒了草木，可那迎面撲來的灼熱火舌與飛揚的火屑草木灰，鑽眼上臉灼得人生疼，衝鋒氣勢頓時緩了下來。更有一樣，兵士甲冑多是牛皮做襯底外罩鐵片，更別說還有牛皮盾牌、牛皮戰靴、皮質劍鞘等，若衝入火海，分明便是引火焚身。所以風向一轉，士兵本能地回身避火，擠撞成一團一團。

正在此時，函谷關長城上一片吶喊：「起——」

喊聲方落，魏軍腳下的山體轟隆隆塌陷，成百上千的兵士在驚慌恐懼的慘叫中驟然從地面上消失，一道十多里長兩丈多寬的壕溝冒著騰騰火星，赫然出現在眼前，彷彿森森地獄一般。新垣衍與後隊軍士尚未回過神來，城牆上又是喊聲大起，巨大的圓石漫山遍野隆隆滾來。這些滾圓的大石與山岩碰撞，大多凌空彈起，飛一般越過壕溝向後隊軍士砸來。新垣衍大驚失色，喊一聲：「收兵！」狂奔而去。逃開飛石猛襲，回身再看，新垣衍目瞪口呆——那萬千圓石一層層滾入壕溝，溝內隱隱傳來一聲聲沉悶的慘號，一星星依稀濺起的血珠，眼看著那三四千兵士竟被全數吞噬了。

「歹毒！秦人歹毒！」新垣衍跳腳狂吼，「收兵！回中路攻城，殺光秦人！」

函谷關狼煙升起的時候，站在崤山最高峰瞭望的白起立即回身下令：「傳令中軍主力，立即向崤山北口隱祕出動，集結待命。」說罷看著狼煙思忖片刻，回身匆匆下山，剛到半山腰，中軍司馬飛步上山道：「稟報左更：楚齊大軍二十萬，進入武關東南丹水河谷，山甲所部已經接戰！」白起沉聲道：「傳令蒙驁將軍，中軍分出步兵兩萬，卡住楚軍後路。」中軍司馬顯然猶疑擔心，沉吟道：「如此一來，中軍只剩八萬鐵騎，齊國主力可是二十萬大軍，衝擊之力可能減緩。」白起冷笑道：「我原不想吃掉楚軍，可一有變數，放走他暴殄天物。這個變數，你看不出來？」中軍司馬恍然笑道：「左更是說，齊軍滅宋？」白起目光一閃，也不說話徑直下山了。

山甲的兩萬步兵已經忙碌了兩日，裝路障，挖陷坑，開壕溝，設馬刺，築鹿砦，搬頑石，將這臼口南面十里之內弄得寸步難行。此地名臼口，可見地形之奇。臼者，舂米器具也。農耕之初，人們掘地為坑，待土坑變乾變硬後便在坑中舂米。後來，聰明者發明了石臼，將一塊大石頭鑿出一個大坑，打磨光滑，然後以木杵在坑中舂米。地貌似臼者，自是山地窪陷，狀若大坑。這臼口，是丹水河谷的一片小盆地的入口，有兩座小山夾峙，進入武關的大道恰恰從臼口中央通過，丹水也從臼口流出直向東南入漢水，進入武關的大道在丹水岸邊與水流並行。旅人向西北越過臼口，一日可到武關之下，東南出臼口，一日可出崤山進入楚國。

為了輕裝疾進，春申君將笨重的戰車與老弱兵卒全部留在了宜陽大營，只餘五萬精悍的山地子弟兵。對於武關，楚軍比齊軍熟悉得多，自然是前鋒大軍，達子的十萬齊軍壓後。認真說起來，春申君並沒有將十萬齊軍當作主力，只是聯軍作戰多有微妙，才依照傳統接受了齊軍共同進攻而已。究其實，武關秦軍只有一萬，五萬人足以攻克，若五萬不行，十五萬也同樣不行。此中道理，在於武關極為險要，只能以三五萬精兵出其不意以奇襲破之，若打成了明仗硬仗，大山要塞有一萬精兵當關，縱有十多萬大軍也無從施展。

正因為清楚個中奧祕，出發時春申君對達子下令：「我領五萬楚軍兼程疾進，你但舒緩而來，照應好不被秦軍切斷後路便是。」達子對這一帶地面極是生疏，自是立即答應：「春申君放心攻關，我守住後路。」

疾行一日，楚軍於暮色時分涉過均水（註：均水，發源於崤山，從北南流，在南陽山地入丹水，兩水交匯的三角地帶正在武關東南），不消半個時辰進入丹水河谷大道。說是大道，只是對商旅車馬而言，對於五萬大軍來說，再寬也顯得擁擠不堪。春申君立馬道邊小山頭遙遙觀望，揚鞭一指遠處隱隱可見的山口：「前方是臼口，十人一列，疾行穿過，不得停留。」身邊司馬飛騎傳令。片刻之間，楚軍部伍整肅成列，刷刷刷開向山口。春申君的謀劃是：一過臼口便分兵繞道，前後夾擊，奇襲武關。雖然武關之前只有一條商道，但對於這些出身藥農獵戶的山民子弟來說，從荒無人煙的大山翻越到武關背後，卻不是難事。

突然，轟隆隆連綿沉雷，前軍大譁人喊馬嘶。正在山頭瞭望的春申君大驚，馳馬飛下山頭向前軍衝來，及至一看，頓時面色鐵青——幾個巨大的陷坑黑糊糊橫在眼前，坑中掙扎著驚慌呼救的士兵與受傷嘶鳴的戰馬。陷坑雖然不深，坑底卻是竹矛林立，士兵戰馬都是一身鮮血，路上的將士驚慌叫嚷，一時無所措手足。春申君厲聲大喝：「點起火把，前軍救人，遊擊斥候前行探路！一個千人隊上山，推大石滾路，探明陷坑！」片刻之間，各方忙碌，大片火把漫山遍野地亮了起來。

大約半個時辰，臼口前路面已經探明，再沒有陷坑。春申君本來已經大生狐疑，準備撤軍，聽得再沒有陷坑，一咬牙下令：「過！穿過臼口！」

在山邊大片火把照耀下，楚軍大隊人馬隆隆推進，要以最快的速度穿過臼口。正在前隊堪堪進入山口的一剎那，突聞山崩地裂般一片喊殺，兩邊山頭箭如急雨石如沉雷，隆隆之中夾著一片尖嘯，鋪天蓋地般壓了下來。楚軍不及反應，已經被亂石箭雨殺傷許多，後隊尚在繼續擁來，一時間自相擁擠踐踏起來。楚軍混亂之時，突聞一片牛角號淒厲地響徹山谷，大片黑色甲士挺著亮晃晃的長矛吼叫著衝殺出來。那箭雨亂石也忒煞奇怪，始終只在黑色長矛隊前面的楚軍中砸下，竟配合得天衣無縫。

春申君恍然猛醒，想起派出探路的遊擊斥候一個沒有回來，心知中計，武關已經不可能奇襲，一聲大吼：「後隊回身，撤出臼口！」饒是如此，谷口內的兩三千人馬也已經被全部包抄，硬生生有來無回。

楚軍一撤，谷口內秦軍卻沒有殺出。春申君心思靈動，立即想到這是秦軍以為自己必定要強攻武關，要在這裡設伏固守等待援軍。春申君天生不是打硬仗的稟性，能打則打，不能打則退，是他歷來的用兵之道。更有一點，自屈原的八萬新軍覆滅，對於秦軍他從來沒有盲目驕狂志在必得的想法。今日秦軍有備固守，耗在這裡分明是等秦軍主力來吃掉自己，何如早退？利用秦軍料我強攻的錯誤判斷，正好安然撤出。思忖妥當，春申君斷然下令：「後隊改前隊，熄滅火把，悄然撤軍！」

軍令一出，萬千火把驟然熄滅，楚軍大步匆匆地向後回師了。不想方走得半個時辰，斥候飛馬來報：秦軍大隊出了臼口，全力向楚軍追殺而來。春申君大驚，立即下令：「後軍設置路障，大隊兼程疾行，急速與齊軍會合，出山滅敵！」

但是，秦軍的追殺速度迅猛得驚人。一個時辰之內，硬生生黏上了楚軍後隊，咬住不放，猛烈地廝殺了起來。此時天色已現曚曨曙光，齊軍迎面而來的大隊旌旗已經遙遙在望，正是楚軍堪堪與齊軍會合的時刻。春中君惱羞成怒，大吼一聲：「全軍回隊！殺退秦軍！」楚軍大隊吶喊一聲，轉身向秦軍山呼海嘯般撲來。此時中軍司馬已經與齊軍主將達子取得聯絡，齊軍也擺開陣勢壓了過來，決意要將這股欺人太甚的秦軍一鼓全殲。

正在大舉衝鋒之際，遊擊斥候又是飛馬急報：秦軍主力鐵騎封住了峭山出口，正全力殺了進來。春中君怒喝一聲：「一派胡言，峭山之外，何來秦軍主力鐵騎！殺——」不由分說率領衛士千騎隊衝了出去。

這裡正是剛剛進入峭山的一片山谷，山甲的兩萬步兵死死堵在對面山頭。楚齊兩國的十多萬大軍在方圓十幾里的山谷中展開，一時無法攻下山甲固守的山頭。山甲這兩萬步兵正是秦軍步戰的精銳之師，人各五樣兵器：左手鐵盾，右手長矛，左腰大砍刀，右挎弓箭壺，背上還有一柄奇特的大木槌。主將山甲如今已經年逾六十，卻是矍鑠精壯武功驚人，更兼身經百戰，對這商於峭山的一草一木都瞭若指掌，如今憑險據守，楚齊大軍顯然無可奈何。按照白起部署，山甲一軍只需黏住來敵三日便完了軍令。可春中君一撤，山甲頓時急了眼，教這十多萬大軍出了山，步戰銳士顏面何存？不及思索一聲吼叫：「撇下輜重，輕兵追殺！」秦軍銳士的取捨與當年魏國吳起訓練武卒的標尺相同，最是重視負重急行軍，須得全副甲冑全副兵器與乾糧，連續強行一百里且能繼續接敵作戰者，方能留作銳士。如今軍情緊急，關乎銳士殺敵聲譽，誰個不奮勇爭先？大步匆匆連跑帶走，硬生生地咬住了楚軍。

在楚齊兩軍猛攻山甲步軍山頭的時刻，峭山谷口殺聲大起，旌旗招展，秦軍的兩萬主力鐵騎潮水般殺入山谷。山頭上山甲大喜，高喊一聲：「方陣成列——壓下山去——」片刻之間，兩個方方一百的萬人方陣如森森松林，在隆隆沉雷般的戰鼓中轟轟轟地壓下山，直奔齊楚兩軍的騎兵而來。與此相反，秦軍的主力鐵騎則展散開來，衝入兩軍步兵人海大展神威。本來，騎兵對步兵是絕大優勢，步兵對騎兵尋常卻是難以抵抗。如今秦軍竟打了顛倒，齊楚兩軍大出所料，一時大亂。楚齊大軍雖兵力占優，戰力卻與秦軍懸殊太大，更兼被斷了後路壓在山谷，措手不及間人心大亂，很難結陣抗敵，情勢頓時危機。

山甲的步兵方陣一遇騎兵，立即化為百人隊小陣衝殺，打法極是奇特：左手一張與人等高的大盾牌，右手便是那柄奇特的大頭木槌；盾牌一搪馬上長劍，大頭木槌同時猛擊馬頭；戰馬即或不是鮮血飛濺也是吃疼難忍，狂跳嘶鳴間騎士大多被掀翻下馬；剛剛落馬，立即有大頭木槌跟上，「嘭嗤」一聲鮮血飛濺腦漿迸裂。兩軍騎兵大是驚駭，不到半個時辰紛紛奪路突圍。

崤山激戰的時候，關外主戰場發生了驚人的變化。

趙魏韓三軍猛攻函谷關一日未下，暮色降臨後司馬尚三將大為沮喪，中差哭笑不得地直嘟囔：「娘的，一天沒吃沒喝，還死傷兩三千，這仗打得出鬼了。我看，回大營，明日再來收拾這頭惡狼，左右一個時辰的路程。」司馬尚與新垣衍對望了一眼，也不再堅持夜戰，一聲令下，三軍拖著十多里長的隊伍捲旗收兵，回到澠池與伊闕大營，已經是夜半時分。奔波馳驅一整日的士兵饑渴疲憊極了，狼吞虎嚥地飽餐一頓，倒頭便睡，有人手裡還拿著油乎乎的醬肉便打起了粗重的呼嚕。遼闊的軍營，除了隱隱如雷的鼾聲，便是呼嘯的秋風伴著單調的刁斗聲，沉寂得令人心顫。

月黑風高的子夜，埋伏在山塬中的秦軍鐵騎出動了。

由遠及近，先是王陵的三萬鐵騎從伊闕背後的大山中呼嘯殺出。伊闕山上的大火一起，澠池山中的嬴豹率鐵騎立即吶喊殺出。此時，兩處三座大營的二十多萬聯軍頓時如炸雷擊頂，驚慌大亂，漫山遍野地奪路逃命。澠池趙軍往東面逃，想與那裡的伊闕韓魏大軍會合。伊闕的亂軍則被王陵三萬鐵騎兜住東面追殺，本能地向西部平川猛逃。不到一個時辰，三路逃兵在一片遼闊的谷地亂哄哄相遇了。被一千護衛甲士簇擁著逃命的司馬尚頓時恍然，知道伊闕大營也被秦軍破了，退路已斷，不力戰立刻一死。大駭之下，司馬尚拚命大吼一聲：「不要再跑！沒有退路了。向我旗下聚集，跟我殺！」亂軍紛紛聚來，嘶聲大喊著回身撲向秦軍。不一時，新垣衍與申差也各自聚集殘兵呼嘯猛撲，想殺出一條血路突圍出去。遼闊的山塬上火把盈野飛動，遠遠望去，竟似普天之下的螢火都流到了這片谷地。

在伊闕澠池山頭舉起大火時，宜陽山中的王齕大軍迅猛出動了。三萬鐵騎橫展在幾十里寬的原野上殺向齊軍主力大營，兩萬步兵卻在宜陽北面構築壁壘，堵住了齊軍與北面趙魏韓三支亂軍會合的必經之路。

此時，白起的八萬主力大軍已經運動到崤山東北口待命。一見伊闕、澠池、宜陽三處山火大起，白起立即高聲下令：「號角戰鼓，立即殺出。」蒙驁一舉長劍，高喊一聲：「殺——」一馬飛出，率領八萬鐵騎漫山遍野地向宜陽的齊軍大營捲來。

從猛攻函谷關開始，齊軍大營全軍戒備探馬如梭。

作為主力大軍的實際統帥，孟嘗君等待的只是一個出動的方向。他已經對田軫明確了戰法：「武關函谷關，哪路先破，我軍便從哪路長驅直入。兩關齊破，你我便各自率軍十五萬，兩路攻入咸陽。」田軫自是摩拳擦掌，只焦急地等待兩路捷報。午後時分，遙聞函谷關殺聲震天，探馬報來的消息卻是「攻城受阻，兩軍膠著」。孟嘗君心下疑惑，要親自到函谷關前看個究竟，正待上馬，卻見營門遊騎飛馬馳來，遙遙高聲：「報！飛車特使已到營門——」孟嘗君不禁愕然，連忙與田軫飛馬向營門迎來。

飛車特使，是齊國王室的傳統設置。但凡大戰期間，專門奔馳於戰場與國君之間聯絡溝通，尋常都由精於車騎的將軍擔任。此時大戰剛剛開始，便有飛車特使到來，令人捉摸不透，莫非齊王又有了別出心裁的新謀劃？孟嘗君思忖間營門在望，只見一輛駟馬鐵車鼓蕩煙塵轟隆隆迎面衝來。

「蒼鐵？」孟嘗君大是驚訝，何事緊急，動用了他獻給齊宣王的天馬神車？

「齊王緊急書命！」話音未落，鐵車已經在孟嘗君馬前轟隆止步。蒼鐵一伸手，一支光燦燦的銅管已伸到了孟嘗君面前。孟嘗君顧不上與蒼鐵說話，打開銅管抽出了一幅白卷展開，兩行大字赫然跳入眼簾：

我已攻宋，半日下陶邑，今日克商丘，三日滅宋。孟嘗君當率聯軍分路猛攻，一舉滅秦，成我霸業！

「咳」的一聲長歎，孟嘗君面色蒼白，將王書遞給田軫，一句話也說不出來。田軫一看大喜過望：「俺王神武，三日滅宋，牛刀殺雞！」孟嘗君勃然大怒：「大難臨頭，一派胡言！」田軫一時愣怔：「俺不明白，如何大難臨頭？滅宋不好麼？」孟嘗君壓低聲音狠狠罵了一句：「豬頭！回帳再說。蒼鐵，你留下別走。」

回到中軍幕府，田軫兀自一副混沌未開的模樣。孟嘗君面色灰白，重重地敲打著帥案：「宋國這塊肥肉，誰個不垂涎三尺？聯軍攻秦，齊國卻趁機獨吞宋國，他國如何不急眼？大軍雲集，這些驕兵悍將若倒戈來攻齊軍，如何得了？這不是大難臨頭麼？昏了你！」田軫恍然猛醒，頓時臉色通紅：「俺俺俺，真個豬頭。叔父只說法子，俺聽命！」孟嘗君歎息一聲，思忖片刻道：「不出今夜，這個消息便會到達各軍，要避過這場劫難，得立即撤出。」田軫驚訝道：「這裡二十萬大軍，還有十萬跟了春申君去攻武關，一時如何走得脫？」孟嘗君一咬牙道：「顧不得許多了。立即派祕密斥候下令武闢齊軍，相機撤出戰場。大營主力，由你率領，暮色時分立即祕密開走。留下三萬精騎，由我率領斷後。」田軫大急：「俺來斷後，叔父先走！」孟嘗君冷笑一聲：「你斷後？還不被亂軍活吞了去！我來周旋，再有春申君情誼，或可安然善後。」說罷長歎一聲，「只是啊，違背了王命，我命便由天定了。」眼中淚光瑩然。

「齊王若要殺，俺頂命！」田軫見孟嘗君悲傷，不禁慷慨唏噓。

「莫得亂說！」孟嘗君低聲呵斥，接著吩咐，「你去下令大軍準備，定要隱祕。」

田軫答應一聲大步去了。孟嘗君看看蒼鐵低聲問：「甘茂，還在臨淄麼？」蒼鐵道：「回孟嘗君：這個我卻知道。一月之前，秦王派專使送信於甘茂，不再視他為逃敵叛秦，許他家族後裔回秦安居。甘茂接書，給齊王留下一封辭官書，悄悄走了，聽說去了楚國雲夢澤隱居。齊王本想派人追殺，蘇代上卿勸阻了。」

孟嘗君又是一聲長長的歎息，良久無語。本來，他是厭惡甘茂這種人的，可甘茂屢次在齊王喜怒無常時巧妙折衝，使他與蘇代多次避免了無常之禍。漸漸的，他對甘茂有了好感，覺得甘茂機智幹練又無害人之心，倒是對付這位齊王的上佳人選。如今齊國正在種惡之際，自己又違背王命撤軍，若有甘茂在齊王面前為自己設法開脫，或可化險為夷。卻不想甘茂雲鶴遠去杳無蹤跡，孟嘗君頓時生出一種不祥的預感，一片悲涼彌漫心頭，久久揮之不去。

秋日苦短，倏忽之間已是暮色降臨。齊國大軍趁著夜色匆匆開出了宜陽山地軍營，直向東南。這也是孟嘗君定下的撤軍路線：避過韓魏兩國腹地，沿汝水河谷入楚國北部上蔡，再東進泗水，經楚國東北的蘭陵、琅邪進入齊國。田軫出身行伍，對行軍算是行家裡手，對這次祕密撤軍部署得滴水不漏。將近子夜時分，除了留給孟嘗君的三萬精銳騎兵，二十萬大軍已經走得只剩下斷後的兩萬騎兵。軍營之中，依舊是燈火連綿，刁斗聲聲，任誰也發現不了這裡已經是一片空營。

守在空營裡的孟嘗君，正在焦急等待派往伊闕澠池的祕密斥候，他要及早知道趙魏韓三軍有無異動？會不會今夜便來攻殺？斷後騎兵剛剛開走，祕密斥候飛馬急報：「伊闕、澠池兩大營同時遭秦軍夜襲猛攻，亂軍已經逃奔河外原野，秦軍正在追殺。」

孟嘗君大是愣怔，猛然心念電閃，一陣哈哈大笑。

蒼鐵不禁困惑：「友軍遭襲，我軍面臨危險，孟嘗君笑從何來？」

「天意啊天意！」孟嘗君笑著，「秦軍這場襲擊，使滅宋、撤軍變得堂而皇之。齊國既得宋國，又保全了大軍，他國縱然心痛，也是有苦難言。天助齊國也！」

蒼鐵笑道：「那便趕緊走，亂軍來了，天馬神車也不管用。」

「不！」孟嘗君搖頭下令，「蒼鐵，你立即駕車到宋國，稟報齊王，我在河外救援三晉大軍去了。」蒼鐵還要勸阻，孟嘗君一聲大喝：「快走，不能將絕世神車丟給了秦國！」蒼鐵一跺腳：「孟嘗君保重。」一飛身上車轟隆隆風馳電掣般去了。孟嘗君轉身大喝一聲：「全體上馬，殺向河外！」三萬騎兵立即出營，暴風驟雨般向河外捲來。

誰知尚未展開，便見黑暗的原野湧來無邊無際的火把潮水，恰恰是王齕的三萬鐵騎迎面殺到。孟嘗君眼看退無可退，大吼一聲：「殺——」率領三萬騎士拚死向前。兩軍轟然相撞，兵力相等，硬碰硬地展開了浴血大戰。原本是料定的一場夜襲戰，不想齊軍竟開營殺來，一看齊軍並無後續大軍，王齕不禁大急，生怕放走了齊軍主力，一聲大吼：「中軍號角發令：副將兩萬原地殺敵，一萬鐵騎隨我旗號殺入齊營！」喊聲方落，身邊十名號手牛角號大起，兩長一短，連續三陣，便見一個萬人隊迅速擺脫糾纏，隨王齕大旗從戰場側翼殺出，惡狠狠向齊軍大營衝來。孟嘗君已經感到齊軍力有不支，見秦軍分兵，心知其意，大喊一聲：「衝向伊闕，與三晉大軍會合，殺！」齊軍精神一振，頓時瘋狂地向秦軍鐵騎發起衝鋒，要一舉衝向河外三軍。

此時，只聽西南原野殺聲震天火把如潮，一個遼闊的扇形直從齊軍背後與側翼兜了過來。孟嘗君大驚，心知這才是秦軍主力殺到，立時大喊：「突圍！東北新鄭——」率領一千精銳護衛率先殺向東北黑暗處。

蒙驁正率主力鐵騎追殺，白起親自率領的鐵鷹銳士百騎隊已經趕上，高聲下令：「主力鐵騎立即殺向河外，全殲三晉大軍！王齕所部追殺齊軍，三十里為限，立即回軍河外參戰！」黑暗中號聲大起，秦軍八萬主力鐵騎撇下逃亡齊軍，暴風驟雨般向河外原野殺來。

澠池與伊闕之間的廣闊原野上，正在進行著驚心動魄的大廝殺。秦軍鐵騎雖然勇猛，然則畢竟只有五萬，要將三晉殘軍包圍全殲，顯是力所不能。一個時辰的激戰拚殺，三晉人馬雖然傷亡慘重，但終究還有十多萬人，況且也漸漸清醒過來，見秦軍兵力不多，畏懼之心大減。司馬尚憤然大喊：「秦軍人少！殺回趙國——」率剩餘的五六萬趙國士兵全力向東面衝來。魏軍新垣衍與韓軍中差見趙軍向東衝殺，頓時恍然猛醒，各自大喊一聲，合力向東方衝殺過來。如此一來情勢大變，原先是秦軍鐵騎追著團團亂轉的三晉軍兵猛烈砍殺，並無固定方向，如今十多萬大軍一股洪流般洶湧捲向東方，秦軍所餘四萬多鐵騎縱然依仗快馬速度超前擋在正面，可要堵住這瘋狂的奪路大軍，卻是萬萬不能。

嬴豹王陵急紅了眼，兩員大將幾乎同時大吼：「兩翼追上，拚死堵住！」長劍一揮，從兩翼風馳電掣般包了上去，搶占了前面一道山口，展開了四個萬騎大陣，要整體衝鋒拚死一戰。司馬尚率領趙軍衝到陣前，一聲大吼：「最後一關，奪路回趙！殺——」一馬當先衝殺過來。後隊大軍也全部展開，怒吼著衝向山口。秦軍四個鐵騎方陣，頃刻陷入了殺不退的人山人海。

千鈞一髮之際，西部原野驟然響起了隆隆沉雷，無邊的喊殺聲與無邊的火把鋪天蓋地壓了過來，正是白起蒙驁的八萬主力鐵騎殺到了。白起對蒙驁高聲道：「你號令大軍，我來衝陣。」不由分說將中軍大旗與一班司馬、斥候交給了蒙驁，一聲喊殺，親自率領鋒銳無匹的鐵鷹銳士百騎隊殺入紅色人海。

白起做卒長時就是聞名軍中的猛士，入伍一年便獲得鐵鷹劍士稱號，一口十五斤重劍悍猛絕倫，每戰必是一馬當先所向披靡。無論白起做卒長、什長、百夫長、千夫長、萬騎將還是前軍主將，都無一例外的是全軍尖刀。此刻白起看準了三晉殘軍要做困獸之鬥，若不強力衝殺一舉摧毀其鬥志，便會耽延時辰，天亮後假若新鄭的韓魏援軍趕到，便不能全殲這股殘軍。而全殲三晉加入合縱攻秦的二十四萬大軍，一開始便是白起的軸心目標——唯痛擊三晉，才能徹底摧毀合縱根基！為了這一點，白起明知齊軍主力祕密撤退而放棄追殺，便是要集中大軍主力吃光三晉一大坨。按照作戰傳統，白起已經違背了「圍師必闕」的兵法格言，強迫敵軍做困獸之鬥，萬一被敵死戰膠著而與援軍內外夾擊，這便是一場備受譴責的大戰。可白起相信秦軍戰力，更要著意開創殲滅戰法，所以前所未有的全面夾擊，不給逃敵一分退路。

白起百騎隊殺入人海，威力勢如破竹。這一百名鐵鷹銳士都是重劍重甲，戰馬也是身披鐵甲頭戴面具，當真是銅人鐵馬。這種重劍都是將近四尺長，連同劍格，比尋常的長劍還長了七八寸，馬上揮舞起來直是巨浪排空無可阻擋。一時間，敵軍步兵的盾牌、長矛、短劍紛紛脫手飛出，軍卒甚至來不及慘叫一聲已經血濺三尺。小山頭由蒙驁執掌的中軍大纛旗則掛著一串小風燈不斷擺動，敵軍逃向哪裡，大旗便指向哪裡，秦軍便呼嘯追殺到哪裡。

堵在山口的秦軍精神大振，銅牆鐵壁般堵在山口，三晉殘兵不能越雷池半步。眼看身邊軍馬越來越少，渾身浴血的司馬尚嘶聲大吼：「東南，殺向東南——」三晉殘餘兵馬蜂擁向東南方突圍殺來。

秦軍主力從西來，山口秦軍在正東，東南方正是秦軍兵力最少的薄弱環節。司馬尚三將率領殘兵拚死衝來，迂迴趕先的秦軍鐵騎便顯得太少，眼看三晉殘兵便要落荒四散地逃往無邊黑暗的山塬地帶了。

正在此時，東南方又是殺聲震天而起，恰恰是王齕的五萬步騎大軍迎面殺到。王齕大吼下令：「兩萬步軍，強弓守住山梁。三萬鐵騎三面展開，兜上去！殺──」漫山遍野地包抄殺來。王齕與狂奔而來的司馬尚碰個正著，一陣猛烈砍殺，趙軍大旗及僅存的千餘騎兵全數被殺。混戰中司馬尚幾騎逃命，那匹陰山戰馬嘶鳴如飛，堪堪脫離戰場。王齕胯下戰馬恰是一匹西域汗血馬，大吼一聲風馳電掣般追了上去。片刻之間，汗血馬飛掠趕上，就在戰馬超前的剎那之間，王齕長劍閃電般劈下，只聽一聲慘號一聲嘶鳴，一員大將連人帶馬被劈為兩半。

「這廝好快，割下首級。」王齕認定被殺者是司馬尚，嘶啞著聲音對追上來的護衛騎士吩咐一聲，又飛馬馳回戰場，四處奔馳大喝：「敵軍不降，全部殺光！一個不留──」

大廝殺進行了一個多時辰，天色將明的時刻，河外山塬終於沉寂了下來。白起下令：「整點軍馬，立即退到函谷關外紮營。」及至大軍開到函谷關外紮好營盤，廣袤的山塬在秋日的朝陽下混沌無邊的霧紅，極目望去，伏屍遍野，殘煙裊裊，襤褸的戰旗掛在戰車上兀自獵獵飄飛，負傷的戰馬猶在悲切嘶鳴。站在山頭的白起久久地佇立瞭望著遼闊的戰場，心中若有所失──只可惜我手中兵力有限，若再有二十萬大軍，任你孟嘗君狡詐，齊國的主力大軍豈能逃脫？

五、君臣將士咸陽宮

旬日之內，六國悄無聲息，白起方才下令從函谷關外班師回藍田大營。

戰勝消息早已不脛而走，秦國朝野一片歡騰。各縣百姓爭相湧向渭水北岸的大軍道路，竹籃中裝著現蒸的麥飯團或豆飯團，陶壺中或盛著消暑解渴的涼豆湯，或盛著碧綠的藿菜羹，笑臉盈盈爭先恐後地塞到士兵們手裡，總是要眼看著黝黑精壯的後生們揣上兩個飯團，喝上幾口湯羹，方才美滋滋作罷。老孟子說的那種「簞食壺漿，以迎王師」的古樸場面，在渭水古道淋漓盡致地揮灑出來。短短的四百多里路，白起大軍竟走了四日，才到藍田大營。

華陽君兼領藍田將軍芈戎，早在大營外三十里專程迎候，並宣讀秦王書：「白起班師之日，大軍屯駐藍田，著華陽君就地犒賞。白起率千夫長以上諸將，並斬首十級以上之有功猛士，直赴咸陽受賞得封。」白起遵命將大軍交付華陽君，率領一千餘名有功將士向咸陽徐徐而來。

路過櫟陽，丞相魏冄專程在櫟陽城外郊亭迎接犒勞。十輛牛車滿當當全是秦鳳酒，大陶碗大小酒甕一字排開半里路長。白起遙遙一馬飛來，魏冄哈哈大笑：「白起啊，大功臣！給老秦長臉！來，先連乾三碗再說話。」白起二話不說，一氣大飲了三碗，而後打量著魏冄肅然一躬：「丞相辛勞若此，白起豈敢居功？我代三軍將士，敬丞相三碗！」

魏冄本來就在櫟陽坐鎮，督運大軍糧草輜重，帶著東部縣令馬不停蹄地徵發車輛民伕，督促各縣製作各種醬肉乾餅，寢不解衣食不甘味，一個多月下來，黝黑乾瘦鬍鬚虯結，與出征歸來的將士們一般無二。那日魏冄正在櫟陽城外清點糧草，函谷關斥候快馬飛來，魏冄讀了捷報，一跳上車，喜極大吼：「秦軍大勝了——滅敵三十餘萬——」兩聲吼罷，哈哈大笑著一頭栽倒在糧草車下。繃緊的心弦終於鬆緩了——白起戰勝之功對於魏冄實在是不同尋常，非但白起是魏冄力保的大將，更重要的是，有白起為大將，魏冄丞相位置幾乎是無可動搖。魏冄讚賞白起，白起更是崇敬魏冄這樣毫不拖泥帶水的丞相，隱隱約約的，雙方都引對方為知己。如今白起一句話，將自己的操勞與將士同功，魏冄大為感慨：「將軍一言，老夫感佩也！看著，我乾了。」一言落點，三大碗一氣汩汩飲下。

「請將軍棄馬登車。」痛飲一番，魏冄指著石亭外一輛粲然生光的軺車慨然笑道，「這是太后特意送來的六尺軺車，老夫當親為將軍駕車。」

一急之下，白起的黑臉頓時成了醬色：「太后之賜如君恩，固不敢辭。然則，丞相駕車萬不敢當。丞相素知白起……」一時沒有適當說辭，只憋得滿面通紅。

魏冄大笑一陣：「只是四字無差：白起惡虛。」大手一揮，「小事一樁，隨你揮灑便了。日後凡有此等侷促，老夫與你擋駕。來，登車。」丞相駕車親迎白起入咸陽，自然也是宣太后與秦昭王給白起的特殊褒獎。既是王命，自不能隨意取消。然則魏冄敢作敢當，歷來不拘泥成法，非但爽快地答應了白起，而且自承日後為白起擋駕，雖是細行小節，卻也是尋常大臣難以做到的。

白起自是清楚，一拱手笑道：「謝過丞相。」心中頓時輕鬆，將戰馬交給護衛，登上了那輛六尺軺車。白起不是富家名士，又是弱冠入伍，從來沒有獨自駕過如此華貴的軺車。但憑著對比軺車笨重得多的戰車的熟悉，他還是乾淨利落地駕著軺車上了渭水大道，車聲轔轔馬蹄杳杳，別有一番滋味兒。快馬輕車趕上來的魏冄笑道：「白起啊，這次不世大功，可不可多來兩級？」白起搖搖頭高聲道：「這次齊軍脫手，不算全功，還是一級扎實。」魏冄大笑：「好！聽你的，還是一級一級來，我擋著。」

輕車快馬，正午時分咸陽城遙遙在望。將近十里郊亭，亭外車駕皇皇，旌旗儀仗夾道而立，足足有三里路長。魏冄大笑道：「白起啊，秦王率百官相迎，你可是大有風光了。」白起停下軺車侷促低聲道：「丞相，這，這卻如何應對？」魏冄低聲說了幾句，白起回身高聲下令：「將士下馬，縱橫百十，隨我參見秦王！」說罷一躍下車，領著全副甲冑十人一排的將士們雄壯威武地進入紅氈鋪地的儀仗甬道，反倒比駕著軺車自在了許多。魏冄軺車緩緩殿後，分外孤立顯赫。

年輕的秦王早已率領全體大臣隆重等候了半個多時辰，見白起一班將士赳赳而來，興奮地走出石亭迎了過來。白起一班將士整齊拱手轟然一聲：「參見秦王！」秦昭王一陣大笑扶住了白起，同時向後排將士一揮手：「諸位將士，勞苦功高。」將士們轟然齊聲：「秦王萬歲！」秦昭王向身後長史一揮手：「賜諸位將士陳年王酒，人各三爵！」白起一聲令下：「間隔三尺，散開受賞。」

只聽刷刷刷三聲，這個縱百横十的小陣形整齊劃一地均勻散開，不多不少恰恰分布在甬道中心。僅此一個簡單動作，便引來亭下朝臣一片讚歎。班師賜酒本是古老的傳統，繁簡程度則是各國不同。秦國朝野素無虛禮，秦王一發令，朝中百餘名大臣從亭下魚貫進入儀仗甬道，兩百多名捧著銅盤大爵的侍女也隨著大臣隊伍飄然飛出，分兩排川流不息地輪換上酒。秦昭王雙手接過侍女捧來的酒爵，對著白起深深一躬：「大秦長城便是將軍，本王代太后、代朝野臣民謝過將軍，將軍請乾此爵！」白起一身軟甲，連忙一個深躬：「白起謝過太后，謝過我王。」接過大爵一飲而盡，如此三爵，片刻未歇。

秦王對白起賜酒完畢，大臣們立即開始對散開的將士賜酒。秦軍軍法極嚴，軍營嚴格禁酒，等閒將士只有在戰勝之後痛飲一回，經常是半年幾個月不沾酒，如今大功歸來，國王大臣親賜王酒，誰個不是心旌搖動？一班酒量小的士兵與卒長、什長、百夫長們三爵下肚，已是面紅耳熱，有幾個眼看搖搖晃晃要栽倒了。

旁邊魏冄心明眼亮，立即高聲下令：「一班侍女，即刻將眩暈將士扶上輜車。」侍女們愣怔猶疑，目光一齊瞄向秦王。魏冄勃然大怒，拔劍大喝：「他們都是殺敵猛士浴血沙場，爾等有何不堪！」秦昭王目光一閃厲聲道：「丞相敬重將士，爾等立即奉命！」侍女們大駭，齊齊一聲：「謹遵丞相令！」立即兩人一組，將發暈的將士扶上了亭外一排垂簾的輜車。魏冄哈哈大笑：「這便是了，不敬耕戰之士，豈有秦國天下！」笑罷逕自舉起一爵對整齊肅立的將士一揮手，「今日誰個醉倒，都是老夫兜著。來，老夫敬後生們一爵，乾！」當即汩汩飲乾。秦軍將士本來就從鮮香的醬肉、新鮮的軍糧以及源源不斷的兵器衣甲等細節中，心感了這個丞相對大軍的垂愛，軍中流傳著各種各樣的「丞相催糧」故事，今日親見魏冄，覺得這個丞相大有軍旅粗豪之風，本能地敬慕喜歡。如今見丞相敬酒，刷地挺身，高喊一聲：「丞相萬歲！」一齊飲盡。

秦昭王拊掌笑道：「好！郊迎禮罷，將士們回王宮大宴。」說罷挽起了白起胳膊，「來，你我同車入城。」白起見國君一副不由分說的樣子，自覺此時辭謝大是掃興，無可奈何地被秦王牽著手上了寬敞的王車，在夾道國人的歡呼聲中轔轔進入了咸陽。

這日晚上，咸陽宮舉行了盛大的慶功夜宴。眾將士入席，司禮大臣將白起領到了秦昭王與宣太后中間的座案前。白起大是惶恐，向宣太后深深一躬：「率軍殺敵，將軍天職。臣雖有微功，卻不敢與國君太后並席。」宣太后笑道：「白起啊，老秦人沒那麼多講究，說話方便而已，拘泥個甚來？」旁邊魏冄呵呵笑了：「將軍有所不知，太后最是掛念你了，想與你多說話。來，你坐我這裡，我坐到右手去。」說罷站起身來將白起拉過來坐在宣太后左下首席，自己大步走到秦昭王右下本當是今日白起的坐席上。白起仍是一臉通紅，不好再說，只好入座。

宣太后低聲笑道：「白起啊，秦王想封你大良造爵位、上將軍職位，我看也是好事。」顯然，這是宣太后事先通氣，怕白起到時再行推辭反為不美。此時，白起只要說一聲「謝過太后」，大良造上將軍便順理成章地做了。可白起很是不安，拱手慨然道：「一戰之功居此高位，於軍中不利，懇望太后見諒。」宣太后笑道：「好，我知道了。」說罷看著三尺之外的秦昭王一拍手，「開宴了。」秦昭王點點頭，對司禮大臣下令：「開宴。」

司禮大臣站在六尺高的王階上高亢宣呼：「慶功王宴開始，鐘鼓樂舞起——」

秦人禮儀素來簡約，進入戰國以來，大型慶典從來沒有以樂舞開場的。但這次河外大捷是新生代第一次大勝，委實不同尋常，宣太后、魏冄與秦昭王都是激賞之至，於是有了這次前所未有的鐘鼓樂舞慶典。雖則如此，這鐘鼓卻不是中原宴會樂舞的編鐘小鼓，而是咸陽宮鐘樓鼓樓的大鐘大鼓。但聽大殿號令一出，「鐘鼓樂舞起」的聲音便在一排長長的傳聲內侍的高亢聲音中直傳咸陽宮門。殿外廣場的大鐘大鼓頓時遙遙如春雷滾來，跟著是咸陽四門城樓的鐘鼓聲大作，整個咸陽國人都在吶喊：

「河外大捷——大秦萬歲——」大殿中雖是一片肅然，但聞這彷彿來自天外的連綿聲浪，人人感奮不已，白起與千餘名將士不禁齊齊地一聲吶喊：「赳赳老秦，共赴國難！」

鐘鼓方落，樂聲大起。一群麻衣布裙手挽桑籃的少女輕盈地飄進了大殿中央的紅氈之上，悠悠散開，提籃起舞，唱起了秦軍人人熟悉如軍歌一般的〈無衣〉：

豈曰無衣　與子同袍
王於興師　修我戈矛　與子同仇
豈曰無衣　與子同澤
王於興師　修我矛戟　與子偕作
豈曰無衣　與子同裳
王於興師　修我甲兵　與子偕行

歌聲一起，將士們熱淚盈眶。這首歌唱的是壯士同心的堅貞友情——不要說沒有衣裳，我與你同穿一件布袍；國家要興兵打仗，磨礪我的矛戈，與你同仇上戰場！每當戰陣沉寂，每當晚操結束，每當炊煙升起，軍營裡都會響起這慷慨雄壯的歌聲。往往是你對著我唱我對著你唱，這一營對著那一營唱那一營對著這一營唱，歌聲將整個軍營燃燒起來。將士之間的些小嫌隙，便在這浴血同心的雄壯歌聲中冰消瓦解了。如今，這首歌驟然由女子唱來，激越婉轉堅貞悲愴，生發出一股濃烈的與意中人同生共死的情懷，將士們如何不怦然心動？一時間，殿中將士不由自主地跟著哼唱起來，有幾個士兵在歌聲中失聲痛哭。

歌聲沉寂了，士兵的啜泣之聲收煞不住清晰可聞。宣太后緩緩地站了起來，眼中閃爍著瑩瑩的淚光，走到伏案哭泣的幾個士兵身邊笑道：「後生啊，抬起頭來，你等會有個可心姑娘的。」說著轉身對著黑壓壓一片有功將士招了招手，「你等，都不要擔心。秦王，是不會教功臣猛士做淒涼孤身漢子的。國府這便下書：凡從軍丁壯無意中女人者，各縣府務須著意撮合，使青壯將士有妻室家園，老來有桑麻之樂，人人有大秦之後！哪個縣但有鰥孤將士，縣令當即罷黜問罪！」

「太后萬歲！」宣太后話音落點，千餘名將士可著嗓子吼了一聲。

「你等高興就好。」宣太后驟然收斂笑容，「我只一句話：大秦國不能使將士寒心，誰使將士寒心，我第一個饒他不得！」又是悠然綻開了笑容，「好了，聽秦王對你等的封賞了。」

司禮大臣一聲高呼：「宣封賞王書——」

王書是由長史宣讀的，首封白起少上造爵位並晉升國尉，蒙驁晉升五大夫爵領前軍主將，王陵、王齕等一班大將各晉爵兩到三級，千夫長以下的有功將佐與士兵爵位晉升最多，大體上每斬首三級便是一級爵位，軍中實際職位卻都是只晉升一級。有幾個千夫長的爵位幾乎比王陵等大將爵位只差了兩級而已。

商鞅當初頒布的〈軍功律〉規定：士兵斬首一級，晉爵一級洎夫長以上頭目，斬首不計功，而以所轄之旅斬首總數並是否戰勝論功。此謂之「本賞」。隨著秦國的強大，軍力的增強以及仗越打越大，這種軍功晉爵令不得不發生變化，雖則依然是有功必賞，但大體卻變成了每斬首三五級賜爵一級。軍中將士自然是人人知道這種變化，但依然是求戰立功心切。根本處在於：秦法公正，沒有身世歧視，即或是窮困的山鄉子弟，幾次殺敵立功便是顯赫爵位。縱然是權臣王族子弟，沒有軍功，照樣是老卒一個。如此法令，誰個不是奮勇爭先？

今日封賞王書一讀完，將士們卻沒有歡呼，都肅然挺身立在當殿，沒有一個人說話。宣太后目光一閃笑道：「看看，臉都黑著，爵位低麼？有話說出來，我替爾等做主。」

「稟報太后！」心直口快的王齕一拱手，「跟著白起打仗痛快，軍中將士共請白起為上將軍。」話音一落，全體轟然一聲：「我等共請，白起為上將軍！」

「我說呢，」宣太后笑得分外響亮，「我看這事教丞相說說，你等可信得他？」

「信得丞相！」將士們齊齊一聲。

魏冄哈哈大笑著站了起來：「我來說說。這事秦王、太后可不能背黑鍋！原本擬定的王書，白起爵封大良造，晉職上將軍。可白起有個老毛病，你等難道不知？他是頭犟牛，偏要一級一級來，要與爾等共進退。老夫尋思也有道理，說服秦王、太后，教他做了國尉。白起，你再說說。」白起紅著臉站了起來：「諸位將士，不要再說此事了。爵位官職，我等熱血男兒計較麼？赳赳老秦，共赴國難。忘記了？」

「赳赳老秦，共赴國難！」將士們一聲齊吼。

「我還要說一句。」宣太后笑著，「白起雖則是國尉，但卻是常駐軍中的國尉。國尉府那一攤子兵政，由丞相府兼理了。如何啊？」

「謝過太后！謝過秦王！謝過丞相！」將士終是高興地道謝三聲，算是一併了結。

一場盛宴直到三更方才結束。白起正要與將士們一起離開，宣太后卻招招手：「白起，你來。」白起緊走兩步：「請太后吩咐。」宣太后低聲笑道：「哪來恁多吩咐了？你呀，該回去看看老師了。聽說他老人家病了，還不輕。」白起頓時心中一沉，愣怔片刻道：「謝過太后，白起連夜回郿縣。」宣太后關切道：「放心去，有大事郿縣令會去找你。」白起一拱手道：「臣告辭。」匆匆去了。宣太后看著白起背影，輕聲對旁邊的涇陽君嬴顯道：「你帶幾個人到郿縣去，暗暗保護白起，萬一有喪事，立即回報。」嬴顯「嗨」地答應一聲，大步匆匆地去了。

對幾員大將匆匆叮囑幾句，三更尾四更頭上，白起一馬飛出了咸陽西門。

六、蒼蒼五丈塬　師徒夜談兵

秋夜的下弦月細瘦清冷，渭水岸邊的秦川官道一片無邊無際的矇矓，急驟的馬蹄聲越過一隊又一隊或走或停的商旅風燈，一路灑向西南。過了縣（註：縣，戰國秦縣，大體是今日關中武功縣地區；太一山，陝西太白山的古稱），便是郿縣了。雖然是霜重霧濃，白起卻分明看見了太一山潔白的峰頭，看見了渭水南岸那道蒼翠的山塬。太一者，北極大星也。一山而冠「太一」之名，足見此山在周秦兩代的神聖。

白起生在郿縣一個不尋常的村莊，這個村叫太白里。太白者，西方金星也，因其「晨見東方，昏見西方」，因此有了兩個別稱：早晨叫啟明星，黃昏叫太白星。在陰陽家星相家的眼裡，太白星還是與東方青龍相對的白虎，謂為兵戈之星，或寓意名將，或寓意兵災，總之是與兵家武運有關。但是，這個太白里卻不是因了太白星而得名，而因為它是郿縣白氏部族第一大村，時人便呼之為「太白」。商鞅變法時釐定里名，確定保甲連坐法令，「太白」便成為這個白氏第一大里樂於接受的正式名諱。

戰國之世，郿縣號稱「秦國第一縣」，當真是威名赫赫。說到根本，是因了郿縣是老秦部族的聚居縣，是秦國最大的兵源地。但更重要的，還是因了郿縣有「孟西白」三大部族。這「孟西白」是秦穆公成就霸業的三個名將：孟明視、西乞術、白乙丙。這三將浴血同心情誼篤厚，秦穆公之後，三族後裔總是比鄰而居，兩百多年下來，漸漸占據了大半個郿縣。三族都是勤耕善戰的大族，歷來是貴族布衣之鄉，秦國騎士的淵藪。商鞅變法之後，廢除隸農井田，舉國民眾皆成「國人」，孟西白三族的騎士特權與優先論功特權一朝消失，成了與國人同等耕戰的尋常老秦人。這時候，孟族與西乞族卻因不善農耕而漸漸衰落，白氏部族農戰皆精，漸漸地成了郿縣第一大族。

但是，白起對白氏部族，對太白里，卻沒有多少記憶。剛一生下來，白起便沒有父母，叔叔也從來不對他說父母事。在白起五六歲的時日，叔叔白山將他送到了太一山一個隱居名士那裡做了學生。十年後，白起回到了太白里，叔叔已經在秦軍中做了前軍主將，派人來接他到軍中去。少年白起拒絕了，他在村邊搭了個茅草屋，做了里上輸送軍糧的腳力。半年後縣府徵兵，白起立即應徵從軍。接兵校武的時候，白起的體魄與劍器格鬥令接兵千夫長大為驚訝，立即委任白起做了新兵頭目。

離開太白里的時候，白起沒有絲毫留戀，到了軍中也是從來不說家事身世。要不是白山在巡視軍營中偶然遇到了白起，他可能永遠也不會找這個叔叔。也就是在那個晚上，叔叔白山第一次對他說了父母的故事。

白起的父親叫白垣，行六，村人呼為「白六」。在商君變法剛開始的時日，白六在繳糧時被少不更事的太子殺死了。白六的新婚妻子生下白起後，也在夫君的墓前撞碑自殺了。老族長與族老們商議，都說這個遺腹子生就異相大有出息，教叔叔白山撫養白起，全族共擔白山一家的賦稅勞役。白山尋思自己養而不能教，便一門心思地訪查高明，最後終於是在太一山中找見了那個隱居的武士。白山將自己的家產全部賣給了孟族人，在一個月黑風高的夜晚，將一口袋秦半兩悄悄地放在了隱士門外，只給年輕的妻子留下了兩間房屋十畝桑田，便去從軍了。

除了這個白氏姓氏，白起對郿縣對太白里對白氏對家庭，幾乎都是淡淡漠漠。童年少年唯一銘刻在他心頭的，只有老師，只有那個青梅竹馬的少女師妹。白起進太一山的時日，老師還是一個堅實厚重而又瀟脫不羈的中年隱者，那種強健與力量，簡直令人不能相信。

有一年夏天，老師帶白起到太一山主峰習練攀岩術。白起左手一鐵鉤右手一短劍前行攀升，目標是那終年積雪的插天高峰。老師則是一繩一斧，在後指點護持。正在師徒兩人攀升到山峰半腰時，驟然驚雷閃電大雨滂沱。片刻之間，匹練般的山洪從蒼翠蔥蘢的山林中隆隆湧出，撲面壓頂而來。老師一聲大吼：「釘住山岩！屏神靜氣——」白起大力一鉤挖進一棵樹根，雙腳死死蹬住一塊岩石，聽憑那轟隆隆的山洪從頭頂劈面衝來可著山林如萬馬奔騰般湧下山谷，那情景當真是驚心動魄。偏在此時，突聞隆隆洪水中夾著一股腥臭刺鼻衝來。白起一抖臉上水霧，驟然見一條鱗光火紅大樹粗細的蟒蛇乘著水頭昂首撲來，那長長的信子似乎還鉤挑著被水頭激起的蟾蜍山雞。饒是白起天生奇膽，也驚慌嘶啞地大喊一聲：「蟒，大蟒！」眼前一黑，幾乎要鬆手滾進滔滔山洪。

千鈞一髮之際，身後一聲大喊：「挺牢別動！我來了！」幾乎就在同時，一道黑影凌空躍上水頭攀住了一棵大樹，白起只朦朧模糊地看見了一縷白光如閃電般在頭頂掠過，那斗大的蛇頭轟隆隆地翻滾在水頭上跌進了山谷。驚魂稍定的白起大喊一聲：「老師小心——」仰頭一看，黑色身影被火紅的蟒身纏箍在那棵大樹上。老師嘶聲大吼：「白起釘牢！山洪要完了——」這便是神祕難測的太一山，風雨無常且來去迅猛，任是神仙也難測出它的驚險奇絕。老師喊聲方落，滔滔山洪驟然變成了潺潺溪流，只剩下夾著寒氣的山風兀自呼嘯。老師卻釘在樹上不能動彈了。白起大急，勇氣陡增，幾鉤挖下，攀到那棵合抱粗的大樹下，左手抓住樹枝，右手短劍喀嚓喀嚓剁向腥臭的蟒身。粗大的蟒身一段一段滾落到山谷，老師臉色蒼白地抱著樹幹閉目喘息。白起仔細一看，老師的雙腳硬生生插進了樹身。

白起接過老師手中大斧，砍開樹幹，才拔出了老師雙足。從另一條小路下山後，白起昂昂問：「老師，雙腳插樹是甚功夫？我要學！」老師哈哈大笑：「那是功夫麼？情急拚命，自來神力而已，否則，如何事後拔不出來？這如何教你？」白起撲閃著小眼睛問：「老師怕我被蟒蛇吞了，不怕自己被蟒蛇吞了？你已經被蛇身纏住了呢。」老師疲憊地笑著：「白起啊，這是師道，說不明白。也許，你將來收個愛徒，自能知道。」

從那以後，白起認定了老師是自己的父親，老師那個小女兒是自己的親妹妹。他跟老師長到十六歲，才走出了莽莽蒼蒼的太一山。出山時，老師只對他說了一句話：「不做上將軍，別回太一山。」硬邦邦一句，轉身走了。少年白起對著老師的背影深深一躬，長長地喊了一聲：「老師——我會回來的——」轉身下山了。

倏忽之間，十三年過去了，白起雖然還沒有做上將軍，但畢竟打了一場令天下刮目相看的大勝仗，此時驚聞老師大病在身，如何去拘泥於這個諾言？

太陽還沒有升起，秋日的霜霧依然籠罩著山川河流。憑著對縹緲河霧的特殊熟悉，白起知道已經到了渭水北岸的灘頭，越過渭水，便是那永遠烙在心頭的五丈塬了。正在深秋枯水時節，白起雙腿輕一夾，那匹雄駿的戰馬長嘶一聲衝進了河道，片刻之間泅渡過水，杳杳上了碎石沙灘。白起一帶馬韁，在大霧中向西南而來，走得不到一里，又是一條小河流。這是發源於太一山北流入渭水的一條支流，因其既毗鄰褒斜古道，也是河道從西南向東北斜向而來，時人呼之為斜水。

斜水入渭水的谷口，矗立著一片林木蒼茫的小山，老秦人稱它為「五丈塬」。有人說，塬高五丈，名實相符。也有人說，山在渭水之南斜水之西各五丈，是謂五丈塬。究其實，誰也說不清楚，卻也都叫了五丈塬。從五丈塬向南，一層層山塬疊嶂而上青天，直到那終年戴著一頂白玉大冠的太一山。五丈塬背靠太一山，面臨滔滔渭水，林木茂盛漁獵方便，更兼西北接近陳倉古道，西南緊靠褒斜古道，西出廣漠南下巴蜀都很便捷，便成了既是人跡罕至又恰在流動軸心的要害之地。當初進山，少年白起對這幽靜的山塬尚是無甚體察，及至從軍征戰有了兵家閱歷，再來揣摩這五丈塬，竟覺得老師忒是了得。

濃霧漸漸消散，白起下了戰馬，取下馬背上的褡褳，卸下馬具鞍轡，將一袋舂碎的豆瓣兒攤開在一塊大石上，又將韁繩在馬脖子纏好，輕輕拍拍馬頭道：「火霹靂，這裡有草有水有硬料，你隨意，好好歇息一番。」一團火焰般的駿馬蹭了蹭白起的胳膊，輕輕嘶鳴一聲。白起背起褡褳上山了。

蒼黃的草木中，一條細碎的鵝卵石小道遙遙伸進山塬，道邊一方三尺高的原石，刻著四個大字——白荊古道。白起怔怔地站在石碑前，撫摩著紅漆斑駁的大字，心中猛烈地一顫，不禁跌坐在小道中……一個少女的笑聲在山林飛揚迴盪：「大哥，我撿了許多白石頭，鋪了一條小道，你看！」白起踩了踩路面老氣橫秋道：「鑲嵌勻稱，不墊腳，很好。」少女咯咯笑道：「磁錘（註：磁錘，秦地古方言，今偶有流傳，意為憨笨老實）！你說，該叫甚名兒？」白起撓著頭沉吟起來：「這，就叫石子路。」「磁錘也！」少女笑得更是脆亮，「我起了名字，白荊古道！好不？」白起搖了搖頭：「不好。百年之路，才能叫古道。」少女打著白起胳膊一陣嬌嗔：「真磁錘也！就是好！不作興白荊百年麼？」白起笑了：「好好好，就白荊古道。」少女又咯咯笑了：「那，你得立個路石，刻上大字！」白起一拍胸脯赳赳道：「這容易，我去開一方大石。」

十三年了，小妹妹回來了麼？白起出山的那一年，老師將小妹妹送到太一山的「墨家秦院」去了。老師說：「醫不自治，師不自教。這女子任性，得到墨家去磨練。」墨家秦院可是大大有名。墨子大師去世後，墨家分為幾派，一班與秦國有淵源的墨家子弟離開了神農大山的墨家總院，在太一山建了墨家秦院。秦國自孝公之後，與墨家素來交好，官府格外照拂墨家，從不將墨家做「以文亂法，以武犯禁」的俠派對待。漸漸地，墨家秦院竟成了與神農山墨家總院相抗衡的墨家根基，在玄奇之後，又出了孟勝、腹䵍兩位大師，在天下威名赫赫。白起自然知道墨家，當時對老師說：「白起也想去墨家修習三五年，再回來從軍。」老師斷然擺手道：「毋做此想。你當走兵家正道，不能入墨。墨家之路，終是偏鋒。」

小道盡頭，是一片蒼翠松林，出了松林，是靠著塬根掩映在一片竹林中的小院落。青色的石牆爬滿了已經枯黃的藤葉，在風雨衝刷中已經變白的兩扇小門緊緊地關閉著，除了啁啾鳥鳴，沒有白起所熟悉所期盼的那種家園熱氣，蕭瑟幽靜得令人心顫。

輕輕推開木門，從來都是整潔利落的庭院鋪滿了厚厚一層黃葉，那座再熟悉不過的茅亭下也生出了搖搖荒草。白起怔怔地站在院中，打量著面對的四間石板砌成的正屋與左手的廚屋，任枯黃的樹葉在腳下飛舞盤旋。剎那之間，白起心頭酸熱，一股熱淚奪眶而出，老師？老師還在麼……突然，石板屋中傳來一聲沉重蒼老的咳嗽。

「老師——」白起嘶聲一喊，一個箭步衝進了石板屋。

「白起……是，是你麼？」空曠的大屋中一如既往的簡樸，一張木榻，一頂麻帳，一個嘶啞蒼老的聲音在帳中費力地喘息著。

「老師！」白起一把撩起麻帳，撲地跪倒在榻前失聲痛哭，「白起來遲了。」

木榻上的老人枯瘦如柴白髮如雪，在一床大被下單薄得看不出身形。老人打量著榻前這個黑絲斗篷頂盔貫甲的將軍，眼中驟然閃出明亮的光彩：「白起啊，終是，成人了。」

「老師！」白起哽咽一聲霍然站起，「我即刻背你下塬，去咸陽，請太醫治病！」

「不用。我沒病。」老人笑著搖搖手，神奇地坐了起來，「白起啊，到院子裡坐坐，好多日子不見太陽了。」「對！」白起高興地笑著，「霧落了，太陽剛出來，正暖和。」便來攙扶老師。老人卻一指牆角：「那支竹杖，我自己試試。」白起答應一聲，連忙到牆角拿過那支看來很少使用的竹杖。老師接過竹杖，杖頭一點，竟咬牙站了起來，顫巍巍走得兩步笑了：「白起啊，行！走，太陽下說話。」「是！」白起高興地扶著老師一隻胳膊，一步一步地來到庭院，坐到了再熟悉不過的茅亭下的石墩上。

「老師先坐下，我來收拾一番。」白起知道老師素愛整潔，如此荒蕪的庭院，老師心中一定不是滋味。他說著話三兩下脫下斗篷甲冑，只穿一身襯甲短布衣，利落地拿起廊下那把山野掃帚菜曬乾捆成的掃帚，刷刷掃了起來。老師看著白起，臉上溢滿了笑意：「荊梅這孩子，回來也不沾家。白起啊，你說她做甚去了？」

「老師，小妹回來了？」白起驚訝地停下了手中的掃帚。

「三日前回來，看了我一眼，叫我等她，不見了。」

白起思忖片刻眼睛一亮：「老師，小妹肯定是進太一山採藥去了。山裡多險，我去找她！」撂下掃帚拿起衣甲長劍正要出門，驟然愣怔地站住了。

小院門口，正站著一個熱汗津津的少女，一身藍中見黑的布衣，頭上一方白絲巾包著烏黑的秀髮，修長的身材幾乎與小門等高，背上一個竹背簍，手上一柄細長的藥鋤，豐滿的胸脯正在劇烈地起伏，本來就是熱汗津津的臉龐黝黑中透著紅亮。白起怔怔地打量著少女，少女的大眼睛也撲閃撲閃地掃著白起。

「你？荊梅小妹？」

「大哥——」少女哭著笑著一聲大叫，猛然撲過來緊緊抱住了白起。

「呀！小妹與我一般高了。」白起紅著臉對老師笑著。

老師樂呵呵笑道：「生得瓜實，只長個子，沒長心眼。」

「快！坐著歇息。」白起連忙摘下荊梅的背簍拿過藥鋤，「我去打水來。」

「不用。」荊梅一把將白起摁在亭外石墩上，「你只坐下與老爹說話，水呀飯呀有我！」說著一陣風似的飄進廚屋，提來三個陶罐：「涼茶，我走時煮好的。」說罷逕自端起一罐咕咚咚喝了個一乾二淨，剛放下陶罐，白起恰端著另一罐等在她手邊。荊梅一笑，也不說話，端起陶罐又是咕咚咚喝了個一乾二淨。白起眼睛一亮，快步走到廊下拿過褡褳打開：「來，醬牛肉，舂麵餅，先咥幾個墊補墊補。」「好香也！」荊梅粲然一笑，毫不推辭，左手拿肉右手拿餅大咥起來，不消片刻，將三個舂麵餅三塊醬牛肉掃了個乾淨。

白起看得心中直發酸，他久在軍中當然清楚，沒有三日以上的空腹勞作或馳驅奔波，決然生不出此等饑渴。老師晚年有疾，自己不能盡心侍奉，又累得小妹如此辛苦，於心何忍？老師一邊笑了：「口不藏心，能睡能咥，荊梅只差不是男兒身了。」荊梅咯咯笑著向白起一瞥：「偏是你兒子好，整日多嫌我了？」老人與白起不禁哈哈大笑。荊梅拿來背簍道：「大哥你看，我採了甚寶貝回來？」說著從背簍中小心翼翼地捧出了一個圓乎乎還沾著泥土的帶殼硬物。

「茯苓！」白起驚喜地叫了一聲，「哪裡挖的？」

「太一山玉冠峰下，那棵老松呀，粗得十幾個人也未必合抱！」荊梅笑得嘴都合不攏，努出一副老成聲音比劃著，「我這藥方啊，要有一枚茯苓入藥，上上之效也。先生說的了！」

看荊梅高興的模樣，白起與老師都開心地笑了。茯苓，醫家們說溫補安神益脾去濕，老病尤宜。藥農、陰陽家與方士，無不將茯苓看作神物一般。說松柏脂油入地千年，才能化為茯苓，茯苓千年化為琥珀。琥珀為丹藥神品，茯苓為草藥神品，人服可以去百病而延年益壽。如老師此等老疾雜症，茯苓不啻為救補奇藥，白起荊梅如何不精神大振？素來不苟言笑的白起連連笑道：「如何煎法？我來煎藥，小妹下廚！」荊梅笑著搖手：「你坐了，莫添亂。先生說，等茯苓乾得幾日，他來切分配藥，這幾日留得有藥，忙個甚？」白起道：「何方先生？倒是上心。我還說從咸陽請太醫來著。」荊梅撲閃著大眼睛道：「這事倒有些蹊蹺。自你走後，老爹便南下楚國雲遊去了。我在太一山，腹脝大師忽然告訴我說，老爹回來了，教我回家探望。我一回來，便遇著郿縣令領來的先生，一個白髮蒼蒼的老人，開了藥方我便進山找茯苓去了。你說，這郿縣令如何知道老爹病了？是你的關照麼？」

白起思忖著搖搖頭：「可能是太后，也可能是丞相，一下說不清楚。」

老師笑道：「還不清楚？這是將將之法，也是君臣之情也。」說著喟然一歎，「當年吳起愛兵如子，士兵負傷，親自為傷兵吮吸膿血。傷兵老母看得哭了，說愛我子者上將軍，殺我子者，亦上將軍也。鄰人不解，老婦哭著說，我子傷癒，必為吳起拚死戰場，豈非殺我子也？君道愛將，豈有他哉！」

「老師說得是。」白起慨然一歎，「為國效命，將士天職。太后、秦王與丞相，難得的愛將愛兵，秦軍士氣，前所未有的旺盛。」說著將大宴之上宣太后親許將士「每人有妻室」的情形說了一遍。老師由衷地點頭讚歎：「一個太后，有此智計情懷，千古之下，難有比肩者也！」荊梅笑道：「難得老爹！從來沒有誇讚過女子呢。」白起不禁樂得哈哈大笑。老人也笑了：「君心王道，與男女何涉？」荊梅笑道：「我倒是覺著，白起大哥命好，遇上個明主了。」老人一歎：「君心無常。這個難說了。」白起道：「老師放心，白起但以國事為重，不用揣摩君心投其所好。」老人篤地一點竹杖：「這便好。大才名士，都是這般立身。」荊梅插進來笑道：「喲，太陽都偏了，你倆爺子說話，我去廚下了。縣府送來的肉菜麵，一大堆呢。」說罷轉身去了。

晚霞將落時分，荊梅將整治好的飯菜一樣樣端了出來，幾個大陶盆擺滿了石案：一大盆羊腿拆骨肉，一大盆豆飯藿羹，一大盆秋葵蒸餅，一大盆卵蒜拌苦菜，一大盆粟米飯團，盆盆堆尖，白生生綠瑩瑩黃燦燦熱騰騰香噴噴滿滿擺了一大案，都是老秦人最上口的家常飯食。羊腿拆骨肉不消說了，加生薑、山蔥燉得七八成熟，剝離骨頭還帶著些許血絲，旁邊放一盤鹽末兒用來蘸肉，是秦人名揚天下的主菜之一。豆飯藿羹，則是在豆瓣粥中加入豆苗嫩葉（藿菜）混煮成碧綠的豆瓣粥。秦人長期有半農半牧傳統，素喜乾食，大凡乾肉乾餅之類皆是其主食。這種菜飯混煮成湯糊的吃法，本是韓國山民的家常習俗。張儀曾對韓惠王說：「韓地險惡，民多山居，五穀所生，非麥而豆。民之所食，大抵豆飯藿羹。一歲不收，民不厭糟糠。」（註：見《戰國策．韓策．張儀為秦連橫說韓王》）後來，這種吃法也傳入了秦國山野，常有山民將嫩豆苗摘下陰乾，專門在秋收之後做豆飯藿羹。於是，這豆飯藿羹也成了秦國山野庶民冬春兩季最家常的碗中物事。那秋葵蒸餅，是將落霜後摘下的葵葉撕碎，連同菜汁一起和入春好的豆麵或麥子麵，成糊狀攤入竹籠蒸出，鮮綠勁軟，上口之極。秋葵蒸餅之要，在於所採葵葉須在落霜落露之後。時人諺云：「觸露不掐葵，日中不剪韭。」便是說不能在霜霧露水之時採摘秋葵。荊梅午後在園中掐葵，自是正當其所了。那粟米飯團，是將粟（穀子）舂光成黃米（小米），蒸成的黃米飯團，金光燦燦米香四溢。苦菜卻是田中的一種肥厚野草嫩苗，清苦鮮嫩，開水中一焯，加小蒜山醋拌之，便是爽口涼菜一味。

白起驚喜地打量著一個個堆尖的大盆，樂得直笑：「嘿嘿嘿，家常飯，美！軍營裡可是沒這份口福。」荊梅又提來兩個酒罈子往石案旁一蹾：「太白老酒，盡你喝！」老師笑道：「荊梅這是秦墨治廚，一做便是大盆大碗。白起啊，都是你昔日所愛，放開咥。」白起說聲那是，便要下箸。荊梅攔住笑道：「老是急著咥！來，先乾一碗洗塵了！」

白起恍然，啪地打了一下自己的頭：「磁錘！我先敬老師，老師不能飲酒，我乾了！」咕咚咚飲乾一笑，「再敬小妹，來！」荊梅抱著酒罈一邊斟酒一邊笑道：「誰個要你敬了？也沒個說辭，只管猛喝，磁錘！來，為將軍大哥洗塵，乾了！」白起笑道：「小妹墨家沒白進，長文墨了，好！」陶碗當地一碰，兩人同時咕咚咚飲了一大碗。老師笑道：「白起三碗便醉的，行了。」荊梅笑道：「忒煞怪也，吃飯像頭老虎，飲酒卻是羊羔子，如何做大將軍了？」老師這次卻沒有笑，叩著石案道：「你懂個甚來？這便是白起為將的天生稟性：任何時候都清醒過人。一日三醉，還能打仗麼？」荊梅咯咯笑道：「誰要一日三醉了？他分明是喝得太少了嘛。」白起搓著手嘿嘿嘿樂了：「老師卻是謬獎了。平日我是不敢喝，摳著自己。今日高興，喝個痛快。」「好！」荊梅大是高興，利落斟滿一碗，「就是這兩罈，乾完為止，老爹還要與你說話。」白起慨然笑道：「飲酒不能說話，算個甚來？只可惜老師不能飲酒了。老師，白起替你老人家乾了。」

明月初升，小庭院灑滿了月光。兩個後生喝得痛快，老人看得淚光閃爍，比自己飲酒還要陶醉。

荊梅只是不停地斟酒，兩罈太白老酒倒是十有八九被白起一碗碗乾了，不消半個時辰，兩個五斤裝的大酒罈空空如也。白起面不改色，兀自興猶未盡：「還有麼？再來！」荊梅咯咯笑道：「磁錘！喝開了剎不住車，沒了，咥飯。」

「好！咥飯。」白起像個聽話的孩童，酒碗一撂，拉過那盆羊腿拆骨肉大咥起來，然後再是秋葵蒸餅，再是粟米飯團，片刻之間將三大盆最結實的主食一掃而光，衣袖一抹嘴笑道：「咥好了，樣樣來勁！」荊梅一直看著白起猛吃，指著石案咯咯笑道：「磁錘，星點兒沒變。不吃菜，就咥肉。」白起認真道：「你不說我是老虎，只咥肉不吃草麼？」荊梅笑得直打跌：「喲！虧你個磁錘當了兵，留在家誰養活得起了？」白起嘿嘿笑道：「雞往後刨，豬往前拱，大肚漢有軍糧，各有各的活法嘛。」這一下連老師也是哈哈大笑：「說得好！天下之大，原是各有各的活法了。」

酒飯一畢，已是山月當空，秋風有些寒涼。白起對正在收拾石案的荊梅低聲道：「我來收拾，你先給老師取件棉袍來。」荊梅一怔，看著白起的一雙大眼驟然溢滿了淚水，不待白起察覺，只一點頭匆匆去了。片刻收拾完畢，白起在庭院中鋪好兩張草席，將石墩搬到草席上，看看屋中沒有棉墊，便將自己的斗篷折疊起來在石墩上墊了，才將老師扶到草席石墩上坐下。此時荊梅也正好將煮茶的諸般物事搬了出來，片刻木炭火點起，茶香在院中彌漫開來。

「白起啊，說說，這些年你這仗都是如何打的？」老師終於開始了。

白起紅著臉道：「我早有念頭，想請老師指點，只是戰績太小，沒臉來見老師。不想，老師一病如此。」低頭抹了抹眼淚，振作精神，將這些年打過的仗一一說了一遍。

「不錯！能打大仗了，終是出息了。」老師輕輕歎息了一聲，「你在太一山十年，老師只教你練了體魄武功，還有膽魄心志，並沒有教給你兵法戰陣之學，這次打大仗，心中有無吃力了？」

「有過。」白起坦誠地看著老師，「若是那個齊王田地不偷吞宋國，孟嘗君的三十萬大軍不夤夜撤走，我當真不知能否包得住六十多萬大軍。或者，山甲那兩萬步兵擋不住春申君的十幾萬聯軍，武關失守，我也真不敢想會是何等結局。」

「但凡打仗，總有幾分把持不定的風險，這叫作無險不成兵。」老師笑了笑，「然則，你在事後能作如此想，將這兩處要害看作武運，而沒有看作自己本事，這便是悟性，便是長進之根基。須知，兵家之大忌，在於心盲。心盲者，將心狂妄而致昏昧不明也。此等人縱然勝得幾次，終是要跌大跤。」

白起肅然伏地一叩：「老師教誨，起終生不敢忘記。」

老師招招手：「荊梅啊，去將那個鐵箱給我搬來。」荊梅「唉」地答應一聲，快步進屋搬來了一口三尺見方的小鐵箱。老師竹杖點點鐵箱道：「打開，給你的。」白起道一聲是，見鐵箱雖未上鎖，卻是沒有箱蓋縫隙彷彿渾然一體一般，便知這是那種內縫相扣的暗箍箱，極需手勁方能打開。白起兩掌壓住箱蓋兩邊，靜靜神猛力一壓一放，鐵箱蓋「嘭」地彈開了。老師笑道：「這只墨家暗箱，沒有五百斤猛擊之力，卻是開不得。你只壓不擊，連環收發，力道大有長進了。」白起笑道：「咥了幾百石軍糧，還不長點兒力道？」旁邊荊梅笑道：「長幾斤力氣便吹，不羞！」白起只是嘿嘿嘿笑個不停。老人道：「別閒話，將裡邊物事拿出來。」

白起一伸手，竟是一箱竹簡，一捆捆搬出來，月光下封套大字看得分明：《孫子兵法》、《孫臏兵法》、《吳子兵法》三部，一十六卷！

「白起啊，這三部兵法，兵家至寶也。」老師長長地喘息了一聲，緩慢地說著，「古往今來，兵書不少，然對當世步騎陣戰做精心揣摩者，唯此三部。《孫子兵法》雖是春秋之作，卻是兵家總要，有了實戰閱歷而讀《孫子兵法》，方可咀透其精華，使你更上層樓。《孫臏兵法》與《吳子兵法》，是切實論戰。孫臏側重兵家謀略。吳起側重訓練精銳。孫臏飄逸輕靈，用兵神妙，每每以少勝多，以弱勝強。吳起則厚實凝重，步步為營，無堅不摧，一生與諸侯大戰七十二場，無一敗績。此三家兵法，你若能咬碎嚼透而化於心神，大出天下之日，將不期而至也。」

荊梅笑道：「既是這樣，老爹何不早早送給大哥？真是。」

「你懂個甚來？」老人悠然一笑，「孔夫子說，因材施教。白起天性好兵，說是兵癡也不為過。若先有兵書成見，則無實戰好學之心，反倒是兵書成了牢籠。再者，發於卒伍之時，兵書大體也用不上。可是？」

白起頓時恍然，想起當日出山時老師囑咐：「定要從卒長一級級做起，毋得貪功貪爵。」深意原是在此，不禁高聲讚歎一句：「老師大是！」

「白起啊，兵學淵深如海，實戰更是瞬息萬變哪！」老師喟然一歎，「你有兵家稟賦，然則，天賦之才須得以學問養之，可成大家。學不足以養才，你也就就此止步了。」

白起性本厚重，聽老師說得肅然，不禁咚地叩頭：「白起記下了。」

旁邊荊梅笑了：「老爹今日才想起教弟子了。我倒是聽人說，白起打仗又狠又刁，不殺光對方不罷手。」

白起昂昂一聲：「浴血打仗，誰個不狠？都學宋襄公，打個甚仗？」

「為將者，有道也。」老人悠然一歎，「道之所至，天意了。白起也沒錯，都學宋襄公，何如不打仗？白起啊，你只記住：戰不殺降，便不失將道之本了。」

「是！」白起慨然應聲，「白起謹記：戰不殺降！」

明月西沉，霜霧從渭水斜水的河谷裡漸漸地彌漫了山塬，山風中的寒涼之氣也漸漸地重了。白起背起老師，荊梅收拾了鐵箱草席與茶水，三人轉挪到屋中，又開始了綿綿的家常話，眼看著霜重霧濃，眼看著紅日高升，老人靜靜地閉上了眼睛。

「大——」荊梅嘶啞的喊聲劃破了五丈塬的清晨霜霧。

白起默默地站了起來，對老師深深一躬，良久抽搐，驟然放聲痛哭了。正在白起與荊梅傷痛不知所措之際，遙聞火霹靂一聲嘶鳴，白荊古道上馬蹄急驟！

第五章 冬戰河內

一、流言竟成奇謀　齊國僥倖脫險

緊急召回白起，是魏冄的主張。他只有一句話：「要打仗，就得白起回來！」

河外之戰，將山東六國打成了一鍋粥，仇恨交錯，恩怨叢生，相互間頓時火暴起來。兵敗次日，魏趙韓三國立即發難，派出特使飛赴臨淄質問齊湣王：「齊國棄合縱大義於不顧，獨吞宋國，私撤大軍，導致三國二十四萬兵馬全軍覆沒，是否公然與我三晉為敵？」洶洶之勢，儼然三晉合縱清算齊國。齊湣王嘿嘿冷笑道：「我取宋國之時，合縱大軍已經兵敗。我不問三晉冒進喪師，以致拖累我軍之罪，爾等竟敢先自發難，當真是豈有此理！」那魏國特使是死裡逃生的新垣衍，聽得齊湣王狡辯之辭，氣得渾身哆嗦，聲嘶力竭喊道：「孟嘗君！你身為聯軍主宰，你說，齊軍何時撤走？我軍何時被滅？說！」孟嘗君鐵青著臉冷冷道：「事已至此，說有何益？你等只說，三晉究竟要如何了結？」新垣衍怒聲吼道：「吐出宋國，四家平分！否則，三晉便是齊國死敵！」趙韓兩使一齊高聲道：「正是如此，不分宋國，三晉不容！」齊湣王拍案大怒：「甲士何在？將三個狂徒亂矛打出去！」殿前甲士轟然一聲，湧上來倒過長矛木杆一通亂打，三個堂堂國使竟被打得嗷嗷大叫著抱頭逃竄，齊湣王哈哈大笑：「回去說：本王在戰場等著三晉了。」

三晉特使剛走，楚國特使逢侯丑風風火火地趕來了。這逢侯丑本是春申君副將，拚死力戰，方與春申君帶著兩萬殘兵逃回了郢都。春申君本來就招世族大臣嫉恨，立即被罷職關押。怒氣衝衝的楚懷王與新貴靳尚及一班世族老臣一聚頭，眾口一詞地要找齊國清算這筆窩囊帳。逢侯丑與靳尚多有交誼，又對齊國一腔怨憤，自告奮勇做了特使。他進了臨淄王宮，鐵青著臉遞上國書，一句話不說。

齊湣王冷笑著將國書一撇：「本王懶得看，有話便說。」

「齊國損盟肥己，欺人太甚！」逢侯丑硬邦邦一句。

齊湣王喉頭發出粗重的嗞嗞喘息：「便是欺人太甚，楚國卻待如何？」

「楚齊分宋，萬事皆休，否則，大楚國立即發兵北上！」

「嘩啷」一聲大響，齊湣王一腳踹翻了王案，暴跳如雷地衝到逢侯丑面前，那長著黑乎乎長毛的大拳頭幾乎便在逢侯丑鼻子下揮舞：「逢侯丑！回去對芈槐肥子說：本王大軍六十萬，專取他狗頭！記住了！打出去——」

又是一陣亂矛作棍，逢侯丑嗷嗷大叫著逃了出去。

旬日之後，快馬急報：三晉與楚國聯軍四十萬，要與齊國開戰！

孟嘗君急了，連忙找蘇代商議。蘇代一腔悲涼道：「孟嘗君啊，莫非你還覺察不出麼？齊王已經不需要策士了，也不想斡旋邦交了。他，要一口鯨吞天下了！」說著一聲長長地歎息，「看來，甘茂是對的。田兄，你我只怕都要學學甘茂了，死在此等君王手裡，實在是不值得也。」孟嘗君思忖片刻，淡淡地笑了：「人說危邦不居。蘇兄要走，我自不攔。然則，田文根基在齊，不能撒手。成敗榮辱，計較不得了。」說罷一拱手，頭也不回地去了。

徑直進宮，孟嘗君破天荒地對齊湣王沉著臉道：「我王恕田文直言：齊國已成千夫所指，實在是覆巢之危！眼下是四國攻齊，來年可能是六國攻齊。齊國縱有六十萬大軍，何當天下連綿大戰？又能支撐幾時？以田文之見：我王當立即改弦更張，化解兵戈。」

「改弦更張？」齊湣王嗞嗞冷笑著，「倒是有主意，本王聽聽。」

「與山東五國共分宋國，王書悔過，重立齊國盟主威望。」

齊湣王眼中驟然閃過凌厲的殺氣，又驟然化為一絲微笑道：「你是說，將宋國六百里共分？還要本王向五國悔過？」

「唯其如此，可救齊國。」

「你倒是說說，本王過在何處？」

孟嘗君根本不看齊湣王臉色，徑直痛切答道：「其一，藉合縱大軍擋住秦國，而我王藉機突襲滅宋，有失大道。其二，秦國本已與宋國結盟，且駐軍陶邑。然則白起在我王攻宋之時，卻突然撤離秦軍，教我王得手。此中險惡用心不言自明，秦國就是要我王獨吞宋國，而與山東老盟結仇。我王果然中計，被秦國陷於背棄盟邦之不義陷阱，竟至孤立於中原，招來滅國之危。時至今日，親者痛仇者快，我王過失，已是無可遮掩。若能分宋悔過，痛斥秦國險惡，便可彰齊國誠信，可顯我王知錯必改之大義高風，更可重樹齊國盟主大旗。」

齊湣王極是自負，素來有與臣下較智的癖好，尋常總喜歡對臣子突兀提出極為刁鑽古怪的難題來「考校」奏事臣子的學問，臣子但有不知，立顯尷尬。有一次與稷下學宮的名士談論《周易》卦辭，齊湣王突兀發問：「人云：龍生九子，這九子都是甚個名字？」一班稷下名士你看我我看你，張口結舌。時間一長，齊王「天賦高才」的美名遍於朝野，久而久之，連齊湣王自己也信以為真了。

今日，齊湣王第一次被孟嘗君直面責難，心中早已經不是滋味，卻硬是要更高一籌，壓住火氣冷冷一笑：「孟嘗君指斥本王兩錯，本王卻以為是兩功。其一，天下戰國，弱肉強食，誰不欲滅宋？齊國取之，乃是天意，正合大道！其二，聯軍攻秦，將帥無能，眼看戰敗之時，我方興兵，卻與藉機偷襲何干？其三，秦軍畏懼避戰，不敢與本王精銳對陣，方撤離宋國自保。有甚大謀深意可言？其四，五國要來分宋，本是強詞奪理妒火中燒！孟嘗君不思抗禦外侮，卻與敵國同聲相應。做丞相者，豈有此理！」

孟嘗君聽完這一大篇纏夾不清的王言，心中頓時冰涼，鐵青臉色道：「田文丞相不足道，邦國社稷之安危，才是頭等大事。」

統天下！」

「邦國社稷之安危？」齊湣王臉上一抽搐，突兀暴怒吼叫，「教他們來，本王正要馬踏六國，一

孟嘗君頓時恍然，不禁倒吸了一口涼氣，也徹底冷靜了下來，一拱手道：「齊王做如此想，田文不堪大任，敢請辭去丞相之職。」

「嘿嘿，孟嘗君果然豪俠膽氣。」齊湣王頓時浮現出一絲獰厲的笑，「來人，立即下書：革去田文丞相之職，不得與聞國政，刻日離開臨淄！」

孟嘗君淡淡一笑：「田文告辭，齊王好自為之。」一拱手頭也不回地去了。

齊湣王氣得暴跳如雷，兀自對著孟嘗君背影大吼：「田文，待本王滅了六國，在慶典殺你！」此時正逢御史從與大殿相連的官署快步走來，齊湣王迎面一聲高喝：「御史！立即宣召上將軍田軫。」御史顯然是想向國君稟報急務，卻硬是被面目猙獰的齊湣王嚇得一迭連聲地答應著去了。

片刻之後，田軫大步匆匆地來了。齊湣王不待田軫行禮參見，大袖一揮急迫開口：「立即下書國中：再次徵發二十萬丁壯，一個月內成軍！再加田稅兩成、市易稅五成，明日開始徵收。」

田軫大是驚訝，且不說這王令已經使他心驚肉跳，更令他不可思議的是，此等軍政國務歷來都是丞相府辦理，如何今日卻要他這個只管打仗的上將軍來辦？本想勸諫一番，但一看齊湣王的氣色，田軫只一拱手：「是！臣這便去知會丞相府。」齊湣王冷冷道：「不用了，丞相已經被本王罷黜。」田軫頓時愕然，釘在當場不知所措了。齊湣王突然盯住了田軫，陰聲冷笑道：「如何？莫非上將軍心有旁騖？」田軫素來畏懼這個無常君主，一聽他那嘶嘶喘息，大覺驚悚，連忙深深一躬：「田軫不敢。」齊湣王嘴角抽搐，突兀聲色俱厲：「誤我一統霸業，九族無赦！」

「謹遵王命！」田軫突然振作，一聲答應，赳赳去了。

回到上將軍府，田軫教一班司馬與文吏立即出令：臨淄大市自明日起增稅五成。又派出一隊快馬

斥候改作王命特使，飛赴三十餘縣、七十餘城宣布王命：著即按照數目徵發丁壯、增收田稅。上將軍府頓時緊張忙碌起來，車馬吏員川流不息，一時門庭若市。田軫卻將自己關在書房，任誰也不見。暮色時分，一輛四面垂簾的輜車出了上將軍府的後門，一路只走僻靜無人的小街，曲曲折折向丞相府飛馳而來。

孟嘗君踽踽回到府中，立即吩咐掌書歸總典籍交割政務，自己駕著一葉小舟在後園湖中飄盪。及至夕陽西下，孟嘗君才猛然想起一件大事，連忙棄舟上岸，恰遇馮驩對面匆匆走來，一聲急迫吩咐道：「立即到門客院，我有大事要說。」

「主君不用去了。」馮驩低聲道，「門客們十有八九都走了。」

「如何如何？」孟嘗君大是驚愕，「三千門客，十有八九都走了？」

「還留下二十多個，都是被仇家追殺的大盜，無處可去。」

孟嘗君一時愣怔，突然哈哈大笑不止。那笑聲，比哭聲還悲涼。馮驩低聲道：「主君須善自珍重，毋得悲傷。請借高車一輛，馮驩試為君一謀，復相位增封地亦未可知。」

「要走便走，何須藉口！」孟嘗君勃然大怒，卻又驟然大笑，「上天罰我濫交，田文何須怨天尤人。」轉身大喝一聲，「家老，高車駿馬，黃金百鎰，送馮驩出門。」

「謝過主君。」馮驩深深一躬，頭也不回地去了。

孟嘗君站在湖邊發呆，一顆心秋日湖水般冰涼空曠。自從承襲家族嫡系，多少年來，孟嘗君府邸都是門庭若市聲威赫赫，那三千門客令天下權臣垂涎，也更是他田文的驕傲——孟嘗君待士誠信，得門客三千，生死追隨。不想一朝罷相，卻恰恰是這信誓旦旦的三千門客走得最快，半日之間，門客院空空如也！連以忠誠能事而在諸侯之間頗有聲望的馮驩也走了，人心之險惡叵測，世態之炎涼無情，竟至於斯。

「稟報家主：上將軍來見。」那個被馮驩取代而休閒多年的家老，此刻正小心翼翼地匆匆碎步走了過來。

孟嘗君恍然：「田軫？教他到這裡來。」喟然一歎，坐到湖邊石亭下。

「家叔，如何一人在此？」身著布衣大袍的田軫大步走來，看著神情落寞的孟嘗君，茫然不知所措了。

「別管我。有事你便說。」對這個平庸的族侄，孟嘗君從來都沒放在心上。

「我看大事不好。」田軫神色緊張，坐在對面石墩上一口氣說了今日進宮的經過以及自己的虛應故事，末了道，「事已至此，我該如何應對？家叔準備如何處置？真要與列國開打，我卻是如何打法？他罷黜了家叔丞相，國事誰來坐鎮？噢對了，這個齊王，他如何要罷黜家叔了？」一番話語無倫次，顯然是慌亂了。

孟嘗君冷笑道：「你是上將軍，自己打算如何，老是盯著我何用？」

田軫雖然一臉難堪，卻被孟嘗君呵斥慣了，只侷促地紅著臉道：「我自尋思，只有稱病辭朝了。再徵發二十萬新軍，倉促上陣，何有戰力可言？仗打敗了，還不得先殺我？」

「還算你明白。」孟嘗君長歎一聲，「只是不能太急。我離開臨淄後，你須得先舉薦一個深得齊王信任的將軍，而後再相機行事。做得急了，只怕更有殺身之禍。記住了？」

「是！」一有主意，田軫清楚起來，壓低聲音道，「家叔何不與上卿商議一番？看有無扭轉乾坤之法？」

「上卿？」孟嘗君冷笑，「只怕此公已經上路了。」

「如何？上卿也走了？」田軫瞠目結舌，在他的心目中，蘇代與孟嘗君從來都是共進退的，如何能說走便走？

「你是王族，根基在齊。你都要走，何況一個身在他國的縱橫策士？」孟嘗君又是一聲長歎，「人同此心，心同此理。只怕齊國要一朝覆亡也！」

突然，湖邊竹林裡一陣長笑，一人高聲道：「誰個如此沮喪了？」

「魯仲連？」孟嘗君又驚又喜，大步出亭高聲道，「來得好！仲連不愧國士無雙也！」

月色之下，一人斗篷飛動長劍在手從竹林中飄然走來：「孟嘗君別來無恙？」孟嘗君笑道：「別客套！來，坐了說話。」說著上前拉住魯仲連進了石亭，「這是上將軍田軫。這位是名士魯仲連。二位認識一番。」魯仲連與田軫相互一拱，算是見過，在石墩上坐了下來。孟嘗君這後園湖畔本是經常的會見賓客處，竹林邊有一個小庭院長住著幾個僕人與侍女，但逢客來，只要孟嘗君一聲呼喚，便即出來侍候，或茶或酒都是就近取來，極是方便。此時孟嘗君只啪啪兩掌，兩名侍女飄然走來，在石亭廊柱下擺置好了煮茶器具。

「無須客套。」魯仲連一擺手，「兩件事一說，我便要走。」

「何須如此匆忙？」孟嘗君正在煩悶彷徨之時，正要一吐心曲並聽魯仲連謀劃，聽得魯仲連如此急迫，不禁有些失望。雖則如此，孟嘗君也知道魯仲連不是虛與周旋之人，擺擺手讓侍女撤走了茶具，一拱手道：「有何見教？說。」

「第一宗，四國攻齊一事，行將瓦解。一時之間，孟嘗君不必擔心。」

「此事當真？」田軫不禁驚訝得脫口而出，「今日午時，斥候還報來四國結兵消息！」

「少安毋躁！」孟嘗君呵斥田軫一句，卻也驚訝困惑，「如此突兀，何故？」

「也許，只能說是天意了。」魯仲連一聲歎息，說出了一段令人瞠目結舌的故事：聯軍大敗於河外，趙國最是憤憤不平。武靈王趙雍力行胡服騎射富國強兵已經有年，派出的這八萬新軍精兵，是第一次試手。慮及聯軍以齊國三十萬大軍為主力，更有孟嘗君春申君主宰，趙武靈王便說：「龍多主旱。派一員戰將便是。」主持軍政的肥義也認為有理，沒有派出名將廉頗，也沒有召回在陰山巡視的平原君趙勝，而派了新軍將領司馬尚領軍。司馬尚也是趙國的一名悍將，只要主帥調遣得當，衝鋒陷陣歷來都是無堅不摧。與此同時，趙武靈王已經部署好了兩路大軍：一路攻占離石要塞，搶占秦國河西高原；一路趁機吞滅中山國。只要河外大戰一得手，趙國立即兩面開打，在中原大展雄風。不成想河外大戰如此慘敗，趙魏韓三軍全軍覆滅，不啻給了雄心勃勃的趙國當頭一棒。

此時，齊國趁機滅宋與齊軍在三晉大戰秦軍時悄然撤出的消息傳來，趙武靈王勃然大怒，立時派出飛車特使聯絡魏韓楚三國，要與齊國大打一場。四國特使赴齊的同時，四國之間事實上已經議定了出兵盟約。這次是以趙國二十萬大軍為主，趙武靈王親自統帥。

恰恰此時，四國都城流言蜂起，四國商人也紛紛從臨淄送回了種種義報：齊國新征大軍二十萬，國人賦稅猛增五成，合成八十萬大軍，要一戰蕩平中原。

消息傳開，韓國第一個心虛了。襄王韓倉與大臣反覆計議，都以為但與齊國開戰，必是曠日持久的天下大鏖兵，支撐不住的只能是地不過千里、人眾不過六七百萬的韓國，與其如此，何如早退？然則趙國銳氣正盛，魏楚兩大國也是氣勢洶洶，須得巧妙斡旋不著痕跡地置身事外，方是萬全之策。密商一番，韓襄王派出了大夫聶伯為特使出使趙國。

聶伯到了邯鄲，對趙武靈王說：「韓國原本只有不到二十萬兵馬，河外一戰，八萬無存，如今僅餘十萬左右，除卻地方要塞之守軍，能開出者不足六萬。相比於趙國雄師，實在是杯水車薪也。況韓國多山，素來窮弱，倉廩空虛，實在無能為力。」

趙武靈王冷笑道：「早幾日如何不窮不弱？你只說，要待如何，韓國才出兵？」

「我王之意：若得出兵助戰，三大國須得預付韓國三年軍糧，共三百萬斛。」

「啪」的一聲，趙武靈王拍案而起：「厚顏無恥！韓國與三國同仇共恨，自個雪恥，卻誰家助戰？趙國一年軍糧才五十萬斛，你便要一百萬斛？有三百萬斛軍糧，韓國富得流油，再躲在山上看熱鬧麼？韓倉無恥，將這使狗給我打出去！」

這個聶伯被打得遍體鱗傷，狼狽逃回新鄭。一說緣由，韓襄王頓時惱羞成怒：「好個趙雍，還沒做霸主，便要恃強凌弱了？幸虧沒跟你趙國。」立時找來幾個心腹一陣密商，派出兩路密使飛赴大梁、郢都。

韓國密使對楚懷王說：「趙國已經與齊國訂立了密約：齊分給趙三成宋國土地，再助趙獨滅中山國，趙不與三國結盟攻齊。趙雍大肥，卻要拉三國墊背，無非想成中原霸主而已。韓王不忍楚國一敗再敗，願聖明楚王三思。」

韓國密使對魏襄王卻是另說：「趙國名為替三晉雪恥，實則要藉機攻占魏國河內（註：河內，春秋戰國時將黃河北岸平原稱為河內，黃河南岸平原稱為河外）三百里。趙雍之狡詐陰狠，比田地有過之而無不及，時念三晉舊恨。韓魏如何為他趙國流血？」

楚懷王與魏襄王都是素無主見，頓時大起疑心，立即派出特使飛車趙國，異口同聲表示：「齊趙之間，多有流言。若得楚魏加盟，趙國須得先行與齊國一戰，以示誠信。」

趙武靈王頓時怒火中燒，一副連鬢絡腮大鬍鬚幾乎立了起來：「齊趙之間，有何流言？說！說不出來，趙雍剁下爾等狗頭！」饒是他暴跳如雷，兩國特使偏是死死沉默，一句話也不說。趙雍本是一心要與齊國決一死戰，一則為五國雪恥，二則想一掃趙國多年的頹勢，如今眼見信誓旦旦的盟約竟在突然之間大翻轉，氣得臉色蒼白渾身顫抖，要不是肥義一把抱住，幾乎要一劍洞穿了兩個特使。

特使逃跑了，盟約也眼看是瓦解了。趙國君臣倍感窩囊，都疑心是韓國作祟。趙雍派出得力斥候到三國密查真相。半月之間，斥候相繼來報，禍首果然是韓國。這一下非但是趙雍怒不可遏，一班大臣也是義憤填膺，一口聲吼叫著要懲罰韓國。趙雍二話不說，當殿便命平原君趙勝率領精兵十萬，對韓國上黨（註：上黨，今山西上黨地區，戰國時多方拉鋸戰的要塞之地，戰國中期為韓國北部一郡）發動猛攻。

……

田軫高興得連連拍掌喊好。孟嘗君卻聽得大皺眉頭：「匪夷所思也！這流言大是蹊蹺，如何竟與齊國動靜若何相符？又如何同時在四國傳播了？」

魯仲連笑而不答。

孟嘗君恍然大悟：「噢——是你，魯仲連流言用間？妙，大妙也！」

魯仲連搖頭笑道：「孟嘗君既然猜中，我卻不便貪功。此計，另有高人。」

「高人？齊國人？還是蘇代？」孟嘗君驚訝得眼睛都睜大了。

「田單。一介商賈，與我莫逆之交。」魯仲連神祕地笑著。

「田單？莫非是王族末支？」田軫也興致勃勃地插了一句。

魯仲連淡淡一笑：「朋友之交，何須考究出身？凡姓田者，都須是王族麼？」

孟嘗君瞪了田軫一眼，回頭笑道：「這通流言，看似簡單，實則卻是神出鬼沒，此人智計，莫測高深。」魯仲連笑道：「田單久在中原經商，大市均有貨棧店鋪。河外兵敗，我料到齊國將有大劫。恰在邯鄲遇到田單，我說了一番情勢，他便想出了這個對策。原本只是想緩衝一番，給齊國緩出一段時日，好讓庶民百姓逃難。不想一石激起千層浪，四國合縱一朝崩潰，豈非天意也！」

「說到底，還是四國各懷異心。」孟嘗君歎息一聲，「多少年來，哪次合縱不是如此？但有風吹草動，便作鳥獸散，怨得誰來？」

魯仲連也是一歎：「強大時誰都想做霸主，危難時誰都想別個做犧牲。爭奪是鐵定不變，聯合是瞬息萬變。真正的合縱，永遠不會有。」

「不說如此喪氣話了。」孟嘗君笑了，「第二宗如何？」

魯仲連面色頓時肅然：「齊國真正的仇家醒來了。」

孟嘗君目光一閃：「你是說燕國？」

「正是。」魯仲連點點頭，「樂毅在遼東練兵五年，已成精銳大軍二十萬。」

田軫急忙問道：「先生如何得知？我斥候營為何沒有消息？」

魯仲連淡淡一笑，沒有接田軫話題，只對孟嘗君道：「我總在疑心：齊王殺了燕國張魁，燕王反倒派使賠罪，如此忍辱，果真如此畏懼齊國麼？與田單分手後，我去了燕國，又去了遼東，終究是揭開了這個謎。燕國正在磨刀霍霍，齊國真正的危難尚在後頭。」

見魯仲連說得凝重，孟嘗君不禁笑道：「二十萬大軍何懼之有了？根本是有無明君在位，有無名將統兵。燕王原本平庸。這樂毅卻是何人？值得仲連如此看重？」

「孟嘗君差矣！」魯仲連少見地斷然一句，還連帶著粗重喘息一聲，「燕王姬平絕非平庸之輩，依我看，只怕比越王勾踐還強得幾分。要說樂毅，更是天下少見的名將之才，其先祖是當初魏國名將樂羊。更有上卿劇辛主持國政，也是名士賢才。如此君臣十餘年韜光養晦不露鋒芒，孟嘗君不覺得寒氣森森？」

孟嘗君畢竟不是顢頇之輩，聽得魯仲連一番見地，心中頓時沉甸甸的：「四國與齊國已經交惡，若有燕國死力合縱，齊國豈非大難臨頭？」

「這便是我今日所來本意。」魯仲連點點頭，「也是那位田單兄的主意。遼東之事，也是田單兄說給我的。」

「他卻如何知曉？」孟嘗君不禁大奇。

「簡單得很。」魯仲連笑了，「田單入遼東收購人參虎骨，進山誤入祕密軍營，差點兒回不來了。」

「果真如此，仲連以為該當如何？」孟嘗君也顧不上細問田單了。

「齊國危難，內外俱生矣！」魯仲連一聲沉重歎息，「外事，我倒是與田單兄謀得一策。可這內事，孟嘗君被罷相，如何著手？」

「內事須得如何？你先說說。」

魯仲連掰著指頭道：「其一，立即廢止增加賦稅的王令。其二，二十萬新兵也最好不要徵發。其三，派出特使與楚國修好。若能辦到如此三項，大難可減一半。」

田軫不禁失笑道：「如此三項，有恁大威力了？」

魯仲連正色道：「前兩項為內亂之根。若不消除，大戰一起，難保不生民亂。民亂但起，齊國何在？後一項為兵家退路。若無楚國，齊國斷難長期支撐。」

孟嘗君默然良久，搖頭一歎：「難矣哉！此人瘋勁十足，如何扭得回來？」突然眼睛一亮，拍掌笑了，「有了，左右我是閒居，去找一個人回來。」

魯仲連笑道：「有辦法便好。告辭。」

「留步留步！」孟嘗君急道，「你去哪裡？」

「秦國。」魯仲連一笑，身影已在石亭之外，「再去楚國。」便不見了蹤跡。

二、咸陽宮夤夜決策

匆匆趕赴秦國，魯仲連要找已經離開臨淄的馮驩。

馮驩在孟嘗君府領得一輛六尺車蓋的青銅軺車並黃金百鎰，連夜出了臨淄向西而來，晝夜兼程，不消三五日到了咸陽。對於秦國，馮驩並不熟悉，只識得一個當年出使臨淄的樗里疾。尋思一番，馮驩還是覺得應該走樗里疾這條路子。樗里疾雖是閒居養息，畢竟資深望重還掛著個右丞相銜，更兼與孟嘗君私交頗深，請他解困最是合適不過。思謀一定，馮驩不住秦國驛館，而是在齊國商社下了榻。安頓妥當，馮驩一身布衣自駕高車，轔轔來到樗里疾府前。這便是馮驩的細心周到處，他要的是脫得官身國事之形跡，而只以布衣之士身分斡旋。戰國之世，布衣名士的遊說往往比特使之身更有效用，尤其是褒貶人事，布衣名士的說辭顯然更見分量。

樗里疾的府門不同尋常，雖不是門庭若市，卻也出入不斷。馮驩看得片刻，竟沒有見一個來人被門吏攔住，彷彿誰都可以通行無阻。看得饒有興味，馮驩將軺車在車馬場停好，徑直走到門前一拱手：「在下臨淄馮軾，請見老丞相。」說罷抬腳往裡走去。

老門吏連忙攔住道：「先生莫忙，要見丞相不難，只是要老朽領你進去方可。」馮驩有意作色道：「如何別個長驅直入，我卻要周折一番？」老門吏笑道：「那些人都是辦瑣碎的，比不得先生要見丞相。」馮驩笑道：「原不知情，卻是錯怪，相煩家老領我進去。」「那是該當。」老門吏說罷回頭喊了一聲，「今日見客止——」正中大門隆隆關閉了，只剩下南邊一個偏門開著。見正門合攏，老門吏回身嘟囔了一句：「走了。」也不看馮驩徑直前行去了，看似搖搖晃晃，實則快步如飛。

「家老且慢行。」馮驩緊走幾步追上，「這袋老齊刀，家老拿著了。」說著將一個嗆啷作響的牛皮錢袋塞到老門吏手中。馮驩久做孟嘗君門客總管，一則是深知門檻精要，二則也是手面大，三則是見這老門吏委實厚道可親，沒有豪門欺客的惡習，誠心要給他一些好處。這「老齊刀」乃春秋老齊國鑄造的青銅刀幣，形制規整，銅料上佳，兩百餘年後被天下視做金幣一般，卻是非同小可。

「這是做甚？」乾瘦黝黑的老門吏釘子一般站住了，「沒這規矩！拿回去。」說罷一伸手，那錢袋嗆啷一聲又回到了馮驩懷中。老門吏又是一句嘟囔：「走了。」又頭也不回地兀自去了。

馮驩第一次入秦，瞬息之間感慨良多，不及細想，只快步匆匆地趕上了老門吏。片刻之間過了兩進院落，來到了顯然是公事書房的一座大屋前。老門吏也不說話，只對馮驩一擺手要他在廊下稍等，輕步走了進去。似乎只是一打轉身，老門吏走了出來，還是只對馮驩一伸手做了個禮讓，逕自揚長去了。馮驩看了老門吏背影一眼，覺得這座府邸處處都透著一種莫名其妙，與其說是右丞相府邸，毋寧說是一座不倫不類還帶有幾分胡人野氣的莊園，分明粗簡實在，卻彌漫著一種教人揣摩不透的詭祕。略一思忖，馮驩重重地咳嗽了一聲，肅然一拱道：「臨淄故人，求見老丞相——」

「篤篤！」兩聲悶響，隨後是沙啞蒼老的笑聲，「吆喝甚？端直進來。」

馮驩只模糊聽清了「進來」兩個字，大步走了進去，只見滿當當竹簡的書架中埋著一顆白髮蒼蒼的頭顱，一拱手笑道：「倏忽二十年，樗里子別來無恙？」

白髮蒼蒼的後腦勺忽然變成了一張黝黑紫紅的臉膛：「嘿嘿，還編出個馮軾騙老夫，我就知道，十有八九啊，是你這彈鋏要魚吃的小子。」

「老丞相好記性，多勞上心。」馮驩知道樗里疾笑罵便是親近的脾性，不禁大是輕鬆。樗里疾卻篤篤點著竹杖走了過來：「來，這廂坐。茶酒現成，你自隨意。」馮驩坐在了與主案對面的長案前，卻見這長案兩邊是左茶爐右酒桶，還彌漫著一股胡人帳篷的氣息，不禁笑道：「老丞相不忘根本，還日進馬奶三升麼？」「嘿嘿，」樗里疾笑了，「積習難改也。咸陽臨水，太得潮濕，馬奶酒驅寒去濕。嘗嘗，保你不腥不膻。」馮驩提起酒桶斟了一大碗咕咚咚飲下，酸澀辣一齊躥上鼻腔，連打了幾個噴嚏，頓時狼狽。樗里疾哈哈大笑：「齊人不行！要是趙勝那小子，這桶馬奶酒啊，還不高興得蹦起來？」馮驩拱手笑道：「原是我不善飲酒，要是孟嘗君，只怕也是三兩桶不夠。」「嘿嘿，別提這小子！」樗里疾篤篤點著竹杖，「他的大散寒倒是管用，老夫總算能瘸著腿走路了，實想與他暢飲一回，哼哼，卻只是見他不得，一個破丞相恁個忙？連出使都沒了？嘖嘖嘖！」

「老丞相，」馮驩歎息了一聲，「孟嘗君已經被罷黜了。」

「你說甚來？」樗里疾目光一閃笑了，「嘿嘿，這小子也有今日，活該也。」

馮驩知道樗里疾說的是反話，笑道：「若孟嘗君來秦，老丞相可是高興？」

「嘿嘿，倒也是。」樗里疾篤篤點著竹杖，「閒居無事，周遊天下。你只回去對他說，來咸陽，老夫管他吃住，最好與老夫結伴，做一回西域遊。」

馮驩不禁哈哈大笑：「老丞相好主意！不過，我也有個謀劃，或許更好。」

「嘿嘿，老夫就知道你還有謀劃。說。」

「齊國之威望誠信，大半繫於孟嘗君一身。若孟嘗君離齊去國，與國便會威望大增，誠信昭彰，而齊國則會威勢大衰。目下，齊王昏聵褊狹，竟不容如此股肱良臣。秦國若能派特使隆重迎接孟嘗君入秦任相，豈非弱齊而強秦，一石二鳥之妙策乎？」

樗里疾飛快地眨巴著細長的三角眼，沒有接話，良久嘿嘿笑道：「謀劃倒是不錯，果然狡兔三窟之首創者也！只是，此事得秦王太后定奪，人情雖大，老夫卻無法買了。」

「自是如此。」馮驩笑著，「老丞相執掌邦交，稟報上去名正言順。」

「嘿嘿，你倒是精！」樗里疾又是篤篤一點手杖，「你等著，老夫試試。」

馮驩告辭走了。樗里疾沒有立即進宮，在書房轉了足足兩個時辰，眼見紅日西沉暮靄淹沒了咸陽，才吩咐一聲備車，坐著那輛特製的寬大篷車進了王宮。

寬大敞亮的書房裡，已經亮起了一個巨大的燎爐，木炭火燒得紅亮亮，因了高大寬敞而倍顯寒涼潮濕的書房暖烘烘一片乾爽。圍著燎爐，宣太后秦昭王與魏冄白起正在議事，也是熱辣辣一片火氣。

六國戰敗而生出齟齬，原是秦國君臣意料中事，所期盼的也正是藉著這種齟齬換來一段時日，扎實整肅一番內政，繼續擴張實力。作為丞相，魏冄想做的，是在關中修一條大渠，引出涇水灌溉關中的那些白茫茫的鹽鹼灘。這本是秦孝公與商君的遺願，秦惠王當政之年，被合縱連橫攪得騰不出手來做這件大事，若能在他做丞相期間做成，對秦國無疑將是萬世不朽的功業。作為新任國尉，白起想的是立即動手再編練二十萬精銳新軍，使秦軍作戰主力達到四十萬大軍，他便有足夠的信心躍馬中原，再也不必對合縱抗秦提心吊膽。宣太后倒是無甚宏圖大略，只想平靜無戰事，她可以趁此機會到燕國去住上一兩年，與樂毅多多盤桓。她忘不了那個睿智剛毅的將軍。作為秦王，嬴稷只是渴望自己快點兒長到二十一歲加冠親政，在此之前，最好天下無事。

可是，六國交惡的深徹猛烈，大大超出了所有人的預料。四國攻齊驟然成勢，又驟然崩潰。緊接著是令人匪夷所思的趙國攻韓，又是齊國大擴軍要蕩平天下，燕國祕密練兵要向齊國復仇，接著又是春申君被罷黜、孟嘗君被罷黜，等等，快馬接連，消息頻傳，令人目不暇接。每一個消息，都強烈地衝擊著秦國君臣，都迅速地改變著秦國朝野的評判走向。然則無論如何評判，所有人都不約而同地說著一句話：「山東亂塌火了，秦國總不能乾坐。」

魏冄第一個坐不住了，徑直找到宣太后面前：「六國交惡，天賜良機。臣請急召白起回咸陽，立即商議應對之策，絕不能坐失良機。」宣太后沉吟不定道：「白起多年離家，剛剛回去便奪人之情，我是不忍心了。」魏冄昂昂高聲道：「白起國士良將，豈不知國事親情孰輕孰重？太后不忍，我便去了。要打仗，沒有白起不行。」說罷大步出宮，徑直駕車直奔郿縣。

到了五丈塬，恰恰遇上白起與荊梅安葬老師。看著那一座黃土墳塋與粗糙的石刻，魏冄熱淚盈眶，立即擬了一件〈請賜荊禺爵位書〉，以「先生育將，有大功於國」為名，請以軍功爵封賞並厚葬隱逸名士荊禺。書簡擬就，魏冄派郿縣令飛馬咸陽呈送宣太后。次日清晨，郿縣令快馬飛回，以王使之身宣讀王書：敕封荊禺為少庶長爵位，以上大夫禮隆重安葬，由其女荊梅承襲爵位，著郿縣令全權辦理。白起原不知情，及至王書一下，連說不妥，說老師一生不求功名，如此做法有違老師心願。荊梅更是噘著嘴巴不高興：「秦法昭彰，廢除世襲，卻要我承襲爵位，惹人恥笑，甚個道理？」魏冄大是不悅，總算勉強接受了荊梅不承襲爵位，又是正色道：「以正道立功受爵，原是名士立身大道。先生不計功名而為國育才，國府明知其功而不賞，敬賢之道何在？白起，你倒是說說，先生曾經說過不受國家封賞的話麼？」白起思忖片刻搖搖頭：「沒有。」「這便是了。」魏冄大手一揮，「大丈夫有功受爵，當之何愧？郿縣令立即按王命厚葬立石！」白起想想也在理，便對荊梅道：「丞相所言，邦國大義。老師既是秦國老民，自當含笑泉下。小妹以為如何？」荊梅只低著頭嘟噥了一句：「磁錘。聽你。」

大事一了，魏冄立即對白起說了山東亂象。白起本來打算給老師守陵三月然後與荊梅一起回咸陽，聽得魏冄一說，心下立即著急起來，只看著荊梅，臉憋得通紅。荊梅噗地笑了：「磁錘，看我做甚？」又是輕聲一歎，「老父高年亡故，又在臨終前眼見你成人成事，也算是死而無憾老喜喪了，何在乎你廝守陵前？」白起吭哧道：「那你？」荊梅道：「磁錘，還能都走了？我替你守陵，到時自來找你。」白起有些猶豫：「這荒原野嶺，我擔心你。」荊梅道：「婆婆媽媽，磁錘，誰用你擔心？去，自個好好保重。」魏冄大是高興，對著荊梅深深一躬：「姑娘大義高風，不愧墨家本色。三月之後，魏冄陪白起親迎姑娘回咸陽。」荊梅笑了笑，眼睛裡閃著淚花：「只要他好。我沒事。」

一路快馬，天黑堪堪回到咸陽，宣太后已經在秦昭王書房裡等候了。

君臣四人一碰頭，會商立即開始了。先是年輕的秦昭王將各路快馬斥候與商人義報傳回的各種消息歸總說了一遍，末了激動地叩著書案：「百年以來，山東六國沒有過如此亂象。若錯過這個良機，教人心痛。如何動手，我卻思謀不出，丞相國尉說。」宣太后笑道：「自作孽，不可活。這六國也是，神仙難救。甭著急，慢慢說，總是要瞅準了下手，叫甚來？謀定而後動。」魏冄性急，更加上已經思謀多日，接口道：「以我看，這是大打出手的好機會。除了齊趙燕三國暫時不能打，魏楚韓三國，就看先啐哪一坨了。」秦昭王道：「齊趙燕為何不能打？」魏冄道：「齊國趙國正在勢頭，先避避再說。燕國窮、大、遠，勞師遠征也未必獲利，也是先撂下再說。」宣太后接道：「雖說是窮大遠，可這燕國卻不可小覷。姬平樂毅，那是上天給齊國預備的一個死硬對頭，用不著秦國動手。」秦昭王笑道：「母后總是說燕國好。我卻看燕國無甚出息，就一個姬平，一個樂毅，能成多大事？」魏冄擺擺手道：「先不說燕國如何，眼下是不宜動手便了。白起，你說。」

白起也是一路思忖，大體已經有了成算，只不過他素來慎謀，尋常時只要有人說話，總是願意多聽，此刻見丞相動問，一拱手道：「啟稟我王、太后：白起以為，丞相謀劃頗有道理。目下秦國除邊關守軍不能動，尚有近二十萬大軍可開出山東作戰。在魏楚韓三國之中，韓國也可暫時放過，因了趙國要攻韓，我無須與趙國在此時交戰。以我軍兵力，目下東出作戰，尚不宜頭緒過多，一定要確保一擊戰勝，得地、得人、得財，擴充我國力軍力，為真正的大戰打好根基。」

「這話在理。」宣太后笑了，「不純粹謀戰，良將之才。白起難得呢。」

「好！」魏冄也是拍案讚賞，「你便說，如何打？還是那句話：我給你包後。」

但說正事，白起的臉膛就沒有一絲笑容：「楚魏兩大國，目下都是一攤爛泥，藉此良機，三月猛攻魏國河內，而後再立即轉身奪楚江漢，如此兩戰，秦國根基可定。」

秦昭王目光閃爍道：「十多萬大軍不算多，還要連續大戰，兵士受得了麼？」顯然不放心。宣太后笑道：「別急，聽白起說完，這兩仗如何打法？」白起慨然拱手：「我王之疑慮，原是兵家之常情。若十多萬大軍一齊連續作戰，確有不堪疲累之憂。但臣之謀劃，卻是兩路進兵，先後開打，以我軍戰力與目下大勢，絕有八成勝算。」秦昭王掰著指頭沉吟道：「兩路？那就是說，各以七八萬兵力攻擊兩大國？這魏楚兩國，可是老大國，些許兵力夠麼？」白起道：「滅國大戰，自然太少。攻城掠地，綽綽有餘。」魏冄一拍案道：「我看可行！魏楚兩國，今非昔比，這次狠狠割兩塊肥肉咥了。還是那句話，我包後。」宣太后笑道：「我不曉得打仗，白起說行，我看便行。放開手腳去打，敗了也沒甚要緊。秦王如何？」秦昭王知道母后在大事上總是要他說話，全他秦王決斷之名義，也斷然拍案道：「那便打。還是白起打仗，丞相坐鎮後援。」

正在此時，書房門口傳來一陣嘿嘿嘿的笑聲與竹杖點地的篤篤聲，緊跟著是老內侍尖銳的長宣：「右丞相樗里疾晉見——」這也是秦宮法度：重臣進宮，內侍只宣不稟，實際是許可徑直進入，只是要對國君事先打個招呼罷了。

隨著內侍宣聲，宣太后已經站起來笑呵呵地迎到了廊下：「老丞相也真是，每次會商都召你不來，今日沒召，你倒來了，成心給我難堪不是？」樗里疾嘿嘿笑道：「太后秦王召不召，我管不來。只要走得動，我便要來。」說著篤篤篤地搖了進來。書房中君臣三人也一齊站起，秦昭王笑著上去扶樗里疾入座，魏冄一拱手算是見過，只有白起肅然一躬：「參見老丞相。」樗里疾雪白的頭顱轉了一圈：「嘿嘿，君臣文武，四方齊備了。老夫撐持不住了，只說一件事便走。」

「既來了，撐不住也得撐住了。」宣太后就近坐在樗里疾身邊笑著，「老眼看遠。你先聽聽他們幾個的謀劃，掂量掂量。」對白起眼神示意，「白起，你給老丞相說說了。」

「嗨！」白起如在軍中般挺身應命，將目下各國大勢與自己分兵攻擊楚魏的謀劃說了一遍，末了慨然拱手道：「老丞相文武兼備，當年縱橫捭闔於六國，白起敢請教誨。」

「嘿嘿，老夫最是煩為人師。」樗里疾篤篤點著竹杖，「不過嘛，這個謀劃實在是好，大膽出奇，人神難料。」

「好在何處了？」宣太后笑問。

「嘿嘿，江漢河內，魏楚燈下黑。謀劃選地之妙，魏楚斷難預料也。」樗里疾又飛快地眨巴了一陣三角眼，「然則，此戰卻有一難……」打住不說了。
魏冄先急了：「謀國為上，老丞相何須吞吞吐吐？」
「這叫甚話？」宣太后有些不悅，「聽老丞相說了。」
「嘿嘿，無妨，原是老夫吞吞吐吐。」樗里疾篤篤點著竹杖，「這一難，難在為將用兵才智。我軍兵少，又分兩路，實則一場長途奔襲大戰。此等戰法，須得為將者大智機變，多方示偽，用兵如神，方有奇效。否則，便身陷泥潭不能自拔。當年司馬錯最擅此等奇兵奔襲，使秦國的十萬兵力直是做成了三四十萬的威力。老夫雖也知兵，卻從來不敢打這等奔襲戰。此中之難，非兵家良將，不足為外人道也。」老樗里疾長長地歎息了一聲，顯然，是對長途奔襲戰有著切膚之痛。
「你是說，白起不堪大任？」魏冄有些不高興了。
「嘿嘿，非也。」樗里疾瞇著細長的三角眼，「老夫只是說，河外大戰是連陣決戰，白起之才已經是天下皆知。然則奇兵奔襲，白起卻沒有閱歷。老夫提醒而已。白起初次奇襲，不收成效不打緊，只要能震懾楚魏，且安然撤兵，白起便是天下名將了。趙國那個廉頗，還不只是善於禦敵於堅城之下，打防守戰而已？甚仗都能出神，那是吳起再生了。嘿嘿，老夫話多，聒噪了。」
秦昭王目光一閃突然問：「白起以為如何？」
白起聽得很是專注，鎖著眉頭道：「八成勝算。白起不敢以國命戲言。」
「沒有被老丞相嚇退，有膽氣！」宣太后破例激賞一句，又是微微一笑，「還是那句話，放開手腳去打，敗了不打緊。哪有個從來不打敗仗的名將了？」
「嘿嘿，這話在理。」樗里疾篤篤連點，「老夫不跌大跤，安得談襲色變乎？」
魏冄哈哈大笑：「白起，可知老丞相跌了個甚跤麼？」
白起紅著臉笑了：「當年奇襲房陵，原是兩路出兵，司馬錯出漢水，老丞相出武關。楚國在武關外本無重兵，楚軍丹陽守將接商人義報，卻故布疑兵，老丞相裹足不前。後來田忌率楚兵北上，正好截住了老丞相後軍，秦軍死傷萬餘。」

「嘿嘿，那一戰，老夫與張儀都栽進去了。」樗里疾的黑臉脹得通紅。

看著樗里疾的窘態，宣太后、秦昭王與魏冄不禁笑了。白起肅然拱手道：「老丞相虛懷若谷，白起受教。」樗里疾笑道：「嘿嘿，雖是恭維，老夫高興。秦有白起，國家之福氣了。」宣太后恍然笑道：「喲，老丞相來有事，快說。」樗里疾點點手杖：「事不大，卻難為老夫。孟嘗君被罷相，馮驩來做說客，請秦國厚迎孟嘗君入秦為相。雖說孟嘗君與老夫交厚，嘿嘿，只是馮驩要學蘇代為甘茂遊說的老法子，老夫卻不以為然。」魏冄便道：「孟嘗君罷相，早已得到消息。馮驩此舉，沒有料到。孟嘗君是個天下人物，到秦國做丞相倒也合適。」樗里疾笑了：「嘿嘿，你這個丞相作態了。迎不迎，那要看邦國利害，不是誰人肚量。」魏冄素來明銳快捷厭惡虛妄，此刻大窘，紅著臉拱手道：「老丞相謀國至公，說得正理。」樗里疾喟然一歎：「謀國至公，只有商君當之無愧，老夫汗顏也。」一說及商君，難免觸及秦惠王，秦昭王不想延續這個話題，插話道：「老丞相，你說馮驩效法蘇代，那是要借秦國之力使孟嘗君復位了？」

「嘿嘿，清楚得很。」

「既是這樣，好辦。」宣太后笑著，「只說孟嘗君在位對秦國好不好？」

魏冄道：「目下齊國強大，秦國要在中原得利，便要穩住齊國。齊王田地暴烈無常，叫囂一統天下，若沒有孟嘗君制約，可能野心膨脹，當真與我一爭高下。」

白起接道：「丞相言之有理，秦國不宜與齊國陷入糾纏。」

「嘿嘿，留下齊國，有人收拾它。」

「我看也是。」秦王一拍掌，「教孟嘗君做齊國丞相，目下對我有利。」

宣太后笑道：「好啊，人用我，我反用人，就是個將計就計了。」
魏冄看著樗里疾笑道：「老丞相，你還能遠遊麼？」
「嘿嘿，老胳膊老腿等死了。此事啊，派個年輕大臣最好。」
魏冄拍案道：「我看，請涇陽君出使齊國。」
宣太后會心一笑：「好啊，便是涇陽君了。」

三、商旅孫吳密定策

沒有樗里疾消息，馮驩在商社等得心緒不寧，又擔心臨淄隨時都有出人意料的突變，便匆匆來找商社總事，想聽聽臨淄近日消息。商旅流動不息，消息連綿匯聚，這便是商社得天獨厚的靈便處，也是許多周遊士子願意下榻本國商社的原因。馮驩來到後園總事房，剛到廊下，猛然一驚，屋中傳來清晰話語，一個聲音似曾熟悉。

齊國商社不大，卻很是富麗幽靜，在咸陽的六國商社中算是獨一無二。商社不是經商場所，也不是某個商家的私產，而是身在異國的商賈們湊分子建成的公產。這種商社，表面上是接待本國商旅的寓所，實際上最要緊的用處，是聯絡本國商旅共謀共議，排解本國商旅間的糾紛，避免進貨重複與買賣衝突，對外則盡可能地統一物價，以在秦國大市與他國商人更有力地展開商戰爭奪。除此之外，商社還有一個隱蔽的使命，便是向本國官府稟報所在國的重大謀劃與舉動。各國官府與商旅，都將這種消息來源稱做「義報」。義報永遠都是祕密的，官府不公開賞賜，義報之人也永遠不會公然署名。因了這個緣故，義報有了一個通例：由商社歸總擬成密書，由順路商旅送回。在戰國之世，這是各國心照不宣的祕密，誰也不會因了這種祕密而限制商旅往來。畢竟，商旅周流財貨，哪個國家也不能拒絕商旅。作為商人，則誰也不會因了這是義報而推諉不做。畢竟，國家興亡是天下大義，四海漂泊的商人也是有根的。因了這種種功能，商社在事實上成了一國商人在他國的號令中心，彷彿一個國家長駐他國的民間「斥候營」。唯其如此，弱國窮國小國建造商社，往往是國府暗中出一大半錢，商旅們只在名義上分攤些許罷了。但是，商旅眾多、實力雄厚的大國商人們，卻往往不願國府染指商社建造，寧肯自己分攤。所為者何來？說法多多，有人說是爭個商家名節，有人說為了經商更少束縛，有人說為了不受官場爭鬥的牽扯，更有人說，是為了避開那些令商旅頭疼的義報。雖說是眾說紛紜，但大國商社都是商旅自建，倒也是無一例外。魏國、楚國、齊國、秦國，還有現下的趙國，甚至是衛國與原先的宋國這等國雖弱小卻有商旅傳統的邦國，商社都是商旅自建的。

在所有這些有名的商社中，齊國商社最是威名赫赫。

從春秋開始，齊國便是有經商風習的大國。管仲首創的「官府國營大市」，也使齊國人學會了做買賣，從此商旅之風大開，齊國商旅遍布天下。到了齊威王時期，臨淄齊市已經成了與安邑大梁齊名的赫赫商市。齊宣王後期又經蘇秦變法，更加之齊國遠處東海之濱，蹂躪商旅的大戰幾乎從來沒有在齊國本土發生過，近百年的太平歲月，齊國人的財富幾乎是眼看著蒸蒸日上，齊國商人漸漸地超越了魏商楚商，成了天下舉足輕重的商旅大國。

雖則如此，咸陽的齊國商社依舊是不顯山露水，依舊是秦國遷都咸陽初期建成的那座很不起眼的六進庭院。說它獨一無二，這幾十年不變也是其一。當咸陽日漸成為最大的商市都會時，其他大國的商社都是翻修改建不斷擴地，唯獨商旅實力最雄厚的齊國商社，依然靜靜地蜷縮在這條林蔭覆蓋的小街，不可謂不奇。但是，若僅僅是一成不變，齊國商社也絕不會威名赫赫。

齊國商社的口碑，是在商戰中爭來的耀眼光環。

自春秋開始，華夏商旅便將商事買賣看作兵爭戰場。所謂「商家爭利，猶如戰場」，此之謂也。

於是，有了「商戰」一說，有了將兵器（刀）作為貨幣形制的匪夷所思的創舉，也有了大商家以兵法謀略經商的種種奇謀神話。前如越國的陶朱公范蠡，後如魏國由商入政的白圭，都是以兵法謀略經商而致成功的開山人物。進入戰國中期，各國大商競相湧現，楚國猗頓氏、魏國孔氏白氏、趙國卓氏、齊國田氏郭氏等。商旅謀略更是汪洋恣肆蔚為大觀，以至商旅子弟爭相拜赫赫大商為師，修習商戰謀略，幾如名士學問家招收弟子一般。饒是如此，要將商家謀略學到手，卻比名士傳授學問還要難。商政大家白圭曾說：「智不足以通權變，勇不足以臨機決斷，仁不能取予自如，強不能守定心志，雖欲學吾術，終不告之矣！」這是說，一個出色商家，要比修習學問的士子多出許多才智品德意志方面的苛求。老墨子是個不世出的學問大家，當時將士子與商人做了比較，說了一段頗具意味的話：「今日士子立身用命，尚不若商人用一布（錢）之謹慎。商人用一布，必求良材而買。士子用命，卻多憑意氣而缺乏深思明斷，豈不悖哉！商旅漂泊四方，雖有關梁之難，盜賊之危，必為之。今士子坐而言義，無關梁之難，無盜賊之危，然而不為。則士子言義，不若商人計利之察！」這個「察」，實則明晰堅定。如此解去，可知商旅之難，更可知成功商人之難。

秦惠王時期，咸陽大市已經成為天下商旅的逐鹿大戰場。秦武王暴死洛陽，咸陽的山東商人很是焦慮了一陣子，才釀出了那場六國聯軍壓境時的逃亡風潮。可是，新秦王即位後，秦國政局日漸穩定，更兼在河外一舉戰勝六國聯軍，秦國眼看是無可撼動的天下第一大市了。不管如何愛國，商人畢竟是不能放棄買賣生計的。山東六國只剩下了一個齊國大市堪與咸陽抗衡，可齊湣王喜怒無常，動不動就要加徵商人重稅，臨淄的商旅人氣也漸漸不那麼火旺了。相比之下，秦國法令穩定，稅制四十餘年幾乎沒有變化，又以「柔遠人」（善待遠方商人）為宗旨，多方優待山東商人，一個尚商坊天下聞名。於是，咸陽成了天下商旅趨之若鶩的「熱市」，非但各國大商雲集咸陽，連小商小販也紛紛湧入咸陽。恨秦國打敗祖國也好，罵秦國「虎狼」也好，商旅們都看準了秦國是個淘金之地，是上佳的商戰大場，誰不占領咸陽大市，誰就將失去商界的一席之地。

於是，各國的商旅精華在咸陽展開了不流血的殘酷爭奪。

開始十幾年，是魏國商人占上風。魏國有地利之便，大梁距咸陽不過三五日的牛車路程，貨物運輸路途短，可以大大壓低價錢，加之魏貨器物製作精細，壓得他國商人喘不過氣來。尤其是最要緊的糧食大市，幾乎是魏國獨居壟斷之利。其他諸如韓國的鐵、楚國的絲綢珠寶竹器、趙國的馬匹獸皮、齊國的海鹽、燕國的苧麻絲棉，都只是額很小的一席之地而已。有此對手，齊國商人漸漸疲軟了。齊貨路途遠、貨運難、價錢高，貨物又單一，縱有諸般海鮮，牛車咣里咣噹走上半個月也變臭了。漸漸地，齊國商人眼看要被擠出咸陽大市了。

正在此時，蘇秦在齊國變法。國府一力支持商旅周流財貨，將齊國器物運出去換錢，再將齊國缺少的外國器物運回來滿足國用民需。也是風雲際會，在這齊商萎縮的時候，齊國傳出了驚人消息：商賈大家田氏，要將舉家萬金投入咸陽經商。說不清是誰的舉薦還是商人公推，反正消息傳開不久，一個年輕的田氏商人到了咸陽，做了冷冷清清的齊國商社的總事。

這個年輕的商社總事不同凡響。一上手，便將留在咸陽的幾家齊商聚集起來，做了幾筆大生意。先是向咸陽大運齊國乾貨，舉凡乾菜、乾魚、山珍諸般秦人喜好而又缺乏之物，都絡繹不絕運來，價錢比他國同等貨低了三成。接著請准國府，合商社之力，在東海之濱買下大片鹽場曬鹽，而後將雪白的海鹽大量運往咸陽。其時秦國的井鹽全賴蜀地，出產很少，海鹽幾乎沒有，國府最是看重鹽鐵交易。齊國海鹽大量湧入，不用自己賣便被秦國官府如價全收。這個總事又與秦國官府洽商，將秦國河西高原的皮貨、秦川壯碩的黃牛、太一山與商於山地的藥材等要緊的出關生意，都包攬了過來。運送海鹽的牛車隊返齊，又滿載著這些齊國缺貨歸來，秦國的齊商兩頭熱銷，蓬勃大發。緊接著，這個總事又瞅準了秦齊交好，請准兩方官府，准許齊國商社獨家經營雙方進出的鐵料與兵器。如此新招迭出，齊國商人在咸陽大大的走紅。五六年之間，齊國商社已是威名赫赫了。

不長時間，一首商謠在咸陽尚商坊流傳開來：

要得滿錢　須得做田

大呑大吐　商旅孫吳

這個總事，便是在商戰風雲中嶄露頭角的「商旅孫吳」——田單。

馮驩驚訝的是，田單的總事房裡如何有魯仲連的談笑聲？魯仲連為何來了秦國？身為布衣名士，魯仲連向來孤傲清高特立獨行，連等閒王公貴胄都不屑一顧，田單縱是「商旅孫吳」，畢竟是個商人，魯仲連如何與他交好？

「田兄，你卻說說，這秦國會如何動手？」屋中傳來魯仲連的聲音。

「這卻難說。」低沉緩慢的語調，分明那個總事田單，「就大勢說，秦國可能用兵的方向至少有三四處。然則，有一點明白：秦國不會與齊國開戰。」

「如此說來，馮驩遊說成功了？」魯仲連一陣爽朗的笑聲。

「正是。」田單聲音依然低沉，「秦國怕齊王發瘋，大體要保孟嘗君。馮驩遊說，正中下懷而已，仲連兄不要高興得太早。」

馮驩聽得心頭一顫，臉不禁紅了。秦國將計就計，他如何沒有想到？慚愧！正在暗自內疚，卻聽魯仲連又道：「田兄莫非以為，秦國有其他用心？」

一陣沉默，田單一聲重重的歎息：「難說也！齊國如今是架在燎爐上烤了，六火熊熊，誰知道哪股火燒到要害？」

「我看，秦國目下正忙中原，尚不至於打齊國主意。」魯仲連的笑聲很是清朗，「只要秦國不抬頭向東海，齊國就有轉圜。」

「難說也！」田單又是一聲歎息，「齊國已經病入膏肓，藥石難治了，孟嘗君一人有回天之力？」

馮驩聽得憋氣，忍不住高聲一句：「誰個如此沮喪？長他人志氣，滅自己威風！」推開厚重的木門大步進了總事房。

「馮兄果然在此。」魯仲連起身大笑，「來，這是田單兄，見過麼？」

田單拱手微微一笑：「這位兄臺入住商社時，與我打過一個照面，報名馮軾，對麼？」

「馮軾？」魯仲連目光一閃恍然笑了，「那是化名了，這位老兄便是馮驩！」

「啊，孟嘗君總管，久聞大名。」田單似乎毫不驚訝，「請兄臺入座。」說著拿起小燎爐上的陶壺為馮驩斟上滾燙的濃茶，「太一山秦茶，克食利水，嘗嘗。」

馮驩拱手笑道：「方才在廊下聽得田兄一言，受益匪淺。然則田兄對齊國之評判，馮驩不敢苟同。田齊百年基業，目下又正在巔峰，雖有憂患，柱石猶在，說病入膏肓，田兄有失偏頗了。」

「也是一說。」田單毫無爭辯之意，只淡淡一笑不作聲了。

魯仲連笑著岔開話題：「馮兄啊，我來咸陽正是要找你。」

馮驩一拱手道：「仲連兄有事，但說。」

「還是孟嘗君。」魯仲連呷了一口熱茶，「他不知馮兄入秦，更不知你是在為他復位謀劃，只道自己閒居無事，要去楚國找尋甘茂。因為不能預料你入秦能否成功，我當日也無法勸阻。我追你而來，是想待秦國局勢而定行止。如今大勢已經明朗，孟嘗君復位指日可待。我想還是我去楚國，孟嘗君留在臨淄穩定朝局為上。」

馮驩接道：「仲連是說，要我速回臨淄，穩住孟嘗君？」

「馮兄果然精明。」魯仲連一笑，「貴公子沒受過摔打，憂心忡忡失意落寞，如何做得大事？你早一日回去，他早一日振作。」

「孟嘗君若已去了楚國，又當如何？」馮驩倒是著急了。

「他若入楚，我敦促他立即回臨淄。」

「他是找人，你如何能找見他了？」

魯仲連大笑：「找別人難，找孟嘗君，我最有辦法。」

「既然如此，我這就去樗里疾府辭行，完後星夜便走。」馮驩一拱手匆匆去了。

魯仲連喟然歎息一聲：「田兄，我也該走了。」

田單笑了笑：「走，到我那裡，給你餞行。」

「用得著麼？」魯仲連笑了。

「走。」田單拉著魯仲連出了總事房，打個響指，一輛篷車從屋後駛出。田單回身對總事房老僕吩咐道：「將先生馬匹牽到老院後門。」說罷拉了魯仲連鑽進篷車，放下車簾，篷車轔轔出了商社。

走得片刻，篷車穩穩停了。魯仲連下車，眼前一條僻靜的石板小街，一座厚實簡樸的門廳，紫紅色的木門緊緊關閉著。田單笑道：「走。這是後門。」魯仲連一番打量，恍然笑道：「前大門是東海鹽肆？」「沒錯。這裡才是我的基業。」田單說著走到門前「嘭嘭嘭」拍了三下，高大的門扇打開了一個小小天窗，一個人頭一晃，厚重的木門隆隆滑開。跨過一尺多高的青石門檻，是幽深的門廳，過了門廳，迎面一道完全遮擋了視線的寬大影壁。繞過影壁，豁然開朗，一片青松蒼翠池水碧綠的園林湧入眼前，林中屋頂連綿，除了腳下的碎石甬道與那片不大的水池，沒有一片空地。

「鹽鐵重地？」魯仲連笑了。

「從這裡進來的客官，你是第一個。」田單也笑了。

繞過水池，又是一片松林掩映的石屋，過了松林石屋，又是幾經曲折，才看到一道足有兩人高的弧形石牆，轉過牆彎，石牆中凹陷出一個大圓形。

「到了。」田單笑著，啪啪啪可勁拍了三掌，凹陷的石牆隆隆滑開，顯出了一道與人等高的石門，「請了，愣怔甚來？」

「神祕兮兮。」魯仲連打量一番，「經商便是如此這般？」

「人各有法。」田單笑著，「這裡是帳房，也是金庫，自要隱祕些許。」

「我看，你能做將軍打仗了。」

田單悠然一笑，搖搖頭道：「將軍留給你做，我只做天下第一大商。」

這座小庭院甚是奇特，三排房子緊密連成了一個「工」字形，一色由山石砌起，只有一人多高。魯仲連道：「一半在地下？」田單點點頭：「果然是將軍眼光。來，東廂是我的書房。」說著推開右手突出牆面上的一道木門，踩著石級下到了屋中。魯仲連跟進一看，卻是一間敞亮寬大的廳堂，兩面石板書架堆滿了各式竹簡，北面牆上鑲嵌著一副五六尺製長兩尺多寬的特大竹製算器（註：算器，中國古代在算盤發明之前使用的運算籌碼盤，通常為竹製長方形框，框中有格若干，放置不同形狀的算子以代表不同數字，可平置，也可豎式），算器格框中的一片片竹算子（籌碼）穿在一根根光滑細亮的竹柱上，清晰可見；南面牆上斜掛著一口長劍一支長矛。魯仲連不禁噗地笑了：「如此書房，也是天下獨一份也。」田單笑了：「這叫因地而異，沒有你那大書房，卻教我如何清雅？」魯仲連笑道：「看你這鋥亮的長矛，忒大的算器，便知這是商家重地，講究個實用，你倒何曾想要清雅了？」

田單笑笑，手向門後伸了一下，叮咚一聲銅鈴響，一個清秀的小童站在了高高的門口。田單吩咐道：「雲子，盡速整治兩案酒食送來。」「俺這就來。」小童脆亮地應了一聲，不見了身影。片刻之後，小童飛步進來，輕捷得沒有腳步聲一般，兩三個來回，兩張大案上已經是酒食齊備：一陶盆，一銅爵，一木盤，盆中是熱氣蒸騰的燉羊腿，盤中是黃亮亮的舂米飯團。

田單舉爵笑道：「來，臨淄老酒，乾了。」

「咸陽有臨淄酒，難得，乾！」魯仲連大是高興，舉爵向田單一照，汩地一氣飲乾，「田兄，我從楚國回來時，還來咸陽找你，帶楚酒來。」

田單微笑搖頭：「那時，我不定在咸陽。」

「我等你回來。左右這裡是你的命根。」

「還是聽我信再定。」田單輕輕地歎息了一聲，「歸期難說。」

「好，那等你音信。」魯仲連一頓，「哎，你要撤出咸陽？」

田單默然片刻，搖搖頭：「沒想好，不好說。」

魯仲連知道田單多謀深思，未斷之事輕易不開口，也不再多問，只是飲酒談笑，不消一個時辰，兩人將一桶臨淄老酒掃盡。魯仲連笑著站起身來：「田兄，我要走了。」田單一笑：「走，我送你出門。」上得書房，那個小童捧著一件物事站在門口。田單接過笑道：「仲連，這是一百老齊金幣，打成了一條皮帶，你繫在腰間，多了你也累贅。」魯仲連大笑：「好一條腰帶！繫上了。」說罷展開，卻是一條打造十分精緻的牛皮寬鞶帶，兩面全是密匝匝的小袋，一袋塞一個金餅，沉甸甸鼓囊囊，上得腰間平添了幾分威武。

「好。」田單打量笑道，「蘇秦佩六國相印，也這般氣象麼？」

魯仲連大笑一陣：「金不壓身，學一回蘇秦，走！」出得後門，老僕已經牽著刷洗餵飽的駿馬在等候。魯仲連拱手一聲後會有期，上馬去了。暮色之中，馬蹄如雨，田單沉重地歎息了一聲。

回到石屋小院，田單下到中間大屋。這是一間整潔寬敞而又略顯幽暗的大廳，兩位鬚髮花白氣色矍鑠的老人各坐一張大案，面前攤著竹簡，右手拿筆，左手飛快地撥弄著算器中的竹算子。田單輕輕咳嗽了一聲，兩位老人沒有抬頭，細長的手指依然飛快地撥動著算子。田單拱手笑道：「靖郭先生、槐里先生，請先停得片刻，我有話要說。」

「見過總事。」兩位老人一齊抬頭拱手，說話的卻只有那個更顯清瘦的老人。

「槐里先生不見好轉麼？」田單打量著不說話的老人，關切地問了一句。

「總事的藥，他吃得月餘，已經能聽見高聲說話了。」靖郭先生笑了，「重聽難治，好在槐里兄筆快手快，精通《周髀算經》，足以補重聽之失。」

田單看著鬚髮雪白的槐里先生，突然高聲道：「兩位先生是田氏功臣。沒有槐里先生之精實算計，便沒有田氏今日基業。我要再延名醫方士，治好槐里先生。」

「總事過獎。」槐里老人一笑，抱拳一拱，聲音生澀喑啞得令人心痛。

靖郭先生笑道：「總事有事，儘管吩咐。老夫與槐里兄揣摩了一套手語，我給他打，方便得很。」

「這法子好。」田單眼睛一亮，踱著步子邊思忖邊說，「大勢可能生變。田氏部族在齊國的大宗田產商鋪，須得祕密變賣。在大梁、邯鄲、郢都、薊城的商鋪與作坊也要祕密處置，每城只留一座酒肆做招牌。而後，將所有的秦半兩都兌成黃金，山東六國的錢幣，則一律兌換成秦半兩。全部金錢，咸陽留三成，郢都留五成，臨淄留兩成。咸陽之錢周流買賣，臨淄之錢應急族人意外。郢都之錢，全部祕密封存，非我下令，不許以任何名目動用。兩位先生，明白沒有？」

靖郭先生兩隻細白瘦長的手飛快地翻動著，臉上一絲笑容也沒有，手語打完，沉重地一聲喘息：「總事，目下各方投金都將有大利可獲，驟然削價變賣，實在可惜也！」槐里先生滿臉脹紅，嘭嘭拍著書案磕磕巴巴道：「總事，至少秦，秦國太平無事。好，好個大利市，三成錢周，周轉得開？楚國，商家死地，五成錢封，封存在那裡，不，不是商家大忌麼？總事莫，莫非不，不想經商了？」

田單一聲歎息：「未雨綢繆，心動也。其中緣由，一時說不明白。就是如此了，半年之內，便要辦妥。還是靖郭先生全盤操持，槐里先生抱大帳。」又是深深一躬，「田氏若得保全實力擺脫危難，兩先生不世大功。」說罷大步匆匆地上去了。

兩個老人正在相對愣怔，田單卻又匆匆下來了：「靖郭先生，有件事方才忘記了：立即在咸陽鐵作坊祕密定製五七百副車軸套頭，要精鐵打造，外形如矛頭。」

靖郭先生驚愕得張大了嘴巴，忘記了對槐里先生打手語。

四、大型兵器盡現藍田大營

田單萬沒想到，他還沒來得及變產聚錢，一場大戰在立冬這日開打了。

這場神仙難料的突兀戰火，是白起與魏冄精心謀劃的攻魏突襲戰。

咸陽宮君臣四人商定大計後，白起埋頭三日，擬就了一份〈奪魏河內戰事書〉，詳盡羅列了關於這場戰事的大關節。他沒有將這份謀劃書直呈宣太后與秦昭王，而是先來找丞相魏冄商議。魏冄正在與幾名相府屬吏商議調集糧草的分路協同，見白起到來，立即散了會商，請白起到書房密談。白起徑直從大袖中拿出一個羊皮紙卷：「丞相請過目。」

魏冄展開羊皮紙，條縷分明的大字赫然入目：

〈奪魏河內戰事書〉

臣白起啟奏：山東大亂，秦國當出，楚魏兩國皆為我兵鋒所指。據實揣摩，首戰當從魏始。魏國乃大秦夙敵，且兩相毗鄰，利於突襲。若能一戰大勝，非但富我府庫，且使我根基伸展於函谷關外，震懾山東，使之在我對楚開戰時不敢馳援。為此，臣擬盡速大舉攻魏，方略如左：

其一，破天下常規，立冬開戰，以收出其不意之效；

其二，用兵河內，奪魏國故都安邑等數十城，將魏國一舉壓縮於河外；

其三，此戰舉兵十萬，步騎各半；

其四，此戰主旨，突襲拔城，諸般攻城器械所需良多，請撥王室尚坊工匠若干，以增軍營快速修葺之力；

其五，此戰最遲一月決之，不可曠日持久，暴師他國；

其六，奪地不守，勞師無功。臣請作速調遣幹練吏員若干，並酌量徵發義兵，奪一城守一城，設官建制，化為秦土。班師之日，即是大秦河東郡設置之日。

少上造國尉白起頓首

魏冄「啪」地一拍書案，霍然站起：「好個白起！大手筆！」拿著那張嘩啦作響的羊皮紙在廳中大步疾走了好幾圈才轉過身來，「我看可行，此中細節你我再計較一番，便可呈送秦王太后了。」

「白起想請丞相連署上書，不知丞相以為如何？」

「功勞分我一半？」魏冄有些不悅，「白起啊，老夫縱然強橫，還有立身之規。」

「我只是想，如何能使太后秦王更有信心而已。」白起笑了，「丞相若對此戰躊躇，連署自然也就作罷。」

魏冄哈哈大笑：「糊塗糊塗，如何連這一層也忘了？」說著大步走到書案旁，提起大筆一看又是一陣大笑，「我說呢，你這名字前如何一大片空白？好！插在前邊。秦王若不贊同，有老夫說話。」

「丞相有擔待，白起有信心。」

「打仗你是行家，老夫能做的，只是替你抱後腰。」魏冄擺擺手，「不說這些廢話，來，再仔細合計一番。縣令、文吏、工匠、義兵、鐵料、木料究竟要得幾多？秦王少不更事，太后可是心細如髮。」白起一聲答應，欣然說了自己的諸般估算，兩人直商議了一個多時辰。眼看天將暮色，白起匆匆走了。魏冄立即命書吏將方才開列專案數字謄清刻簡，自己趁機草草用了晚飯，帶著兩份書簡跳上輜車直奔宮中去了。

三更方過，白起正在書房與國尉府屬吏合計府庫存儲的攻城器械。魏冄匆匆趕到，未及入座，大手一揮道：「行了，著手辦事。除了打仗，一切事老夫給你辦。國尉府這攤子，你還沒我熟。」白起精神大振，一拱手道：「好。我去藍田大營，國尉府交給丞相。」說罷立即舉步出廳。魏冄連忙起身趕到廊下，笑道：「急個甚來？你得給老夫個話：荊梅姑娘來了，教她去找你，還是暫住咸陽？這是太后特意叮囑，不是老夫饒舌。」白起想也沒想便道：「大將入軍，無會家人，這是軍法。她若來了，在這裡住幾日等我便了。」魏冄道：「知道了。你放心去，有人照拂她。」白起一拱手：「告辭！」大步匆匆出了庭院，片刻之間，前門火霹靂一聲嘶鳴馬蹄如雨，漸漸遠去了。

魏冄站在廊下，不禁對著茫茫星空深深一躬：「天降良將如斯，大秦庶民之福，社稷之福也。」轉身大步走進書房，「啪」地將一張大羊皮紙往書案上一拍，「都給我聽了：旬日之內，務必將開列項目調集到所列地點，但有延誤，國法問罪！」

「嗨！」吏員們軍營將士般喊了一嗓子。

白起快馬東去，到得藍田大營，天色堪堪露出魚肚白色。進得中軍大帳，白起立即風捲殘雲般飽咥了一頓隨時現成的軍食——幾個冰涼的黃米飯團與兩大塊醬牛肉，又咕咚咚灌了一皮袋涼開水，立即下令：「聚將鼓升帳。」

片刻之間，帳外馬蹄如疾風驟雨，甲冑鏘鏘腳步嗵嗵，二十六員大將鐵柱般矗立在了大廳之中。白起一如既往地站在帥案前，拄著那口十五斤重的鐵鷹劍，神色肅然道：「奉秦王書命：一月之後，我軍將要打一場大仗。今日我發四道將令：其一，藍田大營四周出入口立即封鎖，著行人商旅繞道三十里之外，不得接近軍營，此令由斥候營擔當。」

「嗨！」斥候營總領甹里狐高聲領命。

「其二，藍田大營的衝車、雲梯、弓弩等一應攻城利器，務必於兩旬之內查檢修葺完畢，同時將咸陽尚坊派來的工匠整編入營，確定每件大型利器至少有五名工匠隨時跟隨，此令由藍田將軍擔當。」

「嗨！」已經是華陽君爵位的藍田將軍芈戎肅然領命。

「其三，步軍此次全數出征。一月之內，務必精熟各種攻城利器，每件大型利器至少派定三撥技藝嫻熟之士兵，確保能輪換猛攻，此令由步軍主將山甲擔當。」

「嗨！」聽說步軍全數出征，鬚髮雪白而又精瘦黝黑的步軍大將山甲亢奮異常，一嗓子分外銳急。

「其四，此次大戰，出兵在十萬之內，各軍務必於兩旬之內遴選出戰精銳，屆時全軍精選，誰準備最精到，誰便出戰。」

「嗨！」全體將領一聲齊吼，大廳中嗡嗡震顫。秦人本來崇尚軍功，商鞅變法獎勵耕戰之後更是以軍功為立身根本，一聽要遴選參戰，大將們先自熱血上湧，生怕自己被留在軍營不能參戰。

聚將之後，藍田大營立即緊張忙碌起來，夜間也是軍燈大亮。騎兵各營先忙著勘驗戰馬，十多名畜醫忙得滿頭大汗。騎士們分外緊張，跟在畜醫身邊團團轉，生怕自己的戰馬被畜醫按上一個大大的紅「病」字木印。接著勘驗馬具兵器，舉凡馬身鱗片鐵甲、馬頭護甲、鞍轡肚帶馬鐙、弓箭長劍，都要一一由軍營工師驗過，稍有瑕疵暗傷，立即換下或送到工匠營修補。最後遴選騎士，傷病未愈者一律裁下留營療傷，二十歲以下與四十歲以上的非將官騎士也被一體留營，餘下的精壯騎士再一一品評遴選。然沒有一個騎士願意留營，一片慷慨激昂，搞得騎兵主將嬴豹大皺眉頭。步軍各營則是另一番忙碌景象：從軍械庫拖出各種大型攻城利器，工師講說、士卒與器械重新編伍、反覆操演，沒黑沒明地折騰起來。與此同時，魏冄督導的各路車馬也紛紛趕來，衝車、耬車、弓弩等種種攻城器械絡繹不絕地運到，咸陽尚坊的三百名高手工師也隨車趕來，整個藍田大營熱氣騰騰，毫無冬日蕭瑟氣象。

這一次，白起親自坐鎮步軍，一一校驗步軍對各種大型器械是否真正精熟。

戰國之世，攻城器械已經很是齊備，舉凡被後世視為「無敵利器」的大型器械，大體都已經用於實戰。但是，由於步騎野戰生發不久，其勢正在方興未艾。列國大戰多以郊野決戰的方式進行，縱然攻城，也往往是一城兩城，且主要是敵方的都城或軍輜重地，真正的以一個區域的數十城為目標的大規模攻城戰，還從來沒有過。正是因了這種狀況，尋常大軍野戰，都不攜帶大型攻城器械。尤其是秦軍，長期以來的大戰，大多是與六國合縱大軍的對陣野戰。當年司馬錯奔襲房陵與巴蜀，打的更不是攻城戰，而是野戰突襲，先滅敵主力，而後迫使其逃走或投降。這種戰事經歷，使秦軍對大型攻城器械必然有所陌生。

河外大戰後，白起雄心陡長，敏銳察覺到秦國大舉東出的時機已經到了眼前。就在他被擢升為國尉後的第一時刻，也就是他回郿縣的那個晚上，他向國尉府發出了第一道命令：三日之內，查清所有府庫的攻城器械。

及至匆匆回到咸陽，國尉府掌書給他送來了一卷清單，赫然開列著：

秦國軍輜庫五座，攻城器械主存櫟陽，大體完好，良工修葺後可用。

數目如左：

衝車共三十二輛：轒轀十二輛　木牛車二十輛

樓車八輛：巢車四輛　望樓車四輛

礮車三百座

飛弋連弩百二十座　蹶張弩五千　臂張弩一萬（三千在軍）

猛火油八千桶

正是心中有了底數，白起才精心謀劃了這場一舉奪取河內的攻城大戰。對於戰場事，白起的精細是驚人的。他從來不以敵方有各種缺失而掉以輕心，寧可以敵方強大為既定事實，周密做好各種準備。目下，他首先要解決的，是步軍將士必得全面精熟這些久違了的大型器械。大型器械的使用，難處不在技巧，而在協同配合。因為這些器械中除了臂張弩與蹶張弩是單兵操縱，其餘每件都是數十數百人協同發力，但有凌亂，便大失威力。一輛衝車，車上甲士連同推車衝鋒的士卒，至少百人以上；一輛發石礮車，需八十餘人在一瞬間同時猛力拉繩，加上運石與保護，幾乎兩個百人隊。如此等等，若無嚴格操演，必定是器為人累，不定還窩了大軍戰力。

白起心中有底的是，秦國新軍自練成以來，無論是商君、車英，還是司馬錯，每一位統兵大將都注重訓練結陣配合的戰法。其根本原因，在於秦軍兵力始終處於劣勢，必須依靠快速靈動的整體配合，才能戰勝每次都多出數十萬兵力的六國大軍。於是，秦軍便有了整體結陣協同作戰的傳統，無論是騎兵步兵，只要不是單兵，都有一套長期形成的在各種情勢下作戰的大陣法小陣法。正是有了這種傳統，如今在一個月內要使步軍以大型器械為中心，練成一套行之有效的破城戰法，才成為可能。

雖則如此，白起還是親臨步軍，親自看親自做，仔細品評每一種利器的威力，與將士們一起商討如何做得更好。白起出身行伍，對步兵騎兵的每一種技藝、戰術、戰法，幾乎都是爐火純青，更兼天賦異稟性格沉穩，每種戰法都能更上層樓，提煉出更加切合實戰且威力顯著提高的戰法。也正是這個原因，白起雖然年輕，但在軍中卻深得將士敬重與信任。他親自坐鎮，士卒非但不拘謹，反而是士氣更為高漲。

大校場擺滿了各種大型利器，一色的精鐵打造，當真是赫赫壯觀。

第一是衝車。衝車是古老的攻城器具。西周做殷商諸侯時，周文王攻打崇氏邦國，使用了衝車，才攻克了那座堅固的石頭城。到了戰國之世，衝車已經變成了以精鐵製造的重型利器。實際上，衝車便是一種變形戰車，轒轀、木驢、木牛車，都是衝車的一種，大體都是鐵鑄車篷，鐵鑄車轅，下裝鐵輪，內藏甲士推動，猛烈衝擊城牆。

其次是樓車。樓車是攻城時用的瞭望車，車頂高懸望樓，狀如鳥巢，時人呼之為「巢車」。後世《通典・兵典・攻城戰具》記載的巢車形制用途是：「以八輪車上樹高竿，竿上安轆轤，以繩挽板屋上竿首，以窺城中。板屋方四尺，高九尺，有十二孔，四面別布，車可進退，環城而行。」實際上，便是攻城指揮車。這種樓車在春秋時已經普遍使用。晉楚鄢陵之戰，楚共王與太宰伯州犁同登樓車瞭望敵城，留下來一段佳話。最大的巢車可以高達十餘丈，比尋常的城牆還要高出許多，由是也被人稱為「雲車」。

巢車之外，更有望樓車。望樓車稍矮，高約五六丈，可是形制簡便，只在四只巨大的鐵輪上樹立一根高杆，杆頂部裝上固定的望樓即可。尋常小城堡，此等望樓車足以居高臨下瞭望並對攻城大軍發布號令。

其三是礮。礮實際上是發石機。其形制類似井邊吊水的桔槔，高約三丈的礮柱或埋在地中，或架

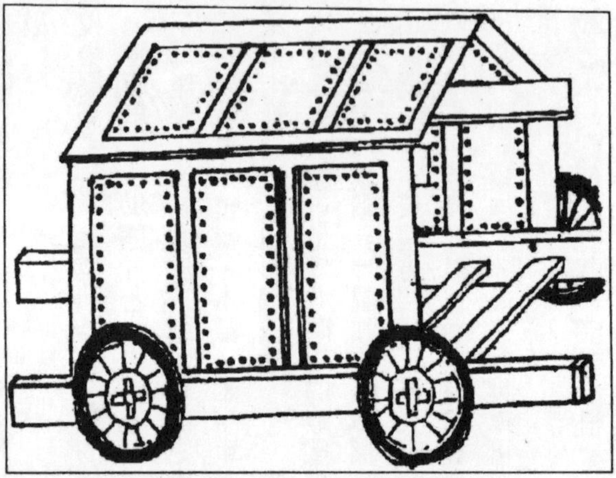

衝車

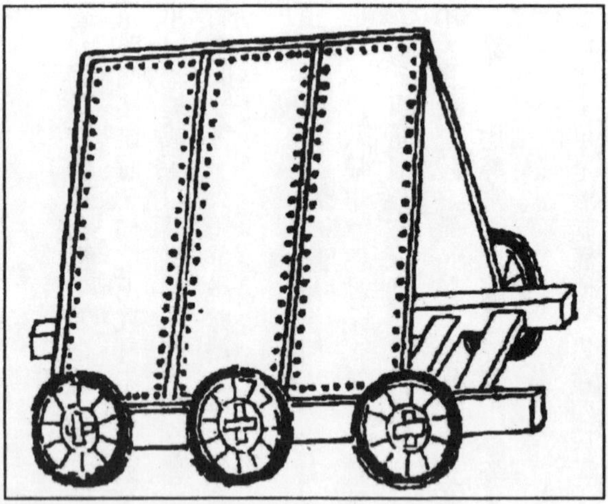

另型衝車（後世稱「木驢」）

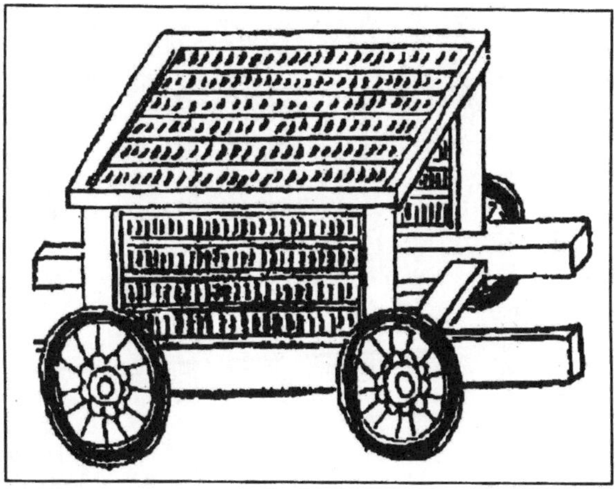

木牛車

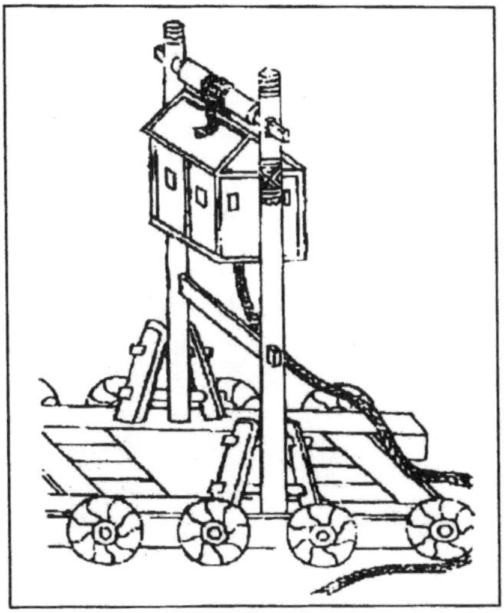

巢車

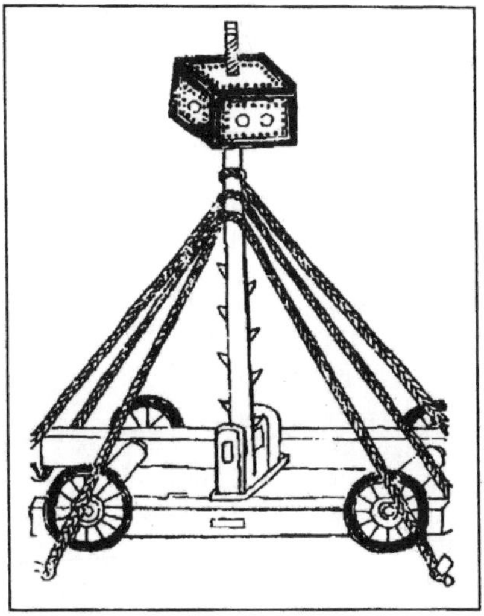

望樓車

在礮架上，礮柱頂端是極富彈性的梢料，稱為「礮梢」，少則兩梢，多則十二梢，礮梢越多，發石越重越遠。《范蠡兵法》云：「飛石，重十二斤，為機發，行二百步。」（註：《范蠡兵法》已失傳，只在漢代學者的著作中被引證）這便是單梢礮與雙梢礮。在實戰中，單梢礮得數十人，雙梢礮得百餘人，合力猛然拉動繩索，將裝置在長竿礮梢上的大石彈射出去，砸向城牆或守軍。若有幾百座礮密匝匝排在城下，一齊發射十多斤與二十多斤重的大石頭，確實是威不可擋。現下白起有三百座礮，已經足以威懾任何城池。

其四是飛弋連弩。弋者，以繩繫矢而射也。尋常時刻，箭射出去是不能收回的，此所謂開弓沒有回頭箭。袖箭、短箭猶可，若是精工製作的長箭，不能收回便顯可惜，僅那良木箭桿、精鐵箭鏃便大是難得。後來，聰明的軍營工匠就製作出一種帶繩子的長箭，射出去後如果未中，便能收回這支箭再用。這種帶繩飛箭便叫作「弋」。殷商時期，弋僅僅是狩獵射鳥的兵器，到了春秋戰國，能工巧匠們漸漸將「弋」做成了一種機發大箭，發射機架固定在地，數十人推動絞車才能上滿弓弦，可射出一丈長的巨箭，敵軍城樓、鐵甲、樓櫓、盾牌、壁壘等，盡可一箭洞穿。更神妙的是，這種費工費料的大箭尾部帶有繩索，一發不中，便有轆轤絞盤曳回再用。善於兵事的墨子將機發大箭叫作「弋射」，軍中則呼之為強弩。

弩是弓箭的革命。弓箭純粹依靠人的膂力張弓射箭，要在強力拉弓的同時瞄準，若引弓延時太長，人力便難以支撐。《射經》記載：九斤四兩為一個「力」，十個「力」為一石，最強的神射手可開十石硬弓，射到將近二百步。但是，以人之膂力，開弓後不能長時間引而不發，瞄準時間很短促，長箭射到五六十步之外，尋常便很難有準頭。實戰之中，這種膂力弓箭只能近距離地射殺人馬，而不能對城池壁壘鐵甲堅盾等造成殺傷。

弩卻不同。《吳越春秋》云：「弩生於弓。」其發射之理相同。但弩是裝有延時機關的大弓，依靠的是腳、腰、膝的更大力量張弓，機發弩更是集數十人、百人之力以絞車張弓上弦；上弦後有固定機關先將箭扣於弦上，而後從容瞄準，同時齊射。如此一來，長大銳利的破堅巨箭應時而生，攻堅戰力大是精進。兵法經典多有記載，強弩大箭威力驚人。強弩但發，「箭如車輻，鏃如巨斧，射五百步。」一丈長的巨箭，箭桿如粗大的車輪輻條，至少粗過尋常人的胳膊，箭鏃如巨大的戰斧。如此比一支勇士長矛還要長大鋒銳的兵器，挾萬鈞之力呼嘯而來，何物不能摧毀？

大型的機發強弩較為笨重，便有了單兵操作的步兵弩。輕兵奔襲或埋伏作戰，多用單兵強弩。當年的齊魏馬陵之戰，孫臏伏兵萬弩齊發射殺龐涓，說的便是這種單兵強弩。單兵強弩又分兩種：一是用手臂開弓，稱為臂張弩；另一種是用腳踩開弓，稱為蹶張弩。臂張弩開弓重量有限，不如蹶張弩威力大，所以單兵強弩漸漸地變成了以蹶張弩為主。

戰國中期，韓國的弓弩製作名氣最大，谿子、時力、距來、少府四家弓師製作的強弩射程都在六百步之外。以至於蘇秦說：「天下強弓硬弩，皆從韓出也。」但是，隨著韓國衰落，韓國工匠在秦國激賞移民的法令吸引下，也漸漸地隨著山東商旅流入了秦國。咸陽的官營作坊打造強弓硬弩的技藝，便日新月異地超出了。目下藍田大營排列的萬餘弓弩，全數為咸陽作坊打造。

最後是八千桶猛火油。猛火油，即後人所說的石油。這種可以猛烈燃燒的物事，春秋戰國時名稱頗多，石漆、石液、石脂水、石腦油、猛火油等，不一而足，有人乾脆叫「可燃之水」。戰國時，秦國河西高原的高奴（註：高奴，今陝西延安地區）是天然猛火油滲流最多的地方，所以秦國的猛火油可說是得天獨厚。當時，這種物事還派不上更多的用場，除了當地人盛來燒火煮飯，便是軍營取來裝桶密封，一則在陰雨天行軍紮營時引火野炊，更要緊的，則是用來作火攻之物。但有攻城大戰，拋出萬千滲透猛火油的木棒，射出萬千急燃不滅的火箭，一齊撲向城頭城門吊橋壕溝等要害處，燃起漫天大火，抵得上千軍萬馬。

窄架礮

寬架礮

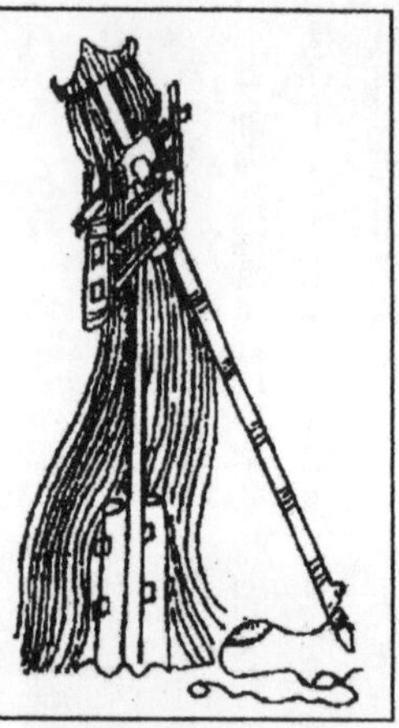

礮柱埋地礮

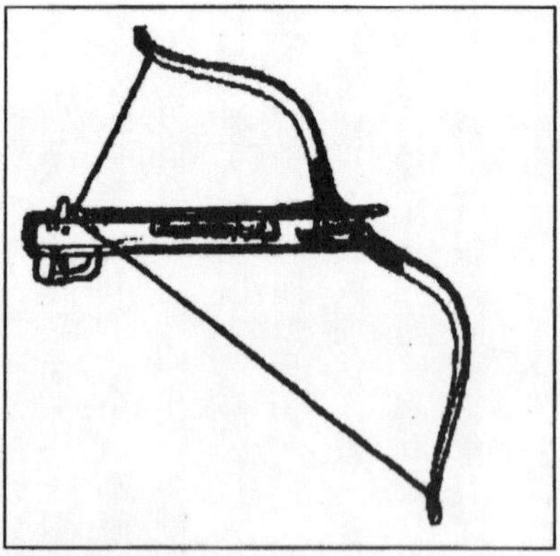

戰國弩復原圖

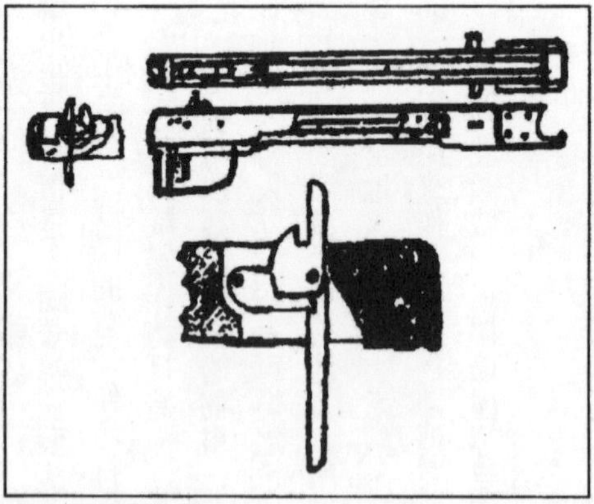

戰國弩機結構

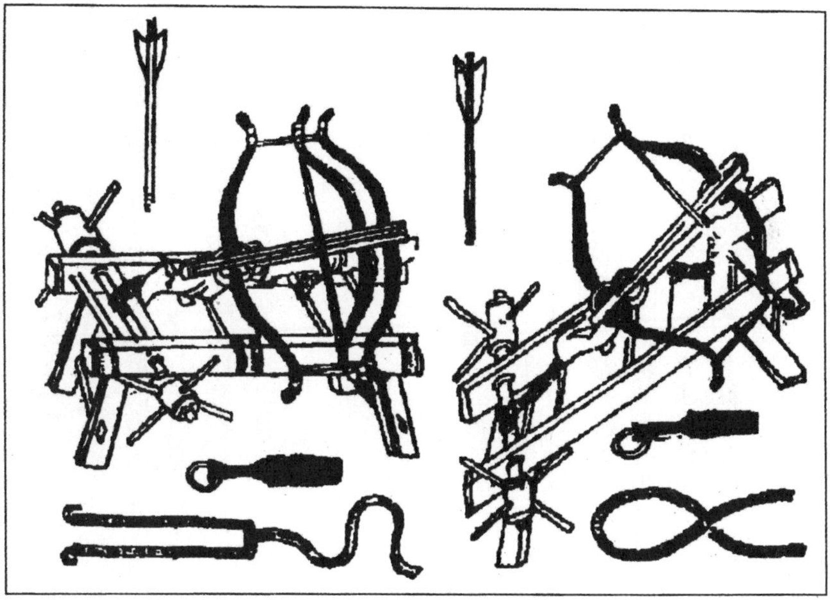

機發連弩示意圖

蹶張弩（腳踏上弩）

蹶張弩（膝上上弩）

魏冄辦事如霹靂猛火。白起剛到藍田三日，一隊牛車便星夜運來了囤在咸陽府庫的八千桶猛火油。對於一次大戰來說，這是最富裕的準備了。

這些大型利器在秦軍中是第一次集中操演，將士亢奮異常，唯恐不能熟練操持技巧而被臨陣裁汰，不吃不喝不睡地守在大校場反覆演練。步兵主將山甲更是老而彌辣，火暴暴地來回巡查，旬日之間嘶啞了聲音紅腫了眼睛。白起大急，嚴令全體將士按照統一時段統一號令操演，違令者立即裁撤。這才制止了步軍將士無休止地瘋狂操演。

十月初大校，人人嫻熟個個精通，無一士卒因器械原因被裁汰。

五、冬戰河內　狂飆拔城

隆隆聚將鼓又一次響了起來。

白起升帳發令：步軍五萬，編為三個大營——衝車營一萬五千，弓弩營一萬，由中軍主將蒙驁統領；攻城營兩萬五千，由步軍主將山甲統領；三大營先期兩日出河西離石要塞，沿大河東岸山地，向魏國故都安邑祕密進發。騎兵五萬，編為四路，第一路一萬五千，由前軍大將王齕率領；第二路一萬五千，由後軍大將王陵率領；第三路一萬五千，由騎兵主將嬴豹率領；都從陝塬山地隱蔽過河，王齕鐵騎埋伏於孟津北岸山谷；王陵鐵騎沿大河北岸河灘的無人區祕密進入敖倉渡口北岸的河谷埋伏；嬴豹東進到淇水入河口的山谷埋伏；第四路五千精騎，白起親自率領，出龍門峽谷渡河，直壓汾水入河口的皮氏（註：皮氏，戰國魏城，今山西河津西部）；五路大軍務必於立冬前一日到達集結地，立冬那日一齊發動猛攻。

白起嚴厲命令：「步軍先下安邑、蒲阪，再依次攻克河內城池。三路騎兵務必擊潰魏國北上援軍。我自率五千精騎，掃清河內之零星駐軍，並馳援策應各路大軍。」

於是，立冬這一日，猛烈的攻城大戰在河內突兀開打。

十月之交，立冬是個節氣大關。從立冬開始，人們便進入了窩冬期。為了祈禱冬日平安，不要遭受饑寒劫難，大河上下有了一個久遠的習俗：立冬吃暖羹。一到立冬之日，舉凡山鄉城邑，家家都在院中支起一口大鍋煮暖冬羹。羹者，五穀菜粥也。舂得黃亮的小米，光潔滑溜的麥仁，雪白肥胖的杏仁，紫紅帶核的紅山棗兒，還有青青的秋葵與曬乾的藿菜，殷實之家還要加進各種碎肉骨頭，一股腦兒煮將去，一兩個時辰後便是一鍋五彩紛呈黏滑生香的暖冬羹。呼嚕呼嚕渾身冒汗地喝完這頓糊飯熱羹，便是漫長的冬日了。其時山鄉庶民省火縮食，盡可能地將儲存的些許五穀接續到來年夏收。於是，民間也便有了冬日寒食的習俗。那時候，除了楚國江南，秦、趙、燕、齊、中山、衛、魏、韓國等整個北方的山野鄉民，都有冬日寒食的風習。雖然有人說，「寒食」是晉文公為了追念抱木自焚的介子推，而將清明前一日定為禁火寒食的「寒食節」而起。但究其實，寒食流布天下窮鄉僻壤而成久遠習俗，實在是生計艱難使然。

民人生計，暖冬羹之後窩冬，農夫歇田，商旅歇腳，百工減勞，大事都要等到來年春回大地再辦理。邦國政務，立冬節氣後也是多謀而少動，列國出使的車馬大是冷落，用兵更是自然停止。本來趙國要大舉攻韓，眼看著冬日迫近，自然而然地要等到開春後了。這是一種久遠的習俗，卻比禮法更為廣泛地被天下所認同，遂成了不成文的規矩。不管其中包括了多少緣由，總而言之是有了「冬夏無大事」這樣的天下之風，也才有了「春秋紀事」的講究——舉凡大事，都發生在春秋兩季。

唯其如此，儘管列國間虎視眈眈，即將大戰的傳聞不斷，暖冬羹的煙火還是彌漫了大河上下。就是打仗，也是開春之後了，窩冬之期想好對策養足精神，暖冬羹還是要吃得熱熱火火才是。可誰能想到，就在暖冬羹的炊煙彌漫之際，大河北岸轟然一聲驚雷，天下頓時瞠目結舌——秦國大軍飈風般捲來，河內六十餘城岌岌可危。

快馬斥候流星般飛進大梁，魏國君臣一片驚惶。

年老的魏襄王簌簌抖成了一團：「這這這，豈有此理！如何，便便便冬日與人開戰？」臣子也亂成了一片，丞相魏齊只不斷高聲喝問：「丟了幾城？啊！丟了幾城？」眼看無人應答，高聲吼道：「誰願領兵馳援？封萬戶！」饒是如此，幾個武臣也是臉色鐵青地緊緊閉著嘴巴不吭聲。魏襄王情急，拉長了哭聲道：「國尉啊，你倒是說說，該誰領兵了？」

白髮蒼蒼的老國尉叫富無，原是執掌捕盜刑治大權的司寇，因與丞相魏齊不和，被調任職爵稍低的國尉。見國王親自發問，他皺著眉頭黑著臉道：「自龐涓戰死，魏國再沒有拜上將軍，幾員領兵大將都在要塞軍營，倉促之間，能有何人？」魏齊見這老人在這個要命關口扯到自己不贊同設上將軍頭上，連忙一副恍然大悟的模樣高聲插斷道：「臣啟我王：大將新垣衍、公孫喜勇猛善戰，可解河內之危。」老富無一陣冷笑：「社稷存亡，丞相還是一味任用私人，國將不國也。」魏襄王急迫道：「你倒是舉薦一個！」老富無鐵青著臉色道：「信陵君，現成大將如何不用？」魏齊脹紅著臉厲聲道：「信陵君打過仗麼？國事不是兒戲！」老富無亢聲道：「名器束之高閣，如何自己放光？」

魏襄王黑著臉思忖良久，兀自嘟囔道：「找信陵君謀劃謀劃也可，打仗還是晉鄙新垣衍公孫喜靠實了。」魏齊本來就一心捕捉老國王的顏色，立即高聲道：「我王明斷，掌璽官立即草令，宣三大將入朝聽候王命。」老富無大急，滿臉通紅地嚷了起來：「河內燃眉之急，縱然用此三人，也得立即派出快馬特使，下令星夜北上。召來大梁，往返便是兩日。魏齊，可有你這般丞相？我王明斷！」魏齊此時如何能眼看這老倔頭氣焰猛長，厲聲呵斥道：「軍國大事，社稷存亡，我王要面授機宜，還要頒賜兵符、設宴壯行。富無，你這國尉白做了！王道法度，豈容如此草率！」

「忒聒噪。」魏襄王不耐地擺擺手，「好了好了，派快馬特使，召三將回大梁。」大殿中一片愕然。白髮蒼蒼的老富無一聲長歎，逕自拂袖出殿去了。一班大臣眼見這個耿介老臣尚且碰得鼻青臉腫也悄無聲息地各自散去了。

直到次日午後，河外將軍晉鄙、睢水將軍公孫喜、長垣將軍新垣衍才分別從駐地趕到大梁（註：睢水，魏國開鑿的鴻溝支流，南部駐軍防楚。長垣，戰國時魏國東北部要塞，當時在黃河東南岸，今在河南新鄉東部）。這時的魏國沒有上將軍，丞相魏齊獨攬軍政大權。三位將軍風風火火趕到，並不能直接晉見國王領取兵符，而是必須先到丞相府應卯。魏齊先擺了一場接風宴席，與三位將軍很是說了一番體己話，透露了朝中大臣的諸般微妙局勢，尤其叮囑了三人千萬不要沾那個晦氣國尉府的邊。酒宴結束，已是三更，魏齊反覆念叨著：「社稷存亡，國事當先，老夫與三位辛苦一趟了。」才備齊車輛，領著三人夤夜進宮。

魏襄王人老嗜睡，夤夜被老內侍喚醒，大是不悅，被幾名宮女半擁半抱著扶出來，一片懵懂，不管魏齊說什麼，都只是點頭嗯哼。魏齊看在眼裡，不再稟報經過，只輕輕說一聲：「請我王頒賜兵符。」

忒煞奇怪！魏襄王的老眼豁然睜開，亮閃閃地打量了三位將軍一陣，竟搖晃著老邁的步子，親自到帷幕後的密室搬出了三只銅匣，又小心翼翼地從胸前貼肉處摘下一支精緻的銅鑰匙，顫巍巍地打開了兵符匣。

「每人可調五萬鐵騎。」魏襄王鄭重其事地說了一句。

「臣啟我王。」老將晉鄙拱手道，「秦軍有備而來，洶洶難擋，十五萬兵力不足退敵。臣請三路各十萬，三十萬大軍一舉退敵！」

「三十萬？」老魏王猛然沉下臉，「秦軍只有十萬。」

「我王明鑒！」新垣衍心直口快，「秦軍雖是十萬，但戰力強於我軍。大魏有四十萬大軍，若得三十萬精銳，便可斷敵歸路，聚殲秦軍，為河外戰敗雪恥！」

一說到調兵，魏襄王一點不像懵懂老人，黑著臉道：「本王清楚，秦軍十萬，步騎各半。大魏鐵騎十五萬，還退不得十萬步騎混師？沒打過仗麼？」

「我等想打一個大勝仗，為國雪恥！」公孫喜慷慨一句。

「大勝仗？」魏襄王冷冷一笑，「列國都成了瘋子，齊國趙國楚國，都不防了？你等打仗，他來偷襲大梁，誰來護衛社稷？」片刻之間，儼然運籌廟堂成算在胸。

三位將軍頓時默然。魏齊極是老到，適時插上笑道：「我王神明。就是十五萬了。至於聚殲，莫做此想。六國聯軍七八十萬，都沒聚殲二十萬秦軍，你能聚殲得了？只要河內不失，便是大勝。」

「正是。」魏襄王矜持地笑了，「本王再加一句：河內六十餘城，丟幾座小城邑不打緊。只要保住安邑、蒲阪、左邑、朝歌、野王、修武幾座大城，許你等大功。」

「好！我王神明！」魏齊大是興奮，「三位將軍，大功便在眼前。」

三位將軍愕然相顧，終是誰也沒有開口。

魏襄王疲憊地打了個長長的呵欠：「好了，安歇去。明日午後，本王在長亭為你等壯行。」說罷顫巍巍站起，又被四名侍女左右前後地擁抱著去了。

「走啊。」魏齊笑了，「大喜事，愣怔個甚？到我府中再痛飲一番。」

次日午後，大梁南門外旌旗招展儀仗鋪排，魏襄王率文武百官到十里長亭為三將隆重壯行，親賜每人一輛鑲嵌著碩大明珠的青銅軺車，隨行大臣無不嘖嘖嘆羨。賜酒、賜車、開鼎、賜宴、訓誡、賞歌、拜謝等，十幾道儀典程式進行完畢，已經是日薄西山了。魏襄王這才一臉莊嚴地下令：「社稷存亡，將軍奮身也！三位將軍星夜回營，率兵北上。」

終於，在宏大的壯行樂舞中，三位將軍站在璀璨的六尺傘蓋下轔轔上路了。風馳電掣的戰馬，被拴在華貴的青銅軺車後面碎步杳杳地走著。臣子不張王賜，那可是大大的有違國法。整整走了一日一夜，三位將軍才回到各自大營。及至魏國三路大軍開赴河內，已經是半月之後了。

此時，白起大軍已經橫掃了半個河內，拿下了三十二城。

白起的部署：先行猛攻緊靠大河東岸的安邑、蒲阪，而後向東向北推進，逐一奪取河內城邑。白起很清楚，此戰奪城多少，全在於能否抵擋魏國援軍。基於這一判斷，白起始終堅持教三路騎兵守住魏國向河內增援的三處運兵要隘——洛陽西北的孟津渡、敖倉西北岸的廣武渡口、濮陽西岸的白馬津，而只教步兵全力攻城。

白起對敵方的預料：魏國縱然拖沓，也當在五六日內大舉北上；魏國有四十萬大軍，除了各處要塞駐軍，至少出動二十五六萬援兵；魏國鐵騎在龐涓死後已經衰落，大軍以步軍為精銳——魏武卒聞名天下，援軍很可能以戰力最強的步軍為主；步軍雖然推進慢，但以魏武卒之精銳，秦軍鐵騎縱然埋伏突襲，最多也只能擊潰，全殲幾乎不可能。為此，白起準備了後手援兵，必要時下令函谷關步兵殺出阻截。只要擋住魏軍精銳步兵一個月，河內攻城戰便告大捷。若魏軍傾四十萬兵力北上，秦軍就只有在奪取數十城並運走府庫財貨後撤退，設置河東郡的目標只好暫時放棄。

畢竟，戰場瞬息萬變，要想打勝仗，先要算到各種敗的可能。白起的用兵天賦在這裡，罕見的勇猛，罕見的靈動，更有罕見的冷靜。

誰知白起的預料竟然全部落空，斥候營飛騎探馬幾乎是一個時辰一報，可每次都是「未見魏軍動靜」。到了第六日，白起大起狐疑，嚴厲命令斥候營總領樗里狐：「哪有如此顢頇之邦？六個晝夜，爬也爬到了河內，給我將探馬直放河外。若魏軍有詐未能探清，軍法問罪！」白起為將，這是第一次發作。樗里狐大急，親自率領十三名精幹斥候化裝成商人，潛入大梁刺探。次日午後，三個斥候帶了一個活口回來，樗里狐卻仍然留在大梁，繼續監視動靜。

這個活口是個相府書吏，膽小如鼠，一見白起的森煞氣勢，嚇得直打哆嗦，不待發問便結結巴巴將大梁情勢說了一遍：魏軍大將剛剛確定，正在調集兵馬，三路共十五萬大軍，預計將在旬日之後抵達河內。白起黑著臉反覆訊問細節，書吏都毫不猶疑地應聲回答，全然沒有作假模樣。饒是如此，白起依然不敢相信，昔日聲威赫赫的魏國如何能這般遲鈍？難道是誘兵之計，要將秦軍陷在河內四面包抄？可是，撒遍周遭三百里的斥候探馬，卻沒有一處發現異常，竟令素來慎重精細的白起忐忑不安。反覆思忖，白起想不出個頭緒，狠狠罵了一通：「直娘賊！你做肉頭，我便狠打。等你撞上來再說，鳥！」

白起立即傳下將令，要三路鐵騎依舊埋伏渡口要隘，自率五千精銳騎兵直飛步軍大營督戰，要在魏軍到達前盡可能多地占領城池。

蒙驁、山甲的五萬步軍原是集中一路攻城，已經拿下了安邑、蒲阪兩城。白起到達，立即下令將步軍分為三路橫推向東，但見城池便攻，務求速決。蒙驁、山甲大是振奮，立即以大型器械為軸心兵分三路，沿著大河隆隆壓向東方。

戰國之世，楚魏兩國城池最多，楚國將近三百城，魏國兩百城左右。其他大國都在百城以內，齊國七十餘城，秦國八十餘城，趙國六十餘城，韓國六十餘城，燕國五十餘城。楚國城多，是因為吞併了吳越兩個大國、數十個山地邦國與成百個山地水鄉部族。山居部族多有城堡，尋常都舉族居住在各種大小城堡之中，奪取城堡，實際上便是占據了邦國或部族的軸心地帶。幾百年吞地滅國，楚國城池之多便居天下之冠。魏國則是由於崛起最早，逐漸吞併了最富庶的大河兩岸平原。河內河外，本來便是諸侯林立之地。小諸侯但有數十里地面，便有兩三座城邑，人口幾乎全部住在城中。魏國占領之後，設郡設縣，漸漸化為統一郡縣制，大大小小的城池便作了縣府郡府，或作了貴族封地的領主城邑。

這種城邑是財富集中地，守軍卻很少，官府只有捕拿盜賊的郡縣守卒與官員護衛兵士，大城也最多不過三五百兵卒而已。貴族大臣的封地，法度不允許有私家兵卒，最多也只是數百戶本族護邑精壯而已，且不能公然成軍，只能有事應急。河內城池大大小小六十餘座，除了安邑曾經是魏國都城而駐有三千兵馬之外，其餘城池幾乎都是少量的非戰兵卒。

尋常城邑不駐軍，原是天下通例。城皆駐軍，軍兵會多如牛毛，任你如何富庶的邦國，也是不堪重負。唯其如此，除了關防要塞渡口等兵家必爭之地，一國大軍集中駐防集中作戰，也是自古通則。哪裡有敵情，大軍立即趕赴哪裡，這便是兵無常地的道理。若有險情而大軍不能趕到，意味著遇險地區必定淪陷。畢竟，尋常庶民是根本無法對抗訓練有素且裝備精良的強大軍旅的。

魏軍遲遲沒有趕到，河內成了沒有對手的戰場。

秦軍首攻安邑。幾百座大礮與上萬張強弩，在城下架排得黑壓壓密匝匝一望無邊。衝車雲梯望樓，山一般層疊矗立。兩萬攻城甲士大陣列開，黑色盾牌森森閃光。僅是這一番前所未有的氣勢，便令安邑城頭的三千守軍驚駭失色。及至戰鼓如雷號角長鳴，大石巨矢暴風驟雨般傾瀉到女牆箭樓，衝車便隆隆猛撞城門。片刻之間，箭樓轟然倒塌，城門轟然碎裂。不到一個時辰，秦軍山呼海嘯般湧進了這座河內最大的城堡。

再攻蒲阪。秦軍的黑色方陣剛剛列成，城頭便掛出了一幅巨大的白布，城頭一人嘶聲高喊：「我是蒲阪令，秦軍無傷庶民，蒲阪願意降秦——」高高望樓上的蒙驁大喊一聲：「准你投降！官員軍卒全數出城，秦軍不犯庶民——」

如此兩城一下，相鄰城邑望風歸降。秦軍步兵晝夜兼程地行軍趕路，只是忙著接收城池。不消旬日，便「奪下」河內西部三十餘城。善後接收的，是魏冄的文官部伍與牛車大隊，進得一城，立即清點府庫，將存儲財貨連同降官，一同裝車運回咸陽；然後大體清點民戶，立即劃定連坐閭里，恢復市易，等等。如此這般，馬不停蹄也難以跟上大軍攻占的速度。魏冄又氣又笑，不斷笑罵：「直娘賊！這個老魏嗣也忒他娘豆腐，老夫緊吃都來不及。」

情急之下，魏冄只有飛書咸陽告急。宣太后一看，對秦昭王咯咯笑道：「這白起啊，一隻惡狼進了羊群。你看看，得想個法子了。」秦昭王少年心性，高興得拍案便起：「我到河內去！如此一大塊肥肉，不信咥不下去。」宣太后笑道：「也行，去歷練一番也好。只是此事不能教白起知道，免得他分心。」

秦昭王做事快捷，連夜下令：徵發關中全部牛車，每縣三百輛，限期三日趕到函谷關集結。然後化名公子季，帶著一百名文吏與一個百人鐵騎隊立即快馬東進，祕密趕到河內與魏冄會合。魏冄精神大振，立即將這一百名文武兼通的快馬吏員分派到前軍接收城邑，將後面趕來的幾千輛牛車編隊，星夜運輸各府庫財貨。一時之間，河內大道上牛車絡繹不絕煙塵彌天而起，魏國百餘年在河內積累的不計其數的財富，隨著滾滾車輪源源不斷地流入了秦國。道邊魏人看得心頭滴血，卻也只有仰天長歎。沒有幾日，一首童謠在河內流傳開來：

三十河東　三十河西
吳白兩起　天作玄機

童謠傳到一個隨從文吏耳中，唱給了秦昭王。秦昭王天賦聰穎，將童謠念叨幾遍笑了：「好！魏人將此戰看作報應，便免了大仇大恨，看來這河東郡是到手了。」文吏恍然笑道：「啊，明白也，吳起當年奪秦國河西，富了魏國。白起今日奪魏國河東，富了秦國？」秦昭王悠然一笑：「此乃天地玄機，不許洩露，教他唱去。」

在這萬千車輪的煙塵彌漫中，魏國的三路大軍北上了。

魏襄王怪異幽閉，在位二十三年，一直沒有設上將軍，也是戰國一奇。因了這個緣故，魏國的統兵將軍都直接受命於國王，互不統屬。這次北上救援，也沒有指命主將，而是各自調兵三路馳援。三將之中，晉鄙資歷最老且以忠心耿耿聞名，然才能卻是平平。新垣衍年輕善戰，卻資歷甚淺，唯一的一次河外大戰還是大敗而歸，若不是深得丞相魏齊賞識，便是死罪難免。公孫喜出身世家大族，與魏齊家族有世交情誼，做了睢水將軍，卻沒有打過一次大仗。然無論如何，三人臨危受命，還都是極想打好這一仗的。但諸般隆重儀典接踵而來，三將竟無暇在一起聚商方略。離開大梁之日，草草說得幾句，也只是商定了各自渡口與渡河後的進兵方向——晉鄙大軍從孟津渡河，公孫喜大軍從修武渡河，新垣衍從白馬津渡河；三軍合力攻向北方，將秦軍逼進上黨山地，至少壓回河西。

晉鄙所部原本就是五萬大軍，不用增調，回到大營立即從孟津渡河。孟津渡口距離西北的安邑、蒲阪兩大城只有兩百餘里，精銳鐵騎兩個時辰便可到達。晉鄙已經接到探報：秦軍主力占領安邑、蒲阪後已經東進，兩城只有秦國一班文吏與搬運財貨的民車隊。晉鄙立即下令：先行奪回安邑、蒲阪，再向東北推進。果能如此，第一道捷報傳回，大梁便會大為振作，自然也是晉鄙的一份頭功。

軍令一下，五萬鐵騎立即沿著大河北岸的山原向安邑狂風驟雨捲來。正到一片山谷腹地，兩邊山頭戰鼓如雷號角大起，黑色鐵騎漫山遍野殺來。晉鄙大軍都知道秦軍主力已經東進，這裡已經是秦軍後方，萬萬想不到秦軍的主力鐵騎殺到，一時驚慌大亂。倉促之間，雖有五萬騎兵，卻一時無法展開，前擁後堵自相踐踏，困在了峁峁墚墚之中。

王齕鐵騎已經窩了半個多月，騎士們眼見步兵攻城掠地進展神速，早眼紅得嗷嗷直叫，生怕魏軍不來，自己沒了仗打不能斬首立功。如今魏軍終於出現，秦軍騎士早已憋足了勁兒以逸待勞，猛勇衝鋒，勢不可擋。半月之中，王齕已經對伏擊地段做了精心料理，山塬溝峁的枯樹林，棵棵大樹都塗了十數遍猛火油，每個山頭都藏匿了引火手。秦軍鐵騎一個衝鋒將魏軍壓縮進大小溝峁後，引火手立即猛拋火把。頃刻之間，大火便在各個山塬溝峁中猛烈燃燒起來。魏軍鐵騎是牛皮甲冑，騎士在大火中衝突，皮質甲冑生生成了引火猛料，騎士們渾身大火，紛紛下馬驚慌滾地滅火。如此一來，戰馬離開主人驚慌奔突，夾相糾纏，再也無法形成衝鋒戰力。秦軍卻只是守在山口要道，截殺逃竄騎士。

晉鄙老於戰場，一見火起，心知不妙，立即嘶聲大喊：「回軍向南，殺向河灘！」殘餘亂軍一聲吶喊，向西南空曠河灘猛衝過來。秦軍卻只是追殺一陣，便撤了回去，只守定通向安邑的要道不動。晉鄙殘兵進入河灘，見秦軍沒有窮追不捨，爭相滾進泥潭水坑滅火。大半個時辰後，火是滅了，卻人人一身泥水，狼狽得再也無法廝殺。晉鄙不禁老淚縱橫仰天長歎：「天亡大魏也！老夫奈何！」反覆思忖，只有下令立即回軍，同時飛馬報知大梁，請魏王作速派遣精銳步兵北上。

中路公孫喜蹣跚難行。因了要調齊五萬鐵騎而耽延了三日，及至風風火火趕到敖倉渡口，又恰逢運兵的十幾艘大船全被敖倉令徵用了，渡口只剩下三十多隻中小船隻。那大兵船是當年吳起做上將軍時，請准魏武侯精工打造的，每船可載五百名士兵渡河，共五十餘艘，分別集中在孟津、敖倉、白馬津三個大渡口。魏國法度：非出征將軍之令箭，任何官署商旅不得動用兵船。若大兵船在，連同三十多隻中小船隻，五萬鐵騎連人帶馬，大約半日光景也就過河了。如今大兵船沒了，分明是三日三夜也過不完五萬人馬。

「豬頭！夯貨！」公孫喜大罵先期趕到渡口專司準備船隻的輜重司馬，「你他娘豹子膽！竟敢將兵船脫手，俺滅你滿門！」

「將軍請看。」輜重司馬哭喪著臉遞上一面古銅令牌，「敖倉令說，要向大梁王宮輸送冬令山貨，耽擱不得，每年冬季都是徵用兵船。敖倉令有王命劍先斬後奏，末將不敢違拗。」

噹的一聲大響，公孫喜將那面王命牌砸到了碼頭石上，大吼一聲：「操！渡河！」

敖倉河段是聯結魏國大河南北的主要航道，水流平穩航道寬闊，三十多隻中小船隻一字排開張起白帆，頗為壯觀。只是每隻船連人帶馬只站得十來個，渡了四個時辰才過去了兩千人馬，眼看著冬日的太陽已枕到了山頭。公孫喜鐵青著臉大喊：「點起火把，夜渡！」片刻之間，晚霞落去，連綿火把將敖倉渡口照得一片通明。饒是如此，等到東方發白，也才堪堪過去了五千多人馬，還在暗夜中翻了五隻小船。公孫喜聲音都喊啞了，一點兒辦法也沒有。磨到午後，大兵船意外地回來了六艘，公孫喜大是振作，立即下令人馬上大船橫渡。傍晚時分，眼看著過河人馬已經有三萬多，公孫喜厲聲下令：「所餘人馬一律夜渡。務必於天亮前全部過河！」說罷將敦促夜渡的將軍令旗交給副將，自己登船過河整頓大軍去了。

夜色蒼茫，大船方到河中，突然便見本來幽暗的大河北岸火光暴張殺聲震天。驟然之間，站在船頭的公孫喜一陣透骨的冰涼彌漫了全身，嘶聲大吼：「快！快渡！」

「稟報將軍。」兵船槳手的頭目快步走來，「北岸碼頭有大火，不能靠船！」

「靠！就是刀山，也給俺靠上去！」公孫喜眼睛幾乎瞪得要出血。

「嗨！」頭目一聲尖銳呼喊，「慢船穩舵，靠上碼頭——」

公孫喜厲聲大喊：「全體張弓，給俺射出碼頭！」

就在騎士們張弓搭箭的剎那之間，無邊暗夜中一片連綿尖嘯，強弩大箭帶著呼嘯的火焰，猶如密匝匝的火蛇狂瀉到檣櫓帆布船舷船頭，釘在哪裡便在哪裡躥起猛火。魏軍一輪長箭還沒有射完，船頭人馬已經倒下了大半，整個大船也燒成了一座通明的火焰山。

「狼秦！俺拚了你——」火海中一聲大吼，一團火焰從兩丈多高的船頭飛起，撲向了滾滾滔滔的大河。「將軍！」「將軍上岸殺敵了！」「跳，拚了！」船頭火海一片驚叫，一團團火焰跟著撲下了大河，幽暗的河面頓時明亮起來。

隨著團團火焰撲入水中，岸上的火箭也立即跟著飄來，眼見身上帶火的入水士兵慘叫一片，卻突聞岸上幾聲短促的號角，火箭驟然停止了。一個粗獷的大嗓子從岸上直飛出來：「公孫喜聽了：本將軍王陵，你的上岸人馬一撥一撥，已經被我全部殺光。念你冒死赴險，老秦人放你上岸收屍，裝上大船運回去──」

公孫喜堪堪游到殘破的碼頭，一身泥水搖晃著上岸，只見平日堆積貨物的偌大貨場上屍骨如山，在燃燒未盡的餘火殘煙中令人心悸，濃烈的屍臭在呼嘯的北風中迎面撲來，令人幾乎要窒息過去。從未見過如此慘烈陣仗的公孫喜，頓時翻腸絞肚地大吐起來。那個粗獷的大嗓子又隨風飄了過來，一陣哈哈大笑：「公孫喜，見不得屍體打個甚仗？趕緊回去！小心天亮了我變主意。啊哈哈哈！」

臉色慘白心悸難忍的公孫喜顫巍巍站了起來，對著笑聲想怒吼一句，終是渾身軟癱得喊不出來，眼見屍骨堆中一口白刃森森矗立，踉踉蹌蹌撲了上去，「噗」的一聲鮮血四濺，公孫喜軟軟地倒了下去。喊聲沉寂了，火光熄滅了。黑暗中只聽王陵一聲歎息：「小子有種！可惜了。」

正在此時，一騎快馬飛到碼頭：「國尉將令：王陵將軍守住懷城不動，等候丞相接收，並跟隨護衛丞相。」王陵大急：「不打仗守在這裡做甚？我去增援白馬津！」快馬使者高聲道：「國尉有言：各司其職，不得違令搶戰！」王陵急急道：「好好好，我不搶戰。那你說說，白馬津如何了？」使者說聲正在鏖戰，飛馬去了。

白馬津對岸的淇陽川，卻是一場慘烈的血戰。

新垣衍勇猛善戰，河外大敗後立功心切，一回大營星夜調兵。駐紮在巨野澤（註：巨野澤，濟水中段大湖，戰國時魏齊邊境地帶，後乾涸消失）的兩萬騎兵還未趕到，新垣衍便率領三萬鐵騎先行渡過了大河。一過河新垣衍接到探報：秦軍步卒一萬五千，已經東進到修武（註：修武，河內古要塞，後秦始皇設縣，在今河南焦作東南地帶）一帶，距離淇水只有二百里左右。新垣衍一聽怦然心動，三萬騎兵對萬餘步兵，那可是穩操勝券。其時正是午後時分，新垣衍立即整頓軍馬，沿大河北岸大道向西南兼程疾進。按照鐵騎飛馳的速度，最多兩個時辰便可抵達修武。

這條大道，中間橫著一條由北向南入大河的淇水。淇水東岸與大河北岸的夾角地帶，一片連綿山塬，時人呼之為淇陽川。大道衝要處立著一座城堡，便是淇陽（註：淇陽，河內古要塞，後湮滅，在今河南淇縣地帶，見《水經注》）。淇陽城建在山塬之上，帶澗枕淇，亭亭極峻。白馬津通向河內西部的大道恰恰從城下經過，淇陽居高臨下地扼守在咽喉地帶。嬴豹鐵騎已經早早到達，埋伏在淇陽川嚴陣以待。誰知數日之後，還是不見魏軍動靜。嬴豹機變，下令五千騎士改做步卒，此日深夜一舉突襲，攻進了這座只有幾百名非戰軍士的險要城堡。一占領淇陽，嬴豹立即飛報白起，並分兵扼守：一萬鐵騎埋伏在大道兩側山塬，五千鐵騎隱蔽在城內。焦急等待了半個月，嬴豹絲毫不敢大意，探馬飛騎撒出周圍百里，生怕魏軍不走白馬津大道。新垣衍一動，嬴豹大是振奮，立即親自坐鎮城外伏擊山頭，要一舉殲滅新垣衍三萬鐵騎。

新垣衍鐵騎風馳電掣，不消半個時辰，衝進了淇陽川大道。待到大隊飛一般掠過淇陽城下，恰恰是大軍全部進了谷口。正在此時，兩岸山頭戰鼓如雷號角淒厲，林木蕭疏的塬坡上旌旗招展，黑色鐵騎漫山遍野呼嘯著壓頂殺來。幾乎同時，淇陽城頭也是戰鼓隆隆，五千黑色鐵騎開關殺出，直接堵住了谷口。

新垣衍飛快地向兩面山坡一打量，一聲大吼道：「秦軍不多，百騎一陣，殺出淇陽川！」一聲吼罷，奪過中軍司馬手中的大旗連連擺動發令，「前軍一萬，向前殺！後軍一萬，回頭殺！中軍一萬，殺向兩面山坡！」一陣發令完畢，將大旗又往中軍司馬懷中一塞，舉劍高喊：「跟我殺！」帶領一千名護衛精銳旋風般殺向東面山坡。

但凡遭遇突然伏擊歸路被斷，大將膽氣最是要緊。同是魏軍，新垣衍身先士卒奮勇酣戰，三萬魏軍騎士鬥志大漲，人人懷死戰之心，戰場形勢立改觀。此時的秦軍鐵騎，戰力已是天下之冠，更兼養精蓄銳以逸待勞，人人都以為一個衝鋒便可擊潰魏軍。誰想魏軍非但沒有驚慌大亂，反倒是衝上來要反咥秦軍。雖說戰力有差又是遠道馳驅，但兵力卻多過秦軍一倍，又是死戰突圍之志，一時間與秦軍大規模糾纏在一起，殺得難分難解。

嬴豹是秦軍的騎兵主將，尋常時日，全部十萬鐵騎都歸他帳下，是秦軍威名赫赫的猛士大將。今日伏擊戰，他本在山頭用金鼓旗幟發號施令，指揮全軍截殺方向，為的是秦軍兵力少，怕包不住魏軍。開戰片刻，他看出情勢不對，緊皺的眉頭猛然一挑：「司馬掌旗，鐵鷹騎士上馬，隨我下山，直搗新垣衍大旗！」話音落點，人已飛身上馬，長劍只一舉，帶著兩百最精銳的鐵鷹騎士驚雷閃電般壓下山來。

秦軍的鐵鷹騎士是重裝騎兵，騎士本人首先須得是鐵鷹劍士，人人一口十五六斤重的長劍，人馬皆是鐵甲裹身，只露出兩隻眼睛，鏗鏘壓來，尋常刀劍箭矢碰到便飛，根本無法湊上去廝殺。如此兩百騎激蕩煙塵，卻沒有任何吶喊，直對著「新」字大旗捲來。戰國軍法通例：大將被俘，領兵五十人以上之官佐全部斬首；護衛與大將同死，有功無罪。唯其如此，大將的護衛親兵都是精銳死士，新垣衍的一千護衛鐵騎自然也是魏軍精銳騎士無疑。眼見這股沒有旗幟的黑色鐵流洶湧壓來，護衛千夫長一聲大吼：「百人隊護旗護將，他隊三層列陣，殺！」頃刻間與黑色鐵流轟然相撞。

一交手，嬴豹的鐵鷹騎士大顯威風，也不列秦軍騎士最擅長的三騎錐，只是單兵散開一個扇面，一路砍殺過來。饒是魏軍護衛死戰不退，也是木片撞到鐵塔一般，搭上去便喀嚓飛迸出去。新垣衍在河外與秦軍曾有過惡戰，冷眼一看，心知不是對手，舉劍一聲大喝：「退下山坡，東向突圍！」此時恰恰有一股魏軍騎兵衝來裹住了黑色鐵流，新垣衍與殘餘的幾百名護衛騎士趁機擺脫廝殺，衝下山立即號令魏軍全部回頭向來路衝殺突圍。

眼見魏軍的紅色騎兵潮水般捲回，谷口的五千秦軍鐵騎迅速退後，擺開了三個方陣輪番截殺。但是，拚死突圍的魏軍死命蜂擁而上，秦軍騎士拚死力戰，傷亡過半也無法堵住。正在此時，東面喊殺聲驟然大起，漫天火把中大隊黑色鐵騎飇風般殺來，一面「白」字大旗在火光照耀下分外清楚。

亂軍中的新垣衍立時涼氣灌頂，嘶聲大喊：「白起主力來了，捲旗，快逃——」魏軍轟然炸開，紛紛向黑暗中奪路逃命，「新」字大旗驟然消失，新垣衍與殘餘護衛也四散消失在無邊無際的黑暗之中去了。秦軍追殺出三五里，白起斷然下令回兵。嬴豹已經殺得性起，大叫著要捉回新垣衍祭旗。白起大喝一聲：「軍令如山，收兵！」嬴豹見白起惱怒，才氣咻咻地收兵回營。

次日清晨清點戰場，魏軍屍體兩萬六千餘；秦軍戰死八千，重傷兩千餘，輕傷三千餘，也就是說，嬴豹的一萬五千鐵騎幾乎非死即傷，是前所未有的慘勝。更要緊的是，若非白起的五千精銳鐵騎殺到，很可能傷亡更為慘重。氣得嬴豹咬牙切齒地發誓：「新垣衍，下次不殺你復仇，嬴豹誓不為人！」白起默然半日，長長地一聲歎息：「慘勝若敗，我之錯也！我軍兵少，新垣衍才敢死戰。看來，不能純粹靠戰力，還是要有兵力優勢。」見白起如此自責，嬴豹哈哈大笑：「說甚來？打仗能不死人？他死戰，我才上勁，有咬頭！」白起搖搖頭，再沒有說話。

三日之後，大梁傳來消息：信陵君冒死強諫，請自率二十萬步軍北上，與秦軍決戰河內，卻被魏襄王與丞相魏齊託詞拒絕。秦昭王很是納悶道：「這魏嗣當真老了？還有幾十萬大軍，為何就不發兵？怪煞！」魏冄笑道：「這老小子，只要看住自己那張王座，管你丟城失地。信陵君若大軍在握，老小子能放心了？」秦昭王大是感慨，搖頭歎息一聲：「國君做到這般地步，只怕是上天難救也。」魏冄拍案道：「不管他，我看，立即設置河東郡，大跨一步出山東！」秦昭王思忖道：「設郡守土，諸事繁多，王舅都想好了？」魏冄悠然笑道：「當此之時，先要有設郡魄力。河內設郡，大出山東三百里，何等震懾之威？至於諸般細務，我自會與白起商討妥當，稟明太后定奪。你尚年輕，回咸陽讀書便了，操個甚心？」秦昭王目光一閃笑道：「我留在王舅身邊，是想長長本事，回咸陽憋悶得慌。」魏冄笑道：「只不要出事，隨你。」

大梁不發兵的消息在河內迅速傳開，河內魏人大失所望，只要秦軍一到，立即開城投降。不消旬日，秦軍兵不血刃地接收了剩餘城堡。至此剛好一個月，河內六十三城全部被秦軍占領，無一遺漏。白起飛馬趕到懷城與魏冄會合。匆匆咥完一頓軍食，魏冄遞過來一卷竹簡：「看看，你我磋商一番，報太后定奪施行。」白起打開竹簡，頓時眼前一亮：

〈請設河東郡書〉

臣啟太后：河內初定，奪城六十三，地四百餘里。河內毗鄰函谷關，與我本土相連，若得設郡而治，化入秦國，則可一舉震懾天下，立大秦東出之根基，誠為不朽之業也。唯其如此，臣等請設河東郡，諸事如左：

其一，郡治所設於懷城。懷居河內之中樞，有鎮撫之便。

其二，河東郡設置十三縣，蒲阪、安邑、左邑、皮氏、野王、軹、修武、山陽、河雍、朝歌、淇陽、共、汲。

其三，郡守縣令本土出，屬員遴選舊吏，數比關中諸縣減半。

其四，十年之內，不行秦法、不收賦稅、不徵兵役。

其五，河內駐軍兩萬鐵騎，糧草輜重由秦本土輸送。

臣魏冄白起頓首

「好！」白起闔起竹簡，「丞相思慮周全，我無異議。只是，丞相這次拉上我……」魏冄大手一揮打斷笑道：「不是送你功勞，是老夫要借你大將軍威風。」白起不慣笑談，臉色通紅道：「丞相哪裡話來？這一仗打得不乾淨，有甚威風來？」魏冄哈哈大笑：「嗚呼哀哉！一個月拿下六十餘城，還叫不乾淨？」白起喃喃道：「淇陽川太窩心，戰死八千騎士。」魏冄眼睛一瞪道：「日後不得將此事掛在嘴邊絮叨。天下本無事，絮叨多了便出事。你是嚴於責己，未必人人如此看。明白了？你只記住：只要打勝，莫說死八千人，就是死八萬人，老夫也給你兜著！看誰個敢多嘴？」白起一笑道：「丞相膽氣，為將者之福也。」魏冄喟然一歎：「官場如戰場，自古皆然也。老夫也只是給做事者摟住後腰而已，豈有他哉！」

白起恍然想起方才一個念頭，指著竹簡笑道：「丞相，這郡所何以設在懷城？安邑是魏國舊都，何不設在那裡？」

「這你卻不明白。」魏冄呵呵笑著，「安邑雖是舊都，城大繁華，然也是魏國老根，許多事只能睜一眼閉一眼。若官府在此，反倒是多有不便。但凡敵方舊都，只能文火細燉，歲月化之。懷城不同，此地本是殷商古邢國，城名邢丘，周武王伐紂滅之，改邢丘為懷。懷者，安撫追念也。懷城居三河（註：三河，春秋戰國對河東、河外〔河南〕、河內〔河北〕的簡稱）之衝要，又靠近洛陽，本是晉國老周人根基。民有周秦同源之說，料民理事便順當一些。再說，國尉不以為，懷地乃是兵家咽喉麼？」

白起點頭笑道：「這倒是了。安邑有事，函谷關大軍半日可達。懷城兩萬鐵騎，可是令趙魏韓寢食難安了。」

「著！正是這個道理。」魏冄一陣大笑。

三日後，宣太后書令直達河內，由秦昭王宣讀立行：對白起戰功與魏冄謀劃大加褒獎，當場擢升白起為大良造爵，職封上將軍；魏冄晉爵封侯，虛封穰地，是為穰侯。三軍將士並河內吏員，即時論功封賞，盡皆晉爵一到三級，一時人人振奮。魏冄雷厲風行地在河內設置郡縣、頒布法令，要將這片中原衝要地帶結結實實地化入秦國。

在這忙碌時刻，咸陽接到郢都秦商的快馬義報：魯仲連入楚，正在策動屈原復出恢復合縱，聯兵抗擊秦國。

第六章 滔滔江漢

一、碧水風雪雲夢澤

大雪紛飛的冬日，魯仲連接到了田單商隊的快馬急書：河內淪陷。

這時，春申君正在府中與魯仲連擁爐小酌。一看書信，春申君倏然變色：「噢呀自作孽，魏國四十萬大軍睡大覺了？還有信陵君，都到北溟逍遙遊去啦！」魯仲連粗重地喘息著沉默著，猛然一拳砸到案上：「秦國倡狂，欺六國無人乎？」霍然起身，「春申君，我這便上路。來春清明，你我到汨羅相見！」春申君一連聲嗟呀驚歎：「噢呀呀，說好來春上路了。這大雪塞道，如何走法？」魯仲連急迫道：「等不得了，不見秦人冬天打仗麼？」說罷轉身便走。到得庭院，一片風雪驟然撲面。春申君大急，跟在後面緊走急說：「噢呀慢點，你看這天氣，總得備輛車帶些乾肉乾糧啦。」魯仲連也是邊走邊說：「不用。經常上路，還能餓著？有風有雪，乾淨。」春申君轉身對跟來的僕人喊道：「噢呀，別跟著亂跑，快去牽馬。」說話間到了門庭，僕人已經牽來了魯仲連的駿馬在廊下等候。春申君看見鞍轡齊整的駿馬，恍然銳聲道：「仲連且慢，家老，快去拿我那領貂裘來啦。」

魯仲連大笑道：「風雪見猛士，那物事上身累我，不要。」笑罷一拱手告辭，飛身上馬，兩腿一磕，那匹鐵灰色駿馬一聲短促的嘶鳴，驟然大展四蹄，箭一般衝入茫茫風雪之中。只留下春申君怔怔地佇立在風雪地裡，兀自唏噓歎息。

出得春申君府邸，漫天皆白，整個郢都城垣都陷進了茫茫雪霧之中。魯仲連有主見，逕自走馬向城南而來。郢都臨水近江，雲夢澤伸展出的小江河多在城垣西南，西門南門修建了直通外水的水門。水門下常有各種船隻停泊，供旅人官員等從水路出城。尋常時日，一見客官過橋進得碼頭，船家便在各自船頭笑臉相迎，沒有人爭相呼喚，只任你挑選上船。不管客官跨上哪家船隻，其餘船家都會遙遙招手，操著或急促或溫軟的水鄉口音喊一聲：「客官順風——」離去船家也會對同行笑吟吟喊一聲：「再會——」回頭再笑著一句，「客官，儂坐好了。」小船便悠然盪出碼頭，飄出水門，融入茫茫水天之中。那份殷殷之情，總是給旅人一片溫馨，令遠足者怦然心動。魯仲連熟悉楚國，更是喜歡水鄉獨有的這一份明亮柔暱，但來江南，能坐船從不乘馬。如今風雪漫天，陸路難行，水路卻不似北方冰凍，正好不耽擱行程。

誰想一過那座石橋，水門下一片空寂，大小沒有一隻船。

「有船麼？可有船家出水——」魯仲連焦急，大袖一抹臉上雪水，一聲高喊，連呼三遍，都是空無應答，不禁重重地歎息一聲，一時愣怔在風雪之中。

「客官，儂有急火事了？」背後碼頭石下突兀冒出一個蒼老的聲音。魯仲連驚訝回頭。一堆雪丘中鑽出了一個白髮蒼蒼的精瘦老人，一身粗布夾衣，青布包頭，雙手攏在袖中，一邊跺著腳一邊上下打量著。魯仲連忙道：「老人家，那些船呢？」老人一笑：「客官毋曉得，今冬大雪忒煞猛，有房子的上岸去了，沒房子的投親靠友去了，船也沒有了。」魯仲連焦急道：「水道又沒冰凍，不做生計，上個甚岸？」老人笑道：「儂毋曉得，水道沒凍，人卻凍了。官府有令，冬船增稅三成。誰想守在這裡吃雪了？」魯仲連又氣又笑道：「冬日客人少，為何還要增稅？」老人呵呵笑道：「儂是這般說。官府卻說，冬船價高了。」魯仲連不禁憤憤道：「豈有此理！當真昏君。」老人連忙緊張地四面張望了一番，才低聲道：「毋高聲了。儂有急火事，老朽送客官一趟子了，左右在這裡也是凍著。」魯仲連驚喜道：「老伯有船？在何處？」老人向水上那堆雪丘一努嘴：「不大，還算快捷了。」魯仲連恍然笑道：「啊，大雪蓋了船篷。老伯，我還有這匹馬，能載麼？」老人打量了駿馬一眼沉吟道：「客官，儂到哪裡去了？」魯仲連道：「東出雲夢澤，再到震澤吳越之地。」老人搖頭道：「儂是遠足，馬不行。我這小船也只過得雲夢，江東沒走過了。要不客官再等等，看有無別個船來？」魯仲連斷然道：「便是老伯。馬，我託在城門守軍這裡。」老人驚訝道：「儂一匹好馬，不怕狼兵殺了吃馬肉？」魯仲連笑道：「他要殺馬，我便殺他。老伯，稍等片刻。」說罷卸下馬背上的一只皮口袋，牽馬去了。

過得片刻魯仲連回來，老人已經將船上積雪除去，一隻烏篷輕舟亮在了碼頭之下。老人站在船頭笑著：「船橋雪水滑，客官小心了。」魯仲連說聲不打緊，已經大步走過了搭在碼頭與船頭之間的一板橋，輕捷穩健地到了船頭：「老伯，走。要我幫個手麼？」老人已經操起了長長的櫓槳，搖搖頭笑道：「大雪天不能張帆，慢些個，儂毋得急噢。」魯仲連笑道：「只要走，慢也是快。」「客官是個明理人。」老人呵呵笑著，小船已經悠然盪出了碼頭，看看將近城門，老人從懷中摸出了一個大鐵錢，咣啷一聲，準準地丟進了三丈開外掛在城門洞口的一個敞口鐵箱。魯仲連驚訝道：「老伯，好準頭！」老人笑道：「三五丈遠，客官見笑了。瞎子阿鵬，十丈開外一扔即中，那才叫準頭了。」魯仲連大奇：「瞎子？瞎子能有如此功夫？」老人還是呵呵笑著：「不多算，日每三錢，幾十年扔下來，能沒個準頭？」魯仲連不禁一聲歎息，說不出話來了。

出得水門一個時辰，小船與漫天雪花一起飄進了雲夢澤。極目遠眺，天是無邊的灰，水是斷續的藍。肥大的雪花從天宇深處湧流出來，匆匆地撲向無垠的水面。雲夢澤騰出靈動濕熱的水霧，緊緊地擁住了冰涼的雪花，悄無聲息地升騰起無邊的白紗。天地朦朧，小船悠悠，直是在虛無的雲天飄盪。

「雪擁雲夢兮水天澹澹，孤舟一葉兮我心茫茫——」魯仲連站在船頭，不禁高聲吟哦，末了圈起掌筒一聲長呼，「雲夢大澤——我來了——」

「客官好學問。」老船家呵呵笑著，「雪天走雲夢，老朽也是頭一遭。」

「老伯，大雪碧水雲夢澤，美是不美？」

老人呵呵笑著悠悠搖櫓，破天荒地沒有說話。一陣風雪呼嘯吹過，吹起老人單薄布袍下五色補丁的破舊內衣。魯仲連心中一顫，頓時覺得不是滋味，蹲身鑽進船艙，走出來將一件翻毛短皮袍披到老人身上。老人一回頭，滿臉通紅道：「客官，這可使勿得，船家人不作興受外財，老朽要招人罵了。」魯仲連高聲道：「天寒地凍，老伯病了，我也走不遠。」老人一怔，侷促笑道：「呵呵，也是，那便算了儂的船資，老朽生受了。」說罷停下手中櫓，將皮袍穿好，又找了一條細麻繩在腰間束了一道，搓著手笑了：「棉暖不如皮，老話在理，儂毋曉得多舒坦了。」魯仲連拳頭捶著胸脯高聲道：「老伯，我是後生，有一撥子牛力氣，你教我搖櫓。」老人呵呵笑著連連搖手：「使勿得使勿得，風雪無向，儂要上手，明日就漂到糊塗國去了。」魯仲連大笑：「那便說好，天晴了教我。」老人已經站在櫓擔前操起了大櫓：「儂毋曉得，這櫓帶舵，沒有三年跑船，不教上手的了。」魯仲連心中一動道：「老伯，這船是你自家的麼？」老人又恢復了慈和的呵呵笑聲：「是了是了。十年前，老朽才打得這條船。船是家，有船才有家了。」魯仲連默然良久，長長地歎息了一聲。

老人猛然高聲道：「客官進艙，要起風了。」

「風便風，不怕！正好見識雲夢澤汪洋之氣。」

說時遲那時快，一道恍若城牆的白茫茫混沌雪霧已經迎面推了過來，隆隆之聲夾著尖銳呼嘯，勢若千軍萬馬。老人大喝一聲：「客官趴下！頭衝船頭。」魯仲連不及思索，一個滑步倒在船舷抓住了一條固帆麻繩。老人卻挺直著身板，釘在櫓擔前牢牢抓著大櫓紋絲不動，將船頭正正地對著白茫茫突兀高聳的雪山風雷。片刻之間，魯仲連眼前驟然一黑，一股巨大的推力生生要將他拋將出去。魯仲連貼在船舷之下，雙腳緊緊蹬住了一道板棱，雙手死死抓住了麻繩，只覺得尖銳的呼嘯掠過，頭皮耳目像被利刃飛快地刮過，一陣劇烈疼痛，當即眩暈了過去。

及至睜開眼睛，景象已是大變。天空湛藍得令人心醉，紅紅的太陽枕在遙遠的水線，碧水長天，明亮得扎人眼睛。魯仲連掙扎著扣住船舷站起身來，踉蹌著腳步一聲大喊：「噢呵——太陽出來了——」如何沒有人說話？魯仲連驀然回頭，頓時驚呆了——船尾櫓擔前，老人身上已經沒有了翻毛皮袍與半長布袍，一身五色補丁的短衣，也只絲絲縷縷地掛扯在稜稜瘦骨上，一條腿緊緊鉤著櫓擔，一條腿彎曲在船板，懷抱大櫓弓著腰身，頭衝著船頭，圓睜著雙眼，臉上滿是鮮血，一頭白髮散亂地披在雙肩，動也不動地扎在那裡，分明一座白石雕像。

「老伯——」魯仲連一聲嘶喊，一步衝上去抱住了老人。

老人已經僵硬了。不管魯仲連將老人抱在懷裡如何努力，老人雙手都鐵鉤一般抓著櫓柄，佝僂前僕著僵硬冰涼的身板。魯仲連大急，三兩下脫去自己的絲棉長袍裹住老人，又飛快地鑽進船艙從皮袋裡找出了路途常備的急救丹藥，鑽出艙來撬開老人的牙關，含一口水嘴對嘴給老人灌了下去。過得片刻，眼見著老人慢慢鬆開了雙手伸開了腿腳，眼珠輕輕地轉動了一下。

「老伯！你醒了？」魯仲連驚喜地大叫起來。

「好後生，儂好命……」老人艱難地綻開了一絲笑意，「放晴了，豎起檣桅，掛上帆，只把住櫓擔，朝東不動，便入了江東。老朽沒將客官送到，慚愧了……」猛然，粗重短促的一聲喘息，老人雪白的頭顱一歪，沒有了聲息。

「老伯，魯仲連害你也！」猛士如魯仲連者，生平第一次放聲大哭。

慘澹的夕陽隱沒了，滿天星斗閃爍在無垠的夜空，一鉤新月斜掛，激盪的濤聲無休止地搖晃著小船隨波逐流。魯仲連靜靜地坐在船尾，端詳著身邊蓋著長袍的老人，雙手只抱著櫓柄，任小船向著東方漂去。他不想起桅張帆，只想守護著這個因他而死的老人。驀然之間，魯仲連眼前一閃，那是何物？烙印！

魯仲連靜神湊近，只見老人雪白散亂的鬢髮下隱隱兩個焦黑中透著肉紅的古字——小臣！淡淡月光之下，肉紅幽幽，驚心動魄。魯仲連不禁一個激靈——老人是逃跑的奴隸？沒錯。方今天下，唯有楚國的貴族封地保留著古老的戰俘奴隸制。「小臣」是最低賤的苦役奴隸，名號「小臣」，是殷商古老部族對低賤奴隸的稱謂。果然如此，老人一定是經歷了常人無法想像的苦難，隱藏了常人無法體察的苦澀，終是淪落船戶，卻永遠地對客人綻開著一副殷殷笑臉。看著老人安詳舒展的面容，魯仲連不禁喃喃道：「老伯，你為何不逃到北方去？魏齊韓趙秦，早已經沒有這種烙印古奴了。是了是了，我猜度老伯是離不開水鄉，離不開這雲夢澤也。」

天終是亮了。太陽雖然又紅又大，風卻冷颼颼刀子一般。魯仲連活動了一番手腳，開始收拾張帆。老人這隻船雖然不大，卻打造得精巧結實，桅杆底部是一副牢牢固定在船體上的「人」字形木架，大約只有三四尺高。齊國靠海，魯仲連大體還曉得一些船上本事，一番搜尋，找到了躺在船舷溝槽裡的一段丈餘高的掛帆柱。幸虧是冬雪休船，老人拆了桅杆，否則昨日一定是檣桅摧折帆布碎裂小船傾覆。魯仲連不及感慨，抱起帆柱一番折騰，終是將帆張了起來。一看風向，正是西北風勁吹，直下東南正是順風。魯仲連一陣輕鬆，對老人深深一躬：「老伯，託你佑護了。順風，我們走。」如老人所說，魯仲連只站在櫓擔前牢牢將櫓柄對著東南方，小船悠悠去了。

漂得一日，紅日西沉時，小船順風順水地漂到了一座小島前。

魯仲連疲累已極，打量一番地勢，將小船拋錨在一處極是避風的岩石之下，背起老人提著皮袋登上了小島。這是一座孤島，山石嶙峋草木茂密，積雪中依然露出蒼黃青綠。魯仲連站在最高的一塊岩石上將小島打量一番，斷定不會隱藏冬天覓食的猛獸，才放下老人，折來一大堆枯枝斷木，打起火鐮在避風處燃起了一堆篝火。忍著饑渴，魯仲連用一口短劍先在山坡上挖出了一個三四尺見方的土坑，又在坑底鋪滿了鬆軟的茅草，然後將老人輕輕抱了進去，給老人蓋上了自己那件長大的絲棉袍；仔細思忖，又找來一方石板，蓋住了土坑。魯仲連兀自喃喃道：「老伯，你且先在這裡歇息一段時日。日後，魯仲連定然將你移回郢都安葬，訪出你的名姓，給你老人家立一座高大的墓石。」說著將翻出的新土堆在石板上，恰恰一座墳塋。一切妥當，魯仲連打開皮袋拿出乾肉酒囊，將一方乾肉端端正正地擺在老人墳前：「老伯，旅途之酒無薄厚。來，你先飲了。」一提著酒囊圍著墳塋灑了一圈清酒，頹然坐在了篝火前喘息起來。分明是饑腸轆轆，魯仲連拿著乾肉卻難以下嚥，一個矇矓，靠著山石軟倒，隨即大放鼾聲。

一覺醒來，又是山水明亮。魯仲連自覺精神振作，方才一通大吃大喝，吃喝完畢，在老人墳塋前插了三根高高的青竹，又用劍畫了三個大大的「十」字，下島上船去了。

諺云：冬冷雪後。這一日還是乾冷的西北風，魯仲連卻覺得天從人願，雖是一身夾袍渾身冰涼，精神分外抖擻。起錨扯帆，片刻之間進入了茫茫雲夢。又是一日順風漂流，暮色時分，遼闊浩渺的雲夢澤漸漸收窄，水流也在碧藍中泛出青灰，遠遠地青山夾峙，蒼蒼雲夢終是化做了長川東去。魯仲連大是驚喜，兀自高聲長呼：「噢呵！大江滔滔，仲連來也——」

出得雲夢澤，是三千里江東地面，也便是吳越兩個已經滅亡了的國度，此時叫作東楚。一入江東，有了盎然春意。兩岸青山村疇，江面白帆依稀，漁船商船間或總能遇到，比遼闊清冷的雲夢澤多了一番生機。魯仲連從未來過江東，然卻帶有一張墨家繪製的〈江東山水圖〉，再有不明，遇到船家便問，也還算走得順當。

過了一日一夜，小船出江，進入了震澤大湖。一出震澤，是老吳國的都城姑蘇。過了姑蘇，便是魯仲連此行尋覓的越地大山。想想自己不通吳越方言，更兼水陸皆生，魯仲連在震澤北口的丹徒（註：丹徒，吳國城邑，秦統一後置丹徒縣，在今鎮江市郊地帶）城停了半日，用春申君令牌請官署派了一名頗有閱歷的老通吏，又自己雇請了一名年輕力壯的水手，便於夜間進震澤，直下老越國茫茫大山。

魯仲連火急要找的，是一位隱居在會稽山的神祕人物。

二、隱世後墨再出山

會稽山，既是大禹聚會諸侯之地，也是大禹葬身之地，更是天下享有赫赫盛名的聖地神山。會稽山東麓有口深不見底的古井，井水直通東海，越人稱為「禹井」，說是大禹踏勘海水漲落的「眼井」。會稽山上有禹塚，周遭山林鳥雀群落萬千，專司禹塚之耘護，春拔草根，秋啄其穢。若有人妄害此鳥，當地越人部族追殺無赦。當魯仲連站在這座被蒼翠松柏緊緊環繞的大塚前時，一時感慨萬端。那五六丈高的塚丘五色雜陳，彷彿是上天將天下的各色土壤都搬到了這裡。更令人驚訝的是，如此一座小山也似的大塚，卻沒有一根雜草，疏鬆堅挺，毫無千年風雨衝刷痕跡，五色土斑斕明豔，乾淨得如同春日剛剛耕耘過一般。連周遭的松林地面都是了無雜物污穢，山林幽谷清新得令人心醉。

「官府有僕役護持禹塚？」魯仲連素來求實，不大信遙遠的民間傳說。

通吏大是搖頭：「沒沒沒。會稽山獵戶都不進，縱有官府僕役，如何謀生？」

突然，森森無邊的松柏林海中一陣林濤般的異樣聲音瀰漫了過來。魯仲連抬頭之間，驀然便見萬千飛鳥貼著地面向禹塚掠來，沒有一聲啁啾鳴叫，起起落落地銜起地面的落葉枯草，盤旋飛舞著從魯仲連身邊掠過，大片出了山林直向遙遙大海飛去。

「噫——」魯仲連長長地驚歎一聲，盯著鳥群飛去的方向良久愣怔。

通吏笑道：「越地荒莽，原多神異之說，先生見笑。」

「禹塚神鳥，信哉斯言！」魯仲連由衷讚歎了一句。

「先生，過了禹塚山，是若邪溪，過了若邪溪，才是五洩峰，須得趕路也。」

「好，走。」魯仲連答應一聲，跟著通吏輕輕地走出了這片潔淨的山林。

大約走得一個多時辰，翻過了兩個山頭，眼前一道峽谷。一條山溪掛在半山之上，匹練直下聲若沉雷，赫然一片孤潭深深沉在谷底，南山崖上一柱懸空孤石斜斜伸出在潭水之上，奇絕異常。魯仲連長劍指著山溪高聲道：「那定然是若邪溪了。」通吏笑道：「此水有四奇，先生曉得無？」魯仲連搖頭：「我卻如何曉得？」通吏指著遙遙山溪道：「一奇鑄得神劍，山左有歐冶子鑄劍石洞。二奇浣得輕紗，山右是西施族人當年的村落。三奇眾山倒影，窺之如畫。先生說，美是不美了？」

「如何不美，第四奇如何？」魯仲連饒有興味。

「這末了最是令人不解。」通吏認真地皺起了眉頭，「但有人物在此出奇，此後便不奇了。人云，奇後不奇。」

「莫名其妙，此話怎說？」

「歐冶子之後，若邪溪不能鑄劍。西施之後，若邪溪不能浣紗。先生且看，這裡早已經了無人跡，都遷走了。」

「奇！」魯仲連童心大起，「可有誰個在孤石看過眾山倒影麼？」

通吏搖頭：「如此之險，誰個上得去？眾山倒影只怕是傳聞，先生莫得涉險。」

「若是不險，有何看頭？」魯仲連說著話已經大步向山崖走去。

這道山崖青蒼蒼一道絕壁高聳，半腰凌空伸出一方孤石。孤石之上有一棵亭亭大樹，高逾七八丈，此刻一團白雲飄過，恰恰掩住了孤石，那大樹彷彿生在雲端的天樹一般，當真是物化神奇。魯仲連高聲問：「那是甚樹？能在孤石生長？」通吏笑道：「這是白櫟，比北地的麻櫟可是高大多了，生在孤石之上，原是少見。」魯仲連再不說話，端詳一陣，一手用長劍撥打著齊腰深的茅草，一手揪著雜亂叢生的灌木枝杈，不消片刻攀上了山崖。通吏遙遙看去，白櫟樹梢恰恰在魯仲連腳下。此時，魯仲連從山崖邊一躍飛起，堪堪地落在了白櫟樹冠，樹冠倏忽一沉，魯仲連已經大鳥一般落到了孤石之上。

「好！」通吏不禁大大讚歎了一聲。

此時白雲剛剛飄過，峽谷明澈如洗。魯仲連乘崖俯視，只見幽幽谷底汪洋著一片碧藍，潭水四周是層層疊疊的綠樹作岸，分明一個巨大的綠盆中盛著一汪碧水，那碧藍明亮的潭水中湧動著一簇簇嵯峨山峰，直是天地間匪夷所思的圖畫。

「眾山倒影，窺之如畫。若無人到此，此話卻是如何來的？」魯仲連兀自喃喃，如醉如癡，「隱匿此等山水之間，誰還去想世間糾葛？」徘徊半日，感慨中來，拔出長劍在合抱粗的白櫟樹幹上一陣刻畫，跟著雙掌一振，樹皮紛落，赫然顯出四個大字——誤人山水！

正在此時，谷風長嘯，一團烏雲驟然撲面而來，孤石大樹頓時陷入一片黑暗。魯仲連直覺一股旋風捲來，要將他拔起一般，大駭之下，連忙伏身貼地緊緊抱住了大樹。倏忽旋風捲過，明澈的峽谷已是一片幽暗。再看那峽谷深潭，已是漆黑如墨，森森駭人，哪裡還有窺之如畫的仙境？

「山雨將來，先生回來——」通吏驚慌的聲音一絲細線般飄了過來。

魯仲連抖擻精神，爬上高大的樹冠，飛身一縱，抓住了山崖上一根粗大的青藤，腳蹬手抓地攀上了山頭，回到通吏面前，已經是衣衫凌亂滿頭大汗臉色蒼白。通吏笑道：「先生形跡，不像觀畫之人了。」魯仲連一陣喘息，大喝了半皮囊涼水，這才長吁一聲：「天地神異，盡在越地也。」霍然起身，「走！明日趕到五洩峰。」

萬山叢中風雨無定，魯仲連兩人一夜半日的路程，經歷了七八次風雲變幻，次日午後趕到五洩峰，衣服還是半乾半濕地緊貼在身上。魯仲連又氣又笑罵道：「鳥！隱居這等地方，當真折騰死人。」通吏連忙一噓，小心低聲道：「先生莫得無遮攔，五洩峰有山神耳目。」魯仲連哈哈大笑：「好好好，五洩峰好。」看著魯仲連諧謔玩笑，通吏笑了：「先生，你只登上前面這座峰頭，便真要說好了。」「是麼？那走！」魯仲連也是惦記著心中大事，說得一句，貓腰大步匆匆地向山上爬去。這面山坡雖然很長，卻不甚陡峭，只小半個時辰便登上了山頂。舉目眺望，魯仲連長長地驚歎了一聲，身子釘在了山頭一動不動。

一道青森森的峽谷，對面兩座高山造雲壁立，夾著一條山溪，飛珠濺玉直洩山谷，望若垂雲，卻是兩百餘丈一道大瀑布懸空。一洩之下，兩山又驟然重合，伸出了一個平臺，垂雲白練隆隆跌入平臺，又是直洩山谷數十丈，如此連環三洩，跌入最後一道巨大的平臺，瀑布宛如白練鼓風，驟然舒展飄開，變成一道十多丈寬廣的白練隆隆墜谷。五道瀑布連環而下，直是青山胸前拖曳了一幅飄飄白紗，當真是天地造化。

「如此雄山奇水，如何叫一個『洩』字？忒煞風景也。」

通吏笑道：「越人將瀑布叫作『洩』，土語了。」

「五洩峰？暴殄天物！」魯仲連耿耿不能釋懷。

「先生如此上心，不妨取得一個雅名，小吏稟報官府更名如何？」

魯仲連思忖良久，哈哈大笑：「還是五洩峰了，洩盡天地晦氣。噫！有人唱歌？」

通吏驚喜道：「有歌聲，便有高人。先生且聽，這歌非同尋常！」

青山之中，歌聲清亮悠遠滿山迴盪，卻不知來自何處。魯仲連仔細聽去，但覺柔情幽幽，卻一個字也聽不出意思來：

濫兮抃草濫予
昌互澤予
昌州州

蓳州焉乎
秦胥胥
縵予乎
昭澶秦踰
滲惿隨河湖
（註：這首歌詞連同下面的譯文，是中國古代唯一用方言字音記載下來的越語歌詞，見《說苑・善說》。）

魯仲連聽得滿頭霧水，大奇笑道：「這是天歌，人是不懂。」

通吏笑道：「我用雅言（註：雅言，春秋戰國對官話的稱謂。中國自西周開始規定雅言為官場用語，延伸至戰國成為交際通用語）給先生唱一遍，只是大意了。」

通吏悠悠唱了起來：

今夕何夕兮　搴舟中流
今日何日兮　得遇君子同舟
蒙羞被好兮　不訾恥詬
心幾頑而不絕兮　相知君子
山有木兮木有枝　心悅君兮君不知

魯仲連聽得大是愣怔，不禁喟然一歎：「如此美歌，惜乎竟不入《詩》！」

通吏笑道：「《詩》是孔夫子刪的，原本沒收楚吳越。」

「這人卻在哪裡？」魯仲連怔怔地望著餘音嫋嫋的青山，兀自喃喃著。

「先生唱得一曲，引她出來了。」

「非禮。又不是春日踏青，何能唐突高潔？」魯仲連想了想上到一塊最高的山岩上，兩手嘴邊一圈，呼喊起來：「何方高人？敢請一見——」

一個聲音真切冰冷：「閣下高名上姓？」彷彿在身邊，仍是不見人影。

「在下臨淄外墨。」魯仲連心中一動，突然說了一句隱語。

「法同，則觀其同。」停頓片刻，真切的聲音又飄了過來。

「法異，則觀其直。」

「賞，上報下之功也。」

「同，異而俱於之一也。」

突然，真切淡漠的聲音變成了一陣動人的笑聲：「果然千里駒，來得好快也！」笑語還在山谷迴盪，一個白色身影從峽谷倏忽飄了上來，堪堪地落在了魯仲連對面。魯仲連只是留心盯著對面山林，突覺眼底白影一閃，定睛一看，大是愣怔——面前一個亭亭玉立的少女，白紗裹身長髮披肩，半身隱在花草之中，活活一個仙子在前。

「你？是方才與我對話之人？」魯仲連終於開口了。

少女一陣笑聲：「空山幽谷，能有何人？」

魯仲連正色道：「音色有定，分明不是一人。」

突然傳來冰冷真切的聲音：「小技耳耳，豈有他哉。」分明面前少女說話。

魯仲連再不疑心，一拱手道：「既是如此，魯仲連請見南墨巨子。」少女一點頭：「這個通吏，不能入山。」魯仲連躊躇道：「我不諳越語，沒有通吏豈不誤事？」少女笑道：「誰與你說越語了？自找累贅罷了。」通吏在一旁笑道：「無妨無妨，先生自去便了。」魯仲連道：「荒險山地，足下出事我如何心安？」少女冷笑道：「荒險山地？也只你說。」說罷伸手一指，「左走二十步，山崖下便有一客棧。」「客棧，當真？」魯仲連與通吏皆感大奇，異口同聲地驚訝發問。

少女也不說話，白影一閃，倏忽到左手崖下，說聲：「看好了。」腳下一跺，地面齊腰身的草木隆隆分開，赫然顯出一條寬可容車的石板道。石板道盡頭是一面光潔的巨石，巨石右側一個灰色的凸起之物，活生生一個大紐扣。少女上前在紐扣上「啪」地一拍，轟隆一聲，巨石下方滑開了一扇大門。少女指點道：「這是客棧，機關最是簡單，就這兩處，客官記下了。客棧內一應物事齊全，你只闔上山門，自是萬無一失。」

通吏只驚愣得發愣，猛然醒悟，連連點頭：「開眼開眼，先生便去了，小吏樂得生受一番這山腹奇趣。」魯仲連也不想耽擱，對少女一拱手道：「如此便好，請帶我入山。」

少女遙指瀑布：「五洩之後，跟上了。」只一轉身，輕盈飄上了方才魯仲連看瀑布的山頭。魯仲連大是驚愕，世上果真有如此飛升自如的輕身功夫，況且還是個纖纖少女，當真匪夷所思。當下也顧不得多想，憋足一口氣大步登山。上到山頂，少女咯咯笑道：「還千里駒呢，山龜一般。」魯仲連大喘著氣道：「你這輕身功夫，不，不是人。」少女一撇嘴笑道：「呀，自己笨還罵人！」魯仲連臉紅道：「我是說，你雲霧飛升，仙子一般。」少女一伸手道：「我來幫幫你，否則呀，日落也到不了。」魯仲連一擺手：「不用。五洩峰不就在峽谷對面麼？」少女一皺眉頭道：「對面？就你這笨走，日落還不定能到，來！」說罷將脖頸上搭著的白紗拿下，一伸手綁在了魯仲連腰間的牛皮鞶帶上，「記住，你只提氣常步便了，無須使出蠻牛力氣。」魯仲連生平第一遭與女子如此接近，更兼好勝心極強卻要被一個少女「提攜」，不覺有些窘迫，卻又無話可說，只點頭道：「好了，試試。」

少女笑道：「第一次，閉上眼了。」魯仲連高聲慷慨道：「不就翻山越澗麼，閉個甚眼？不怕！」少女一笑：「人笨脾氣還大，好了，起——」驟然之間從山頭飛起，向峽谷中飄來，但遇大樹與山崖伸出的岩石，少女便是落腳一點。起起落落，總在魯仲連覺得身子沉重時便恰到好處地落在一個樹梢或岩石上，倏忽之間便又飛起，不斷地貼著山崖向那高天瀑布飛去。魯仲連原是文武雙絕的名士，輕身功夫堪稱一流，今日卻是大開眼界。他竭力想教腰間白紗不能著力，卻總是不能如願，任他提氣飛躍，那幅白紗總是繃得筆直地趁著他，使他能堪堪借力而不至於落入谷底的森森塵寰。

大約半個時辰，兩人降落在一處山坳。魯仲連一打量，這個山坳恰恰在夾著瀑布的東山山腰，回首看去，遙遙的一柱青峰插天矗立，分明是清晨觀賞瀑布的山峰。如此看去，兩人方才貼著那座大山飛了一個巨大的弧形，近於抄了個直線捷徑。若要走來，要順著山嶺翻越，無論如何也得一日路程了。魯仲連不禁由衷讚歎：「姑娘天馬行空，魯仲連佩服！」少女臉上一紅笑道：「沒有你賣力笨走，我也帶不動了。」魯仲連哈哈大笑：「實話實話，魯仲連今日才知道一個笨字，是笨。」少女不禁莞爾一笑：「笨漢天心，好著呢。」魯仲連卻猛然驚呼：「噫！對面五道瀑布，如何只剩兩道了？」少女咯咯笑道：「真笨呢，中三道被上下兩道遮蓋，只在那座高峰看得見了。」一時之間，魯仲連大是感慨：「要觀真山，須得登高。信哉斯言也！」少女揶揄道：「說過一回了，還說？」魯仲連大為驚訝：「奇了，姑娘如何知道我說過一回？」少女只一笑：「走，莫得我師等煩了。」說罷向山坳深處去了。

走到山坳盡頭，又攀上一道山崖，瀑布雷聲轟鳴如近在咫尺，卻偏偏不見瀑布。少女笑道：「不用打量，瀑布在山前，出去時自然看得見了。」魯仲連又是一番感慨：「墨家多奇思，這南墨院又是鬼斧神工也。」少女目光一閃道：「比神農大山總院如何了？」魯仲連笑道：「姑娘沒有去過墨家總院？」少女搖搖頭，魯仲連也不再問了。

上得山崖，是一座寬闊的岩石平臺。除了腳下石板道，岩石山體綠樹蔥蘢，將平臺遮掩得嚴嚴實實，與周圍山體一般無二。少女道：「你且稍待，我去稟報巨子。」說罷一閃身消失在山崖之中。片刻之後，少女出來笑道：「請隨我來。」

魯仲連跟著少女，進了一座幽暗的山洞。曲曲折折大約走了百十來步，豁然明亮。魯仲連一打量，眼前竟是一個巨大的天坑。天坑方圓足有三五畝地，恍若一片寬廣的庭院，錯落有致地布滿了花草竹林與奇異的高大樹木，四面石壁高逾百丈，青亮光潔寸草不生；仰頭看去，廣袤的天空變成了一方碧藍的畫框，幾片白雲悠然地浮動其中，說不出的高遠清奇。饒是魯仲連見多識廣，也為這天成奇觀驚歎不止。

穿過一片竹林，眼前綠草如茵，草地中央一座竹樓懸空而立，竹樓下一座茅亭，依稀墨家總院老墨子的天竹閣。少女將魯仲連領到茅亭下笑道：「有涼茶，你且稍坐，巨子便來。」說罷飄然去了。魯仲連只一點頭，捧起石幾上的陶壺咕咚咚猛飲了一陣，清涼沁香，一抹嘴盯住了那座竹樓，等待著那個自立南墨的老人出現。

天下事也奇。墨家是以對天下兼愛為本的學派，又是紀律最為嚴明的行動團體，按說最應該傳承有序，最應該凝聚不散。然則，老墨子死後，墨家卻迅速分解，非但當初的四大弟子各成一派，連稍有成就的年輕弟子也出了總院自立學派。聲威赫赫的墨家，竟一時星散為各種墨派。這南墨，是墨子四大弟子之一的鄧陵子的墨派。

鄧陵子原是楚國江東漁人子弟，少時聰穎靈慧，只是家貧難以求學，只有隨父母在漁船上漂泊打魚為生。有一年，墨子帶著幾個弟子南下楚國，在雲夢澤畔恰遇鄧氏漁船，便將這個聰明少年收做了墨家弟子。鄧陵子刻苦勤奮，天分又高，不幾年便成為墨家弟子中的佼佼者。墨家不求入仕，只奔波天下布學除暴。墨子常常與幾個得力弟子分頭率領一撥人馬行動，久而久之，磨出了四大弟子——禽滑釐、相里勤、苦獲與鄧陵子。鄧陵子最是年輕，非但學問見識不凡，劍術更是墨家之冠。在老墨子晚年，發生了秦國的商鞅變法，墨家以商鞅變法為暴政，欲暗殺商鞅以拯救庶民苦難，鄧陵子便是反對變法暴政最堅定的大弟子。幾經曲折，墨家與秦國冰釋誤會，與法家一起，變成了支持秦國變法的最大學派。

老墨子溘然長逝，天下大勢驟變，六國合縱抗秦一時成為潮流。對於歷來以天下安危為己任的墨家，曾經有過的歧見又重新發作了。鄧陵子幾次提出南下，扶持楚國變法，聯合六國抗擊暴秦。相里勤與苦獲卻主張遵從老師決斷，支持秦國統一，在天下推行秦法。資深望重的大弟子禽滑釐猶疑不決，主張「靜觀其變，徐徐圖之，毋得躁動」。如此一來，墨家的分立成了無可挽回的必然結局。

此時，少年成名的魯仲連進了墨家總院。

魯仲連是院外弟子，原本不該對墨家決策發生影響。不想，墨家四大弟子卻因爭執不下，提出了遵從墨子的「尚同」法度，開設論政臺，讓全體墨家子弟論戰而後決斷。墨家本來就有濃厚的開放論戰傳統，論政臺一開，歧見百出，根本無法尚而同之。若是論戰學問，魯仲連自會虛心聆聽。然則一論及天下大勢，他便大有主張，忍不住跳上高臺，慷慨激昂地一口氣說了半個時辰，歸總一句話：效法蘇秦，以合縱為山東六國爭取變法時機；秦法失之於苛細，不足效法。

魯仲連的侃侃大論，在墨家激起了強烈反響。鄧陵子當即挺身而起：「院外弟子尚且有如此眼光，我墨家兼愛天下，如何竟要擁戴嚴刑峻法？竟不能為天下大義另謀大道？」接著振臂一呼，「扶持楚國變法者，左袒！」

呼啦一聲，墨家的南國弟子兩百餘人齊齊站起，人人拉下了左臂衣袖。

至此，墨家的分立任誰也無法阻擋了。

誰知恰恰又是魯仲連挺身而出，站在鄧陵子面前氣昂昂道：「反對秦法，不等於扶持楚國！楚國舊族根基太深，不足為變法表率。」鄧陵子打量一番這個偉岸青年，揶揄地笑了：「我曉得，你是要說，齊國有兩次變法根基，墨家當扶持齊國為抗秦盟主，是麼？」

「正是！」魯仲連昂昂高聲。

「後生，再過十年，你要改了主意，還可以來找我。」鄧陵子輕蔑地一笑，拂袖去了。

光陰荏苒，齊湣王即位秉政，魯仲連的拳拳報國之心一天天地冷了下去。

終於，魯仲連開始回味蘇秦對屈原春申君的期望，開始回味鄧陵子對楚國的激賞，也開始尋覓真正將變法當作生命的強毅人物。幾年下來，魯仲連終於認定：山東六國之中，此等人物只有一個，那便是屈原。屈原雖然被放逐南楚，但他的威望卻在楚國與日俱長，只要扶持屈原當政，楚國便可撐持天下與秦國分庭抗禮。魯仲連與春申君謀劃了一個扶持屈原的周密方略，只是需要一股特殊力量來完成。

魯仲連想到了墨家，想到了當初力主扶持楚國的墨家大師鄧陵子。鄧陵子創立了南墨，若有他援手，此事大有成算。然則，魯仲連一直都不明白：鄧陵子南下十餘年，為何扶持楚國變法的大事始終是泥牛入海？

「禹陵茶天下獨有，魯仲連品嘗得出？」一個蒼老舒緩的聲音從身後飄來。

魯仲連驀然回首，一個清越矍鑠的白髮老人正站在廊柱之下，頓時恍然，連忙莊敬地深深一躬：「在下魯仲連，拜見南墨巨子。」老人笑著一伸手：「無須客套，仲連坐了說話。」魯仲連一拱手：「謝坐。」坐在了石案右手的石墩上。老人走進廊柱下，悠然踱著步子道：「月前，老夫接到禽滑子的飛鴿書，不想你隨後便到。如此急迫，有何大事要南墨襄助？」

倏忽之間，魯仲連一個激靈。這個當年以凌厲激越著稱的墨家大師，眼下顯是一副出世風骨，魚龍變化，令人實在難解。心念閃動，魯仲連肅然拱手道：「啟稟巨子：仲連與春申君謀劃得一個方略，要扶持屈原重新出山，刷新楚國，領袖天下。」

「難得也。」老人沒有絲毫的驚訝，捋著長長的白鬚悠然笑道，「十餘年之後，千里駒還是回來了。不錯。老夫沒有看錯齊國。」

「當年不聞道，原是仲連褊狹。」魯仲連坦然道，「今日方悟，仲連願追隨大師，共同扶持楚國，為天下一張非秦大道。」

老人默然良久，搖頭歎息：「刻舟求劍，晚矣！」

「大師此言，仲連不明。」

老人沉重地歎息了一聲：「楚王昏庸顢頇，屈原心志已失。今日楚國，已成流水之舟。老夫縱有當年刻痕，然沉舟側畔，如之奈何？」

「大師差矣！」魯仲連心中一沉，不禁有些急迫，「屈原雖久經滄桑，多有悲愴激憤，然卻雄心未改，今秋還上書楚王，力主變法。若屈原秉政，春申君輔之，若楚王昏庸，何不能另立新王？還有……」魯仲連驟然壓低了聲音，「以屈原當年暗殺張儀、斷然與秦國開戰之膽略，安知他不會取而代之？」

老人輕輕地搖搖頭笑了，似輕蔑又似嘲笑道：「魯仲連啊，你可曾讀過屈原的〈懷沙〉篇？」見魯仲連搖頭，老人輕聲吟哦：「伯樂既歿兮，驥將安程兮？人生稟命兮，各有所錯兮。知死不可讓兮，願勿愛兮。明以告君子兮，吾將以為類兮！」吟哦得罷，喟然一歎，「如此灰冷頹喪，談何雄心未改了？」魯仲連一陣愣怔，沉吟道：「賦詩作詞，原是傷懷者多，大師似乎太當真了。」老人大是搖頭：「言為心聲。老夫雖與屈原只一次謀面，然自信看得不差，此人詩情有餘，韌長不足。總歸一句：屈原者，奉王命變法可也，要他抗命變法甚或取而代之，異想天開也。」

魯仲連默然良久，站起身一拱手：「大師如此說法，後學不敢苟同，告辭。」

「且慢。」老人一招手，「老夫並沒說不幫你啊。」

「大師不出山，如何幫法？」

「仲連少安毋躁。」老人笑了，「南墨不同總院，弟子大體都在三楚之地散居。老夫派一名得力弟子隨你下山，南墨力量交你調遣，如何？」

魯仲連大是驚訝，實在不解這老人心思。就實說，如此做法魯仲連是十分滿意的，甚至比鄧陵子本人出山更滿意。若是老人出山，行動未必親臨，卻還要事事商討，他要不贊同，你便寸步難行。南墨弟子交魯仲連調遣，沒有了諸般掣肘，可放手實施謀劃，自然是上上之策。可是，老人何以如此放心自己？要知道，墨家歷來是行不越矩的，將大批弟子交到一個院外士子手裡，當真是非同尋常。心念及此，魯仲連不禁沉吟道：「大師究竟何意？不怕魯仲連失手麼？」

「老夫不欲出山，卻不想屈了你等心志。」老人一歎，「仲連啊，你但能證明老夫錯料屈原，天下大幸也！老夫生平無憾，只是太想犯這個錯了。」

「大師……」剎那之間，魯仲連猶豫了。

老人已經轉過身去，啪啪啪拍了三掌。一道白影倏忽飛到了亭外，正是方才的少女。老人正色吩咐道：「小越女，你持我令箭隨魯仲連下山，南墨三楚弟子盡聽魯仲連調遣。」少女道：「請老師示下，南院事務交付何人？」老人道：「你不管，我自安排。記得多報消息。」少女興奮地挺胸拱手：「是，弟子明白。」老人轉身又對魯仲連道，「你便帶她去。」魯仲連大是沉吟：「大師，她，太小了。」老人目光一閃：「太小？只怕你這千里駒走眼也。去了，諸事毋憂。」說罷飄然去了。

「我叫越燕。」少女咯咯笑了，「笨！還愣怔？走啊！」

魯仲連無可奈何地笑了笑，大手一揮，逕自大步向院外去了。

三、南國雄傑圖再起

汨羅水畔的春日是誘人的。

霏霏細雨之後，日頭和煦柔軟地漂浮出來，碧藍的天空下，綠澄澄的汨羅水在隱隱青山中迴旋而去。水邊谷地中茫茫綠草夾著亮色閃爍的野花，無邊地鋪將開去，直是沒有盡頭。漸漸的，一輪如血殘陽向山頂緩緩吻去，火紅的霞光將江水草地青山都染成了奇特的金紅，混沌中透著鮮亮。沒有農夫耕耘，沒有漁人飛舟，沒有獵戶行獵，更沒有商旅的轔轔車輪。除了汨羅水的嗚咽，這裡永遠都是一片靜謐。縱是明豔的春日，也彌漫著一片綠色的荒莽，籠罩著一片孤寂的蒼涼。

驟然之間，一紅一白兩騎快馬從遠山隘口遙遙飛來。一個清亮的聲音咯咯笑道：「如此好山好水，卻做了放逐之地，可惜也！」紅馬騎士揚鞭一指，粗重的聲音道：「看，茅屋炊煙。」腳下一磕，紅色駿馬火焰般向山麓飛來。

草灘盡處的山麓，聳立著一座孤獨的茅屋。茅屋頂上插著一面白幡，幡上有兩個斗大的黑字——流刑。茅屋前有一堆濕木柴燃起的篝火，濃濃的青煙裊裊直上。見遠處快馬飛來，篝火旁一個黃色斗篷者霍然起身，大步迎了上來。

「春申君——我來了——」騎士遙遙招手間飛身下馬。

「噢呀仲連兄！」春申君高興得拉住魯仲連，「我已等你三日啦！」

「明日才是清明，你急個甚來？」

「噢呀，秦國要攻楚國，我能不急了？」

「秦國攻楚？誰的消息？在準備還是開始了？」魯仲連著急，一連串發問。

春申君搖搖手：「稍等再說了。噢呀，這是何人？鄧陵子大師？」

魯仲連恍然笑道：「這位是大師子門弟子，越燕，人呼小越女。這位是春申君。」

「見過春申君。」小越女一拱手，沒有第二句話。

「噢呀，」春申君也是一拱手急迫問，「莫非大師有疾在身？」

魯仲連搖搖頭：「稍待再說。哎，餓了，吃喝要緊。」

春申君一陣大笑：「噢呀糊塗，看，一隻烤肥羊！」

三人來到篝火前，鐵架上的那隻肥大的黃羊正在煙火下吱嚕吱嚕地冒油，焦黃得肉香彌漫。魯仲連眼睛一亮，手中馬韁一撂，三步並作兩步過來便要上手，又猛然回身：「哎？春申君，如何你一個人？屈子何在？」春申君一臉苦笑：「噢呀，這位仁兄也是，日每要在水邊轉得兩個時辰。今日等你，我沒有陪他去了。」驟然之間，春申君哽咽一聲，又勉力笑著望瞭望銜山的落日，「等等，也該回來了。」

魯仲連心下一沉，一臉的興奮倏忽之間連同汗水一起斂去了，只怔怔地望著遠處的青山綠水，一聲沉重的歎息。

「是他麼？」小越女指著漫天霞光裡一個小小的黑點。

春申君笑道：「噢呀，一群水鳥飛舞，哪裡是人了？」

「水鳥之下，有一人。看，中間那個黑點。」小越女指點著。

漸漸地，黑點變得清晰了——一個鬚髮灰白衣衫襤褸的老人踽踽獨行，一群不知名的鳥兒跳躍飛旋在周圍，呢喃啁啾，不勝依依。將近青山，老人一揮手長聲吟哦：「小精靈，回去也，汨羅水的月亮在等著你們——」話音落點，鳥兒們齊齊地呼啦一聲展翅飛去了。

魯仲連大是驚愕，聲音不禁顫抖：「春申君，先生失心瘋了？」

小越女咯咯笑道：「與鳥獸通靈，原是個心境，如何便心瘋？真是……」臉一紅，分明是生生嚥下了那個已到口邊的笨字。

春申君站起身來遙遙高聲道：「噢呀屈原兄，你看誰來也！」

老人遙遙笑問：「千里駒乘著春風來了？」

魯仲連大步迎上深深一躬：「臨淄魯仲連，拜見大司馬。」

老人哈哈大笑：「大司馬？哎呀，老夫聽著都耳生了。」說著拉住魯仲連走到篝火前，將魯仲連摁到草席上，「春寒泛濕，靠火近點好。」春申君走過來笑道：「噢呀，這裡還有一個，屈兄老眼昏花麼？」老人一番打量，驟然驚歎吟哦：「嗚呼！美細渺兮宜修，趁西風兮桂舟，令汨羅兮無波，使江水兮安流？」小越女驚訝道：「老伯伯，水都不流了，我是個災星麼？」三人不禁一陣大笑，魯仲連笑道：「先生誇讚你，說你細宜裝扮，輕柔乘風，連汨羅水都被你迷得沒有了波浪。笨！」小越女臉色頓時緋紅，高興得咯咯直笑：「原是笨，怕你說麼？」又向老人一躬，「老伯伯，越燕見過，老師問你好。」老人困惑道：「老師？姑娘的老師老夫識得？」春申君笑道：「噢呀屈兄，這越燕姑娘是南墨弟子了。」老人恍然大笑：「光陰如白駒過隙兮，故人忘卻。姑娘，你師可好？還那般終日憤憤然麼？」魯仲連接道：「大師修成高人風骨，恬淡得快成莊子了，若有憤憤然，倒是天下之福了。」老人撫著雜亂的長鬚點頭歎息：「歲月悠悠，不變難得，變亦難得，盡皆天意也。」

「噢呀，烤羊好了，邊吃邊說。」春申君從茅屋中提出兩個罈子叫了起來。

老人笑道：「來，姑娘坐了。春申君拉來了一車酒，仲連痛飲便是。」

天色已經完全黑了，一輪尚未飽滿的月亮掛在青山之角，山水一片朦朧。四人圍坐篝火之前，打開酒罈，切下烤羊，吃喝起來。片刻之間，魯仲連已將半隻烤羊撕擄乾淨，將兩只沾滿油膩肉屑的大手在衣襟上一抹，打開那罈專門為他準備的老齊烈酒，一碗一碗地痛飲起來。

「噢呀，猛士多饕餮，仲連是個注腳了。」春申君一介貴胄，縱然豪爽，講究吃相雅致也成了習慣，見魯仲連風捲殘雲，不禁大笑。
屈原笑道：「唯大英雄真本色。本色者，天授也。人想學，也是難。」
魯仲連哈哈大笑：「我聽孟嘗君說，當年的張儀也是狼吞虎嚥，全無拘謹。蘇秦卻是禮儀法度中規中矩。大司馬，你說這兩人稟性，如何也是一縱一橫？」
屈原臉色一沉：「狼子張儀，如何能與蘇秦相提並論。」
春申君笑道：「噢呀，屈原兄最煩那個張儀了，仲連說他何來？」
「不是煩，是恨！」屈原臉色陰沉，「國之仇讎，豺狼爪牙，老夫與之不共戴天。」
「好！」魯仲連啪地一拍掌高聲讚歎，「大司馬國恨在心，楚國有望。」
屈原長歎一聲：「楚國啊楚國，只可惜大好河山也！」
「噢呀屈原兄，」春申君適時插上道，「我與仲連謀劃日久，要來一番大舉動。若時勢有變，你得出山，不能退卻了。」
屈原目光一閃：「魯仲連為何要為楚國擔當？」
「大司馬差矣。」魯仲連面色肅然，「仲連不是為楚國擔當，是為天下擔當。若是蘇秦在世，齊國有望，仲連自然不會捨近求遠。」
「你且打住。」屈原急迫道，「蘇秦變法之後，齊國如日中天，如何無望了？」
「大司馬放逐多年，卻不知今日之齊國，再也不是昔日之齊國了。」魯仲連一聲歎息，將齊宣王之後的齊國變化大體說了一遍，更對齊王田地的稟性與諸般怪異作為備細敘說，末了道，「國有此等君王，國之棟梁摧折，賢良出走，民怨沸騰，天下視若公敵，齊國卻如何領袖天下？仲連身為縱橫策士，決意承襲蘇秦之志，為天下謀劃一條非秦大道。此事之要，首在一個大國強力推行變法，進而領袖天下，最後誅滅強秦！」

「好志氣！」屈原一聲讚歎，「後生如斯，誠可畏也。」

「噢呀屈原兄！」春申君大是激動，「仲連以為：山東六國，唯你視變法強國為生命，視楚國強大為終身追求。他說服了我，激勵了我，才有這番謀劃！」

「快說說，何等謀劃？」屈原等不及春申君說完了。

魯仲連痛飲一碗烈酒，嘴一抹低聲說了起來，一口氣竟說了小半個時辰。三人都很激奮，又商議了諸多細節，不覺已到了月上中天。屈原興奮難耐，抱來大堆樹枝乾柴又點亮了篝火。春申君笑道：「噢呀屈兄，你可有新詩，吟誦一篇了。」

「老伯伯詩念得好哩！」小越女高興地笑了起來。

「也好，」屈原笑道，「常年在山，作得一篇〈山鬼〉，我便唱來。」

「老伯伯唱，我來吹塤，楚歌是麼？」小越女從隨身袋中拿出一隻黝黑的陶塤，輕輕一觸嘴唇，塤音飛了起來，與尋常塤音的嗚咽低沉大是不同。

「好塤！」屈原起身一聲讚歎，揮舞著襤褸的大袖，腳下猛然一頓，起舞高歌：

若！有人兮山之阿
餘處幽篁兮終不見天
路險難兮獨後來
表獨立兮山之上
雲容容兮而在下
杳冥冥兮羌晝晦
東風飄兮神靈雨

雷填填兮雨冥冥
猿啾啾兮又夜鳴
風颯颯兮木蕭蕭
思公子兮徒離憂
石磊磊兮葛蔓蔓
君思我兮何超遠
若！春蘭兮秋菊
長無絕兮終古——

歌聲隨著塤聲，飄飄去了。屈原長長地歎息了一聲，方才的激奮蕩然無存。魯仲連與春中君也是良久默然。小越女唏噓不止，抹著淚笑道：「老伯伯，這山鬼是個女鬼，找不見她鍾愛的公子了，對麼？」

屈原驟然大笑，搖搖晃晃地跌倒在了篝火旁。

春天的郢都，水門內的小船又泊成了誘人的風華。

連接街市的那道白石橋行人如梭，時有商旅走來呼喚船隻出城，碼頭總有一陣熱情溫馨的吳儂軟語蕩漾開來。時近正午，白石橋過來了一隊甲士，匆匆封住了街市一邊的橋頭。緊接著一隊挑夫上了石橋，後面一個騎著高頭大馬的中年人，絲衣華麗腰懸長劍，馬後又是兩名帶劍武士，氣勢與尋常商旅大是不同。這班人馬一出現，碼頭的船工頓時騷動起來，相互觀望，幾乎是永遠掛在臉上的笑容倏忽消退，非但沒有人上前延攬生意，反而是一片惶惶不安。

「儂看看，官府又要送貨出城了。」

「一錢不給，還是遠水，誰個去了？」

「有誰欠官府勞役了？趁早上去應酬，免他瞎點我等。」

「弗為弗為（註：弗為，吳語方言，「不會」之意），誰欠勞役，還不找死了？」

正在此時，那個華貴的中年官員走下石橋，傲慢地向碼頭一揮手道：「王宮運貨，頂替勞役，誰個願去了？」連問三聲，沒有一人回答。官員臉色驟然脹紅，向後一招手：「來人！給我點出四條大船，誰敢違抗，立殺無赦！」橋上甲士轟然一聲湧來，便要下碼頭強點船隻。

突然之間，船工最後邊一人高喊：「我等六船願去，弗要點了。」

官員一陣大笑：「就說嘛，偌大楚國，沒有順民了？」又驟然拉下臉對著船工吼道，「爾等本是吳越賤民，日後若再不敬重大楚官府，船隻一體燒了。教爾等凍死餓死，葬身魚腹！聽見了麼？」

船工死死一片沉默。官員正要發作，那幾隻划過來的大船上一個黝黑精瘦的漢子在船頭拱手笑道：「上大夫何須與吳越賤民計較？請上船便了，今日正好順風！」官員立刻陰雲消散，變臉笑道：「一個船工，你如何知道本官是上大夫了？」黝黑漢子極是恭順地笑著：「靳尚大夫是大楚棟梁，天下皆知。我等山野庶民，如雷貫耳。」官員極感受用，大是感歎：「我靳尚有如此口碑，上天有眼也。來人，賞船家赤金一方！」

靳尚身後一個武士喊一聲：「船家看好了。」嗖的一聲凌空擲過來一個金餅。黝黑漢子受寵若驚，忙在船頭踉蹌來接，不防一步滑倒，撲通一聲與方金一起落水，引得周圍船家一片大笑。待黝黑漢子水淋淋爬上船來，靳尚高聲笑道：「不打緊，到了王后別宮再賞你一個。」落湯雞一般的黝黑漢子連忙拱手惶恐道：「小民原是學過幾日功夫，想在大人面前露一手，不想卻栽了，見笑見笑。」

靳尚大笑道：「好，不用勘驗，便是你這幾隻船了，你要真有功夫，本官還不用你呢。」笑罷轉身下令，「來人，貨物上船。」

片刻之間，貨物裝滿了四隻大船。靳尚指著兩隻空船矜持地下令：「押船甲士一隻船，本官一隻船，上。」二十多名甲士湧到了最後的船上，靳尚卻與自己的兩名護衛一匹駿馬上了黝黑漢子精緻的烏篷小舟。黝黑漢子惶恐笑道：「大人，船小不吃重，大人寶馬能否……」靳尚一揮手道：「你兩個下去，上那隻大船。」兩名護衛稍有猶豫，靳尚臉色一沉：「下去！你倆合起來還沒這匹馬值錢。它是王后的寶貝，明白麼？」護衛諾諾連聲，連忙下了小船擠到大船上去了。

「開船了——」黝黑漢子一聲唱喝，滿載甲士的大船悠然出了碼頭，之後四隻貨船，最後是黝黑漢子的烏篷小舟。奇怪的是，碼頭上所有觀望的船家都沒有那一聲熱切的順風辭，只是冷冷地看著船隊出了水門，進了水道，始終沒有一個人說話。

船隊出了水門，黝黑漢子一聲長呼：「官府貨船，扯帆快槳——」載貨大船的船家與槳手「嗨」的一聲應答，各船大帆倏忽扯起，槳手也齊齊地甩開了膀子劃水，船隊滿帆快槳，片刻飄進了雲夢澤北岸。不想一進雲夢澤汪洋水面，吃重貨船便悠悠地慢了下來。黝黑漢子喊了一聲：「槳手們歇歇乏，上大夫要在前方漫遊散心，我在前面等了。」說罷大櫓猛然一划，烏篷小船走雲一般掠過船隊悠然去了。

大船水手們齊聲高喊：「老大好身手！采——」

片刻之後，烏篷小船又飄然飛了回來，船頭卻赫然站著一個裙裾飄飄的少女。大船甲士驚愕之際，少女一聲長長的呼哨，載滿甲士的大船驟然傾斜，檣桅嘩啦折斷，硬生生地翻了過去。甲士驚慌呼喊間已經全部落水，雖則說楚人善水，怎奈被大船扣在上面，又是鐵甲在身，絕大部分在頃刻之間一命嗚呼。兩名護衛與幾個本領高強的甲士頭目勉強逃脫，剛剛浮出水面便被大鐵槳迎頭拍去，鮮血立刻滲出了一團紅雲。不消片刻，全部甲士死了個一乾二淨。

小船少女又是一聲呼哨。十多個槳手飛撲水中。將十幾具屍體舉到了船上。也是片刻之間，又有十幾個甲士站在了最前邊的大船上。少女一揮手，烏篷小船飛了出去，幾艘大船悠悠地跟在了後邊。船隊沿著雲夢北岸行得小半個時辰，北面山腰一座小小城堡遙遙在望。漸漸靠近，山坳裡彎出了一個小港灣，一片青石碼頭橫在了眼前。烏篷小船一靠岸，船頭少女倏忽不見，絲衣華貴的靳尚卻赫然登岸。只見靳尚矜持地一揮手，接連靠岸的大船上十幾個甲士押下一隊挑夫，挑著各色貨物上了山。

靳尚大搖大擺地走在前邊，看看將近城堡，城門外的守護甲士肅然躬身。靳尚也不理睬，只對後面呼喝道：「一幫賤民，都給我小心了。這都是王后的心愛之物，但有差錯，拿他餵狗！」押貨的甲士也是氣勢洶洶，不斷地用長矛敲打著挑夫，跟著靳尚長驅直入進了城堡。又是小半個時辰，靳尚帶著甲士押著挑夫們又出了城堡。

片刻之間，船隊飛雲般飄走了，城堡依舊靜悄悄地矗立著。

次日清晨，郢都爆出了驚天奇聞：炙手可熱的上大夫靳尚被秦國暗殺，頭顱被掛在了王宮車馬場的旗杆上！郢都街市立即大譁，人們彈冠相慶，酒肆大跌到一成價供國人聚酒慶賀。誰知偏偏就在國人歡騰的時刻，又有更加驚人的消息傳來——王后鄭袖被藥殺在別宮密室，兩日之後才被侍女發現！及至這則消息傳開，郢都驟然沉默了。王后鄭袖雖然也是與靳尚昭睢沆瀣一氣，被楚人氣狠狠地呼為「吳女」，然則畢竟是王后，國人若再歡呼慶賀，豈非連楚王也捲了進來？若楚王都是髒污不堪，那楚國還有指望麼？自古以來，市井山野之庶民雖遠離廟堂，但對朝局國事卻最是明白，誰個是蛀蟲奸佞，誰個是謀國棟梁，遠遠看去，分毫無差。楚國歷經劫難，國人更是心明如鏡，竟在死一般的沉默中釀出了一場令天下瞠目結舌的壯舉。

就在王后鄭袖被藥殺的消息傳出的當夜，一支童謠在郢都巷閭傳唱開來：

皮已不存　袖也不正
三閭不出　日口見刀
天心無語　三楚大劫

於是，郢都國人聚相議論，紛紛拆解這支童謠隱寓的天機。不說則已，一說之下，才發現這支童謠直白如畫——「皮」為革，「革」為靳尚；「袖」，不說也是王后了；「三閭」是屈原，屈原正是在三閭大夫爵位上被放逐的；「日口刀」是昭，在楚國，「昭」沒有別人，定是昭睢。如此一來，這支童謠便是在明告楚人：奸佞靳尚死了，行跡不正的王后也死了，若是三閭大夫還不出山，昭睢還要「見刀」！但是，中間兩句連起來，卻令人匪夷所思。屈原不出山，為何昭睢就要見刀？莫非上天在冥冥之中已經斷定昭睢是阻撓屈原的死敵麼？後兩句更是蹊蹺，天心本就無語，為何「三楚」就要遭逢大劫？「三楚」說的是大楚國，楚國本土連同吞併進來的吳越兩國，自是三楚了。那麼，「天心」究是何指？

「噢呀！民心即天心！孟子說的了。」一個儒生突然大喊起來。

「儂個透亮，天心便是民心！」一個吳地士子立即呼應。

「采——」眾人大悟，轟然喝采。

「這便是說，」儒生壓低了聲音，「民心若是不動，楚國便是大難臨頭。」

「心在肚子裡，動又能如何了？」一個商人大皺眉頭。

眾人一片大笑，吳地士子矜持地笑了：「儂毋曉得？民心動，是動於外。動於外，便是要教國君知道民心了。」

「曉得曉得！」商人連連點頭，「就是上萬民書了。」

「采——」眾人一聲呼喝，「上萬民書——」

次日清晨，王宮車馬場前所未有地變成了人山人海。

商人停市，百工停業，船工停運，庶民百姓從四面八方湧向了王宮，擠滿了一切可以插足的方寸之地，連車馬場周邊的大樹上也掛滿了各色人等。高大的王宮廊柱下，一片白髮頭顱打著一幅寬大的麻布，赫然八個血淋淋的大字——天心補楚，三閭秉政！守護王宮的軍兵甲士不敢妄動，一員領班大將飛也似的跑進宮中稟報去了。

楚懷王正在昏昏大睡。鄭袖靳尚驟然死去，對這個年近花甲卻依然精力旺盛的老國王不啻當頭霹靂。多少年來，這個老國王已經完全習慣了昭雎、靳尚、鄭袖給他支撐的全部日月。比他更老卻更健旺的昭雎打理著朝局國事，他只點頭搖頭便了。正在盛年的靳尚溝通著他與外臣的諸般事務，間或還給他一些甜蜜的玩味。嬌媚豐腴的鄭袖彷彿永遠都那麼年輕誘人，每次都教他雄風大振。但凡鄭袖帶著王子去別宮小住，他便惶惶不可終日，縱是將幾個絕色侍女百般蹂躪，也是索然無味，非鄭袖回來與他反覆折騰才能一洩如注，輕鬆地睡到日上中天。久而久之，他頹然靠在了這個三角人架上，萬事都只在這三個人身上解決。楚懷王由衷地感念上天所賜，不能想像，假如有朝一日沒了這個三人架，他將如何度日？

便在他盡情咀嚼著一個國王的美味時，三人架的兩個致命支撐突然摧折了。楚懷王聽到這個消息時，哼都沒來得及哼一聲便驟然昏了過去。及至醒來，他浮上的第一個念頭便是：上天縱要懲罰他，如何不教昭雎去死？卻讓兩個最心愛的人死了？他不吃不喝不睡，只在園林中焦躁地徘徊，完全想不起自己該做什麼。一個侍女領班甚是精明，派來了四個平日做鄭袖替身的柔媚侍女，操著與鄭袖全無二致的吳儂軟語，鶯鶯燕燕地擁著他漫遊。一夜漫遊將盡，他終於頹然軟倒在四具柔軟勁韌的肉體上昏昏睡去……

「稟報我王，出大事了……」宮門將領匆匆進來，卻釘子一般愣怔了。

晨霧之中，綠草地上一頂白紗帳篷，四個侍女與鬚髮灰白的老國王重疊糾纏在一起，粗細鼾聲也混雜在一起，周圍一個人也沒有，寂靜得一片森然。

「內侍何在？郎中（註：郎中，楚國軍職，國王的貼身護衛）何在！」宮門將軍大喊起來。

「儂毋聒噪了！」一個裙裾飄飄的侍女頭目不知從何等地方飛了出來，圓睜杏眼壓低聲音嚷嚷著，「儂毋曉得大王兩日兩夜沒睏覺？儂毋長眼，嚷嚷大王醒來誰個消受了？儂要有事，找令尹去了。現時大王醒來也沒個用，曉得無？」

宮門將軍哭笑不得，想發作卻又不敢。這些吳語侍女都是王后鄭袖的從嫁心腹，更是楚王的寢室尤物，尋常時日等閒大臣也得看她們臉色，此時楚王沒睡過勁兒，沒準兒被吵醒了還真將他一刀問斬，何苦來哉。想到這裡，將軍諾諾連聲地走了，一出宮門立馬派出飛騎向令尹昭睢告急。

昭睢這幾日正在心驚肉跳。

靳尚死訊傳出時，他很是高興了一陣子——這個弄臣近年來氣焰日盛，藉著男風女風一齊得寵，時不時對他這個令尹還帶點兒顏色，指斥他這事沒辦好那事沒辦好，大有取而代之的勢頭。此子中山狼，得志便倡狂，死得正在其時。誰知還沒回過味來，鄭袖就被藥殺了。這一下，昭睢可是冷汗直流。說到底，鄭袖是他的人，是他對楚王設下的絞龍索（註：鄭袖故事，請參閱第二部《國命縱橫》）。二十多年來，要是沒有鄭袖在王宮撐持，昭睢當真不知死了幾回。如今有人一舉殺了靳尚鄭袖，可見這股勢力決然是來頭不小。他們能殺這兩個精明得每個毛孔都在算計人的人精，可見謀劃之周到細緻。令昭睢更為不安的是，這股神祕勢力為何要殺靳尚鄭袖？反覆思忖，昭睢認準了只有一個答案：是楚國的新派勢力要改變朝局，挾制楚王變法。果真如此，這股勢力豈能放過他這個新派死敵？可是，他們為何要放過他呢？沒有機會得手？決然不是。只有一個可能：要選另一個時機殺他，以期造成更大的震撼。這個時機，很可能就是他們的變法人物將要出山之前，殺他這個世族魁首為變法祭旗。除此而外，還能做何解釋？

昭睢是隻千年老狐，既有冷靜的評判，又有狡詐的對策。反覆思慮，他選定了以靜制動這個應對晦明亂局的古老準則，拖定了在這個強勁的風頭上蟄伏隱匿的主意，將府中護衛部署得鐵桶也似，卻絕不踏出府門一步。只要躲過這險境，新派又能奈我何？誰能保定那個朝三暮四的楚王一定會重新起用新派人物？

正在此時，侄子子蘭匆匆來到書房，說禁軍司馬飛馬急報：郢都國人宮前血書請願，強請楚王重新起用屈原變法；楚王昏睡，朝臣不出，緊急請命令尹處置。

「呵呵，棋在這裡了。」鬚髮如雪虬結在頭頂盤成了一支白冠，老昭睢兩眼閃爍著細亮的光芒，「先殺宮中對手，再以民謠煽動國人上書，而後改變朝局。算器倒是不錯。子蘭，你也做過一回大將了，想想，該如何處置？」

「無論如何，不能教屈原出山！」子蘭咬牙切齒，「否則，昭氏舉族當滅。」

「我是問，目下之策該當如何？」昭睢對這位曾經做了一回上將軍但卻總是憨直驕橫的侄子，每每總是大皺眉頭。

「目下楚王朝臣俱不理事，叔父當做中流砥柱！驅散亂民，穩定郢都，同時也剷除屈原黃歇之根基！」子蘭大是慷慨。

「之後如何？」

「挾制楚王，以亂國罪滅了屈黃兩族，叔父鎮國攝政。」

「再之後如何？」

「叔父效伊尹之法，廢黜放逐老楚王，擁立一個童子楚王。」

「再再之後如何？」

「昭氏代芈氏。若田齊代姜齊，立他一個新楚國！」

「好！」老昭雎第一次讚賞了侄子，「你能看得久遠，這件大事便交給你去做。」說罷走進裡間，一陣輕微地響動，抱著一個銅匣走出來放到書案上：「打開。」子蘭一端詳，眼中放光，熟練地打開銅匣，不禁驚歎一聲：「兵符！」昭雎冷冷一笑：「這是我祕藏之兵符。你用它即刻調一萬精兵，驅散亂民，圍住王宮，不許任何人進出。記住，給府邸留一千鐵甲武士，防備那股勢力得寸進尺。」

「明白！」子蘭答應一聲，大步出了書房。

郢都之內除了王室禁軍八千人，便是城防駐軍六千人。作為一國都城，城內駐軍只能維持在一定數量，不可能多多益善，最重要的防衛力量歷來都駐紮在城外要塞隘口。這是天下通例。其中最根本的原因是實戰需要——大軍駐紮城外要塞，使敵方根本不能接近都城，這才是真正的防守。大軍兵臨城下，城內孤軍困守，那只是極為特殊的駐兵要塞或偶然的戰場情勢。作為大國都城布防，歷來都不會將大軍龜縮在城池之內。

唯其如此，子蘭要調足一萬人馬，只能出城。都城內的王室禁軍是只聽楚王號令的。就是那六千城防駐軍，也是要有特殊兵符才能接受上柱國（註：上柱國，楚國執掌都城防衛的將領）之外的調遣的。楚國大族分治的歷來傳統：都城屬王族領地，禁軍與守軍將領均由王族子弟擔當，連兵士都是只從王族領地徵發。楚懷王雖然顢頇，但對都城內兵馬卻也是掌控極嚴，特殊兵符連靳尚也沒有見過。昭雎的兵符是十多年前子蘭做上將軍統帥六國聯軍時，昭雎以令尹調運糧草的權力得到的。六國聯軍戰敗，楚國上下惶惶不安，這只兵符竟鬼使神差地被人忘記了。

楚制：調糧兵符須與調兵兵符同時勘合，大軍才能離營。但是，城外大軍主將卻正好是昭陽，也是昭氏的後進英傑，論輩分還是子蘭的宗親侄子。當此非常之時，這只兵符等同王權，況且昭睢又是主政令尹，調一萬兵馬入城當是順理成章。

為防不測，子蘭帶了十名精銳騎士，一色快馬長劍，出得北門向山谷要塞飛馳而去。這要塞軍營距離郢都六十里之遙，翻過兩道山梁便能望見軍營旌旗，放開快馬小半個時辰可到。剛剛翻過第一道山梁，下坡進入谷地時，突聞轟隆一聲，前邊六騎驟然消失。子蘭戰馬突兀人立而起，嘶鳴後退，與後面連環飛馳的四騎結結實實撞在了一起，子蘭頓時跌到馬下，鼻子刷地噴出一股鮮血。饒是如此，子蘭顧不得疼痛，立即拔劍大呼：「有埋伏！你等斷後，我去軍營。」又飛身上馬要繞過陷坑衝上山梁。

恰恰此時，一道白影快如閃電般飛來。一個大迴旋，子蘭頭顱飛去，一股血柱衝天騰起，連一聲慘叫也沒來得及喊出。白影堪堪掠過，一陣箭雨立即傾瀉到谷地，片刻之間，陷坑六騎與地上四騎聲息皆無。

「兵符，給你了。」叢林中一個清亮的女聲。

「好！回郢都。」一個渾厚的男聲在叢林迴盪。

馬蹄如雨，驟然從山林席捲而去，山谷又恢復了一片寧靜。

日色過午，楚懷王終於呻吟著鄭袖的名字醒來了。

侍女頭目連忙跪坐在地將他擁在懷裡，一邊撫摩一邊呢喃撫慰：「大王別怕了，王后睏覺了，一忽兒就來，就來，乖乖別怕，先喝一口白玉汁兒了，王后有，我也有呢，儂嘗嘗味道好麼？哎喲，乖乖咬疼了……」自從鄭袖生了王子，楚懷王便有了這個奇特的癖好，每次睡醒來都要鄭袖給他餵奶，說那是上天白玉汁兒最好喝了。鄭袖幾日不在，極少開懷的侍女們又沒有這上天白玉汁，只好任他將胸脯咬得出血。懵懂之時，不想這塞進嘴裡包住臉膛的竟是肥嘟嘟一對可人物事。恍惚之間，老國王以為抱住的當真是鄭袖，哼叫著一頭扎進那雪白豐腴的懷中，狠狠咂得小半個時辰，才睜開眼睛抹著嘴坐了起來：「你，便是王后了！」手卻只是指點著那對肥白的大奶子。

「謝過大王隆恩——」侍女頭目驚喜萬狀地猛然將老國王包在了胸前。

楚懷王雄心大作，一番胡亂折騰，片刻之後滿頭大汗氣喘咻咻，才覺得鬱悶稍減，呵呵笑了：「這對尤物不輸鄭袖，上天有眼了。」

「儂曉得無？人家跟王后原本就是姊妹了。」

楚懷王哈哈大笑：「好了好了，姊妹便姊妹了。」

正在楚懷王高興的時刻，一個老內侍匆匆碎步跑來：「稟報我王：出事了！宮門湧滿了市井庶人，已經跪了三個時辰，要我王出宮受書！」

楚懷王頓時愣怔了，片刻之間卻又恍然笑了：「我說也，哄哄嗡嗡甚個聲響？原是市井坐宮，要減稅麼？去，找令尹了，本王管這等瑣碎？」

「宮門司馬早報令尹了，令尹派出子蘭將軍，可子蘭將軍沒有音信了！」

楚懷王眼珠打轉，一聲高喊：「靳尚！」卻又驟然打住，長歎一聲，「亂也，走，本王出去看看啦。」剛要邁步，卻回頭高聲下令，「來人，帶新王后去寢宮養息。」又對衣衫零亂的侍女頭目笑了笑，這才跟著老內侍走了出去。

一到宮門廊柱下，楚懷王驚愕得站住了。生平之中，他只見過屈氏部族的族老們當年為屈原請命，人數也就是幾百個，已經使他手足無措了，何曾見識過這人山人海？片刻之間，楚懷王覺得頭轟的一聲懵懂了，臉色發青，兩眼筆直，不禁哆嗦起來。老內侍連忙靠前扶住低聲道：「老朽之意：不管市井庶民如何請命，我王儘管答應住，管保無事了。」楚懷王頓時清醒，甩開老內侍笑道：「本王早就如此想了，用得你說？下去！」抖擻精神走到廊下矜持地一聲高喝，「宮門將軍何在？」

「宮門將軍朱英在！」

「請庶民三老上前，本王召見。」

「嗨！」朱英轉身走下高高石階，來到跪地請命的一片老人前高聲宣諭，「請命人等聽了：楚王有命，著三老上階晉見。爾等推舉三人，隨我見王。」

片刻之間，三個鬚髮雪白的老人顫巍巍地跟著朱英走上了高高的三十六級臺階，場中民眾翹首以待，鴉雀無聲。大約頓飯時光，三個老人顫巍巍下了臺階，一個蒼老嘶啞的聲音喊了起來：「楚王英明，答應即刻下詔，召屈原大夫還都秉政！」

「楚王萬歲！」「屈原大夫萬歲！」車馬場頓時一片歡呼。

「昭睢老狐，如何處置？」有人高聲呼喊起來。

「且慢了。」一個老人笑了，「楚王說了，即刻下詔，罷黜昭睢令尹之職！」

「采——」「楚王明斷！」「楚國萬歲！」一片山呼海嘯掠過了廣場。

突然，隨著一陣驟雨般馬蹄聲，一騎飛到王宮階下一聲高喊：「夷陵軍報，秦軍攻楚——」萬千人眾頓時僵住。不遲不早，秦國恰恰在這個節骨眼上攻來，誰來統兵對陣？大楚國還能保得住麼？

四、江峽大戰　水陸破楚

經過一冬緊張運籌，冰消雪化的三月，秦國水軍終於編成了。

河內戰事一結束，白起給魏冄留下一萬鐵騎，馬不停蹄地班師藍田，自己又星夜趕回了咸陽。晉見宣太后之後，白起匆匆與荊梅成婚了。這是宣太后的命令：白起不成婚，哪兒也不許去。白起與荊梅原本都沒有立即成婚的意願。可宣太后說得明白：「大將三十無家室，君之罪也。白起若無荊梅這個念想，我能教他等到今日了？一個才士孤女，一個國家干城，卻都是孤身漂泊，教我如何做這一國太后了？明日便成婚！我看這也是荊老義士生前遺願，我便作主了。」白起對這個青梅竹馬的師妹原是一片深情，但畢竟從來沒有挑明過婚事，老師死得突然，也沒有明白說過此事該當如何，所以就存了個與荊梅相處慢慢再說的心思。荊梅深愛白起，卻因他戎馬倥傯，總是沒有相處一吐心思的時機，也暗暗打定了主意，要改扮男裝入軍照拂白起，相機再說。如今教宣太后快人快語說了個透亮，兩人紅著臉不說話，也算是默許了。於是，宣太后立即親自操持，半日之間便將白起的大良造府收拾得煥然一新。當晚，宣太后帶著陪嫁的十名侍女十名官僕，用一輛結滿紅綾的篷車將荊梅從王城送到了大良造府，沿途觀者如潮，熱鬧非凡。到得府邸，秦昭王親自司禮主婚，全部在咸陽的秦國大臣幾乎都來慶賀，可謂天下獨一無二的成婚盛典。

白起素來對不合自己身分的擢升與賜予都覺得忐忑不安，若是職爵之事，他一定會斷然辭謝。可這是婚典，按照古老的習俗，國君太后出席功勳大臣的相關慶典也是常情，雖說自己只想悄悄辦理，卻實在不好推託。若是魏冄在咸陽，一定能體諒自己苦衷，替自己擋得一陣，可偏偏魏冄在河內忙碌，也只好順勢而下了。荊梅自然知道白起稟性心思，只是不斷給他眼色：「忍忍，便過去了。」一則是戰事在心，二則是實在不堪連綿不斷的飲宴盛典。大婚次日，白起一馬飛出咸陽，直奔藍田大營去了。及至日上三竿，宣太后親乘華車來迎新婚夫婦入宮大宴時，竟只有樸實嫻靜的荊梅一個人了。荊梅只施得一禮，還沒有說話，宣太后便又氣又笑道：「這個白起不像話。扔下一個新娘走了，是麼？雖說也是國事，可我這個娘家人如何過得去了？荊梅，你莫上心，我這便派人將他給追回來，任你處罰，曉得無？」叮噹一串體己話。荊梅噗地笑了：「太后莫生氣，他就那根犟牛筋，但有仗打，甚事也不顧。」宣太后呵呵笑道：「有這想頭便好。你也別生氣，左右你一個人我一個人，索性跟我進宮住幾日去。」荊梅笑道：「白起是個粗土人，府中亂得一團糟，容我收拾得兩日，再去拜謝太后如何？」宣太后笑了：「新娘子知道當家了，好事也。哪有個不行的理論。哎，進宮可不是拜謝我，是你我一起熱鬧些許，記住了？除非白起回來，你想來便來。」說罷又叫過侍女僕人的頭目叮囑一番，這才上車走了。

白起進得藍田大營，立即開始籌劃攻楚大戰。

按照預先謀劃，白起第一件事是派出飛騎特使直下江州（註：江州，戰國秦滅巴蜀後巴郡治所，在今重慶市地區），限期在一月之內將打造好的戰船接收下水，並徵發三千名水手等候成軍。第二件事，派出蒙驁暫為水軍大將，立即奔赴南鄭（註：南鄭，戰國秦漢中郡治所，今陝西南鄭縣地區），徵發兩萬漢水子弟練成水軍。兩件事部署妥當，白起教中軍司馬將搜集來的楚國山水圖與郡縣城相關典籍全部搬到後帳，埋頭揣摩伐楚細節。

大約從西周時起，中原便稱楚國與江南小邦國為「南國」。《詩．小雅．四月》有「滔滔江漢，南國之紀」的詠唱。後來，南國諸侯們漸漸地被楚國一一蠶食了，及至吳越被滅，淮水之南便是楚國天下了。廣袤華夏，除了西南巴蜀被秦國占領，整個江南、東南、嶺南的蒼茫萬里，都是楚國疆域。雖說楚國對嶺南的實際控制很鬆散，但是各個嶺南部族都以楚國為宗主，卻是任誰都承認的事實。也就是說，整個北部華夏戰國的所有土地加起來，也比一個楚國大不了多少。於是，對大河之北的中原各戰國來說，攻取楚地成了夢寐以求的遠圖。自春秋以來，中原諸侯以晉、秦、齊為首，不知多少次地與楚國開戰，可是，都從來沒有打到過雲夢澤與長江北岸，激烈的大戰從來都只發生在淮水南北區域。到了戰國中期，反倒是楚國向北擴張到了淮水以北，直接與魏國韓國在潁水接壤。若從潁水的陳縣（楚國北部要塞，也是楚國末期最後一個都城）直達嶺南，那可當真是荒莽萬里河山。從幾百年的戰事看，大多數時期，中原戰國的軍力還都是強大於楚國的，可為何偏是奪不來楚國土地，反而是楚國步步北上？

攻楚之前，白起想得最多的，便是這個難解之謎。

自從與老師臨終談兵，讀了老師贈送的兵書，白起打仗的思路大大開闊起來。白起出身行伍，在戰場造詣上很早就達到了爐火純青的地步。舉凡步騎戰法、軍營調度、輜重運籌、行兵布陣、安營紮寨、長途奔襲等，他都能從一個士兵所能夠解決的細節上變換創造出種種獨特戰法。甲冑兵器的重量，軍營帳篷的大小，軍食製作的種類，他都能找出最利於作戰且又最方便軍士行動的最好配置。正因為如此，白起在千夫長的位置上就已經屢次能對大軍作戰提出精到見解了。尤其是河外伊闕之戰大破六國聯軍、河內之戰奪魏六十餘城這兩場以他為統帥的大戰之後，白起驟然成熟了。再讀兵法經典，他對往昔戰事便有了深徹回顧。根本之點在於，他真正悟到了戰之勝負根本在疆場之外的道理，也明白了諸如孫武吳起司馬穰苴那樣的兵家聖者，為何要用大量篇幅去論說戰場之外的國政、民生乃至人心向背等的奧祕。也正是在這樣的時刻，白起開始謀劃對楚大戰。為了思慮更為扎實，他專門與魏冄做了一番探究。

「穰侯以為，中原強兵，何以百年來不能奪楚十城以上？」

「白起啊，你又瞄上楚國了？」魏冄哈哈大笑，「老夫之見，卻很簡單：楚有江水天險，中原無水軍，陸路無法逾越，可是了？」

白起道：「即或江水難以逾越，淮水總可以強渡，何以淮北之地也在楚國手中？」

魏冄一怔：「也是，淮北之地打了百餘年，反倒教楚國占了大半，你說說是何道理？」

「白起以為，道理有二：其一，中原戰國戰法單一，百餘年來唯知從淮北與楚國接壤處開打。楚國淮南江南之廣袤本土從未受過威脅，可源源不斷地輸送兵力糧草長期抗衡。縱有一戰數戰之敗，也不傷元氣。是故楚國雖弱，卻能矗立淮北不退。中原戰國雖強，卻不能奪取淮北，更不能逼近江水。此為戰法謀略之誤。」

「有理！」魏冄拍案而起，「其二？」

「其二，大局評判有誤。中原戰國歷來視楚國為南蠻；一如長期視秦國為西蠻；錯認唯有淮北淮南才是豐腴之地，漢水、江南、江東、嶺南皆是蠻荒莽蒼之地，縱拚力奪來，亦於國無助。與此同時，楚國使節、商旅也在中原反覆張揚江南荒莽貧瘠遠不如中原富庶，楚國要富強，唯有奪取淮北，等等，混淆中原視聽，使中原戰國誤以為果然如此。此一失誤，與張儀當年對巴蜀評判之誤如出一轍。明銳如張儀者，尚且以為巴蜀蠻荒不毛之地奪之無益，更何況尋常人等？」

魏冄一陣默然，良久喟然一歎：「洞若觀火，此之謂也！白起啊，老夫是老楚人了，也沒想到這戰場之外啊。」說著雙目炯炯生光，「你既有此想，定有長策，說說了。」

白起走到魏冄書房的那張〈九州山水圖〉下，指點著道：「天下之大，唯江南為最後爭奪之地。天賜地利，秦國西南恰與楚國相連，奪得楚國半壁河山，可成秦國更大根基。若得攻楚戰勝，便要另闢蹊徑：避開淮北老戰場，從巴蜀直下江水雲夢澤，奪取楚國江漢根基，一舉使楚國衰頹。」

魏冄長長地一吁：「如此打法，秦軍之短了。我方水軍，弱於楚國水師啊。」

白起指著蜿蜒江水道：「楚國水師雖強，然多在吳越之地。雲夢澤舟師只是老楚舊部，且長期無水戰，兵力已經大大減少。我方水軍雖是初建，用途卻主要在於運兵，而不是開入雲夢澤與楚國水師對陣。我軍之要，在於順流東下，奪取江漢之地的城池，站定陸上根基。」

「好！」魏冄一拍掌，「你將此謀劃立即上書。這一番比不得中原陸戰，要大動干戈。還是那句老話：老夫給你抱住後腰，只管放手去做。」

「上書太后秦王，穰侯連署如何？」

魏冄目光一閃，恍然笑道：「好！算老夫一個。老夫楚人，朝野心安。」

宣太后與秦昭王立即批下了這卷將相上書，並給白起加了一個特職「大良造上將軍兼領巴蜀兩郡」，同時立即派出快馬特使知會巴蜀相（註：巴蜀相，秦國收巴蜀之後，原巴王蜀王均稱「侯」，無治權，秦派遣「相」為執政官）陳莊「凡涉軍事，悉聽白起調遣」。接著便是白起的一道火急軍令：「悉數調遣原有戰船聚江州，並打造新戰船一百艘，限來春三月完工。」

幕府揣摩三日，白起已經將攻楚方略詳細擬定——以戰船運兵，順流下江登岸，奪取楚國漢中郡殘餘三城、黔中郡東北二十餘城、巫郡江北二十餘城。方略一定，白起立即升帳發令：以王齕為前軍大將，王陵為中軍策應，出動步騎大軍八萬，從武關南下，直插長江北岸的夷陵山地駐紮，等候水軍東下。

大軍開拔，白起帶著中軍大帳一班軍吏並一個百人騎士隊，星夜從南山子午谷直插南鄭，要在臘月之前趕到江州。雖然是一路崎嶇難行，但白起一行都是當年隨司馬錯奇襲巴蜀的山地老手，翻過南山又是一片春意，沒有了中原之地的刺骨北風，卻也走得暢快，不待一個月到了江州，恰恰是十一月底。

快馬斥候送來軍報：先行到達南鄭的蒙驁很是快捷，已經在漢水兩岸招募了兩萬熟悉水性的精壯子弟加緊訓練水上戰法，專一等候巴郡戰船東下。白起立即下令蒙驁：水軍訓練兩個月後，開赴江北巫山祕密駐紮等候。

諸事處置完畢，白起與陳莊一起來到江邊船場查看戰船。江州正卡在白水（註：白水，戰國時對嘉陵江的稱謂）與江水的交匯口上，水面深闊，岩石成岸，上佳的天然船場。兩人登上南岸船場的雲車一望，江邊檣桅如林，大小船隻連綿不斷一望無際，壯觀非常。

「共有多少戰船？」白起大手向江中一劃，彷彿要將所有戰船都包攬過來。

「大型戰船兩百艘，小型戰船三百艘，不算吳越，比老楚戰船多出百餘艘。」

「糧草輜重船能徵發多少？」

「官府貨船八百餘艘，徵發商船千餘艘，可得兩千艘貨船輸送糧草輜重。」陳莊本是軍中將領，做了文職不打仗大感憋悶，此次參與軍旅，雖說不上陣，也很是興奮。

白起大手一揮：「好！下去看看那些大個頭。水戰靠船，不能大意。」

「嗨！」陳莊將軍一般應了一聲，「上將軍通曉軍旅，若連水軍也通了，便是天下無敵了。」白起笑道：「如何我便通不得水戰？只要與打仗相關，我都要通了它。」說話間兩人下得雲車進入船場，開始逐一地登上大型戰船察看。

先看的是樓船。樓船是最大的戰，船上起樓兩層或三層，各層排列女牆、構築戰格、樹立大旗、裝置大型戰礮與拍桿；頂樓是將帥金鼓號令與強弓硬弩手，船舷甲板可裝載戰車戰馬，槳手數十百人，可載兵士近千人。樓船非但可遠距離地以戰、拍桿攻擊敵船，並可憑藉自身重力「犁沉」敵船，威力極是強大。因了樓船是帥船，是戰船之首，所以後來的水軍將領便叫作「樓船將軍」。這種樓船，春秋時期首先在吳國被打造出來，統率者便是赫赫大名的伍子胥。那時候的樓船，只能容納兩百餘士兵槳手。到了戰國中期，樓船技術已經普及沿水國家。楚國、齊國、魏國、秦國，都有了打造大型樓船的船場。樓船術更上層樓，打造得更大了。在秦國，打造樓船之地主要是巴郡的江州。

再是艨衝。「外狹而長曰艨衝，以衝突敵船也。」這是古人對艨衝的說法。究其竟，這是一種船體狹長而速度快，用於臨陣衝突的戰船。

這兩種大型戰船之外，便是可容數十名軍士的攻擊戰船，主要是鬥艦、先登、赤馬三種。春秋時期，艦被叫作「檻」或「鑒」，戰國之世才出現了「艦」這個名稱。《釋名》對這種「檻」船的解釋是：「上下重板曰檻。四方施板以禦矢石，其內如牢檻也。」正因了這種艦船有兩層厚板打成的木寨，可以抵禦敵船之飛矢流石，所以成為水戰衝鋒的主力戰艦。

先登與赤馬，都是更為輕快的戰船。「軍行在前曰先登，登之向敵陣也。」也就是說，先登是一種搶登敵船或搶登灘頭的攻擊船。赤馬則是輕疾快船。「輕疾者曰赤馬舟，其體正赤，疾如戰馬也。」也就是說，這種快船船體輕速度快，船身塗成大紅色，專門做船隊的快速攻擊力量。

其餘是特殊用途的船隻。一種是偵察敵情的斥候船。「五百斛以上且有小屋曰斥候，以視敵之進退也。」斛，是春秋戰國的量具，以斛計重量，說的是排水量。一斛若以三百斤計，五百斛即是十五萬斤，大體相當後來五六噸的船隻。作為敵情觀測船，往往是統帥需要使用的，而且要相對高大，自然不會是小船。在實戰之中，大型斥候船實際是斥候營號令指揮船。實際的偵察船叫作「艇」。艇是排水量二百斛以下的輕便小舟，除了水手，可乘一人或兩人。在實戰探敵之外，這種小艇也是臨時上下大戰船的快捷工具。

察看完船場，白起怦然心動了。在此之前，他將這支水軍的作用主要定在運兵與輸送輜重兩方面，但使步騎大軍能夠避開無休止的翻山越嶺艱難攀登，糧草輸送能夠源源不斷，秦軍便有八九成勝算。這兩點對於長途奔襲式的山地作戰，恰恰是要命的關鍵環節。有一支船隊能夠以極大的輸送力量越過崇山峻嶺而直達戰場，這對於精銳如秦軍者，自然是最難得的。能做到這一點，白起已經是滿足了。可如今一看這千餘艘打造極為精良的各式戰船，白起頓時萌生了一個大膽的謀劃。

「陳相，江州水手本領如何？」白起突兀一問。

「沒說的！」陳莊一指江面，「江州水手天下第一！楚國水面盡在大江下游，水流寬闊平穩，縱然雲夢澤闊遠如海，畢竟是險灘急流甚少。江州水手不同，常年出江東下，一道巫山大峽谷便是幾百里，險灘無數，航道詭祕多變，直如生死鬼門關。江州水手但能上船出江，個頂個好把式！」

樓船

赤馬

艨衝

《武經總要》中的鬥艦

「這三千水手都出過江？」

「但凡操舵老大，都出過江。槳手只有兩三成沒出過，徵召時一一查過。」

「好！但有此等水手，秦國水軍立馬可待。」白起大是振奮，「立即以上將軍代秦王名義，賜給所有造船工匠、操舵水手造士爵位，其餘水手人賜十金，以彰顯其捨業從軍之功，大戰之後再論功行賞。」

「上將軍明斷！」陳莊高興得一拍掌，「這些水手多以販運鹽、魚為生，倉促應召原是有些不敢說的話。若人各賞賜，家人水手大是安心，士氣便大漲！」

「那好，你去辦理。」

「嗨！」陳莊挺胸一應大步去了。

倏忽之間已是大年。白起與陳莊在歲末那一日，運了十車清酒三百頭豬羊來到了船場，隆重犒勞打造戰船的工匠與駐紮江邊軍營的三千水手。工匠水手做夢也想不到，威震天下的赫赫上將軍白起能在年關之際來犒賞他們這等販夫走卒，一時間歡呼聲響徹大江兩岸，許多老工匠老水手都是熱淚盈眶，反覆念叨著：「過往啥子麼，眼下啥子麼！有爵位，還有上將軍賜酒過年，安逸哩安逸哩！」精壯水手們昂昂振奮，人人喝得滿臉脹紅，嗷嗷叫著要立即打仗。

「父老兄弟們！」白起站在高高的船臺上可著嗓子喊了起來，「歇工三日，好好過年。年節之後，出江東下，為國立功——」

「不歇工！」萬千人眾齊齊地一片吼聲，「下水！上船——出江——」

白起眼中含著淚水，在船臺上深深地一躬到底。

於是，年關的江邊船場變成了燈火喧囂的大工地，也成了江州百姓傾瀉報國熱腸的熱鬧所在。巴蜀兩地歸秦已有三十餘年，然則，尋常百姓對於秦國秦政還是生疏淡漠的。這次伐楚大戰，江州第一次成了秦國的中心地帶，上將軍親臨巴郡，百姓們從實實在在的接觸中，知道了秦國的獎勵耕戰究竟是個啥子法度，也實實在在地品咂到了這秦國法度就是比當年巴王的狠巴巴盤剝要好得多。單說這工匠水手賜爵一件事，便令巴人大是感動。祖祖輩輩千百年，何曾有過官府因了庶民「捨業從國」而立加賞賜的？再說籌集軍糧，官府還是只買餘糧，賣餘糧多者也賜爵賞金。這樣的官府，老百姓如何不感恩奮發？

年關時節本是農閒。船場工匠水手不歇工的消息一傳開，萬千民眾便絡繹不絕地湧到了兩江岸邊，一船一船地送來了不計其數的魚肉、燻肉、飯團與各種山果酒，一隊一隊的樂手晝夜守在兩岸吹打。船場的工匠水手更是熱氣騰騰，人人摺開了光膀子大汗淋漓地可著勁兒猛幹。不消三五日，年節還沒有過完，全部戰船便順利下水。三千水手立即上船演練，兩岸民眾吶喊助威，一片如火如荼。

二月初旬，白起登上了最大的一艘樓船，率領著六百餘艘戰船與兩千餘艘糧草輜重船浩浩蕩蕩地順流直下了。狹窄湍急的江面上檣桅如林，船隊連綿百餘里，當真是前所未有的壯闊。

船隊行得三日，到了赤甲山峽谷江段。赤甲山是巴郡東部要塞關口，山頭一關叫作扞關（註：扞關，又稱江關，在今重慶市奉節縣東長江北岸赤甲山上）。扞關原是楚國建造的西部要塞，秦國奪得房陵之地後，楚國放棄了江峽段的長江防守，扞關便成了秦國巴郡的東部要塞。雖則如此，卻由於沒有水軍，秦國對長江大峽谷的控制也是形同虛設，除了北岸盆地的城堡，沿江峽谷的城堡實際上仍然在時不時出沒江峽的楚國水軍控制之下。此次秦國船隊大舉東下，楚國水軍早已退到了夷陵（註：夷陵，長江三峽出口要塞，今日宜昌地區）之下，峽谷江段平靜無事。蒙驁率領三萬水軍已經在這裡駐守了一月，將關下碼頭已經拓寬加深整修齊備。這一日，蒙驁在山頭遙見江中「白」字大旗迎風招展，立刻命令小艇下水，親自迎了上去。

及至駛近樓船，被水手領著爬上高高的舷梯，在五六丈高的樓頂俯瞰江水滔滔旌旗連綿不斷，蒙驚訝得連喊：「了不得！了不得！」白起從號令臺走下來笑道：「有甚了不得？旱老虎不能變蛟龍？」蒙驁連連讚歎：「變得好變得好，有如此船隊，楚國水軍是個鳥！」白起破天荒地大笑起來：「好！這次要看你這水軍主將的威風了。」蒙驁摩拳擦掌道：「你只說如何打？我楚人嘗嘗大秦水軍的厲害！」「你來。」白起拉著蒙驁進了號令艙，艙中釘著一幅可牆大的〈沿江關塞圖〉，一指扞關位置，白起道：「旬日之內，你在扞關須將幾萬水軍編成戰船隊，並須在江面演練幾日。而後第一仗，是與夷陵水師對陣。殲滅夷陵水師，待步軍攻克夷陵關城與江峽內兩岸城池之後，你留兩成水軍封鎖江峽，而後立即率水軍東下，直逼雲夢口威懾郢都。這是我軍第一次水戰，你說說勝算如何？」

蒙驁是一員周密持重的大將，此刻斷然點頭：「八成勝算。我已探聽清楚：夷陵水師只有百餘艘中小戰船，水軍八千，關城守軍兩萬，周遭百里沒有後續援軍。我在南鄭徵召的這兩萬水軍，清一色的漁家子弟，個個在船上如走平地，只要江州水手本事好，演練成軍當是快捷無誤。我用三百艘戰船包抄上去，哪有不贏之理？」

「江州水手、修船工匠，都是天下第一。」白起一句讚歎，接著將江州故事說了一番，聽得蒙驁連連感慨百般感奮。白起稍事停頓，接著指點大圖道，「從明日開始，這樓船便是你的幕府艦。我要立即趕赴步騎大營，先期奇襲夷陵關，使夷陵水師失去陸上根基。」

「我軍糧草基地是否駐紮夷陵？」

白起點頭：「這件事有輜重營做。你所留下的兩成水軍，要確保糧草基地萬無一失。糧草基地紮好後，只留五百艘貨船運糧，其餘千餘艘空船一律運兵東下。」

「嗨！」蒙驁領命，「我立即回扞關調兵下江。」赳赳去了。

片時之間，樓船大旗飛動號角連綿，一排大戰船緩緩靠上了扞關碼頭。白起將一應與蒙驁交接的後續軍務都留給了中軍司馬辦理，自己帶著一班軍吏與一個百人隊乘著一艘鬥艦靠上了碼頭，棄舟登岸，馬不停蹄地向東北山地飛馳而去。

三日之後的夜晚，正是春風料峭浮雲遮月的時光。秦軍三萬精銳步兵乘著百餘艘大貨船悄然橫渡峽內江，匆匆登岸，連夜繞道南岸夷陵關背後。夷陵城堡是三面靠山一面控江，西鎖江峽，東控雲夢，扼守在萬里長江的咽喉地帶，號稱「天下第一要塞」。雖則如此，夷陵的防守卻很鬆懈。根本原因，在於夷陵是水上要塞，而能在水戰上與楚國水師較量者，似乎還數不上一家。雖然與秦國漢水房陵接壤，但秦國從來沒有水軍，又在中原剛剛打完河內，如何能橫空殺來夷陵？縱然殺來，也是江中魚鱉，何能與楚國水師抗衡？再加上郢都接連出事，軍中大將都在各自探聽本部族大臣情勢，誰也不曾想到戰事。水軍大將其實早已經接到斥候飛報：秦軍船隊出江東來。將軍也只說得一句「再探」，一笑了之。

天將拂曉時分，夷陵關的三面高山驟然山火大起，無數滲透猛火油的火箭疾風驟雨般從三面山頭傾瀉到城中。不到頓飯時光，夷陵成了一片火海。滿城驚慌逃竄之時，四面殺聲大起，臨江一面的關城之下又遇秦步軍猛攻。伴著密集箭雨，猛烈的巨石戰片刻間便將城門砸開，將城牆轟塌了幾處大洞，黑壓壓秦軍頓時如潮水般殺入城內。城內兩萬守軍已經多年沒有打過仗了，如今正在混亂逃命，部伍蕩然無存，將軍士兵互不相識，沒有一陣像樣的抵抗，個把時辰內全部崩潰做了降兵。

白起飛馬入城，立即下令滅火，同時將降兵萬餘人全部集中到城後山地紮營。秦軍也立即開出城外，在臨江一面紮營防守。次日一早，楚軍降卒全部遣散回鄉。夷陵本是要塞之地，城中庶民原本只有兩萬餘人，守軍一去，秦軍又不駐城內，城中庶民大是安靜。

夷陵關一丟，江中水師大為驚慌。全部百餘艘戰船雲集江心，準備隨時東下。可看得一日，秦軍只在岸上紮營大罵，激他們上岸廝殺，江中卻連個水軍船隻的影子也沒有。一班水師將軍又驕橫起來，覺得這只是秦軍突襲的小股人馬僥倖得手而已，於是一面飛報郢都令尹府，一面要拖住秦軍，等待援軍到來一戰收復夷陵。可在江中一連等了十日，郢都竟然全無消息。夷陵水師大將昭成本是昭氏子弟，心想定然是郢都昭氏有了危難，否則老令尹不可能撇下此等大事不管，心念及此，立即下令水師東下郢都。可就在船隊起錨之際，江峽中竟連綿湧出大隊戰船，檣桅如林旌旗招展號角震動山谷，鬥艦赤馬當先，樓船艨衝居中，直壓夷陵水師而來。

「升帆快槳——順流開船——」昭成嘶聲大喊起來。

夷陵水師原本結成了水上營寨，全部百餘艘戰船在江心拋錨，船頭向外圍成了一個巨大的方形水寨。此時起錨開船，也須按照戰船位置一一開動。就在船隊開動一大半的時候，順流急下的秦國輕型戰船已經從江面兩側包抄了過來。江州水手慣走險灘急流，秦國的鬥艦、先登、赤馬在江中又快又穩，片刻之間便在下游全部截住了剛剛揚帆的夷陵水師。

那艘最大的樓船緩緩從江心上游壓了過來，樓頂蒙驁高聲發令：「全體喊話：楚軍投降，秦軍不殺。」於是，樓船與艨衝兩艘最大戰船上的將士一齊高聲吶喊：「楚軍投降——秦軍不殺——」緊接著其餘戰船的兵士也齊聲吶喊，聲震峽谷。

昭成一看大勢，明是走脫不了，驟然哈哈大笑：「楚國縱弱，水師卻是戰無不勝了。蒙驁，你可敢教我擺開陣勢一戰？」樓船頂上的蒙驁冷冷一笑，立即高聲下令：「船隊後退一箭，待夷陵水師列陣水戰。」頃刻之間，秦國的黑色船隊包圍圈齊齊後撤，空開了江心深水地帶。昭成大喊一聲：「百船水陣，展開——」但見夷陵水師的百餘艘戰船徐徐展開，船頭一律向外，在江心排成了一個巨大的圓陣，彷彿一座刀槍叢林的大山緩緩地順流壓下，喊殺聲一起，箭雨急劇向秦軍船隊潑來。

蒙驁高聲發令：「號角：鬥艦截殺下游。先登赤馬游擊兩翼，樓船艨衝全力壓下。」

一陣嗚嗚號角，秦軍船隊各各豎起盾牌快速靠近江心圓陣。樓船上滲透猛火油的連弩火箭帶著尖銳的呼嘯，直釘黃色船陣的帆布桅杆船艙。甲板的戰礮將巨大的石頭隆隆砸向敵船。與此同時，那艘堅固高大的艨衝也潑著箭雨以泰山壓頂之勢隆隆撞上黃色水陣。夷陵水師都是中小戰船，面對龐然大物撞來，船陣後隊不由自主地漂開。此時樓船也隆隆壓來，每遇一船，巨大的拍桿便從高處轟隆隆砸下，黃色小船頓時被拍擊得檣桅摧折劇烈搖晃。當此之際，兩面先登、赤馬快船上的水軍甲士吼叫著跳上了敵船猛烈地廝殺。夷陵水師的一大半立即陷入混亂之中。

在下游迎頭截殺的鬥艦戰法卻是奇特：幾十隻戰船一字在江面橫開，全部拋錨固定，只是將強弩猛火油箭迎面射去。按水戰之法，上游戰船順流而下具有極大的衝力優勢，在都靠風帆與槳手作動力的戰船上，下游戰船很難抵抗上游戰船的衝殺。可秦軍戰船卻匪夷所思地拋錨固船，分明死戰架勢。昭成大吼一聲：「衝開下江——」前行二十多隻快船支起盾牌鼓帆快槳全力衝來，要生生撞開封鎖奪路下江。正在此時，秦軍鬥艦頭領一聲呼哨，一片赤膊水軍飛魚般躍起入水，倏忽沉入江中。昭成大喊一聲：「防備鑿船，飛魚下水！」被稱做「飛魚」的應急水手正待下水，對面箭雨卻勁急封住了江面，飛魚們遲遲不得動彈。

這片時之間，只見江中氣泡翻滾，水流打漩，楚軍驚慌聲四起：「不好了！進水了進水了！」楚軍戰船本來輕便，一旦鑿開進水便是勢不可擋。一時之間，前行戰船已經紛紛傾斜入水，楚軍士兵一片驚慌呼喊。兩翼遊擊的秦軍戰船趁勢殺上楚國殘存戰船。大約兩三個時辰，夷陵水師在一片廝殺中全軍覆沒了。

夷陵之戰一結束，秦軍立即封鎖峽江出口。而後兩萬步軍乘坐大船溯江入峽，攻占峽江兩岸的要塞城池。這峽江兩岸，本來是楚國屈氏部族的故鄉，也就是屈原的故鄉。後來屈氏成為楚國大族，被封在了洞庭郡的豐腴地帶，這裡只留下了很少的屈氏老族人。因了峽江荒險貧瘠，沒有大族願意受封此地，便做了官府「王地」。因是官地，自當由官府派軍防守。但楚國廣袤，類似如此荒險城池頗多，只在夷陵駐得一軍。除了屈氏老城姊歸（註：姊歸，後寫作「秭歸」，屈氏故里，因屈原放逐，

戰國銅壺上的水戰刻紋（一）

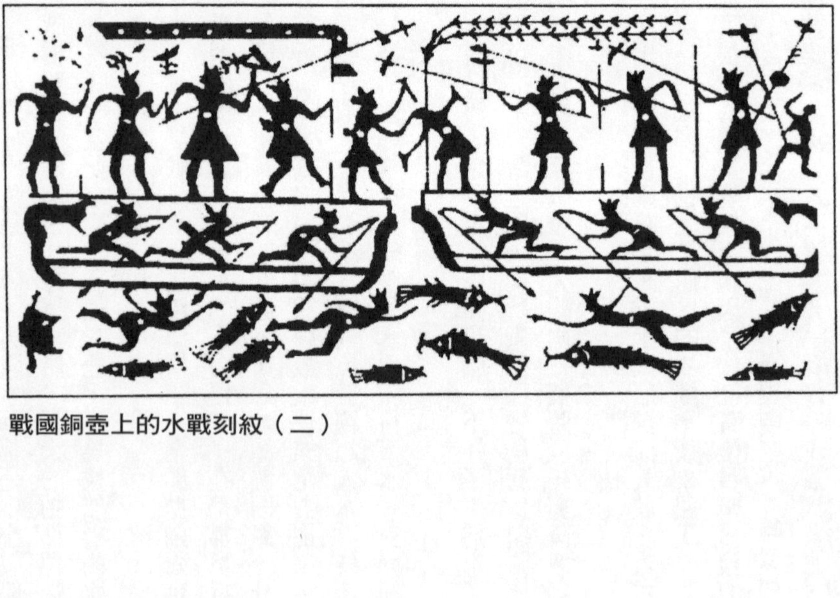

戰國銅壺上的水戰刻紋（二）

其姊歸鄉而得名，今重慶市秭歸縣地帶），峽江內那些地勢險峻的城堡大都少有駐軍。說是攻占，秦軍卻幾乎沒有打仗，旬日之間一一接收了這些城堡，拿下了整個長江上游。

三月底，長江春水浩浩的時節，白起大軍兩千餘艘戰船大舉東下，直逼郢都。

五、白起激楚燒夷陵

郢都已經成了一團亂麻。

秦軍恰恰在這個節骨眼上殺來，完全打亂了魯仲連與春申君的謀劃——屈原將出未出，昭睢將除未除，楚懷王將醒未醒，朝野惶惶不可終日，朝局國事一時沒有了主心骨。魯仲連跌腳大罵：「虎狼秦國！壞我好局，魯仲連與你不共戴天！」春申君鐵青著臉色只不做聲，沉默良久斷然道：「噢呀，此時不能再亂，須得舉國同心，挽救危局！」魯仲連目光一閃：「如何個舉國同心？」春申君道：「噢呀，請出昭睢，與楚王共商應急啦。」魯仲連憤然作色：「春申君，你如何不說藉此推出屈原！莫非白起明日就能打來了？」春申君急迫道：「噢呀仲連，楚國大軍三十餘萬，昭氏封地兵員幾占三成。倉促之間，沒有昭睢出面，且不說大軍是否生亂，單說這糧草輜重便難以為繼。屈原變法，那是遠圖。楚國一旦沒有了，誰給誰去變法！」春申君自覺太過激烈，長歎一聲，「再說了，自丹陽戰敗，八萬新軍覆沒，屈氏部族已沒有了根基。我等縱然強扶屈原主政，只能激發楚國舊族叛亂，誰去打仗？仲連，這是楚國。沒有老世族支撐，甚事都是寸步難行啦。」

魯仲連默然，良久冷冷一笑：「我卻忘了，春申君也是老世族。」說罷一拱手，「告辭！」頭也不回地拂袖而去。

春申君連連搖頭，驟然之間淚如泉湧，卻也沒有追趕魯仲連，思忖一陣，一抹淚水跳上軺車直奔王宮。當晚，垂頭喪氣的楚懷王特召昭睢入宮，與春申君共商應急之策。昭睢一接急報，頓時精神大振——上蒼有眼，昭氏又一次轉危為安。

此刻進宮，老昭睢板著溝壑縱橫的老臉，任楚懷王唉聲歎氣，春申君焦灼萬分，只是一言不發。楚懷王顫抖著一夜之間變白了的頭顱，哭聲乞求道：「老令尹，你說話也。鄭袖靳尚都死了，你再不為本王謀劃，楚國要沒有了。」昭睢冷冷道：「啟稟我王：非是老臣做大，實是老臣寒心也。若遲得幾日，只怕老臣頭顱也掛在宮門高杆了，屈原那忠臣也回來了。」楚懷王連連歎息道：「老令尹哪裡話來，誰說屈原要回來了？楚國柱石，舍令尹其誰也！」昭睢依舊冷冰冰道：「我王若能給老臣一道王書：永不起用屈原，若得起用，世族共討之，如此，老臣便得心安了。」春申君咬牙切齒正要發作，楚懷王卻暗地裡猛一扯他的衣襟，又拍案高聲道：「好！本王立即下書啦。老令尹只說，如何抗秦？」

「老臣之意：立即遷都。」昭睢只冷冷一句。

「遷都？噢呀，遷到何處去？」春申君急了。

「壽城。」

「壽——城？」春申君倒吸了一口涼氣。壽城，那可是昭氏的封地啊。

楚懷王卻並不驚訝，只是追問：「遷都舉動大，誰來護遷？」

「老臣親率昭氏六萬子弟兵護遷，可保我王萬無一失。」

「噢呀不妥！」春申君急道，「那這郢都周遭數十城，拱手送給秦國了！」

昭睢冷笑：「莫非春申君有奇策？」

「噢呀國難當頭，有何奇策？唯舉國一死抗敵！」

「也好。」昭睢微笑著，「老臣請我王兩路部署：春申君率軍迎敵，老臣率昭氏子弟並王族禁軍護駕遷都，正是兩全。」

「好！」楚懷王拍案而起，「老令尹高明！既全國，又抗敵，秦國能奈我何？」

春申君長歎一聲，牙關緊咬，臉色鐵青，終是沒有說話。

次日，郢都開始了驚人的混亂折騰。遷都的消息一傳出，國人盡皆譁然，原本熱血沸騰的抗秦激情，突然變成了近乎瘋狂的忙亂。商人要搬遷店鋪存貨，富人要收拾財貨追隨著王室遷徙，農人操心著水田裡快要成熟的稻穀，私業百工則千方百計地埋藏還沒有賣出去的零碎物事；操持水上生涯的漁人水手則忙亂地收拾船隻，一則隨時準備逃走，二則又忐忑不安地想發一筆國難財，對那些求助於輕舟快船出逃的富戶狠狠要個大價錢。只有那些窮得叮噹響的郊野隸農與官奴家人，嗷嗷叫著在街頭四處轉，痛罵官府軟骨頭，自個要去打秦國。街市國人如此，宮廷更是忙得昏天黑地。要在三兩日內將偌大王城一切可以搬走的物事裝車裝船打包袱席捲一空，卻是談何容易？沒了鄭袖靳尚的楚懷王，像被抽掉了筋骨的一堆老肉，只坐在後宮水邊發呆，但有人來請命搬遷事務，便是一通大吼：「飯袋！酒囊！毋曉得自個想想？本王是管這些瑣碎之事的啦？」嚇得內侍宮女沒有一個人再敢來請王命。

鬧哄哄折騰了幾日，浩浩蕩蕩的車隊船隊終於開拔了。楚懷王聽說秦國水軍大是厲害，不敢乘坐原先自認萬無一失的水師戰船，改了陸上車隊。一輛篷車，八千禁軍三千侍女內侍，再加上昭睢家族千餘口與六萬昭氏子弟兵，在遮天蔽日的滾滾煙塵中驚慌地向東逃竄了。

只有春申君留在郢都，向屈、景、項、黃四大部族發出了緊急書令，請求各部族盡速聚攏封地軍兵向郢都進發。眼看五六日過去，聚來的軍馬還不到十萬。春申君長歎一聲，只好放棄了西上迎擊秦軍的謀劃，就地固守郢都。畢竟，郢都是老楚國根本，只要郢都在，楚國總歸有聚攏民心的希望。

恰在此時，白髮蒼蒼的屈原從放逐地奇蹟般地趕了回來。雖經長途跋涉，屈原卻毫無疲憊之相，一臉紅潮滿腔憤激，只對春申君硬邦邦撂下一句話：「國難當頭，屈原只有一腔熱血可灑！」春申君精神大振，立即在郢都城外聚集十萬大軍，請屈原激勵將士。

老屈原登上了三丈高的將臺，蒼老嘶啞的聲音悲憤地迴盪在獵獵旌旗的上空：「三楚將士們：秦軍來了，楚王走了！不要怨恨楚王，有楚王在，楚國便不會滅亡！楚國，是生養我等的故土，是三江子民的家園，而今虎狼窺視，三楚男兒豈無熱血！屈原雖是刑徒，也是楚國子民。楚國在，屈原在！楚國滅，屈原亡！屈原的熱血與三楚子民一樣，永遠屬於楚國山河。楚國山河，永遠屬於我等楚人！」

大軍將士一片沉默，唯聞旌旗獵獵之聲，雖是人山人海，卻如幽深的峽谷一般，沒有屈原與春申君所熟悉所期盼的激昂回應，只有漫無邊際的茫然木然。一陣驚悚驀然掠過屈原心頭，他不相信自己會與軍心民心生出如此隔膜，慷慨激昂地高呼一聲：「三楚子弟們，屈原說得不對麼！」

突然，寂靜的峽谷傳來一聲高喊：「楚王棄國，屈原大夫為何還說楚王？」

「楚王棄國，隸農流血！」寂靜的峽谷突然爆發了。

屈原突然明白過來：這支大軍都是各部族的隸農子弟。大約軍中的貴族與平民子弟都保護著部族上層們逃往江東了，只將這些歷來在軍中做卑賤苦役的隸農子弟差來送死了。屈原曾經親自訓練新軍，那八萬新軍幾乎八成都是隸農子弟。且不說徹底廢黜隸農制，便是只允許他們同等立功同等受賞，他們都是最勇猛的鬥士。八萬新軍全部戰死丹陽，那驚天地泣鬼神的壯烈，是楚國貴族永遠的恥辱。可是，那是屈原新軍制的威力，今日如何？國王逃跑了，貴族們逃跑了，所有攫取國家權力的食肉者們都逃跑了，只留下他們這些飽受摧殘的低賤奴隸來血戰虎狼秦國，卻要為食肉者保住土地財富與王座，天理何在？君道何在？

驟然之間，屈原憤怒了，一頭白髮在風中根根豎起，憤怒地雄獅般嘶吼起來：「隸農子弟們，打完仗，屈原請命，楚國若不廢黜隸制，屈原以死謝罪！」

「屈原大夫萬歲！」大軍頓時一片山呼。

然則，始終沒有屈原所期盼的殺敵報國血戰秦國的激昂呼聲。

春申君的臉色頓時黯淡下來。他做過幾次大軍統帥，比誰都更明白楚軍的弊端。這些隸農官奴子弟，在軍中沒有立功受賞與擢升軍職的資格，縱然當兵到老，永遠都是老卒一個。而大軍作戰，從伍長、什長、五什長、百夫長、千夫長直到將軍，是需要層層統屬如臂使指的，如今這支大軍除了幾個帶兵來的二三流將軍，作為行伍核心的各「長」統統沒有，如何能對訓練有素戰力駭人的秦軍作戰？看來，也只有勉力防守了。

次日清晨，探馬急報：白起大軍已經在紀南（註：紀南，郢都臨江要塞，秦統一後改設江陵縣，今湖北江陵縣北）要塞登陸，步騎大軍正向郢都壓來。

春申君原在紀南駐紮了一萬守軍，在紀南與郢都之間的郊野駐紮了六萬步騎混編大軍，郢都城內只有三萬多步軍做最後防守。以兵法眼光看：守大城必戰於野，只有在城外野戰中戰勝敵軍，才能真正保住大城。到了城下血戰之時，這城池十有八九也就快完了。春申君雖然幾乎沒有打過勝仗，但兵法才能還是為許多人所稱道的，這種最基本的布防謀劃還是沒有錯的。屈原雖然不通曉戰陣，但對大勢卻是清楚，自然也贊同春申君如此部署，只說得一句話：「只要守得一月，楚王援軍必到。」春申君拍案慷慨道：「楚軍雖弱，但不缺糧草。只要堅守不出，深溝高壘，紀南郢都互為犄角之勢，守得一兩個月當不是難事。」

誰知戰事進展卻大是意外。當日黃昏，傳來急報：紀南要塞一萬守軍只守得一個時辰，被秦軍戰砸開城牆，城內守軍全部降秦。

「降秦？」屈原大是驚訝，「秦人沒殺他們？」

「沒有。」斥候騎士繪聲繪色，「秦將王陵親自召見降兵，發給每人一金還鄉。凡隸農子弟願入秦軍立功者，立賞造士爵，還立即再發三金安家。」

屈原臉色鐵青，猛然頓足道：「我去城外督戰！你留城。」風一般去了。

次日暮色時分，秦軍潮水般殺來。火把遍野，殺聲陣陣，隨風不斷傳來楚軍降兵的喊聲：「兄弟們，隸農子弟在秦軍能做騎士，有爵位，立功受賞，過來了！」「不做楚國官奴！不受官府欺壓！做秦人自在舒坦！」「我等已經是造士爵了！耕戰有功，過來都一樣！」在這連綿喊聲中，楚軍兵士紛紛倒戈，成片成片地丟下刀矛站著不動了。秦軍海洋般的火把也漸漸聚成了一個廣闊的圈子，楚軍降卒流水般走出了戰場，走出了火把……

「上天亡楚——」屈原大叫一聲，從馬上硬生生栽了下去。

春申君在城頭看得清楚，自知守城無望，率領三千黃氏子弟兵連夜出了郢都。在混亂的戰場邊緣找尋多時，不見屈原蹤跡，正要撤回，卻見一化裝成秦軍士兵的斥候火急來報：「屈原大夫被秦軍俘獲！正在治傷。」春申君知道秦人素來敬重屈原，落入秦軍之手絕不會有性命之憂，厲聲下令：「撤出戰場，星夜東進安陸（註：安陸，雲夢澤東北岸要塞，秦統一後置縣，今湖北安陸北部地帶）！」

幾乎是兵不血刃，秦軍在一夜之間拿下了郢都。這在白起，實在是出乎意料。原先還準備著一場雲夢澤水上大戰，不想楚國最強大的雲夢水師早已護衛著王室消失得無影無蹤，整個楚國西部，都找不到一支主力大軍了。

雖則如此，白起依然沒有大意，一面派出快馬特使急報咸陽，請求丞相魏冄來郢都設郡安民，一面派出三路大軍逐一接收江漢之間的三十多座城池。楚國西部正當長江中游地段，本是楚國最為富庶的中心地帶。所謂三楚，有一種說法便是楚國的三大塊富庶之地——楚西本土、江東吳越、淮北淮南。三塊之中，郢都雲夢地帶是楚國的本土老根，是楚國王族直領的王畿之地，城池多財貨多人口也多。其他老部族之所以無法撼動楚國王室，根本因由便在於楚國這片廣闊的王畿之地實力最為雄厚。

如今，秦軍奪下這塊楚國根基看來不難，難的是如何鞏固地化入秦國？這便是白起謹慎行事的根本原因。與奪取河內盡掠財貨入秦不同，白起嚴令各軍：只要楚人不抵抗，便只接城防，不許擾民絲毫，違令者立斬不赦。秦國法度森嚴，軍令一下，大軍秋毫無犯，江漢間三十餘城平靜如常，沒有發生一起遺民抗秦事件。

與此同時，白起做了兩件事。第一件，先行以大良造名義通令楚西：隸農、官奴、私奴諸種奴隸，一律先行恢復自由民之身，關押者立即釋放；由秦軍劃定居住地段，發放稻穀、帳篷、衣物等，而後再由丞相到來後一體推行秦國新法，分地立業。此令一下，亂源頓時平息，隸農們歡呼不斷，成了秦軍最得力的擁戴者。

緊接著，白起立即來到軍醫營探望屈原。

老屈原被俘，終日一言不發，拒食拒藥，只閉著眼睛等死，任那個專門看護的老醫官如何勸說也不管用。白起進來，屈原依舊肅然端坐在草席上彷彿練氣方士。白起一拱手道：「屈原大夫，白起久仰大名，特來拜訪。」屈原猛然睜開眼睛，將白起打量片刻，冷冷一笑：「豎子屠夫也，屈原不屑與聞。」白起微微一笑：「天下大爭，先生也曾率軍與秦血戰，何獨白起攻楚便成屠夫？」屈原冷冷道：「要殺便殺！何須聒噪？」白起肅然拱手道：「先生志在變法，當是天下英雄猛士。白起雖是秦人，對先生亦是崇敬有加，何能使先生死不瞑目？」屈原怦然心動，臉上卻生鐵一般，閉眼沉默著。白起轉身下令：「來人，篷車送先生回去。」屈原又霍然睜開眼睛：「白起，你不要後悔。只要屈原回楚，永遠都是秦國死敵！」白起哈哈大笑：「先生哪裡話來？英雄生無對手，豈不寂寞？白起寧願與先生新軍血戰，也不願一陣風拿下這四十餘城。先生若能在楚國變法成功，再練三十萬新軍，白起第一個為先生慶賀！」

屈原沉重地一聲歎息，大袖一甩：「不用將軍車馬相送。」逕自去了。

望著屈原背影，白起一聲沉重的歎息。

不消一個月，魏冄帶著兩百餘名精悍文吏來到郢都。接收城池、清點府庫、料民戶籍、委派官吏等，又是一個多月的忙碌，才使諸事初具頭緒。五月底，魏冄頒布秦王書令：設置秦國南郡，以紀南為郡治所，以公子嬴騰為首任郡守，統轄峽江之下江漢四十三城，三年內逐步推行秦法。

白起大軍駐紮到七月底，要班師了。

臨行前幾日的一個晚上，白起獨自來見魏冄，席地長坐，良久無話。魏冄笑了：「上將軍幾曾學得臭儒生作派了？要乾坐到天亮麼？」白起細亮的三角眼一瞪：「我是不好說也。」魏冄敲著書案：「你我甚事不好說？豈有此理！」白起道：「穰侯可知，夷陵在楚國的重要？」魏冄笑道：「老夫楚人，能毋曉得？一則峽江要塞，二則歷代楚王陵墓。你，想要說甚？」猛然睜大了眼睛。白起思忖道：「楚國王陵在此，對南郡化入秦國終是不利。」魏冄極是敏捷機警，思忖間道：「老夫想想……你是說，毀了王陵？斷了楚人懷舊念頭？」白起點頭：「同時激起楚王仇恨，最好傾國與我大戰。若能一舉滅楚，豈非秦得半壁天下？」又是一歎，「穰侯楚人，故不好啟齒，白起一吐為快，穰侯自斟酌了。」魏冄輕輕叩著書案沉吟片刻，突然拍案：「可行！楚國太大，追著他打，當真還未必追得上。只有引蛇出洞，一刀斷頭！」末了悠然一笑，「受人之託，忠人之事。老夫縱是楚人，卻是秦國丞相。楚王陵墓，關老夫個鳥事了。」白起卻沒有笑：「穰侯莫要忘了，太后與你，都是羋氏王族。」魏冄大笑道：「你個上將軍，專一動此等心思，好沒來由也。太后與羋氏王族，八竿子都挨不上！真正的王族公主，有幾個嫁給他國了？日後再說此等沒氣力話，老夫給你兩拳！」白起哈哈大笑：「與丞相說事，當真快哉！挨得兩拳也高興。」

次日，白起立即下令大將王陵：率領一千鐵騎從陸路兼程趕往夷陵。

王陵慮事周密，到了夷陵關先令軍馬紮營城外，聯絡留守水軍並準備一千桶猛火油，自己卻帶了幾名軍吏登上夷山仔細踏勘。

夷陵者，夷山之陵也。早在三皇五帝時期，這裡便是楚人祖先的漁獵區域。在楚人傳說中，其最早祖先是黃帝的孫子高陽氏。高陽氏的重孫叫重離，做了帝嚳的火正。這個重離神通廣大，將用火技巧傳遍各部落邦國，「光融天下」，帝嚳賜號「祝融」——祝，大也；融，明也；祝融，便是大明天下。後世以祝融為火神，楚人也就成了火神的後裔。到了大約近千年之後的殷商末期，祝融的後裔部族做了西部諸侯周文王的臣子，大約被封在了「熊」地，或以獵熊為生，總而言之姓了熊。

事周四代之後，熊氏部族出了個雄心勃勃的首領，叫熊繹。這個熊繹不甘臣服周邦，率領部族向西南的茫茫大山遷徙，一直走到了峽江兩岸的山地，才定居下來艱難謀生。這時候，周已經滅了商，周武王也死了。繼任的周成王將熊繹「封」做「楚蠻」，等同男爵，算作最低等級的諸侯。實際上，僅僅是賜了一個表示極大蔑視的封號而已。這時，不知何種因由，熊繹的部族卻改姓了「羋」，將部族的城邑建在了長江南岸的丹陽。這個丹陽，就是後來的屈氏故鄉秭歸。

自熊繹開始，熊氏部族有了「楚」這個後來成為國號的封號，楚人開始以諸侯名義自立於天下。於是，楚人追認熊繹為「先王」，將熊繹陵寢稱為「先王陵」。熊繹便葬在夷山。夷山連綿橫亙在峽江出口與丹陽之間，先後埋葬了熊繹之後的十幾代「先王」。於是，「夷陵」成了楚人婦孺皆知的名號。後來修建的峽江要塞，自然而然地叫作了夷陵。

夷陵是夷山陵群，從西向東依著山勢展開。既要陵墓壯觀，又受人力限制，於是楚人依山為陵，靈柩葬於山腹，將高聳的山頭做了接天的陵頂；而後再圈造陵園，石坊、石俑以及石宮殿聳立地面，便成了一座高牆包圍的山地松柏園林。如此一來，每個山頭一座先王陵，綿延逶迤松柏蒼翠，整個夷山都成了茫茫楚王陵。

「鳥！得老子花一陣工夫整治。」王陵狠狠罵了一句。

次日，王陵下令：水陸兩軍一萬兵士先向夷山搬運猛火油，再將鐵錘鍬耒等諸般工具運上山頭。忙得一日，諸事就緒。王陵下令每座陵寢守定八百名士兵，先向陵園宮殿關節處澆滿猛火油，而後一聲令下：「舉火！」頓時號角齊鳴，各個山頭同時燃起大火，連綿蒼翠的千年古松柏林本來就油脂豐滿，一經火頭，倏忽之間汪洋火海，峽江天空煙火蒸騰松油香彌漫一時蔚為奇觀。

旬日之間，大火方才漸漸熄滅。王陵帶著一千騎士上山查看，只見所有的地面物事都被燒成了焦黑的炭團，每個陵園山頭都變成了光禿禿的醜陋荒崗，再也沒有了往昔林海呼嘯宮殿聳立的蔥蘢景象，根本無須再度搗毀。

「好！變成了亂葬墳。」王陵哈哈大笑，立即飛馬急報白起。

白起接報，一面立即派出快馬特使飛報咸陽，一面立即下令水陸大軍集結雲夢澤西岸，推遲班師，準備迎擊楚軍。

焚毀夷陵的消息傳開，非但楚人奔相走告驚慌憤怒，天下各國也無不為之震驚，視為楚國最大恥辱。然則忒煞奇怪，一個多月過去，楚國大軍竟毫無動靜。各路斥候日日快報，都是一句話：「楚都無異常。」白起又一次焦躁起來，如此奇恥大辱楚國王室竟能無動於衷？他無論如何不能相信，可偏偏又不能不信。便在此時，咸陽王使飛馬趕到郢城，宣諭王書：召丞相魏冉速回咸陽，另有對楚密策施行；白起大軍留駐南郡鎮撫，來春班師。

「穰侯啊，這密策是甚？」白起大是困惑。

魏冉哈哈大笑：「太后秦王出了奇，老夫如何得知了？」

六、楚懷王第一次獨斷國事

遷都壽邑，楚懷王昏昏睏覺三個月，不亦樂乎。

壽邑，後世稱為壽春（註：壽春，今安徽壽縣西南），是扼守淮水南岸的一座要塞城堡。城南一片大湖，叫作芍陂，雖不若雲夢澤煙波浩渺，卻也是方圓百餘里一望無際。北臨淮水，南擁芍陂，既有農耕灌溉之利，又有商旅舟楫之便，壽邑成了淮南地帶的大城，與淮北的陳城遙遙相望，成為支撐整個北楚的兩座重鎮。淮水兩岸多戰事，歷來是楚國北上中原逐鹿的大戰場，當年的楚莊王將壽邑封給了軍力最強的昭氏部族。一百多年下來，昭氏精心經營，壽邑成了一座頗具規模的六里千戶之城——城方六里，民居千戶。

雖則如此，楚王的東遷大軍一朝湧到，壽邑頓時顯得窄小擁擠起來。隨遷百官臣僚連同家族人口足足十五六萬，禁軍三萬，內侍侍女奴僕及尚坊百工三萬餘，王族嫡系人口及各種奴僕隨從也是五六萬，運送王室財貨的牛車一千輛、大船一千艘、全部車夫水手將近三萬，再加上昭睢家族與昭氏子弟兵將近十萬，滿當當五十萬出頭，捲著漫天煙塵湧來，將一座寧靜的城堡頓時淹沒了。城內官署、客棧與富商大賈的所有空房都被緊急徵用，饒是如此，卻連王室都不夠用。於是，城外紮滿了連綿帳篷，牛車被改成棚車住人，戰船也密密麻麻泊在淮水與芍陂，作了臨時倉儲府庫。站在城頭一望，方圓二三十里黃濛濛一望無際，活生生與當年越國遷都琅邪一般無二。

長途馳驅顛簸，雖然一路上都抱著那個肥白細嫩的新王后作肉墊，楚懷王仍然是疲憊得連說話的力氣都沒有了。昏睡三日好容易醒來，老國王想出城走走，誰知剛一出「王宮」，就被滿街擁擠的人潮車流與飛揚漫天的塵土嚇得坐在了門檻上。

「這這，哪家叛亂了麼？沒，沒了王法了？」楚懷王如在夢中。

「儂毋曉得，城裡城外一般樣呢！還是回去抱儂睏覺了。」新王后也慌得眼珠兒滴溜溜轉。

「回去回去，睏覺睏覺。」楚懷王終於選擇了最省心的一件事。

亂歸亂，楚國畢竟歷經多次遷都，像昭雎這般年紀的老臣子人人都經過兩三次，只要不打仗，還都挺得住。老昭雎是執政令尹，這裡又是昭氏的根基之地，也不去與老國王做無謂絮叨，只打起精神全力周旋調配，將周遭的三個小城堡也圈進了「都城」，竟也在兩個月中將亂紛紛的五十多萬人馬大體安頓就緒。好在壽邑原本豐饒，王室財貨在遷徙中也大體是絕大部分都搬了過來，有吃有喝，沒有發生大騷亂，局面便漸漸安定了下來。

秋風來臨之際，昭雎第一次進宮，動議楚王舉行新都大典。終是可以出城了，楚懷王高興得連連點頭：「好也好也，老令尹居功至偉，依老令尹謀劃了。」於是，出城祭天拜地，向天地通報了楚國「中興大業於新都」的壯志遠圖，又書告朝野：新都定名為「壽郢」，依楚國祖制對天下仍稱郢都。在城外郊野風光徜徉一日，楚懷王鬱悶大消，臨回宮時對昭雎頗神祕地一笑：「老令尹，『壽郢』這名號好也，長壽之郢，興國運了。」老昭雎呵呵笑道：「我王當真聖明，老臣如何沒有想到了？」楚懷王大是舒坦，湊近昭雎耳邊低聲道：「本王有先祖宣王所留之國運祕笈，自能暗合天機了。儂毋曉得，今年內楚國大轉機，中興之兆也！」老昭雎連連點頭：「大是大是，我王如此說，老臣心下安了。」

楚懷王喜滋滋等待國運轉機的時日，陳城令飛馬急報：秦國特使涇陽君嬴顯入楚，不日將到壽郢。

一石激水浪千層。當此楚國新敗正擔心秦國趁勢猛攻之際，秦國特使南來究竟何意？楚國君臣頓時譁然，紛紛猜測秦使來意，並提出各種各樣的應對之策。此時屈原蜷縮放逐之地，春申君因「丟失郢都，喪師十萬」之罪，被昭雎以楚王名義貶黜為「駐守安陸，戴罪立功」的野臣，楚國的新派人物幾乎已經銷聲匿跡了。在新都的大臣不是昭雎一黨，便是受昭雎一黨挾制，但遇大事，出奇地眾口一詞。然則這次有了例外，人各有說，對策也是千奇百怪。

「秦軍燒我王陵，人神共憤天下洶洶。秦國必是懾於天下公議，來向我王謝罪修好。我王當嚴詞譴責，許秦國賠償十萬金重修夷陵。」大司馬昭常第一個做出了評判。

「秦國若不重修夷陵，我便出兵奪回郢都！」做了上將軍的子弗為是昭雎又一個族侄，正在氣盛之時，出語驚人。

「差矣差矣。」上柱國景翠雖是將軍，卻有一副文人氣度，悠然笑著，「秦軍奪我四十餘城，設得一郡。然此地皆在水鄉，秦人本西陲蠻夷北人，慣於放牧騎乘，不服南國水土濕熱，定是無法長駐，成了炭團在手。秦使南來，諸位說他要做甚？」說得口滑，景翠學了秦人一句土語，殿堂中哄然大笑。

「上柱國有理，秦人要還我土地，索我錢財！」一個大臣立即響應。

「不對！秦軍要撤，怕我追殲，來求和！」一個將軍昂昂高聲分外氣壯。

「諸位所說，失之偏頗也。」太史令鄭詹尹搖搖雪白的頭顱，「秦人蠻勇虎狼，豈能吐出果腹之肉也？我王遷壽郢，上應天象，秦國豈能不知？秦使此來，畏懼天道休戰求和而已。我王可順勢應之，而後相機奪回失地，再北上伐秦。此乃長策遠圖，萬勿逞一時之快，與秦使糾纏於一城一地之得失也。」

一言落點，舉殿肅然，朝臣都被這個能窺透天機的老人的沉穩折服了。

「太史令老成謀國，賞百金了！」楚懷王大是振奮，敲著王案驟然高聲，「至於應對，本王自有成算，相機處置了。」

只有權勢最大的老昭雎始終沉默，只是笑著聽著，一句話也沒說。

三日之後，秦國特使果然到了。楚懷王已經緩過了勁來，也不與昭雎商議，徑下王書令朝臣大會王宮正殿以震懾秦使。次日清晨，楚懷王破例在寅時離榻，一番梳洗著裝，又飲下了新王后捧來的一盞五石上藥羹，在卯時由四名侍女簇擁著到了正殿。這「五石上藥」是往昔鄭袖以萬金巨價請來一個齊國老方士專門煉製的一種丹藥。楚懷王還記得那個老方士的解說：「《神農經》曰：上藥養命。何謂上藥？五石之煉形，六芝之延年也。五石者，丹砂、雄黃、白礬、曾青、慈石也。六芝者，靈芝、石芝、木芝、草芝、肉芝、菌芝也。五石六芝合，命之所以延，性之所以利，病之所以止也。」從那以後，楚懷王每晚一粒五石丹研磨成粉末再煎成藥羹服下。只要此藥下喉，他便雄風大振，鄭袖便要咯咯笑著俯首稱臣。今日事大，他破例在早晨用了，一路走來通身燥熱額頭冒汗勁力僨張，心情特樣輕鬆。

「秦使晉見——」內侍一聲高宣，幽暗的大殿中頓時肅然無聲。

一個黑衣高冠的中年人大步走進一躬：「秦王特使、涇陽君嬴顯參見楚王。」

「涇陽君千里入楚，卻是何幹？」楚懷王矜持地拉長了聲調。

「外臣啟稟楚王，」嬴顯不卑不亢地一拱手，「秦楚相鄰，多有戰端。我王欲請楚王會盟，兩國議和罷兵，請楚王以天下為重，熄滅戰火。」

楚懷王一陣驚喜——天機當真玄妙，剛遷壽郢，便有國運轉機。雖則如是想，楚懷王卻冷冷一笑：「秦國奪我江漢，毀我夷陵，如何了結？」

「楚王若能議和罷兵，秦國願退出江漢。」

「且慢！」上將軍子弗為從座案霍然站起戟指嬴顯，「退出江漢？特使好輕鬆，燒我先王陵寢，如何處置？」

「上將軍以為當如何處置？」嬴顯的黑臉沉了下來。

「賠金兩萬、軍糧百萬斛，秦王到夷陵祭拜謝罪！」

嬴顯嘿嘿一笑：「六十萬大軍守不住一陵，竟來要戰勝國賠金謝罪，當真豈有此理？本特使只一句話：要和便和，不和秦軍不退，楚王自己斟酌便了。告辭！」大袖一甩，要下殿而去。

「且慢。」楚懷王笑著招手，「特使先說說，議和，如何議法了？」

「楚王北上，秦王南下，武關外三十里會盟議和。」嬴顯回頭兩句，逕自去了。

「豎子猖狂！」子弗為一聲吼叫，「待我手刃此賊，再說議和！」

「豈有此理！」楚懷王第一次發怒了，「啪」地拍案而起，「國運在天，豈能孩童置氣了？都歸本座，給本王好生揣摩，能否北上議和？」

上柱國景翠高聲道：「此等大事，該當請老令尹入朝議決。」

「老令尹年高多病，告休幾日了。」楚懷王此刻很不高興有人提起昭雎。畢竟，這個老權臣的權力是太大了，目下王室又在他地盤上，若不趁著上天護佑之機振興王權，楚國王室當真便要就此淪落了。這個素來優柔寡斷的老國王第一次有了主見，「諸位但說，我自會與老令尹商議了。」

「老臣拙見，」太史令鄭詹尹抖著雪白的頭顱說話了，「秦使所言，坐實了老臣日前評判：天命楚國當興，秦國畏懼修好。若秦國特使一味示弱，答應退回江漢並謝罪夷陵，倒有設謀誘王之嫌。今秦使前恭後倨，驕橫不承夷陵罪責，老臣以為：這恰是秦國誠心媾和之兆。何也？秦乃強國虎狼，楚乃新敗之邦，強與弱媾和，退回失地足矣，安得他求？以天命大運度利害，洗雪夷陵之恨，只能遠圖，不可急功而壞大計……」

「老太史忒是絮叨。你只說，我王去得去不得？」上將軍子弗為大是不耐。

「老臣忖度：天命在身，我王去得。」太史令終於說出了結論。

雖則被子弗為打斷，太史令這番話卻使一班大臣大大地有了主見，異口同聲道：「臣等以為，我王可去。」上柱國景翠更是高聲大嗓道：「兵不血刃而收復失地，不去木瓜了。」一言落點，殿中笑聲一片，氣氛頓時鬆快。

「好！」楚懷王一拍王案，「待本王與老令尹商議而後定奪，散朝。」此時楚懷王突覺一股熱氣升騰於丹田，突兀想擁住身邊侍女狼吞虎嚥一番，可想起一件大事，生生忍住，疾步下殿，將蹣跚最後的老太史令拉到殿角帷幕後低聲道：「老太史，你說老令尹會如何說法了？」白髮蒼蒼的太史令悠然一笑：「我王心思，老臣盡知。唯有一言，我王切記：實則虛之，虛則實之也。」楚懷王大是頭疼：「此話何意？你倒是明說了。」老太史令湊近楚懷王耳邊低聲幾句，楚懷王哈哈大笑：「儂果然高明，好好好，便是這般了。」

匆匆走到後宮廊下，老國王已經按捺不住周身颶風般的熱氣，猛然拉過一個侍女便撲在地上折騰起來。另外三個侍女嚇得摀著嘴不敢出聲也不敢離開，眼睜睜看著那個侍女被老國王三兩下剝光婉轉淒厲地呻吟起來……一個侍女驀然醒悟道：「快，擋住，大王受了風我等誰也別想活！」三人連忙圍住了已經光光翻滾的兩具白肉，相互拉起裙裾做了屏風。好容易過了大半個時辰，老國王翻身跳起：「青果子不過勁，找王后了。」將大袍往裸身子一裹，大步匆匆地走了。慌得三個侍女顧不得還躺在血糊糊石板上的同伴，一口聲叫著：「大王有風！」邊跑邊脫下長裙趕上來往老國王身上包。楚懷王包著一身五顏六色的絲衣，身後跟著三個白光光的侍女，風一般進了後宮，嚇得迎面侍女一片叫嚷紛紛逃避。

終於在午後時分，楚懷王從新王后身上爬了起來，雖是飄浮眩暈，卻也是一身輕鬆，細嚼慢嚥地吃完了一鼎鹿龜湯肉，這才打著瞌睡登上轀車來到令尹府。老昭睢躺在病榻，沒有來迎楚王。老國王一心輕鬆，毫不計較，滿臉流淌著笑意來到昭睢寢室。

「老令尹啊，秦王邀本王會盟和約，退還江漢，去也不去了？」

「我王之意如何？」老昭睢有氣無力，聲氣細若游絲。

「本王麼？尚無定見了。」

老昭睢艱難地喘息著：「老臣看來，秦國無道，不能輕涉險地……不，不能去了。」

「好，本王曉得了。」楚懷王目光連連閃爍，「老令尹好生養息，本王擇日再來探望了。」說罷起身逕自去了。

昭睢冷笑一聲，從病榻上霍然起身：「子弗為出來！」一身甲冑的上將軍子弗為從帷幕後冷笑著走了出來：「好個昏君，刀擱在脖頸上了還……」「住口！」昭睢一聲呵斥，壓低了聲，「機心無言。任何時候，不許吐露心聲，曉得？」子弗為連忙點頭，一聲不吭了。昭睢一揮手：「隨我到密室。」踩著厚厚的地氈無聲地消失在帷幕之後。

三日之後，楚懷王在八千鐵騎禁軍護衛下，帶著新王后與四名侍女，隨著秦國特使嬴顯北上了。沿著潁水河谷行得兩日，堪堪將近陳城，一支馬隊突然從潁水西岸的叢林中衝出，橫在當道不動。楚懷王正在特製的寬大輜車上心不在焉地眺望，遙遙望見當道軍馬，渾身一激靈道：「是秦軍當道麼？秦使何在？」正在此時，車前鐵騎圈外的護軍大將一聲長呼：「春申君晉見我王！」剎那之間旌旗分開兩列，一個身披金色斗篷的熟悉身影大步匆匆地走到了王車前。

「春申君，你不在安陸，來此何幹了？」楚懷王對屈原與春申君不同，對屈原是怕是煩，一見頭大如斗，生怕他義正詞嚴地教訓自己；對豁達詼諧的春申君則頗是喜歡，只要不說國事，很是喜歡與他盤桓。這次春申君丟失郢都喪師十萬，舉朝問罪，唯獨楚懷王不置可否。此刻見春申君風塵僕僕面容憔悴，也不忍去問他罪責，只平平淡淡地說了一句。畢竟，春申君喪師失地，老國王也不能過分嬌縱於他。

春申君一拱道：「嘆呀，臣請我王移步說話，黃歇有密情陳說。」

老國王皺了一下眉頭：「祕情？又是屈原回朝，秉政變法了？」見春申君咬著牙不說話，老國王豁達地笑了，「好好好，移步說話。王車進入密林，不許他人跟來。」王車馭手「嗨」的一聲，那輛青銅駟馬軺車轔轔駛進了旁邊的樹林。

軺車剛剛停穩，匆匆跟來的春申君撲通跪在了車前。雖說君臣大禮跪亦無妨，但在此時畢竟是極不尋常的。戰國禮節簡約，君臣大防遠不似後世那般森嚴。君前議事，臣子同樣有座，躬身參拜堪稱大禮，尋常議事則只是拱手禮節。大臣高爵如春申君者，此舉自是非同尋常。

「起來起來！」楚懷王急迫拉住春申君兩手，「這般可憐，卻是為何？昭睢又為難你了？沒事，本王撐著，他又能如何？」

「噢呀我王，此事與昭睢無關了。臣有事相求，王若不應，臣不敢起來。」

「好了好了，本王應，你先起來，跪著我心酸啦。」

「謝過我王！」春申君爬起來一臉急促道，「臣懇請我王，立即還都，不能去武關。臣有祕密斥候報來急訊：武關城內有秦軍埋伏，秦王可能有他圖！屈原大夫也是此意，這是他託臣呈給我王的血書。」說罷從懷中掏出一方折疊的白絹抖開，十六個暗紅的大字觸目驚心——秦人奸險，武關虎口，王身繫國，毋做楚囚。

楚懷王瞄得一眼，急速打著圈子口中一串嘟囔：「血書血書，老屈原有多少血整日寫書了？要不是本王護著，他能活到今日了？不好好等個機會，有事只亂攪和了，真糊塗老糊塗啦。」嘟囔一陣，又猛然站定呵呵一笑，「春申君啊，你猜猜，昭睢對此事如何了？」

「噢呀還用猜了？昭睢與秦國張儀時已有勾連，定然攛掇我王與秦媾和了。」春申君滿臉通紅毫不猶豫。

「我說呀，你等整日咬來咬去不覺無趣麼？」楚懷王豁達地呵呵笑著，「本王今日告你：昭睢力諫本王不去武關。他說，秦國無道，不能輕涉險地了。你說，老令尹不是忠臣麼？他與秦國誰個勾連了？」春申君大是驚愕，一時結巴起來：「是，是，是麼？他，他如何能說此等話了？臣，臣卻是不信了……」

「春申君，放心回去了。這回呀，你與老屈原杞人憂天了。」楚懷王第一次變得自信又從容，「這一回，本王不受任何人攛掇，偏是要君心獨斷了。本王就是不明白，分明是兵不血刃地收復失地，你等倒是都嘈嘈起來，看本王親自做一件大事就眼紅了？毋曉得甚個道理了？回去回去。」說罷一揮手，兩個侍女立即飄過來將他扶上了軺車，「走！莫得誤了路程，教秦王笑我了。」

金燦燦王車轔轔去了，春申君愣怔地木然地站著，兀自喃喃半日，突然大笑起來。

七、終以身死問蒼天

又是一個春天。汨羅江藍了，草灘綠了，大山青了。

無邊的空曠，無邊的荒莽，無邊的孤寂。只有一個白髮蒼蒼的老人踽踽獨行，漫無目標地徜徉在青山綠水之間。蹚過溪流，爬上高山，老人佇立在高高的峰頂，久久地凝望著北方。漸漸地，太陽吻住了大山，一片金紅籠罩了天地，老人依舊釘子般佇立在山頭。

突然，一陣長長的戰馬嘶鳴劃破了久遠的寂靜，連聲呼喊在山風中蕩漾開來：「屈原兄，你在哪裡——」「屈子，魯仲連來了——」

老人一陣震顫，長長吟哦：「駿馬飛車兮，多有悲歌。關山阻隔兮，何得一捷報？」吟哦方罷突然回身，靈猿一般手腳並用，片刻間爬下高高的孤峰，張開雙臂迎了上來，與飛身下馬的身影緊緊地抱在一起，久久沒有分開。

「噢呀屈兄，你頭髮全白了……」春申君抹著眼淚上下打量著枯竹一般的老人。

「我老，不足惜也！」屈原歎息一聲，「你正當不惑，兩鬢如霜，如何了得？」

「噢呀，不說這些了。」春申君勉力一笑，「仲連與小越女星夜南來了。走，到茅屋前說話了。」

依舊是那堆篝火，依舊是幾塊大石幾只陶碗。四人坐定，小越女似乎只顧著給篝火添柴給碗中斟酒，時不時瞟得老屈原一眼便飛快地移開目光。魯仲連與春申君也只撥弄著篝火，一時都沒有說話。良久默然，屈原突然目光炯炯道：「仲連，說話了，老夫挺得住。」

「屈原大夫，」魯仲連驟然抬起頭來，「楚王出事了……」

「楚王哪一日不出事？」屈原嘴角抽搐，「說，究竟如何了？」

「楚王，被秦國囚禁了。」魯仲連說話的同時，小越女便盯住了屈原。

屈原兩腿一抖，幾乎便要軟倒。小越女手疾眼快，幾乎在同時扶住了屈原。屈原良久沉默，末了一聲粗重的歎息：「枉自大國，卻做楚囚，國恥也！」又是一陣沉默，突然激動地喘息著，「總是一國之君，秦國無非以楚王要脅，攫取我大楚山河而已。為今之計，只有設法救出楚王了。楚王但回，必能洗心革面，楚國當有振興良機也。」

「噢呀屈原兄，仲連小越女率領南墨兩百壯士，原是救楚王去了。」

「好！快說，楚王回來了麼？」

「屈原大夫，」魯仲連一聲哽咽，從楚懷王進入武關說起，講出了一番離奇的故事：

楚懷王一到武關城外三十里，秦國丞相魏冄隆重出迎，商定楚王人馬在關外紮營，次日兩王在關下楚軍營前會盟立約。楚懷王見武關只有三兩千人馬，斥候也接連飛報周遭百里之內沒有秦軍蹤跡，認定秦國是真心會盟，不禁大是振奮，想先將魏冄說得與楚國一心。與魏冄痛飲了兩個時辰，楚懷王賞賜給魏冄十名細腰侍女、一車楚國香橘。魏冄醺醺大醉，非要用兩車秦王酒犒勞楚軍將領。楚王滿臉脹紅，高興得手舞足蹈，立即下令二十員楚軍將領拜受秦王犒賞，當即在王帳外痛飲。天將暮色時分，楚王醉了，魏冄醉了，大將們也醉了。就在那個晚上，八千禁軍神奇地消失了，連營帳旗號也蹤跡皆無。

楚懷王一覺醒來，已是日上三竿。剛剛梳洗停當，帳外鼓號齊鳴，秦國特使嬴顯已經到了行轅之外。楚懷王正要出帳，嬴顯已經大步匆匆地撞了進來，當頭一句喝問：「敢問楚王：大秦丞相何在？」楚懷王頓時懵了：「你說魏冄麼？他？對了，他在犒賞大將飲酒了。對，秦王酒了。」嬴顯怒喝一聲：「哪裡有酒？哪裡有人？」

楚懷王出帳一看，頓時一個踉蹌便要跌倒——旌旗招展的軍營已經無蹤無影，空蕩蕩的行轅戰車上也沒有了一個兵士，只有嬴顯帶來的一隊鐵騎黑沉沉橫在眼前。老國王大駭，也猛然醒悟，對著嬴顯嘶聲大喊：「嬴顯，叫秦王出來說話！」嬴顯冷冷一笑：「還是楚王自對秦王去說的好。來人！護持楚王入關。」

及至春申君與魯仲連帶著安陸三萬兵馬趕到丹水谷地時，武關下已經是一片寂然空曠，秦軍十萬已經紮在了關外山口嚴陣以待。春申君怒不可遏，要與秦軍決死一戰，卻被魯仲連死死勸住了。兩人帶兵退入楚界，魯仲連提出了一個營救楚王的謀劃。春申君要挑選軍中猛士三百，親自前往。魯仲連正色道：「春申君差矣！此等事軍兵不如俠士，你縱是上將軍，亦不如我。若信得魯仲連，你便帶兵在崤山接應，不日我便有音信。」春申君深知魯仲連大義高風，毫無異議地贊同了。

魯仲連與小越女帶著隨軍北上的南墨子弟兩百餘人，星夜從崤山潛入秦國腹地去了。

這一次魯仲連決意背水一戰，連素來不出面的田單在咸陽的祕密力量也一併拉了出來。旬日之間，查清了楚王被祕密囚禁在南山河谷。

那是一道草木蔥蘢的峽谷，一角青色屋簷從山腰飛出綠林之外。城堡的大門關閉著，牆外與羊腸山道上遊動著隱約可見的黑衣甲士。城堡內一片寂然，天井般的庭院也只是一片青石鋪成的空場，沒有樹木，沒有亭臺水面，沒有任何遮掩人身處。楚懷王孤零零站在院中，仰望藍天，癡呆悲傷，只是不斷地仰天長歎。廊柱下，驟然消瘦的新王后沮喪地坐在石板上，呆呆木木地望著楚懷王。

終於，南山的藍天上出現了一隻不斷盤旋的灰色大鷹。漸漸地，灰鷹盤旋於禁宮上空，似乎在追捕一隻小雀。楚懷王仰天看著大鷹盤旋，不禁一聲淒然長呼：「灰鷹！雙翅給我，本王要飛回去啦！」新王后輕蔑地撇了撇嘴，依舊木呆呆地仰臉望著空曠無邊的藍天。突然，灰鷹從高高的藍天俯衝而下，從城堡上空一掠而過，又筆直地衝向藍天。

一支發光的物事「啪」地掉在了楚懷王頭上。楚懷王驚恐地叫了一聲，頹然跌坐在院中石板上。那發光物事卻「噹啷」一聲，滾到了老國王身邊的石板上。楚懷王回過神來，詫異地撿起發光物事，竟是手指長一支細銅管。端詳有頃，他將管頭輕輕一拔，裡邊露出細細一束白絹。老國王頓時驚喜地大叫起來：「信！快來看啦。」

那正是魯仲連給楚王的密信，只有六個字——請遊大河桃林。

又是旬日，楚懷王在涇陽君嬴顯的一千人馬護送下，北上藍田西出下邽，去遊覽天下聞名的桃林勝地了。桃林塬是一片廣袤嵯峨的山地，相傳夸父追日渴死在這片山塬，夸父的手杖化作了茫茫三百里桃林。在桃林山塬的一道必經峽谷，魯仲連小越女與田單一起，發動了一場突然夜襲。

楚懷王的篷車剛一奪回，田單斷喝一聲：「仲連快走！我來斷後。」魯仲連小越女人馬立即護持著楚王篷車向崤山東南疾走，田單的兩百多人堵在山口與剩餘秦軍搏殺起來。剛剛走得二三十里，迎面一隊黑色鐵騎展開在當道，兩翼直伸展到兩邊山腰，一個陰沉的聲音冷冷道：「魯仲連，本將軍乃騎兵主將嬴豹。放下楚車，我饒了你等。否則一個不留！」

「交上天決斷。」魯仲連平靜回答，將手中長劍一舉。

突然，篷車中響起一聲淒厲的呼叫：「大王！你醒醒，別怕呵。」

車旁白影一閃，小越女到了篷車，立刻一聲驚慌呼喊：「仲連快來！」

魯仲連飛身一躍，直上篷車，撩開車簾，見楚懷王肥大的身軀直挺挺橫在車中，隱隱火把之下，眼睛瞪得銅鈴一般。驚怔之下，魯仲連伸手一探鼻息，已是氣息皆無。

那個已經變得黑瘦的王后一聲哭喊：「大王嚇死了！大王可憐哪！」

倏忽之間，魯仲連心頭彌漫出無邊的冰冷，兩手一插車底端起了楚懷王屍體下車：「秦國還要他麼？」聲音冰冷喑啞。

「火把！」嬴豹一聲命令，幾支火把圍了過來。

嬴豹下馬端詳一陣，向楚懷王屍身一躬，又向魯仲連一拱手：「楚王既死，公等之情亦盡。此去楚國山高水遠，運送王屍實在不便。不若各位與我一同將楚王屍身運回咸陽，由秦國護送回楚安葬，如何？」魯仲連思忖一番，長歎一聲，默默地點了頭。

「屈原兄！」春申君一聲驚叫，撲將過來抱住了屈原。

屈原已經昏倒在篝火旁，蒼老而又憤激的臉在火光下慘白青紫。魯仲連大急，一邊來掐屈原的人中穴，一邊輕聲焦急地呼喚著：「屈原大夫！屈原大夫！」小越女輕聲道：「仲連莫急，且將他平放。對了，就這樣，你倆離開一些。」待魯仲連與春申君放開手退後，小越女跪坐於屈原身側三尺之外，兩手同時向屈原太陽穴與腳底湧泉穴伸出。驟然之間，一紅一綠兩束細微的光芒直注兩穴。

片刻之間，屈原頭頂一股黑氣衝出，臉色漸漸舒展平和。良久，屈原開目，一聲粗重的歎息：「上天呵上天，為何將災難都降了楚國？」兩眼淚水奪眶而出。

魯仲連如釋重負含淚道：「屈原大夫，為政重臣，當百折不撓，處變不驚。況乎楚王如此經不得風浪，縱然生還，豈能變法強國？楚國遠圖，原在掃除奸佞，擁立新君啊！」

「噢呀屈原兄！」春申君急得一頭汗水，「我與仲連已經商定：先將你接到一個萬全之地養息，由我出面聯絡新派，擁立新王！仲連小越女率南墨子弟剷除奸佞，而後請你還國秉政變法！老王已經死了，你若振作待時，有可能楚國轉機也。」

屈原一臉茫然，良久沉默，斷斷續續地一陣喃喃：「春申君，仲連，我，怕是不行了。孔子眼看魯衰而無能為力，他，也是氣悶而死的。我，只怕要和孔夫子一樣了……楚王是想變法的，可惜他死了，死了，上天何其晦暝也！」

小越女淡淡笑道：「屈原大夫，天道玄遠，人道至上，何為一昏聵國王耿耿若此？」

屈原搖搖頭：「不，楚王不是昏聵之君，他被奸人蒙蔽了。春申君，魯仲連，還有小越女，屈原謝過你等情意了。我，哪裡也不去。汨羅水，是屈原的歸宿。你等走……」

魯仲連愕然。春申君大急道：「噢呀屈原兄！這是哪裡話來？我等如何能丟下你走？楚國等著你，變法等著你！昭睢還要殺你，莫非你連我黃歇都信不過了？啊！」

屈原閉上了眼睛，揮了揮手，轉身向那座孤獨的茅屋走去了。

料峭的寒風掠過，那堆明亮的篝火突然熄滅了。春申君對著茅屋長長地喊了一聲：「屈原兄，過得幾日我再來，等我——」悲愴的喊聲在空曠的山谷迴盪著，被風吹得很遠很遠。

太陽出來了。汨羅江畔晨霧渺渺，青山綠水陷在了無邊無際的迷濛之中。

屈原從茅屋中出來了，扶著一支青綠的竹杖，消失在彌漫的晨霧裡，登上了那座高高的孤峰。晨霧消散，那個身影像一座石刻的雕像，久久地佇立著，久久地仰望著湛藍深邃的天空。漸漸地，蒼翠青山吻住了半邊紅日，晚霞彤雲飛金流彩，天空充滿一種深不可測的神祕，一種主宰一切卻又永恆地保持著沉默的威嚴。山下，汨羅江水被霞光照得青綠中透著金紅，漁船正在江中緩行晚靠，隱隱有問答酬唱的漁歌傳來。

那位聖哲般的老漁夫，依然肩扛漁叉漁網，漫不經心地從江畔走來。偶然，他抬頭看了一眼那熟悉的茅屋，眼神閃過一絲驚異。那柱像漁火一樣準時點燃的炊煙沒有了，茅屋上挑著一幅長長的白幡，門前也沒有了那個白髮蒼蒼的老人。

老漁夫的目光緩緩地向山頂移動著，木然地站住了。

白髮飄飄的老人佇立在高高的孤峰頂端，山下是湍急的汨羅江。

老人仰起了高傲而執拗的頭顱，凝視著流雲飛動的天空，長長歎息一聲，沉重極了。上天呵上天，你醒著吧？不，你定然睡著了，睡著了。你有雙眼麼？不，你定然沒有生得雙眼，沒有！沒有！那你為何要做天？為何要受人的頂禮膜拜？上天呵上天，都說你是太古自生，不是人造，不受人制，洞察奸邪，懲惡揚善。真是這樣麼？不！你混混沌沌，無邊無際，不識人間是非功過，全然沒有公平，沒有正義，沒有愛心！你，你還是天麼？

天空神祕而沉默，七彩流雲的漩渦積澱著久遠的愚昧，平靜、麻木而又詭異。

突然，火山噴發了，老人高聲吟哦——

女媧蛇身蛇心，天，你為何要教她造人？給人布下邪惡的種子？
鯀無德無能，天，你為何要派他去治水？
大禹辛勞治水，天，你為何卻要讓他受盡折磨？
益有大功於世，天，你為何卻要教他被啟殺害？
羿殘暴放蕩，天，你為何成全他奪了相的帝位？

舜屢次受害，天，你為何不懲罰邪惡的凶手？
夏桀昏暴無行，天，你為何不用雷電轟擊，殺掉這個暴君？
天呵天……你永遠都在昏睡！你給人間留下了多少不平？
太甲殺害了伊尹，為何太甲反而做了國王？
殷紂荒淫無道，為何周文王卻不能誅滅他？
周公旦忠貞勤政，為何卻有四面流言誣陷他？
周幽王戲弄諸侯，為何還教他高居王位？
齊桓公聖明神武，為何被活活餓死在深宮？
周政王道蕩蕩，為何伯夷、叔齊死不降周？
楚國多雄傑名士，為何偏是教楚國沉淪敗亡？
上天呵上天，你的浩渺寬闊，莫非是用來容納人間邪惡麼？
上天呵上天，你的高遠廣袤，莫非是用來漠視人間冤獄麼？
如此之天，何堪為天也——
……

太陽完全沉沒於山後了，天際陷入了茫茫昏暗。

老人仰天大笑，笑一陣又大哭一陣，搖著頭，拭著淚，釋然而又迷惘地喃喃著：「上天呵上天，不要責怪屈原罵你問你。你要有靈魂，有雙眼，你可能早早都悲傷死了，憤激死了，對麼？是了，你聽不見屈原的話，你不過一片流雲一汪大氣而已！真想教你變成威力無邊的神座。你？你答應了？答應了？呵，上天答應屈原了！上天開眼了！啊哈哈……」

老人大笑著，從高高的峰頂躍入了一片幽明的汨羅江。

「屈原大夫，回來了——」老漁人悠長的喊聲響徹河谷，「漁哥們，救屈原大夫，屈原大夫投江嘍——」頃刻間山鳴谷應，江面上點點漁火競相而來，漁人在船上喊成了一片：「屈原大夫，你在哪裡——」

山間火把也從四面八方湧來。

人們邊跑邊喊：「快救屈原大夫，快跳水了——」

茫茫江面上，漁人的喊聲漸漸地變成了無邊無際的哭聲。

太陽又出來了。漁舟塞滿了汨羅江面，漁人默默地划船尋覓著，再也沒有了喊聲。岸上擠滿了四野趕來的民眾，人們沿江而立，向江中拋撒著米粒飯團。一個小女孩跪在地上不斷向江中叩頭，流淚祈求著：「魚兒魚兒，我餵你，千萬別吃了屈原老爺爺。」

魯仲連與春申君聞訊趕來時，已經是三日之後了。

汨羅江的春水靜靜地流淌著，空曠的山谷唯有大片的水鳥在那座孤零零的茅屋上空盤旋飛舞，嘶啞悠長地嘎嘎鳴叫，瀰漫出無盡的悲愴。驟然之間，春申君變得枯瘦蒼老，軟癱在茅屋前泣不成聲了。

「春申君，屈原大夫不足效法。」魯仲連平靜得有些冰冷。

「沒有屈原，黃歇何堪！楚國何堪！」春申君猛然跳起，對著魯仲連大喊起來。

「立國不賴一賢。」魯仲連依舊平靜得冷漠，「屈原之心，已經在放逐歲月中衰朽了。縱是秉政變法，也是刻舟求劍。君自思之。告辭了。」

春申君大急：「噢呀仲連，你如何能在此時離開我了？」

「春中君，時也勢也。」魯仲連笑了，分明是無奈的苦笑，「我接到密報：燕國樂毅正在奔走聯絡，意在滅齊。本想扶楚帶齊，不想楚國衰頹如山倒。仲連總得盡力周旋，保住齊國，給天下抗秦留得一線生路。」

春申君驚愕了，良久沉默，低聲道：「仲連，黃歇縱然無能，也要拚力撐持住楚國了。齊國若有急難，也好有一片根基。」

「春申君，仲連先行謝過。」魯仲連歎息了一聲，「春申君，臨別一言，如骨鯁在喉不吐不快，君姑妄聽之：要得撐持楚國，不能效法屈原。屈原之失，在於愚忠。以楚懷王之顢頇昏聵，正是楚國衰落根源，屈原卻始終寄予厚望。最終如何？楚王悲慘地死了，屈原也跟著悲慘地死了。仲連以為：謀國良臣，絕非一個忠字所能囊括，忠而喪志，照樣誤國害民。撐持危局，更根本者是膽略，是勇氣，是見識，是強韌。君若奮力振作，聯結各方，挺身朝堂，擁立新君，疾呼國難而聲討國賊，昭睢們縱然陰險奸詐，安知不會剷除！但有此舉，楚國豈能癱倒滅亡！若一味效法屈原伸頸等死，非但君身敗名裂，楚國又豈能不亡？」

魯仲連戛然打住，對春申君深深一躬，飛身上馬，風馳電掣般去了。

春申君癡癡地望著魯仲連的背影，驟然一個激靈，向著茅屋深深一躬，猛然飛身上馬，飛出了幽靜空曠的汨羅江。

第七章 興亡縱橫

一、燕山氣象　赫然大邦

魯仲連星夜北上，幾經輾轉，終於在大梁尋著了田單。

自從營救楚懷王之後，田單按照原先謀劃撤出了咸陽，將商旅根基暫時扎在了大梁。魏國連年衰退，生意大是清淡。田單已經顧不得思謀商旅振興，只在埋頭籌劃另一件大事。正在這時，魯仲連風風火火地趕到了。一見面坐定，魯仲連急迫問：「田兄，臨淄如何？快說說。」田單搖頭道：「不妙。人心惶惶，流言多得不想聽都不行。」魯仲連心中一沉：「孟嘗君？如何不見他動靜？」田單歎息一聲：「又被罷黜了，能有甚動靜？這次，連唯王是從的田軫也被拉了下來。仲連啊，我看齊國……」「別說喪氣話。」魯仲連一口打斷，「無論如何，燕國總是還沒動兵。一路想來，你我須得分頭行事：我去燕國，設法化解燕齊恩怨；田兄回臨淄，設法與孟嘗君斡旋朝野，逼齊王改弦更張，先平息天下對齊國的戒懼之心。田兄，家國危難，不能知難而退。」每逢危急關頭，魯仲連的堅定果敢總像一抹鮮亮的陽光，使田單感到振奮。雖然是辭色嚴厲，田單卻覺得心中踏實，立即點頭道：「好，我也正要回臨淄。家老說，臨淄的外商已經撤空了，連老世族都在悄悄地尋覓避難之地。族人們都等我回去決斷去向。」說到末了，又是一聲沉重的歎息。

默然良久，魯仲連霍然起身：「田兄，我這便走。」

「事急也不在一時，你連飯還沒用！」

「誰說不在一時？」魯仲連已經拿起了長劍，「你只給我三日乾糧、一百金、換一匹好馬，我要晝夜兼程。」

「來人！」田單一揮手，「三日乾肉乾糧袋、兩百金、天保，立即來。」

「嗨」一聲答應，那個精悍的家老疾步去了。田單恍然笑道：「仲連，小越女沒同來？」魯仲連也笑了：「回南墨覆命去了，總不成老跟著我了。」「還回來麼？」田單追了一句。魯仲連臉驟然一紅：「這我如何知道？你也忒聒噪。」田單大笑：「呀！魯仲連也有急色之時，當真稀罕。我是說，小越女奇女子，莫得弄丟了。」此時一聲長長馬鳴，魯仲連一笑：「丟不了。走，馬來了。」

來到廊下，精悍的家老已經在牽馬等候：「稟報總事：全部物事已在馬背皮囊。」

「仲連，這馬如何？可當得天保名號？」田單知道魯仲連酷愛駿馬，胯下那匹鐵灰色胡馬非同尋常，先問了一句。

「一聽嘶鳴，斷是好馬！」魯仲連說完瞄了一眼，雙眼頓時一亮。這匹駿馬通身黑亮，四蹄雪白，肩高足有六尺餘，兔頭狐耳，鷹眼魚脊，威風之極。魯仲連所學甚雜，曾經讀過《相馬經》（註：《相馬經》，長沙馬王堆三號漢墓出土帛書，史學界考證為戰國人著作。其第一篇總說云：「得兔與狐，鳥與魚，毋相其餘。」），又與趙國著名相馬師王良的嫡孫交好，對相馬也算略知幾分，聽田單說出「天保」二字，便知定是好馬。天下相馬師將好馬分為三等：良馬、國馬、天下馬；國馬也稱「國保」或「國寶」，天下馬也稱「天下保」或「天下寶」，時人通常也呼為「天保」。及至一端詳，才知這匹駿馬決然是馬中極品，不禁驚歎：「何至天保，直是神品也！」又恍然醒悟，將馬韁一下塞到田單手中，「你比我事急，天保你自留下。」

「哪裡話來？」田單又塞回馬韁，「你是孤身奔波，講究個良馬利器。我縱事急，畢竟人多，也可換馬。不要推辭了，走。」

「好！那我走了。」輕輕一縱，魯仲連坐上了馬背，一聲「後會有期」，天保蕭蕭一鳴，向著大門平穩急走。

「臨淄再會——」田單遙遙招手。

出得大梁北門，魯仲連拍拍馬頭：「天保，走了。」那天保短促的一聲嘶鳴，大展四蹄，一道黑色閃電般飛了起來。魯仲連本是出色騎手，伏身馬背頭接馬耳，兩腿始終不輕不重地夾著，兩耳忽忽生風兩邊的山巒林木一排排向後倒去，直如騰雲駕霧，不禁一聲高喊：「天保，好本事！」

天保果然驚人，非但快如閃電，而且耐力悠長，一氣大飛一個時辰，小步疾走片刻，換過氣來又是大奔如飛。如此半日一夜，只在中途休憩了小半個時辰人馬各自打尖，又如飛北上。一過易水便是燕國。雖是飛掠而過，魯仲連也覺察到了一種顯然的變化——時當初夏，遍野麥浪翻滾，道邊村疇連綿炊煙裊裊，雞鳴狗吠之聲不絕於耳，顯然是熱氣蒸騰的富庶氣象，與當年魯仲連初來燕國時的蕭疏荒莽直是兩個天地。

次日午後，青青燕山已經遙遙在望了。

「天保，慢了。」魯仲連輕輕一拍馬頸，天保倏忽變為碎步走馬。

事實上魯仲連也不得不慢下來。這條直通薊城的官道，在十多年前還只是一條坑坑窪窪僅容錯車的鬆土路，兩邊荒草沒膝，與中原的荒野城堡幾乎難分伯仲。商旅諺云：「燕山路，顛鬆骨。鐵車散，木車哭。」說的便是這條燕國直通中原的唯一「大道」。最主要的官道尚且如此，燕國窮弱可見一斑。目下卻是非同尋常，一入燕國，三丈多寬的夯土路面，除了兩邊的人道馬道，中間可並行三車。到得薊城之外百里，夯土大道驟然拓寬為六丈，大道兩邊兩層大樹，濃蔭覆蓋路面，夏日涼爽愜意。但最令魯仲連驚訝的，還是道中車馬如流，商旅貨車與時常撞到眼前的特使軺車連綿不斷。方今天下，除了秦國的關中大道，已經沒有第二個國家有如此氣象了。燕國素來荒僻，除了馬商鹽商，中原商旅很少北上。長期以來，燕國的商路實際上只有兩條——齊國、北方匈奴與東胡。如今這大道上卻是商旅如雲輜輳大集，各色貨車川流不息，當真令人懷疑走錯了地方。魯仲連不禁大是感慨，人云水暖鴨先知，這邦國盛衰，卻是商旅先知。齊國雖是皇皇「東帝」，臨淄商旅卻已經在悄悄外逃了；

燕國雖是老窮貧弱，天下商旅卻已經趨之若鶩了。見微知著，這流動的商旅財貨，正是國家盛衰之徵兆也。如此大勢，故國君臣卻醺醺然不知危在旦夕，故國庶民也是陶陶然不知大難將至，魯仲連一身之力，奈何如之？

「商旅停車，騎者下馬，勘驗照身——」連綿長呼遙遙從城下傳來。

薊城箭樓已在眼前，魯仲連下馬牽著天保，從人流邊緣向最邊上的小城門洞走來。順便打量，城門下守軍整齊列為四隊，中間大城門兩隊，兩邊小門各一隊，盔明甲亮精神抖擻，勘驗照身毫不馬虎。自商鞅變法在秦國實行「照身帖」勘驗行人身分，這「照身」便在天下迅速流傳開來。學不學變法不打緊，這「照身」制可是一定要學的，查罪犯藏匿、查商旅賦稅、掌控國人遷徙動向，都是靈便快捷，何樂而不為？學歸學，這「照身」制一到他國卻變味，成了市吏城吏敲詐路人錢財的獨門利器。田單久走商旅，深知個中奧祕，曾經對魯仲連苦笑著說：「橘生淮南則為橘，生於淮北則為枳，照身之謂也！你要扶持屈原變法，便對他說：變法不深徹如商鞅，萬莫行照身之制，否則，商旅絕路矣！」魯仲連也是奔波天下的人物，如何不知其中之黑，只不過不如田單那般切膚之痛罷了。聽田單一說，魯仲連恍然歎息：「都說商鞅變法好，可要學商鞅變法，談何容易！」

「你，出照身。」

魯仲連從披風襯裡的小袋裡拿出了一件物事，手掌大一寸多厚的一方竹板，上面刻畫著他的人頭像，寫著他的姓名，更要緊的是烙著一方官印。那是官府特製的一種鐵印，燒得將紅不紅，輕輕往刻好頭像姓名的竹板上一烙，一方火醬色的陽文官印立刻清晰地凸現出來。發照身帖的都是大國，齊國在蘇秦變法時就推行了照身帖制，用的便是這種質地堅實細密光潔發白的竹板，四周還嵌進了一道細亮的銅線，等閒工匠也難以仿製出來。

「齊國人。」城門吏一接過這方極是精緻的照身，看都沒看先說了一句，然後看一眼照身，再看了一眼面前這個偉岸的漢子，「魯，仲，連？」魯仲連淡淡地點頭一笑，拿出一隻銅刀極其自然地塞到城門吏衣襟的小袋裡。這銅刀是百餘年前齊國的一種老式刀幣，流傳至今極是貴重，時人稱為「老齊金刀」。對於一個城門吏，縱然小財不斷，這老齊金刀也是極為稀罕的金貴物事。

「哎哎！這是何意？」城門吏覺得口袋一沉，立時沉下臉摸出了銅刀，「齊人有錢，便想壞我官身？拿回去，還拿黑眼看今日燕國麼？」

「當真不要？」魯仲連非但沒有尷尬，反倒呵呵笑了。

「聒噪！」城門吏很是不耐，「我想要，你倒是借我一顆頭了？」

「言重了。」魯仲連手心掂著銅刀，臉上仍然揶揄地笑著。

城門吏手掌一掠，極是利落地從魯仲連掌心拿走了銅刀，「噹啷」一聲撂進了旁邊一個陶俑裡。這陶俑與人等高，大張著嘴巴，身上卻寫著大大三個紅字——官吞金！城門吏笑道：「滿意了吧？還有多少，儘管往裡丟，十萬八萬我都要。」

魯仲連哈哈大笑，牽著天保回身走了，一路走來感慨百出，說不清究竟是何種滋味，直到齊國商社門前，才收回了飄得很遠的思緒。燕齊兩國是源遠流長的鄰邦，齊商素來是燕國的商旅主流。燕昭王即位後的十幾年裡，齊商更是大舉北上，生意做得大是紅火。薊城的齊國商社，本來是齊國在外商社中最不起眼的一個，不到二十年，竟發成了隱隱然與咸陽的齊國商社比肩而立的大社，在王宮西面的一條幽靜小街裡起了一座六進八開間的大院。來時田單曾著意叮囑：薊城齊社的總事曾經是田單的商旅弟子，精明可靠，要魯仲連還是住在商社。也是魯仲連素來不喜歡邦交賓客雲集的驛館，那煩瑣的禮儀以及與使節們頻繁的應酬，實在是機密大事不宜，自是欣然接受了田單的動議。

商社的好處是顯然的。那個總事很少說話，便是對雄姿英發的天保，也只說了兩個字：「好馬！」將魯仲連安頓在一個僻靜小院落，又特意對僕人吩咐了將天保單槽養息，再留下一句話：「在下本是田氏門人，先生有事，隨時找我。」便匆匆去了。待魯仲連沐浴梳洗完畢，一個老僕送餐進來，吃過飯再也沒有人來了。大樹上啁啾鳥鳴，更顯得小庭院幽靜異常。正當暮色降臨，燕山晚風掠過院落，實在是涼爽愜意。

寬袍大袖，散髮披肩，魯仲連在庭院徜徉漫步。雖然一路馳驅奔波，他卻沒有絲毫的睡意。他要思謀一番，究竟是先見燕王，還是先見樂毅？按照縱橫家遊說傳統，通常都是直接請見國君，成與不成，立竿見影。可在燕國，這個樂毅太要緊了，縱然說通了燕王，樂毅不通還是有可能前功盡棄。倒不是樂毅專權，而是這燕昭王對樂毅十分地倚重，說是言聽計從也不為過。

以燕昭王姬平之能，理亂招賢而大興燕國，對樂毅如此推重，樂毅豈非奇人也？

還是在入楚之前，魯仲連曾經對樂毅家世作過一番查勘，雖然始終沒見過這個樂毅，實在卻是歆慕已久了。春秋之世，樂氏的第一個顯赫人物是宋國的大司馬樂喜。大司馬掌兵，樂喜能征慣戰，在宋國爭霸中功勳卓著，樂氏由此而名聞天下。後來宋國衰落，樂氏族人遷徙到了晉國，在晉國世家大族魏氏的領地做了「國人」，耕稼謀生。到了戰國初年，樂氏又出了一個奇才，便是後來赫赫大名的兵家名將樂羊。這時的樂氏雖是「國人」，卻是那種僅能溫飽自立的平民農戶，遠非富庶世族，唯一比隸農優越者，是可以從軍做戰車騎士。這個樂羊聰穎厚重，少時將家中兩車藏書反覆揣摩，談吐見識每每令族人稱奇。樂羊加冠之年，恰逢魏趙韓三家分晉。魏氏剛剛立國，魏文侯廣招才士，魏國一片蓬勃興旺。樂羊感奮不已，便要從軍立功。族老們大是嘉許，合族之力，為他打造了一輛戰車與一副上好甲胄，又購置了兩匹汾馬（註：春秋戰國時期，汾水流域為放牧之地，多出良馬，為魏、趙、中山等國的戰馬源地），樂羊便做了魏國騎士。那時魏國正在開疆拓土，戰事頻仍。十年之間，樂羊以赫赫軍功做了魏國上將軍。

做上將軍之後，樂羊的第一場大戰是進攻氣焰甚盛的中山國。中山國恰恰卡在魏趙燕秦之間的大河東岸山地，奪得中山國，魏國北可直通陰山，南可直抵淮水，無疑便成第一大國了。正因為如此，對中山之戰成為當時天下矚目的焦點。中山國惶恐不安，將在中山經商的樂羊的長子囚禁起來做了人質，派密使脅迫樂羊退兵。樂羊對來使冷冷道：「父子，私情也。邦國，公器也。為將者，豈能以私情之生死，亂公器之進退？」中山國君乖戾暴烈，立即將樂羊之子投進碩大的油鍋烹殺；而後立即派特使趕赴魏國軍營，聲言送給樂羊一份最豐厚的中山禮。中軍司馬打開木匣，又是一只打造得極為精緻的銅箍木桶，桶身赫然四個大字——樂氏肉羹。樂羊一驚，幾乎昏倒，卻硬是以驚人的定力扶住了帥案，平靜地說了一句：「且盛一杯過來。」中山特使原以為國君所料無差，樂羊定會神志昏亂而無法統軍。不料樂羊平靜冷漠如常，大是驚悚，待樂羊坐在案前將一杯羹啜完，當場驚裂心膽，猝死過去。

消息傳到安邑，魏文侯大是感慨：「樂羊為國若此，竟食其子之肉矣！」站在旁邊的丞相睹師贊卻笑說一句：「其子之肉，尚且食之，誰人之肉又能不食？」魏文侯目光一閃，默然無語。

待樂羊一戰滅了中山國班師歸來，魏文侯大封樂羊於靈壽（註：靈壽，戰國中山國內，今河北滹沱河流域之靈壽縣地帶）之地，鎮守中山，享萬戶之民。但是，魏文侯從此卻對樂羊有了戒懼之心。樂羊深沉明睿，心知國君對自己有了猜疑，不動聲色，接著得了一種需要養息的重病，交出兵符並遣散了族中私兵，請准魏文侯回封地養息去了。族人皆以為樂羊正在功業之時，大是不解，幾位族老便來探詢激勵。樂羊笑道：「凡事成於一，敗於二，況天有二心也。」從此深居簡出，從來不過問國事。後來，魏文侯謀劃要奪秦國河西之地，幾次欲請樂羊復出，都終因睹師贊那支冷箭而不能釋懷，一直沒有成行。再後來，若不是吳起從魯國來投，魏國可能連一代霸業都難以為繼。公忠能三才具備的樂羊，終其一生都未能獲得魏文侯的信任，竟在長期鬱悶中盛年死去，臨終叮囑子孫：「我葬靈壽，莫回安邑。」

孟嘗君曾說給魯仲連一個故事：孟嘗君祖上曾經問過魏武侯後期的丞相白圭：「魏文侯名過齊桓公，而功業卻不及五霸，因由何在？」那白圭以商旅奇才做了魏國丞相，見識不凡，悠然答道：「魏文侯以學人子夏為師，以名士田子方為友，敬養賓客段干木，此名之所以過齊桓公也。然則，對此三人僅私情而已，重用於國則疑。以私勝公，敬賢多疑，此文侯之短也。是故，文侯名雖盛，功業不及五霸也。」孟嘗君對魯仲連說，白圭這段話實際上是在說魏文侯與名將樂羊的故事，只不過顧忌耳目而借用子夏等人之名罷了。

因了這塊說不出的心病，樂羊之後，樂氏族人從來不在魏國謀求功業了。到得樂毅成了兵家名士，毫不猶豫地投奔了衰弱的燕國，而不願留在儘管不斷衰落但卻遠比燕國強大富庶的魏國。這個樂毅，目下正在燕國執掌大軍，與燕王極是相得，先見他還是先見燕王，還當真是各有利弊。當然，最好是一次能同時見這君臣二人，然則，這樣也有一樣不利處：一旦碰壁，再也沒有了迴旋餘地。魯仲連奔走列國，還從來沒有為如此一個細節如此細加揣摩過。畢竟，這是關乎齊國命運的大事，一個不慎出錯，便是戰火連綿，魯仲連如何能不格外小心？

思忖良久，魯仲連終是拿定主意：先見樂毅。

二、樂毅算齊見分毫

薊城東南坊，有一座六進庭院的府邸，是目下燕國炙手可熱的亞卿府。

燕國是周武王滅商後首次分封的最老牌諸侯，始受封者是赫赫大名的召公奭，周武王的弟弟。使燕人驕傲了幾百年的，正是這最嫡系的王族諸侯名號。也正是這個原因，燕國的一切都原封不動地保留了周人的習俗與傳統。都城建築也是一樣，薊城的格局幾乎一個鎬京翻版，只不過規模氣勢略小罷了。與鎬京一樣，薊城王宮以外的街區都以「坊」劃分，而「坊」的命名則以王宮方位而定。東南坊，便是王宮東南的一片官宅區。這裡緊靠王宮遠離商市，一色的青石板街，街中大樹濃蔭，幾乎沒有尋常行人，但有行走，都是轔轔車馬，整個街坊幽靜得有些空曠。

令魯仲連驚訝的是，亞卿府門前車馬冷落，與遙遙可見的相鄰府邸的訪客如梭相比，這裡當真是門可羅雀。樂毅的亞卿之位與秦國當年的左庶長極是相似，職爵不是很高，權力卻很實在——領軍主政文武兼於一身。無論在哪個國家，此等實權大臣都是百僚矚目，更不說目下朝野皆知樂毅與燕昭王的莫逆情誼，如何府前車馬寥落？

「臨淄魯仲連拜見亞卿，敢請家老通稟。」儘管心存疑惑，魯仲連還是依禮行事，按照天下慣例，將這些門吏一律呼為「家老」。

「先生是魯仲連麼？」一個帶劍門吏從又窄又高的石階上噔噔噔小跑下來，當頭一躬，「請隨我來。」

「請問家老，亞卿知曉我要來麼？」魯仲連大是驚奇，儘管他與樂毅有可能相互聞名，但卻素不相識，也沒有通過任何人通連仲介，如何這樂毅知道他要來？

「亞卿只吩咐：臨淄魯仲連若來，請在府中等我。餘事小吏不知。」

「亞卿不在府中？進宮了麼？」

門吏卻只一句「餘事小吏不知」，匆匆將魯仲連領進第三進正廳交給一個年輕的書吏，又匆匆回頭去了。書吏恭敬地一躬：「亞卿吩咐：事急，片刻不能回府，先生若欲等候，敢請書房消閒。」言下之意，若只稍坐或不想等候，可在正廳上茶，也可以不上茶便走。魯仲連素來豁達不拘小節，聽罷哈哈大笑：「亞卿如此親和，不等卻是如何？」書吏一拱手道：「如此，先生請隨我來。」領著魯仲連出了正廳，過了一道門檻影壁，來到第四進小院。

這是一進極是幽靜的小庭院：北面正屋，兩側廂房，南面一道高大的影壁，自然構成了一方天井；天井小院中，一片青竹蓬蓬勃勃；通向後進的走廊都從兩邊廂房後繞過，進入後園與跨院、廚屋等處的僕役人等，對這裡完全沒有干擾，幽靜中帶著隱祕。魯仲連素來喜歡獨居小庭院，對孟嘗君那門戶繁複的門客院更是熟悉，恍惚之間，覺得這座小庭院直是套在千門萬戶之中的一個隱士居所，不禁一聲讚歎：「簡、密、靜，好所在也！」及至巡睃再做打量，油然生出敬佩之心來。

如此一座庭院通稱為「書房」，原本便是奇特。北面三開間正房的門楣之上，一方長約六尺的白底綠紋玉，赫然鑲嵌著「莫府」兩個大銅字。門前一個紅衣文吏垂手肅立紋絲不動，一尊石俑一般。這「莫府」是「幕府」的本字。後人解說云：「師出無常處，所在張幕居之，以將帥得稱府，古稱莫府（註：莫府，即幕府，戰國時對帥帳的稱謂，後世日本長期採用。解說見《資治通鑑・秦紀一》）。莫與幕同。」樂毅執燕國大軍，莫府卻設在如此不起眼的一間石屋，不能不令人感喟。顯然，幕府是處置軍務的處所，是「書房」最不能為外人涉足的地方了。

東西兩側廂房也各有字，卻都是竹牌紅字，東曰「數典」，西曰「操樂」。顯然，東廂是真正的書房，以「數典」命名，足見藏有諸多典籍。西廂顯然是琴室了，但有閒暇，操琴而歌，豈不快哉！魯仲連原是多才多藝之名士，良馬名器詩酒琴劍棋書歌，幾乎無不喜好，如今見樂毅「書房」如此格局，不禁大是讚歎：「如此將軍，真雅士也！」

書吏肅然拱手道：「原是亞卿知先生風雅之士，恐先生枯坐無趣，是以請先生進得書房消磨。先生但自坐，我來煮茶。」

聽書吏如此一說，魯仲連大是舒心。久聞樂毅賢名，事常無以謀面，今日一窺，其人尚未露面，便有一股高潔古風悠悠然飄來，如此雅士卻是祕密操練二十萬大軍欲圖成一國霸業的大軍統帥，書琴伴幕府，虎帳飛長歌，其灑脫倜儻當真令人神往也！恍惚之間，魯仲連怦然心動了——如此高風雅量之士，直是神交知己。一個矇矓，又一個激靈。樂毅兵鋒所指正是齊國，敵意與仇恨正像大山一樣橫在他們中間，一己之清風能吹散那厚重壓城的裹挾著世代仇恨恩怨醞釀著疾風驟雨的沉沉黑雲麼？

信步走進西廂，魯仲連一聲深重的歎息，坐在琴臺前大袖一拂，叮咚琴音清越飛揚，高亢的齊音長歌破喉而出——

天保定爾　以莫不興
如山如阜　如岡如陵
如川之方至　以莫不增
民之質矣　日用飲食
群黎百姓　徧為爾德
如月之恆　如日之升
如南山之壽　不騫不崩
如松柏之茂　無不爾或承——

「曲高和寡，信哉斯言也！」一聲大笑從庭院朗朗傳來。

魯仲連輕輕地歎息了一聲，從座中站起來到廊下，赫然便見天井中站著一位氣度不凡的中年將軍：一領大紅斗篷罩著細軟的鱗片鐵甲，一頂青銅矛盔夾在腋下，一頭長髮散披在肩，與胸前長鬚相得益彰，一張黑中泛紅稜角分明的臉膛，一看便是白臉書生的底子，身材雖不高大，卻自有一種偉岸，一身戎裝，分明透著幾分瀟灑神韻。

「〈天保〉之意，原是盡人皆知，何堪曲高和寡也？」魯仲連抱拳一拱。
「曲高和寡，又豈在唱和相隨？」
「將軍之意，是說太平歲月無從力行？」
「高潔者獨行，入俗者合眾。大爭之世，何能例外？」
「大爭爭太平。從我做起，合眾之力，何愁兵戈不息？」
將軍大笑：「千里駒果然志向高遠，樂毅佩服。來人，院中設座，我與先生痛飲。」
「綠竹之圃，正當清酒。將軍大雅也。」
樂毅笑道：「睹物生情。雅與不雅，自在品嘗者心中生出。此情此景，有高士則雅，無高士便俗。雅也俗也，原在變幻之中。」
「將軍腹有玄機，將個『雅』字說得透，魯仲連佩服。」
片刻之間，那名書吏帶著一個僕人已經將宴席安排妥當——兩張木案，兩片草席，案上一個陶盆一只陶碗，中間立著一只兩尺高的紅木桶，簡潔樸實得沒有一樣多餘物事。那書吏正在斟酒，樂毅拱手笑道：「仲連兄入座。」待魯仲連坐定，樂毅舉起了陶碗：「先生遠道而來，一碗燕酒權作洗塵，乾了。」魯仲連雙手舉碗：「得遇將軍，幸甚之至也，乾了。」汩汩飲了下去，悠然哈出一口酒氣，「清寒凜冽，燕酒果然不差。」樂毅笑道：「好說，先生但喜歡，臨走時樂毅送一車與先生。」
魯仲連大笑搖手：「燕酒只在燕山喝，方才出神。」樂毅喟然一歎：「也是，窮國無美酒。老燕酒以燕麥釀之，兌燕山泉水而窖藏，清寒有餘而厚味不足，天下便有了『燕酒出燕淡』之說。如今不同了，此乃五穀純釀，易地而酒質彌堅，先生試試了？」魯仲連不禁有些歉疚，慨然笑道：「既蒙將軍相贈，魯仲連自當大飲一車。」
「先生此來，何以教我？」倏忽之間，樂毅臉上的笑容消失了。

魯仲連見樂毅如此鄭重的口吻，不禁肅然拱手道：「仲連不才，想為燕齊修好盡棉薄之力，以使兩鄰庶民有個太平歲月，懇望將軍納我一策，消弭兵戈。」

「先生何出此言？」樂毅慷慨一笑，「三十多年來，齊國咄咄逼人，燕國吞聲忍氣。齊軍入燕三載，掠財無數，殺人無算；燕國割地而不敢求還，大將被殺反而謝罪，齊民入燕爭漁而燕國反要賠償，如此等等，燕國為的便是給庶民求得一個安寧太平，豈有他哉？先生今有太平長策，燕國敢不接納？先生但說便是。」

「將軍謀略，令人敬服。」魯仲連由衷讚歎一句，微微一笑，「以將軍之明，豈不知今日齊國已非昨日齊國，開罪天下，千夫所指，與六國修好尚且不及，何能再對燕國頤指氣使？而將軍在遼東寒暑十載，練得精兵二十餘萬，正欲聯結天下戰國攻齊復仇，眼看兵連禍結，將軍卻說『燕國敢不接納』，豈非言不由衷？」先將話說開說透，而後再來商討方略方可實在，這便是魯仲連此刻所想。

樂毅悠然一笑：「魯仲連果然縱橫名家，所見甚透。」忽然口氣一轉，「然則，燕國練兵，所在若何？先生卻是走眼了。」

「此話怎講？」

「燕國練兵，所為只有一個：自立於天下，不再重蹈覆轍，不再被齊國吞滅。」雖然語氣並不激烈，樂毅的神色卻是無法撼動的氣勢，「齊王稱東帝，吞併天下之心路人皆知，假若先生做燕人，莫非可以不練兵？」

「罷了，未發之兵，不可測其道。」魯仲連長長地一聲歎息，撂過了這個說不清的話頭，「將軍，聽我目下一策如何？」

「先生但說。」

魯仲連一口氣說了下去：「齊國退還燕國歷年所割十五城，並燕南水面；誅殺張魁事件，齊王向燕王謝罪；當年掠燕財貨，齊國加三成退還並賠償；如此做來，燕國可願罷兵立盟，兩國修好？」

「齊王之意？」樂毅悠然一笑，閃亮的目光盯住了魯仲連。

「齊王稟性雖不同尋常，然邦國安危事大，定能擇善而從。」魯仲連自然知道樂毅疑惑所在，雖則對說服齊王並沒有十分把握，但還是堅定明朗。

「好！」樂毅拍案而起，「先生有此大志，樂毅自當鼎力輔助。我這便進宮稟報燕王，先生且在這裡消磨一時。」

魯仲連原本只是想說服樂毅不要反對，然後他便可以全力說服燕王。戰場是軍人的功勳所在，自古以來，掌兵大臣十有八九都是強硬主戰派。樂毅十載練兵苦心備戰，而且已經開始了與中原各國的祕密聯絡，縱是賢明之士，如何能放棄這個長期謀劃的目標？唯其如此，魯仲連實在沒有想到樂毅如此快捷明朗，非但一口贊同齊燕修好，且要立即進宮。一時之間魯仲連困惑起來，意味深長地一笑：「十載工夫，將軍不怕付諸東流？」

「先生差矣！」樂毅哈哈大笑，「好戰必亡，忘戰必危。樂毅固然好兵，然身為國家重臣，豈能以一己之好惡，度國家之利害？燕國但能不動干戈而收復失地，回復尊嚴，樂毅何樂而不為？」說罷一拱手，大步去了。

魯仲連怔怔地望著樂毅背影，百感交集地長歎了一聲。

燕昭王正在書房密室端詳那幅可牆大的齊國山水城池圖。

這是樂毅派遣堪輿師數十次潛入齊國，花費十餘年心血精心繪製的一幅祕密地圖，只有兩幅，一幅在這裡，一幅在樂毅幕府。尋常但有空閒，燕昭王都要獨自站在這裡，長久地默默地端詳揣摩。他是在燕國內憂外患劇烈交會的血火中拚殺即位的，加冠於危難之中，崛起於廢墟之上，國仇家恨，點點滴滴都滲透了他的每一個腳印。而在所有的仇恨中，齊國刻在他心頭的傷痕是永遠都無法泯滅的。

說起來，燕齊兩國在周武王始封諸侯時都是首封大國，都是帶著鎮撫邊患的重任，在荒莽山原披荊斬棘艱難立國的功臣部族。召公奭、太公望，那是多麼輝煌的兩個名字啊！西周近三百年，魯、晉、燕、齊四大軸心諸侯，是支撐整個華夏的四根擎天大柱。魯晉定中原，燕齊鎮邊陲，忠心事王，共討叛逆，四國之間幾乎從來沒有發生過齟齬。燕齊兩國同在邊陲，一北一東相毗鄰，唇齒相依水乳交融，當真是兄弟之邦。進入春秋動盪之期，齊晉漸漸強大了，魯燕漸漸式微了。不知不覺，燕國成了追隨齊國腳步的附庸式盟邦。縱然如此，畢竟老根還在，終姜齊之世，燕國與齊國還是維繫著互相救濟輔助的久遠傳統，邊界也從來沒有駐軍。可是到了春秋後期，田氏取代姜氏公室，齊國成了「田齊」。一切齟齬，一切仇恨，都是從那時開始的。作為王族諸侯的燕國，始終對田氏「篡國」耿耿不能釋懷，將新齊國始終看作一個異類叛逆，不與齊國通使，還在邊境駐守了兵車八百輛。要不是燕國已經衰弱得自顧不暇，擁有「代王討逆」征伐大權的燕國也許早早就對這個「田齊」興師問罪了。興師不能遂心，燕國只有變著法兒冷落這個新貴，禁止通商、封鎖關梁、不通使節、不與會盟、邊境駐軍等，燕齊邦交倏忽降到了冰點。

田氏新齊國立足未穩，急於與大諸侯們修好會盟，通商互助，自然要首先結好燕國這個毗鄰的王族大國。反覆試探，齊國都碰了硬邦邦的釘子。有一次，兩國漁民因在濟水捕魚而大起械鬥，齊桓公田午將齊國漁民全部押往燕國，交燕簡公處置。誰也沒有想到，燕簡公竟下令全部殺了齊國漁民，同時對燕國漁民大加褒獎，還破天荒派出特使責令齊國向燕國請罪。燕國的倨傲，終於激怒了這個正在蓬勃成長的新貴，齊國憤憤然開始了與燕國的冰冷對峙。到了戰國初年的齊威王田因齊即位，力行變法，齊國實力大長，倏忽二三十年成了天下第一流大國。這時的燕國，卻在恪守祖制的懵懂歲月中沉淪為疲弱之邦，除了皇皇貴胄的血統，幾乎是要甚沒甚。於是，蒼老的燕國只有極不情願地跟在齊國後面亦步亦趨，儼然宗主與附庸一般。

燕文公任用蘇秦，燕國終於有了一個崛起的機會。惜乎天不假年，文公尚未來得及等蘇秦合縱成功便驟然病逝了。燕易王倒是雄心勃勃，偏偏又重用了更加野心勃勃的子之。子之凶狠酷烈，毒殺了燕易王，軟禁了燕王噲，最後又逼迫燕王噲將王位禪讓給他，接著又毒殺了燕王噲。子之做了燕王，燕國的大劫難驟然降臨了。

當時好容易保住太子之位的姬平被迫離國，流落於王族封地。為了復國，他聯絡王族發動了一場兵變，不想卻被凶悍的子之一舉擊潰。姬平再次流落封地藏身，無奈之下，密請齊國發兵靖難。齊宣王本來就一直在等待出兵機會，應姬平之邀，立即大舉發兵燕國，剿滅了子之，將燕國財貨搶掠一空，還大火焚毀了薊城，給姬平留下了一個滿目廢墟遍地瘡痍的爛攤子。國人在痛罵齊國的同時，也惡狠狠地詛咒著那個引來齊人的子之。姬平很清楚，要不是將搬來齊兵的惡名轉嫁給死無對證的子之，他這個國王很難說不被國人撕碎了祭祖。就這樣，做了燕王的姬平深深地掩藏了這個永遠流血的傷口，開始了艱難的復國。安撫百姓，恢復生計，求賢變法，周旋列國，練兵備戰，終是一步一步地走到了今日。雖然正當不惑之年，他卻好似兩鬢蒼蒼的老人了。幾十年來，他一日也沒有忘記向齊國復仇，雖說沒有像越王勾踐那樣日喊三次，也是經常在夢中霍然坐起，看著漫天星斗愣怔莫名。

「稟報我王：亞卿晉見。」御書（註：御書，戰國時期燕國官職，掌國君文書機密事宜）的聲音從密室門外輕輕傳來。

「稟報甚來？老規矩，請亞卿到書房。」燕昭王一聲吩咐，已經出了密室。他從來不在書房接見大臣，唯獨對樂毅例外。御書雖然知道這個例外，但見國君獨在密室，仍然不敢大意。況且，樂毅剛剛從這裡離開不到兩個時辰，又匆匆進宮，也實在令人意外。見國君並無異常，御書才輕步走了出去。

「君上，魯仲連來了。」樂毅大步匆匆走進書房，一拱手一句消息。

「魯仲連？啊，想起來了，臨淄千里駒，新一代縱橫策士。」燕昭王常思謀天下大勢，對邦交人物極是熟悉，提到便知，「說說，他意欲如何？」

「魯仲連要斡旋燕齊修好。」樂毅悠然一笑，將魯仲連在他府中的事體詳細說了一遍，「君上以為如何？」

燕昭王心中一沉，一時愣怔默然。對齊國開戰，這是他朝思暮想的興邦大計，也是與樂毅幾位重臣長期謀劃的祕密國策，眼看要推出水面了，卻突然有人要斡旋燕齊言歸於好，而且提出了確實令人怦然心動的修好要件，倒真令燕昭王一時回不過神來。齊國若退了燕國失地、賠補了昔年財貨，再加上賠罪，再要開戰只怕是天下不容；可要說不打齊國了，心中頓時空落落的，血淚浸泡長久壓抑的國恨家仇便這般輕飄飄滑過去了？燕國若有六十萬大軍，燕昭王絕不會接受這種修好之約，齊國不想打他也要打，打出來的物事終是實在。可燕國只有二十萬大軍，兵力只有齊國的三分之一，燕國要復仇，只有合縱天下滅齊；而強大的齊國著意修好，燕國再要滅齊，便失卻了道義。「得道多助，失道寡助」，無道伐國，他國出兵便大是難題。說到底，接受齊國修好，燕昭王覺得憋氣；拒絕齊國修好，燕國復仇失去了合縱支撐，更是憋氣。思忖良久，燕昭王難以權衡，長長地一聲歎息。

「君上毋憂，魯仲連之動議，對我有利。」

「有利？」燕昭王急迫道，「說說，如何有利？」

樂毅從容反問：「君上以為，齊王田地會接納魯仲連這個修好動議麼？」

「你是說，齊王不會接受修好之意？」驟然之間，燕昭王兩眼生光。

「決然不會。」樂毅搖頭，「此人稟性乖戾，吞滅六國之野心天下皆知，如何能吐出吃進幾十年的肥肉，向一個弱燕低頭？」

「有理！」燕昭王一句贊同，又突然猶疑，「魯仲連想不到這一點麼？」

樂毅一聲歎息：「知其不可而為之，魯仲連也。保國心切，他只是全力一爭而已。」

「好！」燕昭王拍案而起，「魯仲連天下名士，你我君臣將這文章做大。」

「為我合縱六國鋪路。」樂毅會心地一笑，又是一聲歎息，「只怕魯仲連有不測之危了。」

「天意如此，人力奈何？」燕昭王笑了。

三、狂狷齊王斷了最後一條生路

快馬三日，魯仲連終於風塵僕僕地趕回了臨淄。

燕昭王在王宮正殿朝會，隆重地接見了魯仲連，將魯仲連的斡旋之舉書告朝野，當殿申明：「本王唯以燕國庶民生計為念，但能收回失地財貨，決意息滅兵戈，與齊國永久修好。」幾位世族老臣激烈反對，卻都被樂毅義正詞嚴地駁了回去。燕昭王當殿下書：派遣特使攜國書盟約，與魯仲連共同赴齊會商。魯仲連本在祕密試探，未曾想到燕國欣然接受，並鄭重其事地將事情公開化，有些突兀之感；轉而一想，如此做來可逼怪誕暴戾的齊王認真思慮，也未嘗不是好事，所不利者唯有自己處境，邦國但安，個人得失何足道也！如此一想，也欣然接受。次日離開薊城，燕昭王親率百官在郊亭為魯仲連餞行，殷殷叮囑：「先生身負邦國安危之重任，功成之日，姬平當封百里千戶以謝先生。」魯仲連只哈哈大笑一陣，與燕國特使轔轔去了。行出燕界，魯仲連得到義報：燕國已經將消息飛馬通報了其餘五大戰國，燕國接受魯仲連斡旋的修好願望已經是天下皆知了。雖然隱隱不快，魯仲連也只有長歎一聲，先將燕國特使安頓在臨淄驛館，當即飛馳薛邑（註：薛邑，孟嘗君封地，大約在今山東棗莊西南地帶），連夜來見孟嘗君。

「仲連啊，想死我了！」一身酒氣的孟嘗君一見魯仲連便開懷大笑，「來來來，先痛飲三爵再說話！」

「孟嘗君，你卻好灑脫。」打量著寬袍大袖散髮披肩肥腰腆肚兩鬢白髮的孟嘗君，魯仲連不禁淚光瑩然。眼前的這個肥子活脫脫一個田舍翁，哪裡還有當年孟嘗君的影子？

「別一副慘兮兮的模樣，你一來，我便好。來，乾起！」

魯仲連二話不說，連乾三爵，一抹嘴道：「孟嘗君，此時你可清醒？」

「哪裡話來？」孟嘗君脹紅著臉高聲道，「三鐔酒算得甚來？你說事！」

魯仲連便將燕齊大勢、燕國祕密備戰的情由以及自己的思謀舉動前後說了一遍。孟嘗君聽得瞪大了眼睛，驚訝之情摻和著濃濃的酒意僵在了臉上。畢竟是曾經叱吒風雲縱橫天下，孟嘗君如何掂量不出魯仲連這一番話的分量？默然良久，孟嘗君「啪」地一拍酒案霍然起身：「仲連，是否要田文再陪你拚一次老命？」

「田兄，唯有你我攜手，冒死強諫，齊國尚有轉圜。」

「好！」孟嘗君大手一揮，「今夜好生合計一番，也待我這酒氣發散過去，明日去臨淄。」說罷轉身一聲令下，「來人，請總管馮驩立即來見。」

孟嘗君雖然被第二次罷相，但依照齊國傳統，封君爵位卻依然保留著。也就是說，這時候的孟嘗君只是個高爵貴冑，只能在封地養息，無國君王書不能回到臨淄，更不能參與國政。這次要驟然進入臨淄，自然要周密部署一番。魯仲連稍感舒心的是，孟嘗君一旦振作，畢竟還是霹靂閃電，儘管門客大大減少，但要順利見到這個行蹤神祕的齊王，還只有孟嘗君有實力做到。否則，魯仲連縱有長策大計，入不得重重宮闈，徒歎奈何？

片刻之間，馮驩匆匆趕到，孟嘗君將事由大致說得一遍，末了一揮大手道：「你今夜帶人趕回臨淄，至遲於明日午時將一切關口打通，我與仲連午後進宮。」

「邦國興亡，絕不誤事。」馮驩一拱手大步去了。

「孟嘗君，臨淄門客們還在？」魯仲連有些驚訝了。

「總算還有幾百人。」孟嘗君喟然一歎，轉而笑罵，「鳥！兩次罷相，客去客來客再去，老夫原本也是一腔怒火，要對那些去而復返者唾其面大辱之。可是啊，馮驩一番話，卻將老夫這火氣給澆滅了。」

「噢？」幾年不在臨淄，魯仲連也是饒有興致，「馮驩能將孟嘗君恩怨霹靂之人的火氣滅了？」

孟嘗君說，在他被恢復丞相後，那些煙消雲散的門客們竟又紛紛回來了。他正在氣惱大罵，下令將這些去而復返者一律趕走之時，馮驩駕著那輛青銅軺車回來了。孟嘗君已經知道了恢復相位是馮驩奔走遊說於秦齊之間的結果，自然大是感喟，連忙出門迎接。卻不想馮驩當頭便是一拜，孟嘗君大是驚訝，扶住馮驩道：「先生是為那些小人請命麼？」馮驩一臉肅然道：「非為客請，為君之言錯失也。馮驩請君收回成命。」孟嘗君愕然道：「你說我錯了？我田文生平好客，遇客從來不敢有失，以致門客三千人滿為患，先生難道不知麼？誰想這些人見我一日被廢，便棄我而去，避之唯恐不及。今日幸賴先生復位，他等有何面目再見田文？誰要見我，田文必唾其面而大辱之！」馮驩不卑不亢道：「諺云：富貴多士，貧賤寡友。事之固然也，君豈不知？」孟嘗君氣咻咻道：「田文愚不可及，不知道。」馮驩依舊是不卑不亢的一副神色：「君不見趕市之人，清晨上貨之期爭門而入，日暮市曠便掉頭而去麼？並非趕市者喜歡清晨，厭惡日暮，實在是清晨逐利而來，日暮利盡而去。此人之本性也，非有意之惡行也。所謂物有必至，事有固然也。今君失位，賓客皆去，不能怨士子勢利而徒絕賓客之路。馮驩請君待客如故。」

「於是，田兄又成了俠義好客的孟嘗君。」魯仲連哈哈大笑。

「人心如海也！」孟嘗君百感交集，「你看，我這第二次罷相，算跌到底了，卻有幾百人留了下來，勸都勸不走。怪矣哉！老夫也糊塗了。」

默然良久，魯仲連一聲歎息：「孟嘗君啊，齊國利市也快到日暮了。」

「鳥！」孟嘗君一拳砸在案上，「日暮了開夜市，不信大齊就塌架了。」

魯仲連大笑：「說得好！夜市也是市，只要趕得上也發。」兩人大笑一陣，頓時振奮起來，在孟嘗君書房直商議到四更天方才歇息。

次日清晨，兩人輕車快馬出了薛邑城堡，一路飛馳，兩個時辰到了臨淄郊野。奉馮驩之命，一個得力門客已經在郊亭外守候。與孟嘗君耳語一番，門客請魯仲連先行獨自入城在孟嘗君府邸等候，而後放下孟嘗君車簾，將篷車領入一條小道，繞開車馬如流行人如梭的南門，從較為冷清的西門悄無聲息地進了臨淄。西門是通向燕國的大門，原本也是熱鬧非凡，自從與燕國齟齬不斷，西門便漸漸冷清了。孟嘗君雖然車馬轔轔，一個熟識者也沒有遇上。到得府邸，魯仲連已在廳中等候，馮驩也堪堪趕到。孟嘗君開口一聲笑罵：「鳥！生平第一次悄悄進臨淄，窩囊窩囊。」馮驩道：「南門守將識得主君，只有走西門，若還未進宮滿城風雨，大事便要黃了。」孟嘗君一揮手笑道：「曉得曉得，你便說，王宮關節疏通了麼？」馮驩道：「疏通了。三個老門客都做了宮門將軍，他等鼎力襄助。齊王行蹤也探聽確實：午後在北苑觀兵校武。」

「北苑？如何偏找了那個地方？」孟嘗君臉色一沉。

魯仲連目光一閃：「北苑不能進麼？」

孟嘗君沒有說話，只咬著嘴唇在廳中踱步。

午後的王宮一片靜謐，唯獨宮闕深處這片黑黝黝的松林人聲鼎沸。

齊威王時期，臨淄王宮的北苑原是一片松林環繞的湖泊。齊宣王酷好高車駿馬，出城馳騁多有不便，於是堆起幾座土山石山，將湖水引出鑿成幾條山溪，這片兩三百畝大的空闊松林便被改成了馳驅車馬的「跑山場」。齊湣王即位又是一變，北苑「跑山場」變成了四個校武場——戰車場、鐵騎場、步兵場、技擊場。原因也只有一個：齊湣王好兵好武，經常隔三岔五將各類將士調進王宮觀兵校武。齊湣王曾不無得意地對朝臣說：「觀兵校武，富國強兵之道，成就霸業之要，激勵將士之法，查究奸宄之必須也。」有了如此之多的緊要處，這北苑自然是大大地重要起來。四個校武場修建得大小不等各具氣勢特色，校武優勝者在這裡被賜以「勤勉王事，國之精兵」的名號，立獲重賞；失敗者則被責以「嬉戲兵政，國之蟊賊」，將軍立刻放逐，兵士立刻斬首。久而久之，這王宮北苑成了齊湣王治軍立威的重地，也成了齊軍將士望而生畏的生死險關。

齊湣王將這觀兵校武看作激勵朝野的正經大事，尋常時日也常聚來朝臣觀看評點。縱然沒有下書，某個大臣偶然進宮撞上，也會被召來陪觀。然而，令朝臣大大頭疼的是，誰陪觀兵，誰就得在最後的賞罰時刻代王擬書。多有大臣對這種因一場比武定生殺的做法不以為然，若恰恰遇上當場斬首出色將領，耿直大臣要力諫赦免，往往便被齊湣王當場貶黜，若遇王顏大怒之際，立時是殺身之禍。十幾年下來，在這觀兵校武場殺掉的將領大臣已達百餘人之眾。時日一長，陪王觀武成了大臣最是提心吊膽的差事，等閒大臣誰也不想在北苑晉見齊王。

孟嘗君之難正在這裡。

北苑觀兵，進宮雖是容易了一些，但後邊的麻煩卻更大。孟嘗君本來就是擅自還都，免不得一番費力折辯，若遇斬殺熟悉將軍，究竟是說也不說？堅持力諫，有可能連大事都攪得沒了；聽之任之，一則孟嘗君怕自己忍不住，二則軍中將領大部都是當年自己兼領上將軍時的老部將，因敢作敢當有擔待而名滿天下的老統帥，如何能在這些老部屬被殺之時無動於衷？若是忍得，孟嘗君何以立足於天下？何以當得這「戰國四大公子」之名？然則魯仲連茲事體大，實在是興亡迫在眉睫，又如何能從容等待？思忖良久，孟嘗君一咬牙：「走！龍潭虎穴也闖了。」便與魯仲連按照馮驩的預先謀劃，分頭從議定路徑匆匆進宮了。

齊湣王帶著一班侍女內侍與御史、掌書等王室臣工，正午時分已到了北苑的劍器場。齊湣王今日很是高興，下令在觀兵亭下擺了一場午宴，還破例下令王室樂隊奏了一曲〈齊風〉中的〈東方之日〉。這〈東方之日〉被孔夫子收進《詩》中時原是漁人情歌，因了曲調昂揚，齊湣王又有「東海青蛟轉世」之說，變著法兒取悅國君的太師（註：太師，齊國樂工之長〔並非西周「三公」之太師〕，演奏者為「樂人」）早在多年前便將這首歌重寫了歌詞，變成了專門的齊王之頌。當年一經演奏歌唱，齊湣王欣然大悅，拍案定為國頌，成為最高規格的廟堂之樂。每有大事或心情舒暢，齊湣王總要下令奏這首頌歌。而臣子們一聽到這首歌，便知道齊王氣順欣喜，有事爭著說。

「我王有命：兩軍劍士進宮——」在昂揚宏大的頌歌中結束了午宴，一波波尖亮的聲浪從間隔站立的內侍們口中迭次翻滾了出去。

王城南門隆隆打開，等候在王宮之外的一百名劍士進宮了。雖然兩隊劍士總共也只有一百名，走在頭前的兩隊將軍卻有六十餘人，一個個頂盔貫甲面色肅然，腳步沉重得如同石滾子砸在地上。大約頓飯辰光，目不斜視昂首挺胸的兩隊將士被一名老內侍領到了劍器場外。

「劍士下場——將佐分列——」

一陣隆隆鼓聲，兩隊劍士分別從兩個石門進場，兩邊的將軍則大步走到各自一方的看臺上整齊地站成一排。

這劍器場，便是除了車騎步三軍外的技擊校武場。因了以校量短兵為主，而短兵又以劍器為主，時人呼為「劍器場」。劍器場是四個校武場中最小的一個，卻是建造最講究的一個。別個校武場都是露天大場，且有山塬起伏林木水面等地形變換，唯有這劍器場是一個方圓三十丈的室內場子，儼然一個碩大無比的廳堂。長大空心的一根根毛竹接成了長長的椽子，體輕質堅的特選木板鉚接成長長的檩條，屋頂鋪上輕軟的三層細茅草，成了冬暖夏涼的特大廳場。場中東南西三面看臺，正北面是鳥瞰全場的三丈六尺高的王臺。今日沒有撞進來的大臣，三面看臺上都是空蕩蕩的，唯有齊湣王的王臺上滿當當一臺，近臣內侍侍女護衛，足足二百餘人。

看看空蕩蕩的觀兵臺，齊湣王突然有些後悔，技擊之術為齊軍精華，為何沒有將朝臣們召來一睹我大齊之軍威？

「稟報我王！」正在此時，北苑將軍飛馬進場高聲急報，「臨淄名士魯仲連，背負羽書求見。」

「羽書？」齊湣王大皺眉頭，「教他進來。」

羽書者，信管外插滿羽毛也。春秋戰國之世，羽書是特急軍情的標誌。列國連綿征戰的年代，也常有本國在外遊歷的名士或在他國經商的商人，以這種羽書方式向本國國君大臣義報緊急祕情。某人若將插滿羽毛的書簡綁在背上請見國君，那定然是十萬火急，不見實在說不過去。

片刻之間，一名護衛甲士將風塵僕僕大汗淋漓的魯仲連帶到了王臺之前。魯仲連一躬，從背上取下那個插滿羽毛的竹筒，高聲急迫道：「臨淄魯仲連帶來薊城齊商羽書義報。」齊湣王皺著眉頭，接過內侍匆匆捧來的羽書往案上一丟，只拉長聲音問：「何事啊？動輒羽書急報。」魯仲連高聲道：「燕國二十萬新軍已經練成，正在祕密聯結五國攻齊。」齊湣王冷冷一笑：「燕國攻齊？哪一日發兵？攻到何處了？」魯仲連驟然一愣，又立即高聲道：「商旅非軍中斥候，只能報一國大計動向。」「大計動向？」齊湣王哈哈大笑，「燕國恨齊，遼東練兵，天下誰個不知，也值得一驚一乍？」魯仲連第一次面見這個齊王，覺得此人說話路數實在怪誕得匪夷所思，心一橫道：「齊王差矣！滅宋以來，齊國已是天下側目。燕國一旦聯結五國反齊，齊國便是亡國之禍。齊王不思對策，卻看作笑談，莫非要葬送田齊二百年社稷不成？」齊湣王目光一閃，非但沒有發作，反而似乎來了興致：「魯仲連，今日齊國實力，比秦國如何？」

「不相上下。」

「還是了。六國合縱攻秦多少年，秦國倒了麼？」

「……」

「合縱攻齊，齊國如何便是亡國之禍？」

「……」

「秦為西帝，我為東帝。齊國不如秦國麼？抗不得一次合縱麼？少見多怪。」

魯仲連愕然，尋思間突然笑了：「齊王是說，六國攻秦，秦國非但沒有滅亡，反而成了西帝。齊國便要效法秦國，大破合縱而稱霸天下？」

「呵呵，魯仲連倒還不是笨伯。」

「敢問齊王，可曾聽說過東施效顰？」

「大膽！」齊湣王拍案怒喝一聲，「來人，亂棍打出去。」

「稟報我王！」正在此時，北苑將軍又飛馬進場，「孟嘗君帶領三名門客劍士晉見，要與我王劍士較量。」

「好！」齊湣王大喜過望，「宣孟嘗君進來。」又轉身一指魯仲連，「教這個狂士也看看我大齊軍威，罷場罰他個心服口服。」

魯仲連剛剛被「請」到王臺右下方的臣案前，孟嘗君軺車轔轔進場，車後跟著三騎快馬，顯然是門客劍士。齊湣王哈哈大笑道：「孟嘗君，來得好，你那三個劍士行麼？」這便是齊湣王，只要高興，任何法度恩怨都不管不顧；若是不高興，既往所有的齟齬都會立即提到口邊算總帳。孟嘗君已經罷相，且明令不許擅自還都，齊湣王此時卻將這些都「忘記」得一乾二淨，一心只盤算著那三個劍士。

「臣之劍士，天下第一！」孟嘗君應得一聲，軺車已經緩緩停穩，被先行下車的馭手扶了下來。望著高高階梯之上的王臺，孟嘗君蒼老地喊了一聲：「啟稟我王：老臣上不來也！」齊湣王哈哈大笑，他實在想不到英雄豪俠的孟嘗君倏忽之間變得如此老態龍鍾，不禁驚訝好奇又好笑，「來人，將孟嘗君抬將上來。」及至四名內侍用一副軍榻將孟嘗君抬到了面前，齊湣王頓時湧出惻隱之心，大度地笑道：「孟嘗君年邁若此，還不忘來陪本王觀兵，當真忠臣。你安然坐著便是。」說罷轉身對身邊兩個侍女一揮手，「你二人，用心侍奉孟嘗君。」這兩個侍女本是齊湣王的貼身侍女，派給孟嘗君，自然是極大的恩寵。孟嘗君既沒推辭也沒謝恩，一拱手道：「我王儘管觀兵，老臣這把老骨頭還經得摔打。」齊湣王笑道：「孟嘗君但說，如何觀兵？先比軍劍，還是先比你的門客？」

「但憑我王決斷。」孟嘗君呵呵笑著，一副隨和老人模樣。

「好！」齊湣王一拍大案，「先看孟嘗君門客，究竟如何個天下第一？」

「且慢。」孟嘗君呵呵笑著，「若我門客先下場，老臣便有一請。」

「噢？孟嘗君快說。」齊湣王尋思老人絮叨，有些不耐。

「老臣欲與我王一賭。」孟嘗君依舊呵呵笑著，一雙老眼晶晶生光。

「賭？」齊湣王生性冷僻怪誕，任何出格的事都做過，愈是出格之事越發來勁，卻偏偏沒有與人賭過，頓時好奇心大起，「孟嘗君說，如何賭？賭甚物事？」

「呵呵，好說。」孟嘗君比劃著，「如同宣王賽馬，我王與老臣各出三個劍士，誰勝得兩陣誰便贏，賭金三千，如何？」

「賭金？乏味。」齊湣王興致勃勃地笑著，「要賭賭人，如何？」

「賭人？」孟嘗君驚訝地張大了嘴巴直搖頭，「匪夷所思！如何下注？」

「她們兩個，本王賭注。」齊湣王笑著一指兩個偎依在孟嘗君身上的侍女。

孟嘗君皺起了眉頭：「垂垂老矣，縱有坐騎，老臣已無駕馭之力了。」

齊湣王哈哈大笑：「那好，隨你說得一人一事，本王拿它做了賭注如何？」

「謝過我王！」孟嘗君一拱手，「只是，老臣卻沒有這等『人注』了。」

「如何沒有？」齊湣王一指場中，「無論輸贏，本王都要這三個天下劍士了！」

孟嘗君不禁大笑：「我王賭得有趣，不論輸贏都搶注。如此，老臣也是一般：無論輸贏，都得一人一事。」

「這有何難？本王不能白占便宜。」齊湣王大手一揮，「典武官，開始！」

典武官令旗當即劈下：「齊軍劍士，出場！」

一陣悠揚號角，兩隊劍士赳赳出場。齊湣王規矩：尋常校武，各軍（車騎步水）分作兩方較量；技擊校武，卻是包括了車騎步水四軍在內的混成較量；因了技擊之術是所有軍士的基礎功夫，所以車騎步水四軍都得派員參加，車兵與騎兵組成一隊，步軍與水軍組成一隊，此所謂「短兵聯校」。於是，技擊校武成了牽連最廣影響最大的綜合校武。當然，技擊校武之所以朝野關注，最要緊的還是齊人技擊之風遍於城鄉，齊軍技擊之術聞名天下。「齊人隆技擊」，「齊閔以技擊強」，是當時天下的口碑。這個「齊閔」，便是齊湣王。有此口碑，可見當時天下已經公認：齊湣王時齊軍的技擊之術最強。

所謂技擊，是兵器格鬥的技巧。尋常分做三大類：長兵、短兵、飛兵。長兵是矛、戈、戟、斧、鉞等長大兵器。短兵是劍器、匕首、短刀等。飛兵是輕、重、弩、袖等各種弓箭。尋常技擊較量，都是三兵同場進行，場面大，高臺觀看評點也分外熱鬧。今日齊湣王別有所思，典武官早已看得明白，便將劍器格鬥單提了出來。

齊軍劍士三十人列成了一個小方陣，清一色牛皮軟甲精鐵頭盔闊身長劍，大見威風凜凜。孟嘗君的三個門客劍士卻是布衣大袖長髮披散，唯一的武士痕跡，是腳下那一雙直達膝蓋的高腰牛皮戰靴，一副灑脫不羈的劍士氣度。

「軍劍對士劍，三一較量，第一陣——」

隨著典武官令旗劈下，第一排三個齊軍劍士「嗨」的一聲大吼，鐵錘夯地般嗵嗵砸到場子中央。軍劍士劍三對一，這也是天下通行的劍器較量習俗。戰國時但能以「劍士」名號孤身遊歷者，即或不是卓然成家的大師，也是劍術造詣非同尋常的高手，與講究配合殺敵的軍中劍技大是不同。只要不是軍陣搏殺，人們公認劍士比軍士高超許多。於是，有了這「軍劍士劍三對一」的俗成約定。

甲冑三劍剛剛站定，眼前紅光一閃，一個布衣劍士已經微笑著站在六步之外抱劍拱手：「三位請了。」中間軍劍一擺手，三劍大跨步走成一個扇形，一聲喊殺，三口闊身長劍帶著勁疾的風聲從三個方向猛烈砍殺過來。布衣劍士手中一口窄長雪亮的東胡刀，眼看三劍展開已經封住了方圓三丈之地，一聲嘯叫拔地飛起，雪亮的刀光陡然閃電般掃到了中劍背後。此時左右兩劍一齊飛到，一把鐵鉗般堪堪夾住了胡刀。幾乎同時，中劍倏忽滑步轉身，長劍靈蛇般從劍士胯下直上。劍士大驚失色，情急間一個空中倒轉，方才脫出了劍光。誰知剛剛著地，左右兩劍如影隨形般指向他的雙腳，大迴旋掠地掃來，活生生戰陣步兵斬馬足的路數。劍士連忙再度縱身飛起，中劍卻凌空指向胸前。劍士的東胡刀當胸掠出，趁勢躍向左右兩劍的背後，刀鋒順勢劃向兩劍腰背。按照尋常軍劍的身手，遠遠不能靈動到瞬間轉身的地步，一刀劃出兩人重傷，劍士無疑便是勝了。不想在這間不容髮之際，左右兩劍竟一齊撲倒在地又連環翻身站起，長劍從躺在地上時一齊刺出，直到躍起刺來當面，一氣呵成。劍士揮刀一掠之間，中劍恰恰已經飛步背後兜住，長劍一揮，劍士的長衫攔腰斷開，下半截驟然翻捲纏住了戰靴，赤裸的肚腹腰身黑黝黝亮了出來。

全場哄然大笑，王臺上的齊湣王更是手舞足蹈：「賞！重賞軍劍，每人一個細腰楚女。」又轉身驟然厲聲喝道，「來人，將那個狗熊劍士扒光，亂棍打爛尻骨！」孟嘗君大急，正要說話，齊湣王一揮手：「校武法度，誰也別亂說。」

那個劍士面色脹紅地愣怔當場，見幾名武士手持大棍洶洶而來，向孟嘗君遙遙一躬，將那口雪亮的東胡刀倒轉過來，猛然刺進了腹中，一股鮮血頓時噴射到迎面撲來的武士身上。

齊湣王哈哈大笑：「好！還算有膽色。御史，也賞他一個細腰楚女。」

「我王是，是說，賞，賞他？」御史緊張得口吃起來。

「還想賞你麼？」齊湣王陰冷地拉長了聲調。

御史不禁渾身一抖：「臣不敢貪功。臣，立即處置賞物。」說罷走到那個白髮蒼蒼的內侍總管面前低語一句，老內侍向那一排瑟瑟發抖的侍女瞄了一眼：「吳女出列了。」一言落點，那名腰身最是窈窕的少女嚶嚀一聲昏了過去。老內侍一揮手，兩名內侍走過去將那名昏厥的侍女抬到了場中。一道白綾搭上侍女雪白的脖頸，兩名內侍猛然一絞，只聽一聲低聲嗚咽，侍女軟軟地倒在一身鮮血的劍士身上……

全場死一般沉寂。

「齊王……」孟嘗君的聲音顫抖而喑啞，「你，贏了。該老臣說話了。」

齊湣王哈哈大笑：「說，孟嘗君隨意討賞，本王今日高興。」

「老臣只請大王，聽一個人將話說完。」

「聽人說話有甚打緊？孟嘗君，莫非你擔心本王賞不起你？」

「老臣衣食豐足，唯求我王，一定要聽此人將話說完。」

「好好好，本王洗耳恭聽。」齊湣王雖然還在笑，心中已大是不耐。

孟嘗君一招手，魯仲連大步走了上來，一拱手尚未開口，齊湣王已皺起了眉頭：「你，不是方才義報過了麼？」孟嘗君鄭重其事地拱手一禮：「臣啟我王：魯仲連天下縱橫名士，我大齊棟梁之才也，若僅是帶來羽書義報，魯仲連何須涉險犯難面見我王？」齊湣王淡淡地一笑：「如此說來，還有大事？說，誰教本王答應了孟嘗君？」說罷往身後侍女懷中一靠，一雙大腳又塞進身側一名侍女的大腿中，躺臥著瞇起了眼睛。

魯仲連見過多少國君，可萬萬沒有想到生身祖國的國君如此荒誕不經。士可殺，不可辱。儘管孟嘗君事先反覆叮囑，他還是幾乎要轉身走了。在這剎那之間，他看見了孟嘗君那雙含淚的老眼陡然向他冰冷地一瞥。魯仲連一個激靈，粗重地喘息了一聲，回復心神道：「啟稟齊王：魯仲連經樂毅與燕王會商，議定齊燕兩國罷兵修好之草盟，以息滅齊國劫難。」魯仲連沒有立即說明修好條件，只大體一句，是想先看看齊湣王反應再相機而動，不想齊湣王只是鼻子裡哼了一聲，連眼皮也沒有抬起來。心下一橫，魯仲連一口氣將約定經過、燕國君臣的願望及齊國要做的退還燕國城池、賠付財貨、王書謝罪等細說了一遍，末了道：「燕王為表誠意，派特使隨魯仲連來齊，懇請齊王以國家社稷生民百姓為重，與燕國修好罷兵。」

「哼哼！」齊湣王嘴角一陣抽搐，陡然兩個侍女慘叫兩聲，重重跌在大石臺階的塄坎上滿頭鮮血。魯仲連一個愣怔間，齊湣王已經跳起指著魯仲連吼叫起來：「大膽魯仲連！說，誰教你賣我齊國了？退地賠財謝罪，誰的主意？說！」魯仲連慨然拱手道：「我乃齊國子民，保民安邦乃我天職。齊王要問罪，魯仲連一身承擔。」

「好。」齊湣王狺狺一笑，「來人！將這個賣國賊子拉出去餵狗。」

「且慢！」孟嘗君霍然起身，「魯仲連斡旋燕齊，本是老臣授意。齊王要殺魯仲連，請先殺田文。」聲音雖然並不激烈，但那一副視死如歸的氣勢卻是從來沒有過的。

眼看齊湣王便要發作，御史一步搶前道：「臣下建言，聽與不聽在我王，萬莫讓今日喜慶被血腥污了。」說完向孟嘗君飛快地遞過一個眼神，示意他快走。孟嘗君與魯仲連昂然挺立，根本誰也不看。此時，齊湣王陰冷地盯了孟嘗君一眼，詭祕地一笑，大袖一拂逕自去了。御史低喝一句「孟嘗君快走！」也匆匆跟去了。

「將鍾離燕屍身抬回去！」孟嘗君大步赳赳走下王臺，鐵青臉色對門客下令。

「孟嘗君，危險。」一個王室禁軍頭目小心翼翼地上來勸阻。

「抬——」孟嘗君雷鳴般大吼了一聲。兩個門客劍士再不猶豫，立即將一身淤血的屍身抬上孟嘗君篷車。孟嘗君大手一揮：「回府，當道者死！」飛身上馬，當先而去。校武場的幾百禁軍木樁般挺立著，眼睜睜地看著孟嘗君車馬轔轔遠去了。

回到府中，安放好劍士屍身，孟嘗君抱屍放聲大哭：「鍾離呀鍾離，田文害了你啊……」魯仲連看得唏噓不止，卻是無從勸起。這個劍士鍾離燕，原是燕國遼東的劍術名家，當年因追隨燕太子姬平起兵失敗而被子之一黨追殺，逃入齊國投奔了孟嘗君門下，做了三千門客的劍術總教習。鍾離燕寡言多思深明大義，歷來是孟嘗君與燕國聯絡的祕密使者，對燕齊修好更是上心。孟嘗君說他是風塵策士，他卻淡淡一笑：「一介獵戶子弟，唯願兩國百姓和睦漁獵少流血，安敢有他？」此次孟嘗君慨然襄助魯仲連，召集門客商議，這個鍾離燕提出了「劍士介入，使齊王樂與孟嘗君言事」的對策。本來，孟嘗君最大的擔心，是眼看「戰敗」一方的將軍被殺而自己不能出面勸阻。一旦將校武變成門客劍士與軍劍之間的較量，門客劍士便可「輸」給軍劍，一則避免了舊部大將當場被殺，二則可使齊湣王在高興之時容易接受魯仲連的斡旋大計。誰知變起倉促，鍾離燕不堪受辱剖腹自殺，就連孟嘗君與魯仲連也幾乎身死當場。

此情此景，英雄一世的孟嘗君如何不痛徹心脾？

暮色時分，哭啞了聲音的孟嘗君才漸漸平靜下來。忙著進進出出替孟嘗君照應打理的魯仲連，也疲憊地走進了書房。兩人默默對坐，一時無話可說。

「孟嘗君，我總覺得哪裡似乎不對勁？」魯仲連分明有些不安。

「咳！由他去了。」孟嘗君閉著眼睛長歎了一聲。

「不對！」魯仲連突兀一句，已經霍然起身，「我去驛館！」說話間人已快步出門。

大約三更時分，昏昏入睡的孟嘗君被叫醒，睜開眼睛，一臉汗水面色蒼白的魯仲連站在榻前。孟嘗君從來沒有見過赫赫千里駒如此失態，不禁跳起來一把拉住魯仲連：「仲連，出事了？」魯仲連咬著牙關一字一頓：「燕國特使，被齊王殺了。」

孟嘗君一個踉蹌幾乎跌倒：「你，你，再說一遍？」

「燕國特使，被齊王殺了。」魯仲連扶著孟嘗君坐到榻上，「一幅白布包裹屍身，寫了『張魁第二』四個大字，教侍從將屍體拉回去給燕王看。」

孟嘗君久久沉默了。

「田單回來了。」魯仲連低聲道，「他說，齊王已經斷了齊國最後一條生路，勸孟嘗君盡快離開臨淄，回到薛邑去。」

「仲連，跟我一起走。」

「不。」魯仲連搖搖頭，「我還要到薊城去，給樂毅一個交代。」

「田單如何？」

「他要安頓族人，轉移財貨。」

孟嘗君長歎一聲，淚水奪眶而出：「田齊社稷，生生要被葬送了麼？田文身為王族子孫，愧對列祖列宗哪！」魯仲連無言以對，轉身對守在門外的馮驩低聲道：「收拾車馬，天亮前出城。」馮驩一點頭去了。當臨淄城頭的刁斗打響五更的時分，一隊車馬悄悄地出了南門。在曠野大道的分岔處，一騎飛出車隊，向東北方向風馳電掣而去。

四、樂毅臨機入咸陽

當魯仲連風塵僕僕進入薊城時，樂毅已經南下了。

特使的屍身運回薊城，燕國朝野譁然。連日之間，「討伐暴齊！雪我國恥！」的請願民眾潮水般湧向王宮，請戰血書一幅幅掛滿了宮門車馬場。燕昭王召來樂毅，指著在秋風中獵獵飛動的血色旗旗，臉上綻開了難得一見的笑容：「齊王有大功於我也，亞卿以為如何？」樂毅慨然道：「國人感憤，用兵正當其時。」燕昭王一拍掌道：「好！一個月後發兵。」樂毅搖頭道：「臣請南下秦國，來春發兵。」燕昭王思忖良久，長吁一聲點頭道：「還是亞卿思慮周密。齊為大國，燕國吞不下來也。」於是，在朝野請戰的憤怒聲浪中，樂毅悄悄地離開了薊城。

合縱攻齊，這是樂毅的長期謀劃。燕昭王復仇心切，曾經幾次要單獨發兵，都被樂毅婉轉而堅定地勸阻了。樂毅認為：齊國滅宋後已經成了國土堪與楚國匹敵的廣袤大國，論起富庶，更是楚國遠遠不及，更兼有六十萬大軍，燕國絕不能魯莽從事；春秋戰國以來，螳螂捕蟬黃雀在後的事比比皆是，以燕國之力，獨對齊國尚且艱難，又何堪背後偷襲？要攻齊，就必須聯絡五強，天下共討之；否則，寧可不動而等待時機。幾經碰撞，燕昭王終是漸漸接受了樂毅的主張，雖然對他國分一杯羹總是耿耿於懷，卻也終究不失清醒，一直在耐心等待。於是有了燕國的再三退讓，包括滅宋時燕國大將無端被殺而燕昭王反而忍辱請罪。在這近二十年的等待中，齊國終於成了天下側目的獨夫，燕國也通過各種祕密通道完成了與各大戰國的祕密盟約。攻齊的所有障礙幾乎都掃除了，單等一個最合適的時機。如今，這個時機也送上門來了。

可是，這裡缺少一個最要緊的環節——燕國祕密合縱，沒有納入秦國。

這是樂毅精心安排的有意疏忽。

秦為天下最強大戰國。按照實力，秦國單獨進攻齊國完全可大獲全勝。可是，秦國卻從來沒有進攻齊國的謀劃。尋常人難以揣摩其中究竟，樂毅卻看得分外清楚。自從蘇秦發動了六國合縱抗秦，張儀創出了連橫應對，齊國一直都是縱橫之爭的中心點。秦國連橫，首先爭取的是齊國。六國合縱，主要爭取的也是齊國。所以如此，一則因地，二則因力。因地，齊國地處東海之濱，與秦國相距最遠，少有兵戎相見。因力，齊國在摧毀魏國的霸主地位之後，隱隱然便是山東六國之首強，只要齊國稍有遊離，不做抗秦陣營之中堅，合縱對秦國的威脅便始終不是根本性的。正是基於這樣一個歷史淵源，齊國對秦國始終沒有中原五國那般滴血之恨。於是，齊國在河外大戰中棄聯軍於不顧而逕自滅宋，又在秦軍潮水般攻勢前丟棄聯軍而保存實力。有此背棄盟約之舉，齊國從此與中原五國反目，成了天下獨夫。雖則如此，秦國仍然沒有趁勢攻齊，而是將兵鋒直指魏楚兩個老對手。更令人咋舌的是，就在齊國為天下所不齒的時刻，秦國與齊國約定了共同稱帝——齊湣王東帝，秦昭王西帝。

樂毅清楚地記得，當這個消息傳到薊城時，燕昭王驚訝得連呼「咄咄怪事！咄咄怪事！」樂毅卻淡然一笑：「燕王莫急，此中大有玄機也。」「玄機何在？」燕昭王攤著雙手連連搖頭，「這分明是東西兩強夾擊天下嘛！」樂毅笑道：「秦國要在燎爐上燒烤齊國，田地卻以為是雪中送炭。」燕昭王默然良久，恍然大笑：「好好好，但願田地烤個焦黃。」可惜的是，這條老謀深算的妙策卻被蘇代與魯仲連破解了。齊湣王田地破天荒地英明了一次，連忙書告天下，取消了「東帝」名號。

值得玩味的是，齊國一取消帝號，秦國也悄悄恢復了王號，「西帝」也消失了。

這起匆匆掠過的兩帝風潮，使樂毅真正看準了齊秦兩大國的微妙所在。在燕國祕密聯結攻齊力量的謀劃中，樂毅始終主張不要急於與秦國說破。燕昭王大是不解：「秦為最強，合與不合，皆當早見分曉，事到臨頭倉促說秦，秦國若責我怠慢，又豈能與我合兵？」當時因有他人在場，樂毅只是笑道：「燕王毋憂，此事有臣斡旋，保得萬無一失。」也是燕昭王深信樂毅，從此不再過問。目下，攻齊時機已經到來，祕密聯兵也已經就緒，只要將秦國這只最大的「黃雀」拉進合縱，便沒有後顧之憂，屆時爪牙齊舉，自能一舉捕獲齊國這隻大蟬。雖說樂毅滿懷信心，但也有幾分忐忑。畢竟，邦國大計只有落到實處，才是真的成功。短短幾年，秦國陡然擴張了兩個大郡，河內郡六十餘城，南郡四十餘城，就實力而言，比齊國吞滅的宋國大兩倍還有餘。更不要說秦國消化新國土的能力比齊國強出了幾倍。當此之時，秦國會不會突然產生獨滅齊國的雄心？若是秦國有此圖謀，燕國的復仇大業大抵要付諸東流了。

這是樂毅唯一的擔心。

由於河內已經成了秦國新郡，一過洹水（註：洹水，戰國時魏趙交界河流，今河南省北部安陽河）北岸的寧城要塞，便進入了秦國地界。這寧城本是春秋晉國寧氏封地的北界要塞，叫作寧邑，現下已經被秦國改名為安陽（註：安陽，在今河南省安陽西南），成為燕趙兩國進入秦國的第一道關口。勘驗過使節關文，已是暮色時分。儘管秦國的這座新安陽整肅異常，樂毅也沒有在安陽歇息，馬不停蹄地直奔函谷關。憑著河內郡守發給特使的特急通行大令，樂毅在五鼓時分進了函谷關。出了長長的函谷又過了華山，進入關中腹地，樂毅下令車馬緩轡，一路徐徐觀察西進。路過櫟陽與藍田，樂毅特意停車道邊，留心遙望了這兩處的山川地勢，良久方去。秋陽銜山之時，匆匆進了咸陽。

在驛館駐紮停當，一番梳洗用飯之後，樂毅乘著一輛垂簾輜車向上將軍府而來。

在秦國君臣之中，樂毅最熟悉的，應當說還是宣太后與秦昭王母子。可是，樂毅卻不願意直接晉見太后與秦王的任何一位，而寧可先見只有一面之交的白起。雖說只有一面之交，但樂毅對白起大是激賞。燕昭王曾與臣下議論評點天下名將，感慨吳起之後再無赫赫名將，樂毅卻道：「以臣觀之，不出二十年，秦國白起將成天下戰神也。」那時候，白起還沒有打河外大戰，軍職也還只是個左更，連國尉、上將軍還沒有做，天下還沒有幾個人知道白起這號人物。樂毅的突兀評判，使燕國朝堂哄然大笑了好一陣。可樂毅卻堅信自己的眼光，白起每打一仗，樂毅都會通過各種途徑聚攏密報，精心揣摩白起的打法，從來不放過任何一個細節；然後，樂毅便自己做白起替身，為他謀劃下一場大戰目標與具體打法。這些年下來，樂毅驚訝地發現：在兵鋒所指的大目標上，他與白起竟是驚人的一致。而在具體打法上，則每每不同。更要緊的是，樂毅對白起的稟性操守做了多方祕查，認定白起是個本色英雄，是個響噹噹的陽謀人物，與白起交往猶如痛飲老秦酒——不黏不纏，清冽醇正，力道灌頂。

上將軍府邸坐落在王宮之南的正陽街，林蔭夾道，石板鋪路，點點燈火中幽靜異常。雖然也有車馬進入，但決然說不上門庭若市。樂毅目光敏銳，在打開車簾的視窗已經看得分外清楚，進出府邸方向的幾乎都是各種軍職官員，鮮有高車駿馬的重臣權貴。要在他國，只怕恰恰要來個顛倒。到得府前車馬場，馭手將車停在一片樹影裡，下車走到廊下一名帶劍軍吏前低聲說了一陣，那名軍吏便匆匆跨進了粗大的門檻。

片刻之後，軍吏又匆匆出來，領著垂簾輜車輕盈地進了偏門。

「客來遠方，不亦樂乎？」輜車剛剛拐過影壁，道旁樹影下一聲渾厚的秦音。

「今我來思，行道遲遲。」樂毅聽得「不亦樂乎」四字似乎有雙關之妙，以為行伍出身的白起也風雅起來，便按照士子唱和之禮，在車上吟哦一句，下車後當頭一躬，「燕國亞卿樂毅，參見上將軍。」但凡風雅之士，莫不講求禮節，樂毅官職爵位比白起低了幾級，更兼身負祕密使命，自然不敢託大。

白起本是布衣短打興沖沖而來，突兀見樂毅大禮相見，大是驚訝，連忙快捷一扶不禁失聲笑了：「白起村夫行伍，將軍如此風雅大禮，掃興了。」

「上將軍引經據典，樂毅安敢怠慢？」

「鳥！聽人說過，胡謅一句，甚個引經據典？」話音落點，兩人同聲大笑起來。白起拉起樂毅道：「走！我有老秦酒，醉翻你老哥哥。」樂毅笑道：「我帶來幾桶燕趙酒，也不差。」說著笑著過了兩進庭院，來到第三進正廳。

朦朧月光之下，樂毅見這偌大庭院除了北面正廳與西面一排廂房，只有一片水池，水池岸邊一片沉沉松林，池中一座高大的石山嵯峨矗立，逼得一池綠水成了蜿蜒繞山的小溪，與松林邊幾張碩大的石案與點點石墩相照應，粗獷簡約中彌漫出一股陽剛雄渾之風。樂毅不禁高聲讚歎：「凜冽清爽，好個上將軍莫府。」白起道：「都是村夫，誰也不會雕琢，便成了這副模樣。」說罷恍然轉身，一嗓子高喊，「荊妹快來！」

話音落點，一個脆亮的聲音飄了過來：「來了，沒咥飽麼？大呼小叫。」隨著聲音，一道身影從沉沉松林中倏忽掠到面前。

「荊妹，這便是樂毅將軍。這是荊梅，我妻。」

「怪道瘋喊。」一頭細汗的荊梅男子般一拱手，「見過將軍，你的名字老掛在白起嘴邊呢。」

樂毅一打量這個身著黑色勁裝在月光下目光晶亮英風颯颯的荊梅，便知這個女子決然不是尋常人物，拱手之間不禁由衷讚歎：「龍將虎女，當真天作之合也。」荊梅紅著臉一笑：「叫我來定是要酒了，我去拿。」說罷轉身，倏忽不見人影。樂毅笑道：「好身手，只怕萬馬軍中也難選幾個。」白起道：「直人急性子，我也拿她沒辦法。走，廳中坐了。」樂毅道：「明月當頭，松林在側，入廳做甚？」白起大笑：「對勁！沒人時我也好在這裡猛咥。」

正在兩人大笑之時，一個奇怪的身形嬝嬝娜娜飄了過來。走到近前，卻是荊梅——兩手提著四只酒桶，頭上頂著一個大盤，兩邊腋下夾著兩只大皮袋，雙肩上還立著兩摞大陶碗。樂毅驚訝地「呀」了一聲，站起來要接手，卻聽荊梅笑道：「毛手毛腳，誰也別動。」便見酒桶落地皮袋落桶陶碗落袋間，兩手已經端下了頭頂的大盤，利落出手，石案上片刻之間琳琅滿目，令人眼花繚亂。

樂毅一看，石案上是六個大陶盆，兩盆油亮黑紅的醬牛肉塊，兩盆乾菜飯團，兩盆蒜拌苦菜，六只陶碗的酒已經斟得只差溢將出來，兩碗小蒜兩碗果醋與幾雙長大的竹筷，分明是滿當當一案軍食。白起一伸手道：「樂兄請入座。」荊梅笑道：「白起就好這大案軍飯，樂兄將就些。來，坐對面。」原來這石案四尺餘寬六尺餘長，全部盆碗都擺成了一邊一份，中間空闊地帶是蒜醋與一大盆綠菜羹，兩邊案頭各蹲著兩只紅木酒桶，兩人對坐一案，倒真是比那單案分食別有一番氣象。樂毅原是名將世家，雖也豪爽灑脫，但在飲食起居禮儀與約定俗成的諸般講究方面卻從來循規蹈矩，在燕國是有口皆碑的風雅「儒將」。今日乍見身為大良造上將軍的白起如此樸實率真，不禁大是感喟：「唯大英雄真本色，上將軍之謂也！」白起搓著手紅著臉呵呵笑道：「荊妹與我，都不耐煩瑣周章，實在咥飽便是，甚個英雄來了？」

「樂兄，來！」荊梅笑著捧起了一只大陶碗，「我與白起敬你一碗，洗塵！」

「好，乾了！」樂毅與兩碗一碰，汩汩大口飲盡，包攬不住的酒汁竟順著嘴角流進了脖子，撂下大碗一臉緋紅，「快哉快哉，謝過荊梅。」

荊梅一笑：「我走了。你兩個放開喝，醉了有我。」說罷風一般去了。

「上將軍府中，不用僕役侍女？」樂毅終於忍不住將憋在心中的一句話問了出來。

「咳！」白起邊斟酒邊說，「太后賜了一大撥僕役侍女，可荊妹只教人打理雜務，我與她的所有活計都是自己做，不教僕役侍女插手，我也拿她沒治。虧了她還利落，我也沒個講究，便是這般了。

太后笑我是隨妻而安。樂兄你說，我能不教她做？」素來不苟言笑的白起，說起荊梅破天荒一大片家常話。

「有妻如此，上將軍之福也！」樂毅歎羨一句，實在是怦然心動。

「樂兄，不要老是上將軍叫我。來！乾了！」兩人乾了一碗，白起拍著石案道，「我白起，老卒一個，打仗是咱的活計。上將軍不上將軍，與交友何干？白起與樂兄雖只一面之交，然對樂兄卻是歆慕已久，樂兄當不得叫我一聲兄弟麼？」

樂毅大是感慨：「說得好，罰樂毅一大碗！」咕咚咚乾了一碗，「兄弟，樂毅癡長幾歲，倒是遠不如兄弟這般真人見識，慚愧也。」

「哪裡話來？」白起慨然拍案，「樂兄多年作為，白起卻也清楚。當今天下，堪稱名將者，非樂兄莫屬也。」

樂毅哈哈大笑：「一仗未打，能成名將？兄弟罵我了。」

「不不不。」白起連連搖頭，「名將之才，首在圖國、料敵、治兵。《吳子》云：『勇之於將，乃數分之一耳。』樂兄入燕，變法強國，使弱燕崛起；算敵分毫，使仇國步步入彀；治兵以明，倏忽練成精銳新軍二十萬。更不說斡旋之才，縱橫之能。此等大將，已是不戰而屈人之兵，若提兵於戰陣之間，自是遊刃有餘無敵於天下，豈有他哉！」

「兄弟讀兵書了？」樂毅素來聽說白起天賦將才不讀兵書，今見白起引證兵書見識精當，大是驚訝，不禁一問，卻又不待白起回答便是一笑，「若是別個，倒是不在話下。然若與兄弟將才相比，樂毅實在是慚愧了。」

「豈有此理了？」這次卻是白起哈哈大笑，「充其量，我只一個戰場之才而已。樂兄出將入相，廟堂運籌決勝萬里之外。我，戰場之外便發懵，如何能與樂兄之明徹相比？」

樂毅搖搖頭淡淡一笑：「將便是將，我只佩服兄弟一人。」說罷又大飲一碗，突兀便道，「兄弟，請教一事：燕國是否到了大打一仗的時機？」

白起目光一閃，臉上笑容倏忽間消失淨盡，默然片刻，也是一問：「敢問樂兄如何打法？」

「合縱五國，利市均沾。」樂毅沒有絲毫猶疑。

「樂兄此來，聯秦出兵？」

「正是。」

又是一陣默然，白起點點頭：「該當有這個時機。」

「兄弟是說，還要看燕國給秦國多少利市？」

白起笑道：「樂兄縱橫大才，與太后、秦王、丞相去說，我是只管打贏。」

「公私分明，好兄弟也。」樂毅大笑一陣，「來，再乾一碗！」

兩人至此海闊天空，直到天交四鼓。雖然都是酒意濃濃，樂毅還是撐持著回到了驛館，白起荊梅也沒有執意挽留。若是過得一夜睡得一覺，作為身負祕密使命的特使，與各方周旋都會無端增添一些微妙處。身為大良造上將軍的白起，與特使酬酢未嘗不可，然則若有過夜之名，便會平添一些多餘的解釋。心照不宣之下，慨然作別。次日清晨，樂毅醒了過來。老秦酒雖凜冽無雙，酒性卻極是純正乾淨，雖大醉而不纏頭，梳洗之後神清氣爽。用過早膳已是日上三竿，樂毅登車直向王宮而來。

秦昭王嬴稷早早進了書房，這是他自少年即位堅持下來的常習。不管太后與丞相如何在實際上掌控著權力，嬴稷都從來沒有放縱過自己。不貪遊樂，不事奢華，除了睡覺生病，日每天濛濛亮進入書房，直到三更過後才離開。讀書、練劍、吃飯，都在這裡外五進門戶重重的書房裡。對於政事，嬴稷從不主動過問，然則只要太后丞相來書房議政或請他到別處會商，他也絕不推辭；至於那些必須由他出面的朝會禮儀慶典等，他也會盡心盡力地做得出色；若有適當機會，他也會盡可能地以各種身分去歷練自己，譬如河內大戰時祕密前往河內輔助魏　建郡安民。二十一歲那年加冠之後，他依然如此，既沒有絲毫顯露出要親政的意思，也沒有絲毫的懈怠國事，一如既往地維持著這「太后——丞相——秦王」三駕馬車的局面。倏忽之間，嬴稷已經過了而立之年，這個「閒王」也做了近二十年，似乎一切都還要平靜地繼續下去。在大爭之世的戰國，大權分散政出多門從來都是禍亂根源，偏偏秦國卻很平靜穩當，一點兒亂象也沒有。說到底，這得歸功於他那個極為罕見的母親太后，只要母親在，嬴稷寧願這樣持續下去，可是，母親之後……

「稟報我王：燕國密使樂毅求見。」

「說甚？誰人求見？」嬴稷從沉思中醒了過來，驚訝地離開了書案。

「燕國密使樂毅。」老內侍聲音很低，卻很清晰。

默然片刻，嬴稷吩咐道：「立即知會太后：半個時辰後，我帶樂毅晉見。請樂毅進宮，東偏殿。」說罷匆匆出了書房。到得東偏殿廊下，嬴稷站住了。驀然之間，他想在殿外迎候樂毅，更想看看這位曾經對他母子有恩的燕國重臣究竟衰老了幾多？他很想從母親的眼光給樂毅一個評判，卻又想不清為何會突兀浮上如此念頭？

這片刻之間，一個熟悉的身影已經跟著宮門將軍進入了嬴稷的視線：除了頭上的帥盔換成了特使的一頂不足六寸的藍玉冠，還是那一領暗紅色的斗篷，軟甲戰靴，步態勁健瀟灑。噢！鬍鬚留起來了，絡腮長鬚，臉上黝黑，比當年更多了幾分威猛。好！更有氣度了。在這閃念之間，嬴稷已經從廊柱下快步走下六級階梯迎了過來。

「燕國亞卿、特使樂毅，參見秦王——」

樂毅尚未躬下之時，嬴稷已經笑著伸手扶住了：「闊別多年，亞卿別來無恙？」一句禮節寒暄，嬴稷懇切一笑，「母后與嬴稷時常念叨將軍，惜乎天各一方也。」

「握得公器，身不由己，尚望秦王見諒。」

「走，進殿說話。」嬴稷敏銳地意識到樂毅巧妙謙恭地避過了太后話題，心頭一熱，情不自禁地拉起了樂毅。多年以來，他國使節入秦，都是先見太后與丞相，樂毅卻是先見自己這個閒王，實在是難得也。樂毅目下已是天下名臣，此舉無論如何總是推重正道也推重自己了。

進得殿中，秦昭王立即吩咐侍女煮茶。煮茶，意味著至少大半個時辰的敘談。從國君接見使節的禮儀看，即或在「禮崩樂壞」的戰國，這也是極為罕見的。樂毅正需要相機切入正題的時間，便也坦然就座。此時，一個白髮老侍女從大木屏後走了出來，對秦昭王低聲耳語了幾句又去了。

秦昭王轉身笑道：「今日幸得有暇，與將軍煮茶消閒了。」樂毅笑道：「正好，我帶來了些許燕山茶，秦王可願品嘗一番？」「燕山茶？」秦昭王驚喜笑道，「在哪裡？」樂毅啪啪拍了兩掌，殿外走進了一個燕國紅衣文吏，將一個長大的紅色木匣放在了樂毅案頭。樂毅將木匣打開，拿出一方精緻的銅匣笑道：「先品品，若秦王覺得還有當年風味，我教人送一車過來。」秦昭王打開銅匣，聳著鼻子長長地吸了一口氣：「好！是這味。」轉身放在煮茶侍女的案頭，「改煮燕山茶。」樂毅又從長大木匣中拿出了一只晶瑩潤澤的藍色玉盒，雙手捧起道：「這是一套燕山玉佩。當年，太后很是讚賞燕山玉。燕王知曉，命尚坊玉工特意製作了這套玉佩，請秦王代為敬獻太后。」

秦昭王笑道：「將軍與太后相識相熟，自己去見，豈不更好？」

「秦王差矣。」樂毅倏忽收斂了笑容，「當年太后與秦王在燕國落難，生計維艱，可不拘禮儀處之。此謂『危難不拘禮』。而今，太后為一國母儀，秦王為一國之君，樂毅安敢以坊間交誼褻瀆之？」

「將軍差矣！」秦昭王照樣一句，哈哈大笑，「秦人老話，熟不拘禮。何來忒多講究？情誼不合，雖尋常百姓也當疏遠。情誼但合，雖貴為王侯也可成知己莫逆。否則啊，這太后國君便不是人了。」最後一句聲調拉得長長的。

「也是一說也。」樂毅淡淡一笑。

「人言樂毅儒將，今日始信也！」秦昭王喟然一歎。

此時侍女已經將茶煮好，一片濃釅清香彌漫殿中，一入口秦昭王大是感喟：「燕山茶克食利水，當真妙物也！」樂毅笑道：「秦人成於馬背，多食牛羊肉。燕山茶粗厚味重，正是當得。」秦昭王恍然笑道：「對也，何不將燕山茶種覓來一袋，秦國南山不能種茶麼？」樂毅道：「此事何難？明春我便送到秦王手中。只是水土不同，只怕生出茶來也不是燕山風味。」秦昭王笑了：「也是。橘生淮南則為橘，生於淮北則為枳。魚龍變化，又能奈何？」

說得一陣，秦昭王絲毫沒有提及樂毅使命的話頭。樂毅心念一閃，不知是因為這個秦王沒有親政而不涉國事，還是刻意迴避另有安排？否則，他這個特使絕不會在這日常議政的東偏殿一坐一個多時辰。此種情景，在直率的秦國確實少見。思忖一陣，樂毅道：「啟稟秦王：樂毅意欲拜訪丞相呈交國書，不能盤桓了。」

「好！」秦昭王站了起來，「但凡國事，對丞相說便了。」

「外臣告辭。」樂毅一躬，卻又被秦昭王扶住。雖然沒有挽留，秦昭王卻堅持將樂毅送到宮門，眼看著軺車去了方才回身。

一路思忖著回到驛館，樂毅已經恍然大悟，斷定秦國已經決定了加盟合縱攻齊，只剩下丞相魏冄與自己開價了。因了神交情誼，白起不便與自己「磋商」此等利害國事。因了那段羅難淵源中自己對太后與秦王的恩義，他們母子也不願與自己討價還價。所有的難題都留給了那個鐵面丞相魏冄，那麼，魏冄要的是何等利市？

一過午，樂毅單車直奔丞相府。魏冄果然利落，片言寒暄並看完燕王國書之後直截了當道：「亞卿便說，秦國有何利市？只說實在的。」樂毅也是不遮不掩道：「秦軍若出兵十萬，自帶糧草，可占宋國故地三百里。」

「少於十萬，不帶糧草，又當如何？」

「丞相以為如何？」樂毅不答反問。

「好！不囉嗦了。」魏冄大手一揮，「秦無虛言。燕國與將軍，對秦國有救君之義，立王之恩。秦國出兵五萬，自帶糧草，不求齊國一城一地，亞卿以為如何？」

樂毅驚訝了，默然片刻，悠然一笑：「丞相有求但說，無須反話。」

魏冄哈哈大笑，大步走到書案前拿過一張大羊皮紙嘩啦一抖：「亞卿自看。」

樂毅接過羊皮紙，大字赫然撲入眼簾：

〈秦國書〉

秦入攻齊合縱，出兵五萬，自帶糧草，不分燕齊一城一地。

大秦王嬴稷二十三年十月立

下面一方鮮紅的朱文大印。

樂毅將國書放在案上，面色肅然地對著國書深深一躬。

出得丞相府，一陣愧疚之情驟然湧上樂毅心頭。看來，自己顯然錯看秦國君臣了。太后秦王與白起，不是礙於情誼恩義迴避討價還價，而是維護他樂毅的尊嚴，不想擺出施恩於人的架勢而使他難堪。魏冄與自己最是生疏，便由他簡捷交代了事。由此看來，秦國君臣對伐齊之事早已經有了決斷。

從大處說，這是捨利而取義，使山東六國生出的「虎狼暴秦」惡名不攻自破。從小處說，滿當當回報了燕國之情，秦國君臣朝野從此便可坦然面對燕國。利害道義，權衡到如此地步，堪稱天下大器局也。

當晚，樂毅特意來向白起辭行。白起大是驚訝：「樂兄不見太后便走？」樂毅便搖了搖頭：「大計既定，不須煩擾太后了。」白起卻重重地歎了口氣：「樂兄啊，你卻拘泥太甚了！太后氣量勝過男子多矣，白起最是服膺，真不忍看她傷心也。」樂毅默然良久，喃喃念了一句：「南有喬木，不可休思，漢之廣矣，不可泳思。」不再說話了。白起一揮手：「好。明日清晨，我為樂兄在郊亭餞行。」

「不須了。」樂毅搖頭一笑，「國事入秦，兄弟未奉王命，不宜私動。我只問你，攻齊大軍，兄弟可否為帥？」

白起一陣大笑：「放著天下第一名將，白起去添亂麼？」

「那，秦軍五萬，何人為將？」

白起慨然拍案：「不管何人為將，秦軍都以樂兄之命是從！」

「步軍還是騎兵？」樂毅的笑容耐人尋味。

白起目光一閃：「樂兄想要攻城大器械？」

「燕國新軍雖成，只是輕兵鐵騎而已。」

白起略一思忖道：「五萬人馬我還是出全數鐵騎，以利長途奔襲。攻城大器械在河內安陽還留得幾套，正好就近，借你了。」

「好！戰後加倍奉還。」樂毅大是興奮。

次日拂曉，還是晨霧濛濛，樂毅給驛丞留下三封辭行書簡，便五騎快馬出了咸陽。秋高氣爽，一路飛馳，大約午後時分到了桃林高地。樂毅歸心似箭，不走函谷關大道，要直插山道走一條捷徑回燕。

桃林高地方圓三百餘里，橫亙在華山（西）、函谷關（東）與崤山（南）、少梁（北）之間的巨大四方地帶。桃林高地的南部峽谷直通函谷關，是千百年唯一的出秦險關大道。說它唯一，是說只有這條如函大峽谷可通行車馬軍旅。也就是說，它是大軍出入秦國的唯一通道，而不是說單人獨馬也唯此一途。在這桃林高地的北部，有一條不大的河流叫潼水，沿著潼水河谷有商旅小道直通大河，過得大河，是河內的蒲阪（註：蒲阪，戰國魏地，今山西永濟縣西部），比東出函谷關近了數百里。三百多年後，這條河谷小道成了與函谷關並行的大道，於是有了東漢的潼關。滄海桑田，潼關漸漸成了主要通道，函谷關便在歲月中漸漸淡出了。這是後話。

樂毅要走的，便是這潼水河谷。

入得潼水，已是斜陽晚照。秋日將蒼莽山塬染得金紅燦爛。東南的函谷關已經隱沒在群山之中，唯有隱隱約約斷斷續續的號角在殘陽中漫遊，給這荒莽的山林河谷飄來了一絲邊城氣息。樂毅翻過了一道山梁，眼前一道淙淙山溪，遙遙便見對面山頭上立著一座茅亭，一縷炊煙在茅亭後裊裊飛散，揚鞭一指道：「有高士隱居在此。走，茅亭打尖，歇息片刻。」一馬衝下山坡越過山溪，翻上了對面山頭。

「亞卿且慢！」隨行司馬一馬超前，「亭下山谷似有軍馬。」

此時，一個聲音悠然飄來：「亞卿別來無恙乎？」

樂毅一個激靈，瞬息之間心頭大跳。凝神片刻，在馬背遙遙拱手道：「彼何人哉？不見其身。」

「爾還而入，我心易也。還而不入，否難知也。」隨著悠然吟哦，一個修長的身影出現在茅亭之下，黑色長裙散髮飄飛，信步出亭，婀娜豐滿的身姿那般熟悉。

「太后……」樂毅翻身下馬，愣怔不前。

「將軍不識芈八子了？」

「太后，」樂毅勉力一笑，「流水已逝，刻舟不能求劍也。」

「然則，亡羊固可補牢。」宣太后平靜地笑著，「來吧，芈八子為君餞行了。」說著挽起了樂毅胳膊。樂毅面色脹紅地將手背了起來：「太后，我跟著便是。」宣太后看看窘迫的樂毅，咯咯笑了：「我說你個樂毅當真迂腐。你我縱有情誼恩義，總還是沒有藏污納垢了。你這避嫌卻實在笨拙，入秦不知會我，進咸陽不來見我，離咸陽也不別我。」宣太后聲音突然顫抖了，「我母子在燕國近十年，將軍不避非議，與我有救難情誼，也曾視我為紅顏知己。此等事天下誰個不知？如何我做了太后，你便拒人於千里之外？好便好了，有甚打緊？如此拘泥禮儀，避嫌自潔，豈非憑空惹出新是非來？」

「太后大是！」樂毅慨然拱手，「我卻沒省出這層道理，實在慚愧。」

「你能不叫我太后麼？」

「……」

「在燕國，你叫我甚來？」

「芈大姊。」雖然紅著臉，樂毅還是低聲叫了一句。

「哎，這便好。」宣太后笑著又挽起了樂毅胳膊，「走，茅亭下一醉。」

正是落日銜山之時，桃林高地的荒莽山塬在漫天霞光中伸展向無垠的天際，蒼蒼茫茫的桃林將山巔的太陽托了起來，潼水蜿蜒東去，似一匹錦緞飄繞在萬山叢中。

兩人飲得幾爵，宣太后向南邊大山一指：「樂毅，可知那是何山？」

「夸父山。」

「這蒼蒼林海，又是何名？」

「桃林。亦稱鄧林。」

「夸父追日，何等美也！」宣太后站了起來，彷彿在喃喃自語，「夸父山，桃林塬，這片山塬埋葬了一個多麼壯烈、多麼心酸的靈魂。你說，夸父何以要追逐太陽？」

「……」樂毅默然了。

「他是要圓心中那個大夢。飲乾了河渭兩川之水，夸父還是沒有追上太陽，卻活活乾渴死了，空留下那座默默的大山，這片綠綠的桃林。樂毅啊，臨死時看著遠逝的太陽，夸父他後悔麼？」宣太后的聲音中充滿無可挽回的失落與惆悵。

樂毅慨然歎息：「他不會後悔。他有來生。」

宣太后笑了，一臉酡紅在晚霞下分外絢爛。

樂毅怦然心動：「芈大姊，你我也是夸父追日。你追你的太陽，我追我的太陽。只可惜，沒有共同的太陽。」

「會有的。」宣太后靜靜地看著樂毅，「雖然不是今日就有。」

樂毅低聲吟誦一句：「與前世而皆然兮，吾何怨乎今生？」

「楚歌？」宣太后眼睛驟然一亮。

「屈原。〈涉江〉。」

宣太后默然良久，歎息一聲：「生非其國，遇非其君，屈子悲矣哉！」

樂毅大飲一爵，慨然道：「天地造化，情誼原本多面。我助你脫難，你助我功業。生其國，遇其君，夫復何憾也！」

「唯餘一縷相思，只待來生聚首了。」宣太后也大飲一爵，噹啷丟下銅爵一笑，「今日桃林一別，難有聚首之期，芈八子為將軍撫琴一曲，以為心中永訣。」

樂毅粗重地喘息著，想說話，終是沒有開口。

宣太后走到廊柱下的石案前，肅然跪坐，十指一拂，古琴叮咚破空。

相伴守望兮　何在乎一
夸父做山兮　我做桃林
行影大合兮　今生何期
夸父追日兮　我做河渭

「大姊，好！」樂毅爽朗大笑，「行影大合，何在乎一？好啊，樂毅終是透亮也！來，我也為大姊一歌，以作告別。」

「你也能歌？」宣太后驚訝地笑了。

樂毅被她一笑一問，豪氣頓發，朗聲答道：「豈不聞燕趙多慷慨悲歌之士？今日且聽我燕山歌風。」倚柱而立，大袖一甩，高亢粗豪的歌聲響徹山塬峽谷——

夸父追日　飄風發發
長鯨飲川　日月之華
頹然一倒　山林崔嵬
無草不死　無木不萎
山水兩望　與天地共長

樂毅一開聲，宣太后抓起石案上的短劍敲打著銅爵以為節拍，及至樂毅唱完，宣太后噹啷丟掉劍爵，緊緊抱住了樂毅。

「我，該上路了。」樂毅輕輕拍著她的肩背。

「去吧。」宣太后放開了雙手，「你終是要追趕自己的太陽了。」

火把點點，馬蹄沓沓，桃林高地的山道上漸漸消逝了高大的騎士身影。

茅亭外的那堆篝火久久地燃燒，伴著那個佇立在山頭風口的黑色身影。

第八章　幽燕雷霆

一、六百年老諸侯振翼而起

整個冬天，燕國朝野都處在極其亢奮之中。

秦國的無償加盟使燕國君臣又驚又喜，忐忑不安的鬱悶之氣一掃而去，陡然之間舉朝振作。燕昭王與樂毅、劇辛等幾位股肱大臣一會商，立即下書各郡縣，將這一大好消息明告朝野。旬日之間，國人一片沸騰，「復我血仇！討伐暴齊！」的明誓席捲了燕山遼東。

說起來，也是燕人壓抑得太久了。幾十年來內亂頻仍，眼看強鄰張揚崛起，燕國卻淪落得幾乎連韓國也不願與之比肩了。南邊的趙國朝夕巨變雄心勃勃，燕人惴惴不安。東邊的齊國殺氣騰騰驕橫霸道，燕人更是心驚肉跳。然則，國弱民窮又如何能挺起脊梁骨來？蘇秦發軔合縱時燕國那一束光芒早就流星般消逝了，無可奈何也，只有在天下低眉順眼，但凡大國都得卑微以待。齊國帶頭合縱攻秦，窮弱得連一支鐵騎也沒有的燕國，還得派出步軍追隨。縱然如此，狂暴的齊湣王還殺了燕國帶兵將軍張魁，對燕國極盡羞辱之能事。更有甚者，那支雖然戰力很弱但對燕國卻極其寶貴的步兵，竟被齊軍在逃離戰場之時派為後軍掩護，硬生生全數慘死在六國亂軍敗退的鐵蹄之下。分明是齊國背棄盟約，單獨吞滅宋國而致使聯軍慘敗。戰後，齊國反而再度指責燕國「敷衍合縱」，將燕國做了戰敗替罪羊，強迫燕國割讓濟水北岸僅存的一百餘里水面。燕人心頭滴血，燕昭王還得向齊國告罪，忍氣吞聲地向齊國獻地。齊國漁民獵戶經常越境到燕國山水漁獵，燕國漁民獵戶也只有退避三舍，眼睜睜看著人家呼喝而來揚長而去，連官府也不報……如此數十年，燕人的窩囊委屈已經沉積得快要憋悶死了，對齊國的仇恨更是深深地扎根在朝野山鄉。但凡燕人，只要提起齊國，只「呸」的一口，連二話都不屑說。

在燕人將及麻木之時，驟然一聲驚雷——合縱六國成功，燕國要復仇了！燕國朝野如何不狂喜大悲？如何不亢奮振作？於是，對秦國的感念，對亞卿樂毅的讚頌，在燕人中不期然彌漫開來。燕人原本慷慨豪邁，春秋三百年與老姜齊共同構成中原北部屏障的歲月，從來都是濃濃的天下情懷，動輒便是「當今天下」如何如何，只可惜倏忽淪落，那慷慨豪邁之氣也只做了無窮的歎息。如今雲開霧散志氣陡長，燕國人的感慨如滔滔易水而一發不可收拾了。

恩怨分明的燕人，最是感念秦國。且不說秦國從來沒有欺凌過燕國，便是在燕國窮弱的時候，秦國也曾與燕國兩次聯姻。當年的合縱抗秦是燕國發動的，老秦國非但沒有記仇，反倒是再三再四地與燕國修好結盟，做了燕易王王后的秦國公主，還鼎力扶持太子姬平剷除了子之亂黨。在燕國亂政迭出的時候，秦惠王竟將王子王妃派到燕國做了人質，以示對弱燕的修好願望與強固支撐。幸虧燕國沒有落井下石，在秦國最是艱難的時候放走了王子嬴稷，之後又隆重送回了秦國王妃，才使得窮弱的燕國對秦國有了一份難得的恩義。老秦國真是當得！燕國有求，財貨土地兩不沾，還派出精銳鐵騎五萬並借給燕國攻城大器械。而今天下，哪一大國有如此氣度了？說人家虎狼暴秦，呸！還有沒有個天地良心了？老秦人與老燕人一個樣，恩怨分明，恩仇必報，盟邦就得這個樣！燕國偏與秦國交好！山東六國那班黑心賊，幾時卻將燕國當自家盟友看了？像齊國那條海蛇，呸！掐死它！

燕國人更是感念樂毅。

好端端一個名將之後，不在肥碩魏國吃香喝辣，卻千里迢迢跑到被洗劫一空的燕國，圖個甚來？做官吧，只是個中大夫爵的亞卿。居家生計，只有十里封地百來戶子民，連個無所事事的閒居老世族都不如，粗茶淡飯布衣牛車燕國誰個不知？可偏偏如此一個人物，先輔助燕王弔死問孤理亂治窮穩定民心，再大刀闊斧地在燕國變法，廢除隸農、削減貴族封地、許民買賣土地、開通私市吸引六國商旅入燕、設立軍功獎勵平民從軍參戰、設立農商爵鼓勵農夫勤耕商旅勤稅等，哪件事都是燕人夢中所想。若非這樂毅新政，燕國人能有今天的日子？更有一樣，這個樂毅將新政納入正軌，便交給上大夫劇辛料理，自己一頭扎進遼東練兵去了。十載寒暑，樂毅只回過薊城兩次，硬是在那白山黑水之間練出了二十萬精銳新軍。說到底，這才是燕國真正的底氣。若非這二十萬大軍，老燕人要復仇，歇著吧你！然則，燕人最為感念者，還是樂毅的人品志節。燕人永遠不會忘記，當初的亞卿子之，僅僅憑著五萬遼東勁旅，便將燕國折騰得數十年雞犬不寧奄奄一息。從那以後，燕國朝野便對掌兵大臣心懷忌憚，幾乎是不由自主地側目而視。樂毅練兵之初，也是議論蜂起舉國惴惴。樂毅卻是非同尋常：不領上將軍職爵，不持燕王兵符；自請太子與三位王室元老，到遼東坐營「激勵」；糧草輜重每次只領一月，每三個月請燕王觀兵一次，每半年請燕王遴選二十位德高望重的大族鄉老到遼東「勞軍」。

如此五六年下來，朝野已經是一片讚頌有口皆碑了。臣民紛紛上書燕王，請授樂毅上卿之位兼掌兵符。可樂毅堅執不受，理由只是一句：「國恥未雪，萬戶之封於心何安？」便是這硬邦邦一句，燕人誰不怦然心動！自那以後，沒有人再為樂毅請命了，各種微妙的非議也一起消失得無影無蹤。燕人終於長長地吁了一口氣：「樂毅大德，天賜燕國之福也！」

可如今，燕國復仇在即，樂毅竟還是一個亞卿，這卻如何使得？伐齊大戰，若非樂毅領兵，誰個放心得下？若再出一個子之帶兵殺回，還不是庶民遭罪？人同此心，心同此理，眾口紛紛，薊城國人先動了起來——萬民上書、族老請見、工商雲集王宮之外，說的喊的都是同一句話：「請拜樂毅為上將軍，討伐暴齊！」

「亞卿，你說本王如何處置？」燕昭王站在王城箭樓，指著王宮車馬場的萬千人眾笑了。

「當此之時，臣願領上將軍之職！」樂毅慨然一拱。

「好！」燕昭王哈哈大笑，「這便是樂毅了，不當其時，雖予不取。若當其時，不予亦請！」笑容又忽然斂去，「此戰實是舉國一搏，卿當上將軍丞相一身兼之，方利於舉國調遣。」

「無須如此。」樂毅搖搖頭，「臣唯領軍職可也。舉國調遣，我王與上大夫劇辛足矣。兼領不專精，反倒誤了聯軍諸般事務。」

燕昭王思忖一陣斷然道：「也好！上將軍主征伐，上大夫理內政，太子督運糧草輜重，本王坐鎮協理，便是這般了。」

「我王明斷！」

燕昭王雷厲風行，齋戒三日，在燕山南麓舉行了祭天大典，向天地諸神通報了討伐齊國復仇雪恥的意願，祈禱上天佑護燕國大業一舉成功。祭完天地，立即行拜將大典，拜樂毅為上將軍，賜兵符王劍並上將軍全副儀仗，授生殺大權。拜將完畢燕昭王下書：上大夫劇辛秉持國政，太子姬樂資督運糧草輜重，百官勤政，舉國協力，復仇雪恥！

燕國頓時沸騰起來，忙碌了整整一個冬天。

在拜受上將軍印信的當晚，樂毅帶著一班軍吏司馬，星夜奔赴遼東去了。

二、冰天雪地的遼東軍營

出得薊城往東，有兩條赫赫大水，一名濡水（註：濡水，今河北東北部的灤河），一名遼水。這兩水都是古老的中原諸侯封地。濡水地帶是商代封的一個孤竹國，封邑叫作令支（註：令支，今河北省遷安縣西部）。因了言語錯訛，又叫作冷支、離支、離枝、不令支。殷商被西周滅亡後，孤竹國出了兩個大大的孤忠名士，這便是孤竹國君的兩個兒子伯夷、叔齊。這兩人都想教對方做國君而先後逃出孤竹。殷商滅亡後，兄弟二人以遺民之身做出了震驚天下的舉動——不食周粟，活活餓死！從此，濡水孤竹國名揚天下，周武王竟破例將孤竹國仍然封做了諸侯。到了春秋板蕩之期，孤竹國被氣勢正盛的齊國吞滅了。那時，齊國是姜齊，君主是齊桓公姜小白，丞相是赫赫大名的管仲。可是，春秋末期齊國大衰，整個濡水以東的廣袤山水全部被東胡占領了。那時候燕國也是自顧不暇，只好不斷派出人質到東胡，求得東胡不來侵犯。燕昭王即位，與樂毅同心中興，決意仿效當年秦穆公擴地西戎，將整個濡水與遼東奪回，為燕國打下一片廣闊的後院。君臣一番密商，便在樂毅練兵的第三年，派出曾經在東胡做過人質的將軍秦開為將，向東胡發動了突襲。半年之間，這支尚未完全練成的五萬新軍，將東胡驅趕回了遙遠的漠北草原。燕國在這片廣袤的土地上設立了三郡：右北平郡（濡水地帶），遼西郡（遼水之西），遼東郡（遼水以東）。

從濡水沿東南海邊一直向東北馳騁，越過綿延大山，便是滔滔入海的遼水。遼東郡的治所城堡在遼水之東百餘里，叫作襄平（註：襄平，今遼寧遼陽市地帶）。燕國的新軍大營，在襄平西南的遼水河谷。這裡山塬連綿，谷地開闊而隱祕，林木蒼茫，水草豐茂，確是練兵的上佳之地。然則，將新軍根基扎在這裡，絕不僅僅因為遼東地形之便。要說隱祕便利，燕山腹地的連綿峽谷更是上選。

遼東之可貴，在於山水，更在於人。

那時的遼東，西起遼水，東至浿水（註：浿水，今朝鮮清川之清川江），南至大海，方圓廣袤千餘里，山水蒼莽，冰雪苦寒，人煙稀少。在中原人眼裡，遼東與嶺南是大寒大熱的兩處荒莽之地。然則，便是這苦寒荒莽之地，中原文明卻早早就結結實實地在這裡扎下了根基。還在殷商時期，這裡便是殷商王族大臣箕子的封地，當時叫作箕子國。箕子國的封地城邑在水西南，叫作樂浪（註：樂浪，今朝鮮平壤地帶）。周滅商，因箕子賢能，大度地保留了箕子國。整個西周數百年，箕子國庶民被中原人喚做「高夷」，也叫作高句麗、高麗、句麗、句驪等。及至春秋板蕩，箕子國一班老世族思念故國，自認殷商臣民而與中原疏遠。到了戰國之世，叫作「滿」的箕子國國君自立稱王，中原戰國便直呼其國為「高句麗」了。秦開平東胡，自然也吞滅了這個「高句麗」，當年的箕子國便成了今日的遼東郡。

遼東苦寒荒莽，生就了剽悍勤韌的漁獵部族。千百年同化歸流，高麗人與中原人早已經渾然一體。無論男女，都生得精悍結實，吃得大苦耐得大勞，年年歲歲在山林與猛獸搏鬥，在大海出沒捕魚，民風極是辛辣猛烈，尚武之風不教自成。當年子之與東胡作戰，靠的便是由遼東漁獵子弟組成的五萬勁旅。然則，春秋戰國以來，遼東的獵戶漁民卻大都是隸農身分，從軍不得做騎士，立功不得受官爵，幾乎永遠都是軍中最為卑微的軍卒，縱是戰死或重傷，也不能得到絲毫撫恤，甚至連屍體也被無情地丟棄在戰場。唯其如此，遼東漁獵奴隸對從軍避之唯恐不及。當年子之徵發遼東獵戶，藉著「將在外君命有所不受」的權力私行新政，以安家、賜荒田、許戰勝之後搶掠的浮財歸己之三法，湊出了五萬誓死效命的遼東漁獵子弟，在六國聯軍中一舉成為驍勇之師。遼東人之慷慨善戰，可見一斑。

此等冠絕天下的兵源，是樂毅在遼東成軍的最重要原因。

燕國安定之後，樂毅親自到遼東郡推行新法。他頒布了一道震撼遼東的亞卿令：除了箕子國王族遺民，箕子國的老世族一律遷居遼西，遼東郡可耕田地一律做軍功賞賜用！當時的遼西比遼東肥美，箕子國老世族本是老中原之根，雖則也留戀這白山黑水之地的獨特風韻，最終還是磨磨蹭蹭地走了。老世族一遷走，樂毅立即大刀闊斧地廢除隸農制，將平坦原野的全部荒田，悉數分給願意改業歸農的漁獵新平民；同時頒行〈大燕新軍法〉，但凡新平民從軍，每人先賜十畝肥田，但有軍功，論功立賞！依著遼東人的心性，這其中任何一法只要落到實處，已經是歡呼雀躍了，更何況枷鎖頓開，一下子變成了世代夢想的「國人」！驟然之間，遼東漁獵子弟熱血沸騰爭相從軍，短短三個月便有十萬精壯入軍，後續人群還在絡繹不絕地湧來。樂毅原未料到能如此迅猛成軍，便下令徐徐徵發，邊徵邊練，邊練邊徵，才算剎住了這股從軍狂潮。

如此遼東，如何不令大將怦然心動？

酷好兵事的樂毅，終於實實在在看到了一支強兵在自己的大旗下生成，率領如此一支大軍與齊國決戰，何愁不所向披靡。素有「北弱」之名的燕國，如果能擊敗擁有六十萬大軍的強齊，在當今天下不啻一聲驚雷。它將宣告燕國的崛起，將又一次大大改變戰國的大爭格局。如果也能像秦國那樣三代堅持新法，燕國必能成為中原逐鹿的強大力量。最後，也許燕國便是統一華夏的主力。那時候，樂毅的名字將永遠鐫刻在巍巍史石，成為開創燕國大業的第一塊基石。誠能如此，孜孜以求的名將之夢何其渺小也！

一路兼程馳驅，樂毅的心緒始終不能平靜。

旬日之後，樂毅與幕府班底終於抵達遼水河谷大營。

時當臘月，滴水成冰。雪原的寒風從遙遠的北方呼嘯而來，任你衣甲三重，也是寒徹入骨。一路奔馳顛簸，騎士們的汗水在貼身布衣與外層鐵甲間反反覆覆地結冰融化，早已經變成了鐵鎧冰甲。一進大帳，樂毅連聲呼喝：「快！整幾盆燉肉來，黍米團子，越熱乎越好。」留守中軍的大將秦開連忙道：「先卸衣甲，看有無凍傷？」樂毅並一班軍吏連忙脫衣解甲。一時之間，赤條條二十幾條漢子人人一身青紫，腳下戰靴卻無論如何也扒拉不下。

秦開掃得一眼，一個箭步躥到帳口大喊：「醫士（註：春秋戰國之前，軍中醫師由巫師、方士擔任，唐以後軍醫方有「檢校病兒官」之名）！快！」片刻之間，一隊軍醫提著醫箱快步趕來。為首一個鬚髮灰白精瘦矍鑠的老醫士邊打量邊高聲吩咐：「撤去燎爐，打起皮簾，走風半個時辰。將軍們能走動便走動，不能走便坐了，只不要出帳，我等一個個操持。」又轉身對秦開道，「請來幾大盆淨雪。」秦開立即大喊發令，少時便有一隊軍士抬進了七八個大木盆，個個白雪皚皚堆頂。老軍醫一揮手，跪坐在了赤條條的樂毅腳下，後邊的醫助們一人守定一個傷者，先用鋒利匕首劃開戰靴，再用大團白雪揉搓雙腳，待雙腳變熱發紅便塗上一層清亮的熊油膏。如此這般忙碌了大半個時辰，方才將一班人的凍傷料理妥當。

「上將軍，」秦開一拱手，「請到炊營用飯。」

「涼些個不打緊，搬來吃。」一番折騰，樂毅渾身散了架一般，那饑腸轆轆的感覺沒有了，只想趕緊吃罷飯理事。

「不行。」秦開固執地一笑，「外涼可治凍傷，內涼可要起病了，還是到炊營好。」

「好，去炊營。」樂毅在細瑣事務上從來不固執己見。

這遼東炊營與尋常炊營不同。不在帳下設置，卻是一大片石板砌成的大房子。遠遠看去，這些石板屋還沒有一人高，屋頂粗黑的大煙囪伸手可及，匆匆湧出的炊煙在寒風中倏忽飄散，全然沒有中原軍營那種扶搖直上的韻味。原來這遼東酷寒之地，一年倒有小半年冬令天氣，一過十月便是北風呼嘯。但遇大雪嚴寒，兵士出帳撒尿，一不小心兩腿間便是一支長長的冰棍。軍營起炊，大鍋大盆的燉肉，剛剛分到兵士碗中已成了冰坨子。雖說軍營冷食本是家常便飯，然若頓頓如此，兵士多病，體魄也勢必瘦弱。在第一個冬日還沒有過完時，樂毅便下令徵發了一百多名遼東工匠，兵士輪流做小工，建起了近百座大半截埋在地下的炊營，只要不逢戰事，兵士一律開到石板房用飯。在寒天徹骨的遼東，軍士們日每能有三頓熱乎乎的戰飯，當真是談何容易！僅此一舉，兵士們便對樂毅的愛戴崇敬無以復加，樂毅愛兵的名聲也風一般流播天下。

「兵士今冬可有凍傷者？」樂毅一瘸一拐地問。

「來！」秦開索性一下子背起了樂毅，邊走邊說，「沒有。皮靴皮襪加皮甲，能凍個甚來？一冬滿營嗷嗷叫，都喊著請戰，騎劫叫得最凶。上將軍這一來啊，我看直要炸營了。」

「好！」樂毅一拳砸在秦開肩上，「有得仗打，莫擔心。」

踏著乾雪下了七八級大石臺階，粗大木柱撐起的大廳中暖烘烘熱氣夾著肉香飯香撲面而來，樂毅又頓時饑腸轆轆，跳下地便道：「走，找個旮旯坐了，趕緊整飯。」這地炊大廳一次可容三千軍士就食，十排一眼望不到頭的白木長案，案下是裁割得極是方正的一塊塊白木板，每排兩面，每面恰是百五十塊木板坐百五十人。大廳每面都有六個寬大出口，但聞號角軍令，三千軍士片刻便可衝上地面。十年練兵，樂毅只要在軍營，每餐必得查看軍食，與士卒們一起坐在白木板子上饕餮大咥。今日不同，樂毅只想趕快回帳部署軍務，不想在這裡耽延，在旮旯處坐了下來想趕緊吃完便走。剛剛坐定，秦開帶著一個炊兵匆匆搬來了一大盆紅黑油亮的燉肉、一大盆紅紅的黍米飯團子、一大碗菜羹、一大碗黍米酒，熱氣蒸騰濃郁噴香。

「好軍食！」樂毅一聲讚歎正要下箸，突然皺起了眉頭，「軍令不得飲酒，拿走。」秦開笑道：「上將軍一路風寒，我特意叮囑拿來的。」樂毅搖搖頭：「軍士日日風寒，都有酒麼？」秦開無可奈何地笑笑：「好，拿走。哎，這熊掌是軍獵之物，你可得吃了。」那個黝黑粗壯的炊兵連忙挺胸赳赳道：「昨日獵回，沒錯！」樂毅肅然道：「軍法有定：熊掌只犒賞當日軍獵有功將士。拿走。換一盆山豬雜碎來。」秦開不笑了：「上將軍，山豬雜碎不經餓，只給違反軍法者吃，至少來一盆山豬肉了。」樂毅喟然一歎：「國恥未雪，安然食肉，問心有愧也。」粗壯黝黑的炊兵呼呼大喘道：「稟報上將軍：今日沒有山豬雜碎，只有狍子後白！」秦開哈哈大笑：「你看你看！便是狍子後白，快去拿了！」「嗨！」粗壯黝黑的炊兵噔噔飛步去了，片刻之間換得另一盆燉肉出來，卻是肥中纏瘦的一隻狍子後腿，足足有三四斤重。樂毅不禁噗嗤笑道：「好了好了，去吧。」狼吞虎嚥地大嚼起來。

後白者，狍子後臀也。狍子肥臀，天生兩片圓形白毛，遼東獵戶呼之為「後白」。獵戶常年出入山林冒險，便有了許多莫名其妙的習俗講究。不吃狍子的白色屁股，是諸多講究之一。遼東大軍十之七八都是獵戶子弟，自然也有這個禁忌。樂毅中原名士，自然不相信這個禁忌，更兼不想暴殄天物，眼看天天扔掉這難得的肥肉，便立了一個奇特的軍法：狍子後臀列為軍中「罰肉」，但有那些無意中違法卻又不得不處罰的軍士，便罰吃狍子後臀。究其實，狍子後臀勁健肥厚，最是熱補。遼東獵戶子弟原本個個明白，尋常卻出於禁忌不能吃，一旦被罰不得不吃，一吃之後便是偷偷地樂。時間一長，此中奧妙人人盡知，這莫名其妙的禁忌也在軍營淡漠了。

一隻狍子後臀吞下，樂毅頓時精神大振。看看士兵已經赳赳開進大廳，樂毅連忙從身邊出口走了。進得中軍大帳，支起碩大的圖板，樂毅便與秦開祕密計議起來，直到軍營刁斗打響三更，大帳中還是燈火通明。

三、輕銳勁健的燕國新軍

次日清晨，濃濃的霧氣還沒有消散，一片牛角號聲劃破了遼水河谷。緊接著，四面大鼓在兩丈高的鼓架上隆隆響起。這是聚將鼓，每隔一刻一鼓。三通鼓罷，大小將領便要從各自軍營趕到幕府大帳。中軍司馬點將完畢，樂毅便站在了長大的帥案前，目光掃過齊刷刷挺身坐在將墩上的二十員大將，大手一揮：「諸位將軍，燕王決意討伐暴齊，燕人復仇之日到了！」

「討伐暴齊！復仇雪恥！」大將們一齊怒吼。

樂毅拔出令箭：「兩個時辰拔營整裝，午時戰飯，未時開拔。步軍居中，鐵騎兩翼；秦開為步軍主將，騎劫為鐵騎主將；全軍輕銳，兼程疾進；旬日之內，務必開入易城（註：易城，戰國時燕國南部要塞，在易水下游，今河北省易縣地帶）！」大將們人人振奮，一聲呼喝領命，大步匆匆地散去準備了。

午後，二十萬大軍開出了遼水河谷，在皚皚雪原上像一條火紅色的巨龍浩浩西去。沿途常有獵戶從茫茫林海飛出，向著這支快步疾走的皮甲大軍「噢呵——」長喊，在路邊堆下幾隻獵物，又帶著獵犬飛進了無邊無際的山林。雖是茫茫雪原寒風呼嘯，這支火紅色大軍卻是健步如飛，速度快得驚人，第三日剛過，已越過了遼西郡。

樂毅練成的這支新軍，最大特點是「輕銳勁健」四個字。

燕國有燕國情勢，若照著中原戰國那般鋪排，再過十年，燕國也未必能夠練成新軍。這國情，一是窮，二是寒，三是缺鐵。尤其這最後一條，是燕國成軍的致命傷。縱是你出得起高價重金吸引商旅，大肆收買鐵料，別國官府也不會教如此巨額鐵料出境。戰國新軍之所以新，全在一個「鐵」字。全部裝備都是鐵製：鐵兵器、鐵甲冑、鐵馬具、鐵器械。總之，無鐵不成軍。唯其如此，天下才將戰國新軍呼之為「鐵軍」。燕國乏鐵，卻硬是要練成二十萬新鐵軍，自然只能在鐵器之外開闢天地了。帶著一班軍吏，樂毅細緻地盤清了燕國府庫的全部存鐵，充其量也只打造得七八成兵器。一番思慮，樂毅下令：鐵料只打造兵器，甲冑馬具器械等全部另謀出路。另在何處？在皮革木材之上。這兩樣物事恰恰是燕國出產最豐，用之於軍，竟是奇妙地大獲成功！

第一是這銅釘皮甲冑。上古戰神蚩尤，用整塊獸皮裹身包頭，戰陣不怕刀斧，部族仿效而流布天下，於是有了甲冑。後來漸漸演變成銅甲、鐵甲，作為甲冑鼻祖的皮甲反倒是漸漸少了。目下的中原戰國，人人一身鐵甲冑乃是步騎新軍之標誌，否則便不是新軍。

樂毅的辦法是：大量買入獵戶皮革，獵戶子弟帶大張獸皮從軍者，立即給予賞賜；同時在軍中設立皮坊，工匠們自己製皮，自己裁縫，皮盔甲再釘上銅釘，一身皮甲冑便製成了。一經上身，輕便堅韌，竟比鐵甲鐵冑利落了許多。那時候，一身全副鐵甲冑的重量大體都在八十斤左右，重甲更在百斤之上，猛則猛矣，卻實在太過沉重。以致到了後世的宋代，限制鐵甲打造必須在五十斤之內。但燕軍這一身皮甲皮冑加戰靴，最重也不超過三十斤，對於身高力大的遼東子弟，絲毫不顯累贅，彎腰屈背

皮甲冑穿著示意圖

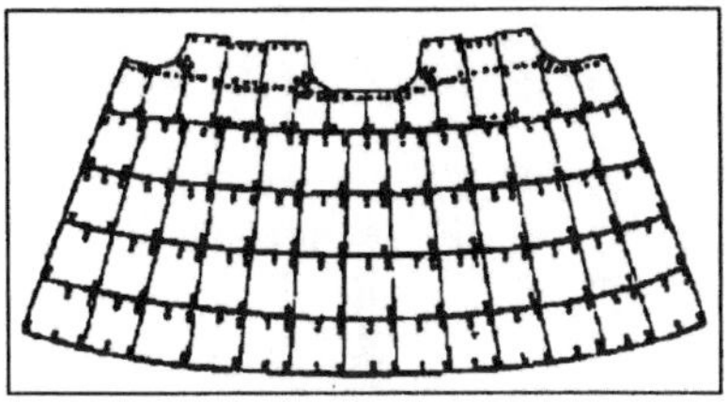

皮甲甲身展開復原圖

蹲踞起立伸展自如，連「甲冑在身，不能全禮」這句老話也顯得多餘了。甲冑成功，馬具也照例辦理。中原鐵騎，馬身必有鐵包皮披甲。燕國新軍的戰馬披甲，則是兩重皮革外釘銅釘，既厚實頑韌又輕便異常，戰馬負重大大減輕。

第二是木製大型器械。軍中大型器械，自來以銅材鐵材為主料。秦國新軍的大型攻城器械，幾乎全數鐵製。如此氣象，燕國自然無法企及。樂毅的彌補之法，是遴選上好堅實木材，製作大批必備的攻城器械，主要是三種：壕橋、撞車與雲梯。

壕橋者，越過壕溝之橋也。《六韜・虎韜・必出》載：「太公曰：大水、廣塹、深坑，敵人所不守，或能守之，其卒必寡。若此者，以飛橋、飛江、轉關與天潢以濟吾師。」這裡的飛橋，說的便是壕橋。商周時壕橋已經出現。及至戰國，壕橋已經發展成為折疊式，下裝兩只或四只大輪，寬約一丈五尺，可八具並列，總寬達十二丈，萬千軍士可衝鋒過橋。中原大軍的壕橋，都是鐵輪鐵板，一具壕橋用鐵千斤之上！如此耗費鐵料，燕國如何消受得起。樂毅與工匠們會商，像打造牛車車廂一般打造壕橋：橋輪與軸柱用硬如精鐵的青檀木，橋身用清一色的紅松木，板厚一尺六寸。如此木製壕橋更有一樣好處，折疊輕便，行軍利落，四個軍士便可拉走。打造成八具後連排試用，大軍連踩一月，一樣毫髮無損。

撞車者，撞擊城門之重車也。撞車車架粗大堅固，底部安裝四只大輪，推進輕便，在車架頂部的橫梁上用繩索懸掛一個巨大的撞桿，撞桿前部安裝巨大的撞頭，後部繩孔可延伸出數十條粗麻繩。衝近城門，車體四角用大木樁固定，數十兵士橫開兩列，拉動撞頭後部麻繩向後盪開，再合力拽繩向前猛進撞擊。若是小城門，往往是十餘次便被撞裂，威力實在令人瞠目。撞車最難製作的核心部件，是威力巨大的撞頭。中原強國如秦魏齊，撞頭都是鐵製，形如巨大的矛頭，重量大體都在五六百斤左右，安裝在粗大的圓木撞桿上，猛撞猛刺，尋常木料城門委實不堪一擊。燕國缺鐵，便用合抱松木做撞桿，用極為堅硬的岩石打磨成巨大的錘頭形撞頭（岩石太尖容易摧折），重量卻比鐵矛撞頭加大一倍。一經試用，威力驚人。縱然鐵皮包裹厚達一尺餘的堅固城門，兩車並撞，也能在三十撞之內轟然洞開。

雲梯者，登高爬城之具也。自從有了城堡，便有了爬上城堡的雲梯。《詩·大雅·皇矣》最早記載了雲梯：

原詩	**大意**
帝謂文王	天帝垂訓文王
詢爾仇方	誰是你的盟邦
同爾兄弟	你們要像兄弟一樣
以爾鉤援	用你們的爬城飛鉤
與爾臨衝	用你們的臨車衝車
以伐崇墉	去猛攻崇國都城

兩輪折疊壕橋實用展開圖

四輪折疊壕橋行軍圖

攻擊城門之撞車圖（鐵矛撞頭）

大型兩級雲梯行軍圖

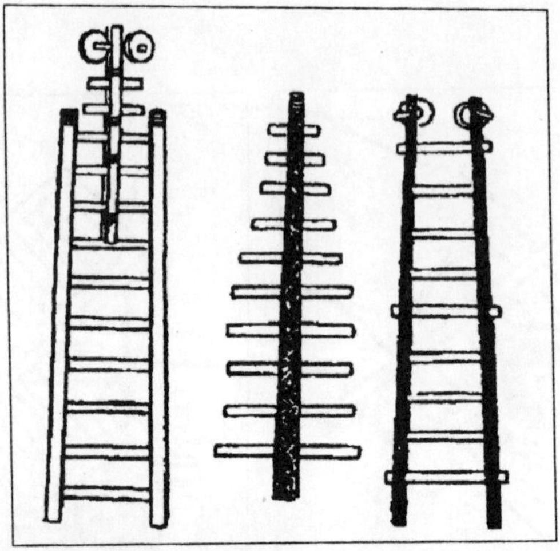

三種簡單雲梯（飛梯）

這「鉤援」，是梯頭帶鉤的長大木梯——鉤住城頭，士兵攀緣飛上。西周兵書《六韜》叫作飛梯、雲梯。雲梯的原始形制很簡單，就是尋常木梯加長加寬，再帶上能扒穩城磚或城頭的銅鉤鐵鉤而已。這種簡單雲梯一直延續到清朝末期，仍然在軍中使用。但是，到了春秋末期，著名工師公輸般在楚國發明了一種大型雲梯——底部安裝四只大輪，梯身分作兩節折疊，梯身下有隱藏士兵的暗廂，攻城時梯身伸展可達五到八丈。這種雲梯寬大堅固，可供大隊軍兵連續爬城，威力驚人。戰國初期，幾個中原強國都有了這種大型雲梯。

然則，大型雲梯在諸多關鍵部位都要用鐵料。底輪、大軸、立柱、梯框等，非鐵不足以堅固其身。如此大量用鐵，燕國顯然難以打造，縱然造得一兩部也不會起多大作用。根本原因，在於爬城攻擊的要害是大量雲梯密集靠上城牆，一部兩部甚或十幾部，都不會產生大軍猛攻所必需的密度威力。幾經會商揣摩，樂毅斷然下令：只大批打造簡單的竹製木製飛梯，達到步軍每百人一梯；梯頭的輪子或鉤爪，盡可能地選用堅韌木料或竹料。半年之內，軍營竹木坊打造出一千多架各種形制的飛梯，十萬步軍精神大振。

有了如此三種器械，便具備了攻城的三種必須手段：壕橋過壕溝與護城河，撞車衝撞城門，雲梯爬城，新軍才成為戰法較為完備之大軍，否則便不是成型之「全軍」。

但是，若與齊國大軍的器械相比，燕軍這三種大型器械便遜色多了。從此看去，燕國出兵顯得有些貿然。然則，大戰之勝敗歷來不僅僅在裝備器械。樂毅心中很是清楚，攻齊大戰之根本，不在一城一地的攻堅爭奪，而在大軍野戰；只要一舉殲滅齊軍野戰主力，幾十座城池大體會成為不設防的財貨府庫，即或沒有大型器械，也是唾手可得。

先野戰而後取城，謂之野戰奪城。這是秦國大將白起開創的最新戰法。此時白起已經出戰九次，每戰必斬敵首十萬以上，必拔城數十座，將野戰奪城之法展示得淋漓盡致。若是老戰法一城一城打去，斷無秋風掃落葉之威。不管別國將軍是否注意到了白起新戰法之精髓，反正樂毅是早早便盯著白起戰法揣摩了。

白起做得到，樂毅做不到麼？

四、我車既攻　我馬既同

大軍抵達易水，正是二月初旬。

雖說還是春寒料峭，但對冰天雪地長大的遼東子弟來說，已經是暖和得不得了的天氣了。軍營中到處嚷嚷著「好野（熱）！好野（熱）！」「到了齊國，不得野（熱）個燕鴨子！」樂毅便下令全軍休整，半月之後進軍南皮（註：南皮，戰國時黃河東岸要塞，燕齊拉鋸之地，秦統一後置縣，今河北省南皮縣北）與聯軍會師。這正是樂毅用兵之明澈處：旬日之內兼程進入易水休整，讓將士逐步習慣中原的「野（熱）春」，保得大軍入齊有充盈戰力。

倏忽之間，春暖冰消。

在耕牛遍野的時節，四國大軍相繼開到了南皮周圍百里之地。

趙軍最先開到，步騎兩軍六萬，領兵大將趙莊。大軍駐定，趙莊帶著趙王特使，飛車來見樂毅。特使宣讀趙王詔書：賜樂毅兼領趙國丞相，合力誅滅暴齊。

戰國以來，趙國與燕國是兩個摩擦不斷的老對手。其中根本，是老燕國對這個取代老晉國而暴發立國的南鄰橫豎看不順眼，但有機會，便在後邊抽冷子來一下。加上西面的中山國也經常抽冷子偷襲，趙國分外頭疼。趙國軍力強大，歷來對燕國中山國不屑一顧，然則要吞滅燕國以絕後患，卻也實在力有不逮。更有一點，趙國從來都是志在中原，實在不想與這兩個老窮鄰糾纏。自蘇秦合縱，燕國君臣總算漸漸明白了，趙國是抵抗中原風暴的南長城，與趙國為敵並非上策。與齊國結仇之後，燕國更是不想與趙國長期齟齬了。趙國也深知，燕國對齊國是山海血仇，支持燕國對抗強齊，既能削弱爭霸對手，又能消弭燕國這隻老黃雀後患。如此一石二鳥，趙國自然是第一個回應燕國合縱攻齊。非但出兵，趙王還要效法蘇秦合縱之成例，賜樂毅趙國相印，足見此心之誠也。說起來，樂毅在燕國還不是丞相，卻要兼領趙國丞相，這在戰國實在也是第一遭。

樂毅拜領相印之時，趙國特使湊近低聲道：「趙王叮囑：將軍但有不測，趙國便是一窟。」樂毅一怔，旋即接手相印哈哈大笑：「多謝趙王信得樂毅也。」帳中將士自然都以為這是樂毅拜謝相印，誰也不會想到，這片刻之間竟埋下了日後燕趙無窮糾纏的種子。

第二路開到的是魏國，大軍八萬，領兵大將新垣衍。

要從根子上說，魏國對齊國的仇恨比燕國有過之而無不及。魏國霸主地位的衰落，直接起因於對齊國的兩次大敗——桂陵之戰與馬陵之戰。自魏文侯到魏武侯直至魏惠王前期，魏國積兩代半之長期努力積累的強大戰力，在這兩次大敗中轟然崩潰。其後又在合縱抗秦中被秦國襲擊了敖倉，巨大的糧食財貨儲備，被大火洪水一掃而空。再次追隨齊國抗秦復仇，又被齊國狠狠地閃了個嘴啃泥。齊國非但背著盟國聯軍私自吞滅了宋國，而且在秦國大軍潮水般殺來時，丟下聯軍祕密逃出了戰場。凡此等等，魏國朝野無不對齊國咬牙切齒。正欲對齊國復仇，偏偏老對頭秦國又大舉攻占河內，使魏國又一次遭受重創。在一東一西兩個老冤家的夾擊下，魏國由八面威風的中原霸主，變成了敗仗最多、失地最多、衰落最快、目下又最憋氣的夕陽大國。單獨出戰，既不敢對秦，也不敢對齊。窩囊得幾年，襄王魏嗣竟是活活給憋悶死了。太子魏遫即位，這便是魏昭王。遫者，蹙蹙之侷促不安也。這個魏昭王如同他的名字，即位後整日愁眉苦臉，悶頭思慮如何復仇如何再度恢復霸業。此次燕國合縱攻齊，魏昭王大是振作，與丞相魏齊一商議，立即拍案決斷，派出八萬主力大軍參戰，統帥則是對齊國恨得咬牙切齒的新垣衍。

樂毅聽新垣衍一報軍力，心中便是一沉。魏王當初只答應出兵五萬，而今卻是八萬，完全打破了魏國合縱出兵不逾六萬的定規，分明是想在此戰大得利市，以振朝野萎靡之氣。思忖之間樂毅慨然拍案：「魏王如此果決，聯軍定然教魏國遂心了。」新垣衍頗顯神祕地湊近了帥案：「上將軍本是魏人，若對魏國特加照拂，魏王定當厚報。」

樂毅哈哈大笑：「魏國是襁褓小兒麼？文侯武侯開國創業，靠誰個照拂？」

「也是也是。」新垣衍尷尬地笑笑，「畢竟父母之邦，總歸上將軍不會吃虧也。」

樂毅眼睛一亮：「魏王究竟要甚？說明白。」

「老宋國。」新垣衍壓低了聲音，「不能教秦國吞了宋國。」

「稟報上將軍，」正在此時，中軍司馬大步進帳，「秦韓兩軍到！」

樂毅迎出帳外，只見四員大將赳赳而來，頭前兩將黑色鐵甲一齊拱手：「秦軍主將胡傷、副將斯離，參見上將軍！」後行兩將紅衣紅甲，也是拱手一禮：「韓軍主將韓舉、副將暴鳶，參見上將軍！」答禮完畢，樂毅請四將進帳匯聚軍情。

秦國五萬人馬全數鐵騎，主將胡傷與副將斯離都是秦軍的赫赫猛將。樂毅事先心中有底，自是放心不問。韓國雖然大衰，卻也派出了五萬步騎，這卻是樂毅沒有料到的。若按照當年合縱抗秦的慣例，韓國每次都只是兩三萬人馬，這次攻齊卻是五萬，分明也是大有所圖。

樂毅心下明白，也不多說，只吩咐中軍司馬傳來燕軍大將秦開、騎劫，立即與四國將軍會商進軍方略。便在此時，突聞帳外馬蹄聲疾，前軍斥候急報：楚軍十萬北上救援齊國，已經抵達巨野澤（註：巨野澤，戰國時濟水中游大湖，齊魏邊界，後與濟水一起乾涸消失）南岸！

「鳥！定是魯仲連攛掇捏合！」新垣衍狠狠罵了一句。

「何人為將？」樂毅不動聲色。

「上柱國淖齒！」

「好，隨探隨報。」樂毅轉身道，「楚軍北來，我自有處置，目下但會商破齊之策。」諸將第一次會聚，自然要先從各軍戰力說起。樂毅深知，聯軍之難，難在「合眾」二字。當年六國合縱抗秦，每次都出人意料地慘敗，一個重要的原因，便是聯軍諸將歧見百出而無法統屬於一。若得不重蹈覆轍，便要敬重這些「部將」。最要緊處，是耐心聽每個將領說出自己的謀略來，從中仔細揣摩其言外之意，甚至是國君的祕密授命。如此做法，自然是耗時費力。然則樂毅寧肯在此時費力，也不願在戰場掣肘費力。及至議出了大體方略，已經是日落西山了。於是，一場接風大宴在中軍大帳擺開，直到刁斗打了三更，將軍們才在一片笑聲中辭別回營去了。

「備馬。」樂毅望著將軍們遠去的背影，轉身一聲命令。

秦開笑道：「軍營如常，我去巡查。」

「不。我要去楚軍大營，你在中軍等我。」樂毅低聲對秦開耳語了一句。
「這如何使得？」秦開大驚，「楚軍為敵，上將軍不能涉險！」
「明日午時我便回來。」一言落點，樂毅已經飛身上馬，帶著三騎風馳電掣般去了。
遼東調兵之前，樂毅已接到燕國商人祕密義報：魯仲連再下壽郢（註：壽郢，楚國新都城，因在壽地，又沿用舊都名號而稱壽郢，今安徽壽縣地帶），聯合春申君說動楚王，楚國答應與齊國結盟。剛到遼東，樂毅又接到臨淄祕密斥候急報：楚國特使淖齒會見齊王田地，提出援助齊國抗衡五國合縱，但卻要在戰後分得舊宋一半土地並琅邪（註：琅邪，本越國後期都城，楚國滅越後設郡，旋被齊國奪取）郡南部；齊王大怒，將淖齒亂棒打出。到此為止，齊楚聯盟便該當散夥了，如何楚國突然又發兵北上？更令人不可思議處在於：樂毅當初祕密合縱六國時，答應了舊宋全部歸於楚國，新君芈橫與老令尹昭睢，也都欣然允諾加盟攻齊。後來魯仲連說動楚國與齊國結盟，是舊宋之外再加了琅邪郡大半，丟失舊都並南郡三十餘城而急於有所作為的楚國君臣，在此時背棄與燕國合縱之盟，尚算有個由頭。可是，在齊湣王拒絕楚國條件並粗暴凌辱淖齒後，楚國仍然發兵救援，就悖逆得令人咋舌了。
非常之事，必有非常之因。
一番思慮揣摩，樂毅終是理清了這團亂麻。
楚齊兩大國，又是一對生死糾纏的老對手。整個春秋三百餘年，楚吳越三國要北上中原稱霸，對手便是兩個，一個晉國，一個齊國。戰國之世，情勢為之一變：楚並吳越而田氏代齊，囊括吳越後的大楚國與新齊國接壤千餘里（原先是吳越兩國與齊國接壤），兩個大國驟然正面相撞了。秦國崛起之前，楚國與齊國大戰小戰不斷，既有邊界爭奪，又有對薛魯宋鄒等小國的爭奪，數十年之間相互視若仇讎。秦國崛起，六國合縱抗秦，楚齊之間相對緩和了下來。後來齊國日益強大，楚國卻萎靡不振，既面臨魏國在淮北的壓力，更面臨秦國在江漢地帶的壓力，於是只有與強大的齊國結盟修好以抗衡秦魏。作為齊國，也需要楚國大力牽制秦國魏國，從而削弱自己西進爭霸的阻力。兩廂各有需求，自是一拍即合，楚齊兩國便結成了穩定同盟，雖然還是小齟齬不斷，卻也從來沒有發生過三晉（魏趙韓）之間的那般大血戰。齊國權臣孟嘗君與楚國權臣春申君之間的私人情誼，更是天下皆知。秦國白起大軍攻破郢都後，楚懷王倉皇北遷，將太子芈橫派到齊國做了人質。顢頇昏聵的楚懷王此時卻是清醒：楚國動盪不寧，權臣虎視眈眈，太子入齊做人質，一則可保護太子在即位前平安無事，二則可保秦國攻楚時齊國出兵救援。

冥冥之中彷彿有得定數。芈橫剛剛做了人質，楚懷王便在秦國做了階下囚。楚國朝野大為震驚，老令尹昭雎、春申君黃歇皆與太子交好，一致主張立即迎回太子即位。特使到了臨淄，齊湣王卻拿不定主意，召集朝臣商議。上大夫觸子搶先道：「此乃大好時機也！我王當扣留芈橫，逼迫楚國以淮北沃野三百里交換。」

「此言大謬也！」孟嘗君大是不悅，「若楚國不受要脅，另立新王，齊國徒然落得一個無用人質。非但兩國反目成仇，齊國也落得背棄盟邦不仁不義之惡名，談何大好時機？」

觸子深得齊湣王信任，素來不將已經失勢的孟嘗君放在眼裡，針鋒相對道：「孟嘗君大謬也！若郢都另立新王，齊國便與新王立約：割淮北之地，我便殺了芈橫，消除新王後患。若新王不識大體，我便與秦國結盟，擁戴芈橫回楚即位，驅逐這個新王！」

「秦國是你手中玩物了？」孟嘗君冷冷一笑，「大邦之盟如此兒戲，齊國有何面目立於天下！」

鐵青著臉色不再說話。

「孟嘗君言之有理。」驕橫狂暴的齊湣王破天荒地贊同了孟嘗君，接下來的話卻教孟嘗君啼笑皆非，「送回芈橫，不戰而控楚，無異得地千萬里也，豈是區區三百里可以比擬？」轉身下令宣來芈橫，要這個楚國儲君當場立下血盟：終身以齊國為「父邦」，以齊湣王為「王父」，年年納貢，自稱

「臣下」。也是事有蹊蹺，剛烈血性的芈橫，聽完後二話不說，一劍剁下右手食指，在白絹上寫下了令齊國大臣瞠目結舌的血誓，雙手恭恭敬敬地呈給了齊湣王。

「孺子可教也！」齊湣王哈哈大笑，「自今日起，芈橫是田橫，本王的大兒子。」

芈橫毫無顏色，反倒深深一躬：「兒臣田橫，參見父王。」舉殿大笑，齊呼萬歲不止。孟嘗君卻驟然一身雞皮疙瘩，不由自主地打了個冷顫。

這個芈橫，便是當今的楚傾襄王。燕國君臣都說，楚人有奴性，不要楚國加盟也罷。上大夫劇辛更是大笑嘲諷：「唯有如此一個楚王，方做得出此等『忠孝仁義』之舉，當真國奴也！」樂毅雖然沒有與劇辛當殿爭辯，卻始終不相信這個芈橫會甘當齊湣王國奴。合縱之時，樂毅曾經與楚傾襄王密談過整整三個時辰，但說到中興大楚，年輕的芈橫那深沉憂鬱的目光頓時兩團烈火，每每將嘴唇咬得出血。樂毅一眼認定：芈橫極有城府，此人可失之於陰鷙，絕不會失之於奴性。然則，這畢竟是一己之評判，邦交行徑赫然擺在那裡，僅靠昔日評判是不能作為應對根基的，必須真實摸清，楚軍之圖謀究竟何在？

這便是樂毅星夜來見淖齒的因由所在。

楚國大軍駐紮在巨野澤南岸，依山傍水連綿展開方圓三十餘里，除了時而飄來的隱隱號角，營地一片整肅寂靜。在兵家眼裡，這分明一支勁旅。齊軍未曾出動，楚國便先有十萬精兵駐屯邊境準備救援，實在是蹊蹺不合常理。然則，正是這種不合常理，樂毅的心倒是輕鬆起來。

「請稟報淖齒將軍：燕山老友求見。」樂毅下馬，從容走近幕府大帳。

不消片刻，一陣沉重急促的腳步聲在兀自嘟囔中砸出帳門：「荒山野水，哪來的燕山老友？像誰，還非得本將軍出來？」突然之間嘟囔聲頓住了，接著一聲長長地驚呼，「噫呀呀！大鬍子麼？快快快，快進了！」

樂毅哈哈大笑：「大鬍子有你大了？吃飯都得用夾子。」

「不消說得，一對鬍子兄弟。」淖齒的嘎嘎笑聲活像刺耳的老鴰。進得大帳，淖齒立即從帥案後邊的大鐵鉤子上拿下一個鼓鼓囊囊的皮袋道：「春寒忒個冷，來，先灌他一通了。」樂毅笑道：「你這軍帳倒是瀟脫，還能飲酒，好，灌一通。」說罷接過酒囊咕咚咕咚一陣大飲，放下酒囊已滿臉脹紅。淖齒不禁一陣大笑：「你呀，酒量還是不見長。我這酒將軍是出了名的，楚王特許日每三袋，只是太少。」嘖嘖嘖，樂毅一聲感歎：「三袋十斤酒還少？當真上蔡酒徒也。」淖齒又是一陣大笑，汩汩飲乾了酒囊剩餘一半，長滿黑毛的大手在嘴邊一抹一甩：「行伍老卒沒虛話，樂兄夜半趕來何事？只實打實說！」樂毅悠然一笑道：「只要討你個實打實，不許打圈子。」

淖齒啪地一拍長案：「誰個打圈子，出帳陷馬坑！」

「人說淖齒猛火油，沒錯。」樂毅笑過一句，突然壓低了聲音，「楚軍當真要救援齊國？」淖齒嘎嘎大笑：「怪哉怪哉！大軍出動還得有真假，糟蹋糧草麼？」樂毅冷冷一笑：「這便是行伍老卒實打實麼？我只一句：楚若他圖，燕助一臂之力，若真心救齊，樂毅當即告辭。」說罷站起身來要走。

「你個樂兄，」淖齒一把扯住樂毅，「酒話莫當真。你只說，真救如何？假救又如何？」樂毅轉身一笑：「真救，戰場見。假救麼，你得先說想吞多大一坨，我得點點府庫存貨。」

「嘿嘿，痛快！」淖齒晃著酒囊向帳口大喝一聲，「帳外千長，不許任何人進帳！」只聽帳外嗨的一聲，淖齒轉身低聲道，「老宋加琅邪如何？」樂毅思忖片刻道：「老宋卻難，淮北五百里加琅邪，如何？」淖齒兀自嘟囔著：「老宋三百里，淮北五百里，大是大些，卻沒老宋那般富庶。」樂毅揶揄笑道：「虧了你還是上柱國。老宋是富庶，可與你接壤麼？一塊飛地，楚國守得住麼？」淖齒恍然拍掌：「對！是這個理，楚王想來也能受得。」樂毅笑道：「莫擔心，楚王比你我精明。」

「那是！」淖齒一臉欽佩，「若非楚王勵精圖治，能有這十萬精兵？」樂毅目光炯炯地看著言猶未盡的淖齒，一臉肅然道：「你有無祕密使命？大軍協同，可不得二心掣肘。」

「哪裡話來？」淖齒又是嘎嘎大笑，「我只一句：楚王之命與打仗無關。」

樂毅笑道：「只要打仗不掣肘，餘事不消問。來，說說這仗如何打法？你要釘在哪裡？」

就著淖齒帥案的一副羊皮圖，兩人直說了一個時辰。五更時分，大風刮得一片嘯叫。淖齒要樂毅睡兩個時辰再走。樂毅笑道：「顧得睡覺麼，我得走。」淖齒瞄一眼帳外獵獵翻捲的大纛旗道：「好在順風，我不留你了。」樂毅一聲告辭，大步出帳飛身上馬去了。

堪堪午時，樂毅趕回了漳水大營，先吩咐中軍司馬派出快馬軍吏，傳令四國大將申時來幕府議事，然後就著大案，邊吃冷飯邊給匆匆趕來的秦開敘說經過。秦開聽罷興奮得連連拍案：「好好好，去了一大塊心病！目下我守住幕府，無論如何，上將軍得歇息一個時辰。」樂毅道：「夜來再歇不遲。四大將到來之前，要畫好五幅進兵圖。」秦開驚訝道：「打仗只憑將令行事，畫圖豈非蛇足？」樂毅搖頭道：「聯軍多將，要立約立信，免得戰場自行其是，日後也會少了諸多麻煩，少不得。」秦開道：「你只說路徑，我看著軍務司馬畫。」樂毅又是搖搖頭：「此事關涉甚多，還是我自動手。你只督察大軍備戰，那才是頭等大事。」

「與上將軍打仗，長學問也！」秦開喟然一歎，匆匆去了。

秦開一走，樂毅進了幕府起居間。幕府者，大軍主將營帳也。究其實，是臨時夯起幾道土牆，用大木隔開成一個大廳與幾個房間，頂部覆蓋牛皮大帳，形同府邸一般。大廳是大將發號施令的聚將場所，周圍是軍務司馬處置日常軍務的房間，視大軍規模可多可少。聚將廳後是主將的起居室，即通常說的後帳（註：史家考證：秦兵馬俑三號坑便是秦軍幕府，總面積三百餘平方公尺）。樂毅的幕府起居室小而簡樸，沒有專門侍奉起居的軍僕或侍女，只有一張軍榻、一只甲胄木箱、一副劍架、一個三尺深的碩大木盆與兩只盛滿清水的大桶。進了起居室，樂毅卸去了一身皮甲冑，提起木桶向自己赤裸裸的身子猛澆了一通。冷水一衝，疲憊之氣頓時消失，擦乾身子換上一身乾爽布衣，樂毅精神大振，立即到隔間軍令室拿出五張大羊皮紙，埋頭畫起圖來。

出身名將世家，樂毅自幼熟讀兵書通曉文案。十五歲時，他曾別出心裁地將歷代大戰繪成了一本圖譜，族中老軍旅無不嘖嘖稱奇。這次聯軍攻齊，是燕國長期籌劃的雪恥大戰，成敗關乎燕國興亡，實在是國命繫於一戰，絲毫大意不得。鑒於戰國以來合縱聯軍從無勝戰的痛心教訓，樂毅給自己定下了十六字規矩——敬將納言，衡平戰利，有分有合，進軍立約。

敬將納言，是基於以往聯軍統帥的頤指氣使而不孚眾望說的，是諸將同心的重要一環，看似表面文章，在講究實力大小的聯軍中，實在是極難做到。衡平戰利，是對本戰可能得到的利市要公平分配，更要盡可能地立即兌現，這是聯軍要害所在。有分有合，則是聯軍戰法準則：各軍統為一戰（合），但又有各自的進攻路線（分），既可明白顯示各軍戰果，又不至於發生大的混亂與內訌。正是基於這樣一個戰法，才有了最後的「進軍立約」。

進軍立約，是樂毅統帥聯軍的獨特方略。事先將各軍的進攻路徑畫成圖式，圖下具名蓋印以為憑信。如此一來，各軍從不同路徑獨立攻齊，既可免爭相搶奪肥地富城，又可免失利之時爭相奪路。更要緊者，是戰後對各國朝野能有個明白交代。畢竟，既往的六國合縱，每次戰後都吵得不可開交，使盟邦反目成仇，其中因由之一，便是對戰場與戰果都有自己的一套說法。

畫好五張進軍圖，四國大將也陸續飛騎趕到了。樂毅沒有使用升帳發令的軍中儀式，而是請諸將入座案前，自己先將此戰方略說了一遍，末了只是一句話：「會戰先滅齊軍主力，再五路進兵深入齊地。」魏趙韓三將均無異議，唯獨秦國主將胡傷問道：「楚國十萬大軍進駐巨野澤，聯軍深入之時，楚軍若在側後襲擊，上將軍如何應對？」樂毅笑道：「楚軍之事，諸將毋憂。燕軍方位在南，正好為全軍掩護，諸位全力赴戰便了。」胡傷慨然拱手：「白起上將軍有令：但以樂毅上將軍軍令是從！末將再無異議。」

「好！」樂毅拿出了五張圖，「這是會戰之後的五國進軍路徑圖，諸位先看。若有異議，再行商討。若無異議，各自具名蓋印，以為憑信。」

「上將軍真信人也！」魏國主將新垣衍一瞄圖線，看自己大軍正指向老宋國，頓時笑著讚歎了一句。

「好！便是這般！」趙莊也慨然拍案。會戰之後，趙軍是奪取齊國大河西岸的河間地區。此地正與趙國接壤，原本便是趙國長期覬覦的肥美之地，自然沒有二話。

韓國兵力最弱，輔助魏國一起奪宋，戰後分給韓國兩縣之地。韓國主將韓舉也是拍案贊同。秦國原本說好不分地利財貨，會戰後自然班師回秦。胡傷看完圖哈哈大笑一陣，突然黑著臉道：「上將軍公心可鑒，誰個不服，秦軍找他說話！」

「利害交關，不敢言公。」樂毅搖搖手笑道，「諸位有話但說。」

「並無異議！」四位主將異口同聲。

「好！」樂毅拍案高聲道，「上筆墨，具名蓋印！」

四員主將各自將腰間大帶凸起的一個皮盒打開，摳出一方銅印或玉印，在燕國軍吏捧來的朱砂印泥盤裡一沾，結結實實摁在了各自的進軍圖上，再提起銅管大筆鄭重地寫下自己名字，一一交給了樂毅。樂毅對中軍司馬一聲吩咐，上印。中軍司馬便將樂毅的「燕國上將軍樂」的陽文大印一一蓋在進軍圖上。樂毅提筆在已經上印的圖上工整地寫下「樂毅」兩個大字。如此妥當，中軍司馬再將進軍圖一一發到了五位主將手中。正在此時，幕府外馬蹄如雨，隨著一聲「軍情急報——」的宣呼，風塵僕僕的斥候已經大步衝了進來，「稟報上將軍，齊國四十萬大軍已經抵達濟水西岸，聲言滅我聯軍於濟西！」

「主將何人？」

「上大夫觸子擢升上將軍，統帥大軍！」

「觸子，何許人也？」幾位大將幾乎是異口同聲地問了一句。

樂毅笑道：「這個觸子，原本是上將軍田軫的中軍司馬，因籌劃王宮校武有功，深得齊王田地寵信，先一舉擢升上大夫，不想這次竟做了上將軍。」

「鳥！如此宵小之輩，酒囊飯袋無疑。」秦將胡傷輕蔑之極地罵了一句。

「不可大意。」樂毅正色道，「此人久在軍旅，經歷過幾次聯軍合縱，也單獨打過幾場小仗，頗有謀劃，諸位斷不可存輕敵之心。」

「嗨！」將軍們心下敬服，齊齊一吼。

樂毅走到帥案前拔出一支令箭肅然道：「五軍一令：今夜整軍，明晨向濟西開進！兩日之後，依照進軍圖，各軍在聊城（註：聊城，戰國時齊國西部要塞，在古代黃河與濟水之間，為濟西重地，今山東聊城西北）以東山塬紮營待命！」

次日清晨，五國大軍共四十四萬，從漳水南岸浩浩蕩蕩地向濟水進發了。一路不疾不徐，井然有序地常行推進。進入齊國境內，卻突然兼程疾進，號角動地煙塵彌漫，聲勢大是驚人。不需齊軍斥候，便是齊國百姓庶民，也是連聲驚呼著給大軍報信去了。

五、整我六師　如雷如霆

齊國西部，有一道滔滔大水做了天險屏障，這是赫赫大名的濟水。

春秋以來，天下以獨立入海的河、江、淮、濟為四大名水。四大名水之中，濟水最短，卻有兩源，一出魏國王屋山，一出趙國恆山（註：《水經注》作「常山」，即北岳恆山，西漢避文帝劉恆名諱改，《水經注》在漢之後，故作「常山」），東流至河外山地，兩源合為一水，便叫作濟水。濟者，齊也，兩水歸一曰「齊」，因而得名濟水。春秋之世，濟水東西橫貫晉燕齊三國，晉國在上游中游的西北岸，燕國在下游的西北岸，齊國在中下游的東南岸。到了戰國，濟水成了魏齊兩國之河，而以齊國得濟水之利最多。數十年來，濟水西岸燕趙兩國的土地各有百餘里都被齊國奪取，濟水幾乎成了齊國的內河。濟水河道寬闊，水量豐沛湍急，橫貫齊國西部，自然成了一道天塹屏障。戰國之世，舉凡齊國出兵大戰，戰場十有八九都在濟水西岸。最著名者，是大敗魏國的桂陵、馬陵兩次大戰。

五國聯軍大舉開來濟西，齊湣王哈哈大笑：「天意也！本王正欲滅燕，爾竟送上門來！」沒有片刻猶疑，立即擢升觸子為上將軍，出動大軍四十萬開赴濟西。觸子請教作戰方略，齊湣王只大手一揮：「濟西，我大齊百戰百勝之福地也，放開手腳打！只此一戰，大齊便要壓倒秦國！」觸子熟知齊湣王稟性，雖然心中不踏實，卻只慷慨高聲道：「天佑我王！臣定教五國兵馬有來無回！」

大軍出了臨淄，觸子忐忑不安了。

自從孟嘗君第二次被罷相，上將軍田軫也被視作「孟黨」被罷黜，觸子成了齊湣王的知兵寵臣。做上將軍自是好事，但要臨陣打仗，觸子卻是一百個不願意。自己做了二十多年中軍司馬（註：中軍司馬，戰國時執掌統帥部事務的高級軍吏，接近於後世的參軍，卻比參軍多了軍務實權），曾跟隨幾任上將軍經過了大小戰場五十餘次，除了沒有領軍上陣搏殺過，對軍旅事務熟得不能再熟。談兵論戰，講說戰場軼聞、列國軍情、兵家掌故，觸子從來都是滔滔不絕如數家珍。正是因了這個尋常人等難以具備的長處，加之機變靈巧善於應對，觸子自然被齊湣王大加讚賞。

一次，齊湣王問田軫：「河外之戰，白起如何打法，竟能以二三十萬人馬勝我六十萬大軍？」田軫素來只知猛打猛衝，做上將軍也只是唯孟嘗君之命是從，從來不揣摩戰法，一時竟是張口結舌。「濫竽一支！」齊湣王勃然大怒，立即便要亂棍打殺田軫。已經做了王城校軍令的觸子情急大喊：「末將知曉！末將說給我王！」齊湣王喜怒無常，當即哈哈大笑：「好！說好了重賞！要還是濫竽充數，一般打殺！」觸子振作心神侃侃道來，一口氣說了半個時辰，將白起的用兵路數以及聯軍應對的諸般缺失，條分縷析地說了個透亮，連當時在座的幾員大將都欽佩不止。齊湣王極是聰敏，一口氣又問了十幾處要害，間不容髮，觸子應對得當無一錯訛。齊湣王當即拍案激賞：「大將才也！觸子擢升上大夫，主理軍政要務。」在齊國，這主理軍政要務的上大夫，相當於秦國的國尉，一應大軍後勤與邊防要塞之後援，均在上大夫權力之內，是僅次於上將軍的重職。雖則驟然擢升六級，觸子卻做得很是不差。這種邦國軍政事務，無非是擴展了的大軍事務而已，有何難哉！

然則，做上將軍統率戰事，卻大大不然。

當初接到燕軍開赴漳水的斥候急報，齊湣王召來大將會商，觸子還振振有詞地當殿陳述了一則謀劃，叫作兩路進擊：第一路，四十萬大軍濟西迎戰；第二路，二十萬大軍扼守濟東，截殺逃竄殘軍。末了觸子還慷慨一句：「以齊軍戰力，以我王國運，大齊霸業一戰可成！」那時候，觸子根本沒有想到自己會做上將軍。要說軍旅善戰將軍，閉著眼也能在齊國數出十多個。要說堪為大將者，田氏王族便有三五個，如何能輪到觸子這個新職上大夫？

可是，事事突兀出奇的齊湣王，偏偏就在當夜三更突然駕臨觸子府邸，學了一回聖王敬賢，鄭重其事地捧著兵符印信長長一躬，拜他做了上將軍。也是忒煞怪也，從大汗淋漓地接過兵符印信，觸子便發懵了，心頭像深秋的臨淄，一團冰霜雲霧飄飄盪盪，每個眼看便要冒出靈光的心竅都堵得嚴絲合縫。那天夜裡，他在書房木呆呆地看著兵符印信兩個黃澄澄的大銅匣，硬是思謀不出一個戰法。及至次日走進中軍幕府，竟連二十六員大將各自轄兵多少都想不起來了。那一刻，觸子驚出了一身冷汗。

也是那一刻，觸子猛然悟到自己根本不是主將之才，最好的歸宿，便是辭去上將軍仍然做上大夫了事。可是能辭麼？以齊湣王暴烈無常的稟性，定然是痛罵他怯敵畏陣，然後將他丟進鯊魚海蛟出沒的成山角（註：成山角，又稱成山頭，戰國時齊國最東端半島，三面環海，今屬山東榮成縣）海井！「但看天意了。」長歎一聲，觸子還是率領四十萬大軍上路了。老巫師都說齊王是「天命神蛟，當興國運」。若真有天意，又豈在誰個本領高下？再說兩軍相當，四十萬對四十四萬，一對一，敗又能敗到哪裡去了？最不濟也能守住濟西僵持半年一年，不使聯軍渡過濟水，到那時再請求換將，至少不會被丟進萬丈海井。如此一路思忖，觸子漸漸緩過了心神。渡過濟水，觸子心田清明起來，往昔在中軍幕府經歷過的軍務處置之法也紛紛清晰地湧上了心頭，一時將令連發，將大軍順順當當地駐紮了下來。

紮營方定，幾員騎兵大將進帳激昂請戰，在幕府聚將廳喊成一片：「上將軍當立即出戰！」「盡滅五國！成齊霸業！」「齊王天命神蛟！我軍一戰大勝！」

「諸位少安毋躁。」觸子板著臉，「後發制人，敵不動，我不動，此戰只能如此打法。」

「如此打法，天命神蛟威風何在！」一個做過王宮護軍尉的將軍大是不服。

「對也！齊王命我等進入濟西立即猛攻，上將軍領了王命！」

「濟西是齊軍福地！只管打，包准大勝！」將軍們立即跟著嚷嚷。

「諸位諸位，」觸子嘭嘭敲著帥案，「神蛟歸神蛟，打仗歸打仗，要緊的是仗不能打敗。打了敗仗，誰個敢說是齊王要這樣打的？啊！你敢？你敢？都不敢！又嚷嚷個甚來？諸位想清楚，打了敗仗要掉頭！不聽王命而守勝，還有個『將在外君命有所不受』擋著，至多受罰。要哪個？掉頭還是受罰！」

一番指點，大將們頓時蔫了下來。畢竟，觸子是齊王寵信之人，還有誰比他更熟悉齊王稟性？連觸子都打定了勝而受罰的主意，大將們立功揚名的心思便在片刻之間煙消雲散了。說到底，齊王的喜怒無常是朝野皆知的，有功未必賞，有過未必罰，賞罰全在喜怒隨心之間，誰願拿自己的性命去無端冒險？

「楚軍已到巨野之南，既然此戰艱難，何不聯絡楚軍兩面夾擊？」沉默之中，一將提出了另一個主意。

「此言差矣！」觸子一席話震懾了局面，不禁陡然振作，「我王業已拒絕楚國援兵，我等豈能擅自結盟？楚軍北上，無非畏懼我大軍戰勝之後趁勢南下滅楚而已。兩軍大戰，楚軍定作壁上觀。戰勝之後，那個淖齒便要向大齊稱臣了，諸位以為然否？」

「上將軍大是！」將軍們終於服了觸子，齊齊贊同了一聲。

於是，齊軍大營安定了下來，只等五國聯軍發動而後出戰了。

聯軍的幕府大帳空空蕩蕩。樂毅與大將們正在營外山頭瞭望齊軍營寨。

大河與濟水之間橫寬百餘里，並肩向海奔流。兩水之間沒有高山峽谷，也沒有蒼莽林木，數百里地帶只是連綿起伏的丘陵草原與疏疏落落的山林。中間多有小河流過，衝積出許多縱橫交錯的小盆地夾雜其中。粗看之下，似乎一覽無餘。仔細揣摩，卻是平中隱奇，大有可供利用的地利。否則，當年的孫臏也不可能兩次將伏擊戰場選在這裡。眼下看去，齊軍大營紮在對面十多里外的一片山塬之下，南北展開二十餘里，後方是滔滔濟水。聯軍大營在聊城以東的山塬地帶展開，背後三十餘里則是滾滾大河。

「鳥！齊軍竟敢背水而戰！」韓軍副將暴鳶狠狠罵了一句。

「我軍不是背水而戰麼？」樂毅笑道，「背水之地，亦死亦生，利害卻也難說。諸位看了這齊軍營地陣勢，說說如何打法。」

「齊軍這營地蹊蹺。」秦軍主將胡傷皺著眉頭，「兩大坨分開，中間隔開兩三里，還各有馬步軍，是個甚講究？」

「還當真！」趙軍主將趙莊睜大了眼睛，「你不說我還真沒留意，你等看出了麼？」幾位將軍搖搖頭，暴鳶低聲嘟囔了一句：「忒煞怪了！」

「這是齊國老病根了。」樂毅遙指齊軍營地，「北營有將旗幕府，這是老軍二十萬。南營是新軍二十萬，這是齊王滅宋後新擴充的大軍。說新，是成軍在後，而不是軍制之新。老軍將領多是孟嘗君舊部。新軍將領卻全部是齊王田地的親信。兩軍素有嫌隙，這是第一次共同出戰。觸子幕府本該駐在新軍，卻駐了老軍，這便大有文章。」

將軍們聽得直點頭，新垣衍一拱手：「上將軍如此熟悉齊軍，我等佩服！」

「要打勝仗才算。」樂毅謙遜地一笑，「說，如何打了？」

「但聽上將軍調遣！」諸將異口同聲。

「好！」樂毅手中長劍直指齊軍營地，「齊老軍戰力強，留給燕軍。齊新軍馬快兵器新，由四位聯手攻滅，秦趙兩軍為主力，胡傷將軍總調遣，如何？」

「秦軍請與上將軍啃硬骨頭！」胡傷慨然拱手，一則是秦軍確實想打硬仗，二則也是胡傷對與三晉攜手總覺得彆扭。

「不行。」樂毅搖搖手，「此次攻齊乃燕國復仇雪恥之大業，燕軍自當血戰齊軍主力。諸位不能搶我這個功勞。」雖是面帶微笑，說得卻極為認真。

「嗨！」胡傷赳赳一應，「末將聽憑調遣。」

「諸位，」樂毅拔劍在地上畫了一個大圈，「我意，你等兵馬可如此打法。」一陣低聲叮囑，末了笑道，「若敵情有變，諸位盡可變通行事。」

「上將軍謀劃得法，我等沒有異議。」幾員大將異口同聲。

樂毅大手一揮：「好！各將回營整師，寅時三刻同時發動。」將軍們轟然應命，各自飛馬回到營地去了。

三月末，正是齊國的「中卯」節令，也就是中原的穀雨時節。濕潤的海風從東方浩浩吹來，間或一陣綿綿細雨，恰恰灑濕了乾燥一冬的地面，染綠了蒼黃的草芽林木，正是不熱不冷不乾不濕沒有泥濘的舒坦季節。尋常時日，這正是耕牛遍野的春耕時光。而今大軍對壘，兩河之間的庶民百姓已經望風出逃，茫茫原野，除了軍營的刁斗馬鳴與兩河的滔滔水聲，無邊的空曠寂靜。入夜時分，無邊烏雲漸漸聚攏，綿綿雨絲瀟瀟落下，及至子夜，漫天雨幕遮蓋了廣袤的山原。兩邊軍營遙遙對望，除了風中搖曳的點點軍燈，天地一片無垠的墨色。

「天意也！」

觸子在幕府廊下仰望漆黑的夜空，輕鬆地長吁了一聲。雨天無戰事，這是春秋戰國的老規矩了。真想教雨下得更大一些，最好是淅瀝泥濘的連綿秋雨一般。聯軍遠來，軍糧必然有限，但能陰雨旬日，敵軍大半便會不戰自退，豈不天遂人願？思忖一陣，觸子大步走回幕府出令室，提筆給齊王寫了一份軍情急報：「大軍開赴濟西與聯軍對峙，臣本欲立即出戰，奈何大雨連綿，唯等放晴之日盡滅五軍，擒獲樂毅以獻闕下！」寫罷泥封，交給中軍司馬，「立即快馬呈報臨淄。」輕鬆地伸了個長長的懶腰，「傳令兩營大將：趁雨善加休整，天放晴後大戰。」將令發完，對站在寢室門口的少年軍僕一伸手，「來，就寢了。」

俊秀如少女的少年軍僕輕盈地飄了過來，抱起觸子進了幕府寢室。

久做中軍司馬，觸子熟悉所有齊軍大將的享受路數。一做上大夫，觸子便從新軍中給自己精心遴選了一個俊美的少年軍僕侍奉起居。一經試用，大是滿意，便成了隨身軍僕。大將入軍，歷來不許帶眷屬侍女，這少年軍僕便是他別出心裁的享受。踩著厚厚的地氈，少年將觸子輕輕放在特製的寬大軍榻上，輕柔利落地剝去了他的衣甲戰靴，又端來一盆事先架在燎爐上的熱水，仔細地擦拭了他全身每個角落，給他蓋上了一方輕軟乾爽的絲棉大被。收拾完衣物水盆，給燎爐加好了木炭，少年軍僕吹熄了軍燈，悄然無聲地鑽進了絲棉大被。

一陣劇烈的喘息躁動，觸子抱著光滑鮮嫩的肉體發出了沉重的鼾聲。

沉沉大夢之中，突兀山呼海嘯。少年軍僕一聲尖叫，觸子一個翻身坐了起來，粗魯地罵了一句：「蠍子鑽襠了！叫！」少年瑟瑟發抖，赤裸裸一指帳外，軟軟地黏在了觸子身上。瞬息之間，連天殺聲如大海怒潮般捲來，閃爍的紅光映紅了整個幕府大帳。

懵懂的上將軍頓時一身冷汗，情不自禁地尖叫一聲，猛然推開黏在胳膊上的肉體，赤裸裸跳下軍榻：「快！衣服甲冑！鳥！都在哪裡！」及至草草裹上一領大袍，衣甲散亂的中軍司馬臉色鐵青地衝了進來：「燕軍偷襲！上將軍快走！」

「走到哪裡去？」觸子摘下劍架上的長劍一聲大吼，「出營殺敵！」

風快地衝出幕府，觸子卻癱在原地不能動彈了。但見漫山遍野的火把衝殺而來，幾乎每座齊軍營帳都燃起了大火，丟盔棄甲的士兵狼狽躥突，大將一個也不見露面，卻是如何收拾？中軍司馬一聲大喊：「護衛騎隊在幕府後邊！上將軍快走！」不由分說夾起觸子向幕府後奔來。三千護衛騎隊本來駐紮在幕府左右後三邊，可左右兩營已經捲入亂兵大火，兩名千夫長也不見了蹤跡。後營一千騎士正在無所適從地亂作一團，恰恰中軍司馬夾著觸子趕到：「上將軍在此！上馬列隊！」不由分說將觸子塞上一匹戰馬，大吼一聲，「東渡濟水！快！」馬隊便背著戰場大火風捲東去。

堪堪逃到濟水岸邊，正當清晨時分，濛濛細雨之中敗兵紅壓壓從身後彌漫捲來。敗兵之後，棕色皮甲的遼東騎兵高揚著叢林般的閃亮長劍，正從遠處山塬呼嘯壓來。此刻便是登船，也必是被爭相逃命的敗兵拖入河底無疑，棄船泅渡，分明要被箭雨釘穿在河面。觸子面如死灰，連長歎一聲的力氣都沒有了，只愣怔在馬背上打著圈子。在這片刻之間，又見西南山塬無邊敗兵湧來，黑色的秦軍鐵騎與紅色的魏趙鐵騎正潮水般壓在身後追殺。

「快！逃回去稟報齊王。」觸子對中軍司馬嘟囔了一句，艱難地滑下戰馬，「我要殉國了。」突然奪過中軍司馬的短劍，猛力插進了腹中。「上將軍！」中軍司馬一聲嘶喊，抱起觸子屍體大吼：「將軍遺屍，護軍死罪！守住渡口，護屍泅渡！」

然則已經來不及了。遼東鐵騎已經率先殺到，在驚天動地的「殺光齊人！復仇雪恥！」的怒吼中，長劍翻飛，箭如疾雨，河岸與水面變成了巨大的屠戮場。隨後燕軍步兵趕到，三萬餘弓弩手對著泅渡齊兵射殺，六萬餘步兵列成方陣堵住河岸，十萬鐵騎在山塬間盡情追殺。追擊齊國新軍的四支聯軍也是如法炮製，四面截殺。到得午後時分，整個濟水西岸在瀟瀟雨幕中沉寂了。

伴著軍營的粗大炊煙與彌漫河谷的歡呼，五國將領聚到了倉促扎起的中軍幕府前。

望著漫山遍野的屍骨，望著血紅的濟水，樂毅的聲音沉重而又嘶啞：「此次殺盡四十萬齊軍，為的是震懾齊國。此等殺法，下不為例。」

「豈有此理！」魏國主將新垣衍一臉不悅，「齊軍當年背棄盟約臨陣脫逃，死了多少三晉將士？只有絕殺之戰，方可雪我心頭之恨！如何下不為例了？」

「征伐有道，絕殺只可一次。」樂毅絡腮鬍鬚的黝黑大臉第一次顯出了凜冽肅殺，「將軍若不贊同我之戰法，便請轉道奪取老宋國，地利分毫不少魏國。」

「如何？要我提前轉道？」新垣衍冷笑連聲。

「是將軍不遵將令。」樂毅也是冰冷如鐵。

韓將暴鳶紅了臉：「這這這，這卻如何使得？說好的五國分齊，仗沒打完便要我等回去麼？」因原先議定韓國與魏國一起分宋，暴鳶生怕魏國提前脫離而單獨取宋，情急之下，將韓國與魏國綁在了一起說話。

「將軍莫急，韓軍也可提前脫開聯軍，與魏軍一起取宋。」樂毅平淡之極。

「上將軍何須動怒。」韓軍主將韓舉心中大石落地，笑著轉圜，「大戰未了，何能自亂？我等輔助上將軍攻下臨淄，再走不遲。」

樂毅正色道：「法度立後可成軍。要打仗，便須統一將令，違令者軍法從事。」

「窩囊！」新垣衍立時黑了臉，「這仗打得乏味，告辭。」說罷轉身對著司馬一聲大喝，「號角拔營，走！」頭也不回地大步去了。

「上將軍，這這這，你當請回新將軍。」韓舉急得結巴起來。

樂毅淡淡一笑：「韓將軍，你也去。」

「快走！還說個甚來？」暴鳶一拉韓舉，兩人疾步去了。

「鳥！」胡傷罵了一句，「雖說是絕殺痛快，可也得令行禁止不是。秦軍沒說的，跟上將軍打到臨淄。」

「我也是！」趙莊慨然拱手，「上將軍領我大趙丞相，燕軍趙軍一家。」

「多謝兩位將軍了。」樂毅拱手一禮，「當年燕齊結怨，便是齊軍入燕殺戮無度之惡果。惡殺復仇，循環往復，天下兵道何在？樂毅無奈一為之，可使燕國朝野惡氣稍伸，以利舉國同心，絕非要在齊國大開屠場。此中苦心，尚望兩位體察一二。」

趙莊有些困惑：「上將軍之言，大道也，方才何不對魏韓兩將說明？」

樂毅頗為神祕地一笑：「新垣衍有魏王密令：只助燕一戰，便疾取宋地。」

「啊？他要撇開韓國？」趙莊驚訝得目瞪口呆。

「鳥！這便是山東六國嘴臉。」胡傷衝口而出，卻頓時面色脹紅。

「實話實說，無妨無妨。」樂毅哈哈大笑，「此等惡習，原當詛咒了。」

「上將軍聞過則喜，真大賢也。」胡傷這次是真心敬佩了。

「將軍如此褒獎，不敢當。」樂毅又是一陣大笑，「走！痛飲一番遼東山酒，再議下戰。」拉著兩人大步進帳去了。

四十萬大軍全軍覆沒的消息傳開，齊國朝野震動了。

多少年沒打過敗仗了，如何生龍活虎的四十萬大軍一夜之間便被斬盡殺絕了，可能麼？聯軍向來無戰力，莫非一夜之間變成了蚩尤神魔？燕國窮得幾個人穿一條粗布褲，倏忽幾年有如此厲害的大軍，可能麼？一時之間人心惶惶議論蜂起，大多臨淄國人連連搖頭，一口聲的「俺不信這邪！」，嘴上如此說，心裡卻直發毛，逃也不好不逃也不好，市井巷閭之間躁動紛亂得一團亂麻。

王城之中，齊湣王勃然大怒，立即下令誅滅觸子九族。連傳統刑場也沒有，一夜之間，三千餘人便被王室禁軍斬殺在大小府邸，血腥氣息瀰漫在臨淄巷閭，國人無不毛骨悚然。齊湣王餘怒未消，清晨立即擢升臨淄守將達子為上將軍，率領剩餘的二十三萬大軍西進祝柯（註：祝柯，亦名祝阿、督楊，齊國濟東要塞，今山東濟南之西南地帶），要據險擊潰聯軍。

達子原本是齊國新軍的步軍副將，因了訓練士卒技擊術分外扎實，在王宮校武中屢次獲勝，被齊湣王破格擢升為臨淄大將。做大將以來，達子最主要的軍務還是操持王城校武，還從來沒有帶兵出臨淄的機會，更沒有單獨率軍打過大仗，此次驟然飆升為上將軍，達子頓時熱血沸騰，決意死戰到底以報王恩。

兼程疾行三日，大軍堪堪望見祝柯城堡的箭樓，便見漫天煙塵裹著隆隆沉雷從濟水東岸壓來，煙塵中旌旗獵獵號角聲聲，恍惚之間彷彿天塌地陷。

「大軍列陣！」達子拔出長劍嘶聲大喊。

為了快速截住聯軍，達子的二十三萬大軍不是步騎一體開進，而是騎兵在先步兵隨後，輜重更在步兵之後。如此疾行三日，一路拉開了將近二百里。達子的謀劃是：祝柯以東一馬平川，直到臨淄幾乎無險可守，只有將樂毅聯軍堵截在祝柯以西，臨淄才能平安；唯其如此，八萬鐵騎先行進入祝柯要塞憑險堵截，後續步軍輜重晚到半日一日，正好在要塞背後的山塬上構築壁壘，形成第二道防線。大軍開拔之前，斥候報來的軍情是：聯軍內訌，魏韓兩軍已經退出，樂毅下令大軍休整旬日再酌情東進。齊湣王哈哈大笑：「烏合之眾也，合縱聯軍幾曾成過氣候？達子，放手狠狠殺！戰勝之日，本王親自勞軍！」達子行伍出身，對齊湣王的一言一行素來奉為神明，加上此等軍情，達子信心陡長。然則萬萬沒有料到，內訌的樂毅聯軍卻如此快速，竟在三日之內過了濟水壓到了眼前。

倉促之間，陸續湧到的八萬騎兵，在尖厲的牛角號中隆隆橫展開來。本來就是人困馬乏，更何況全然沒有急戰準備，後隊茫然不知所云，人喊馬嘶中正在亂哄哄列陣，對面藍邊紅底的「燕」字大旗，與兩翼的秦字黑旗趙字紅旗已經山呼海嘯地壓了過來。天幕般的煙塵撲面疾滾，棕色的皮甲雪亮的刀叢狂野的殺聲，遼東鐵騎的棕紅色怒潮雷霆萬鈞般瞬息湮沒了紫色的孤島。僅僅一個時辰，怒潮煙塵便平息了。齊軍八萬鐵騎幾乎被包抄全殲，只有小股遊騎落荒逃走。剛剛佩起上將軍大印六日的達子，死戰不退，竟被遼東鐵騎砍成了三截。

樂毅厲聲下令：「步軍拖後掩護，鐵騎悉數疾進，包抄齊國步軍！」

片刻之間，遼東騎師居中，秦趙鐵騎兩翼，在茫茫曠野展開成一個十多里寬闊的巨大扇面，彷彿蒼茫天宇中翼若垂天之雲的鯤鵬展翅，向東面逶迤而來的十多萬齊國步軍壓了過來。

齊軍步兵正在兼程疾行，突兀便見渾身帶血的騎士亂紛紛迎面撞回。一陣紛亂的叫嚷，前行步軍大將頓時面色蒼白地釘在了當場，軍士們譁然騷動，只作勢便要回頭。步軍大將愣怔得片刻，一聲吼叫：「快！回防臨淄！」話音落點，前軍回頭便跑。「快回臨淄」的驚慌喊聲比軍令傳得快了許多。片刻之間，十五萬步軍漫無邊際地撒開大步向東逃跑。頓飯辰光，與長蛇陣一般的輜重牛車大隊相遇，不管步軍大將如何呼喝要護衛糧草一起回防，驚恐的亂兵只是像決堤洪水般狂奔而去。

傍晚時分，三國鐵騎披著血紅的霞光終於追了上來。遼東飛騎居中掩殺，秦趙鐵騎卻從兩翼超前包抄，及至將潰逃的齊軍兜頭截住，號稱「技擊強兵」的齊國步軍竟紛紛丟下長矛盾牌，高舉著雙手投降了。

此時，高舉樂毅令箭的中軍騎士飛向了戰場各個角落，一路喊將過去：「齊軍兄弟們，放下兵器，便可回家，聯軍絕不追殺！」喊聲此起彼伏，四面包抄的聯軍鐵騎也讓開了東邊曠野，一隊隊赤手空拳的齊軍步卒絡繹不絕地緩緩湧出了包圍圈，漸漸消失在蒼茫的暮靄裡。

六、軍前謀國君臣心

當晚，樂毅在幕府聚將廳為秦趙兩國大將舉行了簡樸的軍宴。

宴席未開，幕府廊下的軍吏一聲高報：「燕王勞軍特使到！」樂毅與秦開迎出幕府，上大夫劇辛正從特使軺車前大袖飄飄而來，看見樂毅便張開雙臂開懷大笑：「快哉快哉！上將軍狂飆兩戰，天下震動，國人彈冠相慶，樂乎哉不亦樂乎！」樂毅也不禁大笑：「正要好酒，便有勞軍特使，正當其時也！」劇辛轉身高喊：「快！搬十罈王酒進來！」主人一般拉著樂毅大步進了將廳。

「兩位將軍，這是燕王犒軍特使上大夫劇辛。」樂毅一介紹，胡傷、斯離、趙莊與劇辛相互見禮。劇辛豪放之士，談笑風生地對兩國將士大加褒獎，聚將廳頓時熱烈起來。一時開宴，劇辛宣讀了燕昭王對兩國將士的嘉勉王書，特賜胡傷趙莊錦緞各二十匹、遼東貂裘一領、黃金百鎰，並特許將兩次大戰之戰利品全數由秦趙均分，將士人人有份。

自來大將出征，稍有見識者都極是看重戰勝之後對軍卒的賞賜。更有許多名將，將君王對自己的賞賜與將士均分共用。如今，兩次大戰俘獲之財貨全數交由秦趙均分，這可是大大出乎兩軍將士意料。趙軍回兵有河間之地可得，尚不消說。秦軍卻是事先說定的不分財貨不得寸土，雖說軍法嚴明將士不會異議，但用命他國一無所得，對於浴血疆場的秦軍士卒畢竟是心有不平。如今王書一讀，胡傷第一個拍案讚歎：「大哉燕王！真明君也！」須知當時的齊國富甲天下，六十餘萬大軍的財貨輜重集中起來，幾乎抵得一個小諸侯國的全部財富，盟主燕國捨棄不要而饋贈聯軍將士，這在戰國之世的合縱史上還是頭一遭，卻是談何容易！一時之間消息傳出，秦趙兩軍的將士在幕府外歡呼雀躍，「燕王萬歲」「大哉燕國」的喊聲彌漫原野。

中夜時分，軍宴散去，大軍營地又恢復了井然有序的森嚴與肅靜。幕府大廳的軍燈熄了，只有隱祕的軍令室依然亮著燈光。卸去甲冑的樂毅與劇辛正帶著酒後的亢奮，面色脹紅地啜著濃釅的煮茶，興致勃勃地談笑著。當年兩人同時入燕，那時的燕國還是一片戰火後的廢墟。倏忽二十三年，以攻齊大勝為標誌，兩人都算是功成名就了，如何不感慨萬端。雖則如此，兩人畢竟是明睿深沉之士，只是興致勃勃地任意評點著入齊見聞，一句張揚之辭也沒有。說得一時，劇辛突兀低聲問：「燕王散齊軍財貨於秦趙，是否太迂闊了？」

樂毅大笑一陣連連搖頭：「原是劇兄把得忒細，卻非燕王迂闊也。戰場之利，與偌大齊國卻是幾何？一座臨淄城，抵得整個燕國，況乎七十餘城之富庶財貨？燕王之志，豈在區區戰場之利市也。」

「樂兄是說，燕王要奪整個齊國？」劇辛驟然一個激靈。

「劇兄以為不是？」

「你也如此謀劃麼？」

「劇兄以為？」

「不可，萬萬不可！」劇辛嘭嘭敲著座案，「齊國廣袤富庶，民風好武強悍，成軍潛力極是深厚。若孤軍深入，一旦受阻，悔之晚矣！上上之策，是趁戰勝餘威，奪取與燕國接壤的城堡關隘並漁獵水面，將齊國疆域壓縮到濟水之東，使燕國變成實實在在之天下大國。」

「劇兄之策，卻非審時度勢了。」樂毅淡淡一笑，「尋常作戰，奪取接壤城池土地自是正途。然則，今日齊國情勢卻大為異常，非尋常可比。其一，齊國自絕於天下，沒有他國救援。其二，齊王暴虐乖戾，人心盡失。其三，齊國六十餘萬大軍一朝覆滅，舉國震恐人心彌散。有此者三，若不能見機立進，便是拘泥太甚。若沿邊地逐一奪城，齊國反有喘息之機。若齊人再擁立一個新王，對齊湣王暴政改弦更張，燕國便會永遠失去一個天賜良機。」

劇辛默然一陣，突然壓低聲音：「楚國十萬大軍，可是在我背後？」

「劇兄，若楚國真心救齊，又何待今日？」樂毅目光炯炯，「戰國之世，一個喪失了抵抗力的大國，能等來的只會是落井下石。所謂唇亡齒寒雪中送炭，必是利害關聯之時，絕非奄奄待斃之際。淖齒引而不發，只能是在等待另一個時機。」

「另一時機？」劇辛驚訝了，「樂兄進軍齊國，淖齒會有陰謀？」

「說不清楚。」樂毅一笑，「只要不與我為敵，任他如何盤算了。」

劇辛默然良久，喟然一歎：「邦交相爭，原只有赤裸裸利害也！」

「盡是赤裸裸也好，只怕未必總是赤裸裸也。」樂毅笑了。

「樂兄！好自為之。」

直說到五更刁斗打響，方見朦朧曙光，兩人頓時一起軟在草席上大放鼾聲。待軍務司馬趕來，兩人已抵足倒地沉沉酣睡了。

三日之後，二十萬燕國大軍從祝柯出發了。十萬遼東飛騎左右兩翼，十萬步軍居中，大型攻城器械全部揭掉了苫蓋篷布，威勢赫赫地排在佇列之中，不疾不徐地向臨淄浩浩推進。濟水之東原是齊國最豐腴富庶之地，官道寬闊村疇密布，短短二百餘里之間矗立著三十餘座城堡，占了齊國七十餘城的將近一半。

時當五月初旬，正是芒種節氣。芒種者，既是有芒的黍穀稷下種之時節，又是有芒的大麥小麥收割的時節。農夫大忙之時，偏偏也是酷暑炎夏即將來臨的大熱天氣，這便是芒種火燒天。按照齊國的獨特節令，這時節叫作「中郢」。但不管如何叫法，農家忙種忙收卻都是鐵定的。尋常年月，這片遼闊富庶的丘陵平原上，此時正是農人遍野牛車與商旅爭道的繁忙日子，一切擾民的徭役徵發與官府政事都會自行終止，更沒有哪個國家會在這與天爭食的要命關頭打仗。

然則，今年卻是不同。

開春以來聯軍攻齊，百姓還真是沒有太在意。不管齊王如何暴虐失政，齊國的六十多萬大軍卻是實在的，六十多萬打不過四十多萬，這是任何人都不會相信的。及至連續兩次大敗，六十餘萬大軍竟在一個月中灰飛煙滅，庶民百姓頓時懵了。懵懂之中瀰漫出一種深深的恐懼——往昔的齊國已經不在，強大富庶早已經被這個齊王葬送了！於是，「寬緩闊達，多智好議論」的齊國人驟然緊張了，一邊大罵昏君誤國，一邊惶惶不安地蜂擁出逃了。歷來兩國交兵，尋常百姓等閒是不逃的，逃跑的只是富庶大族而已。可這是燕軍殺來，誰敢不逃？當年齊軍入燕，將薊城幾乎屠戮一空，除了遼東，燕國的精壯男子大多被當作俘虜押到齊國做了苦役。更有甚者，燕國本來就窮得叮噹，那點兒可憐的財貨糧食皮張，也都被齊軍用幾千輛牛車咣噹咣噹地運到了臨淄大市，賣了充作軍賞。三十年河東，三十年河西，如今燕國翻了過來，能對齊國人留情麼？窮人雖沒有多少財貨可搶，可被抓做苦役埋骨他鄉，也是誰都害怕的。四十三萬大軍被全部斬殺的消息一傳開，齊國老百姓便認定：燕國遼東大軍要殺光齊人了！恐慌像瘟疫般彌漫了朝野山鄉，在達子率二十三萬大軍第二次迎戰的時候，居住在田野村疇的農人已經紛紛逃往大小城堡，稍微富庶者一律逃往臨淄。畢竟，邦國都城是一國命脈，國府定要全力防守，燕軍再厲害，還能攻下臨淄？

於是，燕國大軍東進之時，原野一片蕭瑟，無垠的麥浪翻滾著金色的長波，空曠的村疇一片沉寂。沒有裊裊炊煙，沒有雞鳴狗吠，六丈多寬的林蔭大道上沒有一人一車。只有成群的鳥雀遮天蔽日地掠過原野，撲入麥田唧唧喳喳地肆意踩躪著。無邊無際的豐沃原野，在空曠冷清中彌漫出一種緊張恐懼與仇恨交織的怪誕，這支隆隆推進的大軍也不由自主地放慢了腳步。

斥候總領飛馬稟報：「上將軍，齊人幾乎逃光，村疇皆空！」

「下令全軍，」一直凝視原野的樂毅斷然道，「軍馬不得入田入村，不得撿拾道邊遺棄財貨，違令者立斬不赦！」

「嗨！」總領一聲答應，率幾名軍吏飛馬出了大隊。

秦開馬鞭遙遙一指：「沿途城池頗多，若不拿下，我軍背後隱患也。」

「毋得理睬。」樂毅長劍一指前方，「改常行為兼程疾進，直壓臨淄！」

「嗨！」秦開大是振奮，打馬一鞭向前軍飛去。

次日黃昏，燕軍隆隆開到臨淄城下，二十萬大軍分作三大營圍住了西北南三面，唯留東門做了缺口。臨淄是天下大都，也是齊國財富聚集之地，只要齊軍棄城突圍，樂毅決意任其而去，不在城下截殺。這是樂毅用了「圍師必闕」這個老戰法，只三面包圍臨淄。大軍紮定，樂毅與秦開騎劫一起登上了西營的雲車，遙遙望去，但見臨淄城頭遍布旌旗弓弩，甲士密密麻麻站滿了女牆垛口。秦開道：「看來有一場惡戰。」騎劫本是遼東猛士，狠狠罵道：「鳥！惡戰才痛快！不殺光齊人，能叫復仇麼？」

樂毅向四面郊野凝望良久方才回頭：「齊軍虛張聲勢，臨淄一戰可下。」

「虛張聲勢？」秦開大是困惑，「都城被困，能不全力抵抗？」

「臨淄情勢大非尋常，二位覺察不出麼？」樂毅笑著問了一句。

騎劫瞪圓了一雙大眼：「上將軍但說便是，我只管猛衝猛打！」

「守城必守野，此乃戰法之要。」樂毅一指西方，「臨淄西部第一道屏障，是濟水天險。第二道屏障，是祝柯要塞與周圍山隘。最後一道屏障，是來時路過的那座於陵要塞。齊國歷來戰事都在濟水之西，為的是使臨淄遠離戰火。若齊國決意死守臨淄，於陵要塞外必有攔截大軍，至少壕溝城河之外的山丘當有外圍營壘。而今四野不守，要塞無防，只這孤城一座，能有幾多兵馬？」

秦開一歎：「齊人如此怯懦，枉稱尚武大國也！」

「目下齊國情勢，與庶民百姓無關。」樂毅凝望著臨淄城頭，「百姓縱想守城，也須得有個主心骨才是。官府潰散，商旅逃亡，士子隱居，誰來收拾這一盤散沙？我軍只要無犯庶民，齊國將化入大燕無疑。」

「慢工文火忒是憋氣！」騎劫黑著臉嘟囔了一句。

「為大將者，不能意氣用事。」樂毅沉著臉道，「傳令全軍：臨淄城破之時，大軍駐紮城外，只許清點府庫之軍吏與輜重營牛車大隊進入。違令者，殺無赦！」

「嗨！」兩員大將齊齊應了一聲。

次日清晨，燕國大軍在城下三面列陣。朝陽霞光之下萬千弓弩整齊排開，雲梯撞車壕橋等大型器械列在一個個攻城方陣之前，陣勢分外壯闊，一旦戰鼓雷鳴，便要山呼海嘯般猛攻。此時，一輛與城牆等高的雲車隆隆推進到城下一箭之外，樂毅身披大紅斗篷，站在雲車頂端的望樓上一拱手高聲道：「臨淄將士們：我是燕國上將軍樂毅。你等但能下城降燕，一律贈金還鄉。若執意一戰，玉石俱焚身敗名裂！」

唯聞旌旗獵獵，城頭一排排紫色甲士石俑一般了無聲息。

樂毅略一愣怔，手中令旗終是劈下：「擂鼓攻城！」

驟然之間，三十六面牛皮戰鼓隆隆大起，直是沉雷動地。幾乎同時，城下萬箭齊發殺聲震天，一個個千人方陣推著大型器械隆隆向前。撞車驚雷般猛撞城門，片刻間萬千軍士洪水般捲上了雄峻城牆。幾乎不到半個時辰，臨淄城便被紅色浪潮淹沒了，三門大開，燕軍呼嘯而入！

「稟報上將軍，」中軍司馬氣喘噓噓，「臨淄無兵防守，一座空城！」

樂毅一驚：「快馬傳令：騎劫部撤出城外，秦開部入城。」中軍司馬剛剛離開，樂毅將城外大軍交給副將掌控，飛身上馬向臨淄西門而來。

誰也沒有料到，大都臨淄竟是一座空城。王城空空如也，軍兵沒有了，商人與富戶也沒有了，沒有逃走的老弱病殘也都是關門閉戶，清風過巷無人跡，滿城一片蕭疏悲涼。樂毅帶著兩個百人隊進了王宮，清理查勘了所有宮殿，詢問了幾個躲藏在假山中的老病內侍，才知道齊湣王君臣已經在三日之前就逃走了。樂毅立即下令大軍撤出臨淄在城外駐紮，只留一萬步軍留城，守護王宮與幾處府庫。

暮色時分，樂毅出城回到幕府，立即急書捷報，飛騎直送薊城。次日清晨，樂毅在幕府大廳聚集眾將，發下五道將令，將全部燕軍分做五路，向齊國腹地全面追擊殘軍奪取城池：

第一路秦開所部四萬，渡膠水直取膠東諸城。

第二路騎劫所部四萬，循泰山東進，直取沂水諸城與琅邪郡。

第三路右軍三萬，直進齊國西北，奪濟水兩岸城池。

第四路左軍三萬，沿北海東進，奪取北部沿海城池。

第五路中軍六萬，樂毅親自率領，從臨淄居中東進，直抵東海。

就在各路大軍陸續出發之時，薊城王使飛車趕到傳下王令：燕王要親入齊地犒賞大軍！樂毅思忖一陣，命其餘四路大軍立即進發，自領中軍在臨淄等候燕王。等候期間，樂毅親自督導，將臨淄的九座王室府庫打開，除了部分糧食布匹分發救濟城中齊人，其餘財貨全數運回燕國。臨淄城內的遺留車輛與燕軍原有牛車數千輛，浩浩蕩蕩地穿梭運送財貨糧食並各種珍寶，尤其是鹽鐵兩項，點滴也沒有留下。

大體就緒之日，燕昭王車駕堪堪到來。樂毅迎出三十里，在拱衛臨淄的於陵要塞外終於看見了飛馳而來的王車儀仗。打馬一鞭，樂毅在林蔭大道間迎了上去。

「上將軍——」王車上遙遙傳來燕昭王熟悉的聲音。

「臣，樂毅參見我王！」

車隊儀仗轔轔停住，燕昭王利落下車，大笑著快步過來扶住了躬身參拜的樂毅：「半年不見，上將軍想煞我也！看，黑了瘦了，大鬍子更長了。」

「臣亦思念我王。」樂毅笑著，「黑瘦不打緊，鐵打一般。」打量一眼燕昭王，心中不禁一沉，「我王太得疲累，兩鬢白髮了。」

「不打緊不打緊。」燕昭王連連擺手，「燕國有此等氣象，一頭白髮又有何妨？走，同車說話。」說罷拉著樂毅登上了寬大的王車。

到得臨淄外大營，燕昭王立即頒賜王酒大宴將士，當場下書：封樂毅為昌國君，賜薊城封地百里，兼領昌國（註：昌國，戰國時齊城，在當時臨淄之南，樂毅滅齊六年中歸燕地，在今山東淄博市東南）城萬戶！其餘有功將士，盡皆層層封賞，並飛馬傳書已經東進的四路大軍知曉。一時間全軍振奮遍野歡呼，「燕王萬歲」的聲浪淹沒了臨淄郊野。

大宴之後，樂毅親駕王車載著燕昭王進入臨淄巡視。看著雄偉壯闊的臨淄王城蕭疏冷落了無人跡，燕昭王不禁感慨中來：「暴殄天物也！這般皇皇基業，竟能付諸東流，非桀紂莫屬了。」樂毅心中一動道：「我王當讓太子來鎮守臨淄，也好省察這前車之鑒。」燕昭王卻皺起了眉頭：「太子執意要去遼東，我本不贊同。可想想教他歷練一番也好，便沒有再攔阻。」樂毅不禁一怔，卻又立即笑了：「遼東正需鞏固新政，有太子督導，自是事半功倍。」燕昭王連連搖手：「新政？他只想練兵，要給你做滅齊援手。」樂毅笑道：「大爭之世，太子好兵也不為過。」燕昭王卻歎息一聲道：「田地好兵，卻是甚個結果？一國之君不以庶民生計為大道，何來強兵？」

樂毅默然了。他熟悉太子，更熟悉燕昭王。太子的剛愎勇烈舉朝皆知，燕昭王只要想到了這一層，就一定會多方督導太子的。身為大臣，樂毅不想在太子話題上多說。太子本來就對他這個「儒將」頗有微詞，多次與一班老臣議論，指他對齊人太寬。若燕昭王以他的話去教訓太子，豈不平添嫌隙？對於太子的指責，樂毅也從來沒有對燕昭王提起過，他願意用真正征服齊國的事實來改變太子，而不願在成敗未定之時做無謂的論爭。

「上將軍，」燕昭王突兀問道，「這田地能逃到何處去？誰敢收留他？」

樂毅笑道：「田地可不做如此想也。」突然壓低了聲音，「我王稍待，樂毅料定：不出旬日當有田地消息。」

「好！」燕昭王笑了，「我倒要看看，這東海青蛟做何下場。」

七、酷刑萬刃　瓦釜雷鳴

第二次全軍覆沒的急報傳來，齊湣王頓時慌亂了。

殿中鴉雀無聲的大臣，目光齊齊地聚向了王座。齊湣王卻一句話不說，猛然起身跌跌撞撞跑了出去。原本已經六神無主的大臣驚愕萬分，有人便不由自主跟著齊湣王開跑。聽得身後腳步雜沓，齊湣王回身一聲大喝：「爾等何用，滾回去！」幾個大臣一個愣怔止住了腳步，眼看著齊湣王向王宮園林惶惶去了。

「噢——我王找國師去也！」一個大臣驚喜地喊了一聲。

「禳災避禍有望矣！」

「快回去！大殿等候天音！」

幾位臣子匆忙回到正殿一說消息，大臣立時精神一振，肅然兩列，一邊默默祈禱上天佑護，一邊靜候國師的禳災大法。

齊湣王匆匆來到王宮園林，跳上一隻小舟漂進了大湖，到得湖心島飛舟登岸，崎嶇險峻移步換景的仙山竟杳無人跡，雖是夏日燠熱，卻蕭疏寂靜得滲出一片冰涼。齊湣王心下一緊，不禁一聲大喊：「國師可在？」

「小仙恭候我王。」風中遙遙飄來一個蒼老的聲音。

齊湣王長出一口氣，連忙疾步向山後竹林走來。這座山被齊國君臣視為仙山，取名之罘（註：之罘，今煙臺芝罘島，戰國方士傳為海外仙山），國師的洞府便在這裡。尋常時日，齊湣王總要隔三間五地悄悄來到國師仙山，一則讓國師為自己固本還陽，一則請國師望氣問天以斷國運走向。十六年來，齊國幾乎每件大事，都是齊湣王在這裡與聞了天意國運而後決斷的。一如合縱攻秦，一如獨吞宋國，一如大肆擴軍。這與聞國運吉凶，本來是太廟大巫師的職責所在。但齊湣王卻最煩一臉古板的巫師史官，動輒「上天示警，王失君道」的一番訓誡，如何教人消受？不若這位童顏鶴髮的方士國師，總是在望氣察運之後，妥帖地給你一個趨吉避凶的法子。國師更有一樁妙處，便是禳災鎮邪，使鴻運康寧永遠托著你成就大業。兩廂比較，那死板陰沉的龜甲紋路，如何比得這通天徹地祥和無邊的國師大法？如今兵敗如山倒，上天究竟有何幽微，齊湣王自然要立即定個出路了。

將到竹林，風中蒼老的聲音又悠然飄來：「我王止步。王乃東海神蛟，天霸之氣豐沛逼人。老夫卑微小仙，只可與神蛟竹林傳音。」清風徐來，齊湣王精神陡然一振，站定身子高聲道：「敢問國師，天霸既盈，何以喪師失地？」

「天地之氣，無縮不盈，盈之在縮，縮之在盈，乃得大縮，方可大盈。」

「若得大盈，本王當向何處？」

「巨野之西，宋衛之間，王氣勃然。但入此地，兵災消弭。」

「本王遵從上天。」齊湣王遙遙拱手，「險地不居。國師當隨本王離開臨淄，隨時贊襄天霸大業。」

「惜乎！」蒼老的聲音輕輕一歎，「小仙正為我王煉製一爐神壽丹，旬日之後方可開爐。屆時小仙自會攜神丹來見，以保我王神壽無疆。」

「好！本王在行營等候國師。」齊湣王一拱手下山去了。

回到大殿，齊湣王又變回了那個威風凜凜的東海神蛟，當即宣布：稟承天命，臨淄王氣盡失，宋衛之間王氣沛然，王駕移居，再造天霸大業！臣子們一片歡呼，立即開始了忙碌緊張的移駕準備，偌大王城亂成了一片。

西元前二八四年七月二十三的四更時分，大隊車馬悄悄開出了臨淄大都。

這支人馬繞開了西路燕軍的進擊方向，從東南繞道，沿淄水河谷向西南的巨野澤而來。因國師指點了天意，齊國君臣誰也沒有認作這是逃亡，浩浩蕩蕩五萬多人馬，幾乎是整個王城都搬了出來。內侍、侍女、僕役、官奴並尚坊各式工匠一萬多人，嬪妃並長住王宮的王族子弟三千餘人，隨行大臣、各種文吏並眷屬家人近兩萬人，王室護衛鐵騎一萬六千。人多馬多車更多，亂哄哄鋪排開來，陣勢足足三十里長。時當夏日，午間要找樹林消暑歇息，暮色要靠水邊起炊造飯，日每只能行得三十餘里。

無論齊湣王一班君臣如何將逃亡認作移駕，職司護衛的領軍大將卻是最明白不過的。如此行軍，燕軍若趕上來追殺，豈不活活一個屠場？然則車馬隊中冠蓋如雲，無論領軍大將如何緊張督促，也抵不得齊湣王時不時便要歇息的王命。領軍大將急得一身冷汗，逕直到王車前請令輕裝疾行。齊湣王立時沉下臉道：「天佑本王，燕軍何敢追殺？逍遙走去便是！」

三日之後，一班沒有車輛的王族子弟與嬪妃女眷侍女等，累得無論如何走不動了。齊湣王見狀，立即下了一道王令：「三千騎士改作步軍，馬匹讓於王族騎乘！」護軍大將驚訝莫名，飛馬從前軍趕來力爭：「臣啟我王：緊急之時，騎士如何能沒有戰馬？疲弱不堪者，就近駐紮一座小城堡可也。」「一派胡言！」齊湣王頓時大怒，「天霸大業，豈能沒有王室血脈？區區幾千兵卒，死何足惜！」大將鐵青著臉色默默走了。戰馬讓出來了，可護衛將士們卻像霜打一般蔫了下去，再也沒有了生龍活虎的王師氣象。

又走得三日，燕軍一直沒有追來，長長的隊伍又輕鬆起來。於是，王族子弟與大臣們開始紛紛讚頌了。「齊王稟承天命，果然天霸之相！」「我王天威猶在，當真曠古第一王！」諸如此類的種種頌詞隨著亢奮的口舌彌漫開來。齊湣王聽得哈哈大笑：「乃得大縮，方可大盈。天意奧祕，豈是姬平樂毅所能窺視也！」

正在遍野頌揚之時，斥候飛馬車前：「稟報我王：已到衛國地界！」

齊湣王霍然站起四面觀望，見茫茫巨野澤已在身後，濮陽（註：濮陽，春秋戰國時衛國都城，在今河南省濮陽地帶）城箭樓已經遙遙在望，不禁長吁一口氣，精神頓時抖擻：「傳命衛君：迎接王駕，讓出宮殿。本王要在衛國整頓兵馬，殺回齊國！」王車旁的御書一臉惶恐道：「我大軍戰敗，大王應折節屈身，方可在衛國立足反攻。如此恐壞大事，願我王三思。」

「豈有此理！」齊湣王頓時不悅，傲慢矜持地一揮手道，「小小衛國五等君爵，豈可與本王同日而語？毋得多言，作速傳令！」

此時護軍大將飛馬趕到：「稟報我王：衛君率領臣下出城迎來。」

齊湣王大笑：「衛嗣君尚知臣道，備好千鎰黃金賞賜！」

片刻之間，齊衛人馬在濮陽郊野相遇了。兩鬢白髮的衛君騎著一匹老馬，帶著一個百人騎隊、幾輛牛車與十多名臣子逶迤前來，老遠便駐馬守候在道邊。見齊國人馬浩蕩湧來，衛君只是盯著齊湣王上下打量，絲毫沒有上前參拜之意。齊湣王臉色頓時沉了下來，王車轔轔前出冷冷道：「衛嗣！不曉得附庸臣禮麼？」

衛嗣遙遙拱手道：「齊王過境，衛嗣以邦交古禮犒勞可也。窮弱小邦，唯能請齊王略解饑渴之苦，尚請見諒。」不卑不亢，更沒有下馬。

「衛嗣大膽！」齊湣王暴怒大喝，「兩車水酒搪塞，本王乞丐麼？」

衛嗣淡淡一笑：「失國逃亡尚妄自尊大，齊國不亡，豈有天理？」

「好個衛嗣。」齊湣王獰厲地一笑，「來人！拿下衛嗣，濮陽做我西都！」

護軍大將正在愣怔，便聞衛嗣連聲冷笑：「衛國縱小，也有三五萬人馬，對付你這區區萬餘敗兵，也還是舉手之勞。起號！」話音方落，身後百人騎隊號角嗚嗚吹動，濮陽城外的山丘中湧出了隊隊戰車，雖然老舊，卻也是旌旗飄搖聲威赫赫。

御書低聲急道：「我王不可意氣用事，天霸大業，尚須從長計議才是。」

齊湣王臉色鐵青，咬牙切齒罵道：「衛嗣！且留你狗頭幾日！」轉身大喝一聲，「回軍東南，去楚國！」

衛嗣揚鞭大笑：「快哉快哉！老夫也戰勝一回！田地，走好——」

齊湣王又羞又惱，氣急敗壞間一口熱血「哇」地噴了出來。護軍將領大驚，連忙高聲下令：「太醫救治，全軍疾進，脫開衛軍！」已經是驚慌失措的紛亂大軍，轟轟隆隆地捲著煙塵向東南去了。

行得半日，暮色時分又回到了巨野澤畔。此去楚國郢都尚有千里之遙，散架一般的人馬早已經沒有了張揚談笑，個個臉色灰白神色疲憊。習慣了鐘鳴鼎食富貴豪闊的公子嬪妃，原本是滿懷喜悅地要進濮陽一掃逃亡晦氣，人人都盤算著如何在濮陽沐浴一番痛飲一番，再大睡三日，何曾想到自己是逃亡之旅？濮陽城外的突然變故不啻一聲驚雷，這些慣常頤指氣使的食肉者才如夢方醒——齊國王族的顯赫光環已經沒有了，已經變成了連衛國這等小邦都可以蔑視嘲弄的喪家之犬！齊湣王的突然吐血，更是給這支逃亡亂軍雪上加霜，惶惶不安的目光對王車開始側目而視了，狂熱的讚頌也漸漸變成了夾雜著沮喪的怨恨，曾經令人迷醉的天霸神話，頃刻間便被腹誹怒聲淹沒了。及至在湖畔亂紛紛紮下營盤，各色人等像洩了氣的皮囊，一片片地癱軟在茅草叢中，無一人前去做朝王禮拜。

好容易升起了幾縷炊煙，大軍卻轟然騷動起來：「楚軍來了！楚軍來了！」

齊湣王本來在車中昏昏欲睡，聞言霍然起身，遙遙望去，但見殘陽暮色中大隊軍馬鼓塵而來，黃色大旗上的「楚」字已經清晰可見。「天意也！」齊湣王長吁一聲，這才猛然想起楚國救援而被自己拒絕的一番事來。

護軍大將飛馬而來：「稟報我王：楚將淖齒率大隊兵馬救援！」

「傳命淖齒拜見。」齊湣王轉身下令，「王車前出，儀仗成列，臣工兩班！」片刻之間，這支奄奄沮喪的亂軍又神奇地活了起來，旌旗儀仗獵獵飛舞，大臣嬪妃諸王子肅然成列，儼然王帳轅門氣象。這時楚軍已經在一箭之地扎住陣腳，一員大將來在王車前下馬躬身：「楚將淖齒，拜見齊王。」

齊湣王矜持地笑了：「淖齒勤王，實堪嘉勉。今本王欲以莒城為天霸大業根基，將軍可率本部兵馬助我，本王封你為齊國丞相。」

「謝過齊王。」淖齒一拱手，「何時兵發莒城？」

「大軍休整一晚，明晨進入莒城。」

「臣留兩萬兵馬護衛。臣請先入莒城，為我王安頓宮室。」

「淖齒果然忠心！」齊湣王一揮手，「你便先去，本王明日即到。」

淖齒轉身飛馬去了。御書湊近王車低聲道：「臣聞莒城郊野多有逃亡庶民，魚龍混雜，我王還是轉往他城為上。」「杞人憂天。」齊湣王冷笑一聲，「本王神蛟，怕甚魚龍混雜！傳令齊楚大軍：飽餐戰飯，養精蓄銳，明朝進入莒城！」王車四周轟然一應，號角四起，炊煙遍野，王族們又歡呼雀躍起來了。

次日天剛亮，這支奇特的大軍熙熙攘攘上路了。楚軍鐵騎兩翼行進，將這支混雜紛亂的車馬人流夾持在中間一里多寬的草地上，彷彿押著戰俘一般。王車旁的兩百儀仗鐵騎，總算還保持著旌旗如林的王室威儀，簇擁著齊湣王的大型王車，轔轔隆隆地碾軋著一兩尺深的茫茫葦草向東北開路。整整走得一日，暮色時分方才渡過了沂水，距離莒城尚有三十餘里。御書請命齊湣王是否紮營歇息一夜，明晨整肅威儀再進莒城？齊湣王卻亢奮異常：「本王竟日顛簸，尚且不累，誰個累了？立即進發！一鼓作氣入莒城！」

進入莒城的諸般美夢畢竟是誘人的，疲憊不堪的逃亡大軍黏著濕淋淋的過河衣衫，又打起精神趕路了。一個多時辰之後，翻過了一座小山包，驟然便見河谷裡火把遍野人聲鼎沸，彷彿臨淄夜市一般。有王子高喊：「快看也，莒城箭樓！」紛亂人群當即一片叫嚷：「莒城到了！快走啊！」齊湣王卻一聲大喝：「站下！莒城乃大齊地面，當有王者威儀。列隊，等候淖齒丞相迎接本王！」

「啟稟齊王，」一員楚軍大將走馬車前，「將軍有令：齊王自行入城。」

「如何？」齊湣王一聲冷笑，「淖齒反了不成？」

楚將驟然變臉：「鐵騎列陣！護持王車下山！」

齊湣王傲慢地一笑：「莒城有大齊萬千子民，本王與淖齒見個真章。下山！」

在楚軍兩萬鐵騎威逼下，齊湣王怒氣衝衝地帶著亂紛紛的逃亡人馬湧下了山頭。一進河谷，兩岸全是密密麻麻的各色帳篷，片片火把的暗影中到處躺臥著呻吟呼喚的老弱病殘與衣衫襤褸的人群。王車亂軍開過河谷，一聲聲嘶啞的吶喊此起彼伏：「逃國齊王來了！快來看啊——」倏忽之間，遍野人群如亂雲聚合，漫無邊際的火把向莒城下捲來。御書膽戰心驚地提醒齊湣王忍耐一時，齊湣王卻勃然大怒道：「本王稟承天命，何懼之有！」

方到城下，大片火把下整肅排列著一個巨大的楚軍方陣，中央大纛旗下一方土臺，拄著一口長劍的淖齒正硬挺挺佇立在土臺上，頂盔貫甲金色斗篷，連鬢大鬍鬚虬結的黝黑臉膛上一副獰厲的微笑。

「淖齒，你敢逆天行事麼？」齊湣王長劍一指搶先發難。

淖齒一陣粗糲嘶啞的大笑：「上天也姓田麼？當真蠢豬也！」

齊湣王怒不可遏：「本王乃楚國王父！淖齒叛逆，滅你九族！」

「鳥！」淖齒狠狠罵了一句，「天下獨夫，喪家之犬，竟還記得欺凌楚國。來人！拿下這條海蛇！」話音落點，轟雷般嗨的一聲，兩隊甲士手持長矛從淖齒身後開出，轟轟地向齊湣王座車逼了過來，一片長矛刷地直指車身。齊國騎士呆若木雞般愣怔著，王車馭手被逼到喉下的長矛嚇得慘叫一聲，癱在了寬大的車轅上。四名楚軍甲士一躍上車，夾起齊湣王凌空拋了下來。車下一片長矛鏗鏘交織，齊湣王恰恰落到一片冰冷的矛杆之上。長矛架一個忽悠，齊湣王又被丟上了土臺。

「田地，」淖齒輕蔑地冷笑著，「你不是稟承天命麼？今日本將軍教你領略一番，天命究竟何物？莒城外有齊國十萬逃民，你自對他們說，配不配做一國之君？過得這天命關，本將軍便放了你。」

「此話當真？」驟然之間，齊湣王兩眼放光。

淖齒哈哈大笑：「齊國庶民若認你田地，淖齒卻是奈何？」轉身高聲道，「父老兄弟們，尋常時日，等閒庶民誰能見到國君？今日齊王便在當場，父老兄弟姊妹們盡可一吐為快，與這個鳥王算一番老帳！」

燕軍入齊，萬千民眾恐慌逃亡，主要是兩個方向：向東聚向即墨，尋找海島藏匿珍寶再圖謀生；向南聚向莒城，在楚齊邊界的沼澤地帶刀耕火種狩獵捕魚謀生。東去者以富戶商旅居多，南來者卻是窮人居多。逃得數日，見燕軍並沒有尾隨追殺，人群漸漸匯聚在了莒城郊野。莒城令貂勃愛民，將府庫中的帳篷糧食悉數分發給逃亡難民應急。難民們大為感激，聚在了莒城郊野，要擁立貂勃抗燕。正在亂紛紛沒有決斷的時日，淖齒帶著楚國大軍到了。一聽說齊王要來，貂勃頓時默然，只對淖齒一句話：「百姓離亂洶洶，只怕在下做不得主。」淖齒只一笑：「莒城令毋憂，我只聽民心便了。」消息傳開，莒城外的逃亡難民紛紛聚攏，人人都要看看這個將齊國推入血火災難的東海神蛟何等模樣。此時見齊湣王非但沒有絲毫自責慚愧，反是一副愚頑氣焰，火把下的萬千民眾頓時人潮洶洶了。

一個蒼老的聲音喊道：「老夫要問齊王，六十萬大軍何能一朝覆亡？」

「說！」火把搖動，一片吶喊。

齊湣王冷笑：「大將無能，與本王何干？」

戰國中期燕國滅齊之戰

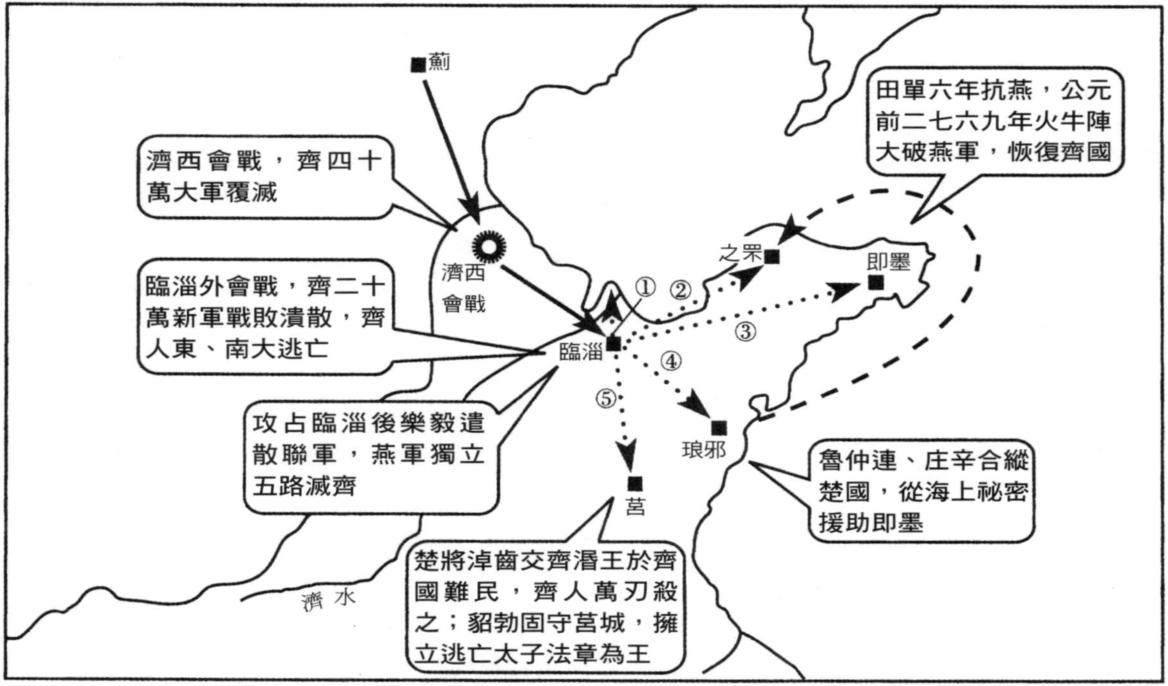

燕軍　① 左軍　② 騎劫軍　③ 樂毅中軍　④ 右軍　⑤ 秦開軍
楚國海上援齊航路
五國聯軍

轟然一聲，人山人海炸了開來，亂紛紛的聲音吼成了一片。

「橫徵暴斂！誰之無能？」

「殘害忠正，誰之無能！」

一個精壯赤裸的後生手持火把猛然衝到了土臺前：「齊東數百里雨血沾衣，莊稼枯死！你是國王，知道麼？」

「不知道。」

「齊南兩郡地裂湧泉，死傷萬千，你這個國王知道麼？」

「不知道。」

一個白髮蒼蒼的老嫗手牽一個總角小童，拄著拐杖顫巍巍指著土臺：「我三個兒子都戰死了，我等庶民請命於宮外以求善政，哭求三天三夜，你這國王知道麼？」

「不知道。」

「你你你，該千刀萬剮！」老嫗拐杖怒指，一頭披散的白髮驟然立了起來，倏忽之間，卻又軟軟地癱倒在了地上。

「老奶死了！」小童尖厲的哭聲覆蓋了人群，「還俺老奶也！還俺老奶——」

人山人海驟然沉寂了。一片粗重的唏噓喘息像呼嘯的寒風掠過山野，人山人海頓時爆發！「殺！」「為老奶報仇！」「活剮昏君！」隨著怒潮般的吶喊，一把把雪亮的短劍匕首紛紛從難民們的皮靴中腰帶中拔了出來。

齊湣王跳腳大喊：「淖齒！本王天命東帝，你……」

淖齒哈哈大笑：「瓦釜雷鳴也，我卻奈何！」

在這頃刻之間，難民已經洶湧圍了上來。有人大吼一聲：「一人一刀！千刀萬剮！」隨著憤怒的喊聲，難民們手中的長劍短劍匕首菜刀一齊亮出，火把下雜亂不一地翻飛閃爍著寒光，齊湣王長長地慘號著，片刻之後沒有了動靜。

次日清晨，一具森森白骨白亮亮飄搖在河谷山頭的樹梢，乾淨得沒有一絲附肉。成群的鷹鷲飛旋著盤桓著，沒有一隻飛來啄食。正在這白骨飄搖之時，天空烏雲四合電光爍爍，暴雨如注間一聲炸雷，山頭火光驟然衝起，一團白霧飄過，森森白骨在頃刻間化作了齏粉。

國家圖書館出版品預行編目資料

大秦帝國．第三部，金戈鐵馬／孫皓暉著．-- 初版．-- 臺北市：麥田出版：家庭傳媒城邦分公司發行，2013.02
冊；　公分．--（歷史小說；46-47）

ISBN 978-986-173-882-6（上冊：平裝）
ISBN 978-986-173-867-3（下冊：平裝）

857.7　　101026820

歷史小說 46

大秦帝國 第三部 金戈鐵馬（上）

作　　者／孫皓暉
責任編輯／黃暐勝　吳惠貞　林怡君
校　　對／孫定康

副總編輯／林秀梅
編輯總監／劉麗真
總 經 理／陳逸瑛
發 行 人／涂玉雲
出　　版／麥田出版
104 台北市民生東路二段 141 號 5 樓
電話：(886)2-2500-7696　傳真：(886)2-2500-1966；2500-1967
部落格：http://blog.pixnet.net/ryefield
發　　行／英屬蓋曼群島商家庭傳媒股份有限公司城邦分公司
104 台北市民生東路二段 141 號 2 樓
書虫客服服務專線：(886)2-2500-7718；2500-7719
24 小時傳真服務：(886)2-2500-1990；2500-1991
服務時間：週一至週五 09:30-12:00・13:30-17:00
郵撥帳號：19863813　戶名：書虫股份有限公司
讀者服務信箱 E-mail：service@readingclub.com.tw
歡迎光臨城邦讀書花園　網址：www.cite.com.tw
香港發行所／城邦（香港）出版集團有限公司
香港灣仔駱克道 193 號東超商業中心 1 樓
電話：(852) 2508-6231　傳真：(852) 2578-9337
E-mail：hkcite@biznetvigator.com
馬新發行所／城邦（馬新）出版集團【Cite(M)Sdn. Bhd.】
41, Jalan Radin Anum, Bandar Baru Sri Petaling,
57000 Kuala Lumpur, Malaysia.
電話：(603) 9057-8822　傳真：(603) 9057-6622

封面設計／小子設計
印　　刷／一展彩色製版有限公司

■ 2013 年 2 月 1 日　初版一刷　　Printed in Taiwan.

定價／ 450 元

ISBN 978-986-173-882-6